台南文学

日本統治期台湾・台南の日本人作家群像

大東和重［著］
Kazushige Ohigashi

関西学院大学出版会

台南文学　日本統治期台湾・台南の日本人作家群像

関西学院大学個人特別研究費による

目次

序章

鳳凰木の花咲く街で

——日本統治期の台南文学

一　鳳凰木の花咲く街で

一九四〇年五月、鳳凰木《ほうおうぼく》がまた花をつける季節がやってきた。三七年七月に台湾の古都、台南へ教師として赴任し、三度目の初夏を迎えつつあった新垣《にいがき》宏一（一九一三―二〇〇二年）は、台南を象徴する花木、鳳凰木を礼讃して、次のように記した。

台南の名物の鳳凰木の花が咲く頃となつた。自分の勤めてゐる学校の前の並木にちらほらとあの赤い花が咲きそめたのを見ると、暑い夏が来るのを知るのである。台南の町中の鳳凰木の並木が燃えるやうな色を見せて咲き狂ひ、その枝に夏の蟬が耳も聾《ろう》せんばかりにじやあじやあと啼《な》く頃は、台南の夏もたけなはの頃なのである。全くこの鳳凰木は美しい。

台南の主要道路にはこの木がずつと植ゑられてゐて、その細かい緑の葉が涼しい日蔭を作つてゐる。その鬱蒼《うつそう》と繁茂した枝を傘のやうにひろげた有様は見るからに涼しいものである。それが、夏の訪れと共に鮮かな真紅の花を一面に咲かせるのだ。緑の葉の間にちら〳〵と咲きはじめるとあゝ咲きはじめたな、と、或るなつかしさと、珍しさの感じに打たれる。さうして緑の葉のなかにくつきりと浮かび出したこの花の熱帯的な濃厚な赤い色彩の大胆な配色の美に強く印象づけられるのである。その内に次第に花の数が見る〳〵増して来て、一面に火の燃えるやうに咲き満ちた壮観と言

つたら見た人でなければあの圧倒的な情熱の花の想像は出来ないだらう。（傍線引用者、以下同じ）

「初夏随想　花咲ける鳳凰木」（『台湾時報』第二百四十五号、一九四〇年五月）

新垣は翌年の夏にも、同じく台南で鳳凰木を見て、この文章を書き改めた「鳳凰木記」を発表した（「鳳凰木記」一―三、『台湾日報』一九四一年八月三十一日／九月二／三日）。新垣によれば、鳳凰木が台南に街路樹として持ち込まれたのはごく新しく、日本による統治が始まって以降のことである。それ以前にも、オランダ人によって外港安平《あんぴん》にもたらされた木があるが、わずかにすぎない[1]。しかし日本統治が始まってすでに四十年以上が経過し、そのあいだ鳳凰木は街の随所に植えられ、街を美しく飾った。鳳凰木は台南にとって、とりわけ初夏においては、なくてはならない花となっていた。

写真 0-1　日本統治期の台南市（台南州庁、現在の台湾文学館）

新垣が鳳凰木を讃《たた》えた、翌一九四一年五月十日、台南駅に降り立った旅行者、詩人・編集者の春山行夫《ゆきお》（一九〇二―九四年）が目にしたのも、真っ赤な花をつけて古都に訪問客を迎える、鳳凰木だった。

写真 0-2　台南駅

台北ではまだ花が咲いてゐなかつたが、ここでは鳳凰木が咲きはじめたと新聞に出たのが二三日前で、いまその盛りがはじまらうとするときであつた。ネムに似た老木で、札幌のアカシア並木とどちらがいいかといはれると返答に困るだらう。真朱な花が咲いて、燃えてゐるやうだ。

しづかな夕方、鳳凰木の花が咲いてゐる大通りを、塔車にのつて下町の中心へでる気分は爽快である。繁華地帯へゆくと気分が一変して、映画のおそろしく大きな立看板が目だつ。

台南では駅の楼上がホテルになつてゐて、食堂がある。（中略）ホテルの窓から駅前を見ると、広場全面がセメントで固めてあり、正面に大きな榕樹が繁つてゐる外、ロータリーも花壇もつくつてないので、いかにも広場といふ感じである。夜、少女が重い銅像のやうな影をひきずつて歩いてゆく。そして夜明けになると、通つてゆく水牛が唸《うな》る。

『台湾風物誌』（生活社、一九四二年）[2]

春山は、台南在住の民族考古学者國分《こくぶ》直一に向かい、「台南の鳳凰木の街路樹」は「日本一だ」と語ったという（國分「台南の風物」『民俗台湾』第二巻第五号、一九四二年五月）。

何人もの旅行者や滞在者が、台北から、あるいは高雄《たかお》から、縦貫鉄道に乗り、台南駅に降り立った。駅前でまず目を惹《ひ》くのは、広場に木蔭を大きく広げる、ガジュマル（榕樹）の大木である。そして街中心部のロータリー、「大正公園」（第四代台湾総督児玉源太郎像があり、「児玉公園」とも呼んだ。現在は「湯徳章紀念公園」）へと至る大通り、「大正町通り」を進む。すると、もし初夏であれば、目に沁《し》みるように鮮やかな赤い花をつけた鳳凰木の並木が迎えてくれた。台湾生まれで当時台北に住んでいた画家の立石鐵臣《たていしてつおみ》（一九〇五―八〇年）は、台南をいくどか訪れたが、「駅前から街へ出る間の鳳凰木のトンネルの並木はいつ見てもいい。この前は、リボンのようにあざやかな花をたくさん結んでゐた」と記した（「台南通信」『文芸台湾』第二巻第一号、一九四一年三月）。

写真 0-3　台南駅前のガジュマル

　つかの間の旅もあれば、数週間、数年に及ぶ滞在、あるいはここで生まれ、ここで生を閉じた日本人もいた。台南で生まれ育った今林作夫《さくお》（一九二三年―）の『鳳凰木の花散りぬ』には、溢れるばかりの緑豊かな街の光景が印象的に描かれている。台南を初めて訪れる人が、もし初夏の季節に際会すれば、その人はとても幸運だ、と今林は語る。なぜなら、「見事に咲き誇った鳳凰木の華麗な歓迎を受けただろうから」。若き日の今林は、一年間の内地滞在から、朝、故郷に戻った。スコールが上がったばかりの駅前

写真 0-4　大正町通り（現在の中山路）

のガジュマル、そしてロータリーの大正（児玉）公園へとつづく大正町通りの両側の、鳳凰木の鮮明な印象は、消えることのない記憶となって刻まれた。

一年振りに降りたった台南駅はさすがに懐かしく、それでいて何となくよそよそしかったことを覚えている。私たちは駅前で俥《くるま》を二台拾うと、母の俥を先導に一路我が家へと向かった。朝方の九時頃だったと思う。空は晴れていたが、朝早くスコールが通ったのだろう。舗装されている駅前広場はしっとり濡れていた。そして広場のど真ん中の巨大なガジュマルの木も、その雨にすっかり洗われたからだろうか、黒々として見えるほどの深い緑の塊《かたまり》となって、私たちの前にたちはだかっていた。故郷に戻って来たと、私はしみじみ思った。

そして二台の俥がその巨大なガジュマルの木の傍らをすり抜けて、鳳凰木の並木道に差しかかった時だった。私は我が目を疑うほどの衝撃を受けたのである。児玉公園まで一直線に延びている雨に濡れた舗装道路に、それこそ今さっき散ったばかりに違いない、鳳凰木の瑞々《みずみず》しい花びらが、正に真っ赤な絨毯《じゅうたん》を敷き詰めたように散っているのだった。何という壮烈な散りようなのだろう。その日は日曜日だったのかもしれない。まだあたりにあまり人影はなかった。それに車のほとんどなかった時代だ。すぐ前を母の俥の轍《わだち》が、赤い無垢《むく》の絨毯の上にくっきりと二本の線を付けながら走って行く。あたりの風景はすっかり止まってしまったみたいに静かで、ただ、濡れた真紅の絨毯の上を走って行く俥夫の足音だけが、リズミカルにぺたぺたぺたぺたと聞こえるだけだった。

『鳳凰木の花散りぬ』（海鳥社、二〇一一年）[3]

写真 0-5　大正公園（児玉公園とも呼ばれた、現在の湯徳章紀念公園）

街へと踏み出す一歩は、ある人にとっては初めての体験への一歩であり、別の人にとっては、わが街へと帰ってきた懐かしさや安堵《あんど》の一歩である。しかし同じなのは、この街で歩み、滞在し、生活した記憶は、それぞれの人生に忘れがたく刻まれたということで、鳳凰木の花咲く台南には、その人の生涯にくっきりした刻印を押すだけの、不思議な魅力がある。

もちろん、ここは台湾人の街である。後述するように、日本統治期において、台北や高雄といった新興都市は、日本人居住者の割合が高く、台湾と日本が混淆《こんこう》した近代都市で、日本人が大手を振って闊歩《かっぽ》していた。一方台南は、台湾のなかでも台湾人の割合が圧倒的に高かった。日本人の生活圏は限定され、すぐ隣りで台湾人の、変わることのない伝統的な生活が、公然と営まれていた。豪奢《ごうしゃ》を誇る富家も多かった。台南は台湾人にとって、南部の穀倉地帯に囲まれた、繁華の商業地であり、伝統文化においても随一の古都である。いささかでも政治・経済・文化に敏感な日本人であれば、ここではつねに、「台湾」を意識しながら暮らすことを迫られた。

本書は、そんな日本統治期の台南に、旅行・滞在・居住した経験のある、日本人の作家・文学者・学者が、一九二〇年代から四〇年代前半にかけて、この街をどのように描いたのか、論じることを目的とする。登場するのは、生年、及び台南を描く主要な作品を発表したおよその順で、佐藤春夫・前嶋信次・庄司総一・西川満・國分直一・新垣宏一の、計六人。日本統治期の、日本語による、日本人の手になる台南文学において、いずれも逸することができない、ひとしく主役の権利を主張する面々である。

六人は立場も来歴も歴史的な位置づけもさまざまである。佐藤春夫（一八九二―一九六四年）のように、日本近代文学史に輝かしく名を残す作家もいれば、イスラム文化史研究の大家だった前嶋信次（一九〇三―八三年）、考古・民族学界で大きな足跡を残した國分直一（一九〇八―二〇〇五年）のような学者もいる。一方、戦争中に文学賞をもらい注目を浴びながら、戦後それがあだとなって文学史から名の漏れ落ちた、庄司総一（一九〇六―六一年）、台湾文学研究の世界では知らぬ人のない、しかし日本近代文学研究では陽の当たっているとはいいがたい西川満（一九〇八―九八年）のような作家もいる。新垣宏一にいたっては、台湾文学研究でもとり上げられることは稀《まれ》で、日文研究者でその名を知る人は皆無に近いだろう。有名と無名、才能の多寡、傾注した努力の方向も異なる人々である。ただ、文学を愛好し、表現することに生涯をかけた点で、いずれ劣らぬ情熱の持ち主ではあった。

そんな六人が、深浅の差はあっても、この街と縁を結び、街を描き、街への思いを抱きつづけた。滞在の期間は大きく異なるが、台南に対する感情の深さでは甲乙つけがたい。佐藤は台南を舞台とした「女誡扇綺譚」について、「この作がすぐれてゐるかどうかを、作者はもとより知らない。知り得ない。／但、作者はこの作を愛してゐる」と記した（「ぢょかいせんきだん　あとがき」『女誡扇綺譚』第一書房、一九二六年、一二三頁）。前嶋は晩年まで、台南の思い出を倦《う》まずに語った。國分は台南での研究を出発点に、その視野を広く東アジア・東南アジアに広げたが、いつも心の戻っていくのは、そこで育ち青春を過ごした台南だった。西川は戦後も台南を舞台に小説を書き、台北の大稲埕《だいとうてい》とともに古都への愛着を語った。庄司と新垣は、戦後台南での生活について多くを語らなかったが、深く秘めたものはあったと思われ、新垣は最晩年にようやく、人生の足跡を振り返り、「台南での生活は、私にとって一生忘れえぬ幸福な人生の時」だったと語った。[4]

新垣がそうだったように、台南での時間は、鳳凰木の記憶と切り離せない。前嶋の台南を描いた散文の端々《はしばし》には、鳳凰木が姿を見せる。帰国して二十年が経っても、街が脳裏に浮かぶとき、「輝かしい紺青《こんじょう》の空のもとに、白日《はくじつ》の照り映《は》えた美しい入海《いりうみ》のほとりのかの町」では、「大通りには初夏の陽をあびて、深紅の鳳凰木の花が咲きみち」ている（「国姓爺の使者」『三色旗』第百四十三号、一九六〇年二月）[5]。庄司の場合、代表作『陳夫人』の随所に鳳凰木が描きこまれるのみならず、未完の長編『青年の門』（『新建設』一九四三年六月―四四年四月）では、帝大法科の留学生江秋火《こうしゅうか》の手記に、母の記憶と庭の鳳凰木が重ねられ、「わが愛の木」として描かれた。「私はその木に深い愛着を感じてゐた。あの紅い花が可憐で美しいからだけではなく、その樹蔭に私の母の姿があつたから」（第七章）。この留学生の母の姿にはもしかすると、二十歳で母を亡くした作家自身の追憶が重ねられているのかもしれない。西川が一九四一年、三度目に台南を訪問したのは初夏の五月で、「燃えるやうな鳳凰木の花が咲いてゐた」。花の下を人力車で走り、連れられていった店の「縁に立つと、隣の廟の反《そ》り返つた屋根が見えて、しみじみと旅情を感じた」（「保佑平安」『文芸台湾』第二巻第三号、一九四一年六月）。國分が台南の街を描けば、つねに鳳凰木が添えられていたし、「鳳凰木の夏」（『台湾日報』一九四〇年五月二十八日）の一文もある。鳳凰木を抜きにして、台南の街は描けない。

台南での最初の一歩は、恐らく、何気なく踏み出されただろう。歴史の古都を描こうと、満を持して訪れたのは、西川くらいである。佐藤は傷心の旅先がたまたま高雄で、台南が近かったゆえに訪れた。前嶋はアカデミズムの争いに敗れて、台北帝大に留まれず、寂寞《せきばく》の心を抱いて南部へ赴任した。國分は関わっていた左翼運動に対する弾圧から逃げ出すように、恩師の誘いを受けて台南へ帰った。庄司は、旧制中学までを過ごした台南と、そこで医院を経営する、年老いても経済的援助をいつまでも乞《こ》わねばならない父に対し複雑な思いを抱きつつ、作家としての人生を賭《か》けるつもりで故郷を描いた。そして新垣は、生まれ育った高雄に近いこの南部の街が赴任先だったというきっかけで、足を踏み入れた。西川をのぞけば、いずれも台南を目標としたわけではなく、たまたま縁を結んだにすぎない。しかし台南での一歩は、それぞれの人生を変える時間へと通じる一歩となった。

同じようなことは、もちろん他の街でも起きただろう。日本内地の都市、植民地の都市、あるいは海外の留学・滞在先の都市、同じ台湾のなかでも台北・台中・高雄、あるいはもう少し小さな街である嘉義《かぎ》・花蓮《かれん》などでも起きただろう。だが、一つの都市に、一つの文学の流れが、これだけの規模と密度で、しかもこれだけの特色をもって生まれたのは、不思議というほかない。そこには台南でなければならぬ必然性もあった。本書のあつかう「台南文学」は、日本統治期の台南における、日本語を用いた、日本人の残した近代文学に限定するが、佐藤春夫が一九二五年に発表した「女誡扇綺譚」を咲き初めとして、四〇年代前半まで、この台湾南部の古く美しい街に、日本語による、日本人の手になる文学の花が、初夏の五月に鮮やかな花をつける鳳凰木のごとく、開き、やがて散った。その文学は、台南や台湾を描くに際し、多くの無理解や誤解を含んでもいたが、彼らなりに深く土地と人々のあいだへ分け入ろうとした試行錯誤の結果ではあった。

日差しのきつい台南の街で、涼しげな木陰を投げかけてくれる鳳凰木は、初夏を迎えると、燃えるような真紅の花を、狂うがごとく咲かせる。いくど見てもその鮮やかさは珍しく、また一度見たら忘れがたいその濃密な色合いは、再び目にする者に懐かしさを呼びさます。咲き出すと次から次へと、みるみるうちに花を咲かせ、咲き満ちて、圧倒的な情熱の世界に、見る人を誘う。それが台南の街を飾る鳳凰木で、同じくこの台南の街を舞台に、一九二〇年代から四〇年代前半にかけて、鳳凰木と同じく日本統治が始まってからもたらされた外来の日本語を用いて、文学の花が、短くはあるが燃焼の季節を迎え、小さくはあるが情熱の世界を作り上げた。

そして現在、台南を旅行、あるいは滞在する人々が、かつてのように街を飾ってはいないとはいえ、そちこちに残る鳳凰木を目にし、台南に来たのだと身に沁《し》むように、かつて日本統治期にこの地で、あるいはこの地を舞台として書かれた文学に接すると、すでに長い年月の経ったことがまるで嘘のように、ときにはわがことのごとく、ときには違和感をもって、ときには胸をしめつけられるような気持ちになりつつ、彼らの経験を追体験したり、彼らの記述に自らの記憶を重ね合わせたり、ときには彼らの台湾や台湾人に対する理解のなさになぜという疑問を感じたりしつつ、読み進めることになる。活動の期間はわずか二十年ほどにすぎないが、彼らの文学は、当時の新聞や雑誌や単行本を紐《ひも》解《と》けば、今でも鮮やかによみがえる。かつての植民地の地方都市、現在では台湾の古都と称される、さして大きくはない街をめぐって、文学の物語が姿をあらわすのである。

二　日本統治期の台南における、日本人作家による、日本語文学

本書は、日本統治期の台南における日本語文学について、日本人作家六人を中心に検討する。ただし「作家」といっても、職業作家は佐藤春夫のみである。庄司総一は長きにわたり作家志望のアマチュアにすぎなかったし、西川満は記者・編集者・造本家でもあった。前嶋信次と國分直一は文学を

愛好する学者・教育者であり、新垣宏一も熱心な文学青年であったが教育者として一生を終えた。厳密には「作家」ではない。しかしいずれも、詩・小説・随筆・考証・研究などの分野で、見るべき量と質の作品を残した。佐藤を除き、文筆のみで口に糊《のり》したわけではないか、あっても期間は短いが、文学に情熱を注いだ点、残した仕事がまぎれもなく「文学」だという点で、著名作家に決してひけをとらない。六人を「作家」と呼ぶのは、広く文学と関わる活動をした、という意味である。

また、本書のタイトル「台南文学」は、より厳密には、「日本統治期の台南における、日本人作家による、日本語文学」とすべきである。本書であつかう対象には、四つの限定を設けている。一つは、「日本統治期」という時代で、一八九五年から一九四五年までの、二十世紀前半、日本が台湾を植民地として統治していた時代、なかでも台南で近代的な文学活動が展開された、一九二〇年代から四〇年代前半の文学をあつかう。この時期台南では、複数の条件が重なり、日本語の文学作品が集中的に産まれた。

二つ目は地理的なもので、台湾南部に所在する、台湾随一の古都、台南で書かれた、あるいは台南を舞台とする文学を対象とする。日本人居住者の多かった政治の中心・台北に対し、台南は南部の経済の中心地で、市の人口は台北に次ぎ、州の人口では台湾最多、その圧倒的多数を台湾人が占めた。[6]この台南という都市で展開された、もしくは台南を描写の対象とした文学、ということである。たとえ台南出身者の作品であっても、それ自体が台南と直接関係なければ、「台南文学」とは数えない。

三つ目は言語に関する限定で、対象は日本語を用いた文学である。日本統治期の台湾では、日本敗戦後に国民党政府の完全な掌握下に入るまで、四種の書き言葉が存在した。中国の伝統的な文章語である「文言文《ぶんげんぶん》」（日本統治期は「漢文」と呼ばれた）、明清小説などで用いられた口語文や役人の共通語である北京官話をもとに、中国大陸で近代に入ってから成立した標準中国語の文章語「白話文《はくわぶん》」（文言文と併せて「漢文」とも呼ばれた）、台湾で人口の多数を占める、福建南部からの移住者の話し言葉を文字表記化した「台湾語」（ローマ字表記と「白話字」表記の両方がある）、さらに、日本統治期に教育の普及とともに急速に浸透した日本語（「国語」）である。[7] これら併存していた書き言葉のうち、本書では日本語で書かれたもののみをあつかう。台湾は話し言葉も多様である。人口が最大の福建省南部の出身者「福《ふく》佬《ろう》人」（「閩南《びんなん》人」とも称する）と、主に広東省北部から来た「客家《はっか》人」の言葉は、全く通じ合わない。また同じ「福佬人」でも、泉州と漳州《しょうしゅう》出身者では方言がやや異なる。主に山地に住む原住民は十を超える民族にわかれ、日本統治期の共通語は日本語だったし、さらに失われつつあったが平地に住む原住民「平埔族《へいほ》」の言葉も残っていた。台湾の言語状況は極めて複雑だったが、日本統治期にはその複雑さを蔽《おお》うように日本語が普及していった。

そして最後にもう一点、本書は日本人作家のみを対象とする。ただし、日本統治期の台南における文学活動が、日本語に限定されないのみならず、日本人の文学者のみがいたわけでもない点は、強調しておきたい。本書が日本人作家のみをあつかうのは、紙幅と論旨の制限によるもので、台北・台中（及び彰化）と並んで知識人を輩出した、台南出身の台湾人作家については、別に一冊が書かれねばならない。筆者はまだ、主に日本語で書いた呉新榮《ごしんえい》・楊熾昌《ようししょう》についてのみ、試論を発表した段階にある。[8]

以上の限定を加えた「台南文学」が、一定の規模と流れをそなえた「台南文学」として成立するためには、成立のための物質的な基盤、筆力・筆量ともに充分な書き手の存在、さらに「台南文学」に独自性を付与する具体的な文学的テーマという、三つの条件を満たす必要がある。もし単に、一地方で偶発的に発生した文学、そこを出生地とする作家や旅行した作家の作品を拾い上げて、不連続で、相互に直接の関係がない現象として、つなぎ合わせ記述するだけなら、あえて「台南文学」と命名する意味は半減する。

台南文学が成立するための物質的な基盤のうち、主要なものはおよそ三つ考えられる。一つは、複数の文学愛好者が籍を置くだけの、中等教育機関の存在である。[9] 地方都市における文学の書き手は、多くの場合、文筆の収入のみでは生計を立てられない。たとえ本人としては世を忍ぶ仮の姿であっても、本業として教員や記者などをして糊口《ここう》をしのぎつつ、副業・日曜作家として創作に従事する。高雄出身、台北で学んだ新垣宏一は、台南の高等女学校に着任した当時を振り返り、「台南は〔台北より小さいが、引用者注〕、高雄よりは大きな町で、台湾の歴史的な故都《ママ》でありました。町には一中、二中、一女、二女、師範、後に高工が創られたほどの発展した町でした」と語る。[10] 高等教育の面では、旧制高校と帝国大学を擁する台北に一籌《いっちゅう》を輸《ゆ》するも、中等教育機関の数や充実度では、台南は決して見劣りしない。

一九二〇年代の時点で台南市内には、「台南州立台南第一中学校」（一九一四年創設、戦後は台南第二高級中学に改称）、「第二中学校」（二二年、戦後は一中に改称）、「第一高等女学校」（一七年、戦後は「台南女子高級中学」に改称）、「第二高等女学校」（二七年、戦後は一高女と合併）、「台湾総督府台南師範学校」（一八九九年創設、のち廃止も一九一九年再び開校、現在は「国立台南大学」）があった。これに三〇年代、「台南高等工業学校」（三一年、現在は「国立成功大学」）が加わる。他にも私立で長い歴史を誇る、「台南長老教中学」（一八八五年）、「台南長老教女学校」（八七年）があった。州立中学が二校、高女が二校、師範学校が一校、高等工業が一校、私立中学が一校、高女が一校である。うち一中・一高女・師範学校はいずれも、台北に続く設置だった。これら中等教育機関には、台北高校や台北帝大ほど綺羅《きら》星のごとく選《よ》り抜きのエリートが蝟集《いしゅう》したわけではないが、資産家が多く教育熱心な南部から優秀な人材が集まった（ちなみに、戦後一中と改称した二中は、戦後、台湾史研究者・独立運動家の黄昭堂、政治家の陳水扁《ちんすいへん》・王金平、作家の侯文詠、映画監督の李安など錚々《そうそう》たる人物を輩出した）。学校があれば生徒と教員がいる。東京はもちろん台北とも比肩すべくもないが、教育機関の数に見合う厚みをもって、知的な関心を共有できる人々が台南に集まり、規模は台北に劣るものの、輪を作りお互い刺激し合った。

第二の物質的基盤は、地元新聞『台南新報』、一九三七年から改称して『台湾日報』の存在である。[11]いくら書き手がそろっても、英雄武を用うるの地なければ、いたずらに腕を撫《ぶ》すのみである。『台南新報』『台湾日報』には学芸欄があり、黄金時代は二度訪れた。三〇年代半ば、楊熾昌が『台南新報』の学芸欄を編集した折には、李張瑞《りちょうずい》ら台湾人詩人を中心に、日本人メンバーも含む「風車詩社」の面々が紙面で活躍した。[12]つづいて三七年以降、のちの章で述べるように、岸東人《とうじん》が『台湾日報』学芸欄を編集するに至り、文学を愛好する日本人教員たちが慫慂《しょうよう》されて盛んに筆を執《と》った。狭い街のこととて、いずれの盛期とも、あいつが書くなら俺も、と腕を鳴らす者が続出したと思われる。書けば即座に周囲の反応を期待できる場所が地元にあることは大きい。

　そしてもう一つ、外部から来た刺激も、基盤として加えておくべきだろう。台南だけで独自に文学運動が展開されていたわけではない。一九三〇年代半ば、及び四〇年代前半、台湾では全島規模の文学運動が盛り上がり、また考古学や民俗学が勃興した。台南在住の文学者たちは、地元紙に筆をふるいながら、台北や台中の新聞雑誌にも熱心に寄稿した。全島規模の文学や学術活動が活発となり波及することで、古都の書き手たちも刺激を受けたのである。

写真 0-6　台南新報社（のち台湾日報社・中華日報社と改称）

　ただし台南外の活動に牽引されながらも、台北や台中との一定の距離、台南内部における文学や学術グループの存在、地元新聞の紙面提供、そして何より台南という土地の特徴が、この地の文学活動をして独自のものたらしめた。『台湾日報』学芸欄は、一九三七年の時点で、「南報（＝『台湾日報』）は文芸の外の雑文も載せ或ひは純粋の文芸欄と云へないかも知れぬ」と評されている（柳川浪花「淋しき昭和十二年の本島文芸界」『台湾公論』

一九三八年一月)。記事には純粋な文芸というより、台南を論じた、あるいは広く台南と関係する、愉快な読み物が多く掲載され、土地に対する強い関心を特徴とする。つまり台南の文学・学術活動は、台南という土地と切り離せない関係にある。

以上のように、台南には文学活動が成立するのに充分な、物質的な基盤があった。しかし文学は、ある場所で、だれかの手を通して、書かれる。書き手の力量がどの程度か、どのような環境下で書いているかは、作品の質や性格と直結する。

台南は台湾人の街であり、優れた台湾人作家を輩出した。日本統治期や戦後に日本語を用いて、あるいは日本語と関係する文学活動をした人だけでも、呉新栄・郭水潭《かくすいたん》・林芳年《りんほうねん》・楊熾昌・李張瑞・林修二《りんしゅうじ》・劉吶鷗《とつおう》・王育霖《りん》・王育徳兄弟・邱《きゅう》永漢・葉石濤《ようせきとう》・黄霊芝《こうれいし》などがいるし、郷土史家の石暘睢《せきようしょ》・荘松林《そうしょうりん》も逸しがたい。

一方、縁あってこの地に旅嚢《りょのう》を解いたり居を構えた日本人も、本書の主要な登場人物、佐藤春夫・前嶋信次・庄司総一・西川満・國分直一・新垣宏一と、多士済々《たしせいせい》である。地方の教育界で目立たぬ後半生を送った新垣を除けば、日本や台湾の文壇における著名作家、また戦後の学術界で活躍した人々である。一九二〇年代から四〇年代前半までの、わずか四半世紀のあいだに、なぜこれだけ文藻《ぶんそう》豊かな作家・学者が、旅行もしくは滞在し、台南を対象に、現在も味読《みどく》に値する文章を残したのか、謎に思えるほどである。偶然も多分に作用したろうが、彼らを惹きつけるものが台南にあったともいえるだろう。しかも六人のうち、四人は直接の交流を持ち、また間接的な影響関係についていえば、佐藤春夫「女誡扇綺譚」の圧倒的な影響を背景に、一つの流れを形作った。

台南に中等教育機関や地元紙が存在し、全島規模での文学運動が盛り上がる時期に際会して刺激にも恵まれ、文才ある作家や学者が旅したり滞在したりした。しかしこれらだけでも、一つのまとまりや流れとしての「台南文学」、唯一無二の「台南文学」が産まれるわけではない。同様の条件は、台北や台中・高雄にも、規模は異なりながら当てはまる。他の都市の文学と異なる、独自かつ具体的な性格がなければ、あえて「台南文学」と呼ぶまでもない。

あらためて、日本統治期の台南を紹介しよう。台南市を含む台南州は、台湾島の南部、嘉南平原《かなん》に位置する。北は台中州、南は高雄州に接し、西は「黒水溝《こくすいこう》」と呼ばれた台湾海峡に臨み、東には巍峨《ぎが》たる中央山脈がそびえる。州の面積は、九州ほどの大きさの台湾島のうち、約七分の一弱を占める。北回帰線が台南州嘉義市の南を通るので、その南の台南市は熱帯に属し、二月から十一月までは夏のような気候がつづくが、最高気温はせいぜい三十度超で、中央山脈から吹き下ろす風が街中を台湾海峡へと通り抜け、暑熱に苦しむことはない。

台南州の行政区画は、台南市・嘉義市を二大都会として、新豊郡・新化郡・曾文郡・北門郡・新営郡・嘉義郡・斗六《とろく》郡・虎尾郡・北港郡・東石郡で構成されていた。現在の台南市（二〇一〇年、台南県と台南市が合併して大台南市となった）・嘉義市・嘉義県・雲林県に当たる。台南州のある嘉南平原は台湾最大の平野で、穀倉地帯である。州全体の人口が一九三九年末で約百五十万人、全島人口の約四分の一を占め、うち台南市が十三万、嘉義市が九万だった[13]。台南市の人口は台北市より少ないが、州としては最多であり人口密度も台湾一だった。

当時の案内を引用してみる。

台南市は、海岸寄りの安平と共に、台湾最古の都会である。元は海港で、蘭人占拠時代、鄭氏時代以来三百年の歴史を持つ、本島人的都会だ。台南は広漠たる南部平野の中央に在る。平野の交通中心地であると共に、中心市場である。州庁、官衙《かんが》、市役所、聯隊、学校、会社銀行等の所在地で、史跡に富んでゐる。台北に次ぐ大都で、人口十万余、内地人一万五千、本島人八万五千人、本島人の臭ひのぷんぷんした街だ。官衙、銀行会社は欧米風だが、街家の大半は本島家屋だ。市内には、台南城址の楼門が残り、永楽町附近は純本島人街、末広町大正通は内地人の街だ。熱暑の街だけに、鳳凰木、榕樹、木麻黄《もくまおう》などの並木が多い。

井東憲『台湾案内』(植民事情研究所、一九三五年、七二頁)

井東の案内は台南の特徴を簡潔に示している。西に海をひかえた、台湾の歴史を体現する古都で、城壁を囲む三方には農業地帯が広がる。台湾人が人口の圧倒的多数を占める点で、台北とは対照的な街であり、台北が政治の中心地なら、ここは商業の中心地である。台南はいたるところ史跡の、古い習慣が染みついた街でもあった。台南高等工業学校長だった若槻道隆は次のように描く。

> 台北の三線道路の美観はなくとも、こゝには州庁より通ずる幸町大正町花園町の鳳凰木、タガヤサンの美しき並樹あり、又〔台北の〕京街の近代建築に比すべき堂々たる建築が日ならずして末広町通りを飾らんとして居る。（中略）／兎《と》も角《かく》近代都市として幾分か取り残されたやうな気持にあるのを取り返し、時代に追従し、文明の恩沢《おんたく》に浴せんと努力して居る事は事実である。
>
> 然し何と云ふても台南は古い町である。それは我々が旧き都と云ふ詞から連想するやうな山紫に水清いと云ふやうな旧い都ではない。街の隅々に散在して居る据売《すえうり》の多い事や、舗装された道路を一歩入れば人一人が漸《ようや》く通行の出来るやうな細いラビリンスのやうな小路《こうじ》の多い事や旅の人の温泉が出るのかと尋ねる迄に所定めずに汚物を撒《ま》き散らしてある事など如何にも古い支那時代の町を想ひ起させるものである。
>
> 旧い町はやゝもすれば因習の絆《きずな》が縦横にとりまいてゐる。人と人との交りは申す迄もなく、そこにある建物にも、道にころがつてゐる小石にも親しみを覚え、なつかしさを感じる。
>
> 「旧都雑感　申は去《さる》るなり　旧きをさりて」（『台南新報』一九三一年一月一日）

台南が台北ともっとも異なるのは、そこが植民地としての台湾ではなく、台湾人の土地としての台湾を濃厚に感じさせる点である。日本統治期の台南に旅すれば、その人は否応なく、自らが台湾に来たのだと意識せずにいられなかった。

表1　日本統治期台湾の主要各州・市の人口[15]

	内地人	本島人	計	内地人の割合
台湾　1938年	308,869	5,393,178	5,746,959	5.4%
台北州 1937年	129,407	948,657	1,101,898	11.7%
台北市 1937年	86,685	202,122	302,654	28.6%
台南州 1938年	**48,130**	**1,401,456**	**1,456,818**	**3.3%**
台南市 1938年	**16,969**	**104,173**	**124,351**	**13.6%**
高雄州 1938年	44,097	770,615	821,753	5.4%
高雄市 1938年	25,970	81,892	109,857	23.6%

台南の歴史については他の書籍に譲るが[14]、台南が台湾史のなかで独自の位置を占めることは確認しておきたい。台湾でもっとも古い歴史を誇り、歴史が重層的に積み重なったこの都市には、いくども上塗《うわぬ》りするようにして記憶が刻まれ、その記憶はときとして裂け目から顔をのぞかせる。原住民の天地だった時代、オランダ統治時代、鄭氏政権時代、清朝時代、日本統治期、国民党統治期と、ここにはそれぞれの時代と関わる史跡が存在する。

日本の統治が半世紀を経ても、台南は台湾人が圧倒的多数を占める都市でありつづけた。のちに詳述する、「台南学派」の面々、前嶋信次・國分直一・新垣宏一がそろう、一九三七年から三八年の内地人（日本人）と本島人（台湾人）の人口を、他の都市と比較してみると、表1の通りである。

一九三八年当時の台湾の人口は、六百万近い（現在は二千三百万超）。市としては台北市が最大で、台南市はそれに次ぐが、両市をそれぞれ含む台北州と台南州を比較すれば、台南州の方が断然多いことがわかる。また、台北市では日本人の割合が

表2　台南州台南市の人口[16]

	内地人	本島人	計	内地人の割合
1915年	9,872	50,436	61,957	15.9%
1920年	11,317	64,018	77,794	14.5%
1922年	12,435	66,562	81,644	15.2%
1926年	12,246	69,855	84,916	14.4%
1932年	15,155	84,352	102,703	14.8%
1935年	15,793	92,581	112,142	14.1%
1938年	16,969	104,173	124,351	13.6%
1940年	18,396	128,334	149,969	12.3%

＊内地人・本島人以外に、朝鮮人・外国人の項目があり、「計」はこれらすべての合計

高く、三割近くを占めた。南部の新興都市高雄市でも二割を超えた。一方台南市は、十四パーセントに満たない。しかも台南州ではその数字はもっと小さく、台湾全体で日本人の割合が五パーセントなのと比べてもさらに低い、わずか三パーセントにすぎない。日本の統治が四十年以上経過した時点でも、台南は依然として台湾人の土地だった。

次に表2の台南市の人口の推移を見ると、人口が一貫して増える中で、日本人の占める割合は上昇していないことがわかる。一九一五年と四〇年を比較すればわかるように、日本人人口が倍増するとともに、台湾人も倍以上に増えた。

さらに前嶋・國分・新垣が勤務していた学校の生徒数を見てみよう。表3、5のように、一中と一高女は圧倒的に日本人が多い学校だった。一方、二中と二高女は台湾人子女が多数を占める学校だった。後述するように、前嶋と、國分・新垣の文学のあいだ

表3　台南第一中学校（1914 年創立）の生徒数

	内地人	本島人	計
1922 年	450	26	476
1926 年	448	70	518
1932 年	547	90	637
1936 年	578	108	683
1938 年	617	87	704
1940 年	658	79（高砂族 1）	738

表4　台南第二中学校（1922 年創立）の生徒数

	内地人	本島人	計
1922 年	10	85	95
1926 年	48	412	460
1932 年	17	475	494
1936 年	35	562	598
1938 年	71	620	691
1940 年	82	663	745

表5　台南第一高等女学校（1917 年創立）の生徒数

	内地人	本島人	計
1922 年	333	6	339
1926 年	376	19	395
1932 年	414	26	440
1936 年	428	20	448
1938 年	451	16	467
1940 年	500	13	513

表6　台南第二高等女学校（1927 年創立）の生徒数

	内地人	本島人	計
1922 年	32	127	159
1926 年	122	247	369
1932 年	73	319	393
1936 年	98	299	398
1938 年	134	364	499
1940 年	100	507（外国人 1）	608

には、台湾人との距離において、かなり異なる態度が見られる。その理由としては、まず生育地の相違が影響しているだろう。前嶋は日本で生まれ、一貫して日本で高等教育を受け、台湾は赴任先にすぎなかった。これに対し國分は、日本生まれだが台湾育ちで、大学以外は台湾で教育を受けたし、新垣は台湾で生まれ育ち、高等教育まですべて台湾で受けた。また、前嶋が日本人中心の学校で教鞭をとり、新垣は台湾人中心の学校で教えた、ということも作用した可能性がある。前嶋と新垣は学究肌という性格面で共通するが、日常接する生徒が日本人だったか台湾人だったかは、結果としてその作品に異なる相貌を与えた。國分も前嶋と同じく日本人中心の学校で教えたが、回想からわかるように、前嶋・新垣と異なり、内気ながらも人への関心が強く、台湾人の生徒や学者・文学者とも親しい交流があった。

台南に来れば、凝縮された台湾の歴史と、街の隅々にまで染み込んだ台湾人の生活がある。現在の台南は、人口は台北や高雄・台中に次ぐ四位で、近代化は立ち遅れ、経済面でも後塵《こうじん》を拝している。しかし台南は現在でも、台湾人にとって特別な街でありつづけている。台湾随一の観光都市であり、連休ともなれば人の波に揉《も》まれる。近年では街歩きなどの書籍が続々出ている[17]。台南の街角に立てば、聞こえてくるのは、台湾語のさざめきである。ここでは「台湾」を意識せずに暮らすことは不可能で、たとえ日本人の書いたものであっても、意図しようとしまいと、台南の街と人を通して、「台湾」が浸透する。それが「台南文学」独自の性格を形作ったと思われるが、詳しくは第一章以下で検討する。

三　地方文学・植民地文学・台湾文学

本書は、筆者がこれまで刊行した二冊の文学史の研究書、日露戦後の文学を論じた『文学の誕生　藤村から漱石へ』（講談社選書メチエ、二〇〇六年）と、第一次大戦後の文学を中国人留学生の目を通して論じた『郁達夫と大正文学　〈自己表現〉から〈自己実現〉の時代へ』（東京大学出版会、二〇一二年）に対する、筆者なりの反論として書いている。この二冊では、中央集権化される文学、中央文壇の文学、東京で生み出され地方へと波及していく、制度としての文学の論理を追った。「東京」という固有性はそこでは括弧《かっこ》に入っていた。しかし書きながら、「文学」とは本当にそういうものなのか、という疑問を拭《ぬぐ》い去れずにいた。

筆者自身、東京で長い学生生活を送り、文学研究を始め、中央の文学の論理を無意識に刷《す》り込むようにして過ごしてきた。中心へと志向する求心的な力には抗《あらが》いがたいものがあり、それは文学においても強烈に働いてきた。明治以降、中央の文壇が作り上げた文学の論理が、なぜそのような強い影響力を持ったのか、いかにして文学の境界線を作り上げたのか、制度としての文学とは何だったのか、筆者なりに考えたのが、先の二冊である。

その一方で、すべてを包み込む文学の論理から外れたところに「文学」は存在しないのか、ともひそかに考えてきた。文学が何らかの意味を持つとすれば、それは同化する求心力においてのみならず、それに対する違和感や、偏在する文学の論理に対し、少数の場所・少数の人々に散在する、遠心力においても意味を持つのではないか。実はそこにも、制度としての文学とは異なる形で、いったん接すると離れることの難しいほど、毒にあたるとやめられなくなるほど、その切実さや愉悦にとりつかれてしまう文学が存在するのではないか、とも考えるにいたった。

筆者は現在、「文学」とは、声が響いていること、「文学研究」とは、その声に耳をかたむけ、聞き届けることだと考えている。声にもいろいろある、個人の声のこともあれば、集団の声、民族や階級・地域・時代の声のこともあるだろうし、複数の声や複数の要素が混合していることもある。聞きとりやすさもまちまちで、大きく響くもの、かすかで聞きとりにくいもの、他の声と複雑にまじりあったもの、さまざまである。これまで筆者があつかったのは、マイナー作家を含んではいても、所詮は中央文壇の制度としての文学だった。しかし「文学」は中央にだけあるわけではなく、表舞台に出ないところにも「文学」は存在する、あるいは私たちの身近な、たとえば家族が寄越した手紙のようなものでも、それが届けようと発せられた声である以上、「文学」の一種ではないか、と考えるにいたっている。そしてそのような「文学」は、メジャーな文学よりもマイナーな文学において、性格をより明らかにするとも考えている。

こういった前提のもと、序章の最後に、先行研究について簡単に見ておきたい。本書が直接関係する研究分野は、中央文壇の文学の研究ではなく、地方文学・植民地文学・台湾文学の研究である。日本統治期の「台南文学」を考えるとき、この三つの視角は強弱を変えつつ働きかける。

地方文学

日本近代文学の研究では、研究対象は多くの場合、作家や作品である。ときに自然主義や新感覚派などの主義や思潮・流派などが研究の対象とされることもあり、近年では歴史学や社会学的な手法を援用した文化研究や、メディアとしての文学研究も盛んである。これらの作家・作品や思潮に関する研究では、日本近代文学における唯一の中心、教育機関や出版社、何より書き手が圧倒的に集中する、東京の中央文壇で生まれた文学を対象とする。ときには「東京」という、近代において特異な土地の性格に注目した研究はあっても、基本的に場所の特性は無視されている。磯田《いそだ》光一『思想としての東京　近代文学史論ノート』（国文社、一九七八年。のち講談社文芸文庫、一九九〇年）や川本三郎『荷風と東京　『断腸亭日乗』私註』（都市出版、一九九六年。のち岩波現代文庫、二〇〇九年）のような評論が、「東京」特有の地域性や地方性に焦点を当てるケースを除けば、日本近代文学が東京で生起した以上、「東京」の固有性は多くの研究において捨象される。

一方、このような一般的な日本文学研究と比べて、数ははるかに少ないものの、文学が特定の土地で産まれたことに注目し、文学の特質を地方性に求める研究も存在する。往々にして某地方の文学史の形で登場する「地方文学」は、定義が困難である。その地方出身の書き手の作品を地方文学と考えるのか（石川啄木や宮澤賢治は岩手の文学を、太宰治は青森の文学を代表する、といった考え方）、書き手がどこの出身でどこに居住して創作していようと、特定の地方を描いた作品を地方文学と考えるのか（島崎藤村の詩「椰子の実」は愛知の文学の一部となる）、あるいは、単にその土地の出身でも、その地方を舞台とするだけでもなく、作品において土地の固有性が不可欠の要素として働いている場合にのみ地方文学と呼ぶ、といったより厳密な考え方もありうる。

日本の近代作家・作家志望者の多くは、司馬遼太郎のような稀なケースを除き、上京した。それは必ずしも東京の固有性が、地方の文学青年を吸い寄せるのではない。中央集権化された近代国家の絶対的な中心である東京こそ、文学の世界では唯一の文運栄える地、文壇の所在地だった。この絶対的な中心としての東京と対峙《たいじ》したとき、地方はどんなに個性あっても、東京と肩を並べることはない。いくら地方に愛着を、中央に反発を抱いたとしても、東京と地方の二元的な構図に収まり、地方が東京の存在を相対化することはない。たとえば関西地方は、世界的に見れば巨大な都市圏だが、東京と対峙したときには、北海道や東北、九州などと並ぶ一地方にすぎない。これが、中央集権化され、教育・出版・文化・芸術・交通・経済・政治が効率的に一点集中した、近代国家日本における、中央と周縁の関係である。

だが、では文学において、ある作品にある地方の印が、描写の対象としてであれ、作家の出身地の影を背負うといった形であれ、刻み込まれていることは、副次的な要素にすぎないのだろうか。土地の固有性が決定的要素でないはずの東京においてすら、永井荷風の文学のように、江戸から東京へと連なる土地の固有性が、文学を構成する重要な先行テクストとして読み解かれることがある。文学には往々にして、土地の記憶が消しようもなく刻まれている。東京の文学でさえ、土地の記憶をよみがえらせるとき、地方文学の一種となる。地方文学では土地の記憶こそ、己の存在証明である。

本書では「文学」や「地方文学」について厳密な定義を施す意図はない。文学を、中央の雑誌や新聞に掲載され、中央の出版社から刊行された、文学史に名前の登録された作家の生産物だけに限定しない、あるいは、文学研究の対象はそのような制度としての文学の範疇《はんちゅう》外にも存在する、という前提があれば充分である。そもそも文学の活動は東京に限られず、日本の各地方にも散在するし、また全国に流通する雑誌や新聞・単行本に掲載されない文学も存在する。地方の文学青年や文学愛好者の層を、文学の再生産を支えるインフラの一つと考えるなら、「文学」は私たちのごく身近に存在するし、文学特有のかけがえのなさはそこにも宿る。

日本近代文学において、文学の固有性の一つとしての地方性は、これまでも俎上《そじょう》に載せられてきた。特に戦後は、県ごとに国立大学を擁し、各地に文学研究者がおり、地元の作家や郷土史家・文学愛好者と連携しつつ、地方文学史が書かれ、資料の編集も進められてきた。県別の文学全集である、ぎょうせいの「ふるさと文学館」や、県単位で刊行されている文学全集、「北海道文学全集」全二十二巻別巻一（小笠原克他編、立風書房、一九七九―八一年）などは、それぞれの地方文学の集大成である。[18]

地方文学史の成果も相当数ある。和田謹吾『風土のなかの文学』（北書房、一九六五年）、小笠原克『近代北海道の文学　新しい精神風土の形成』（日本放送出版協会、一九七三年）、木原直彦『北海道文学史』（明治・大正・昭和戦前・戦後編、北海道新聞社、一九七五―八二年）などの北海道文学史はその代表的なものであり、また松坂俊夫『やまがた文学への招待』（郁文堂書店、一九七二年）、同『やまがた文学風土誌』（東北出版企画、一九七五年）のように、地方文学を日本近代文学の研究者が深い理解をもって論じた、行き届いた研究がある。筆者の住む関西でいえば、古くに大谷晃一『関西名作の風土』正続（創元社、一九六八／七一年）を嚆矢《こうし》に、関西文学研究が積み重ねられ、近年では事典も刊行された。[19]神戸では、宮崎修二朗『神戸文学史夜話』（天秤発行所、一九六四年）、季村敏夫『山上の蜘蛛　神戸モダニズムと海港都市ノート』（みずのわ出版、二〇〇九年）が、大阪では、明石利代「大阪の近代文学」（小島吉雄他『毎日放送文化叢書10　大阪の文芸』毎日放送、一九七三年）、同『関西文壇の形成　明治・大正期の歌誌を中心に』（前田書店出版部、一九七五年）が、京都では、河野仁昭『京都の明治文学　伝統の継承と変革』『京都の大正文学　蘇った創造力』『京都の昭和文学Ⅰ　受難の時代』（白川書院、二〇〇七―一一年）などがある。また高橋輝次による『関西古本探検　知られざる著者・出版社との出会い』（右文書院、二〇〇六年）などの一連の書物エッセイは、古本から関西の作家や出版社を探り、関西における文学の蓄積が並々ならぬものであることに気づかせてくれる。

本書のあつかう、台湾の一地方としての「台南文学」も、日本近代文学における地方文学の一つとしての要素を持つ。日本統治期の台南における創作者たちは、永井荷風や北原白秋、谷崎潤一郎や芥川龍之介、あるいはプロレタリア文学やモダニズム文学・大衆文学など、中央文壇から大きな影響を受けつつ、自らの住む土地を描いた。しかし、たとえ創作の技法や論理が中央の文学に多くを負うとしても、台南という唯一無二の土地と向かい合い、対話することから生まれた側面もそなえている。

近代文学は国民国家と国語の成立とともに、一国単位に編成されたが、この編成の求心力に対抗する遠心力も、ときに強くときに弱くありながら、一貫して働いてきた。それを「地方」と考えることが妥当かどうかはともかく、近年、近代文学の単位としての「日本」を見直す視角は、川村湊編の『現代アイヌ文学作品選』（講談社文芸文庫、二〇一〇年）や『現代沖縄文学作品選』（講談社文芸文庫、二〇一一年）が出されたのを典型として、アイヌ民族の文学や沖縄の文学を考えることからもたらされる。

沖縄文学のアンソロジーである、沖縄文学全集編集委員会編「沖縄文学全集」全二十巻（国書刊行会、一九九〇年—）、『沖縄近代文芸作品集』（沖縄タイムス社、一九九一年）、岡本恵徳編『ふるさと文学館54 沖縄』（ぎょうせい、一九九四年）、岡本恵徳・高橋敏夫編『沖縄文学選 日本文学のエッジからの問い』（勉誠出版、二〇〇三年）を読むと、そこには日本近代文学とは異なる論理が働いていることがわかる。アイヌ民族や沖縄の文学については数多くの研究があるが、仲程昌徳『琉書探求』（新泉社、一九九〇年）は、沖縄出身の無名の詩人や歌人・小説家の仕事を、戦前の雑誌の片隅に見つけ出していく、根気の要る作業を行っており、本書にとって「文学」とは何かを考えさせる一冊となったことを記しておきたい。

植民地文学

台南文学は、日本の地方文学と決定的に異なる、しかも不可欠の要素を持っている。それは、台湾がかつて日本の植民地であった点である。本書の主要登場人物の一人、西川満は「外地文学の奨励」（『新潮』一九四二年七月）で、「外地文学は、その本筋としては、やはり外地自体に於て独自の方向に発達してゆかなければならない」と主張した。

何故なら、外地文学は、単なる地方文学とは異るからである。同じ内地の中の各地方の文学は、それぞれの郷土を中心とした地方文学ではあり得るが、やはりそれは内地文学の一つにすぎない。然るに台湾や朝鮮は、単に地方と云ふだけにとどまらず、風土を異にし、しかも異民族を包含してゐる。つまり「外地」であり、そこに生まれるものは、いはゆる「外地文学《リテラチユール・コロニアール》」である。

もとより一つの作品が、芸術的にすぐれたものである場合、中央文壇はこれを認め、これに賞讃をおくるに吝《やぶさ》かでないであらう。けれどもさうした作品でも、外地事情を知らぬ中央の人が読むのと、外地居住者が読むのとでは、理解の度は自ら異る筈《はず》である。たとへば内地人と本島人と原住民たる高砂族と、三つの種族が共に手を結びあつて生活してゐるこの台湾のある現実面を描いても、中央の人はこれを単なるエキゾチスムの文学と見るかもしれない。また内地とは全く異つた特殊事情や制約の中で、よくこれだけのものを作品化し得たと、われわれがその意義を深く認める場合でも、案外中央では作品価値の上から、全然つまらぬものとして破棄するかもしれぬ。

本書が対象とするのは、台南で日本語による文学活動が展開された、二十世紀前半、つまり、台湾が日本の植民地だった時代である。国家の境界内に組み込まれたのは、沖縄や北海道と比べても遅い一八九五年であり、それ以前に日本の文化が直接の影響を及ぼしたことはない。外地の台湾は、漢民族や原住民・日本人など、複数の民族の混住地である。植民地には内地と異なる論理が働く。日本人の文学活動のみを叙述するにしても、「植民地文学」という要素は、台南文学において決定的な意味を持つ。よって台南文学を、単なる地方文学としてあつかうことはできない。

台南文学を、日本近代文学のなかの「地方文学」として捉える場合と「植民地文学」として捉える場合とでは、必要とする視角が大きく異なる。植民地であることに付随する種々の条件、たとえば、民族間の対立や文化・言語の相違はもちろんとして、内地と異なる統治システム、統治理念の変遷、開発と搾取、支配と被支配の関係や階層など、文学に働きかける要素は内地以上に複雑である。言語も文化も全く異なる異民族のなかで、支配者の特権的言語である日本語を用いて書くことは、植民地文学に固有の相貌をうえつける。また、同じく台湾のなかで、台北や台中、あるいはその他の地方の文学活動と、どのような関係にあったのか。台湾以外の植民地、満洲や樺太・朝鮮半島・南洋群島と比較した場合、どのような要素が見えてくるのか。さらに、植民地と内地との関係、植民地文壇と中央文壇との関係が問題となる。作家たちにとって、自らが中央でも地方でもなく、植民地にいて文学活動をしていることが、どのような意味を持ったのか。本書はこれらの問いに答えることを直接の目的としないが、植民地と関わる問いは随所で顔をのぞかせるだろう。

　植民地文学については、かつては尾崎秀樹《ほつき》『近代文学の傷痕　大東亜文学者大会・その他』（勁草書房、一九六三年。のち『近代文学の傷痕　旧植民地文学論』岩波同時代ライブラリー、一九九一年）が孤立した研究だったが、一九九〇年代に入りポスト・コロニアリズム文学論が流行して以来、極めて盛行している。川村湊『海を渡った日本語　植民地の「国語」の時間』（青土社、一九九四年。新装版、二〇〇四年）、黒川創『国境』（メタローグ、一九九八年。完全版、河出書房新社、二〇一三年）は、日本の植民地文学の枠組みを提示したし、『岩波講座近代日本と植民地7　文化のなかの植民地』（大江志乃夫他編、川村湊他著、岩波書店、一九九三年）、『「外地」日本語文学論』（神谷忠孝・木村一信編、世界思想社、二〇〇七年）、『〝外地〟日本語文学への射程』（池内輝雄・竹松良明・土屋忍・木村編、双文社出版、二〇一四年）などの論文集も研究の視角や広がりを提示した。

　手軽に読める旧植民地文学のアンソロジー、『ふるさと文学館55　海外編』（川村湊責任編集、ぎょうせい、一九九五年）、「「外地」の日本語文学選」全三巻（黒川創編、南方・南洋／台湾、満洲・内蒙古／樺太、朝鮮、新宿書房、一九九六年）、「外地探偵小説集」三巻（藤田知浩編、満洲篇、上海篇、南方篇、せらび書房、二〇〇三―一〇年）、最新のアンソロジー、「コレクション戦争と文学」全二十巻別巻一（浅田次郎・奥泉光・川村・高橋敏夫・成田龍一編、日中戦争、アジア太平洋戦争、満洲の光と影、帝国日本と朝鮮・樺太、帝国日本と台湾・南方、集英社、二〇一一―一三年）などのおかげで、一般に入手しにくい植民地文学への接近が容易になった。「日本植民地文学精選集」第一期全二十巻／第二期全二十七巻（ゆまに書房、二〇〇〇／〇一年）をはじめとする復刻の刊行も、研究の進展を大いに助けた。

植民地文学についてはすでに研究の蓄積がある。満洲については、代表的なものに、川村湊『異郷の昭和文学　「満州」と近代日本』（岩波新書、一九九〇年）、同『満洲崩壊　「大東亜文学」と作家たち』（文藝春秋、一九九七年）、同『文学から見る「満洲」　「五族協和」の夢と現実』（吉川弘文館、一九九八年）、岡田英樹『文学にみる「満洲国」の位相』（研文出版、二〇〇〇／一三年）、論文集『「昭和」文学史における「満洲」の問題』第一―三冊（杉野要吉編、早稲田大学教育学部杉野要吉研究室、一九九二年七月―九六年九月）がある。樺太については、川村湊『南洋・樺太の日本文学』（筑摩書房、一九九四年）、木原直彦『樺太文学の旅』上下（共同文化社、一九九四年）がある。朝鮮半島については、川村湊『〈酔いどれ船〉の青春　もう一つの戦中・戦後』（講談社、一九八六年。復刊はインパクト出版会、二〇〇〇年）、白川豊『植民地期朝鮮の作家と日本』（大学教育出版、一九九五年）、南富《なんぶ》鎭《じん》『文学の植民地主義　近代朝鮮の風景と記憶』（世界思想社、二〇〇五年）、李《り》建志《けんじ》『朝鮮近代文学とナショナリズム　「抵抗のナショナリズム」批判』（作品社、二〇〇七年）、波田野節子『韓国近代作家たちの日本留学』（白帝社、二〇一三年）などがあるし、個別の作家については、安宇《あんう》植《しく》『金史良　その抵抗の生涯』（岩波書店、一九七二年)、白川豊『朝鮮近代の知日派作家、苦闘の軌跡　廉想渉、張赫宙とその文学』(勉誠出版、二〇〇八年)などがある。南洋群島については、川村『南洋・樺太の日本文学』(前掲)がある。

近年は、「植民地文学」という広がりではなく、「日本語文学」の広がり、という見地からの研究も進みつつある。旧植民地に残る日本語文学や、旧宗主国における在日の文学については、岡崎郁子『黄霊芝物語　ある日文台湾作家の軌跡』(研文出版、二〇〇四年)、川村湊『生まれたらそこがふるさと　在日朝鮮人文学論』(平凡社選書、一九九九年)、山﨑正純『戦後〝在日〟文学論　アジア論批評の射程』(洋々社、二〇〇三年)などの研究があるし、アンソロジーに「〈在日〉文学全集」全十八巻(磯貝治良・黒古一夫編、勉誠出版、二〇〇六年)がある。

アメリカ日系人文学については、藤沢全『日系文学の研究』(大学教育社、一九八五年)、篠田左多江・山本岩夫『日系アメリカ文学雑誌研究　日本語雑誌を中心に』(不二出版、一九九八年)、水野真理子『日系アメリカ人の文学活動の歴史的変遷　1880年代から1980年代にかけて』(風間書房、二〇一三年)、日比嘉高『ジャパニーズ・アメリカ　移民文学・出版文化・収容所』(新曜社、二〇一四年)がある。ブラジル日系人文学については、『ブラジル日系コロニア文芸』全三巻(サンパウロ人文科学研究所、二〇〇六—一〇年)につづいて、細川周平『日系ブラジル移民文学　日本語の長い旅』全二巻(みすず書房、二〇一二／一三年)が出た。日本語文学についての論文集『バイリンガルな日本語文学　多言語多文化のあいだ』(郭南燕編著、三元社、二〇一三年)のような試みは、今後もますます増えていくと思われる。

台湾文学

「地方文学」や「植民地文学」という視角から台南文学を語るとき、それは札幌や神戸、大連やハルビン、京城や平壌など、他の都市における文学と比較可能なモデルケースの一つとなる。しかし台南文学を土地の固有性の問題から考えたときに行き当たるのは、ではそこで活動した作家たちにとって「台湾」とは、「台南」とは何だったのか、という個別の問題である。

ある作家にとって台南という土地が、日本の一地方と認識されたり、日本の一植民地として認識されたり、あるいは多くの場合、地方と植民地が割合を変えつつ組み合わさって認識された。しかし「台南」を通して感じられる「台湾」という土地の固有性こそ、台南に住む作家にとって創作の最大の条件だった。たとえば戦前、難波に住んで銀座を舞台とする恋物語を描くことは、あるいは成城に住んで神戸を舞台に探偵小説を書くことは、そんな読み物が求められるかどうかはともかく、可能だったろう。固有性を薄めた物語であれば難度はいっそう下がる。では、台南に住んで、新宿を舞台にモダンな近代生活を描き得るだろうか。植民地のしかも地方都市という要素が働くとき、土地の固有性を薄めることは困難である。台南で文学に向かい合うとき、そこには「台湾文学」という志向が強く働く。そういう意味で本書は、台湾文学研究の一つとして書かれている。

台湾文学が本格的な研究対象となるのは、戦前に書かれた島田謹二『華麗島文学志　日本詩人の台湾体験』（明治書院、一九九五年）、及び戦後の尾崎秀樹『近代文学の傷痕』（前掲）を除けば、一九八七年に戒厳令が解除されて以降のことである。下村作次郎・中島利郎・藤井省三・黄英哲編『よみがえる台湾文学　日本統治期の作家と作品』（東方書店、一九九五年）は、台湾文学研究が本格化する狼煙《のろし》となる一冊だった。台湾文学研究に関しては、研究史が数多く書かれているので、[20]ここでは詳細には触れないが、筆者が研究を進める上で、先行する研究者の著作には極めて多くを負っている。中島利郎《としを》『日本統治期台湾文学研究序説』（緑蔭書房、二〇〇四年）、同編著『日本統治期台湾文学小事典』（同、二〇〇五年）、同『日本人作家の系譜　日本統治期台湾文学研究』（研文出版　二〇一三年）、河原功『台湾新文学運動の展開　日本文学との接点』（研文出版、一九九七年）、同『翻弄された台湾文学　検閲と抵抗の系譜』（同、二〇〇九年）、下村作次郎『文学で読む台湾　支配者・言語・作家たち』（田畑書店、一九九四年）、松永正義『台湾文学のおもしろさ』（研文出版、二〇〇六年）、同『台湾を考えるむずかしさ』（同、二〇〇八年）、岡崎郁子『台湾文学　異端の系譜』（田畑書店、一九九六年）、藤井省三『台湾文学この百年』（東方選書、一九九八年）、山口守の「呉濁流と国語問題」（山田敬三編『境外の文化　環太平洋圏の華人文学』汲古書院、二〇〇四年）をはじめとする多くの論考、野間信幸の「張文環の東京生活と「父の要求」」（『野草』第五十四号、一九九四年八月）をはじめとする多くの論考、黄英哲《シィエンテェツ》『台湾文化再構築1945～1947の光と影　魯迅思想受容の行方』（創土社、一九九九年）、澤井律之《のりゆき》「台湾の戦後初期における鍾理和《しょうりわ》　二・二八事件、白色テロの中で」（『未名』第十三号、一九九五年三月）をはじめとする多くの論考、垂水千恵《たるみ》『台湾の日本語文学　日本統治時代の作家たち』（五柳書院、一九九五年）、同『呂《ろ》赫若《かくじやく》研究　一九四三年までの分析を中心として』（風間書房、二〇〇二年）、星名宏修《ひろのぶ》の「「血液」の政

治学　台湾「皇民化期文学」を読む」（『日本東洋文化論集』第七号、二〇〇一年三月）をはじめとする多くの論考、橋本恭子『『華麗島文学志』とその時代　比較文学者島田謹二の台湾体験』（三元社、二〇一二年）、和泉司『日本統治期台湾と帝国の〈文壇〉〈文学懸賞〉がつくる〈日本語文学〉』（ひつじ書房、二〇一二年）などから多くを教えられたことを、感謝を込めて記しておきたい。[21]

また、中島利郎・河原功・下村作次郎・黄英哲諸氏による一連の資料の復刻、「日本統治期台湾文学　日本人作家作品集」全五巻別巻一（中島・河原編、緑蔭書房、一九九八年）、「日本統治期台湾文学台湾人作家作品集」全五巻別巻一（中島・河原・下村・黄編、同、一九九九年）、「日本統治期台湾文学　文芸評論集」全五巻（中島・河原・下村編、同、二〇〇一年）、「日本統治期台湾文学集成」全三十巻（中島・河原・下村編、同、二〇〇二—〇七年）、「日本植民地文学精選集　台湾編」全八巻（河原監修、ゆまに書房、二〇〇〇年）、「同第Ⅱ期　台湾編」全六巻（同監修、同、二〇〇一年）がなければ、本書の研究は成立しなかった。本書はこれら以外に、「台湾新文学雑誌叢刊」全十七巻（台北：東方文化書局、一九八一年）、及び『台南新報』『台湾日報』の復刻版（呉青霞総編輯、国立台湾歴史博物館・台南市立図書館、二〇〇九／一二年）を主な資料として用いた。

参照したのは日本の台湾文学研究ばかりではない。台湾の研究については膨大な量になるため、ここでは触れないが、葉石濤『台湾文学史綱』（高雄：文学界雑誌社、一九八七年。邦訳は中島利郎・澤井律之訳『台湾文学史』研文出版、二〇〇〇年）以来、いくつもの台湾文学史が書かれる一方で、台湾の各都市や地域を限定対象とする文学史も書かれつつあることには触れておきたい。作家を台湾各地の風土と関係させて論じたものに、汪淑珍・孫丕聖・馮翠珍編著『台湾印象　台湾文学中的地区風采』（中和：新文京開発、二〇〇八年）、丁明蘭他『我在我不在的地方　文学現場踏査記』（台南：国立台湾文学館、二〇一〇年）がある。個別地域の文学史としては、陳明台『台中市文学史初編』（台中：台中市立文化中心、一九九九年）、古恆綺他『高雄文学小百科』（高雄：高雄市政府文化局、二〇〇六年）、彭瑞金『高雄市文学史』（高雄：春暉出版社、二〇一〇年）、林明徳編『親近彰化文学作家』（晨星、二〇一一年）などがある。

台南の文学については、台南県（二〇一〇年までの行政区画、現在は台南市の一部）の旧文学のみを対象とした龔顕宗『台南県文学史』上編（新営：台南県文化局、二〇〇六年）があり、許献平による下編では日本統治期及び国民党統治期の文学をあつかうと予告されているが、未刊である。台南市については、台南の国立台湾文学館での展示を経て、『文学台南　台南文学特展図誌』（林佩蓉主編、台南：国立台湾文学館、二〇一二年）が刊行された。主に台湾人作家を対象とするが、現在のところ唯一の台南文学論集である。安平については概括的な龔顕宗「区域文学研究　安平文学史」（『台湾文学研究』台北：五南図書、一九九八年）がある。

日本統治期の台南文学についての研究は残念ながら多くはない。ただし、アカデミズムで研究が始められる以前から、戦前の台南における文学活動や民俗調査に関わった人々は、一九四五年の光復後も台南研究を盛んに進めたし、ときには戦前の活動について証言を残すことがあった。たとえば石暘睢や荘松林らは台南市の郷土研究雑誌『台南文化』に、呉新榮は台南県の雑誌『南瀛《なんえい》文献』に多くの仕事を残し、雑誌『台湾風物』『台北風物』などにも回想の類を残した。

一九九〇年代に入ると、日本統治期の台南で文学運動に従事した台湾人作家の著作集の刊行が進められた。『呉新榮選集』全三巻（南瀛文化叢書57、黄勁連総編輯、新営：台南県文化局、一九九七年）、『呉新榮日記全集』全七巻（張良澤総編撰、台南：国立台湾文学館、二〇〇七年）、『南瀛文学家　郭水潭集』（羊子喬編、南瀛文化叢書33、台南県文化局、一九九四年）、『南瀛文学家　曠野裏看得見煙窗　林芳年日文作品選訳集』（葉笛訳、南瀛文化叢書142、台南県文化局、二〇〇六年）、『水蔭萍《すいいんぴょう》作品集』（台南市作家作品集、台南市立文化中心、一九九五年）、『南瀛文学家　林修二集』（陳千武訳、南瀛文化叢書81、台南県文化局、二〇〇〇年）、『劉吶鷗全集』全五巻（康来新・許秦蓁編、南瀛文化叢書91、台南県文化局、二〇〇一年）、『王育徳全集』全十五巻（台北：前衛出版社、二〇〇二年）、『葉石濤全集』全二十三巻（彭瑞金主編、高雄：高雄市政府文化局・台南：国家台湾文学館籌備処、二〇〇六年）、『文史薈刊《わいかん》』復刊第七輯（台南市文史協会、二〇〇五年六月）の「荘松林先生台南専輯」などが編まれた。作家研究も登場しはじめ、施懿琳『呉新榮伝』（南投：台湾省文献委員会、一九九九年）、林慧姃『呉新榮研究　一個台湾知識份子的精神歴程』（台南県政府、二〇〇五年）、黄建銘『日治時期楊熾昌及其文学研究』（台南市立図書館、二〇〇五年）、許秦蓁『摩登《モダン》・上海・新感覺　劉吶鷗（1905―1940）』（秀威資訊科技、二〇〇八年）などの研究が出ている。

二〇〇〇年代に入ると、個別の研究のみならず、日本統治期の台南における文学活動を総合的に論じた研究が登場する。日本人作家については、松尾直太の労作「『台湾日報』の「学芸欄」について」（『天理台湾学報』第十五号、二〇〇六年七月）があり、台湾人作家については、荘永清が「台南市日治時代新文学社団与新文学作家初探」（『文史薈刊』復刊第八輯、台南市文史協会、二〇〇六年十二月）以降続々と発表している。[22]本書は以上の台湾文学研究、台南文学研究、資料の復刻などの成果に多くを負っている。

各章について簡単にまとめておく。

一九二〇年夏、大正文壇を代表する作家の一人、佐藤春夫が、台湾の古都台南と外港安平を訪れた。五年後の二五年、安平と台南を舞台とする短編「女誡扇綺譚」を発表した。日本語で台南を描く本格的な文学作品の登場である。「綺譚」は安平や台南を「荒廃の美」の港や街として描くが、そこには佐藤が一九一〇年代に傾倒した荷風文学や、荷風が創作の上で大きな影響を受けたローデンバック『死都ブリュージュ』などの、廃墟としての都市を主題とする文学の影響がある。しかし「綺譚」は、台南をロマンチックに描くのみならず、植民地台湾の現実も書き込んでいる。廃屋で聞いた女性の声をたどると、貧しい家に生まれた女性たちを苦しめた台湾の旧慣、「査媒嫺《さぼうかん》」へとたどり着く。「綺譚」の都市形象は、その後の台南描写に圧倒的な影響を及ぼしたが、同時に「査媒嫺」に対する関心は、台南を描く日本人作家たちが台湾人社会に踏み込む上で理解の鍵となった。

「女誡扇綺譚」が書かれた一九二〇年代、台南にはまだ近代的な文学の活動は見られなかった。二〇年代には植民地台湾の改革とともに台湾人の権利を主張する新文化運動が勃興し、当時台北と並ぶ二大都市の一つだった台南でも支部が活動していたが、文学の面で当時の台南にあったのは、台湾人の漢詩や日本人の短歌などの創作だった。しかし三〇年代半ばに入ると、台南北郊の塩分地帯の呉新榮を中心とするグループや、地元紙『台南新報』の学芸欄を編集する楊熾昌を中心とするグループが生まれ、後者には日本人も参加していた。ただし日本人文学者による台南での活動が本格化するのは、これら台湾人文学者の活動と直接の関係はなく、台南の中等教育機関に「台南学派」と称される三人の文学好きの学者・教育者が赴任してからである。

一九三〇年代後半、台南に住みその歴史や民俗を研究した、前嶋信次・國分直一・新垣宏一の三人は、「台南学派」と呼ばれた。このうち最初に台南へ着任したのは、歴史学者の前嶋信次である。一九三二年、台南一中に赴任した前嶋は、戦後には日本を代表するイスラム文化史・東西交渉史学者となるが、戦前の十二年間は台湾で過ごし、そのうち台南の旧制中学で教鞭をとった八年間は不遇の時代だった。しかしこの台南時代、台湾や台南に関する書籍を読み漁《あさ》り、「綺譚」に触発されて台南の街の古跡や古廟をたずねて街中を歩き回り、やがて一連の台南行脚《あんぎゃ》の随筆を書いた。第二章では、これら台南について記した随筆に、前嶋が愛読した永井荷風『日和下駄《ひより》』の影響があることを明らかにしつつ、日本人の台南表象の一端を明らかにする。旧制中学の教員として過ごした前嶋の、若い研究者としての孤独、焦燥の一方で、古都台南に対する深い愛情、二度と戻ることのない時間への思いがつづられている。ただし、のちにイスラムの千五百年以上にわたる歴史や文化の全体を研究対象とした前嶋らしく、台湾の歴史をあつかう態度も超然たるもので、時勢の影は差してこない。

一九四〇年に発表され、台湾の作家たちに大きな衝撃を与えたのが、庄司総一の長編『陳夫人』である。大東亜文学賞を受賞するなど注目されたのみならず、台湾文壇でも、台南の伝統的な旧家に嫁いだ日本人女性を描いて成功した点が驚きとともに受けとめられた。第三章では、庄司が『陳夫人』

にいたるまでの、『三田文学』等に発表した諸作を検討し、文壇的成功を求める試行錯誤の跡をたどる。日中戦争勃発後の文壇における流行を察知した庄司は、植民地台湾で育った経験に積極的に材を求め、文学的人生を賭けて『陳夫人』を書き、華やかな脚光を浴びる一時を持った。『陳夫人』の影響力、及び庄司の作家としての経歴は、日中・太平洋戦争下の文学を考える上で欠かせないと思われる。

第四章では、『陳夫人』とほぼ同時期に発表され、台南を描いた文学作品として佐藤春夫の「女誡扇綺譚」と並ぶ傑作とされる、西川満「赤嵌記《せきかんき》」を論じる。台湾文壇の一方の雄であった西川の、台湾在住の日本人作家による小説としてもっとも高度に技巧を凝らした、堂々たる代表作である。しかし「赤嵌記」は、西川の独創の才が発揮された、あるいは「台湾」の歴史が西川の手を通して姿を見せたというよりは、歴史小説を志していた西川において、台湾における国姓爺《こくせんや》物語の系譜と、西川の愛好した谷崎文学の影響が一体化して生まれた作品であり、題材や手法の由来をたどることができる。台湾に対する愛着の結晶ではあるが、それが西川独自のレンズを通した像であることを、台南在住で同世代の國分直一は率直に批判した。

台南学派では、前嶋につづき、一九三三年九月、台南一中の卒業生、國分直一が一高女に赴任してきた。國分は戦前から戦後にかけて、台湾・沖縄などの南島文化や日本文化の源流の研究などにおいて、大きな足跡を残した民族考古学者である。國分の研究の出発点は、台南で教員として勤める傍ら従事した、考古学・民族学の調査にある。第五章では、戦前の台南における國分の研究を、先史時代の原住民を対象とした考古学、漢民族の民俗や台南の研究、平埔族の研究などに分類した上で、國分が前嶋などの影響を受けつつ、台南に居住する視角から、多元的な台湾文化像を打ち出していった過程を論じる。

第六章では、日本人による日本語を用いた台南文学の最終走者である、新垣宏一の文学を論じる。台湾の高雄に生まれ育った新垣は、台北で教育を受け、一九三七年から台南と台北の高等女学校で教師をしつつ、民俗研究や創作に励んだ文学者である。台南では、民俗や歴史の研究、あるいは生徒の大半を占める台湾人子女を通して、台湾人の生活に触れ、やがて台南の台湾人を描く小説を書くようになった。本章では、新垣の短篇「城門」などの創作が、植民地統治への批判を意図したものではなくとも、台湾の二世としての経歴、台南滞在と研究、台湾人たちとの接触などの経験から、「本島人の真実」が流れ込み、植民地統治に対する一定の批評となりえていることを論じる。

第一章

佐藤春夫「女誡扇綺譚」の台南

――「廃市」と「査媒嫺」

一　台湾日本語文学の傑作——佐藤春夫「女誡扇綺譚」

佐藤春夫（一八九二—一九六四年）は、大正文学を代表する作家の一人である。和歌山県新宮《しんぐう》に生まれた佐藤は、新宮中学に入学、文学に熱中し、雑誌『明星』や『文庫』『スバル』などに短歌を投稿し、地元で開催された講演会で生田長江《ちょうこう》や与謝野鉄幹らを知った。一九一〇年に上京、長江に師事しつつ、永井荷風を慕って慶應義塾大学予科に入学するも、一三年には退学した。[1]『三田文学』などに詩や評論を発表、一七年一月の「西班牙犬の家」（『星座』）、六月の「病める薔薇」（『黒潮』）で文壇に出る。「田園の憂鬱」などを収めた第一創作集『病める薔薇』（天佑社、一九一八年）で、新進作家としての地位を確立した。華麗な作風で、一作ごとに趣向を凝らし、「指紋」（『中央公論』一九一八年七月）、「お絹とその兄弟」（『中央公論』同年十一月）、「美しい町」（『改造』一九一九年八—十二月）など、間然するところない傑作を続々発表、同い年の芥川龍之介と並ぶ技巧派の人気作家として活躍した。[2] また、文芸評論家としても活躍し、『退屈読本』（新潮社、一九二五年）は大正を代表する評論として高く評価されている。[3]

多彩な作風を誇った佐藤春夫の諸作のなかでも、異彩を放つのが、一九二〇年夏の台湾・福建旅行にもとづく、一連の旅行記や小説である。なかでも傑作の誉れ高いのは、台南を舞台とする、「女誡扇綺譚」である（以下適宜「綺譚」と略称）。日本統治期台湾の日本語文学史を書いた島田謹二は

「綺譚」を、「台湾に関する散文小説のかぎりに於ては、文字とほり空前にして、且《か》つその出来栄《できばえ》からいつても十分に王座に就く価値がある」（「佐藤春夫氏の『女誡扇綺譚』」『華麗島文学志』『台湾時報』第二百二十七号、一九三九年九月）と讃えた。

「女誡扇綺譚」は一九二五年五月、雑誌『女性』に発表され、翌二六年二月、薄い単行本『女誡扇綺譚』として第一書房から刊行された。[4] 佐藤の好んだ探偵小説、及びゴシック小説の趣向を用いて、古都台南を舞台に、伝説と現実の事件の交錯を描く短編である。日本人新聞記者の語り手「私」は、台湾人の友人、「世外民」とともに踏み込んだ、台南西端のかつての水路に沿った廃屋で、若い女性の奇妙な声を耳にする。その声の由縁をたどると、廃屋にまつわるおどろおどろしい伝説の数々がよみがえるとともに、探索の終局では、声の主として富家の令嬢とその女中が浮かび上がる。濃厚な伝奇的色彩の先には、日本人へと嫁ぐことを強要されて恋人との仲を裂かれ、自ら命を絶つ、台湾人下婢《かひ》の存在があった。

写真 1-1　日本統治期の台南市（本町通り、現在の民権路）

　物語の背景には、積み重なった時間の重みに耐えきれず、朽ち果てつつあるような、夢幻のごとき古都台南の風情がある。とはいえ、台南がおのずとそのようなイメージをかもしたとはいえない。一九二〇年に台南を訪れ、二五年小説に描き上げる佐藤には、安平や台南を「廃市《はいし》」として描き出すだけの必然があった。自身の文学を形成する時期に、佐藤は首都東京の文壇で形作られた、廃墟としての都市を主題とする文学から強い影響を受けた。「綺譚」はその集大成となっている。

しかしもし「綺譚」が、台南をエキゾチシズムで仰々《ぎょうぎょう》しく飾り立てただけなら、奇抜ではあっても強い印象は残さないだろう。「綺譚」の印象が鮮烈なのは、「荒廃の美」を感受しつつも、醒めた語り手が、極彩色の伝説の向こうに、植民地に住む人々の、大にして語ることの困難な声、しかし抑えがたい、「低いが透《す》きとほるやうな声」が響いていることを聞き届けるからである。

本章では、「女誡扇綺譚」がのちの台南を描く日本語文学に与えた、二つの大きな要素を論じる。一つは、都市台南の形象である。廃墟の美としての台南イメージがどのようにもたらされたのか、ローデンバックの『死都ブリュージュ』や永井荷風の江戸東京を描いた作品との影響受容関係など、比較文学の見地から検証する。次に、台湾人女性の形象を論じる。「綺譚」が台南を描いて鮮やかなのは、植民地で極めて弱い立場に置かれた女性、借金のかたとして人身売買された「査媒嫺《さぼうかん》」の存在を、物語のかなめに置くからである。

二　一九二〇年の南方紀行――佐藤春夫の台湾作品

一九二〇年の夏、佐藤春夫が台湾へ向かったのは、南部の港町、高雄《たかお》で歯科医院を開いている、同郷の友人、東熙市《ひがしきいち》に誘われてのことだった。後述するように、当時女性問題で傷心の極みだった佐藤は、南の島への旅にいやしを求めた。

台湾北部の港、基隆《きりゅう》に着いたのは七月六日で[5]、その後東の住む高雄に滞在した。一九三七年から台南に住み、「女誡扇綺譚」の実地考証を行う新垣《にいがき》宏一（一九一三―二〇〇二年）は、高雄で少年時代を送っており、東歯科医院はすぐ近所だったという（「『女誡扇綺譚』断想ひとつふたつ」『文芸台湾』第一巻第四号、一九四〇年七月十日）。佐藤は七月二十日に台湾海峡を渡り、厦門《アモイ》等、対岸の福建省の都市に滞在、八月五日前後に高雄へ戻った。この福建旅行を間にはさむ高雄滞在中、台南を複数回訪れた。そして九月八日から島内旅行に出かけ、嘉義《かぎ》・北港《ほつこう》・日月潭《じつげつたん》・埔里《ほり》・霧社《むしや》・台中・鹿港《ろつこう》などを見物して、十月二日台北に到着した。帰国の途に就いたのは十月十五日で、基隆を出港し、十八日神戸、二十一日には年上の友人谷崎潤一郎（一八八六―一九六五年）とその妻千代、また北原白秋（一八八五―一九四二年）が居を構える小田原に到着した[6]。台湾滞在は三か月余りに及ぶ。

佐藤春夫が台湾・福建旅行に取材して書いた作品は以下の通りである。紀行文なのか小説なのか厳密に区別しがたく、書かれた順に列挙する[7]。

1「星」『改造』第三巻第三号、一九二一年三月。
2「日月潭に遊ぶ記」『改造』第三巻第八号、一九二一年七月。
3「南方紀行」『新潮』第三十五巻第二／三／五号、一九二一年八／九／十一月。
4「蝗《いなご》の大旅行」『童話』第二巻第九号、一九二一年九月。
5「章美雪女士之墓」『改造』第三巻第十号、一九二一年九月。
6「探偵小説に出るやうな人物」『野依雑誌』第一巻第七号、一九二一年十一月。
7「鷹爪花」『中央公論』第三十八巻第九号、一九二三年八月。
8「魔鳥」『中央公論』第三十八巻第十一号、一九二三年十月。
9「旅びと」『新潮』第四十巻第六号、一九二四年六月。
10「霧社」『改造』第七巻第三号、一九二五年三月。
11「女誡扇綺譚」『女性』第七巻第五号、一九二五年五月。
12「漳州橋畔愁夜曲」『佐藤春夫詩集』第一書房、一九二六年三月。
13「天上聖母のこと」『三田文学』第一巻第六号、一九二六年三月。
14「奇談」『女性』第十三巻第一号、一九二八年一月。のち「日章旗の下」と改題。
15「殖民地の旅」『中央公論』第四十七巻第十／十一号、一九三二年九／十月。
16「国姓爺阿蘭陀合戦」『文藝春秋』一九三四年七月。

17「国姓爺の使者」『文藝春秋』一九三四年八月。
18「国姓爺の死」『文藝春秋』一九三四年九月。
19「社寮島旅情記」『文学』第五巻第八号、一九三七年八月。
20「厦門のはなし」『改造』第十九巻第十五号、一九三七年十二月。
21「かの一夏の記」『霧社』昭森社再刊本、一九四三年十一月。

これら諸篇は雑誌に掲載後、以下の単行本等に収められた。

1『南方紀行　厦門採訪冊』新潮社、一九二二年四月。
2『たびびと』新潮社、一九二四年十月。
3『女誡扇綺譚』第一書房、一九二六年二月。
4『蝗の大旅行』改造社、一九二六年九月。
5『霧社』昭森社、一九三六年七月。内容を変更のうえ、一九四三年十一月再刊。
6『風雲』宝文館、一九四一年八月。

三カ月以上に及ぶ台湾・福建旅行、その産物である小説や紀行について、これまで数多くの検証がなされてきた。多くは、佐藤の日本人としての「自己満足」や理解者としての「限界」を指摘しつつも（河原功「日本人作家の見た台湾原住民」）、「植民地支配の矛盾をリアルに描き出している」と論じ（河原「佐藤春夫「殖民地の旅」の真相」）、「鋭い文明批評性」（石崎等「〈ILHA FORMOSA〉の誘惑」Ｉ）を汲みとってきた。[8] 佐藤が台湾を舞台に書いた諸作、なかでも関東大震災直後の一九二三年十月に発表した「魔鳥」から、三二年の「殖民地の旅」にいたる作品には、日本の植民地統治に対する、皮肉や揶揄《やゆ》を用いた批判が見られる。

山地原住民の伝説を題材とした「魔鳥」の、しばしば引かれる一節は、植民地台湾とそこに住む人々を鏡にして、宗主国日本の「文明」を辛辣に相対化している。

> 私はこの同じ旅行中にも或る文明国の殖民地を見たが、そこではその文明国人が殖民地土着の民で――けれども相当の文明を持つてゐる人間を、その風俗習慣を異にしてゐるといふことの為めに、殺しはしなかつたけれども牛馬のやうに遇してゐるのを見た。（中略）また私は或る文明国の政府が、当時の一般国民の常識とややその趣を異にした思想――それによつて一般人類がもつと幸福に成り得るといふ或る思想を抱いてゐた人々を引捉《ひつとら》へて、それを危険なる思想と認めて、屢々《しばしば》その種の思想家を牢屋に入れ、時にはどんどん死刑にしたのを見聞したこともある。[9]

「魔鳥」以降の作品について、石崎等は、「日本――台湾をめぐる〈親和的〉な言説空間に初めて不協和音を持ち込んだ」と評する（「〈ILHA FORMOSA〉の誘惑」[10]）。強弱はありつつも、「不協和音」は

「殖民地の旅」にいたるまでの、台湾関係の作品を貫くと思われる。またその違和感の鋒先《ほこさき》は、内地日本にも向けられた。右記引用の後半部から想起されるのは、佐藤と同郷の大石誠之助《せいのすけ》（一八六七―一九一一年）も関与したとして処刑された、一九一〇年の大逆事件《たいぎゃく》である。黒川創は「魔鳥」執筆の時期を検討し、震災後の朝鮮人や社会主義者に対する迫害を耳にした佐藤が、上京当時に強烈な印象を受けた大逆事件を想起して、「魔鳥」を書いたのではないか、と論じる（『国境』「魔鳥の闖入」[11]）。山地原住民に対する、当初はエキゾチシズムや自己満足に満ちていたかもしれない好奇心が、対象に深く入り込むことで、やがて自らを相対化する契機となり、日本の植民地統治のみならず、日本社会の同質化を志向する、時に酷《むご》い暴力をともなう求心力に対して、違和として表明されたのである。

同じことは、台湾中部での台湾人知識人たちとの交流を記録した「殖民地の旅」にも当てはまり、林熊徴《ゆうちょう》（林献堂をモデルとする）らとの対話は、「植民者と被植民者の問題に深く触れた作品」（河原「佐藤春夫「殖民地の旅」の真相」[12]）となっている。また外部の対象と強く共鳴することが、自らや自らの属する社会に対する違和感や疑問へとつながる構図は、日月潭への旅を記した「旅びと」にも、弱くはあるものの感じとれる。山中の宿屋に「大へん好いてゐるひと」に似た内地人の女中を見出し、その「女の抱いてゐたその悲しみ」に魅惑されたとき、「女中」は職掌《しょくしょう》以外では、「その女」と呼ばれる（蜂矢宣朗の指摘による）[13]。「女」を通して、台湾の山奥にまで流れてきた日本人女性の人生の哀しみが、全篇に満ちわたる。しかしそこに「女」の生きている現実が存在することも見届けられ、また語り手「私」の置かれた煩悶、心細さ、孤愁がにじみ出る。

何ゆえに佐藤の一連の台湾関係の作品は、植民地統治に対し一定の批判的な視線を持ちえたのだろうか。佐藤が台湾に旅行したのは一九二〇年だが、台湾を描いた本格的な作品を発表しはじめるのは、二三年十月の「魔鳥」（『中央公論』）以降である。石崎は二三年九月に発生した関東大震災を重視し、「「魔鳥」に淵源する台湾ものに潜む鋭い文明批評性はそのことと無関係ではない」、「「旅びと」や「霧社」は、大正十二年八月《ママ》を境とする社会的変動を踏まえた上で検討されるべき」だと指摘する。[14] 震災の衝撃を軽く見積もることはできないが、佐藤の生涯における大事件がこの時期起きていたことも見逃せない。

「女誡扇綺譚」の語り手「私」は、台湾にいた当時、酒で憂さを晴らしてばかりいた理由について、「或る失恋事件によつて自暴自棄に堕入《おちい》つて、世上のすべてのものを否定した態度」だったと語る。また「エピロオグ」では、「世の力によつて刻々に圧《お》しつぶされ、見放されつつあつた」理由について、「それといふのも私は当然、早く忘れてしまふべき或る女の面影を、私の眼底にいつまでも持つてゐすぎたから」だと語る。「或る女」についてこれ以上の説明はない。しかし「綺譚」前後の佐藤の読者は、これが当時の佐藤の作品で端々に登場する、その実人生と深く関わる人物だと気づくだろう。一年前に書かれた「旅びと」では、女中に面影が重ねられた、「大へん好いてゐるひと」との関係こそ、当時の佐藤にとって文学上の最大のテーマでもあった。

「綺譚」が書かれた一九二五年前後の十年間あまり、佐藤春夫は谷崎潤一郎の最初の妻、千代との関係で煩悶を重ねていた。佐藤が文壇に出るに当たって導き手となったのは、周知の通り谷崎である。

一八年の「田園の憂鬱」発表などは、谷崎の推挽《すいばん》による。谷崎は一八年十月から中国を旅行、翌年二月に帰国し、三月から本郷区曙町に住んだ。当時佐藤は近くの駒込神明町に住んでおり、両者の交友は頻繁となった。しばしば谷崎の家庭を訪問するうち、佐藤は谷崎の妻千代を想うようになる。貞淑で従順、逆にそのため夫から嫌われて、たびたび虐待を受ける千代は、過去に二人の女優と同棲し、ことに二人目の米谷《まいや》香代子の奔放さに疲れた佐藤の目には、理想の女性と映った。

谷崎一家は一九一九年末、友人北原白秋の住む小田原に転居するが、佐藤はここもしばしば訪れた。しかし同棲相手の不倫や、夫ある人への思慕に苦しむ佐藤は、二〇年夏、煩悶を抱えたまま、台湾へと旅立つ。帰国後、小田原を訪れた佐藤に対し、前々から関係のあった、千代の妹せい子との結婚を考えていた谷崎は、いったん妻を譲ると約束する。しかしせい子に結婚を拒否された谷崎は、佐藤に言い寄られて美しさを増した千代に未練を抱き、佐藤との約束を反故《ほご》にした。谷崎・佐藤・千代の三者のあいだでは、その後手紙などを通したやりとりがつづくが、結局千代は谷崎とよりを戻し、谷崎と佐藤は二一年の六月末以降に絶交へと至った。以上が「小田原事件」の顛末《てんまつ》である。

その後佐藤は、一九二四年、小田中タミと結婚する。しかしタミの従妹と関係を持ち、タミの強い嫉妬に苦しめられる。佐藤にとって夢寐《むび》にも忘れられないのは、やはり千代だった。「小田原事件」後も詩や小説のなかで、千代への思慕をくり返し描いたが、なかでも二五年六月から『改造』に断続連載した長編『この三つのもの』は、事件を正面から描こうとする力作だった。しかし執筆が終わらないうちの、事件から五年が経過した二六年九月、谷崎との交友が復活し、『この三つのもの』は未完に終わる。さらに四年後の三〇年、小田中タミと別れた佐藤に、谷崎が千代を譲り、佐藤と千代が結婚する。谷崎と佐藤連名の新聞発表が世を賑わした、「妻君譲渡事件」である。[15]

「女誡扇綺譚」における、「早く忘れてしまふべき或る女」に関する吐露は、ごく短い。しかし佐藤の作品では、この女性の面影は連続して登場する。「小田原事件」が具体的に小説に出てくるのは、「その日暮しをする人」（『中央公論』一九二一年十月）以降である（その後発表された続編を含め、『剪られた花或は　その日暮しをする人』新潮社、一九二二年八月として刊行）。事件後の心境を描く『剪られた花』の冒頭には次のようにある。

或る事件――と、まあ今はただそれだけより言ひたくないそのやうな事件で、二年間も私は身も心も擦《す》り減らしてしまつてゐた。そこへもつて来て私はもう一ぺん或る事件によつて、折角少しばかりは恢復《かいふく》してゐた私をもう一度すつかり使ひ果さざるを得なかつた。（中略）その結果は、そのまま滅入つてしまつて私といふものはもうこの世から消えて無くなりはしないかとさへ思へた。実際、私は永の辛苦のためにわけのわからない熱が毎日出たりした。しかも、この世のなかから私が消えて行くなら結局それでもいいとも思つた。（中略）旅から帰つたばかりのことであつたが、もう一度、旅へ行つて見ようかと思ふことがあつた。（中略）見るものも聞くものも新しく、それに依《よ》つて一時を紛《まぎら》はすことも出来るかも知れないその遠すぎるやうなところへ思ひ切つて出かけて見たら？　と、更に空想を仮りにすすめて見ると、意気地《いくじ》ない事ではあるが、私は多分ノスタルジヤで

気が違ふだらうと思へた。[16]〔傍線引用者、以下同じ〕

『剪られた花』の直前、旅の翌一九二一年に発表の、佐藤が台湾を描いた最初の作品「日月潭に遊ぶ記」にも、恋い慕う人の面影がある。傷心の台湾旅行では、眼に触れるものすべてが憂愁をもたらした。日月潭を瞥見した「私」は、「侘《わび》しい景色」だと語る。しかも宿屋に勤める女中の、「妙に淋しさうに目を伏せて笑」つた表情が、「旅愁を持つた私の心へほんのちよいと触れた」。その人は「汀《みぎわ》に垂れて咲いてゐる花のやうに切なげないぢらしい表情」をしていた。その「頼りなげな寄りすがるやうな調子」の口のきき方に接して、「顔の上の半分が自分の好きな或る人に心持似てゐる」と感じる。「日月潭に遊ぶ記」のような掌編を除けば、佐藤は旅行から帰ってすぐに台湾を題材とする小説を書いたわけではない。二三年十月の「魔鳥」が最初の本格的な短編で、それ以降「旅びと」や「霧社」、そして二五年五月に「女誡扇綺譚」が発表された。千代との恋愛事件を描いた総決算といえる長編『この三つのもの』は、翌月からの連載である。二〇年、台湾から帰国し小田原へ向かう場面から始まり、「小田原事件」の核心となる数日間を描く。恋愛事件の痛手を反芻《はんすう》しつつ、事件を文学作品へと昇華する過程とあたかも軌を一にするように、台湾の経験も時間をかけて見つめ直され、作品化された。以上の個人的な背景は、「綺譚」の構想に何らかの影を落とすと思われる。

佐藤の台南訪問についても確認しておく。[17] 佐藤が台湾でもっとも長く滞在したのは、南部である。「かの一夏の記」（『霧社』昭森社、再刊本、一九四三年十一月）では、東の家を拠点にして「台南以南の見物に興じ」たと回想する。「安平を見て共感を得」て書いたのが「綺譚」で、「建物や安平の風景は実景のつもり」だが、その他は「中部地方での見聞に空想を雑《まじ》へて作つた」という。

新垣宏一は佐藤の足跡をたどる過程で、南部で案内役を務め、「綺譚」の登場人物「世外民」のモデルともなった、陳聰楷なる人物に聞き取りを行った。

写真 1-2　四春園

台南を見物したときの事を聞くと、春夫がちやうど厦門から買つて来た真白い支那服を着て、台南の夏の夜を悠然と散策したといふことなどを語られた。陳氏によつて、春夫が二回ばかり台南に来たこと、四春園に宿泊したことなどが分かつたが、今その実確な日時を知ることが出来ない。（中略）安平のゼーランヂヤ城趾を見物し、赤崁楼を見物したが、赤崁楼では一枚の瓦を記念にといつて持帰つたと。問題の「禿頭港の廃屋」はやはり陳氏達（他に陳氏の友人某）が案内したが、ここが春夫の強い好奇心をひきつけることとなり宿に帰つた後に、只一人で春夫はこの廃屋に写生に出掛けて行つたといふことである。

「『女誡扇綺譚』断想ひとつふたつ」（『文芸台湾』第一巻第四号、一九四〇年七月十日）

また台南出身の詩人楊熾昌《ようしじょう》（一九〇八―一九四年）は、台南に来た佐藤を案内した、と語る。楊の父楊宜緑《ぎりょく》（一八七七―一九三四年）は、当時『台南新報』漢文欄の記者をしていた。父の勤め先の新聞社へ弁当を届けに行っていた楊少年は、「きびしい顔付きの紳士が編集部の部屋の中をセカセカと歩き廻っているのを目撃し、帰宅した父親にあの人は誰かと問うと「あれは佐藤春夫という有名な作家で、新聞社が何か書いてもらいたいと、原稿料を前払いしたり、毎日接待したりしているのだが、なかなか書いてもらえないんだ」との話」だったという（岸萬里による）[18]。その後楊はたびたび佐藤と会い、赤嵌楼などの名所を訪れるガイド役を務めた[19]。

「女誡扇綺譚」の特徴の一つは、台南という都市の表象にある。「美しい町」がそうであるように、大正後半の佐藤春夫の作品では、登場人物以上に都市が重要な役割を果たす。あるいは、登場人物が都市と関わる形で造型されている。「綺譚」の主人公は、「私」や「世外民」というより、彼らを一部として組み込んだ、外港安平を含む都市台南である。

台南は、台湾随一の歴史を有する。戦前までは人口は台北に次ぎ、商都として栄えた。しかし清朝統治の末年、首府は台北に移され、一八九五年の日本による植民地統治が始まってからは、総督府の置かれた台北を中心にインフラの整備が進められた。台南は穀倉地帯である嘉南平原の中心にあって、南部の経済の中心地としての地位を依然保ったが、近代化が進むにつれ、日本人の多く住む台北、及び南部で港湾都市として整備の進む高雄に、殷賑《いんしん》を奪われつつあった。台北や高雄が日本人主導で都市開発が進められた一方で、圧倒的に本島人人口が多い台南は、開発が進められつつも、古都としての面目を保った。

台南は、かつて東京や台北で学生生活を送り、仕事でたまたま赴任した日本人の眼からは、植民地のローカル色豊かな地方都市にすぎない。帝都東京はもちろん、島都台北からも、台南は遠く離れていた。しかし台北や高雄に比べ、台湾人に接する機会の多い台南に居住することは、日本人にとって、本島人を中心とする台湾社会を知るきっかけともなった。滞在はわずか三カ月余にすぎないが、南部に長く留まり、現地の案内者を得た佐藤は、台湾の社会に、恐らく当初はロマンチックな関心から観察し、やがて犀利《さいり》な感覚を働かせて入り込んでいったのではないか、と想像される。台南を舞台とする点も、「綺譚」を形作る大きな要素となっている。

「女誡扇綺譚」を要約しておく。「一　赤嵌城址《シャカムシャ》」で、日本人で新聞記者の語り手「私」は、台湾人の友人世外民に誘われて、台南の西にある廃港、安平を訪れ、「荒廃の美」に打たれる。「二　禿頭港《クッタウカン》の廃屋」では、安平からの帰途、台南西端の禿頭港を散策した二人は、「古城の廃墟」のごとき、かつては豪壮だったと思われる廃屋に出くわし、屋内を探検中、泉州なまりの女の声を耳にする。「三　戦慄」では、表にいた老婆から、廃屋の主だった沈家にまつわる、どぎつい色彩の伝説の数々を聞く。伝説は、沈家の没落からさかのぼって、かつて台湾中部に所在した沈家の勃興と悪行、台南への移住、そして没落後に残された、まだ来ぬ人を待ちつつ、花嫁姿で死を迎えた老嬢の逸話へと至る。それは善悪の彼岸とともに、凄惨な美を感じさせるものだった。

「四　怪傑沈氏」からが後半である。「私」と世外民が酒楼「酔仙閣《ツイツェンコ》」で、廃屋の怪異について議論する中で、二人の交友のいきさつが回顧される。「五　女誡扇」では、声の正体を確かめようと、二人が再び足を踏み入れた廃屋で、「女誡」の記された扇を拾う。そして「六　エピロオグ」では、廃屋で若い男の自殺があったのをきっかけに、二人が事件の真相を確かめようと訪れた穀物問屋の豪家で、令嬢に仕える下婢が関係していると知る。後日談として、この下婢が自殺したとつけ加えられる。廃墟にまつわる「綺譚」を紐解いていくと、植民地支配下に置かれた台湾人女性の姿が見えてくる、という趣向である。

写真 1-3　安平港

三　「廃市」の系譜――死都ブリュージュ・荷風の江戸東京・白秋の柳川

「女誡扇綺譚」で描かれた安平・台南の、都市としての特徴は、作中の言葉を用いれば、「荒廃の美」である。台南の西に位置し、台湾海峡に臨む安平港は、作中では「安平の廃港」、「安平港の廃市」と呼ばれる。古くから対岸の中国大陸との貿易で栄えたが、土砂の堆積で港が浅くなり、繁栄を南の高雄に譲った。語り手の「私」は、かつての殷賑を失い、廃屋の目立つ安平を訪れて初めて、「荒廃の美」を理解した、と語る。

私が安平で荒廃の美に打たれたといふのは、又必ずしもその史的知識の為めではないのである。だから誰でもいい、何も知らずにでもいい。ただ一度そこへ足を踏み込んでみさへすれば、そこの衰頽《すいたい》した市街は直ぐに目に映る。さうして若し心ある人ならば、そのなかから凄然たる美を感じさうなものだと思ふのである。（中略）

トロッコの着いたところから、むかし和蘭人が築いたといふTE CASTLE ZEELANDIA 所謂土人の赤嵌城《シャカムシャ》を目あてに歩いて行く道では、目につく家といふ家は悉《ことごと》く荒れ果てたままの無住である。（中略）／赤嵌城址に登つて見た。（中略）

私の目の前に展《ひろ》がつたのは一面の泥の海であつた。黄ばんだ褐色をして、それがしかもせせつこましい波の穂を無数にあとからあとからと飜《ひるがえ》して来る。（中略）／白く灼《や》けた真昼の下。光を全く吸ひ込んでしまつてゐる海。水平線まで重なり重なる小さな浪頭《なみがしら》。洪水を思はせるその色。飜翻《へんぽん》と漂うてゐる小舟。激しい活動的な景色のなかに闃《げき》として何の物音もひびかない。時折にマラリヤ患者の息吹のやうに蒸《む》れたのろい微風が動いて来

写真 1-4　赤嵌城址（ゼーランジャ城址、現在の安平古堡）

る。それらすべてが一種内面的な風景を形成して、象徴めいて、悪夢のやうな不気味さをさへ私に与へたのである。

安平見物を終え、台南の市街地へと戻る途中の「私」と世外民は、今度は西の外れの「禿頭港《クツタウカン》」で、古色を帯びた石垣と、泥水のたまった濠《ほり》で囲われた一角に行き当たる。そこには「古城の廃墟を見るやうな感じ」の「廃屋」があった。濠と見たのは、現在では泥の水たまりとなっているが、かつては溝渠《こうきょ》、運河であった。世外民からそのことに気づかされた「私」は、「禿頭港」という地名に思い至る。

私は禿頭港を見に来てゐながら、ここが港であつたことは、いつの間にやらつひ忘却してゐたのである。一つには私は、この目の前の数奇な廃屋に見とれてゐたのと、もう一つにはあたりの変遷にどこにも海のやうな、港のやうな名残を捜し出すことが出来なかつたからである。(中略)「港」の一語は私に対して一種霊感的なものであつた。今まで死んでゐたこの廃屋がやつと霊を得たのを私は感じた。泥水の濠ではないのだ。この廃渠こそむかし、朝夕の満潮があの石段をひたひたと浸した。走馬楼《ツアウベラウ》はきららかに波の光る港に面して展かれてあつた。さうして海を玄関にしてこの家は在つたのか。――してみれば、何をする家だかは知らないけれども、この家こそ盛時の安平の絶好な片身ではなかつたか。

かつてはにぎやかな港だった安平が、現在では「衰頽した市街」となっている。昔は濠と石垣に囲われていた豪壮な邸宅が、今では「廃墟」「廃屋」となっている。繁華を極めた台南にも、もはや廃屋が取り残されるばかりである。安平には「廃港」「廃市」の形容がなされ、台南を象徴する場所としては、「廃墟」「廃屋」「廃渠」が選ばれる。しかも、安平が海に面した港であり、台南は水路によって海とつながった街というように、水辺の土地であることが、「私」に「霊感」を与える。「綺譚」以前にも、「廃墟の港安平の蘇生　今は昔の水郷ロマンス」（署名は岩生、『台湾日日新報』一九二四年六月二十二日）という記事があり、安平を「廃墟の港」「頽廃の趾」「果敢《はか》ない幻滅の趾」と呼び、「廃屋」や「バンガロー家屋」の並ぶ一角に「異国情調」を求めていた。しかし安平と台南を「荒廃の美」として決定的に描いたのは、やはり「綺譚」である。

水辺の廃れた港・街としての都市表象は、いかにして着想されたのだろうか。川本三郎は『大正幻影』で、永井荷風・谷崎潤一郎・芥川龍之介・佐藤春夫らが共有した、破壊されつつある水の都東京の、かつての象徴である、隅田川周辺への愛惜を細《こま》やかに描いた。そこには、朽ち果てていくものの放つ爛熟した美しさ、つまり廃墟の美に対する偏愛がある。川本は「綺譚」を、「廃墟小説」と呼ぶ。[20]佐藤が「綺譚」で用いた、廃墟を前にして油然《ゆうぜん》と湧き上がる感傷を表現した、「荒廃の美」なる言葉は、佐藤の専売特許ではない。佐藤に先んじて「荒廃の美」を印象的に用いたのは、一九〇八年に米仏滞在から帰朝し、『あめりか物語』や『ふらんす物語』などの傑作を続々送って一世を風靡した、永井荷風（一八七九―一九五九年）である。

帰朝後の代表作の一つ「すみだ川」（『新小説』一九〇九年十二月）は、隅田川界隈《かいわい》の江戸情緒が残る風景や風物、江戸の習慣や価値観を色濃く残した人々の生活を題材とする。これらの風景や人物が、近代という時代の前に毀《こぼ》たれつつあることへの哀惜が、作品全体を蔽《おお》う。荷風は「第五版すみだ川之序」（『すみだ川』籾山書店、一九一三年）で、この作は日露戦後の「新興の時代」において、隅田川の両岸に残る、「廃滅に帰せんとしてゐる昔の名所の名残」を目の当たりにし、「隅田川といふ荒廃の風景が作者の視覚を動かしたる象形的幻想を主として構成せられた写実的外面の芸術であると共に又この一篇は絶えず荒廃の美を追求せんとする作者の止みがたき主観的傾向が、隅田川なる風景によつて其の抒情詩的本能を外発さすべき象徴を捜《もと》めた理想的内面の芸術」だと、荷風一流の名文で記した。[21]

では荷風の追求した「荒廃の美」は、いかにして発想されたのだろうか。「すみだ川」と同時期の『冷笑』（『東京朝日新聞』一九〇九年十二月十三日―一〇年二月二十八日）は、主人公吉野紅雨に託して、「不幸なる過渡期の病児」として生きる、自らも含む同時代人に対する自嘲や、「自覚の乏しい模倣の現代」に対する罵倒が語られる。またその一方で、古き日本の名残を確かめ、「日陰の裏町に残つて居る過去の栄華の後を尋ね」、「過去の追慕と夢想の憧憬に生き」る意志も語られる（十二　夜の三味線）。追慕や憧憬の対象となるのが、郷土、東京の水辺の光景である。紅雨は、「郷土の美に対する芸術的熱情」の好例として、「仏蘭西のモオリス、バレス」とともに、「白耳義《ベルギー》のロオダンバックが悲しいブリユウジユの田舎町に濺《そそ》いだ熱情の文字」を挙げ、「小説の趣向をば飽かず疲れずに語りつゞけた」[22]。後者は、大正時代にひそかな流行現象を起こした、ベルギーの詩人、ジョルジュ・ローデンバック（一八五五–九八年）の『死都ブリュージュ』である。

当時の荷風は、『死都ブリュージュ』への偏愛を複数の文章のなかで語っている[23]。「海洋の旅（紀行）」（『三田文学』一九一一年十月）には、「悲しいロオダンバックのやうに、唯だ余念もなく、書斎の家具と、寺院の鐘と、尼と水鳥と、廃市を流るゝ堀割の水ばかりを歌い得るやうになりたい」と記す。また「文芸　読むがまゝ（一）」（『三田文学』一九一二年九月）では、「ロオダンバックの詩は、凡て現実の風物によりて喚起されたる抒情詩なり。否、寧ろ其の心の底に蟠《わだか》まれる遺瀬《やるせ》なき悲しみを、死せるが如き廃都の風景と、閑寂なる書斎の光景とに託したるもの」との記述がある。それぞれ、「廃市」「廃都」という言葉でブリュージュを形容している。

翌月の「文芸　読むがまゝ（二）」（『三田文学』一九一二年十月）では、『死都』を「廃市の鐘」と訳し、あらすじを詳しく記した。「死したる溝渠の水、勤行《ごんぎよう》の鐘の音等凡て中世紀の廃市ブリユウジユの風物は、生きたる人物の如くに活動す」と、都市を擬人的に紹介した上で、妻を亡くした「憂鬱なる若き男」が、「唯手筐《てばこ》に納めしその遺髪をのみ打眺めて」、「死せるが如きブリユウジユの廃市」に暮らし、そこに事件が起きる、と語る。三好文明の指摘によれば、「荷風はローデンバッハのうちに己れの血族を見ていた」のである[24]。

荷風は「文芸　読むがまゝ（二）」で、『死都』に刺激されて、「時代を奈良の都に取り、古美術の空気を活躍せしめて、古代崇拝の詩人と、現代的女性との恋の破綻を描かんにはと思ひ立」ったが、

「あまりに模倣の卑劣なる事を思ひて止」めたという。これも実現せずに終わったが、一九一一年八月に訪れた長崎を描く「海洋の旅」では、長崎を舞台とする小説を構想した、とも語る。そもそも「海洋の旅」は、『死都』の影響が濃厚な紀行文である。「石道と土塀《どべい》と古寺と墓地と大木の多い町」、「古寺の鐘の音」が鳴り響く長崎には、「遠国的の情調」があるのみではない。キリスト教迫害と鎖国という歴史は、「長崎の風景に対して一種名状しがたき憤恨と神秘の色調を帯びさせて」いる。長崎には、「悲しく廃《すた》れ果てゝはゐるものゝ、猶絶えず海と船とによつて、外国の空気が通つて」いる。そこには「静止と満足と衰頽との如何に懐しい」風景、『死都』に通じる風景がある。

長崎を描いた「海洋の旅」以上に、『死都』を彷彿させるのは、「すみだ川」である。水辺の機能を喪失し、江戸情緒を失いつつある隅田川河畔を舞台に、古いものを愛する長吉と、現代的な考えから芸者になろうとする、幼馴染みの娘のすれ違いを描く。都市を主人公とし、半年から一年ほどの時間の移り変わりのなかで、登場人物が街中をさまようことで、水路や橋、史跡など土地の記憶をよみがえらせる。模倣でこそないものの、共通点からして、「すみだ川」が『死都』から強い触発を受けたのは明らかである。[25] この延長線上に、「裏町」や「横道」を歩んで、廃滅に瀕した「淫祠《いんし》」や「寺」、昔の面影を残す「水」「露地」「空地」「崖」「坂」を描く、『日和《ひより》下駄　一名東京散策記』（『三田文学』第五巻第八号―第六巻第六号、一九一四年八月―一五年六月。籾山《もみやま》書店、一九一五年）が書かれる。

『死都』と荷風「すみだ川」との類似を上回るのが、佐藤春夫「女誡扇綺譚」との類似である。「綺譚」の安平は、堆積によって機能を失い、衰退しつつある港である。また台南も、外港の安平が衰

写真 1-5　台南運河

えたため、街の西端まで達していた運河が機能を果たさなくなり、没落しつつある古都である。「綺譚」は安平を「廃市」と呼ぶが、『死都』に描かれたブリュージュも、かつては水の都であり、外港と縦横に張り巡らされた水路のおかげで繁栄をきわめた都市だったが、現在では「廃市」（荷風）となっている。

また「女誡扇綺譚」の世界を浸《ひた》すのは、語り手の若い男である「私」の憂愁である。「私」は「或る失恋事件によつて自暴自棄に堕入つて」おり、「早く忘れてしまふべき或る女の面影を、私の眼底にいつまでも持つてゐ」た。一方『死都』の主人公も、荷風の要約を用いれば、死んだ妻の面影を求めて、「死せるが如きブリユウジユの廃市」に暮らす、「憂鬱なる若き男」である（若いというのは荷風の勘違いで、実際には四十がらみ）。「廃市の淋しさは、悲嘆に沈みし彼が心のさまによく調和」しているというように、ブリュージュも主人公の憂鬱一色に塗られている。都市そのものの没落のみならず、語り手の憂鬱が、都市を「荒廃の美」という色に染め上げる。「すみだ川」と「綺譚」は、『死都ブリュージュ』と「荒廃の美」を共有するのである。

ローデンバックは大正の日本で広く読まれた作家である。村松定史『日本におけるジョルジュ・ローデンバック』[26]によれば、ローデンバックの名が広まるのは、上田敏（一八七四－一九一六年）、及び荷風の翻訳や紹介による。上田は早く一八九五年に「白耳義文学」（署名は「微幽子」、『帝国文学』第一巻第一号、一月）で触れており、荷風や佐藤も愛唱した『海潮音』（本郷書院、一九〇五年）は、詩「黄昏」を収録する。また荷風が最初にローデンバックに言及するのは、「花より雨に」（『秀才文壇』第九巻第十八号、一九〇八年八月）で、それ以降の紹介については見た通りである。

ただし、佐藤がローデンバックの作品、なかでも『死都ブリュージュ』を読んだ確証はない。『定本佐藤春夫全集』の索引に、その名前は出てこない。翻訳は、一九三三年、江間俊雄訳『死の都ブリュージュ』（春陽堂）が最初で、「綺譚」よりはるかのちである。佐藤がもし『死都』に触れたとすれば、日本における紹介を通じて知り、英訳などを読んだ、ということになる。『海潮音』は当然読んでいたが、もっとも可能性が高いのは、やはり荷風を通じてである。

佐藤春夫が荷風に傾倒していたことは、『小説永井荷風伝』（新潮社、一九六〇年）に詳しい。『あめりか物語』に魅了され、作家を志した佐藤が、荷風にあこがれて慶應義塾大学予科に入るのは、一九一〇年九月である。入学前に与謝野鉄幹から紹介状をもらい、堀口大學と二人して荷風宅を訪問した。予科の学生には本科教授である荷風の授業に出る資格はないが、教室に忍び込み、勝手に傍聴した。「近代フランス文学史論」といった内容、「先生が嘗《かつ》て読んで感銘の深かつた作品を文学史的な順序に照し合せて評論」する形式で、「作者の小伝を伝へ、さてその作品の筋や描写の細部などにわたつて面白さを説き紹介したうへで、その作品の史的意義だのその作者の一般作風などに及ぶ」というスタイルだった。佐藤は「面白いところだけを、喜ばしいものに思つて耳を傾けた」という。また荷風は、しばしば学生のたまり場に来て、オスカー・ワイルドばりに、闊達《かつたつ》自在な座談を饒舌《じようぜつ》に披露した。「荷風の講義はおもしろかつた。さうして雑談はそれ以上にもつと面白かつた」。なかでも、「気に入つた着想があつて、それを書かうと思ひ立つた時などには、最も楽しげな語り手であつた」[27]。佐藤が荷風の謦咳《けいがい》に接した一九一〇年九月から退学する一三年までは、荷風がまさにローデンバック『死都』を推奨していた時期に当たる。

佐藤は荷風の書くものを熱心に読んだ。荷風が一九一一年十月の「海洋の旅」でローデンバックに触れていることは述べたが、佐藤は回想で、「『三田文学』と云へば、その誌上に荷風の書いたものはみな佳作であつたが、就中《なかんずく》、当時から今日までわたしくの愛読するのは「海洋の旅」の一篇」だと記す。「海洋の旅」には、荷風が長崎の旅に出た動機として、「出来るだけ遠く自分の住んでゐる世界から離れたやうな心持になりたかつた。人間から遠ざかりたかつた」と語られている。衰弱した心身の健康を、海洋の空気によって回復させるため、旅先にわざわざ「南方」の港町を選び、「南の方へ漂つて来た心持が一層深くなる」ことで再生した。二〇年、佐藤が台湾の旅を思い立った動機には、郷里の友人の誘いという偶然もあったろうが、決断の背景には、「海洋の旅」などからかき立てられた南方へのあこがれがあったかもしれない。

荷風が「海洋の旅」の約一年後に書いた「読むがまゝ」も、慶應予科に在学中の佐藤が読んだ可能性は高い。一一年三月に単行本として出た『すみた川』(籾山書店)も、傾倒の度合いからして、読まなかったと考える方が無理があろう。教室や座談の場で、荷風からローデンバックへの偏愛を耳にした可能性もある。興味をかきたてられた結果、英訳等に触れたことも考えられる。当時の佐藤が英書に親しみ、しかも理解が深かったことは、本間久雄訳『ドリアン・グレイの肖像』の誤訳を指摘した、「「遊蕩児」の訳者に寄せて少し許《ばか》りワイルドを論ず」（『スバル』一九一三年六月）からわかる。

ローデンバック熱を共有していたのは、敏・荷風・佐藤だけではない。荷風が『死都ブリュージュ』を論じる際に、あるいは佐藤が「女誡扇綺譚」で安平を描く際に用いた「廃市」という言葉は、福永武彦の小説『廃市』で用いられ、また大林宣彦監督の同名映画（一九八三年）にもなっているため、古くからある言葉のようだが、実際には漢語に「廃市」はない。いつごろから用いられているかというと、川本三郎が指摘するように、北原白秋の詩集『思ひ出』（東雲堂、一九一一年六月）の序文「わが生ひたち」で、「溝渠《ほりわり》」に水流れる故郷柳川《やながわ》を「廃市」と呼んだのが最初ではないか、と思われる（「わが生ひたち」の初出は、『時事新報』一九一一年五月一―二十七日）。荷風が「海洋の旅」で、『死都』について、「廃市を流る、掘割の水」という表現を用いる、半年前のことである。

『思ひ出』の序文「わが生ひたち」は、白秋の繊細な感覚が冴えた名文である。

> 私の郷里柳河は水郷である。さうして静かな廃市の一つである。自然の風物は如何にも南国的であるが、既に柳河の街を貫通する数知れぬ溝渠《ほりわり》のにほひには日に日に廃れてゆく旧い封建時代の白壁が今なほ懐かしい影を映す。肥後路より、或は久留米路より、或は佐賀より筑後川の流を超えて、わが街に入り来る旅びとはその周囲の大平野に分岐して、遠く近く瓏銀《ろうぎん》の光を放つてゐる幾多

の人工的河水を眼にするであらう。（中略）水は清らかに流れて廃市に入り、廃れはてたNoskai屋（遊女屋）の人もなき厨の下を流れ、洗濯女の白い洒布に注ぎ、水門に堰《せ》かれては、三味線の音の緩《ゆる》む昼すぎを小料理の黒いダアリヤの花に歎き、酒造る水となり、汲水《くみず》場に立つ湯上りの素肌しなやかな肺病娘の唇を嗽ぎ、気の弱い鶩《あひる》の毛に擾され、さうして夜は観音講のなつかしい提燈の灯をちらつかせながら、樋を隔てゝ海近き沖ノ端《はた》の鹹川《しおかわ》に落ちてゆく、静かな幾多の溝渠はかうして昔のまゝの白壁に寂しく光り、たまたま芝居見の水路となり、蛇を奔らせ、変化多き少年の秘密を育む。水郷柳河はさながら水に浮いた灰色の柩《ひつぎ》である。[28]

白秋自身の回想によれば、出版記念会の席上で、上田敏はこの序文に対し「驚くべき讃辞を注がれた」という。[29]佐藤は「日本文学の系譜」で、「海潮音の響に耳を傾けなかつた詩人はあるまいが、北原白秋は上田敏が日本詩神からの申し子で、柳村〔＝上田〕の高踏的な事業は、白秋を通じて一般に普及した」と論じ、またつづけて、「敏は一人の白秋を生んだばかりでなく、或は荷風の良き理解者として（中略）多くの貢献をしてゐる」と、敏・荷風・白秋を一つの系譜に収めて論じた。[30]

佐藤が白秋を初めて見たのは、一九〇六年、与謝野鉄幹に伴われて新宮を訪れた白秋を、「学校の門前に待ち受けて」一瞥《いちべつ》した折である。[31]だが面と向かって話を交わしたのは、一一年末か翌年初頭のことかと思われる。白秋が第二詩集『思ひ出』を刊行したのが一一年六月（東雲堂）、上田敏の主唱で九月に出版記念会が開かれたが、佐藤は「まだ雑魚《ざこ》で、ととまじりもできなかった」から、会には出席していない。[32] しかし「三田の学塾」に在学中、「一級か下」の友人に誘われて、「水天宮うらの寓居にこの先輩を訪うた」という。ただし白秋は水天宮裏に住んでいたことはなく、一一年の末から翌年初めにかけて、当時の京橋区新富《しんとみ》町の新富座裏に住んでいたので、それとの勘違いではないかと思われる。佐藤の記憶では、「応接された部屋の壁上には司馬江漢筆と聞いた銅版画がかかつてゐた。柳河の風景だと説明された」という。[33] 時期と場所の確定は困難だが、三田で荷風に親炙《しんしゃ》していたのと同時期に、白秋『思ひ出』の世界にも浸っていたことは間違いない。はるかのち、佐藤は詩「白秋詩碑を訪ひて」で、「柳川は白秋の市／蜘蛛手なすクリークの土地」と詠ってもいる。[34]

白秋も荷風同様、ローデンバックを愛読していた。なかでも『桐の花　抒情歌集』（東雲堂書店、一九一三年）にはローデンバックが三度登場する。たとえば「感覚の小函《こばこ》」では、「敬虔な私のいまの心持は軽薄なワイルドの美くしい波斯《ペルシア》模様の色合から薄明りの中に翅《は》ばたく白い羽虫の煙のやうなロウデンバツハの神経に移つてゆく」とある。[35] 白秋が『死都』を読んだかどうかについては判然としないが、その詩のみを承知していたとは考えづらい。オスカー・ワイルドが明治末から大正にかけて大流行し、谷崎や佐藤が偏愛した一時期を持つことは知られているが、[36] 白秋も一時はワイルドを愛したものの、やがてローデンバックへと移った。川本三郎は、荷風が白秋の「わが生ひたち」を読んで「廃市」という言葉を用いたと推測する一方で、白秋は「パンの会」で荷風を通して『死都ブリュージュ』を知り、「そこから「廃市」という言葉を思いつき、柳川とブリュージュを重ね合わせたのではないか」とも推測する。[37]

『死都ブリュージュ』の作品としての特色は、描かれた都市が、主人公であるとともにテーマともなっている点にある。ローデンバックは序言で、この作品で示そうとしたのは、「単に背景でもなく、小説中でたまたま取り上げられた話題というだけでもなく、中心となる事件と関連しているような都市の風景」だと述べた[38]。一方荷風は、「第五版すみだ川之序」で、目に映った「荒廃の風景」と「わが心を傷《いた》むる感激の情」をもって創作しようとしたのであり、「この小説中に現はされた幾多の叙景は篇中の人物と同じく、否《いな》時としては人物より以上に重要なる分子として取扱はれてある」と記した[39]。

このように見てくれれば、佐藤の「女誡扇綺譚」は、一九一〇年前後にローデンバック『死都ブリュージュ』を中心に、荷風「すみだ川」や白秋『思ひ出』序文などによってつくられた、「荒廃の美」をテーマに都市を描く系譜につらなって台南を描いたことがわかるだろう。荷風が『死都』のひそみにならい、古都奈良や南蛮時代の残り香ただよう長崎を題材に、日本の死都を描こうとして果たさなかった企図を、佐藤が台湾の古都、オランダ統治の記憶が残る台南を舞台に実現したわけである。

『海潮音』や荷風からローデンバック熱をかきたてられたのは、もちろん佐藤春夫だけではない。佐藤より一歳年下の英文学者、矢野峰人《ほうじん》（一八九三—一九八八年）は、岡村千秋の「詩人ローデンバツハ」（『早稲田文学』一九〇九年七月）を読んで関心を持ち、一九一二年、京都の第三高等学校に入ったころ、上田敏『海潮音』の訳詩「黄昏」に接して、「ローデンバッハ熱」を燃え上がらせた。仏語を独習し、丸善で原書を手に入れ、ローデンバック論を書いた。矢野はその評論を、荷風に送って批評を乞い、できれば『三田文学』に掲載してもらおうと、「大それた野心」を抱いた。なぜなら、荷風の偏愛を承知していたからである（『去年の雪』[40]）。しかし希望は実らず、茅野《ちの》蕭々《しょうしょう》の紹介で、白秋の主催する『アルス』に「ローデンバツハ一面観」として掲載された（一九一五年六月）。

　のち台北帝大教授となり、前嶋信次の同僚、また新垣宏一の師となる矢野峰人は、一九三六年、台湾でローデンバック散文詩の翻訳を出した。『墳墓』がそれで、西川満（一九〇八―九八年）の主宰する媽祖《まそ》書房から刊行された。西川は早稲田大学を卒業してすぐ、外地文学の樹立を志して、台湾に戻った。「青春の血のたぎっている頃」のことで、恩師から紹介された矢野を訪問し、「廃都ブリュウジュの詩人、ロオデンバッハの散文詩『墳墓』を読ませていただき、一も二もなく魅了され」、自著以外の最初の限定本として、『墳墓』を刊行した（「矢野峰人博士卆寿《そつじゅ》記念出版『墳墓』[41]」）。矢野のローデンバック熱に感染したわけである。西川は『墳墓』の装幀を自画自賛し、「廃都ブリユウジユの歌い手として名も高きロオデンバツハの散文詩を訳せる博士の「墳墓」に到つては、その装ひ、わが台湾の郷土が産する独自の麻布を以てしたものであつて、今も尚入手することを得ずして、千金を以てこれを求めんとする人、殊更中央に多くあるを思へば、筆者は自ら頬に浮ぶ微笑を、禁ぜんとして禁じ能はざるのである」と得意げに記している（「台湾文芸界の展望」『台湾時報』一九三九年一月）。

　ただし、ブリュージュがローデンバックの描いたような「死都」では必ずしもなかったように、台南も「女誡扇綺譚」の描くような、廃屋ばかりの街だったわけではない。

　河原温によれば[42]、「死都ブリュージュ」は、「かつて多くの船舶を招き入れたズウィン湾への水路によって海と結びついて繁栄していた商都であり、「往時のヨーロッパにおける女王」であった古都ブリュージュが、湾の砂の堆積によって海から遠ざけられることによって衰弱し始め、四世紀前から死にかけているさまを、小説の主人公ユーグの亡き妻のイメージに重ね合わせて描い」た小説である。一方「綺譚」に描かれた台南も、安平という外港に多くの船を迎え、運河を通して物資を台南に運び、貿易の拠点として繁栄していたが、港の機能喪失により衰退に瀕しつつある、というイメージである。まだ来ぬ婿の到着を待ちわびながら、埃《ほこり》にまみれて死んでいった豪家の娘に、同じく沈滞して過去の埃が積もった台南の街が重ねられていることも、同様である。

しかし、ブリュージュにしても台南にしても、実際には『死都』や「綺譚」に描かれたごとく落日の街だったわけではない。河原によれば、中世に誕生し、「フランドルの輝ける宝石」として繁栄を謳歌したブリュージュは、他都市の勃興とともに相対的に地位を落とし、工業都市への転換に失敗して停滞に陥った。しかし十九世紀後半には、蓄積された文化遺産が評価され、活気を取り戻す。現在では人口十万あまりの小都市だが、ベルギーのみならず欧州屈指の観光都市としてにぎわっている。

台南も、日本統治期以降台北が政治のみならず経済や文化の中心として急速に成長していたとはいえ、人口は台北に次ぐ二位の、台湾人の一大商都であった。台北が日本人の手で急速に近代都市として成長を遂げていた一方で、台湾人の目からすれば、富裕な商人が多く住む台南こそ台湾の本陣、という意識があったろう。実際台南からは、数多くの企業家や作家が生まれた[43]。台南には、これら有為の人材を生み出す経済的余裕・文化的蓄積があった。現在では人口規模は台北・高雄・台中の後塵を拝し、南部の中心都市としての地位も港町高雄に譲ったが、都市部の人口は八十万、台湾屈指の観光都市である。規模こそ小振りで、台北や高雄のように近代化されてはいないが、商店やデパートが立ち並び、週末は押し寄せる観光客の波であふれる街を歩けば、到底没落した都市とは見えないだろう。

河原によれば、『死都』はパリを中心とするフランス語圏の文壇では大成功を収めたが、「当時のブリュージュ市民にははなはだ不評」だったという。それは「作者が表現しようと試みた世紀末のメランコリー、孤独、神秘主義、デカダンス、死の抑圧といった時代の雰囲気を体現する「神話」的舞台としてブリュージュが選ばれたこと」に対する反発だった。[44]「綺譚」の場合も、強い影響を受けたのは日本人がほとんどである。楊熾昌を除けば、台南の台湾人作家たちにとって、「綺譚」は日本人経由で知ってはいても、関心の埒外《らちがい》だったのではないかと思われる。

ローデンバック『死都ブリュージュ』をとりまくようにして、一九一〇年ころの日本で荷風・白秋らにより、「廃市」として都市を描く文学が成立し、それが佐藤春夫によって台南を描く際に導入された。「女誡扇綺譚」の強烈なロマンチシズムは、その後の文学による台南表象を強く規定した。しかし「綺譚」には、それにとどまらない、あるいはそこからはみ出すものがある。

四　「査媒嫺」——聞きとりにくい声に耳を澄ます

「女誡扇綺譚」は一見、ロマンチシズム溢れる作品に見える。しかし台南を美しく描いただけで、現在も傑作として残っているとは思えない。佐藤春夫は「ぢょかいせんきだん　あとがき」で、「作者はだん〳〵年とともに、浪漫的色彩を失ひつつある。その代りには、何ものかが加はるだらうが、ともかくもこの作品は作者にとつて浪漫的作品の最後のものであるかも知れない」と記した（『女誡扇綺譚』一三二頁）。この「何ものか」こそ、実は「綺譚」に生命を与えているのではないだろうか。

島田謹二「佐藤春夫氏の『女誡扇綺譚』」（前掲）以来の、「異国情趣」の文学としての「綺譚」論に対し、真っ向から異を唱えたのが、藤井省三「大正文学と植民地台湾　佐藤春夫「女誡扇綺譚」」である。日本人記者「私」の人物設定や、「総督府から遠く南に離れた台南」という場所の設定、台湾人世外民との交友及び価値観の共有、沈家の伝説を借りて巧みに映し出された「日本支配のあり方」などを論じて、「綺譚」には「植民地台湾の現実とその将来」に対する「強烈な関心」があり、台湾人下婢の自殺を通して「台湾ナショナリズムの誕生を逆説的に宣告」したと論じた[45]。

探偵小説仕立てのこの短編は、ごく簡単にまとめれば、日本人新聞記者の語り手「私」が、台湾の伝統を愛する世外民とともに、廃屋で聞いた声の主を探し当てる話である。酒に溺《おぼ》れて自暴自棄の生活を送る「私」は、どぎつい伝説に興趣をそそられることもあるが、同時に一貫して現実的な思考を展開する。奇異なものへの関心と、それに対する醒めた視線が、ないまぜになっている。伝奇的色彩に富みつつも、伝奇的であることを拒否する。

語り手は安平に来て、「蘭人の壮図、鄭成功の雄志、新しくはまた劉永福の野望の末路」など、土地とまつわる歴史を並び立てながら、「歴史なんてものにはてんで興味がないほど若かった」と語る。目前の安平の「荒涼たる自然」に、「悪夢のような不気味さ」を感じながら、思わず漏らした溜息は、「多少は感慨のせいであったかも知れないが、大部分は炎天の暑さに喘《あえ》いだ」と言い訳をする。歴史の積み重なった安平は、「私」の醒めた目で描写すれば、「沼を埋め立てた塵塚《ちりづか》の臭ひが暑さに蒸せ返つて鼻をつく厭な場末で、そんなところに土着の台湾人のせせこましい家が、不行儀に、それもぎつしりと立並んでゐる」にすぎない。「悪臭を発する泥水」の溜まった禿頭港で、豪壮な廃屋に出くわした際も、「少しは変つたものを見つけなければ、禿頭港はあまり忌々《いまいま》しすぎる」と毒づく。しかし同時に、本来美とはほど遠いはずの廃れた土地に、「凄然たる美」を発見する。

写真 1-6　安平の風景

「無関心者《ストレンヂヤア》」だった「私」は、禿頭港で目の前にしているのが「廃市」だと気づき、「興味と好奇」を高ぶらせる。しかし、廃屋で奇妙な声を聞いた後、老婆から廃屋にまつわる伝説を聞いて、興奮する世外民を尻目に、「私」は醒めた視線を取り戻す。新聞社に入りたてのころなら、喜び勇《いさ》んで「廃港ローマンス」といった記事に仕立てたかもしれないが、現在では「もう自分の新聞を上等にしてやらうなどといふ考へは毛頭な」くしている。「世外民の荒唐無稽好きを笑」い、幽霊話を一笑に付す。

「僕は自分の関係しない昔のことは一切知らない」という近代的合理主義者の「私」に言わせれば、事態は明瞭である。「あの声は不埒《ふらち》かは知らないが不思議は何もない生きた女のもので、あそこが逢《あい》曳《びき》の場所に択《えら》ばれてゐたといふ事と、又それだから、あそこにはほんの噂だけで何の怪異もない」。ただし、酒を飲めば飲むほど「理屈」っぽくなるものの、自身の合理的な解釈に酔うことはない。「自分では頭が冴えて来るやうな気がするんだが、それは酔つぱらひの己惚《うぬぼ》れで傍で聞いたらさぞをかしいのだらう」と自覚している。つまり、「私」は二重に醒めている。

このように、自嘲的でありつつ醒めた視線で事件を見つめるからこそ、「私」は植民地の現実に対し敏感になることができる。酔眼であることが、逆に台湾の現実を見届ける。

「私」と世外民の対話を見てみよう。

「では言ふがね、亡びたものの荒廃のなかにむかしの霊が生き残つてゐるといふ美観は、――これや支那の伝統的なものだが、僕に言はせると、……君、憤つてはいかんよ――どうも亡国的趣味だね。亡びたものがどうしていつまでもあるものか。無ければこそ亡びたといふのぢやないか」

「君！」世外民は大きな声を出した「亡びたものと、荒廃とは違ふだらう。——亡びたものはなるほど無くなつたものかも知れない。しかし荒廃とは無くならうとしつつある者のなかに、まだ生きた精神が残つてゐるといふことぢやないか」

「なるほど。これは君のいふとほりであつた。しかしともかくも荒廃は本当に生きてゐることとは違ふね。だらう？　荒廃の解釈はまあ僕が間違つたとしてもいいが、そこにはいつまでもその霊が横溢しはしないのだ。むしろ、一つのものが廃れようとしてゐるその影からは、もつと力のある溌《はつ》剌《らつ》とした生きたものがその廃朽を利用して生れるのだよ。ね、君！　くちた木にだつてさまざまな茸《きのこ》が簇《むらが》るではないか。我々は荒廃の美に囚《とら》はれて歎くよりも、そこから新しく誕生するものを讃美しようぢやないか——なんて柄にない事を言つてゐら。さういふ人生観が、腹の底にちやんとしまつてある程なら、僕だつて台湾三界《さんがい》でこんなだらしない酒飲みになれやしないだらうがね」

対話は表面的な意味とは異なる角度から読みとることができる。日本人である「私」は、廃屋の綺譚を否定し、伝説など「亡国的趣味」だと嗤《わら》う。一方台湾人の世外民は、伝統的な台湾は亡びつつあっても「生きた精神」は残っている、と主張する。しかし「私」に言わせれば、亡びつつあるものを踏み台に、「もっと力のある溌剌とした生きたもの」が成長しつつある、とさらに否定する。日本の植民地統治下にあって、朽ち果てようとする荒廃のなかに、美が姿をかいま見せる。しかしその荒廃の美など長つづきはしない。茸が群がって生えるように、老朽化した台湾の各地や各界で、日本人が利益をむさぼろうと群がる。植民地を踏み台に、新興国家である日本が、溌溂と勃興しつつある。ただし、日本人である「私」は、もし合理主義に徹するなら、己れの立場を利用することが可能なはずだが、しかし「くちた木」を養分にしてのし上がるだけの野心を失っており、「台湾三界」で管《くだ》をまくのがせいぜいである。酔眼ゆえに、植民地における弱肉強食の現実が見えるとともに、新興国家を無批判に讃美することも留保するのである。

なぜ「女誡扇綺譚」には、このような醒めた視点が書き込まれているのだろうか。「魔鳥」や「霧社」は、原住民に対する強い関心と共感が、植民地統治に対する批判へとつながった。石崎等は両作について、「「蕃人」との出会いというロマン的な欲望の奥に、日本人の「何ともいえない鈍感」な植民政策の現実に対する鋭い批判的精神」がひそむ、と論じた。[46]一方「綺譚」における強い関心の対象は、一人は台湾人の世外民である。

「私」は日本人でありながら、世外民は「台湾時代の殆んど唯一の友人」だった。両者の交友は、世外民の投稿した、「反抗の気概」のこもった、しかものちに当局から「統治上有害」だと「非常識を咎《とが》められた」漢詩を、新聞記者の「私」が採録したことに始まる。「私」の世外民に対する、「君、憤つてはいかんよ」という挿入句には、被支配者である世外民に対する気遣いのみならず、世外民が毅然とした、「友をこそ求めたが幇間《ほうかん》などを必要とする男ではなかつた」ことへの敬意がうかがえる。「綺譚」で台湾の知識人を代表する世外民は、「殖民地の旅」の林熊徴と共通する役割を果たしている。

世外民の声に耳を傾けるだけではない。佐藤の台湾作品は、聞きとりにくい声に耳を澄ませる姿勢において共通する。「綺譚」とその直前に書かれた「霧社」には、語り手の理解できない声が突然響く場面がある。「霧社」では、案内役の日本人警手と山中を歩いていると、突然声が聞こえる。

予等はいつの間にかちよつとした森林のなかへ這入《はい》つた。（中略）不意に太い高い叫び声がして、それが山彦《やまびこ》になつた。少年警手はそれに応ずるやうにやはり叫び声を上げた。予は怪しんでその意をただした。それはどこか近くに同じ道を行く蕃人があつて彼等は寂寞を感じたからあのやうな声を上げたのだ。これは蕃人が常にやることで、また蕃人たちの習として、その声を聴き取つたものは、それに応じて近くに同じ仲間がゐることを知らせるのが普通である。[47]

一方「綺譚」でも、「私」が禿頭港の廃屋に足を踏み入れると、突然声が響く。

残つている扉に手をかけて、私は部屋のなかを覗《のぞ》いた。（中略）

「××××、××××！」

不意にその時、二階から声がした。低いが透《す》きとほるやうな声であつた。誰も居ないと思つてゐた折から、ことにそれが私のそこに這入らうとする瞬間であつただけに、その呼吸が私をひどく不意打した。ことに私には判らない言葉で、だから鳥の叫ぶやうな声に思へたのは一層へんであつた。

語り手には意味の不明な、山地原住民の声、あるいは漢族女性の声が響く。その声の意味をたどることで、語り手は声の主の置かれた位置を理解していく。

植民地統治に対する「私」の醒めた視線は、声の主を探索する過程でいっそう鮮明となる。「綺譚」の末尾は、自殺した下婢について、後日談を記す。

> 幾日目かで社へ出てみると、同僚の一人が警察から採《と》つて来た種のなかに、穀商黄氏の下婢十七になる女が主人の世話した内地人に嫁《か》することを嫌つて、罌粟《けし》の実を多量に食つて死んだといふのがあつた。彼女は幼くて孤児になり、この隣人に拾はれて養育されてゐたのだといふ。この記事を書く男は、台湾人が内地人に嫁することを嫌つたといふところに焦点を置いて、それが不都合であるかの如き口吻《こうふん》の記事を作つてゐた。——あの廃屋の逢曳《あいびき》の女、——不思議な因縁によつて、私がその声だけは二度も聞きながら、姿は終に一瞥することも出来なかつたあの少女は、事実に於ては、自分の幻想の人物と大変違つたもののやうに私は今は感ずる。

禿頭港の廃屋で謎の声を耳にした「私」は、声の正体など、再び廃屋へ「行つてみるまでもなく解つてゐる」と思っていた。「若さうな玲瓏《れいろう》たる声」に多少は驚かされたが、「理智」を働かせれば、そこにいたのは若い女である。想像では、幽霊話など鼻で笑い飛ばすような、「野性によつて習俗を超えた少女」のはずだった。しかし、「事実に於ては、自分の幻想の人物と大変違つたもののやうに私は今は感ずる」。では声の主の少女とは、どのような「人物」だろうか。

穀物商のもとで養われた下婢が、日本人との結婚を迫られ、自殺した。下婢は貧しいゆえに、幼くして借金のかたなどとして売られた。名目は養女ながら、実態は一家の女中、もしくは奴婢でもあり、都合よく片づけられる道具でもある。結婚を無理強いされたり、主人の妾同前にとめおかれるならまだしも、売春宿に転売されることもしばしばだった。この「下婢」は、台湾語で「査媒嫺《さぼうかん》」（複数の表記があるが、本書では「査媒嫺」に統一）と呼ばれる。台湾でしばしば批判の対象となった旧慣である。

片岡巌『台湾風俗誌』の一章、「台湾人の人身売買其他」には、「台湾に一種奇怪の商人あり、これを販梢人といふ、常に子供を売買するを以て営業となすものあり、（中略）其他商人に非ざるも個人間に子女の売買行はるるは嘆ずべき風習と云べし」との記述がある。[48] 山根勇蔵『台湾民族性百談』は「媳婦仔　査媒嫺」なる項目を設けて、より詳しく説明する。漢族のあいだでは、「人の女の子を養ふことも、盛に行はれて居る」といい、嫁女の意味の「媳婦仔《シムプウアア》」と呼ぶ、とした上で、金銭の授受を伴うこの習慣を、「手早く云へば人身売買」だと断じている。養家先の嫁になることもあれば、「転売」され、他家に嫁がされる、あるいは悪質な場合、養父の妾とされることもある。この旧習は「普通の家庭に常に行はれて居る」といい、台北州立第三高等女学校の卒業生で、「媳婦仔」でもあった例を挙げている。

一方「査媒嫺《サアボオキア》」については、「媳婦仔」の名目の下で行われているとして、詳しく説明する。

査媒嫺といふのは女中のことである。之は全然媳婦仔とは性質の異つたもので、普通なれば並べき筈のものではない。査媒嫺は内地でいふ女中とは全然違つて買ひ入れた女奴隷である。買主は自家で、或方面に優遇しようとも、又酷使しようとも、他に転売しようとも、自由であつたのである。（中略）以前は査媒嫺に対しては、不文律が存して居て、幾歳の時に買ひ入れたものであつても、査媒嫺の年齢が二十八歳に達すれば、解放しなければならなかつたのであつた。（中略）人身売買を許されないが為に、此の頃では実際は査媒嫺でありながら、媳婦仔として貰ひ受けた形にした事実は、決して無いであらうか。こゝに於て媳婦仔と査媒嫺とを、同日に述べるのも、決して不当ではないと思ふが如何にや。[49]

査媒嫺は一九一七年に非合法の人身売買だと司法の判決が出て、行政上でも公的登記が禁止された。[50]しかし実態では、総督府は旧習に対し積極的に介入する意図はなく、媳婦仔の名の下にこの弊習は温存された。池田敏雄『台湾の家庭生活』は、子女多く、貧窮のため養育に困難な場合、「八九歳になつた女児を売断して身価を得る」ことがある、査某嫺は現在法制上禁じられているにもかかわらず、「富家に於てはこのやうな女子を買断し、戸籍の上だけは養女として入籍させるが、事実は下婢として使用する者がある。従って台湾には所謂内地の女中に相当する者はあまり見かけられない」とする。[51]

佐藤春夫が「查媒嫺」についてどのように知ったのかは明らかでない。台湾訪問の二年ほど前の『台湾日日新報』掲載の記事に、小林里平なる人物の、「查媒嫺の話」一―三（一九一八年六月五―七日）があり、詳しく説明している。貧困家庭の父母が売主となって、十二、三歳の女子を売るもので、十六、七歳まで買主によって転売される「一種の賤民」であり、容姿の端麗な査媒嫺は、「芸娼妓若《も》しは妾となすの目的を以て高価に売買」されることもある。ただしこの記事では、金銭で売買されるとはいえ、嫁したり家長の妾となれば良民に復するし、妾として子を産めば家長の実子として相続権もある、よって「查媒嫺解放論」を絶叫する必要はない、とする。しかし実際には、小林が冒頭で「近来查媒嫺が大分話題になる」としているように、この人身売買に類する習慣が、当時人道の観点から問題になっていた。

一例をあげると、台湾人東京留学生を中心に、台湾文化の向上を目指して一九二〇年に結成された「新民会」は、同年七月、雑誌『台湾青年』を刊行した。その第一巻第四号（一九二〇年十二月）には、陳崑樹なる人物が、「婦人問題の批判と陋習《ろうしゅう》打破の叫び」を書いている。この記事は「蓄妾《ちくしょう》制」や「売買婚姻」と並んで、「查媒嫺」を批判の対象とする。禁止されはしたものの、実情は「養女の名義」で温存されている、「人間を人間視しない売買契約が依然として結ばれ、尚ほ彼等が虐使されてゐる限りは、決して奴隷的生活状態から解放されたとは思はれない」と指弾した。洪郁如『近代台湾女性史』によれば、「媳婦仔」についての記述だが、近代的な教育を受けた「一〇年代の多くの青年男女は激しい反抗を示した」とし、当時の新聞で駆け落ち・家出・自殺の報道が相次いだという。[52]

査媒嫺問題は、富家は労働力としての女中や妾を、娼家では売春婦を、貧困家庭は聘金《へいきん》による収入を必要とすることから、総督府による法治が進んでも残存した、というだけでは済まない。戦争中の一九四三年、雑誌『民俗台湾』は、「養女・媳婦仔制度の再検討」なる特集を組み、多くの台湾知識人による検討を載せた。洪郁如はこの特集を、「自ら制定した法の乱用を許しながら、それに対して有効な対策を打ち出せない近代殖民地官僚政治の無能」を批判したものだと論じている。統治する側には、「これらの旧慣の存在をもって台湾人の民族性、前近代性を批判し、日本の文化的優越性を裏付けるための材料として使用」する利点もあった。査媒嫺は伝統的な台湾社会と植民地支配の現実とが重なる地点で起きている問題だった。[53]

「女誡扇綺譚」に、当時佐藤が打ちのめされていた恋愛事件が書き込まれていることはすでに見た。やや唐突に見える「私」の告白は、当時の佐藤の実生活や創作の軌跡を考えると、ごく自然なものだが、それのみならず、大にすることの困難な査媒嫺の声を「綺譚」が聞き届けることになる背景には、耳にしたくともかなわない、「忘れてしまふべき或る女」の声に、いつも耳を澄ませていた佐藤の実生活、またその声をテーマとする一連の作品との連続性があるのではないだろうか。

「女誡扇綺譚」の「女誡扇」とは、廃屋に残された扇に「女誡」の文字が記されていたゆえの命名である。「女誡」とは、「私」が「曹大家《たいこ》の女誡の一節か」と語るように、後漢の班昭（曹大家）の記した中国の女訓書であり、最も広く普及した。女性の道徳、嫁いでは夫や舅姑に理非を問わず従順に尽くし、再婚を認めないこの教えは、その後中国のみならず日本でも、女性を強く拘束する規範として働いた。[54] これを佐藤の恋する千代に当てはめれば、いくら夫谷崎から虐待され、言い寄る佐藤の熱によって恋に目覚めたとしても、姉初子や妹せい子と異なり従順な性格で、子までなした身で、いったん嫁いだ家から、自らの意志で離れることは困難と考える。『剪られた花』で、「夫はどこまでも夫であるから妻たるものはどうしても夫の意志に従ふより外はなささうであるといふかの女の考へ方」と描かれた千代は、「女誡」を体現する女性だった。[55]「女誡」は恋する人を束縛する道徳だが、しかし佐藤がこれほど千代を恋い慕うのは、千代が「女誡」を引き受けて生きる人ゆえでもあった。また「綺譚」の扇の表に記された「不蔓不枝」の文字は、人口に膾炙《かいしゃ》した周茂叔「愛蓮説」の一節、「予独愛蓮之出淤泥而不染、濯清漣而不妖、中通外直、不蔓不枝、香遠益清」である。「泥より出でて染らず」、「香り遠くしてますます清し」とは、いくら虐待されてもその貞淑従順を変えることのない千代を指すと考えられる。

「女誡扇綺譚」では、廃屋で聞いた声を、伝奇的あるいは合理的に判断して終わりとせず、声の由来を探って、台湾の旧習、嫁ぎ先を自ら選ぶことのかなわない年若い女性の苦しみ、さらに伝統的台湾社会と近代における日本の統治とが交差する地点にまでたどり着いた。佐藤の台湾作品は、わずか三カ月という旅行期間の短さに比して、台湾語や台湾の旧習、原住民の置かれた現状、植民地統治に対し、極めて鋭敏な感性を示す。それはこれらの作品が一貫して、意味のわからぬ声、聞きとりにくい声に対し、全体を浸す鈍麻や倦怠とは裏腹に、細心に、慎重に、耳を傾けているからではないだろうか。

五　「女誡扇綺譚」と台南表象

「女誡扇綺譚」は、のちの台南への旅行者や居住者にとって、街を歩く際のしるべとなり、また台南を描く上で圧倒的な影響の源泉となった[56]。

中村地平（一九〇八―六三年）が一九二六年、台北高校へ進学したのは、「佐藤春夫氏の影響などで南方に憧憬する気もちが強かったため」だった（「南方への船」『仕事机』筑摩書房、一九四一年[57]）。「南海の紀」（『四人』第五号、一九三三年一月。のち「廃れた港」と改題して『台湾小説集』墨水書房、一九四一年所収）では、冒頭で「綺譚」に触れつつ、「この廃港の荒廃に接した時、人は風景に二重の意味を感じて、世界の姿に恐らくは戦慄し、改めて激しい諦観《ていかん》か、さもなければ、新しい覚醒を、自分の上に考へるかもしれない」と記す。語り手の「私」と大学教授夫妻の三人は、「綺譚」の主人公と同じく廃屋へと足を踏み入れる。河原功は初期の台湾小説について、「佐藤春夫の台湾を扱った作品から受けた影響の濃厚」な作品だと論じている[58]。

前嶋信次（一九〇三―八三年）が台南に赴任したのは一九三二年で、遅くとも翌三三年には、「綺譚」とカメラを手に文学散歩を試み、廃屋近くの「銃楼《じゅうろう》」の建物を撮影した（新垣宏一「「女誡扇綺譚」と台南の町」四『台湾日報』一九四〇年五月三七日）。後年、「綺譚」や「霧社」を「台湾に関する文学作品の中でも最も優れたものの例」だとし、索漠とした台南生活で、「旅びと」や「綺譚」は「失意のときの心の支え」だったと、島田謹二との対談のなかで回想した（「佐藤春夫における東洋と西洋[59]」）。

一九三七年から台南に住む新垣宏一は、「綺譚」について、「台南の町を、何かを求めて徘徊するようになったのは、佐藤春夫の『女誡扇綺譚』に出会ってからです。この作品は台南取材して書かれたフィクションでありますが、台南の古い町並みのどこかに、あの夢綺談があるような気にとらわれたものです。それで、女生徒の幾人かに通訳として助けてもらって、いろいろな街巷や、廃屋を探索して歩きました」と回想する（『華麗島歳月[60]』）。安平のゼーランジャ城を「廃港の古城」と詠った詩「廃港」を、新垣は西川満主催の『華麗島』創刊号（一九三九年十二月）に発表した。

西川満は未訪の安平について、詩「安平旅愁」（『台湾日日新報』一九三九年三月十二日。のち『新潮』同年八月に再掲）で、「雨はやまぬ。廃墟の土くづれは赤く。わたしの足はつめたい。春を積んで運河を下る支那型貿易船の。消しがたい歴史の翳《かげ》よ」と詠った。あるいは訪れてのちの詩「華麗島頌歌《しょうか》」（西川満編『台湾絵本』台湾日日新報社、一九四三年）でも、「潮の湧く安平。砲塁の上に腹ばつて。私は赤嵌城《ぜいらんぢあ》の悲哀を思ふ。今は遠いかのひとよ。廃墟の草はゆれて。私のこころも砂のやうに重い」と詠った。

「綺譚」は主に日本人作家に強い影響を与えたが、台湾人作家にも親しんだ者がいた。台南近郊の塩分地帯・佳里で文学活動を展開した呉新榮（一九〇七―六七年）は、「綺譚」に直接言及してはいないが、知人だった池田敏雄（一九一六―八一年）が呉を追悼する文章中で、「ここはあなたもご存知のように、佐藤春夫先生の「女誡扇綺譚」の舞台となった陋巷《ろうこう》」と記すことから、既読だったと思われる[61]。台南の地元紙『台南新報』の学芸欄編集者、また同人雑誌『風車』の同人として活躍した詩人の楊熾昌が、少年時代に佐藤から強い印象を受けたのも、先に記した通りである。楊は後年、自らの若き日の作品を「頽廃の美」と称した[62]。

「綺譚」の舞台となった禿頭港の廃屋近くの「銃楼」には、台南の郷土史家、石暘睢《せきようしょ》（一八九八―一九六四年）が改修して住んだ。石と親交のあった新垣は、「民間のかくれたる史学者で郷土史に情熱を捧げてゐられる氏」がゆかりの建物に住んで、「書を繙《ひもと》き、古のことを沈思せられる状景は考へたゞけでもうれしくなる」と記した（「「女誡扇綺譚」と台南の町」四『台湾日報』一九四〇年五月二七日）。また、新垣の詩「廃港」が掲載された『華麗島』創刊号（一九三九年十二月）には、邱炳南《きゆうへいなん》（＝邱永漢、一九二四―二〇一二年）も同題の散文詩「廃港」を発表し、「木蘭の花匂ふ廃港の波止場」を舞台に、「船を待つ狂乱の女」を詠った。

地元紙『台南新報』の一九三五年の記事、紺谷生「台南麗人譜《台南の何処にあで人ありや》」（二月十九日）には、「佐藤春夫大人作「女誡扇綺譚」は諸君御案内の如く市内福住町管内土名仏頭港辺の某所に取材したもので、此ウシ台南に来つて台湾の浪漫派を台南にみつけたかと大いに喜んだが、此ウシもみる如く台南とは台湾のロマンチシズム発祥の地である」との記述がある。

しかし「綺譚」の影響は、廃墟としての台南表象にとどまらない。「査媒嫺」の問題も、「綺譚」が描いて以来、くり返し描かれてきた。

台南で育った庄司総一（一九〇六―六一年）の『陳夫人』では、「査媒嫺」は作品全体を浸す隠れたテーマである。主人公陳清文の実母は、「査媒嫺」であった。清文の父阿山の正妻は、ペストの流行

> で二人の息子ともども急死した。しかし阿山には女中に産ませた息子があり、それが清文である。
>
> 台湾では査媒嫺といつて、金持ちが、貧乏人の子を買つて来たものである。相続制度が頽敗困乱を極めてゐる台湾では、妾腹《しようふく》だらうが女中の子だらうが父母の遺志次第で嫡出子《ちやくしゆつし》の身分が得られる場合がある。それにしても、さすが陳家ほどの家柄では世間の手前もあり、さうでたらめは出来ないので、阿山の希望には当然反対が起つた。けれども彼は清文を諦《あきら》め切れなかつた。（中略）しかし、その子を嫡出子とするためにはその母である婢女を正妻として入籍しなければならない。で、たゞの手段としての名ばかりの結婚が行はれ、結婚即ち離婚となつて、その女中は陳家から追放されてしまつた。[63]

清文の抱える葛藤には、植民地で高等教育を受けた知識人が直面する日台の差別の壁、日本人の女性を妻とした家庭内での紛糾以外に、この「査媒嫺」の子だということが大きく働いている。

國分直一（一九〇八―二〇〇五年）は庄司とともに台南第一中学校の出身である。自伝には、勤務していた台南第一高等女学校の校庭に横たわっていた、「査媒嫺」と関連して人身売買を禁じた碑文について、生徒たちに説明して聞かせる一節がある。熱心に解説を請うた生徒のなかに、楊彩霞という「福建系の少女」がいた。日本人子女中心の学校で「こんなにもわからなくなるものかと思うほどに日本人の少女になりきってい」る、「おっとりした顔」の生徒が、帰宅途中國分に話しかける。

「先生査媒嫺《ツアボウカン》という言葉があります。それが今日の碑にある女婢にあたると思います。販梢というのが査媒嫺の売買をとりもつ職業人ですわ。随分ひどいこともしたらしいのです。悲しくなります」

「今でもありますか」

「それに類することはないことはありません。日本の時代になってから、変わるものはずっと変わってきているようですが、変わらぬものはちっとも変わらずにのこっていますわ。若い人は大変ちがってきていますが、四〇ぐらいから上の年配の人たちの心の生活なんか、随分古いものをもっていると思います。（中略）」

「私たちがあなた方の生活の中へはいってみないこと、どういう地盤の上にどのような生活感情をもって営まれているか、そういう所への理解というものが政治の上で欠けている。もちろん一般の内地人において欠けている。そういうことがどのくらい私たちの心と心が流れあってゆく上に障害をなしているか、はかれないほどであろうと思うのです」

私は思わずしゃべりながら、こつんとゆき当るものにぶつかった。何か危機のようなものが近づいてきつつあるように思われる時、打ち込んでゆかねばならぬ問題に打《ぶ》つかっていることに気づいた。

「綿の木のある学校」『遠い空』64

おっとりした女子生徒が教師の國分に対し、わざわざ「査媒嫺」について語りかけるのは、これが台湾人にとって核心的な問題だったことを示す。國分自身も、抽象的で曖昧な表現だが、査媒嫺が台湾人の生活の「地盤」にひそむ問題で、かつ日本人の理解が及んでいないこと、逆にいえば査媒嫺の問題に踏み入ることは、日本人が台湾人を理解する上でかなめの、試金石となることに気づいていた。のちの章で記すように、國分が台湾人の生活習慣を主な対象とする『民俗台湾』に関わった動機には、日常的に台湾人と接し、彼らが抱える問題に「こつんとゆき当る」経験を重ねた結果、台湾人の「生活の中」、「生活感情」を理解する必要性を感じていたからではないかと思われる。

「査媒嫺」を小説のテーマとして正面からあつかったのは、新垣宏一である。「砂塵」(『文芸台湾』終刊号、一九四四年一月一日)は、借金のかたに「査媒嫺」へと身を落としかねない、高等女学校の貧しい家庭の生徒を描く。この短編は、のちに新垣の章で確認するように、「綺譚」の下婢がもし同時代に生きていたら、という設定で書かれている。

西川満は『神々の祭典』の「跋」で、台湾への慕情を語るとともに、「その土地だけではなく、そこに住むひとびとに深い愛情をわたしはもちつづけているが、わけても虐《しいた》げられているひとへの共感は根強い。査媒嫺《ツァボオカン》と呼ばれる女性たちには、特にこころを寄せてきた」と語る。[65] 西川の作品に査媒嫺の問題を重点的にあつかったものは見当たらないが、代表作「赤嵌記」は、男の養子である「螟蛉子《めいれいし》」の問題に触れる。厳密には、「螟蛉子」は「媳婦仔」と対応する概念だが、「媳婦仔」がそうであるように「螟蛉子」も金銭の関わる場合が多かった。

台湾人の作家でも「査媒嫺」に言及した人は多い。台南出身の楊熾昌は「査媒嫺と花」(『台湾日日新報』一九四一年八月五日)で、次のように記す。

大正六年の覆審《ふくしん》部判決に依り警察に於て査媒嫺の戸籍上の届出受理を拒絶してより、査媒嫺といふ名称は消えたが、本島人中級以上の家庭では、依然として養女の名に書換られその行動を拘束し奴隷的に頤使《いし》してゐる。現在に於ても種々問題を惹起《じやつき》しては、識者の顰蹙《ひんしゆく》を買ひ査媒嫺を繞《めぐ》る人道問題は大きい。この不遇な境遇にある彼女たちの名は、何故か大抵美《うる》はしき花の名である。〝茉莉〟〝桂花〟〝阿梅〟〝含花〟等何れも査媒嫺の名である。査媒嫺と花々……この台湾の花々を見れば査媒嫺を思ひ出し、この可憐なる花と共に査媒嫺の薄幸を思ふ。この花を〔一文字不明〕ひ取る理不尽なる主家の暴挙は恒《つね》に台湾の社会に波紋を投じ、一つ〳〵暗に散つてゆくこの花のはかなさを哀しむ。常に貞操と生命とを危険線上に彷徨しつつ暗い世渡りをさせられるこの制度が、現存されるのを嘆くのは筆者一人ではあるまい。この美はしき花々は台湾文化の一面を飾り道徳的に、社会的に美はしき実を結ばせることは出来ないものだらうか。〝査媒嫺と花〟余りにも悲しい対象《ママ》である。

同じく台南出身の黄霊芝(一九二八年―)は、母の晩年を回想した文章のなかで、「当時の台湾には養女の旧習が残っていて、成長ののちに賤業に就かせるために貰われたり買われたりした養女たちは、年頃になった頃、しばしば養家を飛び出す」ことがあり、裕福で世話焼きだった母のもとにたびたび逃げてきた、と記した(「母のこと」[66])。

以上の人々は、いずれも「綺譚」を読んでいたと思われるが、必ずしも「綺譚」から触発されて査媒娟に関心を抱いたわけではなかろう。とはいえ「綺譚」が、台湾人の世界に踏み込んでいく一つの切り口を見せていたことも間違いない。

「女誡扇綺譚」には、読む以前と以降では、台南という都市のイメージが一変してしまうほど、都市のイメージに対する強い喚起力がある。もし佐藤春夫の長期間滞在したのが南部の高雄ではなく台北で、しばしば台南を訪れる機会を持たなかったら、「綺譚」のような物語が生まれただろうか。「綺譚」が台湾を描いた日本語文学のなかでも傑作とされるのは、台南を描くことで、佐藤自身の経歴や文学的な特色のみならず、台湾に対する認識が極めて鮮明に出ていることにある。

街と物語をひたす、腐敗と倦怠の気配。悪臭のなかから立ち上がる、どぎつい荒廃の美。くり返しよみがえる感傷と、酒に憂さをまぎらす自暴自棄の生活。頽廃のなかの酔眼が、逆説的に見出す、台湾人の生活の深層。昼下がりの白昼夢に一瞬響く女性の声は、数々の伝説を呼び寄せながらも、その声の由来を醒めた目線で探っていくと、亀裂が走り、伝統社会と植民地支配の交差が露わになる。放《ほう》恣《し》と緊迫、ロマンチシズムとリアリズムの絶妙なバランスが全体を引き締めるゆえに、「女誡扇綺譚」は、植民地台湾で生まれた日本語文学の「王座」の位置につくのであり、その後の日本人作家による台南表象を決定づけるほどの影響を及ぼすのである。

第二章

前嶋信次の台南行脚

――一九三〇年代の台南における歴史散歩

一　イスラム史学者の台湾時代——前嶋信次と台南

前嶋信次（一九〇三―八三年）は、戦後の日本を代表する、イスラム史・東西交渉史学者である。

前嶋は山梨県に生まれ、東京外国語学校仏語部文科を経て、東京帝国大学文学部東洋史学科でイスラム史を専攻した。一九二八年、東京帝大を卒業し、師藤田豊八《とよはち》（一八六九―一九二九年）に従って、新設の台北帝国大学文政学部に助手として赴任した。三二年四月、台南第一中学校に教諭として赴任し、台南で約八年間を過ごした。四〇年東京へ戻り、満鉄東亜経済調査局でイスラム地域の調査研究に従事する。戦後は職を失うも、五一年より慶應義塾大学語学研究所に勤務。五四年、文学部専任講師、五六年、教授となる。後進の指導に当たるとともに、研究成果を続々と公刊した。日本イスラム協会・日本オリエント学会の設立運営に関わり、斯界の発展に尽力した。[1]

前嶋は英仏語に堪能で、中国古典語の読解に優れたのみならず、さらにペルシア・アラビア語も習得した。欧米のイスラム研究を吸収し、英仏語に訳されたイスラムの史料、中国の史料、さらにイスラムの原史料を活用して研究を進めた。

その研究成果は、数多くの論文・著書・啓蒙書・翻訳にまとめられた。[2] 専門分野の論文は、主要なものが、『東西文化交流の諸相』（同刊行会、一九七一年。のち中身を入れ替え四分冊として、誠文堂新光社、一九八二年）に収録されている。啓蒙書としては、概説書に、『イスラム世界』（世界の歴史八、河出書房新社、一九六八年)、『イスラムの蔭に』(生活の世界歴史七、河出書房新社、一九七五年)、『イスラムの時代』(世界の歴史十、講談社、一九七七年)などがある。また、東西交渉史・シルクロード入門書としては、『玄奘三蔵』(岩波新書、一九五二年)、『シルクロードの秘密国　ブハラ』(芙蓉書房、一九七二年)、『シルクロード99の謎　流砂に埋もれた人類の遺産』(産報ジャーナル、一九七七年)などがある。家業であった医学の知識を生かした、『アラビアの医術』(中公新書、一九六五年)も、東西文化交流の一側面を描く。

写真 2-1　日本統治期の台南市（高砂町通り、現在の民権路）

　前嶋は翻訳でも大きな業績を残した。イブン・バットゥータ『三大陸周遊記』(抄訳、河出書房、一九五四年)の他に、著者逝去のため未完に終わったものの、アラビア語原典からの本邦初訳、『アラビアン・ナイト』(全十八巻のうち第十二巻まで及び別巻、平凡社東洋文庫、一九六六―八一年)などがある。後者については入門書、『アラビアン・ナイトの世界』(講談社現代新書、一九七〇年)もある。

　近年、杉田英明の編集により、単行本未収録の文章を集めた『前嶋信次著作選』全四巻(平凡社東洋文庫、二〇〇〇―〇一年)が出版され、その著作が容易に目睹《もくと》できるようになった。若くより文学を愛した前嶋の文章には、独特の香気がある。[3] 滋味溢れる随筆の数々は、イスラム史に疎《うと》い読者も惹きつけてやまない。

前嶋は以上のように、日本のイスラム史学界に巨大な足跡を残した学者である。しかし前嶋にとって、台湾で過ごした十二年間のうち、八年間に及ぶ台南時代は、不遇の時代であった。台北帝大にあった時は、島田謹二（一九〇一―一九三年）ら新進気鋭の学者たちに囲まれ、刺激の多い日々だったと思われる。しかし、師藤田豊八の死後、前嶋は台北帝大に残ることができず、一九三二年から台南一中に歴史の教諭として赴任した。台南時代は、周囲に研究者の仲間もなく、失意の時代であった。

しかしこの台南時代は、研究・教育の面では、必ずしも不毛ではなかった。台南に移った前嶋は、古都の史跡に関心を持つ。さらに、台湾の歴史についての文献を収集し、研究を進めた。その成果は現在、杉田英明編『〈華麗島〉台湾からの眺望』（前嶋信次著作選第三巻、平凡社東洋文庫、二〇〇〇年）で見ることができる。また前嶋は、教育者としても優れていた。台南一中の教え子には、美術史家上原和、台湾語研究者王育徳などがいる。

本章では、前嶋信次が台南滞在時代に書いた一連の小文に焦点を当てる。前嶋は精力的に台南の街を見て歩いた。その観察の結果を、史料の考察を踏まえて、『台南新報』『台湾時報』などに、数々の短文の形で発表した。その文章は、前嶋が愛読した永井荷風（一八七九―一九五九年）の、東京散歩の記録、『日和《ひより》下駄　一名東京散策記』（籾《もみ》山《やま》書店、一九一五年）を彷彿《ほうふつ》させるものがある。筆者は、杉田英明編の労作「前嶋信次博士著作目録」（前掲書所収）をもとに、財団法人台湾協会（東京・新宿）及び台南市立図書館において、所蔵の『台南新報』及び改称後の『台湾日報』を調査するなどした。[4]

本章ではこの、台南時代の前嶋の古都散歩の記録を紹介し、その特質について論じたい。そこには、前嶋の学問的蓄積だけではなく、台湾の歴史や民俗への関心、古都台南への深い愛情、寂莫たる自身の心境などが、渾然一体となって表現されている。その手法は、荷風『日和下駄』に似て、失われた土地の記憶を甦らせることで、自身の現在の心境をも吐露する。残念ながら、そこには植民地統治への批判などの問題意識をうかがうことはできない。だが、流寓《りゅうぐう》した台南に対する前嶋の惻々《そくそく》たる感情は、今でも読者の胸を打つものがあると思われる。前嶋の「台南行脚」を読むことで、日本人による台南表象の一端を論じる。

二　寂寞の植民地地方都市——東京・台北から台南へ

前嶋信次は一九二八年三月、東京帝国大学文学部東洋史学科を卒業し、翌四月、台北帝国大学文政学部に助手として赴任した。満二十四歳の時のことである。前途は洋々として開けているかに見えた。

前嶋はもともと、東京外国語学校で仏語を学んだ。しかし、仏文学の研究に飽き足らず、当時東洋史の大家であった白鳥庫吉《くらきち》（一八六五―一九四二年）の名を慕い、東京帝大の東洋史学科へと進学した。そこで師となる藤田豊八と出会い、[5]東西交渉史から進んで、イスラム史に関心を持つようになった。卒業論文の一部は、卒業後すぐに、「カスピ海南岸の諸国と唐との通交」（『史学雑誌』第三十九編第十二号、一九二八年十二月）として発表された。

大学を卒業した前嶋は、一九二八年四月から三二年三月まで、台北帝国大学文政学部に助手として勤務した。豊富な資料と錚々《そうそう》たる若手学者たちに囲まれて研究に専念した当時を回想して、藤田のおかげで台北で職を得、「満四年間を大学の研究室で文献の渉猟に没頭することが出来た」と感謝している（「迂遠の途を辿り来て」[6]）。

当時台北帝大には、のちに中国書誌学の大家となる、神田喜一郎（一八九九―一九八四年）や、日欧交渉史家、岩生成一《いわおせいいち》（一九〇〇―八八年）、比較文学者で、のちにその台湾時代の仕事が『華麗島文学志　日本詩人の台湾体験』（明治書院、一九九五年）にまとめられる、島田謹二らがいた。この三者は、前嶋に遅れること一年で赴任してきた。神田とは、一九二九年十一月から十二月にかけて、中国福州の旧家の蔵書を大学で購入するため、連れ立って福建省を訪れた経験がある。[7]また島田との関係は、台湾においてだけでなく、両者が帰国した戦後にまでつづいた。前嶋は島田謹二の還暦記念論文集に寄せた、「蕃薯頌《ばんしょしょう》」（島田謹二教授還暦記念会編『島田謹二教授還暦記念論文集　比較文学比較文化』弘文堂、一九六一年）で、島田と出会ったときのことを回想している。五九年四月から一年間、島田が主任教授を務めていた東京大学大学院の比較文学比較文化専門課程で、非常勤講師として教鞭をとったのも、その縁である。

しかし、前嶋の台北時代は、四年で終わりを告げた。一九二八年に師藤田が急死して後、前嶋は台北帝大に残ることができなかった。そして三二年四月、台南第一中学校に、歴史科主任教諭として赴任した。台南一中は、主に日本人学生が学ぶ、南部を代表する名門の旧制中学で、所在は台南公園の北で、戦後は二中と改称した。卒業生には、台南で育った庄司総一・國分直一・上原和・王育徳らがいる。主に台湾人学生が学んだのは第二中学（戦後は一中）で、こちらの卒業生には楊逵《ようき》（中退）・楊熾昌・李張瑞・葉石濤・今林作夫らがいる。

前嶋は台南に遷《うつ》らざるをえなくなった事情を、詳しくは語っていない。ただ、「そのころ私はまだ学問も浅く、先生おひとりの推挙にすがっていたのであるから、無能者として冷遇され、結局台南に行かねばならぬことになった。それは満二十八歳の春のことで、四年前、希望を胸におり立った台北駅を、妻と二人で南に下っていった夜のことを忘れ難い」と記すのみである（「迂遠の途を辿り来て」[8]）。

写真 2-2　台南第一中学校（現在の台南二中）

暗い予期通り、前嶋を待ち受けていた台南での生活は、周囲に資料もなく、研究仲間もおらず、思うに任せぬ孤独なものだった。前嶋はそのことを、「私は昭和三年に学校を出ると、すぐに台湾に行き、十年あまりを過ごした。二十歳台の後半と、三十歳台の前半を、亜熱帯の強い光線と色彩の中ですごしたわけである。／とにかく、若かったから不平不満、あせり、嘆きというものが多かったのである。（中略）青春時代をこのような南海の異郷で……などと煩悶した」と記している（「死に急ぐなかれ」[9]）。また、「勝手なことをいえば、台南時代は私たちの失意時代であった。忌憚《きたん》なくいえば、もっと便利な地位にいて、心ゆくまで研究にふけりたかったのである」とも漏らしている（「迂遠の途を辿り来て」[10]）。これらの文章は、六十代半ばになって書かれた。三十年もの歳月が流れたにもかかわらず、文中には、当時の前嶋の無念さ、悔しさが滲《にじ》んでいる。

しかし、八年間に及ぶ台南時代は、自己鍛錬の機会でもあった。前嶋は「失意」のなかで、学者としての研鑽、文筆家としての精進を怠らなかった。前嶋は自らを唐代の文人柳宗元《りゅうそうげん》に喩えて、次のように回想している。「柳宗元は長安で得意だった時代よりも、政変にあって南方に流謫《るたく》され失意の境遇に沈んでしまってからの方が、ずっとよい文章を書くようになったという（中略）。柳宗元でさえ、なおよい文章を書けるようになるまでの人間の練成には辺境に流寓しなければならなかったとすれば、凡庸な自分などには尚更のことであると思った」（「迂遠の途を辿り来て」[11]）。

もともと、「東西文化の交流の歴史に専心従はうと思ひその方の文献にのみ注意して居つた」前嶋は、「昭和三年に初めて渡台するころは、私は格別台湾について研究しやうと云ふ様な気構へはもたなかつた」という（「文献蒐集《しゅうしゅう》の思ひ出」『台湾時報』第二百五十四号、一九四一年二月）。しかし、台南での生活は、不遇ではあったものの、「華麗島」台湾への目を開かせた。

前嶋が初めて台湾南部を訪れたのは、台湾へと赴任した一九二八年の、夏六月から七月のことと思われる。台湾の西海岸を旅行した途次、高雄に近い鳳山の旧県城址を訪れ、彰化に近い古い港町鹿港《ろっこう》を訪れた（「忘れ得ぬ町々　鹿港と鳳山旧城」[12]）。このとき、台湾随一の古都台南にも、脚を留めた（島田謹二との対談「佐藤春夫における東洋と西洋」[13]。

その四年後の一九三二年四月、前嶋は、台南一中に歴史の教諭として赴任した[14]。前嶋の台南時代は、四〇年五月まで、八年間である。台南で最初に住んだ、寿町（現在の台南駅南方）にあった家は、ひどく古く、蝙蝠《こうもり》の大群や巨大な鼠が住み着いていて、前嶋夫婦を悩ませたという。しかし三二年八月、近くの、王宮渓が傍らを流れる新居へ引っ越した。その後八年間、前嶋はここで、教育と読書の生活に没頭した。

同僚だった、古代文学研究者の青木紀元《きげん》（一九一四―二〇〇五年）は、当時の前嶋を次のように回想する。

> 放課後、帰宅の際、先生に同行して、いろんな話を聞かせて頂くのが楽しみとなった。時にはお宅にお邪魔して、蔵書を見せて頂いたり、文学の話を交わしたりした。先生は永井荷風が好きで、荷風の作品を沢山読んでおられた。先生との会話の中には、校長や教頭や同僚の噂など一切出ることはなく、学問の話・書物の話・文学の話など、世俗を超えた清談ばかりで、心が洗われる気持がした。私が台南一中に奉職している間に、安穏《あんのん》な教員生活に落ち着いてしまうことがなく、何とか学問をして行こうと願うひそかな意思を持ち続けることができたのは、前嶋先生のお蔭であったと、後になって思い当たることになる。
>
> （傍線引用者、以下同じ）「天人菊《てんにんぎく》の花」[15]

学問に没頭した前嶋は、家庭人としては相当に浮世離れしていた。妻の敦子は回想で、「私共にとりまして台南は何処よりもなつかしい思い出の地でございます。あの当時主人は三十歳を一寸《ちょっと》すぎた位の若造で研究の事が頭を去りませんでしたのでおかしな事ばっかりしていました」といい、人柄をしのばせるエピソードを紹介している。鰻を捕まえて来て喜んでいたら、実は川蛇だったり、もらった鰻をさばくのに「オレに任せろ」と散々薀蓄をたれたものの、結局黒焦《こ》げのブツ切りが出てきたり、妻を写した「芸術写真」を内地の義祖母に送ったところ、月の光をたよりに焼きつけしたため、左前の着物を着た幽霊のような写真になってしまい、孫娘の哀れな姿を見た祖母が仰天して食欲をなくしたり。

北京官話を習いに通ったものの、ラジオで勉強した妻敦子よりも成績が悪く、夫の学才を認めていた敦子が不審に思い、心配していると、実は「約一年間それこそ雨の日も風の日もいとわず通い続けた」夫の師は、細身の美人で、「一生懸命テキストで勉強している人間と、支那美人の顔を毎晩見に行ってるのが同点だったら不公平」というありさまだったり。登校拒否の生徒に、医家の生まれの前嶋が偽薬《プラセボ》を処方して、精神療法で治してしまったこともあった。研究のためには犠牲を惜しまず、生きたいように生きた前嶋は、妻に給料の額を教えず、思うままに本を買った。敦子は周りから「何時逃げ出すのか」と見られていたが、「忍」の一字で火の車の家計を支えつづけたという。[16]

さて前嶋の台南に対する印象は、どのようなものであったろうか。前嶋はのちに、「古い寺廟や史跡が多く、ふとした橋畔や、裏通りなどにも古碑などの見るべきものが残っていて、流石に文化の積み重ねのある地だけのことはあると思われた」と回想している。[17] また、「台南は人情も醇朴《じゅんぼく》であり、まことに住みよかった」とも追想している。[18] これらは、恐らく現在でも、台湾の人々が台南を思い浮かべる際の、もっとも濃厚なイメージではないだろうか。前嶋はやがて、台南のこの「文化の積み重ね」を、「古い寺廟や史蹟」、「古碑」を通して、読み解く作業を始める。

台南は台湾の古都である。現在では人口八十万（旧台南市の人口。二〇一〇年に旧台南市と旧台南県が合併し、大台南市が誕生した。その人口は約百九十万）、台北・高雄・台中に次ぐ、台湾第四の都市となっているが、四百年近い歴史を有し、数多くの古跡が残る。古くからマレー・ポリネシア系の原住民が住んでいたが、そこに対岸の福建省から漢民族が移住するようになり、さらに大航海時代に至って、オランダ人が台南に根拠地を作った。鄭成功がここに上陸し、オランダ人を駆逐して鄭氏政権の根拠地とするのは、一六六一年のことである。鄭氏政権が清朝に併呑《へいどん》されてからは、清代を通じて台湾府が置かれた。全島の首府、一貫して台湾の政治経済文化の中心地であった。[19] 前嶋が訪れた頃には、人口約十万、台北に次ぐ都会であった。[20]

台南には古跡が多い。古い港町である安平には、オランダ人が築いた砦、ゼーランジャ城の跡が、現在も安平古堡として残る。また街中には、同じくオランダ人が築いたプロヴィンシャ城を、鄭氏政権が改装した、赤嵌楼がある。孔子を祀る孔廟は、台湾最大の規模を誇る。また、法華寺・開元寺などの名刹《めいさつ》・古刹も擁する。[21] 街中至る所に寺廟があるのが台南の特色で、街には一年中線香の香りが絶えることない。また数年、十数年、数十年に一度の大規模な祭が、これまた年中絶えることなく行われている。[22]

この台南の地で、前嶋は台湾、そして台南について、洋の東西を問わず文献を集め、台湾の古廟や信仰、また東西交渉史について研究を開始した。また台南の歴史に思いを馳せて、街中を歩き回った。前嶋はそのことを、「文献蒐集の思ひ出」（前掲）に、次のように記している。

そのころは新楼〔台南駅東南方〕にはバークレー博士が健在であつたし、市内には到る所に古碑が立つたり倒れたりしてゐて、台南の風物は、さゝやかな陋巷《ろうこう》のすみ〴〵までどこか歴史の匂ひを濃《こま》やかに漾《ただよ》はしてゐた。私は殆ど毎日の如く街から街へと放浪し、古碑を撫《ぶ》し、古廟の柱の下に佇《たたず》み、旧家の門を行きつ戻りつして、この町に親しんだ。手提げ鞄《かばん》にはいつも拓本の道具を備へ、勤務の時間の終るのを待ちかねた様にして街に出て、児童の群にかこまれたり、古廟を守る老翁と語つたりしつゝ、いくつかの拓本をとつたものである。

乏《とも》しい財嚢《ざいのう》をかたむけて台湾に関する文献を蒐集したのは、そのころからであつた。

台南にあって、研究の渦中から外れた前嶋の胸中には、寂寞の念が強かったと想像される。落魄の姿は、ときに孤影悄然《しょうぜん》と見えたかもしれない。しかしその街歩きは、精力的であった。前嶋自身、「台南時代は私がまだ血気盛なころで、休日を利用してはそちこちと史蹟を歩きまわり、拓本をとったり、古老の話を聞き歩いたりした」とする。[23]「一生をここで暮すつもりですか」などと訊ねられることも、何回もあったほど、私は古碑・古廟・古地図・古書などの間に沈潜して、何の苦もないような生活を続けていた」という。[24]

前嶋は文献渉猟と街歩きの成果を、続々と文章にまとめていった。前嶋が書いた、台湾に関する論考・随筆のうち、主に雑誌に掲載されたものは、すでに杉田英明編『〈華麗島〉台湾からの眺望』（前掲）、及び『書物と旅　東西往還』（前嶋信次著作選第四巻、平凡社東洋文庫、二〇〇一年）に収められている。収録された台湾に関係する文章は、以下である（戦後のものも含む）。

1　「呉徳功氏と彰化県続志の著者」『南方土俗』（南方土俗学会）第一巻第四号、一九三二年四月。
2　「赤嵌採訪冊」『愛書』（台湾愛書会）第三輯、一九三四年十二月。
3　「日月潭《じつげつたん》の珠仔嶼《しゅししょ》」『民族学研究』（日本民族学会）第二巻第二号、一九三六年四月。
4　「台南の古廟」『科学の台湾』（台湾博物館協会）第六巻第一・二号「台南特輯号」、一九三八年四月。
5　「枯葉二三を拾ひて」『愛書』第十輯「台湾特集号」、一九三八年四月。
6　「台湾の瘟疫神《おんえきしん》、王爺《おうや》と送瘟の風習に就いて」『民族学研究』第四巻第四号、一九三八年十月。
7　「文献蒐集の思ひ出」『台湾時報』第二百五十四号、一九四一年二月。
8　「少女ジヤサ」『三田文学』第二十一号、一九四八年九月。
9　「媽祖祭」『三田文学』第四十二巻第四号、一九五二年六月。

10「国姓爺の使者」『三色旗』第百四十三号、一九六〇年二月。

11「蕃薯頌」島田謹二教授還暦記念会編『島田謹二教授還暦記念論文集 比較文学比較文化』弘文堂、一九六一年七月。

12「鄭芝龍招安の事情について」『中国学誌』第一本、一九六四年五月。

13「死に急ぐなかれ」『クリティーク』第一巻第六号、一九六七年六月。

14「忘れ得ぬ町々 鹿港と鳳山旧城」『三田評論』第七百六十四号、一九七六年十一月。


また前嶋は、『台南新報』（一九三七年三月より『台湾日報』と改称）『台湾時報』『台湾日日新報』などの新聞や雑誌にも、台南と関係する記事を掲載した。以下に列挙する。

1「老樹の昔語り」『台南一中校友会報』第十四号。＊未見
2「石卓奇談 児玉将軍と曹公圳碑《しゅうひ》」一―三『台南新報』一九三四年一月一／十六／十七日、署名は「前島南英」。
3「安平の石将軍、小南門上の旭日旗、二層行庄の一夜、歴史館を見て」『台南新報』一九三五年十月三／五／十日。＊未見
4「バ博士を憶ふ」上下『台南新報』一九三五年十月十五／十六日。＊未見
5「バークレー博士のことども」『台湾時報』第百九十三号、一九三五年十二月。

6「台南行脚　一、胡適《こてき》、二、馬公廟、三、馬公廟（続）、四、許南英、五、許南英（続）、六、臨水夫人廟、七、臨水夫人廟」『台南新報』一九三六年一月一／四—七／九／十日、署名は「前島信次」。

7「巴克礼《バークレー》と宋忠堅《ファーガソン》、近衛師団の南進、安渓寮より湾裡へ、劉永福の逃亡、八重山艦の追跡、台南恐怖の一夜、乃木将軍の宿営地大爺庄、台南城頭の日章旗」『台湾時報』第百九十五—二百号、一九三六年二—七月。

8「四十年前の台湾　ぴもだんの台南旅行記」『台南新報』一九三六年六月二十六日。＊未見

9「初春訪古　（一）国姓爺の渡台日、（二）シンカン語、（三）、（四）、（五）」『台南新報』一九三七年一月一日／七—九／十二日、署名は「前島信二」。

10「埋もれたる明末哀史の断章　寧靖《ねいせい》王墓附近より出土した品々に就いて」『台湾日報』一九三七年七月十五日。＊未見

11「愛書・憎書」【1】～【3】、『台湾日報』一九三八年十一月十八—二十日、署名は「前島檜峰」。

12「吼門《こうもん》の落潮」『台湾日日新報』一九三九年三月五日。

13「台南の花　其他」『台湾日報』一九三九年四月二十三／二十五／二十七日、署名は「前島信次」。

14「ロティと澎湖島と天人菊」『台湾風土記』巻之三、一九三九年十月。

15「古都台南を語る」（新垣宏一・西川満との座談会）『文藝台湾』第一巻第二号、一九四〇年三月。

16「離愁　台南を去る日」『台湾日報』一九四〇年五月三十一日、署名は「前島信次」。

17「台湾風物の回想　（上）台南、（中）大稲埕《だいとうてい》、（下）安平」『台湾日日新報』一九四一年十一月五／七／八日。

18「佐藤春夫における東洋と西洋」（島田謹二との対談）『三田評論』第六百九十六号、一九七〇年八月。

19「哀悼朱鋒荘松林先生」『台湾風物』第二十五巻第二期「悼念民俗学家荘松林先生特輯」、一九七五年六月。　＊訳者不詳

本章は以上のうち、台南時代に書かれたものを中心に、離台後のものも利用しつつ、前嶋の描いた台南を見ていきたい[25]。

台南に関する多くの文章を発表したことで、前嶋は当時台南通の一人として知られるようになった。台南一中時代の教え子、王育徳（一九二四―一九八五年）は、「台南一中に入って、いま慶応大学の教授をしておられる前嶋信次先生に歴史をおそわった。当時、先生は台南地方での歴史の権威者で、石馬や石碑の発見発掘があると、新聞に必ず先生の談話がのるのであった」と回想している（「私はいかにして『台湾』を書いたか[26]」）。王の中学生時代とは、一九三〇年代後半を指す。ちょうど前嶋が、熱心に右記の記事を書いていた頃である。ただし残念ながら、今回の調査では、『台南新報』『台湾日報』上にそのような談話記事を発見できなかった。断片的な談話の引用であるのかもしれず、あるいは、「埋もれたる明末哀史の断章　寧靖王墓附近より出土した品々に就いて」などを指すのかもしれない。

三　台南研究と教育――古都の発見と台南一中の子弟たち

前嶋の台湾研究は、孤独になされたのではない。前嶋は「文献蒐集の思ひ出」に、台湾の歴史に興味を持ち始めたきっかけについて、台南に住み、その歴史に惹かれ、文献を集めるようになったと記している。文献には、連雅堂（＝連横、一八七八―一九三六年）の有名な『台湾通史』や、台南の地方志、日本人の編纂になる『台南県志』などがあったが、それら以上に、前嶋が関心を持って集め、読んだのは、台南で布教活動を行った牧師たちの著作・記録である。

日本の領台以前に、台湾には数多くの宣教師たちが渡ってきて、布教活動を行っていた。もっとも有名な一人に、主に北部で淡水を拠点に布教した、ジョージ・レスリー・マッカイ（George Leslie Mackay　馬偕、一八四四―一九〇一年）がいる。一方、南部には、ウィリアム・キャンベル（William Campbell　甘為霖、一八四一―一九二一年）、トマス・バークレー（Thomas Barclay　巴克礼、一八四九―一九三五年）らがいた。南部の宣教師を代表するキャンベルには、*Formosa under the Dutch : Described from Contemporary Records, with Explanatory Notes and a Bibliography of the Island. London : Kegan Paul, 1903.* などの著書がある。前嶋はこれを手に入れたときの喜びを記している（「文献蒐集の思ひ出」）。また、文献上の日月潭について記した一文のなかでも、キャンベルの、*An Account of Missionary Success in the Island of Formosa : Published in London in 1650 and Now*

Reprinted with Copious Appendices. London : Trubner, 1889. に触れている（「日月潭の珠仔嶼」）。

前嶋が台南に遷《うつ》った当時、存命だったバークレーとは、交流があった。一九三四年春以来、面会して話を聞き、その蔵書を借り受けたりもした（「枯葉二三を拾ひて」）。前嶋はバークレーの思い出を、何度も語っている（追悼文である「バークレー博士のことども」、「文献蒐集の思ひ出[27]」）。なかでも「巴克礼と宋忠堅」は、日清戦争後、台南城へ進軍した日本軍と、台南の市民を代表してバークレーが談判に当たり、無血入城を成し遂げた経過を描く。台南史の一幕を描いた、歴史雄編である。

次に、日本人では、当時台南史を熱心に研究していた、村上玉吉がいた[28]。「私が台南に移つたころ、深く台南に関する研究をしてゐたのは、長老村上玉吉氏であつたと思ふ。私は先づ同氏の書かれた古碑の研究や、其他のものを読み、台南に対する研究の基礎としたのであつた」（「文献蒐集の思ひ出[29]」）。前嶋が台南に来て二年後に出た、台南州共栄会編纂『南部台湾誌』（台南州共栄会、一九三四年）は、古くに出た『台南県志』を、村上玉吉が主査となって、新修出版したものである。『台南県志』は一八九七年から分冊の形で刊行が開始され、途中で編纂が打ち切られ、稿本あるいは資料のまま途絶していた。『南部台湾誌』の奥付を見ると、編者が村上となっている。

しかし、前嶋の台湾・台南研究は、より大きな文脈で捉えるべきだろう。前嶋が台南に滞在した一九三〇年代は、日本人による台湾研究、ことに民俗・民族学研究が着実に成果を上げつつあった時代である。前嶋が台南について記した論考や随筆は、これらと連動している。

日本による領台以降、日本人による台湾の民俗学・民族学的調査が本格的に開始された[30]。台湾の漢族や原住民の慣習や民俗が調査され、報告書や本が続々と書かれた。漢族については、一八九九年より開始された調査の報告書である、臨時台湾旧慣調査会編『清国行政法　臨時台湾旧慣調査会第一部報告』全六巻七冊索引一冊（臨時台湾旧慣調査会、一九〇五―一五年）、同会編『台湾私法　臨時台湾旧慣調査会第一部調査第三回報告書』全三巻六冊（同前、一九〇九―一〇年）が出た。原住民についての調査と報告も盛んになされた。臨時台湾旧慣調査会第一部編『蕃族調査報告書』全八冊（臨時台湾旧慣調査会、一九一三―二一年）、同編『番族慣習調査報告書』全五巻九冊（同前、一九一五―二二年）がある。台湾研究の初期の代表的学者としては、『台湾文化志』上中下（刀江書院、一九二八年）の伊能嘉矩《いのうかのり》（一八六七―一九二五年）、鳥居龍蔵（一八七〇―一九五一年）、『台湾蕃族志』第一巻（臨時台湾旧慣調査会、一九一七年）の森丑之助《うしのすけ》（一八七七―一九二六年）らが挙げられる。前嶋は当然ながら、伊能の『台湾文化志』を参照している（「台湾の瘟疫神、王爺と送瘟の風習に就いて」など）。

漢族の民俗については、大正後半に出た、台南地方法院検察局通訳・片岡巌の大著『台湾風俗誌』（台湾日日新報社、一九二一年）を手始めに、植民地行政官などによる、一般向けの、いささか興味本位の読み物が書かれた。一九三〇年代から四〇年代にかけて出た、山根勇蔵『台湾民族性百談』（杉田書店、一九三〇年）、鈴木清一郎『台湾旧慣　冠婚葬祭と年中行事』（台湾日日新報社、一九三四年）、東方孝義『台湾習俗』（高等法院検察局通訳室同人研究会、一九四二年）、池田敏雄『台湾の家庭生活』（東京書籍台北支店、一九四四年）などで、これらはいずれも台湾の風俗を百科事典的に記したものである。またここには、丸井圭治郎『台湾宗教調査報告書』第一巻（台湾総督府、一九一九年）、増田福太郎『台湾本島人の宗教』（明治聖徳記念学会、一九三五年）、同『台湾の宗教　農村を中心とする宗教研究』（養賢堂、一九三九年）、曾景来『台湾宗教と迷信陋習』（台湾宗教研究会、一九三八年）を加えることもできよう。さらに一九四一年には、台北帝国大学医学部で解剖学を講じていた、金関丈夫《かなせきたけお》（一八九七―一九八三年）を中心として、漢族の民俗を対象とする、『民俗台湾』が刊行された[31]。

一方、原住民を対象とする民族学調査も、一九三〇年代に入ると、小泉鐵《まがね》『台湾土俗誌』（建設社、一九三三年）を皮切りに、高潮期を迎える。かつて前嶋も所属した台北帝国大学文政学部には、東洋史学のなかに土俗人種学の講座が付設され、移川子之蔵《うつしかわねのぞう》（一八八四―一九四九年）を中心に、宮本延人《のぶひと》（一九〇一―八八年）、馬淵東一《まぶちとういち》（一九〇九―八八年）といった一流の学者が集まっていた。一九二九年に「南方土俗学会」が成立、機関誌『南方土俗』（のち『南方民族』と改題）が発刊された。彼らの調査結果は、台北帝国大学土俗・人種学研究室編、移川子之蔵・馬淵東一・宮本延人著『台湾高砂族系統所属の研究』全二冊（刀江書院、一九三五年）として刊行された。また、古野清人《きよと》（一八九九―一九七九年）、鹿野《かの》忠雄（一九〇六―四五?年）といった、優秀な民族学者たちも、台湾に集った[32]。

このように、前嶋が台湾にいた一九三〇年代は、漢族・原住民を対象とする民俗・民族学調査が、多くの成果を出していた時期である。前嶋が台湾の民俗や信仰を論じた背景には、このような当時の民俗・民族学調査の盛り上がりがある。実際前嶋は『南方土俗』に、一九三一年の創刊号以来、三篇の文章を寄せた[33]。日本民族学会の『民族学研究』にも、三六年以来、二篇の論考を載せている[34]。また前嶋の、少しの虚構も含む、「少女ジヤサ」には、宮本延人や移川子之蔵らがイニシャルで登場する。ことに宮本とは、台北時代、もう一人の独身者仲間とともに、「毎日一緒に雑談したり、勉強したり、街の内外を歩きまはつたりした」仲だった。[35]

前嶋の論考は、内容から見ても、当時の漢族・原住民研究と重なるものがある。たとえば、前嶋が一九三六年に書いた「日月潭の珠仔嶼」は、当時「水蕃」と称された、台湾中部南投の美しい湖水に住む原住民が、これまでどのように描かれてきたかを論じている。調査などを伴わぬ文献上の操作ではあるが、原住民研究の一種である。また三八年に書いた、「台湾の瘟疫神、王爺と送瘟の風習に就いて」は、漢族の信仰と風習を論じており、曾景来『台湾宗教と迷信陋習』の「王爺公崇拝」と、執筆時期も内容も重なる。

また前嶋は、当時台南にいた日本人学者たちとも交流があった。五歳年下の民族考古学者國分《こくぶ》直一（一九〇八―二〇〇五年）は、台南一中・台北高校を経て、京都帝国大学史学科を卒業後、一九三三年九月より、台南第一高等女学校に赴任した。前嶋に遅れること一年である。國分は台湾南部の考古学の発掘に従事し、台南西海岸南部地区の先史時代の遺跡についての研究成果を、続々と発表した。のちには、鹿野忠雄・金関丈夫らの影響もあって、台湾南部の平埔《へいほ》族に関心を持つようになる。『壺を祀る村　南方台湾民俗考』（東都書籍、一九四四年。のち法政大学出版局、一九八一年再刊）、『台湾の民俗』（岩崎美術社、一九六八年）、『台湾考古民俗誌』（慶友社、一九八一年）などを出版し、日本を代表する台湾考古学・民族学者として活躍した。また三七年七月には、高雄中学・台北高校を経て、台北帝大を卒業した新垣《にいがき》宏一（一九一三―二〇〇二年）が、台南第二高等女学校に赴任してくる。新垣は台高で前嶋から仏語を習ったことがあり、いわば教師と学生の関係だった。台南へ着任後は、前嶋や國分に導かれて、今度は台南研究へと邁進する。

國分は当時について、「私は、その頃台南の郷土史家石暘睢《せきようしょ》氏や、後にアラビア史の権威として知られるようになった前嶋信次博士（当時台南一中で教鞭をとっておられた）らと、台南地方の漢族社会の民俗採訪をも進めていた」と回想する。[36] また新垣も、「台南では、前嶋さんはこの古都の歴史に関して、清朝時代の学者の事績や古文書などを深くあつめ調査を続けておられ、国分さんは台南地方から広範囲にわたる、平地や山地高砂族の土俗の考古学的研究の深い業績を積みつつあったのでした。（中略）これら諸氏が揃って台南地方を中心とした研究を発表され、私の文学活動もこれら皆さんから大きな感化と影響を受けることになりました」と回想する。[37] 一方前嶋も一九四一年、「このごろは國分直一氏の如く、新垣宏一氏の如く、台南を心から愛し、その研究に没頭してゐる人々が増した」と記した（「文献蒐集の思ひ出」[38]）。前嶋と國分・新垣は、歴史学と考古学・文学の違いはあっても、台南の民俗に強い関心を抱く者同士、親密な交流があった。

幸運なことに、台南の地元紙である『台南新報』（一九三七年に『台湾日報』と改称）には、学芸欄を編集する岸東人（一八八八―一九四一年）がいて、前嶋らの研究に理解を示し、学芸欄の紙面をこれら若い学徒・文学者たちに提供した。活躍の舞台を得て、「台南学派」（画家立石鐵臣《たていしてつおみ》の表現、「台南通信」『文芸台湾』第二巻第一号、一九四一年三月）の面々が健筆を振るった。

國分や新垣と同じく台北高校出身の作家中村地平《ちへい》（一九〇八―六三年）が台湾を再訪したのは、

一九三九年二月から三月にかけてで、台南も訪問し、これら若い学徒たちと会った。

台南は和蘭《オランダ》人と、鄭成功との史実に富んだ古都。鳳凰木、木ワタ、オウチ、胡葉蘭の美しい花ばなにつつまれてゐたが、この町では前島《ママ》信次、國分直一、齋藤悌亮〔生没年不詳、台北帝大南洋史学講座の一九三七年卒業生、同年から台南市歴史館に勤務。引用者注〕の諸氏に会つた。みなまだ若い、文学好きの篤実な史学者たちである。新聞人では『台湾日報』学芸部の岸至〔＝東人〕氏。

「台湾の文化」（『セルパン』一九三九年六月）

当時台北にいて雑誌『民俗台湾』を編集していた池田敏雄（一九一六―八一年）は、はるかのちに台南を再訪し、「台南は、日本人では前島《ママ》信次、國分直一、新垣宏一さんの縄張りでした。前嶋さんは歴史、國分さんは考古・民俗、新垣さんは民俗・文学の分野に力を入れていた」といい、「日本時代に、台南の郷土研究が他を抜いていた」のは、『台湾日報』記者岸東人の尽力のおかげとされていた、と回想した。また日本人のみならず、台湾人の郷土史家として、「府城人」（台南っ子）の、「文字通り金石文に一生をかけた台南歴史館の石暘睢さん」、「「語元《ママ》とあて字」一本ヤリで編集者の私を悩ませた朱鋒さん」こと荘松林《そうしょうりん》と交流があったと紹介している。[39]

これら台湾人郷土史家とも、前嶋は交流があった。「石暘睢、荘松林などという郷土史家と親交を結び、一緒に史跡を採訪したりして、楽しい語らいをすることが、しばしばであった」と記し（「迂遠の途を辿り来て」[40])、なかでも石暘睢（一八九八—一九六四年）を、「私の親友」と呼んだ（「佐藤春夫における東洋と西洋」）。石の「コレクシヨンは恐らくは台南で一番」で、それらの一部を借りて読んだり筆写したりした。また、「実地について色々と説明してくれたのは石氏であつた。石氏とともに終日を、この静かな街を歩きくらした幾日かを回想するのである」とも記している（「文献蒐集の思ひ出」[41]）。

石暘睢は台南に生まれ、一生を台南で過ごした郷土史家である。[42]台南第二公学校高等科を卒業した石は、独学で歴史や美術等を学び、台南の人文地理に通じていた。三〇年台南で行われた「台湾文化三百年記念会」で、『台南県志』『南部台湾誌』の著者村上玉吉に認められて史料展の委員に招かれ、三二年に設立された「台南市史料館」の臨時職員となった。三五年に台湾始政四十周年の記念事業として台南に「台湾歴史館」が設けられた際には、主任村上によって前嶋とともに委員に招かれ、交わりを結んだ。またやがて國分直一とも交流を持った。國分は台南時代の前嶋と石暘睢について次のように回想する。

前嶋信次という非常に興味深い方が台南の中学の方にいたんです。（中略）／東洋史の非常に偉い人でした。たくさんの語学ができる方で。その方は台北大学の助手だったんですけど、教授が替わると、助手まで替わりますね。それで、台北大学の方、つまりくびになっちゃって、台南一中の先生をなさったんです。その方が台南は古い歴史を持つ都市ですから、そこでいろいろと民間伝承のようなものを先生は調べ始めたんですよ。（中略）書房の先生をやったという人たちの中に学者がいたんですね。石陽睢《ママ》という方でした。おとなしい、素朴な方で。その方と二人でですね。民間伝承の調査などを始めてまして。僕、その影響を受けてたんですよ。

「戦時中における国分直一の台湾研究[43]」

一九三七年に史料館が「台南市歴史館」となると、石暘睢は正式の職員になった。三七年に新垣宏一が台南に赴任すると、これとも交わりを結んだ。光復後も台南市歴史館の管理員として勤めた。前嶋・國分・新垣の「台南学派」三人衆は、台南の生き字引である石暘睢から大きな恩恵を受けたわけである。

荘松林（一九一〇―七四年）、筆名朱烽もしくは朱鋒は、台南に生まれ、台南第二公学校を卒業後、台南商業補習学校や中国厦門《アモイ》の集美中学で学んだ[44]。一九三〇年に地元の仲間たちと『赤道報』を創刊、三六年には「台南芸術倶楽部」を組織し、台中で『台湾新文学』が創刊されると「台湾新文学社台南支社」の結成に携わるなど、台南で各種の文化運動に関わった。三〇年代、白話文で書いた小説や随筆を『台湾新文学』に発表し、四〇年代には日本語で台南の民俗考証を『民俗台湾』に発表した。

前嶋信次は荘松林が亡くなった際、『台湾風物』の特集号「悼念民俗学家荘松林先生特輯」に「哀悼朱鋒荘松林先生」を寄稿、池田敏雄らとともに哀悼の意を表した（訳者の名前は不記載。池田の追悼文の訳者王詩琅《しろう》が、こちらも訳したか）。それによれば、前嶋が初めて荘松林と会ったのは一九三七年四月二十一日のことで、本町通りの「興文齋」という書店においてだった。当時書店に住み込んでいた荘は、前嶋の文章を読んだことがあり声をかけてきたという。前嶋は、「荘松林、石暘睢、黄清淵諸氏と幸いにも面識を得たのは、私が台南に住んだ八年間の大切な記憶の中でも、求めがたい珠玉の一頁である」、「石、荘両氏ともに悠久の歴史を有し優雅な文物をはぐくんできた台南市に生まれ育ち、才豊かで見識高く、また人情にも厚い魂であった」と回想している。[45]

前嶋は、台南第一中学校という、台南随一の名門校の歴史の教師であり、多くの優れた教え子に恵まれた。台北に残って思う存分研究にふけりたかった一方で、「しかし、これが自分相応の運命だとあきらめて、いかにも楽しそうに教鞭をとっていたようなきらいがあった。ただし、貴いこの教職を投げるとか、怠るような気持ちは毛頭もなかったということだけは、はっきりということが出来る」としている（「迂遠の途を辿り来て」[46]）。長身のため「ロング」とあだ名をつけられた前嶋は、謹厳な態度とその学識から、生徒たちの敬意を集めた。

日本人の教え子としては、戦後の社会党衆議院議員である川崎寛治（一九二二―二〇〇五年）や、美術史家の上原和（一九二四年―）がいた。上原はのちに、前嶋の風貌を次のように回顧する。

当時の先生はまだ三十をようやく過ぎたばかりのころではなかったかと思うが、すでに大家の風貌があり、近視の度の強いレンズの眼鏡をかけておられ、講義のときには、少年のわたしたちを前にしながら、重々しく、かつ訥々《とつとつ》と話された。わたしたちは先生をたいへん畏敬していたので、授業中に私語する生徒もいなかったほどである。先生のお伴をして安平へ行った日の印象が、いまも

なお残っているのは、やはり先生を深く畏敬していたからであろう。（中略）
考えてみれば、当時の旧制の中学には、ずいぶん偉い先生方がおられたもので、ちょうど時期を同じくして、台南州立第一高女のほうには、現在考古民俗《ママ》学という新しい研究分野を開拓されて活躍しておられる、もと東京教育大学教授の国分直一先生がおられた。わたしも中学の一年生のときに、二、三人の友人たちと先生のお伴をして発掘調査を兼ねた遠足に出かけたことがある。そうした学問的な雰囲気が、当時の中学の先生方の間にはあったように思う。

「ゼーランジャ城回想[47]」

台南一中は、もともと台湾在住の日本人子弟のための教育機関であった。それゆえ台湾人の学生は少ない。だが、台湾人の教え子として王育徳がいることは、先に記した。前嶋は王育徳について、「台湾——苦悶するその歴史」の著者王育徳博士（明大助教授）は、いつもにこやかな、温和な少年であった。あの可憐な子供が激しい情熱を祖国のために燃す今の博士になろうとは思わなかった」と回想している（「迂遠の途を辿り来て[48]」）。

他にも、前嶋信次を何十年経っても慕う卒業生たちがいた。前嶋や國分直一の指導で、郷土史や考古学の発掘に目覚めた陳邦雄は、前嶋を何度も懐かしく回想した。陳邦雄が考古学に関心を抱いたのは、台南一中の二年生だった一九三九年、國分が台北帝大の金関丈夫らと進めた、高雄の大湖貝塚の発掘に参加したときのことである。それ以来、台南台地周辺の遺跡の発掘や採集の面白さに、陳は夢中になった。陳が台南東郊の玉井の、先史遺跡における採集調査の報告を『台湾日報』に投稿、掲載されたところ、それを読んだ前嶋は、陳をわざわざ教官室に呼び、謹厳な顔を莞爾《かんじ》とさせて、「しっかり、やりなさい」と激励した。陳はその言葉に目頭を熱くした。考古学関係の書籍を貸したり、遺跡発掘の消息があれば知らせたりして、前嶋はまだ十代半ばにすぎない教え子の学問を応援した。

思えば、昭和十五年一月十三日は丁度、土曜日で、その日の午後、前嶋先生は国分先生から翌（十四）日の朝、台南糖業試験所の附近で、貝塚を発掘するとの消息を受けたが、既に学校は放課後なので、私に通知することも出来ず、それでも、先生はわざわざ学校で私宛に速達便の葉書の通知をお書きになって、学校からお宅へお帰りの途中、台南駅前の郵便ポストに投函された。（その速達便には、郵便局の台南駅前のスタンプが、はっきりと押されてあった。）私はそれを受け取った時、先生のご恩情にとても大きな感動を受けた。私はその時に、先生が親《みずか》らお書きになった速達便葉書と、その外に、先生が曾《かつ》て私に授業時間後、教官室に来るようにと、その時間の担任の先生にご依頼された親筆のメモを、五十数年経った現在でも、非常に大切に保存している。

「恩師・前嶋先生の思い出」[49]

陳邦雄は学校教師として勤めつつ、石暘睢や荘松林とともに、台南市文史協会の運営に関わり、郷土研究誌『文史薈刊《わいかん》』の刊行にも関わった[50]（前嶋は一九五九年六月刊行の第一輯に、「嘉慶道光間台湾県学教諭鄭兼才年譜」という中文の原稿を寄稿した。また六〇年十二月の第二輯には、國分直一論文の中訳が掲載されている)。

前嶋が台南を去ってからも、教え子たちとの交流はつづいた。劉炳南《へいなん》は一九四三年の冬、新宿で前嶋を囲んで会食したことを懐かしく回想している。[51] 戦後になっても、前嶋と連絡を保つ教え子たちがいた。一九六〇年、前嶋が北米に滞在した際に便宜を図り、中東・欧州を旅行するための旅費を届けてくれた、バンコク滞在の貿易商、謝星輝がそうである。[52] また、二十数年ぶりに金門島で発見された墓誌銘についての記事を届けてくれた、台南の会社社長、黄氏(名前は不詳)がいる。黄氏との再会で、前嶋の記憶が鮮やかに甦る場面を引用してみる。

晩秋の雨がくらく降りこめる日であつた。何となくひきたたぬ心持で書斎にこもつていると呼鈴がなつた。こんな日に誰かと思つていると「中国から来た黄というひと」だという。(中略)奥へ通し対座してみると、昔のおもかげがはつきりとそこに浮かび出した。(中略)もう二十余年の昔になる。あのころ私は今の黄氏よりも年若く、そして黄少年などをふくめたクラスで歴史を教えていた。彼は台湾の南部の古い町、台南の豪家の子であつた。(中略)台南は三百年あまり全島の首府だつたところで、昔は台湾府とよばれていただけあつて、しつとりと落つき、この外にも旧家が多かつた。

黄君と話しているうちに、陰鬱な秋雨の世界は私の心から消え去り、輝かしい紺青の空のもとに、白日の照り映えた美しい入海のほとりのかの町のたたずまいにかわつてしまつた。大通りには初夏の陽をあびて、深紅の鳳凰木の花が咲きみち、にぎやかな祭典の行列がねりあるき、純白な中国風の衣装をつけた男女が泉州なまりの福建語で話しあつたり、笑いさざめいたりしている。街角にはバナナや鳳梨〔パイナップル〕、パパイヤなどをうず高く積んだり、千差万別の料理をうつたりする露店がならんでいるのである。

「国姓爺の使者[53]」

四　台南行脚——荷風『日和下駄』と斜陽の街

前嶋信次の論考や随筆には、共通した色彩がある。それは、文学的香気に溢れている点である。前嶋の慶應義塾大学における弟子・坂本勉は、「前嶋先生は歴史家のなかにあって群を抜いて文学に造詣の深い方であった。それだけにその流麗な筆によって紡《つむ》ぎだされるあまたの著作は、そこはかとない叙情性をつねに漂わせ、多くの人々を魅了しつづけてきた」と評している。[54]

台南を舞台にした、著名な文学作品というと、まず、大正文学を代表する作家の一人、佐藤春夫(一八九二—一九六四年)の、「女誡扇綺譚」(『女性』一九二五年五月。のち『女誡扇綺譚』第一書房、一九二六年)が挙げられる。多作な佐藤の作中でも傑作とされる「綺譚」は、台南を描いた日本語の文学作品としてもっとも有名なものである。これまでも、島田謹二らによってくり返し論じられてきた。[55]前嶋が佐藤の著作を初めて読んだのは、一九二二年の春、東京外語仏語部二年生のときで、『田園の憂鬱』だったという。白山《はくさん》の古本屋でふと手にし、「寄宿舎の古畳の上で孤独感とたよりなさに包まれながら、この本を読んでいるうちに、いつかひき入れられて、終りまで読んでしまったのです。その時に感じた一種名状すべからざる魅力と感動は、今もって忘れることは出来ません」(「佐藤春夫における東洋と西洋」前掲)。

「女誡扇綺譚」を読んだのは、台湾に赴任した一九二八年の夏休み、帰京した折のことだった。「それまでは台湾などという所は、単なる任地という位の関心しか持たなかったが、「女誡扇綺譚」という、こんなに面白いものがあるのかと、あの島の文化に対し開眼し」たという(「佐藤春夫における東洋と西洋」前掲)。たまたま六月に台南など南部をめぐったため、「何か宿命的にひきつけるものを感じ」、以後「台湾や南支那の文化のとりこになって十年あまりを暮しました。しかし「女誡扇綺譚」のごとく魅力に富んだものは、一篇も書けませんでした」。前嶋にとって、「旅びと」などの佐藤の作品は、「失意のときの心の支え」だったと回想する(同前)。佐藤の名は、「日月潭の珠仔嶼」の冒頭でも、「日月潭の情調は佐藤春夫氏の「旅人」などに、よく描写されてゐて、此処に拙《つた》ない叙述を試みるまでもない」と出てくる[56]。

「女誡扇綺譚」の舞台である台南に住んでいた前嶋が、実地に考証する機会を逃すはずもなかった。「台南にも数年住みましたが、その頃はよくあの小説の筋をたどっては、その跡を探し歩いたものです」。写真を撮ったり土地の故老に話を聞いたりして、「綺譚」に出てくる「禿頭港《クツタウカン》」は、「仏頭港」

ではないかと、石暘睢らと突き止めた。廃屋近くの「銃楼」として登場する、零落した商人の屋敷跡を、石はわざわざ借りて住んだ（「佐藤春夫における東洋と西洋」前掲）。前嶋の後を承けて、のちに新垣宏一も「綺譚」の調査を行うことになる。

しかし佐藤以上に、前嶋が台南についての文章を記す上で、大きな影響を受けたと思われる作家がいる。大正文壇の領袖《りょうしゅう》の一人、永井荷風（一八七九—一九五九年）である。

前嶋は若い日々、荷風を愛読した。そのきっかけは、大正末年、山梨県出身者たちの学生寮、山梨共修社にいたとき、そこの同人誌に発表した一文について、友人から、「永井荷風の文章にどこか似かよったところがある」と褒められたことだったという。二十歳前後だった前嶋は、「荷風の文章など殆んど読んでいないのに、すぐに煽《おだ》てに乗って、いい気持ちになり、それからときどき彼の『日和下駄』とか『深川の唄』その他『東京漫歩』のすぐれた文章を読みふけるようになった」[57]。また一九六〇年、シカゴに滞在したときには、荷風『あめりか物語』（博文館、一九〇八年）中の一篇、「市俄古の二日」をもとに、足跡をたどる、文学散歩を試みた[58]。前嶋が戦後慶大に勤めるようになった縁もあるとはいえ、荷風傾倒の程が知れよう。

永井荷風の『日和下駄　一名東京散策記』は、『三田文学』に連載され（一九一四年八月—一五年六月）、籾山書店から刊行された（一九一五年十一月）。荷風の、文学史上に残る佳品の一つである。タイトルからもわかるように、これは東京散歩の記録である。「序」に始まって、第一篇「日和下駄」より、「淫祠《いんし》」「樹」「地図」「寺」「水　附渡舟」「路地」「閑地」「崖」「坂」「夕陽　附富士眺望」まで、計十一篇で構成される。吉田精一によれば、本書は、「江戸名所の残骸を名所図会《ずえ》片手にさぐりもとめ、身をもって東京の、というより残存せる江戸の名所記、案内記を書こうとした」ものである(『永井荷風』[59])。

荷風の生きていた大正時代、東京は、かつての江戸の面影を失いつつあった。『江戸名所図会』などに描かれた江戸の古い名所は、新しい風景に取って代わられつつあった。これを愛惜する荷風は、ひたすら街を歩き、江戸や明治初年の美を発掘する。

今日東京市中の散歩は私の身に取つては生れてから今日に至る過去の生涯に対する追憶の道を辿《たど》るに外ならない。之に加ふるに日々昔ながらの名所古蹟を破却して行く時勢の変遷は市中の散歩に無常悲哀の寂しい詩趣を帯びさせる。およそ近世の文学に現れた荒廃の詩情を味はうとしたら埃及《エジプト》伊太利に赴かずとも現在の東京を歩むほど無残にも傷ましい思ひをさせる処はあるまい。今日看て過ぎた寺の門、昨日休んだ路傍の大樹も此次再び来る時には必貸家か製造場になつて居るに違ひないと思へば、それほど由緒のない建築も又はそれほど年経ぬ樹木とても何とはなく奥床しく又悲しく打仰がれるのである。

〔第一　日和下駄[60]〕

荷風はいわゆる名所旧跡を目的として歩くのではない。「裏町を行かう、横道を歩まう。かくの如く私が好んで日和下駄をカラカラ鳴して行く裏通にはきまつて淫祠がある」。このように、「愚昧《ぐまい》なる民」の祀る、名もない祠《ほこら》を訪ねる〔第二　淫祠〕。そして、「樹」「寺」「水」「路地」「閑地」「崖」「坂」「夕陽」などの景観がつづく。ただしその散策の主要な目的は、これらの事物自体にあるのではない。「元来が此の如く目的のない私の散歩に若《も》し幾分でも目的らしい事があるとすれば、それは〔中略〕、何となく其のさびれ果てた周囲の光景が私の感情に調和して少時《しばし》我にもあらず立去りがたいやうな心持をさせる。さういふ無用な感慨に打たれるのが何より嬉しいからである」という〔第一　日和下駄〕。

この荷風の東京散策の特色は、前嶋の台南行脚《あんぎや》に重ね合わせることができる。台南も、江戸ほど急速ではなかったとはいえ、日本による領台以来、その面目をあらためつつあった。そもそも台南は、原住民時代、オランダ時代、鄭氏政権時代、清朝時代、そして日本統治時代と、主人をめまぐるしく変えてきた都市である。前嶋の視線は、旧跡の向こう側に浮かび上がる、歴史の事実へと注がれる。前嶋はこれを、「私が台湾に住んだのは、学校卒業の時から十年あまりであるが、この間かの地に数多く残つている古碑、古廟、古橋、古城などと、何でも古のつくものには不思議なほどの執着を感じ、年若く元気なのにまかせて倦《う》むこともなく探訪を続けた」と解説している〔「国姓爺の使者」[61]〕。ことに前嶋が惹かれたのは、異民族清朝によって滅ぼされた、明王室にまつわる人々の遺跡であり、明末の哀史であった。

前嶋が最初に『台南新報』に掲載した「石卓奇談」は、考証の文である。道光年間、台湾南部の鳳《ほう》山《さん》に圳《しゆう》（用水路）を作って恩恵を施し、人々から慕われた、曹謹（曹公、一七八七－一八四九年）なる人物がいた。この人物を称える碑文がたどった、数奇な運命を記したものである。

台南散策の成果を存分に生かした前嶋の考証随筆は、一九三六年正月連載の「台南行脚」に始まる。台南の街を散策しつつ、台南と関係する、人・廟について考証する。中国の文学革命の立役者、胡適《こてき》（一八九一－一九六二年）の旧居探索に始まり、馬公廟、日本軍に対抗する軍を劉永福とともに率いた台南の文人許南英（一八五五－一九一七年）ゆかりの地、そして臨水夫人廟と巡る。

このごろの、季節風の穏かな日に、台南の市中を散歩することは誠に楽しい。空の清澄さ、日射しの温かさ、輝かしさ。胡適氏と台南と言ふ様なことを思ひめぐらし大に感興をそゝられた私は、ゆつくりと、この麗日の楽しさを味ふがために家を出た。（中略）路傍の水溜りも、街道の牛糞も、もしそれ、その道々の昆虫学者や植物学者が微細な観察をしたならば、言ひ尽せぬほどの複雑な世界であらうと思ふ。回想の世界にしてからが、ナイル河畔や、ギリシヤの廃墟をはるばると旅する面白さは勿論であるが、手近な台南の街頭の一、二丁を、ゆるゆると小半日を費して旅すると言ふのも、亦中々のものではなかろうか。かくも考へつゝ、陽炎《かげろう》もゆる小路を行き開山町の馬公廟の側に出た。

〔一、胡適〕

写真 2-3　大南門

次に、ゆったりした調子で、馬公廟の由来を考証する。語り終わると、「そんな事を考へつゝ、台銀宿舎前の大通りに出た。ここは昔、進士許南英の屋敷のあつた地点である。街路樹の下に佇み師走《しわす》の慌しげな人の行き交いを見つゝ、暫く詩人許允白のことを偲ばうと思ふ」。ひとしきり許南英をしのんだ後は、「開山神社〔現在の延平郡王祠〕の裏手」に出て、臨水夫人廟にたどり着く。再びひとしきり考証する。次は法華寺か、李茂春〔鄭成功の部下〕の夢蝶園の遺跡を尋ねようかと思案していると、「見れば大南門をくつきりと黒く赤みの強い黄金の地の中に刻んで長閑《のどか》な南国の冬の陽は沈まんとしてゐる。黙然として帰路に着〔＝この字、欠けて不詳。仮に補う〕く」。

のちに前嶋は、この台南行脚を追想して、次のように述べた。

「或日、本町の支那の出版物を売る書店で胡適の「四十自述」を求め、胡適も幼年時代を台南で過したことを知り、その旧宅を知りたく確としたあてもないのに街から街へと、うらゝかな日射しの下を歩いた事もあつた。私は今剃刀《かみそり》のごとく鋭い東京の冬の空気の中に坐り、あの温かい台南の冬の日射しを頭に浮かべてゐるのである。あのころの台南の漫歩のことを、私は「台南行脚」と題して台湾日報〔そのころは台南新報と云つた〕に連載さしてもらつたことがあつた」〔「文献蒐集の思ひ出」[62]〕。

正月前後の冬の台湾は、好天の日が多い。前嶋が台南を去った翌一九四一年の正月を台南で迎えた、画家の立石鐵臣（一九〇五―八〇年）は、古跡のみならず盛り場やカフェ、モダンな少女の服装を描き、当時の台南の街と人が彷彿と浮かぶ、前嶋に劣らぬ見事なスケッチを残した。「正月だといふのに、台南の空の青さは実に重厚だ。見てゐるといまにドロドロ解けてくれればいいと思ふ。それをチユーブに詰めて純良のコバルト・ブリユーをつくる」と空の青さを形容し、「台南は毎日快晴だ。快晴といふ字を十も重ねたぐらい美事な日が続く。台南好日、麗日台南、駘蕩《たいとう》台南」と礼讃した（「台南通信」『文芸台湾』第二巻第一号、一九四一年三月）。

写真 2-4　林デパート

翌一九三七年正月にも、前嶋は『台南新報』に行脚のつづきを連載した。「初春訪古」は、赤嵌楼上から始まる。

赤嵌楼の上や、デパート（末広町にあった「林《はやし》百貨店」を指すか）の屋上などに立つて、屢々《しばしば》回顧に時を忘れることがある。殊に安平の入海に夕日の映ゆる景色など、三百余年の歴史を夢の如く、その平和な黄昏の景色の裡《うち》に織りませて、遊子の胸にせまつてやまぬものがあるやうに思はれる。

（（一）国姓爺の渡台日）

そして、国姓爺鄭成功が台湾へとやってきた日をめぐる考証をひとしきり。それが終ると、新港社《シンカン》に住む「熟蕃」、平埔族が、オランダ時代に保持していた、今は失われた「シンカン語」についての文章がつづく。

こうして、荷風の東京散策と、前嶋の台南行脚を並べたとき、共通点の多いことに気づくだろう。荷風は「淫祠」を愛した。前嶋が愛したのも、由来も忘れ去られた、しかしいまだに人々の素朴な信仰心をつかんで離さない、古廟である。

前嶋は台南の古廟に強い知的関心と深い愛着を持っていた。台南は、古廟の街である。チャイナタウンに欠かせない、関羽を祀る祀典《してん》武廟、福建系の人々が住む土地には欠かせない、媽祖《まそ》を祀る大天《だいてん》后宮《こうぐう》は、もちろんある。他に、著名なものだけでも、都市の守護神である府城隍《ふじょうこう》廟、道教の玄天上帝を祀る北極殿、保生大帝を祀る興濟宮《こうさいぐう》、広東人の三山国王廟、臨水夫人媽廟、水仙宮、鄭成功を祀る延平郡王祠《えんぺいぐんおうし》、寧靖王に殉じた五人の妃を祀る五妃廟などがある。[63] それらの多くは、台湾最古、最大規模を誇る。

これらの古廟に惹かれた前嶋は、「台南行脚」の二・三で馬公廟を、六・七で臨水夫人廟を論じ、「台南の古廟」で再び、馬公廟と臨水夫人廟、さらに水仙宮、三山国王廟を論じた。「これ等の一々に就いて研究することは余程面白いこと、思ふ」(「台南の古廟」)。『台湾県志』などの文献に依拠して、それらの廟の創建の時期、祀られている神の由来、台南との関係、信仰の状態など、廟の起源と性質に

写真 2-5　水仙宮

ついて詳細に論じた。また前嶋には、台湾西海岸の王爺信仰と、南部に顕著な送疫の風習、王船流しを論じた、秀抜な「台湾の瘟疫神、王爺と送瘟の風習に就いて」がある。

しかし、前嶋の真面目は、歴史的な考証よりも、これらの廟を手がかりに展開される、はるかな過去の歴史、台湾の人々の民俗風習を彷彿とさせる、文筆の手腕にあると思われる。たとえば、「台南の古廟」では、現在台南西区の街中にある水仙宮が、かつては海に近かったことを論じて、次のように描写する。

現在の台南の水仙宮は、古めかしい、ごみくした街中に立つてゐるが、創建の当時は、厦門にあるものなど、同様に、廟前近くを海水が洗ひ、船舶の集る所となつてゐた。赤や青の戎克《ジャンク》船が、彩帆《さいはん》を降して碇泊するほとりに、廟の高い甍《いらか》が、その影を映じてゐたのである。されば、黒水溝の難航を凌ぎ、鹿耳《ろくじ》門の険を越えて、はる〴〵と台陽に来着した旅人等は、その第一印象として、先づ、此の廟を脳裡に止めたものが多かつたであらう。しかし、年と共に、港は泥に埋もれて、廟前は雑踏の街《がい》衢《く》に変化して行つた。[64]

この描写からは、水仙宮のある大西門外の熱鬧《ねつどう》のみならず、古都の殷賑が想像されるだろう。あるいは、王船送りについて、「台湾の瘟疫神、王爺と送瘟の風習に就いて」には、次のような描写がある。

瘟疫神三百六十王爺の信仰の如き、勿論、現在では笑ふべき迷信であらうが、かかるものが全島数百の廟中にその恐ろしげな形相をひそめて、数百万の島民の生活と深い関係を持つてゐたと云ふ事は、単に民俗上から見て面白い問題であるばかりでなく、台湾の昔時の一社会情態を理解する為にも、看過出来ない重要な一面であると思はれる。

台湾海峡の夜に、慌忙《こうぼう》として砲門を開いた三百年前の和蘭の船乗りの驚きもさることながら、夕闇籠む海上に真赤な彩帆を炎の如く残輝に燃えたたせた無人の船、王爺の神船の姿こそ、迷信に怯《おび》える海浜の土民達にとつては夢魔の如く畏怖すべき無気味な存在であつたのである。[65]

前嶋の台南行脚では、寺廟自体を論じることが目的ではない。寺廟を通して、その背後に広がる、台南の歴史、人々の生活を描くことが目的なのである。

荷風の『日和下駄』と前嶋の台南行脚の共通点は、これだけではない。荷風は東京の樹木を愛した。「もし今日の東京に果して都会美なるものが有り得るとすれば、私は其の第一の要素をば樹木と水流に俟《ま》つものと断言する」〔第二　樹〕。そして東京の銘木の数々を列挙する。一方前嶋も、台南の街を彩る樹木、榕樹《ガジュマル》や刺桐《ディゴ》・鳳凰木を、ことのほか愛し、くりかえし描いた。「国姓爺の使者」では、延平郡王祠に触れて、「境内はものさびて、正面には齢をへた榕樹の巨木が涼しい蔭をつくり、（中略）あのころ私はいくど、かの境内をそぞろ歩き、榕樹のもとにいこい、梅の古木を撫しなどしてそのかみを偲んだことだろう」と記す。[66] あるいは、「蕃薯頌」では、刺桐について次のように懐かしむ。

写真 2-6　開山神社（延平郡王祀）

私が台南にいたころは、この花はもう殆ど見られなかつた。それにかわつてアフリカあたりから持つてきた鳳凰木の並木がしげり、やはり初夏の候は紅の波をもつて街頭を彩つていた。しかし、そのかみの刺桐の紅は見られなかつたことは寂しかつた。昔の台湾府城で城壁のかわりに刺桐を植え並べていたと記録にあるので、もと城壁の走つていたあたりを求めあるいたところ、公園の一隅でとうとう刺桐の古木を見出し、その衰えた幹をなでて時代の変遷を偲んだ記憶がある。[67]

荷風は、「江戸切絵図」をつねに懐中にした。「現代の街路をば、歩きながらに昔の地図に引合せて行けば、おのづから労せずして江戸の昔と東京の今とを目のあたり比較対照する事ができる」（第四　地図）。前嶋も、台南の古い地図を求め歩いた（「赤嵌採訪冊」）。現在の台南を歩くとき、前嶋も、常に古い地図と対照する。「古図を見ると、この安平あたりから、今の台南市まで一帯の入海であり、そこに王宮渓という川が流れこんでいる」といった調子である（「蕃薯頌」[68]）。もちろん、明治以降に編纂された地図も参照している（「台湾の瘟疫神、王爺と送瘟の風習に就いて」）。

荷風は、東京の海や川や運河などについて、「東京の市街と水との審美的関係を考ふるに、水は江戸時代より継続して今日に於ても東京の美観を保つ最も重要なる要素となつてゐる」と記す（第六　水附渡舟）。前嶋にとっても、港町安平、そしてかつては台南の大西門の外まで波を寄せていた海は、台南の欠かせない景観だった。「昔の台湾府草花街（現在の民権路）、今の台南市の一角、なだらかに入海に傾く古風な通り、今しも日は安平の古城のかなた、潮さわぐ海峡に沈まんとして、古廟の青い飾りにたゆたふころ」（「赤嵌採訪冊」[69]）。あるいは、先に引用した、「台南の古廟」における、水仙宮の描写がそうである。また前嶋は、寿町の自宅近くを流れていた、王宮渓を、深く愛し、何度も触れている（「文献蒐集の思出」）。「私の家のすぐ裏で、高さ一米《メートル》あまりの小さな滝になっており、涼しい水音が一年中絶えることがなく、それを蔽ってこんもりとした雑木林がしげり、時々兎が走り出たりして、とても町中に住んでいるような気持はしなかった」という（「迂遠の途を辿り来て」[70]）。

前嶋の台南行脚には、荷風がもっとも力説した、「路地」「閑地」についての記述は少ない。比較的平坦な台南の場合、「崖」「坂」も素材とはならない。しかし、荷風が江戸の美と不可欠の関係にあると、わざわざ一章を設けて論じた「夕陽」は、前嶋の好むところでもあった。年間を通じて天気の晴朗な台南では、夕陽がことのほか美しい。赤嵌楼や孔廟、大南門など、赤茶色を基調とした建造物には、赤色の光がよく映える。ことに、西に海を擁するため、安平の入日の美しさは、筆舌に尽くしがたい。しかも台南は、かつて殷賑を極めながら、港が土砂の堆積で埋まったゆえ、首府の地位を奪われた、斜陽の地である。よってことのほか夕陽がよく似合う。また当時の、台南へ左遷された前嶋の心情は、さながら落日のごとくであった。前嶋の描く台南に、夕景が多いのも、ゆえなしとしない。

これら台南についての文章には、台南に対する愛情とともに、前嶋の孤独が色濃く映し出されている。荷風の東京散策と、前嶋の台南行脚が、同じ香気を放つゆえんは、その磨き込まれた達意の文章、材料などによるばかりではない。散歩者の寂寥《せきりょう》とした心情が、その行文のあいだに滲《にじ》むことこそ、最大の共通点である。

前嶋が台南という街を描く際には、個人的な感傷が底に流れている。前嶋は、抑えた筆遣いながら、台南における孤独に何度か触れた。後年の文章で前嶋は、次のように回想した。「台南の南郊に桶盤浅《タンバンセン》という原があつて、ゆけどもゆけども一面の奥津城《おくつき》（＝墓所）であつた。三十前後の多感な時代を、このような異郷で暮す運命にあつたため、私はしばしばこの寂莫たる故人の憩いの里をさまよい、大南門という清朝時代からの城門の上に赤々と夕映《ゆうばえ》のするのを見てはじめて家路についたことなどを思い出す。風雅な墓石でも見ると、立ち止どまつては刻文を読むのであつた」（「蕃薯頌」[71]）。

前嶋が、晩年の連雅堂について、「その生涯の終わりも何となく孤影悄然として淋しげに見えた」

といい、「私は何も、人生は華かであるのが必ずしも良いこととも思はないが、それにしても、自分の目に映じた連氏の姿はとりわけて哀愁を感ぜしめる」とするのは、自身を投影してのことだろう（「枯葉二三を拾ひて」[72]）。前嶋が宣教師バークレーを敬愛したのは、高潔な人格への追慕だけでない。それは、同好の士もいない台南の街で、孤独を噛み締めつつ、台南を愛し、台南について記した人への、共感である。「眩《めくる》めく如き白日の下に燃ゆる鳳凰木の落花を踏んで、この古い南海の入海の町のかたほとりに、深刻な心の飢《うえ》をひもじがるときには、同じ町のひと隅に、かくも高潔な人格の異邦の人が悠々と達観した余生を送りつゝあることを思ひ、しみじみとした慰めを得たものである」（「枯葉二三を拾ひて」[73]）。一連の台南行脚や、台南考証の文には、こうした切なさが込められている。

このように、荷風の東京散策と、前嶋の台南行脚は、その手法、着眼点、そして孤独な心情において、共通する。前嶋の台南についての文章を読むときの、胸を締めつけるような感傷は、荷風『日和下駄』のものでもあった。

五　二度と戻らぬ時間――「媽祖祭」

前嶋は以上のように、台南という街を深く愛し、自らの孤独を慰めつつ、街を隅々まで彷徨した。残念ながら、前嶋には、台湾に住む人々の、植民地支配下に置かれた苦しみは、見えてこなかったようである。台北帝国大学へ赴任するとき、「私はすでに二十四歳になっていたが、まだ世間をよく知らず、ことに日本の帝国主義がどんなものか、そのもとに支配されつつある台湾の数百万の住民が、それをどのように受けとめているかなどという深刻な問題に対しては嘘のように無関心だったのは、今考えるとまことに恥ずかしいことであった」と反省している（『アラビア学への途』[74]）。この点、歴史家でありながら、人々の苦しみに鈍感であったとの誹《そし》りは、免れない。

これと関連して、前嶋の描く台南は、あまりにも美化されているともいえる。それは、青年時代の流浪の心情によって彩色された、幻像としての台南であるかもしれない。あるいは、必要以上にロマンチックな色づけが濃いかもしれない。ここには、台南の街が放つ、特有の猥雑な空気、雑音はない。恐らくは人々の深い感情のなかに潜んでいたはずの、対立、摩擦なども見当たらない。台南の人々の声は残念ながら聞こえてこない。その点、これはいわゆる、日本人の台湾に対するエキゾチシズム、オリエンタリズムの産物といえるだろう。

しかし、前嶋がこの街を心底から愛し、美しく描きつづけたことは、事実である。少なくとも、台南という異郷の街に、異邦人として住み、人々から歓待されつつも、孤独を味わって過ごした人間には、共感なしには読めないのではないだろうか。

最後に、前嶋の台南への思いが、時を経てこのうえなく美しい文章へと結晶した、「媽祖祭」を紹介したい。掌編ながら、台南を描いた文章として、佐藤春夫「女誡扇綺譚」や西川満「赤嵌記」・國分直一「南都風物図絵」・新垣宏一「花咲ける鳳凰木」と比べても、遜色ない。古廟を通じて、台南のはるかな歴史を想像する視点が、前嶋の台南への思いと重なって、陶然たる一場の夢物語へと昇華した。台南を描いた日本語の文章中、これほど美しいもの、そして、これほど台南という街への深い愛情が、隅々まで満ちわたった文章を、他に知らない。全文を紹介することはできない。ここでは、著者が台南西区の、水仙宮近くで見た、少女たちの踊りの場面を紹介する。

もう深夜に近く、空には月がかかつていた。その光を白々《しらじら》と浴びて、一群の少女が舞をまつていた。極めてゆるやかな優美な舞である。誰も大きなつくりものの貝を持つていて、一斉にその下にかくれることもある。どこかで花鼓と笛をならしているが、それにつれて貝殻を開いて月光の中に現れては舞いつづける。皆、十七八歳の乙女《おとめ》で、身には薄絹の長衣をまとつていた。月光がもやでかすんでいたから、どの少女もこの世のものとも思えぬほどに美しかつた。一体何人位居つたろうか。向こうのはしの方は深夜のこととて視界がぼやけてよくわからなかつたが、随分遠くの方にまで居る様に見えた。

で、見物人はと云ふと、それは勿論、そちこちに居たには違いないが、皆ひつそりしていたし、それに深夜のことだつたから、案外に少かつたのだろう。笛と鼓だけが冴えて、周囲はせきとしていた。一体、この少女達はいつまで舞いつづけるつもりであろう。

その後、日本に戻つてからわたくしも幾度か少女達の舞踊するのを見たが、大抵ははげしくあざやかであつて、あの夜、台南の水仙宮外で見た少女達の舞ほど軽やかに音なく、しかもゆつたりした調子のものをまだ見たことがない。

今になつて考えると少しく妖怪じみた光景であつたが、その時は一向にそう云う感じはしなかつた。ただ恍惚として、そして骨髄に沁みわたる様な孤独感を味いながら見ていたのである。今にして思えば、あのころわたくしはやつと三十歳位であつた。今の数え方だとまだ二十代であつた。であるから、なに、この位の不思議さ、美しさ、なつかしさはまだこれから何度も体験出来るだろうとたかをくくつていたのである。それで、踵《きびす》をめぐらしてその場を立去つたから、せいぜい三四十分間位眺めていただけであつたろう。

しかし、あの様な情景にめぐり合うことは二度と出来なかつた。わたくしは今老齢に入らうとして、平凡だつた一生をふりかえり、あの夜ほどのあやしさ、夢みる如き美しさはただ一回切りしかなかつた事をさとつている。そうと知つたら何故、あの夜、水仙宮前の広場に立ちつくして、少女達の舞の果てるまで待たなかつたのだろうと悔やまれてならぬのである。もし舞がいつまでも果てなかつたならそのまゝ黎明の訪れるまでいても何の差支えもなかつたろうではないか。


前嶋の台南に対する印象には、いささか感傷的な色彩が濃い。内地に戻ってしばらくして書いた「文献蒐集の思ひ出」に、「私は台南に満八年間住んだ。この八年の間は私にとつて極めてしみ〴〵とした追憶に満ちた期間であつた」と記した[75]。また、戦後に書いた「蕃薯頌」では、「私は廿八歳の春からかけて満八年をこのローマンチックな台南の町で暮すという今から考えると不思議な経験をした」と回顧した。[76] この感傷は、台南が浪漫溢れる歴史の都市ということだけに由来しない。研究者を志した前嶋が、もっとも研究に熱意を燃やす、三十代、孤独に台南で過ごしたことが、この感傷のもとになっている。それゆえ、前嶋の描く台南は、美しくもはかなく、鮮烈でありながら脆《もろ》さを秘めている。

しかし台南での体験は、その後、イスラム研究の大家となる前嶋の、強靭《きょうじん》な素地を作った。イスラム文化史の研究者で、前嶋の学問に深い敬意と理解を持つ杉田英明は、前嶋の学問における台湾時代の意義を、高く評価している。「結局、遙かのちの視点から見れば、この台湾時代もまた、前嶋氏の中東研究に一層のふくらみと幅を与えるのに貢献したのではないだろうか。土地の民俗・伝承への愛着は、のちの中東の社会史・生活史・文化史・あるいは説話への関心へと繋《つな》がり、南の島という環境は、西域ではなく南洋、「南支那海、インド洋、アラビア海からイスラムの歴史に迫ろうとする」斬新な発想を生み出したからである。実際、のちの『アラビアン・ナイト』の研究には、台湾での生活や旅行体験の生かされた部分が散見される」と総括している。[77] あるいは前嶋の弟子にあたる坂本勉は、失意の時代とされる台南時代について、「中央から離れて僻遠の地に暮らしていたため、時めくものからの交渉をもたずに済み、独自の途を追求していく自由があった」と評価している。[78]

そして杉田は、『前嶋信次著作選』全四巻を編むに当たって、台湾に関係する論考やエッセイを集めた、『〈華麗島〉台湾からの眺望』の一巻を設けた。台南に住んだ経験のある者には、一読、巻をおくあたわざる興趣を覚える一冊である。実は筆者も、わずか二年間ながら、台南で教鞭をとったことがある。この書のおかげで、自身が赴任する、約六十年前に、同じ台南で教師として過ごし、台南についていて愛情溢れる随筆の数々を書いた人物の存在したことを知った。六十年前、同じような感情を抱きつつ、台南の街を彷徨《さまよ》った人があったと知ったときの驚きは、忘れがたい。そして、前嶋の描く景色を、まるで自分が見た景色であるかのように、感じずにはいられなかった。この章が、杉田氏の前嶋に対する敬意と、その詳細な研究紹介に導かれてなされていることを、感謝して記しておきたい。

第三章

庄司総一『陳夫人』にいたる道

――『三田文学』発表の諸作から日中戦争下の文学へ

一　「阿久見謙」から「庄司総一」へ

庄司総一（一九〇六―六一年）は、昭和の戦前から戦後にかけて活動した作家である。代表作『陳夫人』は、一九四〇年に第一部、四二年に第二部を刊行（いずれも通文閣）、四三年大東亜文学賞を受賞した。[1]少年時代を過ごした台南を舞台とするこの一作で、庄司は現在に名を残す。

写真 3-1　日本統治期の台南市（錦町通り、現在の民生路）

庄司は一九〇六年、山形県酒田に生まれた。[2]父は台湾で医院を営んでおり、一三年、母とともに台湾へ渡る。当初一家は台東に住んでいたが、台南へ移った。小学校を卒業後、台南第一中学校に入学、二四年に卒業した。文学を愛好した庄司は、中学時代から華やかに目立つ存在だったらしい。二学年後輩の中村鉄丸の眼に、その姿はまぶしく映った。

> 六回生に庄司総一君がいた。慶大文科卒業後文筆生活に入られ、私とは南門小学校の上級で御宅へもよく御邪魔した。父君が医者で庄司医院の長男である。山形県の方で、弟さん

も妹さんも揃ってハンサムであった。語学が堪能で大学生の頃、オーヘンリー氏から原稿を頂いて（中略）翻訳され、当時文芸春秋には菊池寛、直木三十五先生等と肩を並べた大字の表題をみた時には全く恐れいった。弱冠二十代であった。

後年「陳夫人」を発表され大東亜文学賞を獲られ間もなく物故されたのは残念である。御存命なら第一線の文壇人であったに違いない。（中略）スポーツは万能選手で槍、円盤短距離等何んでもよくこなした。（中略）

学生の頃休暇で帰省した時蓬莱丸《ほうらい》で偶然一緒した。アルバイトで祖国という映画のエキストラをしたと愉快そうに語っておられた。少年のころから私には到底ついていけない才覚の持主で総てに兄貴であった。

学校の講演会で「静寂」という題目で夜空の星とガリレオの天文学についておよそ中学生とは思えない興味のある講演をされた。畏敬していただけに印象は深かった。

「かけがえのない在学時代の想いで[3]」

庄司一家は二六年、台湾を引き揚げ、父は山形で医院を開業するも、二九年再び渡台した。一方、中学を卒業した庄司総一は、

写真 3-2　台南第一中学校（現在の台南二中）

当初山形高等学校を受験しようとしたものの、「雪国の三月、灰色の空、その年の恐ろしい積雪、吹雪の中を歩きながら幼年時を思い出し」、受験を取りやめたという。[4]『陳夫人』の安子をはじめ、庄司の小説の主人公の多くは、この東北の雪国が出身地として設定されている。上京し慶應義塾大学予科に入学、英文科で西脇順三郎（一八九四－一九八二年）に学び、生涯師と仰いだ。在学中から、「阿久見《あくみ》謙」というペンネームで創作を開始し、同人雑誌『新三田派』などで修業を積んだ。

しかし、一九三〇年代の庄司総一は、当時文壇でも注目を集める文芸雑誌の一つだった『三田文学』で、何度もチャンスを与えられながら、一線の作家となれずにいた。どころか、同世代の人気作家はもちろん、三田派の新進作家たちと比べてさえ、見劣りする存在だった。そんな庄司が、「阿久見謙」から本名の「庄司総一」に戻って後すぐに発表した、四〇年の『陳夫人』によって、一躍脚光を浴びる。戦色のいっそう濃くなる四〇年代前半、数多くの作品を発表、振るわなかった三〇年代や、一線から遠ざかった戦後と比べて、作家人生の絶頂と呼ぶべき時期を迎える。

本章では、『陳夫人』にいたる文学修業やその作品、『陳夫人』が台湾の作家たちに与えた刺激、さらに『陳夫人』を執筆した理由などの分析を通して、戦中文学の栄枯盛衰を体現する作家の一人・庄司総一と、戦時下の話題作『陳夫人』に関する、基礎的な事実を提示する。

二　売れない作家の苦悩――『三田文学』発表の諸作

庄司総一は一九四〇年、『陳夫人』第一部を発表するまでに、すでに作家として一定の経歴を有していた。慶應義塾大学出身の庄司の主な発表の舞台は、三田派の同人雑誌『素質』『新三田派』、及び二六年四月に復活した第三次『三田文学』である。ここでは庄司の戦前における主要な著作目録を記す（翻訳は除く）。

【阿久見謙名義】

1「目覚め」『素質』第六号、一九三一年五月。
2「プリズム」『新三田派』第二号、一九三一年八月。
3「疲労」『新三田派』第四号、一九三一年十一月。
4「歩いて行く花」『新三田派』第六号、一九三二年一月。
5「一人称の小説について」『新三田派』第八号、一九三二年六月。
6「酔はない男たち」『三田文学』第九巻第三号、一九三四年三月。
7「夜景」『三田文学』第九巻第九号、一九三四年九月。
8「海辺の理髪師」『三田文学』第九巻第十号、一九三四年十月。

9「息子の帰り」『三田文学』第十巻第一号、一九三五年一月。
10「馬鹿の天国」『三田文学』第十巻第六号、一九三五年六月。
11「肖像画」『三田文学』第十二巻第四号、一九三七年四月。
12「土と光」『三田文学』第十二巻第十号、一九三七年十月。

【金譲治《きんじょうじ》名義】

1「ペガサス繁昌記」『新青年』「臨時増刊」第十九巻第六号、一九三八年四月。
2「青春俄《にわか》芝居」『新青年』「特別増刊」第十九巻第十一号、一九三八年七月。

【庄司総一名義】

1「悪夢」『三田文学』第十五巻第九号、一九四〇年九月。
2『陳夫人』第一部、通文閣、一九四〇年十一月。
3「雪」『三田文学』第十六巻第三号、一九四一年三月。
4「牧師の妻」『新潮』第三十八年第五号、一九四一年五月。
5「病める蘭」『現代』、一九四一年七月。＊未見
6『陳夫人』第二部、通文閣、一九四二年七月。
7「航海」『三田文学』第十七巻第十号、一九四二年十月。

8「青年の門」『新建設』一九四三年六月―四四年四月（未完）。
9「看護助手」『毎日新聞』一九四三年九月二十八日―十月六日。＊未見
10『南の枝』東都書籍台湾支店、一九四三年十月。
11「小説家」『文学報国』、一九四三年十月二十日。
12「文学の戦ひ」『新創作』、一九四四年一月。＊未見
13「蛍」『文学報国』一九四四年八月十日
14「疎開者」『創造』、一九四四年九月。＊未見
15「月来香」『旬刊台新』、一九四四年九月上旬―十一月下旬。

一九〇六年生まれの庄司総一は、三〇年代に文壇で活躍を始める世代に属する。日本近代文学の転換期としては、先に日露戦後や第一次大戦後という、戦争の衝撃がもたらした大きな変化の時代があるが、庄司の文学活動にとって直接の刺激は、二三年の関東大震災後における、新しい文学の勃興だったと思われる。二歳上の舟橋聖一（一九〇四―七六年）が、「震災がすんだところから近代の足音がはっきりしてくる」と語ったように、[5] 関東大震災後の二四年、築地小劇場が表現主義の演劇を上演、未来派やダダイズムやアナーキズムが跋扈《ばっこ》し、『文芸戦線』や『文芸時代』が創刊され、空前の同人雑誌時代が到来、『改造』や『中央公論』などの総合雑誌が知識層に支持され、二五年には『キング』が売れ行き百万部を突破、二六年には円本の刊行開始など、これまでにない規模で、文学を含

む出版事業の活況が到来し、文学も表現や題材の面で一新された。庄司が中学を卒業したのが二四年、何月に渡日・上京したのかわからないが、震災後に勃興した新文学の息吹に何らかの形で触れたと思われる。庄司より一歳下の高見順（一九〇七―六五年）の回想を引いておこう（『昭和文学盛衰史』）。

私はその大正十三年（＝一九二四年）の春、高等学校に入った。私たち文学青年、いや、いくら旧制の高等学校でもその一年生は文学少年と言うべきか、ともあれ、私たちは、あの『文藝時代』の創刊号をどんなに眼を輝かして手にしたことか。（中略）私は『文藝時代』を買って本屋を出るとすぐ開いて、歩きながら読んだ。ここに、私たち若い世代のかねて求めていた、渇えていた文学が、初めて現われた。そんな気持ちで『文藝時代』の創刊号を迎えた。こうした感激を、私と同世代の文学愛好者はひとしくその頃、味わったのではなかろうか。[6]

高見や庄司と同世代の若い作家たちが、同人雑誌での修業を経て、頭角をあらわし始めるのは、一九三〇年代に入ってからである。庄司も『素質』『新三田派』での習作を経て、三四年『三田文学』に「酔はない男たち」を発表、文壇に登場した。永井龍男（一九〇四―九〇年）が新聞の時評で、「よかつた。／一見他奇のない筆致の中に、落着いた作者のこのみが出てゐ」ると評した（「文芸時評5」『東京日日新聞』一九三四年三月四日）。[7] これ以降、『陳夫人』発表までの庄司の創作活動は、『三田文学』を中心に展開された。『三田文学』の創刊は一〇年だが、庄司が執筆したのは、二六年四月に復活して以降の、第三次と呼ばれる、活気ある時代である。和木《わき》清三郎（一八九六―一九七〇年）編集のもと、慶應出身の若手作家に活躍の場が与えられた。

慶應出身、『三田文学』で活躍した、いわゆる三田派の作家としては、庄司の四歳上に、震災後の文壇でもっとも有力視された新進の一人、木村庄三郎（一九〇二―八二年）がいる。『青銅時代』や『山繭《やままゆ》』の修業時代を経て、「富岡夫妻」（『三田文学』一九二四年四月）や「子を失ふ話」（『新潮』一九二六年十月「特輯新人号」）で文壇に華々しく出た。庄司と同世代は多《た》士《し》済々《せいせい》である。一歳上の原民喜《たみき》（一九〇五―五一年）は、左翼運動に関わり酒や女に溺れる淪落の日々を送るなどしたが、一九三六年から『三田文学』に短編を多数発表していた。原と庄司は親しく、交流は戦後もつづいた。[8] 一歳下の丸岡明（一九〇七―六八年）は、二七年慶大予科入学の翌年から水上《みなかみ》瀧太郎宅の木曜会に出席、三田派の文士に可愛がられ、早くに創作活動を開始、三五年には芥川賞候補作となった『生きものの記録』（『三田文学』十―十二月。沙羅書店、一九三六年九月）を発表した。庄野誠一（一九〇八―九二年）は三〇年代の『三田文学』でもっとも活躍した若手の一人で、処女作「亡命者、その人々」（『三田文学』一九二九年五月）以降続々発表し、将来を嘱望《しょくぼう》された。ぐっと年下になるが、南川《みなみかわ》潤（一九一三―五五年）は三六年に『掌の性』（美紀書房）で、三八年には『風俗十日』（日本文学社）で第二回と三回の三田文学賞を連続受賞、学生作家として注目を浴びた。『三田文学』は必ずしも慶應出身者の作品ばかりを掲載したわけではなく、和木の表現によれば庄野らに刺激を与えるため「門戸開放」され、[9] 丹羽《にわ》文雄（一九〇四―二〇〇五年）・井上友一郎《ともいちろう》（一九〇九―九七年）・田村泰次郎（一九一一―八三年）らも執筆した。

庄司も彼らと轡《くつわ》を並べて文壇に出た。『新三田派』で同人だった北原武夫（一九〇七―七三年）は、一九三二年慶大卒業後、記者をしつつ創作をしていたが、三八年「妻」（『文芸』十一月）を発表、芥川賞候補となり文壇に出る。庄司とは早くから親しく、『新三田派』掲載の「疲労」を認め、励ましてくれた。妻野々実の回想によれば、「彼が作家を志すようになったのはあのときから」だという。[10]また『陳夫人』以前の作としては最長の「土と光」について、野々実によれば、丹羽文雄が新聞の文芸時評で称讃、以来、「彼は長編を書く決意をしていた」というが、[11]管見の限り、この作に言及した新聞の時評は、榊山潤《さかきやま》（一九〇〇―八〇年）の「文芸時評（5）」（『報知新聞』一九三七年十二月十一日）で、「力作だ。今月中で一番好意のもてた作品」と讃えた。[12]

一九三〇年代の『三田文学』は、水上瀧太郎（一八八七―一九四〇年）らの熱心な応援と庇護があって、慶應出身の作家志望者たちが世に出る有力なルートとなっていた。たとえば、庄司総一が「海辺の理髪師」を発表した一九三四年十月号は、和木の「編輯後記」によれば、「三田文学によつて初めて世に作品を問ふた新進を中心とした」「創作特輯号」で、毎年十月を期するこの特集は、「極めて好成績を挙げてゐる」。ただし和木は、現状に満足せず、「これらの新人が早く成育する事によつて、よりよき「三田文学」の向上を計らなければならない」と激励する。そこには、当時の有力新人、丸岡明・庄野誠一・南川潤らと並び、庄司も創作を発表している。

庄司総一への期待も相当に大きかったと思われる。一九三七年十月号掲載の「土と光」に至っては、編集上の都合があったとはいえ、雑誌の半分近くを占める百頁近い中篇の、一挙掲載である。和木は「編輯後記」で、「多少の雑誌のバラエテイを失ふ事にもなるのであるが、考へればこの一作は確かにそれを補ふに十分なものと考へた」と評価している。三七年四月号掲載の「肖像画」は、和木「編輯後記」によれば、三田派の先輩作家、久保田万太郎（一八八九―一九六三年）の推挙によるとある。発表数こそ多くないものの、庄司はかなりの厚遇を受けていたといっていい。

しかし残念ながら、これらの作品は文壇の話題にはならなかった。

『陳婦人』発表までの庄司総一の作品には、既視感を伴うものが多い。庄司が「阿久見謙」の名で『三田文学』に発表した最初の創作は、一九三四年三月の「酔はない男たち」である。左官を生業とする男二人の、居酒屋での会話を切り取ったこの作品は、経済的にも家庭的にも追い詰められ、酌婦にも相手にされない鬱屈と疲労感が滲み出ている。だがそれだけの作品で、主義のない、遅れてきたプロレタリア文学の習作、といった感を否めない。一見玄人風の筆致でありながら、会話も展開もぼんやりとして、一読鮮明な印象を与える作品ではない。

同様の欠点は、『三田文学』第二作の「夜景」にも指摘できる。前作とはがらりと異なる材料をあつかい、手法も異なるが、無一文の作家志望者、貧しいながらもたまの原稿料と実家の仕送りで、芸術的な生活を送っていたものの、生活力のなさに呆れた妻に去られた、無能者である主人公が、同じアパートに住む地味な少女、あるいは芸術趣味のある自立した職業女性と交流する、という話には、それが事実かどうかはともかく、大正後半以来の、落魄した作家が身辺の性的な雑事に取材する、いわゆる「私小説」的な手法が透けて見える。

第三作の「海辺の理髪師」となると、ぐっと古めかしい。語り手「私」が滞在した、妻の故郷の田舎町における、理髪店の陰気な主人と淫蕩《いんとう》な娘の、やや倒錯した親子関係、そのもたらす悲劇を語る。田山花袋『重右衛門の最後』（一九〇二年）のような、自然主義のショッキングな色彩、そして志賀直哉「剃刀」（一九一〇年）を思わせる、神経過敏さが下敷きになっていると思われ、これまたどこかで読んだような感覚がつきまとう。

自らの責任で起こした事故で障害を残した近所の娘、その恋する、左翼運動に手を染めぼろぼろになった息子、両者に対する田舎医師の罪悪感や執着を描く、第四作「息子の帰り」は、転向小説と同様のテーマをあつかう。第五作の「馬鹿の天国」は、父に愛されたゆえに嫁ぎ遅れた女学校の女教師が、駆落ちの四年を経て、田舎町の生家に戻るも、留守中に奉公人が田畑家屋敷を担保に借金を作っていた。虚勢と倦怠の日々を経て、やがて上京を決意するという、風俗小説仕立ての物語で、話の焦点がどこにあるのかわかりづらい。翌月の『三田文学』（一九三五年七月）の太田咲太郎《さきたろう》（一九一一―四八年）による「文芸時評」では、「題材の点で、今月読んだ多くの作品のうちで最も興味のあるもの」だが、「惜しむらくは、作者の筆はこの興味の多い豊富な題材を充分生かして居なかつた」と評されている。第六作の「肖像画」は、出版社に勤め、世俗的な動機から英会話教室に通う、芽の出ない小説家の行き詰まりと、小さなアバンチュール、破滅的な衝動を描いた、花袋『蒲団』（一九〇七年）などを連想させる、これまた古典的な身辺小説風のお話というほかない。

このように順に見てくると、『陳夫人』発表までの庄司総一の小説は、安定した筆力を持ちながらも、いずれも亜流、下手な模倣や流行の追随が仄見《ほの》えて、一線で活躍する作家の技量を見せていると は到底いいがたい。『三田文学』一九四〇年十月号掲載の、雑誌評「三田文学」には、前月の同雑誌 に発表の、「悪夢」についての評がある。これには、

庄司総一の「悪夢」は、うつかり新人のつもりで読んだが、後記によるとかつての阿久見謙の筆名であることを知つたが、正に阿久見謙の持味が正確に出てゐる。着実な筆は沈静して効果をあげてゐるが、多少小説としてのポイントにぼやけてゐることが難点として指摘出来るのではあるまいか。このことは同じ作者の古い作品についても感じた印象であつた様である。作者自身の中に、何か混乱がありそうであるが、そこをつきぬけることが、この作者の急務であらうと思はれる。

〔傍線引用者、以下同じ〕

『陳夫人』以前の庄司の小説を読む、大半の読者が、同様の感想を抱くのではないだろうか。小説は概して上手く書け、技術的に一定の水準を超えている。しかし、凡庸で、どこかで読んだような印象の話が多く、鋭く迫るもの、たとえ下手であってもそれを書かずにいられない切実さ、ごく簡単にいえば作家の個性といったものを感じさせない。時代のなかに埋没するような、記憶に残らない凡作という印象を拭《ぬぐ》えない。

作家を目指しながら何年経っても芽が出ない、焦燥感と、自身の才能への不安と、いささかのあき

らめ。そんな中で非日常的な出会いを求める所在のなさは、一九三四年の「夜景」にすでに描かれていたが、三七年の「肖像画」となると、齢も三十代に入って、自虐と寂寞の度合いはいっそう増している。この作品には、「無収入で人生を思索する小説家、頭でつかちな、舵《かじ》を失つた生活の不安と世間への忌憚」、その一方で、芸術への信仰、成功してみせたいという未練と執着、そして、「人々には芸術は分らない。それでもそれらを圧倒して馬淵《まぶち》の芸術から後光が射せばいいのだが、不幸なことに埃《ほこ》りがたつばかりであつた」といった、諦念をないまぜた境地が、主人公の馬淵及び妻俊子の視点から、随所に描かれる。

他のどんな敗北(よく云へば未完成)よりも芸術家の敗北と云ふものは後腐《あとぐさ》れのわるいものだ。(中略)――何アに一生に一つ傑作を出すさ。その癖、実際には傑作を産み出す方向とは逆の方へ一日一日と去つて行くのだ。さうした未練と寂寞を馬淵も抱いてゐるのであらうと、俊子は誰にも出来ない理解を同伴者として自分のみが出来ると誇りながら、しかし渋面《じゆうめん》の小説家――とくに甲斐性《かいしよう》のない小説家なんぞの妻になつたなんて、何と云ふ因果だと嘆かはしく思ふのだつた。

俊子は後悔した。六七年経つても物にならなかつた夫の仕事に業《ごう》を煮やし、彼を実務家に鞍替《くらが》へさせたのは自分ではなかつたか。そして現在、筆をとり得べき夜の時間を中学生のやうに、英語教授に通つて潰しさへしてゐる。何故もつと意地を通して、踏み止まらせなかつたらう。若しさうしたら、いつか立派な芸術家になつてピアノやダツトサン〔当時の車名〕を買へる身分になり、周囲の人々を見返す時が来ないと誰が断言出来よう。

そんな馬淵が、英会話教室で文学趣味の少女と知り合う。「平凡な勤人になり、剰《あまつさ》へ夜学などに通ひ出して己れの芸術を止めた時、彼は自分のうちにあつた一つの自我が死んだのだと諦めた。いつかいいものを書きたい、書けるかも知れないと思ひつつ、自信など微塵《みじん》もなく恐らく生涯書くことはあるまいと、落莫たる気持ちになつてゐた」のが、少女との出会いで、「もう一つの自我が何やら蘇る」、「若々しい新しい力の汪溢《おういつ》」を感じる。しかし結局、心理的な板ばさみと呵責《かしやく》から、服毒自殺を図る。一命をとりとめたものの、心のなかで次のようにつぶやく。

ああ、この際すべてを妻の前に打ち明けるべきだ。真実を告白し、涙を流して罪を悔いるべきだ。この際大向《おおむこう》を唸《うな》らせる小説なら大抵そこへ落ちてゆく。だが馬淵には出来なかつた。恐らく彼自身大向を唸せる能力のない人間なのだらう。近年平凡主義のうちに或る安住を見つけた彼にしてみれば、この際知らぬが仏で通した方がいいのだ。〔中略〕馬淵自身は心にもなく生きたこの日から、完全に書くことを断念した。この日から、浩《ひろ》い門をゾロ〳〵群衆の一員に加ることを真実に決心したのだつた。

覇気《はき》のない主人公の心理は、ある程度、当時の庄司のそれに重ね合わせることが可能だろう。『陳夫人』を書く前の庄司は、妻の野々実に、「僕の原稿は多少評判になっても、未だ一文にもならないのだから、どうしたらいいか迷うよ」、「僕は恥ずかしいよ、三十歳も過ぎて自分の力で食えないなんて、大手を振ってこの世を渡ってゆけない気がするんだ」と、焦りや不安を語っていたという。[13] 台南で医院を営む、しかも息子の作家志望に驚くほど理解のある父の惜しみない援助で、家まで建ててもらい、売れない創作に専念できてはいたものの、忸怩《じくじ》たるものはおおいがたい。

試行錯誤といえば聞こえはいいが、プロレタリア文学、古めかしい自然主義、転向小説、風俗小説、私小説、いずれのスタイルを試しても、一向に手応えはない。「肖像画」の数カ月後、中篇「土と光」を一挙掲載してもらっても、文壇の反応はほとんどなかった。創作の方向に迷う庄司は、慶應予科時代の師、佐々木邦《くに》（一八八三―一九六四年）の推薦で、「金譲治《きんじょうじ》」名義で『新青年』にユーモア小説を発表させてもらう。そのうちの一作、「青春俄芝居」は、最終章のタイトル「おゝ、我が太陽《ソレミオ》」を用いて、『私の太陽』として映画化（島耕二監督、笠原良三脚本、日活、一九三九年八月）されたが、芸術を志す気持ちは満足させられない。[14]

あきらめようとしてもあきらめきれない文学的野心。そんなとき、庄司の視界に入って来たのが、一九三〇年代に入って飛躍的に作品数を増し、三七年の日中開戦後は文学の一大題材となってきた、大日本帝国の植民地、いわゆる外地を舞台にした小説だったのではなかろうか。

三　『陳夫人』と台湾の作家たち――風俗習慣・インテリの苦悩・内台結婚

鳴かず飛ばずだった庄司総一が、一躍注目を浴びるのは、一九四〇年『陳夫人』第一部を、和木清三郎の援助を受け刊行して以降のことである。庄司の故郷の一つ、台南を舞台とする『陳夫人』（第一部、通文閣、一九四〇年十一月。第二部、同、四二年七月）は、第一部刊行後の四一年、新潮社文芸賞第四回の候補作となった。佐藤春夫（一八九二―一九六四年）は選評で、「文章の官覚などはまるでメチヤだ。その癖不思議な表現力を持つた人で一半未熟なものでありながら清新な印象と盛り上がつた詩的感興の横溢した点近年の文壇で多く見かけない。空を行く天馬の翼を音に聞く、有難い産物」と讃えた。[15] 妻野々実によれば、三田派の大先輩の讃辞に、庄司は、「深い悦《よろ》こびに酔っていた」という。「はじめて長編を出版しありがたい批評を受けた光栄は、彼にとって死に至るまで忘れ難い思い出となったことだろう。彼に限らずああした立場にある作家の誰もが体験する悦こびであったに違いない」[16]。庄司は佐藤を敬愛し、『殉情詩集』（新潮社、一九二一年）の初版を永く蔵するなど愛読した。戦後は佐藤の謦咳《けいがい》に親しく接し、その評価をつねに気にかけた。

また『陳夫人』は、一九四一年四月から五月にかけて、久保田万太郎の演出により「文学座」で公演された。演劇界の重鎮の一人、藤森成吉（一八九二―一九七七年）はこの公演を、「近来の新劇中、いや、全演劇中、出色の芝居」と絶讃した（「〝陳夫人〟文学座近来の快演技」『読売新聞』一九四一年五月四日夕刊）。庄司は稽古場によく出かけた。舞台考証の手伝いに来ていた、当時東京帝大生だった台南出身の王育霖《いくりん》（一九一九―四七年、王育徳の兄）と親しくなったという。[17]

第二部刊行後の、一九四三年八月には、第二回大東亜文学者大会で、大東亜文学賞を受賞する。その際には久保田が、「庄司君は、角力《すもう》でいへばどこまでもじツくり四つに組む闘士である。小手さきのわざだけで決して勝負をきめない闘士」で、その作は「重厚」、「長いものにくらべて短いもの、ときにあんまり冴えないのがその証拠」、その文学は「おのづから大東亜的な性格をもつてゐる」とエールを贈った（「庄司君の「陳夫人」　大東亜的な性格」『読売新聞』一九四三年八月二十八日朝刊）。長年目をかけてくれた先輩からの、嬉しい言葉だったろう。

こういった好評を受けて、『陳夫人』は版を重ねた。ファンレターが沢山届き、庄司は台湾の人たちからの手紙をよく気にかけて読んでいたという。[18]『陳夫人』は戦後になっても読まれつづけた。[19]妻野々実の表現によれば、庄司は「純文学で生きるかユーモア作家で生きるか、夜と昼、阿久見謙と金譲治、二人の異次元の作家が彼の中に住んでいた。彼はその中の一人を選び出すためにかけをした」。渾身の長編小説を書いたのは、「自分の作家生活のかけをする意味」である。[20]賭けは、当たった。つい三年前、芽の出ないことを嘆いた庄司が、乾坤一擲、「一生に一つ」の傑作を書き、「周囲の人々を見返す」、「大向を唸せる」（「肖像画」）ときが来たのである。

『陳夫人』の出現は、日本の作家たちよりも、台湾の作家たちにより大きな衝撃を与えた。[21]中村哲《あきら》（一九一二―二〇〇四年）は「昨今の台湾文学について」（『台湾文学』第二巻第一号、一九四二年二月）で、

『陳夫人』は「台湾文学のためには良い刺戟《しげき》となつた。台湾の作家はあるだし抜かれた感じをもつたやうである」と評した。どの程度売れたのかははっきりしないが、黄得時は「輓近《ばんきん》の台湾文学運動史」（『台湾文学』第二巻第四号、一九四二年十月）で、パール・バックの『大地』、林語堂の『北京好日』、吉川英治の『三国志』、自身の訳した『水滸伝』と並べて、「台湾で飛ぶやうに売れた」と表現している。

西川満（一九〇八—九八年）と並び、台湾の日本人による日本語文壇の雄で、台南第一高等女学校で教鞭をとったことのある、濱田隼雄《はやお》（一九〇九—七三年）は、「庄司総一氏の陳夫人について」（『台湾時報』第二百五十七号、一九四一年五月）で、「正直なところ、私はしてやられたと思ひ、それからすつかり感心した」と述べた。庄司と同じく台南一中出身で、濱田と台南一高女で同僚だった、國分直一（一九〇八—二〇〇五年）は、「庄司総一氏著「陳夫人」を読む」上下（『台湾日報』一九四〇年十二月二十／二十一日）で、「不思議なくらゐに湧き上がる愛情をもつて全巻を一気に読み上げてしまった」と感銘を記す。そこには、内地人女性を妻とした本島人青年の苦心、台湾の富裕な家族の生活、世代間の溝など、「台湾に於ける特殊な問題」が描かれており、「よくもこれだけの多くのテエーマーを文学的肉体づけをもつてゐがき上げたものであることか」と感嘆しきりである。國分は庄司とは面識がなかったものの、庄司の妹から「度々庄司氏の文学的精神について聞いていた」し、『陳夫人』出版も事前に承知していた。

一九三七年から台南へと、第二高等女学校の教師として赴任していた新垣宏一（一九一三—二〇〇二年）は、台湾人の教え子をはじめ台南の人々と触れ合い、佐藤春夫の「女誡扇綺譚」に導かれて、台南の街歩きや歴史を愛好するようになっていた。四〇年の西川満の台南来遊からさらに刺激を受けていた新垣は、ちょうどそのころ発表された『陳夫人』を読む。

その頃に庄司総一の『陳夫人』が発表されました。庄司は台南出身の人で、この作品は台南の富豪、陳家の長男陳清文が東京の名門大学を卒業、高等文官試験に合格し、有望な将来を持つ彼が、内地人安子を妻として台南に帰って来る所から話が始まるのです。安子は、大家族の上流家庭である陳家に入り、その中で風俗習慣の違いや、人間関係の煩労に悩み苦しんでいく筋で、陳夫人安子が出会った、異様な台湾風俗の数々を丹念に観察しているのです。この作品に現れる内地人安子の目に写るのが日本人を代表するものといえるので、この中の登場人物は、明らかな日本名で出てきません。同じ基督《キリスト》教徒である夫婦が、台湾の古い習俗を打ち破って新しい世界を創造しようとする、波乱の悲劇でありますが、私は庄司の描く台南の土地が、自分の呼吸との密着感が強くなり、私が生徒たちの家庭風俗を理解する大きな手がかりとなりました。[22]

新垣宏一は、台北帝大在学時に矢野峰人（一八九三—一九八八）や島田謹二（一九〇一—九三年）の薫陶を受け、文学活動を開始した。台南赴任後は「女誡扇綺譚」に心酔、同じく台南で教師をしていた、一中の前嶋信次（一九〇三—八三年）や一高女の國分直一らと交わりつつ、台南研究に没頭し、西川の「赤嵌記」に圧倒されつつも、台南を舞台に自身の創作の道を模索していた。そんな新垣にとって『陳夫人』の出現は、西川の鮮やかな活躍と並び、もう一つの衝撃だった。新垣も國分同様、庄司と面識こそなかったものの、庄司の父の医院は台南の街中にあり、また当時台北高校生だった庄司の弟は、台高の先輩新垣の家に取材に来たこともあった。新垣はこれを短編「訂盟」（『文芸台湾』第五巻第三号、一九四二年十二月）に描き込んでいる。

刺激されたのは日本人作家ばかりではない。一九四一年当時日本にいた呂赫若《ろかくじやく》（一九一四―五一年）は、『朝日新聞』の広告を目にしてから、「読みたい欲望に駆られて」探したがどこも売切れで見つからず、五月に文学座の舞台を見、劇場内の売店で原作をようやく入手、徹夜で読んだ。「芝居も見た、原作も読んだ――その後で私ははげしい感動に打たれたのだ。余りにも「陳夫人」は、本島人であるわれわれの身近くに多くの問題を、そして文学座の公演はこれからの台湾に興りつゝある演劇に多くの問題を投げかけたのである。余りにも多種多彩な感動を整理するのに私はまる一日呆然と暮した程であった」。その「感動」を長文の感想として発表したのが、『興南新聞』連載の「『陳夫人』の公演」である（一九四一年五月二十一―二十五日）[23]。呂と近い世代の龍瑛宗《りゆうえいそう》（一九一一―九九年）も、「なかなかの力作」で、「われわれ在台作家の励ましにもなる」と記し（「雑記」『文芸台湾』第二巻第二号、一九四一年四月）、また田子浩こと巫《ふ》永福（一九一三―二〇〇八年）も、「陳夫人に就て」（『台湾文学』創刊号、一九四一年五月）で、「近頃になく面白く読み、感動をうけた」と記した。

台南を舞台とする『陳夫人』は、出身者にとってはことに身近に感じられたと思われる。台南北郊の塩分地帯の文学者、呉新榮（一九〇七—六七年）は、一九四一年五月十六日付の日記に、「感激した」と記した。八月十七日には、同郷の郭水譚（一九〇七—九五年）や台南市の楊熾昌（一九〇八—九四年）らと、庄司『陳夫人』や西川「赤嵌記」を取り上げ、「芸術と技術、又は政治と民族、引いては戦争と国際」などについて大いに語った。[24] また、文学座が『陳夫人』を舞台化する際に考証を手伝った王育霖の弟、台南の富商の家に育った王育徳（一九二四—八五年）は、四四年当時、陳家のモデルとなった親戚の黄家に出入りしていた。自伝のなかで『陳夫人』の大東亜文学賞受賞に触れ、「身近なところから日本の文壇に認められるような作家が出たということは、私にとって嬉しいことだった」と回想している。王は安子のモデルだった「芳子夫人」から歓迎され、また娘の「恵美ちゃん」に熱をあげたという。[25]

では『陳夫人』はなぜそれほど成功し、また台湾の文学者たちに刺激を与えたのだろうか。呉新栄は日記に、「その台湾的描写は恐らくは前代未曾有」、「作者は台南出身なればこそと思ったが、内地人にしてあれ程書かれたことは一つの驚異」だと記した。『日本学芸新聞』に感想を発表した、ある台湾人の読者は、「これだけ台湾を掘下げてくれた作品は今までにあつただらうか。嬉しかつた」と述べる（「庄司総一著『陳夫人』台湾人としての読後感」『日本学芸新聞』第百号、一九四一年一月十日）。『陳夫人』には、それまでの台湾の文学に見られない要素があった、ということになる。

その一つは、多くの評が触れるように、台湾の風俗習慣が、正面から、克明に描かれている点だろう。『陳夫人』は、台南の旧家を舞台に、台湾人の伝統的な生活やものの考え方が、随所に散りばめられつつ進行する。もちろんすでに、漢族の民俗については、片岡巌の大著『台湾風俗誌』（台湾日日新報社、一九二一年）や鈴木清一郎『台湾旧慣　冠婚葬祭と年中行事』（台湾日日新報社、一九三四年）などはあったものの、『民俗台湾』の刊行はまだ（一九四一年七月―）で、池田敏雄の『台湾の家庭生活』（東都書籍台北支店、一九四四年）も先のこと。[26]小説の形でとなると、『陳夫人』が嚆矢《こうし》となる。

写真 3-3　台南図書館

庄司は謙虚に、文学座公演パンフレットの「原作者の言葉」で、「陳夫人を本島人に読まれるのは何より怖い。何故なら、あの中で私は一内地人としての観方に於て幾多の偏頗《へんぱ》や過誤を犯していることと思うから」と記した。[27]また『南の枝』（東都書籍台北支店、一九四三年）では、「善意こそあれ、幾つもの誤りをさへ犯してゐる」と認めている（二一頁）。庄司は旧制中学まで台南で過ごし、その後も休暇になると家族のいる台南へ帰省をくり返し、一九三一年夏の新婚旅行でも台湾を訪れた。恐らくはその過程で、少しずつ台湾人の風俗習慣について知識を蓄積したのかもしれない。第二部の後に発表した私小説風の「小説家」（『文学報国』一九四三年十月二十日）では、四一年夏、父の看病で台南を訪れた際には、第二部の取材のため、改めて、台南の名刹開元寺や法華寺に足を運び、赤嵌楼に上り、安平を訪れ、パイナップルの缶詰工場を見学し、台南図書館で調べものをしたという。

『陳夫人』における台湾の伝統的な風俗習慣の描写については、相当に評価が高い。濱田隼雄は「陳夫人について」（前掲）で、「I君」から、「台湾のことを描いたもので、こんなに面白いものは初めてだ」と薦められて読んだという。「I君」はまた、「本島人の風俗習慣については、自分の知る限り、よく調べられてゐて、まちがひはなかつた」とも語ったという。この「I君」とは、「我々の仲間で民俗のエキスパート」、「民俗の鬼」と呼ばれていることからして、当時漢族の民俗研究に没頭していた、池田敏雄（一九一六―八一年）を指すと思われる。

台湾人の側からは、呂赫若が「「陳夫人」の公演」で、「実に内部にわたって本島人の生活を知ってゐる」と評する。これまで内地人によって書かれた、台湾を舞台とする小説が、「我々の眼から見れば全く滑稽な台湾といふ衣服を着た小説のお化け」だったり、「旅行者が異風物に眼を輝かす好奇心の文学」だったり、「一人芝居のお山の大将の文学観の作品」だったりで、「もう沢山」だと思い、『陳夫人』も読む前は「どうせそんなものだらう」と軽蔑さえ感じていた。ところが一読、それは偏狭な思い込みだったと恥じる。「珍奇な（内地人から見れば）本島人の風習を実に多く羅列し、それを読ませやうとしてゐる」ことは事実だが、「あれだけの本島人家庭に於ける事件、典型的な性格、内部にたぎる気持を描破し得たことは、好奇心又は優越感などからでは到底出来るものではない」。また、田子浩＝巫永福も、台湾語音や呼称の誤り、本島人の習俗に対する批判に独断がある点など、問題点を詳細に指摘しながらも、大きな誤りを指摘するわけではない。このように「本島人の心理」

が、「正しく」、「自然な形」（濱田）で把握され、「細部にわたって」（呂）、全面的に展開されている点が、刺激の一つになったのだろう。

しかし単に、台湾の古都台南を舞台に、古い伝統や習俗を描いただけでは、これほどの評価にはならないだろう。『陳夫人』の読後感を読むと、日本で教育を受け、植民地台湾の現実に直面して苦悩する知識人の姿、及び「内台結婚」という差し迫った問題があつかわれていることが、台湾の作家たちに大きな衝撃を与えたと思われる。

呂赫若は、「第一に私が強く感動したことは、現在私達の周囲にある色々な悩みと人物性格を陳家といふ大家族の中に巧に表現されてゐる」と記し、「台湾のインテリを代表としての清文の苦悶」について詳述、「今までの台湾文学にこれ位の描写がなかったのはどうしたことだらう」と語る。『日本学芸新聞』に感想を記したある台湾人読者は、陳清文は「今日の台湾の若いインテリを代表してもい、と思ふ。清文を通して台湾の内地留学生（ごく一部はさうでなからうが）の殆どを想像する事が出来る」と述べる。巫永福は、陳清文の人物造型を四頁にわたり詳述、「当時の本島人青年の代表的なタイプの一人」だとする。「清文の心の動きをとほして、当時の軽薄な社会情勢や矜持《きょうじ》と理想を持つた清文の苦悩、その心から生じた行動、自分の文化に対する無批判と自信の無さ、当時の青年のせつかちな焦燥振り、思想混乱の有様がうかがひ知れる」と論じる通り、台湾人の読者たちにとって陳清文は、自身の似姿を見せられるような、切実な人物造型だった。ある台湾人読者の、「本篇は台湾育ちの我々の描けない所を少からず描いてくれた。本島人ならかうは描かなかつたし、又かうは描けなかつた」との言葉は、恐らくこの点を指すのではないかと思われる（「庄司総一著『陳夫人』台湾人としての読後感」前掲）。

そして「内台結婚」という大きな問題について、ある台湾人読者は、「ロマンテイツクな題材をあくまでもリアリステイツクに描いて行つた」点を評価している。濱田は、「内地人作家も本島人の心理にはいりこむことは、彼の作家的良心が深ければ深いほど、困難」で、その理由は、風俗習慣を丹念に調べ上げることの困難以上に、「リアリティ」を保つことができるかどうかの問題がある、とする。しかし『陳夫人』は、「内地人とのつながりが濃く深い本島人の生活部面にとりつくやり方」、「内地人の心理に反映した本島人の心理をつかまえる方法」を用いることで、この困難を上手く処理した。内地人作家が本島人の生活や心理を描くのは難しいが、「内台結婚」をテーマに選んだことで、台湾の現実をよりリアルに捉えることができた、という理解である。

こういった刺激は、当然ながら台湾の作家たちの創作の方向にも、大きな示唆を与えた。

濱田隼雄は『陳夫人』成功の理由について、「内台結婚」にせよ、「本島人インテリの苦悩」にせよ、「最近の改姓についての種々な人間的問題」にせよ、本来「誰よりも本島人作家たちがぶつからねばならぬテーマ」なのだが、もし本島人作家があつかわないなら、「在台の内地人作家が、当然取りくんでい丶テーマである。それを我々はまだやらなかつた」。だから、「してやられたと思つた」、と語る。庄司は台南で育ったとはいえ、現在は東京で創作活動する作家である。一方濱田は、『陳夫人』の舞台台南に住んだことがあり、現在も台北で創作に従事するインテリである。台湾をよく知るはずの、しかも台湾人の生活を描くなら絶好の舞台を提供するはずの台南に住んだ経験がある自分が、なぜ植民地台湾の差し迫った現実を正面から描かなかったのか、との思いがあったのだろう。

その思いは他の作家も等しく抱いたと思われる。新垣宏一は回想で、『陳夫人』を、同じく台南を描いた「女誡扇綺譚」及び「赤嵌記」と並べ、日台の「風俗習慣の違い」や、「異様な台湾風俗の数々」が克明に記されている点を重視、「私が生徒たちの家庭風俗を理解する大きな手がかり」になったと述べた。『陳夫人』には、「女誡扇綺譚」が描いた、廃墟としての安平、斜陽の街としての台南や、「赤嵌記」の、歴史の浪漫に彩られた台南とも異なる題材があり、それが新垣に対し新しい角度から台南を発見するきっかけを提供した。日本式の教育を受けた台湾人知識人や、台湾人に嫁いだ日本人女性の、植民地における、あるいは古いしきたりの残る伝統的旧家における苦悩、さらにその背景となっている、台湾人の生活に関するリアルで濃厚な描写に、ロマンチシズム溢れる「女誡扇綺譚」や「赤嵌記」とは異なる衝撃を受けた。本島人が圧倒的多数を占める台南の、旧式な本島人家庭を、日本人女性の目を通して描くことで、もう一つの台湾の姿が描かれていた。尾崎秀樹は、新垣が後に書く「城門」（西川満編『台湾文学集』大阪屋号書店、一九四二年八月）は、「あきらかに「陳夫人」の影響を受けている」と指摘する。[28]

垂水千恵は、呂赫若が『陳夫人』について評価した、「大家族の中での人間劇、台湾の風俗習慣の描写」などの点は、呂のその後の創作傾向と重なるため、「呂は『陳夫人』から受けた衝撃を幾度となく反芻し、分析していく過程の中で、「財子寿」を初めとする１９４２年以降の諸作品の構想を得たのではないだろうか」と論じている。[29]『陳夫人』とテーマが重なる、王昶雄《しょうゆう》（一九一五―二〇〇〇年）の「奔流」（『台湾文学』第三巻第三号、一九四三年七月）や、他のいわゆる「皇民文学」にも、何らかの影が落ちている可能性は高いし、[30]もしかすると、濱田が『文芸台湾』で一九四一年十月から連載を始める『南方移民村』についても、台湾人こそ描かれないものの、植民地台湾の日本人が直面する問題を描いた点で、『陳夫人』の刺激が指摘できるかもしれない。

以上のように、『陳夫人』の高い評価は、日中戦争が泥沼化し、米英との開戦の声も高まりつつあり、七月の北部仏印進駐など南進が叫ばれ、植民地のなかでも台湾が重要な拠点として注目される一九四〇年という時代において、台南を舞台に、日台や新旧の価値観の対立を通して、伝統的な生活を送る台湾人の陳一家、新しい教育を受け植民地の現実に苦悩する清文、日台の狭間で苦悩する安子、日台の血を受けた娘清子らの、生き方や考え方を、台湾のリアルな現実として描いて見せた点にある。

しかし、好評の一方で、これが本当にリアルな台湾なのだろうか、という疑問は残る。

多くの台湾の読者が『陳夫人』を好意的に迎える一方、中村哲は『陳夫人』について、「素材は甘く、手法は常套的で、事変前上海あたりから送られて来た支那映画の家庭悲劇をみるやうな感じ」だと指摘し、「人道的な思想」がある点に一定の評価を与えながらも、「思想は甘く、つつこみが不足」だと論じた（「昨今の台湾文学について」『台湾文学』第二巻第一号、一九四二年二月）。中村は「座談会　文学鼎談」（竹村猛・松居桃楼と、『台湾文学』第二巻第三号、一九四二年七月）でも、「台湾に住む者として現実的でない」、「甘い」と厳しい評である。

より具体的に、『陳夫人』に鋭い批判を加えたのが、台北帝大土俗人種学教室にいた、社会学者の陳紹馨《しょうけい》（一九〇六―六六年）である。陳は「小説「陳夫人」に現れたる台湾民俗」（『民俗台湾』創刊号、一九四一年七月）で、台湾の社会や民俗をあつかう庄司の「真摯な態度と建設的な精神」は、現在の台湾では稀なもので、「本島人間においても「陳夫人」が相当好感を有たれてゐるのはそのため」だとする。しかし、『陳夫人』への関心が「主としてその題材的方面に集中」しており、「南方政策の拠点東亜共栄圏建設の試験台としての台湾の生活を描いたものとして時局柄関心をそゝつてゐる事は見のがせない」と、少なくとも時間の経過した現在から『陳夫人』を論じる場合には欠かせない観点を、一九四一年の時点で提示する。

陳紹馨は、作者の態度は「我等の充分買ふ処」だと譲歩しながら、数々の問題点を指摘する。描かれている台湾人は「結構な御身分の世界」である。「汗くさい生活のにほひは微塵だに感ぜられず」、実は本島人百姓の大部分の世界では、「生きんが為の真剣な努力が日々くりかへされてをり、筆舌で尽し得ない幾多の切実な問題が控えてゐる」にもかかわらず、ちっとも触れない。「存在理由の消失しつゝ、ある百万長者の大地主を以て現在の台湾を彷彿せしめる」のは、「一つの過誤」である。ここには、東北帝大で社会学を学んだのみならず、一九三六年から高雄で父の農場経営を手伝っていた陳の、犀利な批判の眼が光る。

あるいは、作中大家族のなかの蓄妾制度を描いているが、「蓄妾制度は何も台湾固有のものでなく、文明国の歴史に厳然存在したもの」で、しかもすでに台湾では、「旧い蓄妾が一応姿をかくした——消滅したのではない——がその代償或ひは反動として近代的な私通や売笑制度がすばらしい大発展」をしている現状がある。つまり、「姿をかくした蓄妾制度を看過し、澎湃《ほうはい》たる近代的な売笑制度を放置しておきながら、ひとり所謂蓄妾制度を罪悪視するのは、あまりにピューリタン的な矯風会《きようふう》的なイデオロギー」だと指摘する。その結果『陳夫人』は、「レアリズムの存在しない理想主義」になりかねないとの危惧《きぐ》を表明する。

もっとも辛辣な批判は、陳紹馨が「主要テーマ」と見る、「内台共婚」に対するものである。安子は「物好き」にも本島人に嫁ぎ、その社会に投げ込まれ、不便と憂愁を味わう。「併《しか》し彼女は後悔する様子もなく常にそのまはりを善くして行かうとの温い心に満ちてゐる」。夫としっくりこないときもあるが、「個人の安易を捨て、国の為自ら進んで困苦の渦中に身を投ずる。そして身を以て低いもの弱いものを引上げてやる」という、「日本精神の精髄」、「聖業を完遂せしめる原理」は、安子の血管を流れる血である。安子は「誠にゆかしいと共に雄々しい心情」の持ち主である。

しかし陳が、「日本人の天職」は「一個人の安易を捨て、国の為に新天地の開拓に身をさゝげる」、否、今はもっと広く「東亜新秩序の建設にいそしんでいる」のに対し、「欧洲人が植民地を開拓するのは、母国人が骨を折らなくとも安楽に暮すことが出来るやうにする為であり、謂はば蜜蜂を飼ふが如き仕事」だと指摘するとき、そこに痛烈な皮肉が潜んでいることがわかるだろう。善意の固まりのような安子こそ、実は「蜜蜂を飼ふ」のにいちばん長《た》けているのである。

以上のような批判は、『陳夫人』第二部を論じた、「小説「陳夫人」第二部にあらわれた血の問題」（『台湾時報』第二百七十六号、一九四二年十二月）では、慎重ながらもより直接に表現される。台湾の伝統的な「景物」を広く描きながら、「有機的な台湾の生活の一片が浮び上つてゐない様に思はれる。体臭鼻をうつ様な台湾の一片ではない」と手厳しい。たとえば、作中描かれた「鳳梨〔＝パイナップル〕産業」について、相当勉強し研究してはいるものの、「「陳夫人」の中では生きてゐない」、「鳳梨を作る百姓なら誰も知つてゐることを作者が間違へてゐる」と批判、描かれたのは「山野に在る鳳梨農場ではなくして寧ろ何処かの実験室又は標本室の様な感じがする」と述べる。このような批判を可能にしたのは、陳紹馨が日本に留学し、東北帝大で社会学を学びマルクス主義に親炙していたこと以上に、一九三七年の帰国後、高雄で農場経営に関わりパイナップル畑なども所有し、台湾の農民や民俗に深い関心を抱いていたことが大きいと思われる。[31]

陳紹馨は第一部への批評で、庄司に対し、「作者はもつと物質的な汗くさい世界に下降して来なければならぬ」と期待し、また結びでは、「我等はもつと事実を正視しなければならない」とした。ここには、安易に『陳夫人』に好意を抱く台湾人作家たちへの訴えも、込められているのではなかろうか。この評論は、金関丈夫（一八九七―一九八三年）・池田敏雄らが創刊した『民俗台湾』創刊号の、実質的な巻頭論文でもある。編集者の意図も、ある程度はここに重ねられているのではないだろうか。

四 「題材」としての台湾――日中戦争下の文学

一九四〇年十一月、『陳夫人』第一部を発表するまで、台湾を舞台にした小説の一篇もなかった庄司が、突然台湾の古都、自らの育った台南を舞台に小説を書いたのは、いかなる理由があってだろうか。

庄司没後、妻の野々実は、一九三一年夏の新婚旅行で初めて訪れた台南の思い出を記している。

彼のふるさと、かつて彼の未熟な肉体が、植物のように成長した土地。私の胸に温められ、夢にまで想像の翼を拡げさせた彼の幼年時からの生い立ちの地、暁のまばゆい光の中に、幻影のように、私の脳裡に浮んだ南の島の台南市を私達は歩いていた。さわやかな緑の葉群の中に、その葉群よりも大きなくれないの花群となってその花は咲いていた。その太く年経た鳳凰木の並木路を歩きながら、私は胸を高鳴らせていた。

新郎がかつて通った教会へと向かう庄司夫妻が、「本島人のブルジョア」の邸宅の前を通ったとき、庄司は、そこには家族が五十人もいて、内地人の夫人がいると語った。「本島人のブルジョアの生活や内台結婚などに彼は深い関心を抱き、いずれ小説に書きたいなどと私に語っていた[32]」。しかしすでに見たように、『陳夫人』まで、庄司には台湾を描いた一作もない。関心があったにしても、それが実際に自身にとり格好の題材になると考えたのは、『陳夫人』を書き始める直前のことではなかろうか。

庄司自身は『陳夫人』文学座公演パンフレットの「原作者の言葉」に、次のように記す。

『陳夫人』を書き上げるのに私は丸一年かかった。（中略）ただ構想数年後云々《うんぬん》といった、よくある本屋の広告などとは違った意味で、私はこのテーマを随分前から考えていたものだった。

小説を書きかけの二十代の頃から、すでに私は異民族間の結婚――私の場合にはいうまでもなく内台結婚――というものに対して芸術的な興味を惹かれていた。けれども当時にあっては、私のその主想は極めてぼんやりした薄弱なもので、その後、それを思い出しては忘れ忘れして来た。そこへ今度の事変が来た。急に私はどうしても書かないでいられない気持になった。パールバックその他の支那を扱った作品に刺激された点はもちろん否めないけれども、私は私なりに内燃する精神によって書いたのだ。若い頃豊かで美しい葡萄を搾《しぼ》った汁の澱《おり》は、いま忽然として泡立ち醗酵した。[33]

庄司は『陳夫人』のある版のあとがきでも、「時と年令とそれから社会の大きな変化が、急遽《きゆうきよ》私を私の古里に帰らせました」と記している。[34]

『南の枝』（東都書籍台北支店、一九四三年十月）は、庄司が一九四三年の二月から、文学報国会会員として、戸川貞雄（一八九四―一九七四年）・丹羽文雄らとともに、台湾を北部から南部、東部まで講演して回った際の記録、「旅心片々」を収録している。旅途、『陳夫人』の舞台、台南も訪れた。庄司は台湾を、「私の成長の歴史であり心の地図」と呼びつつも、次のように述べる。

台湾の文学仲間は私の渡台を知ると、「彼が台湾に来る」と云はないで、「台湾に帰つて来る」と話合ふさうである。それを聞いて、私はむしろ面映《おもは》ゆかつた。彼地《かのち》に取材したたかだか一篇の小説――それも善意こそあれ、幾つもの誤りをさへ犯してゐる――を書いたといふだけで、台湾のために何ら積極的にいゝことをしてゐない自分が愧《は》ぢられるのだ。

『南の枝』（二〇頁）

写真 3-4　開元寺

確かに、『陳夫人』以前、庄司の小説には台湾の姿がほとんど見られない。阿久見謙名義の最後の作品「土と光」で、主人公の母今野豊子が、「大戦後の好況時代に台湾で医者をしてゐた」夫のおかげで、「植民地の華やかさに馴れた」人物として、「台湾」

が初めて登場するくらいである。『南の枝』では、「こ、は私の古里だ。何も彼も知りすぎてゐる」（八一頁）と語る台南に対し、時局ということを差し引いても、幼いころの思い出や、家族、学校の仲間たちへの思いといった、育った土地に対し普通に抱く感情以上には、特に愛着など見せていない。庄司は台南に対し、自然の風致は「無味単調」で、文化施設に乏しく、区画整理などで街の外見は変わったが、市の文化は一向に向上していない、と辛辣である。

写真 3-5　孔廟

要するに、台南の長所も短所もその旧《ふる》さにあるのだと思ふ。（中略）その旧さに対してとくべつの自覚も誇りももつてゐないのがまた不思議である。云ふまでもなくここは台湾文化の発祥地で、オランダ人の城址赤嵌楼や安平ゼーランヂヤ城址をはじめとして、五妃廟、開元寺、孔子の文廟、関帝の武廟等、歴史の足跡はいまなほ消えずに残つてゐる。ところで、私は小学校から中学へかけて、紋切型の退屈な歴史の講義に屡々《しばしば》居眠りをしたことはあつても、先生からそれらの遺跡に連れていかれ、親しく歴史の息吹に接した覚えは一つもないのである。（中略）

けつきよく、台南といふところは旧い歴史を持つてゐながら、はつきりと伝統主義に立つてもゐないし、かといつて建設意欲の

写真 3-6　祀典武廟（関帝廟）

新鋭さにも乏しいやうだ。表面はどうあらうと、その底では、時の推移や事象の変化に対して一種無関心無感動であり、大様で生ぬるい不思議な性格を帯びてゐる市である。だから、たとへ新清な思想や激しい実践力を持つ人がここへやつて来ても、廻る独楽《こま》が動かぬ壁にでも突当つたやうに忽ち跳ねとばされるか、或は無刺戟な空気のなかで自然と回線が緩《ゆる》んで止つてしまふにちがひない。そして、「台南は台湾のどこよりも住みよい」ところになるのである。

『南の枝』（八七―八頁）

『陳夫人』は、尾崎秀樹の言うように、「時代的・社会的背景、風俗の断片にいたるまで、それらはすべてかつて台湾に育った作者庄司総一が、親しく目撃し、体験した事実だった」。しかしだからといって、「彼にとって、一度は描かなくてはおれないテーマ」、「国策的な要請とは別に、台湾に育った作家の一人として、書きのこさなければおれない問題だった」かどうかは、いささか疑わしい[35]。『陳夫人』以前の作品を見る限り、作家として認められたい、世に出たい、スポットライトを浴びてみたいという憧《あこが》れや模索の跡はうかがえても、『陳夫人』にいたる一貫性は見えてこないのである。

一九三七年十月に「土と光」を発表後、三八年は『新青年』に二篇の娯楽小説を発表したのみで、何も書けていない。当然焦りはあったろう。しかし、三七年七月の日中開戦と、南方への戦線の拡大、三八年十一月の「東亜新秩序」声明、南進の声の高まり、そして文学の方面では、戦地へ派遣された特派員作家・従軍作家部隊の活躍や、戦争文学・大陸開拓文学の隆盛は、実は自分にも書くことのできる、そして周りの作家には決して書けない題材を一つ持っていることに気づかせた。庄司に台湾を描かせたのは、台南での幼き日々の経験が根底にあるにせよ、何とか話題作を書いて一線の作家になりたいという焦り、そして三七年の日中全面戦争勃発により、南方の植民地台湾が創作の題材として大きく浮上してきた、ということではなかろうか。

もちろん、『陳夫人』を形作る要素は複数ある。「阿久見謙」のペンネームを捨て、本名の「庄司総一」を用いた最初の作品は、『陳夫人』の直前、一九四〇年九月に発表した「悪夢」である。前作「土と光」から三年ぶりのこの作は、筆名を本名に戻した庄司にとって「捲土重来《けんどちょうらい》」の一作だった。[36] 主人公の外科医殿村と、戦死した友人秋庭の妻澪子《みおこ》の、友人関係を超えた感情のやりとりを描く短編だが、注目したいのは、戦死した秋庭の人物造型、及びその妻澪子の、秋庭の家庭における位置である。

殿村と澪子は、秋庭の出征前から、ただならぬ親しい関係にあった。その理由としては、「蒼白《あおじろ》きインテリ」秋庭には、妻以外に想う人があったこと、また秋庭の家庭の不和がある。秋庭の父虚堂は画家で、その妻豊は後添え。秋庭は先妻の子で、後妻豊には二人の実子があった。そのため、「家内はとかく不和であった」。その不和の理由には、新旧価値観の対立がある。上野の音楽学校に在籍したことのある後妻豊は、「崇高な芸術」である「西洋音楽」を有難がり、夫虚堂の愛好する義太夫《ぎだゆう》や浪花節《なにわぶし》を馬鹿にする。波風を立てまいと卑屈な父、見栄坊《みえぼう》で負けず嫌いの義母、腺病質で勉強のできない弟、気位ばかり高い妹。そして、勉強はできるが、内気で目立たない、「荒波を乗り切る力強いものは、彼の何処を探してもなかつた」、妻に小説を書いてはと勧められても、「俗悪に通じる不逞《ふてい》な魂の持合せのない彼は、現実の皮をひんめくる苛烈には堪へなかつた」、という秋庭……。そこに澪子が嫁いでくるのだが、「澪子が飛び込んで来たのは楽園ではなかつた」。

このような家庭内の、長兄と為《な》さぬ仲の母との葛藤、兄弟との対立、そこに入って来た嫁の苦悩、根底に横たわる新旧の価値観の対立は、『陳夫人』とそっくり共有されている。「悪夢」ではこれら家庭内の葛藤は正面から描かれているわけではないが、構図そのものは、『陳夫人』の雛型になっている。そしてこのような、頼りない知識人、その妻、妻の愛人との三角関係といえば、同時代の話題作、石坂洋次郎の『麦死なず』を思い浮かべずにいられない。

第三次『三田文学』でもっとも華々しい成功を収めたのは、文句なしに、一九二五年慶大卒業の石坂洋次郎（一九〇〇—八六年）である。戦前の代表作『若い人』は、一九三三年五・六月号から連載が始まり、断続的な掲載が完結するのは三七年十二月号で、五年間の長期連載である。発表当初から各新聞雑誌の文芸時評で激賞され、三六年第一回三田文学賞を受賞、前編が三七年二月に出た改造社刊の単行本はベストセラーとなり、映画化もされて、石坂の出世作となった。[37] 和木清三郎は、編集当時を回想して、「最も特筆しなければいかんと思うのは、石坂の「若い人」、あれは圧倒的な成果」だったと語る。[38] 庄司の短篇も、石坂の『若い人』連載と同時期に発表されており、同号掲載の場合は目次で両者の名がすぐ隣に並ぶ場合もあり、強烈な刺激を受けただろう。そして石坂自身が満足の作とした『麦死なず』（『文藝』一九三六年八月）は、人物関係の構図が庄司の「悪夢」と重なる。

『麦死なず』では、教師の夫が元教え子と不倫したのをきっかけに、妻アキはプロレタリア作家と関係を持つ。妻への複雑な思いや、マルキシズムの運動へのシンパシー、教師をしながら創作に従事する環境、作家志望の野心などがないまぜになって描かれる。石坂自身の生活に取材した、いわゆる「私小説」風のこの作品は、『若い人』と並び戦前の石坂の代表作となった。[39] 売れない作家志望者を戯画的に描く『麦死なず』は、庄司の一九三七年四月発表の「肖像画」に影を落としていると思われ、「筆をとり得べき夜の時間を中学生のやうに、英語教授に通つて潰しさへしてゐる」作家の焦燥にそれは顕著だが、のみならず、「悪夢」の三角関係にも響き、そこから『陳夫人』へとつながっていくのではなかろうか。『陳夫人』も、プライドばかり高くて実行力がなく、植民地台湾の政治や文化の向上を目指す文化運動にも中途半端な共感しか持てず、煮え切らない清文の心理はもちろん、義弟瑞文から何度も迫られ、揺れ動く安子の内面が日記の形で記されるなど、夫婦間の危機の問題を描いている。

しかし以上は、あくまで夫婦という問題設定についての影響関係で、庄司が『陳夫人』で台湾を舞台とするには、さらに別に力が働いたことを考えねばならない。一九三七年七月、日中全面戦争の勃発と、それに伴う戦争文学や開拓文学など、大陸の戦地や植民地、日本の勢力が及ぶ海外を舞台とした作品の登場である。

日中開戦の一九三七年末の段階では、森山啓（一九〇四―九一年）が時評で、時局から距離を置く文壇の現状を、「作者及び読者として、もちろん戦争に大きな関心を持ちながら、一方、（中略）「政治」の現実に対して文学においてまで直面することを好まぬといふ心理が、相当広汎に又根深く存してゐる」と解説していた（「本年度の小説」『文藝』一九三七年十二月一日）。特派員として上海の戦地を見てきた榊山潤は、帰国して、「わが文学者の営みの、あまりに平静であるのにむしろ感嘆した。創作の上に現れたこの静観主義、いひかへせば無関心といつていいほどの態度が、文学者の覚悟と称すべきものであらうか」と嘆き、「新しい日本、明日のわれら民族のよりよき共存のために、もつと鋭い目を向けて当然なのではないか」と叱咤《しった》するほどだった（「文芸時評（2）文学者の覚悟　自慰的思想を脱せよ」『報知新聞』一九三七年十二月五日）。

ところが一年後の、一九三八年末になると、阿部知二《ともじ》（一九〇三―七三年）は、「文芸時評（1）文学の『新大陸』文運隆昌を顧て感銘あり」（『東京朝日新聞』一九三八年十二月二十七日）で、「眼の前に「戦争」といふ現実があらはれ「大陸」があらはれてきたばかりではなく、国内の社会生活、また個人生活にも、思ひがけぬほどの事実が、矢つぎ早《ばや》に立ち現れてきた」と語り、「現代の日本人が、「大陸」を新に発見したやうに、内部の新大陸、精神の新大陸を発見する」ことを求める。「新大陸」、つまり時局に即した素材や方法が、文学の価値を決定する時代が来たのである。

一九三七年の日中開戦以降、戦争文学が一世を風靡した。開戦後すぐに尾崎士郎や林房雄・石川達三らが特派員として戦地を視察し、翌三八年八月には久米正雄や菊池寛・佐藤春夫・丹羽文雄・林芙美子らがいわゆるペン部隊として出発、戦記の執筆や報告の講演などが盛んになされた。出征した火野葦平《あしへい》(一九〇七―六〇年)の従軍記『麦と兵隊』(改造社、一九三八年十月)が爆発的に売れたのを機に、上田廣《ひろし》(一九〇五―六六年)の『黄塵』(改造社、一九三八年十一月)、日比野士朗(一九〇三―七五年)の「呉淞《ウースン》クリーク」(『中央公論』一九三九年二月)などの戦争文学が流行する。『昭和文藝時評大系』の一九三八、九年の巻を開くと、当時の文芸時評の多くが戦争文学を話題にしていることがわかる。たとえば、当初この流行に懐疑的だった川端康成(一八九九―一九七二年)でさえ、「今日最も力強く新しい文学精神を孕《はら》んでゐるのは、言ふまでもなく、上田廣氏や火野葦平氏等の戦線の報告的作品」だと述べた(「小説と批評　文芸時評」『文藝春秋』一九三九年五月[40])。

戦争文学と軌を一にして、大陸や南方進出を唱える国策文学が登場、一九三九年一月には大陸開拓文芸懇話会、十月には海洋文芸協会が誕生した。そんな中で佐藤春夫は、旧知の中国の作家郭沫若と郁達夫をモデルに、のちに郁を激怒させた露骨な国策小説、「アジアの子」(『日本評論』一九三八年三月)を書く。そして三〇年代から文学の新しい領土となりつつあった植民地文学が、日中開戦を境に勢いを増す。川村湊の台詞を引用すれば、「〈満州文学〉は、日本の近代文学、昭和文学の鬼子であったというよりは、その嫡子《ちゃくし》であったというべきだ。昭和文学の一つの傍系のエピソードなどではなく、本気で演じられようとした真剣な舞台であったと考えるべきだ[41]」。「昭和文学の鬼子」であったのは、むろん満洲の文学だけではない。台湾や樺太・朝鮮・南洋群島などの植民地、さらに日本が進出していたアジア各地を題材とする文学も同じである。和泉司は龍瑛宗「パパイヤのある街」（『改造』一九三七年四月）を論じるなかで、三〇年代の中央文壇には、植民地出身の作家を新たな文学の領域の書き手として求める傾向があったことを論じている。[42] 三七年の開戦以降、満洲の文学を筆頭に、日本の進出した海外や植民地を舞台とする、戦争文学を中心とした「海外進出文学」（池田浩士[43]）の存在感が、顕著となるのである。この文学の「新大陸」の発見者の一人になれる資格を、台湾で育った自分が持つことに、庄司は気づいたのではなかろうか。もちろんそれは庄司だけではない。「南方郵信」（『文学界』一九三八年四月）などで芥川賞候補となりながら、兄の戦死や真杉静枝（一九〇一—五五年）との恋愛で疲れていた、台北高等学校で学んだ中村地平《ちへい》（一九〇八—六三年）が、三九年、真杉とともに台湾へ取材に向かった動機にも、時代の影が差しているのではなかろうか。

さらにもう一つ、庄司総一が『陳夫人』で台湾に取材するきっかけとなったのではないかと推測されるのは、庄司の専門だった英文学の影響である。『陳夫人』第一部発表後すぐに『三田文学』誌上に書かれた、書評「新刊巡礼」（一九四一年一月）は、この作品の位置を鮮明に描いてくれる。植民地文学にもかなりの見識があると推察されるこの短文の筆者は、台湾を描いた作家として、中村地平や真杉静枝、さらに佐藤春夫を挙げ、次のように述べる。

「陳夫人」の価値は題材が特異だといふ以上のものがある。（中略）古く佐藤春夫氏の「女誡扇綺譚」の如きも浪漫主義的作品で詩的な幻想の領域に止つてゐた。しかるに、庄司氏の「陳夫人」は真に台湾の現実《リアル》に――直接その生活と民族思想の中に飛び込んでいつた。南方植民地を描いた長編小説はこの「陳夫人」を以て嚆矢とする所以《ゆえん》である。（中略）

英国の一流作家E・M・フォスターに「印度への渡航」（＝『インドへの道』）といふ著名な小説がある。これは民族的偏見が牢乎《ろうこ》として抜《ぬ》くべからざるものであり、英国人と印度人の融和協調も民族の血といふ一線を乗越えることの不可能を示したものである。ところが庄司氏の「陳夫人」に於ける試みは、この民族的融合の最後の難関をも突破しようとする高い理想と烈《はげ》しいヒユーマニズムから出発してゐるのだ。この冒険的試みが解決に到達してゐるか否かはしばらく措き、ともかく植民地的地域の日一日と拡大していく我国の現状に於て庄司氏が重大な一つの問題を提示しただけでも大きい意義を認めなければならない。

筆者は『陳夫人』を「大地に深く根ざした亭々《ていてい》たる幹」と呼ぶが、庄司総一が果たしてどれほど「根」の深い構想を抱いて創作したのか、やや疑問が残るのは、これまで見てきた通りである。にしても、相当な覚悟をもって『陳夫人』に取り組んだことは間違いなく、そのきっかけの一つとして、英文学の刺激は充分に考えられる。庄司は『陳夫人』以前、オルダス・ハックスリー（一八九四―一九六三年）、ロナルド・ファーバンク（一八八六―一九二六年）の短編や長編、またエドウィン・ミュア（一八八七―一九五九年）の評論『過渡期の文学』（金星堂、一九三三年）を訳したりしている。また戦後すぐにはD・H・ロレンス（一八八五―一九三〇年）の伝記『ロレンスの生涯』（東和社、一九五〇年）を書いた。つまり、庄司が外国文学のなかで親しんだのは、ヘミングウェイ（一八九九―一九六一年）やフォークナー（一八九七―一九六二年）をはじめとするアメリカ文学と並んで、イギリス文学であり、なかでもそれは一八八〇年代から九〇年代に生まれ、一九二〇年代から三〇年代に活躍していた作家たちである。E・M・フォースター（一八七九―一九七〇年）はこの世代の中心作家の一人で、代表作『インドへの道』は二四年発表、庄司が知らなかったとは考えがたい。

そしてもう一点指摘したいのは、庄司が「題材」の選択を重視していたのではないか、他にとりたてて長所のない自分は「題材」に賭けるしかないと思っていたのではないか、という点である。『陳夫人』以前の数少ない批評の一つ、太田咲太郎「文芸時評」（前掲）は、「馬鹿の天国」について、作者の筆は「この興味の多い豊富な題材」を充分生かせてない、にもかかわらず「この題材に堪能し得た」と論じていた。確かに庄司の小説の読みどころは、古めかしくはあるがショッキングな題材だった。庄司自身それを承知していたことは、「小説家」（『文学報国』一九四三年十月二十日）で、「内地の一女性と台湾本島人の結婚をテーマにし、漢民族の伝統とその亜流の文化を持つ台湾の風俗習慣を織り込んだ」という『黄夫人』（=『陳夫人』）は、「作品の文学的高さよりも、めづらしい題材が人目を惹いた」と自嘲していることからもわかる。

一九三九年末の時評で、窪川鶴次郎（一九〇三―七四年）は、大陸開拓文芸懇話会をはじめ数々の団体が出現し、「肩書で呼ばれるやうな作品」が目立つ一方で、反発が起きた結果、「芸術派」と「素材派」の対立が生じた、と論じている（「本年度文学の外観　感情の通俗化」『中央公論』一九三九年十二月）。これに照らし合わせれば、かつての「芸術派」庄司は、「歴史的大変換」を前に、「貧しいながら積み上げて来た技術と思想の堆積がガラ〳〵と崩れてしまったやうな気持」に囚われながらも（「小説家」）、「素材派」へと転身することをあえて選び、意図して台湾に取材した、ということではなかろうか。

　以上のように複数のきっかけが絡まって生まれた作品で、必ずしも深い用意の産物ではなかったにせよ、『陳夫人』は作家の予期を超える好評をもって迎えられた。先の「新刊巡礼」が極めて好意的に紹介してくれただけでなく、『三田文学』一九四一年四月号には、通文閣による「忽ち十版」との広告が掲載され、慶應義塾長小泉信三の書簡が引用されている。「読後の所感として、第一に三田の仲間に斯《か》かる力量ある作者の現れたることは何より喜ばしく存じ候　作の出来栄えは全篇を通じて張弛あるを免れずと雖《いえど》も、あれ丈《だ》けのものを書き、且《か》つ読ませる力は非凡のものと存じ候」と絶讃である。新潮社文学賞における佐藤春夫の選評や、後の大東亜文学賞受賞における久保田万太郎の言葉と併せ、雌伏《しふく》の長い庄司には、さぞ嬉しかったろう。ただし、ここでもまず称讃されているのは、「題材は小生の最も興味を感ずるところ」というように、内地人にはなかなか描き出せない台湾の「本島人の日常生活とその思想感情」を描いている点だった。

　村上文昭が、『陳夫人』は「当初は日本の国策的な日台融合を意図したものではなかったはず」と論じているように[44]、庄司には、少なくとも第一部執筆までは、国策に添ったものをとの意図はなかったと思われる。そもそも評価されるかどうかについて、何ら勝算のなかったことは、作家になれない己れを自虐的に描いた「肖像画」の、受賞後版ともいうべき、「小説家」の、「青木周一はみかけよりも、内心づつと焦つてゐた。辛うじて……実に辛うじて当時彼は、小説家として芽が出かかつたのであるが、どうやらそのままちぢかんでしまひさうな気配があつた」という、『陳夫人』発表から一年経っても自信を持てない自画像に現れている。

ただし、「題材」として台湾を選ぶかどうかは、あくまで庄司の自主的な選択である。三田派の後輩である野口冨士男（一九一一—九三年）は、『感触的昭和文壇史』で昭和十年代について、満洲事変のころにはまだ戦時という意識がなかったのはもちろん、日中戦争が始まっても、戦争とそれに付随する言論圧迫の脅威はさほど感じなかったとする。「戦争の時代に生きるとはこういうことかと骨身にしみて思い知らされたのは、太平洋戦争突入の直前」からにすぎず、それまでは「文学者の活動にはまだかなりの自由があった」。日中開戦後、「国策追従——当時の言葉でいえば、「バスに乗り遅れるな」という合言葉によって代表される便乗的な態度を自発的に執った者はすくなからずいても、命令ないし強制はさして強圧的なものではなかった[45]」。

『陳夫人』第二部が、太平洋戦争の進展に伴い、国策的な色合いを濃くしていることは間違いない。新聞に掲載された通文閣の広告の、「大東亜共栄圏、殖民地域の拡大した秋《とき》、本島を書いて日本人及殖民地人の考ふべき多くの重要な問題を提示する」との文言（『読売新聞』一九四二年十二月三日朝刊）や、「民族の融和を身を以て示せる日本婦人安子の愛と忍従の建設的生活史」（『読売新聞』一九四三年九月四日朝刊）との文言に、それは如実である。また、楠井清文は、第二部には、「南進の拠点として

「大東亜共栄圏」下で指導的な役割を果たしていくことが、〈〈台湾〉という、引用者注〉その文化的アイデンティティ創出の帰着点だった」、「〈台湾〉という文化的アイデンティティが、当初は植民地支配下の政治的独立に替わる地位向上のシンボルとして用いられながら、やがて自発的な動員の論理に転用され」ていったことがうかがえる、と論じる。[46]

台南を舞台に文学作品や歴史研究を発表した作家や研究者、佐藤春夫・前嶋信次・西川満らと、庄司総一は、その描いた台南像において、大きく異なる。佐藤らがそれぞれの角度から、台湾随一の古い歴史を誇る台南という街をロマンチックに謳《うた》い上げたのに対し、庄司は中学時代を過ごした台南に対し、ロマンチックな思い入れなど持ち合わせなかった。しかし「大東亜共栄圏」というロマンチシズムに便乗した『陳夫人』には、「レアリズムの存在しない理想主義」（陳紹馨）があったことは否めない。それは庄司が、時代の潮流に棹差《さおさ》す「題材」として植民地台湾を選んだ時点で、定められたことだろう。

庄司は「小説家」で、『陳夫人』第一部を書いてすぐの心境を、次のように描く。「この波に青木は乗るべきだつた。事実、彼はさういふ俗気《ぞくけ》をたつぷり持つてゐたにもかかはらず、むざむざと機会を逃してしまひ、その後ぼやぼやと日を過ごしてゐた。慢心などではさらさらなかつた。書きたいと思ひつつ、書けなくなつたのだ。青木はもう三十五であった」。父重体との報に、台湾へ駆けつけたものの、東京での生活や続編執筆が気がかりで、長年経済的に支えてくれたのみならず、庄司の才能を信じて励ましてくれた瀕死の父が、「周一、お前もいよいよ物になるね。（中略）早く東京に帰つて、しっかりやってくれ」と泣くのを尻に、土砂降りの雨のなか、駅へと向かう。

ここで描かれた、作家としての将来に対する不安は、戦後、残酷なまでに的中することになる。

五　大東亜文学賞作家の戦後――「文学的横死」

戦後の庄司総一は、再び脚光を浴びることもない日々へと戻った。『残酷な季節』（早川書房、一九五三年）、『聖なる恐怖』（作品社、一九五六年）などは注目されることもなく、創作の単行本としては他に、遺作『ばら枯れてのち』（中央企画社、一九七一年）があるのみである。夫総一への深い哀悼に満ちた、妻野々実の回想的伝記『鳳凰木』は、戦後自信を喪失した庄司を次のように描く。[47]

五年間疎開している間、彼は自分がすっかり作家としてジャーナリズムに忘れられた存在であることを認識しなければならなかった。（中略）めまぐるしく変遷をつづけてゆく戦後の社会風景の中で、文壇にがっちりと足を踏み入れていなかった彼にとって、過去の一度の文学賞受賞などはあまり意味のあるものではなかった。上京後雑誌社に原稿を持ちこむごとに、彼は幾度苦い杯をなめねばならなかったことだろう。それは私だけの知る彼の深い苦悩であった。そして彼のような繊細な感情の持主である作家が、あまり社会的意識に拘泥《こうでい》する時、迷夢がそこに彼を待っていた。「文学

とはいったい何だろう?」(中略)

深い深い森の中へ足を踏み入れた彼は、ただその中を際限なく迷い歩く旅人に似ていた。

そうした迷いの森の中で時折あの時のことを考えていたに違いない。

華やかな輝かしい受賞の時の光景! 文壇の一員としてデビューしたと認識した時の夢のような恍惚の瞬時、それは大東亜文学者大会の席上での賑やかな追憶の一場面であった。

でもあのときの栄光は彼にとって一瞬の燃える火花に似ていた。華やかに打上げられ消え去った夢のような束の間の幸運の後は虚しさが彼の深奥を包囲していった。彼は幾度その花火に幻惑される夢を見たことだろう。

一九五二年一月、「追放人」(『三田文学』一九五一年十月)が芥川賞候補となったが、受賞したのは一回りも年下の、戦後に出てきた新人作家、堀田善衛《ほったよしえ》(一九一八―一九八年)だった。受賞作『広場の孤独』(中央公論社、一九五一年)は、戦後の知識人の不安を描いた、いかにも戦後派という「題材」の小説で、しかも堀田が慶應出身の三田派、つまり庄司の後輩というのは皮肉である。妻野々実は回想で、「彼の候補作は好評にもかかわらず受賞出来なかったのは不運であった。何故なら彼はもう一度ジャーナリズムに注目されねばならない立場にあったのだったから。しかし彼は当時四十も半ば近くであった」と嘆いた。[48]
庄司がわずか五十五歳で亡くなったとき、若き日にともに文学修業に励んだ北原武夫は、追悼文

（「庄司君の死」『三田文学』一九六一年十二月）で次のように語った。

戦後になって、「三田文学」が復刊すると同時に、（中略）主力メンバーとなって、彼は次々に力作を書いた。可なり評判になったものもあったが、もう一つ世間を動かす力が足らなかったのは、戦争中「陳夫人」を書いて、大東亜文学賞などを貰ったことが、定評好きな日本のジヤアナリズムに対して一種の災ひをなしてゐたせゐかと思はれる。それにまた、残念なことに、庄司君自身、いつもそのことを出し気にし過ぎてゐたせゐもあったであろう。

このことが示すやうに、庄司君は強い人ではなかった。（中略）彼には、大東亜文学賞を取ったのが何だ、そんなことが俺の文学の本質と何の関係がある、と踏んぞり返ることもできなかったし、また従って、戦争中に得たその文名をいいことに押し強く人に接することも、むろん出来る人ではなかった。

大東亜文学賞が、戦後の庄司にとって、一つの烙印として働いたことは間違いない。同じく三田派の野口冨士男も追悼文で、受賞を新聞で知ったとき、「何ということなく「まずいな」と思った」と回想する（「同時代者として」『三田文学』一九六一年十二月）。

もちろん、大東亜文学賞だけが庄司の作家としての生涯に災いしたのではない。北原が指摘するように、「肝腎《かんじん》のその彼の作品が、いつも過不足のない出来栄で、問題作といふやうな性質も持たぬ代り、人の眼につくやうな甚だしい悪作もなかったといふことが変な言ひ方だが、却《かえ》って彼には不運」だった面もある。庄司の小説には際立った個性が存在しない。また生来の内向的な性格か、謙虚さのゆえか、長い苦節の日々のせいか、『陳夫人』で時の人となっても、自身の創作に強い自信を持つことはできなかった。一九四三年の訪台の際に、歓迎してくれた台湾総督の長谷川清（一八八三―一九七〇年）から、わざわざ『陳夫人』の感想を聞かされたときも、「総督に自分の本が読まれたといふことが誇らしいのは云ふまでもなかつたが、それにも増して、私はふとなんだか怖いやうな気がしたのである。自分のあの作品が政治に抗ふほどの厳しさも欠き、政治をすつかり包容するだけの豊かさにも乏しいことは、私自身あまりによく知つてゐる」と漏らす。己惚《うぬぼ》れはもちろん、押し出しや図太さ、あくの強さからはほど遠い（『南の枝』前掲、三七―八頁）。妻野々実の回想からは、夫の才能に対する健気《けなげ》な信頼とともに、作家にしてはあまりな気の弱さ、蚤《のみ》の心臓に対する歯がゆさと、幾分のあきらめが切々と伝わってくる。

恐らくは個性や自信のなさの裏返しとして、庄司は同時代の流行作の後追いをしてしまう傾向があった。野口冨士男は戦後、自身より五歳年上の庄司が見せた、「戦後派的な作品展開」に対し、「賛成できなかったので、それを正直に言った」という。戦後派の作家は、椎名麟三（一九一一―七三年）や武田泰淳（一九一二―七六年）・野間宏（一九一五―九一年）など、多くが一九一〇年代以降の生まれで、比較的年長の大岡昇平（一九〇九―八八年）や、台湾生まれの埴谷雄高《はにやゆたか》（一九〇九―九七年）でさえ、庄司より三歳年下であり、多くは戦前には文壇作家としてのキャリアがない。一九三〇年代から創作していた庄司が、戦後になって戦後派の作風をおそるおそる真似ていると見えたことが、野口には苦言せざるをえないほどの弱点と見えたのではなかろうか。

妻野々実は、戦後の悩める夫総一に対し、回想で、「でもあなただけだろうか?」と問いかける。「どれほど多くの有能な作家達が、昔から一度の栄光も得られず終わってしまったことだろう。あなたは一度でも勝ちとった誇りがおありですわ、生甲斐がおありでしたわ、何故、そんなに煩悶なさるのかわかりませんわ、もっと満足なさらなければ[49]」。

文学史に名を残さなかった作家の多くは、庄司と同じような生涯、あるいはたとえそれがその後の人生を傷つけることになったとしても、庄司のように栄光に浴する一瞬さえない生涯を送った。だが彼らの営為こそ、各時代の文学を形作った以上、結果として生き残った作家たちにばかり光を当てるのでは、文学というものが成立していた基盤は見えてこないだろうし、生き残った作家たちの文学的達成についても、現在の視点からばかりの分析や評価となりかねない。

野口冨士男は、消えていった作家たちへの哀悼に満ちた『感触的昭和文壇史』で、戦後における作家の交替に対し、次のような感慨を漏らす。

文学にかぎって言えば、時代の変貌に追いつくすべをみうしなって、生ける屍《しかばね》となった作家もあった。名を挙げることは控えるが、南川《みなみかわ》や私の仲間にも、一人いた。文学史は、歴史に名をきざんだ文学者の栄光の足跡だが、文壇史には非情の隙間風が吹きこむ。特に敗戦時は、花形作家誕生がまきおこした熱風とともに、寒風も強く吹きすさんだ。出る者の一方には、消えた者もすくなくない。そのことに口をぬぐった戦後文学史を、私はいい気なものだと思う。大岡昇平の『野火』における兵士や、武田泰淳の『ひかりごけ』に描かれた船員同士のモノガミー——人肉喰いは、文学の世界とも無縁ではなかった。優勝劣敗が、文壇の歴史である。[50]

庄司と同時期に文壇に出た三田派の作家たちも、息の長い活躍をした丸岡明をのぞき、充分にその力を発揮せぬまま人生を終えた。南川潤は疎開中に戦後を迎え、病気と負債と友人関係に悩んで急逝《きゅうせい》した。木村庄三郎は期待されながら筆がとどこおり、戦後は翻訳家として過ごした。原民喜は郷里広島で被爆、「夏の花」（『三田文学』一九四七年六月）などの名作を残して、自ら命を絶った。庄野誠一は戦前に病を得て療養後、編集者として文藝春秋社などに勤めた。戦後には横光利一を辛辣に描いた話題作「智慧の輪」（『文体』一九四八年五月）があり、「この世のあるかぎり」（『文学界』一九五二年五／六月号）は芥川賞候補ともなったが、大成しなかった。

無数の作家たちの「文学的横死」について、高見順は次のように語る。

作品の腐蝕が作家そのものの腐蝕となって、いかに多くの作家が文学的横死を遂げたことか。その累々たる死屍《しし》を見るとき、私は冷酷に彼らを浅墓《あさはか》な流行追随者とさげすむことはできない。なるほど、「新しさ」ということが流行した。彼等のなかには、流行品を追うみたいに、「新しさ」を安直に手づかみにし、そしてインチキ新薬を飲むみたいに、似而非《えせ》「新しさ」を丸のみにしたため、その大切な文学的生命を失った者もあるだろう。だが、なかには、真に新しい文学的創造を、文学におけるオリジナルな「新しさ」というものを意欲しながら、その実現の困難さの故に、中道で挫折した人もあるだろう。もともと、そうした意欲は、極めて困難なそして危険な努力を作家に要求するものである上に、作家を取りまく文学的環境と現実的条件とが、その困難さ危険さをいよいよ強めているという点を見のがしてはならない[51]。

北原は先の追悼文で、「文学に志した彼の一生には、悪運とまではいへぬ或る微妙な不運が、ずっとつき纏《まと》ってゐたやうな気がする」と語る。しかし庄司の作家人生には、「不運」と呼んで済ませられないものがある。一九四〇年代前半、庄司はいったんは文壇の中心に出たのであり、庄司と交際のあった上田周二が指摘するように、「『陳夫人』のほうが『残酷な季節』や『聖なる恐怖』よりは作家としての庄司の資質に適していた」側面があったはずである[52]。作家としての力量の問題はあるにせよ、一九四〇年代前半という時代を引き受けた作家の一人として、庄司総一の文学は当時の「文学的環境や現実的条件」から、見直される必要があるのではなかろうか。

第四章

西川満「赤嵌記」の台南

——国姓爺物語と谷崎文学

一　西川満の台南訪問——「歴史のある街」

西川満（一九〇八―一九九八年）は、戦前の台湾文壇を代表する作家の一人である。福島県の会津若松に生まれた西川は、父が台湾基隆の炭鉱へ赴任するのに伴われて、一九一〇年に渡台した。台北第一中学校を経て、台北高校を受験するも失敗。二八年早稲田第二高等学院に入学し、三〇年早稲田大学仏文科に入学、三三年卒業した。幼くして文学を愛好し詩や小説を発表、また愛書趣味を発揮して雑誌や詩集を制作発行した。

一九三三年五月帰台、翌三四年一月から台湾日日新報社に勤め、文芸欄を担当した。また台湾愛書会の雑誌『愛書』編集に関わる。九月には媽祖《まそ》書房を創設、雑誌『媽祖』を創刊し、美装本を陸続刊行した（三八年日孝《にっこう》山房と改称）。三五年最初の公刊詩集『媽祖祭』を刊行、三七年には第二詩集『亞片』を刊行した。その詩業に対し、三八年に詩誌『文芸汎論《はんろん》』を刊行する文芸汎論社から、佐藤春夫（一八九二―一九六四年）の提案により、「詩業功労賞」が贈られた。また三四年六月に「城隍爺祭」

写真 4-1　日本統治期の台南市（白銀町通り、現在の忠義路、手前は台南郵便局）

（『台湾婦人界』第一巻第二号）を発表してからは、小説にも本格的に手を染める。抜群の筆力や、記者・編集者・作家としての人脈から、日本統治期台湾文壇の領袖の一人となり、三九年九月に台湾詩人協会を組織、詩誌『華麗島』を刊行した。これを改組して翌四〇年一月に台湾文芸家協会を設立し、『文芸台湾』を創刊、四〇年代前半の台湾日本語文学の黄金時代を演出した。[1]

写真 4-2　台南公会堂

台湾で長く暮らした西川だが、台南を初めて訪れたのは、文芸家協会の設立からまもない、一九四〇年一月十三日のことである。台南在住の新垣宏一（一九一三―二〇〇二年）らの招きに応じて、文芸家協会が同日に台南市公会堂で開催した「文芸講演会」に、台北帝大の比較文学者島田謹二（一九〇一―九三年）、画家の立石鐵臣（一九〇五―八〇年）とともに参加した。新垣の挨拶ののち、前嶋信次（一九〇三―八三年）を加えた四人が講演を行った。[2]夜には、西川・前嶋・新垣の三人で座談会を開いた。その模様は「座談会・古都台南を語る」（『文芸台湾』第一巻第二号、一九四〇年三月）に記されている。西川は冒頭、次のように語る。

永い間の希望であつた台南訪問をやつと実現し得て、なんだかほつとしたやうな気持です。私のやうに小さい時から台北で育つたものにとつては、観念の上では、昔の台湾が南から開けて来たと云ふことがわかつてゐても、実際にはどうもその考へがしつくりしなかつたのですけれど、今度この市街に足をふみいれてみて、はじめてやはり昔の文化は南から北へ及んだのだなあと痛感しました。〔中略〕先づ眼につくのは昔乍《なが》らの建築様式による白壁の多いこと、それから一寸したことですけれど、内地人の住宅などの塀にしてからが、皆古い台湾の俤《おもかげ》を残してゐることなど、しみじみ「歴史のある街」と云つた感じを受けました。〔傍線引用者、以下同じ〕

台南訪問の前に、西川には詩「安平《あんぴん》旅愁」(『台湾日日新報』一九三九年三月十二日。『新潮』同年八月に再掲)があるが、これは佐藤春夫「女誡扇綺譚」から着想を得て書かれたと思われる。座談会の翌日は、新垣らの案内で寺廟など名所旧跡をめぐった。この経験をもとに、約一年後に台南を舞台として書かれたのが、代表作の一つ、「赤嵌《せきかん》記」(『文芸台湾』第一巻第六号、一九四〇年十二月)である。案内役を務めた新垣宏一は後年、「赤嵌記」について、自伝『華麗島歳月』で次のように回想した。[3]

台北で西川満が詩から小説を書くようになった頃、私はこの台南の風物歴史を見せて、『文芸台湾』の存在を広く伸ばそうと考えて、台南の地に来遊をすすめました。そうして西川満、島田謹二先生、立石鉄臣などが呼び掛けに応じて台南にやって来ました。〔中略〕私は台南や、安平の町をいろいろと案内しました。これは確か昭和十四年一月の事と記憶します〔新垣の記憶違いで、西川の台南来訪は昭和十五年、一九四〇年一月)。西川の『雲林記』や『赤嵌記』などの傑作が、この時の取材によるものです。(中略)西川は、台南の市内諸所を歩き天后宮《てんこうぐう》や、陳氏家廟の寺廟や、台町米街、赤嵌楼、摸乳巷、などの街巷、露地をすっかり愛好したようです。

新垣の喧伝が実を結んで、西川の「赤嵌記」や、立石の見事なスケッチ「台南通信」(『文芸台湾』第二巻第一号、一九四一年三月)が書かれたのみならず、『文芸台湾』第三巻第二号(一九四一年十一月)では「台南特輯」が組まれ、國分直一・石暘睢《せきようしょ》・新垣らが筆を執った。立石は四一年正月台南を訪れた際の新垣の案内を、「叮嚀緻密で、遠来の客をもてなす態度に少しのゆるみも無かつた」と感謝した。

西川満は台南に来る前から、古都で教壇に立ちながら文筆活動を展開する、前嶋信次や新垣宏一の存在を承知していた。一九三九年一月の「台湾文芸界の展望」(『台湾時報』)には、「味読すべき好文章の名手」としての前嶋や、「台北帝大の生んだ教養深く、しかも感性に富む詩人」としての新垣への言及がある。西川の編集した雑誌『愛書』では、前嶋は早く第二輯(一九三四年十二月)に「赤崁採訪冊」を、第十輯(一九三八年四月)には「枯葉二三を拾ひて」を寄稿しており、面識の有無は不明だが、少なくともその筆力を承知していた。また前嶋は、西川編集の『台湾風土記』にも「ロティと澎湖島と天人菊《てんにんぎく》」を掲載した(巻之三、一九三九年十月)。

新垣とは遅くとも一九三六年には交流が始まった。西川が『台湾日日新報』に、ポルトガル人で日本に定住した文人、ヴェンセスラウ・デ・モラエス(一八五四—一九二九年)を論じた「書物放浪五〇おヨネと小春」（一九三六年八月十九日）を発表したところ、当時台北帝大生だった新垣から、即座にモラエスの墓の拓本が贈られた。西川は「『台大文学』の新垣氏より」恵贈を受けたと、続編の記事に記している（「モラエスの墓」『台湾日日新報』一九三六年八月二十二日）。三七年には、新垣が創刊に関わった『台大文学』の講演会を台湾日日新報社で行ったという。[4] また前嶋同様、新垣も『台湾風土記』に「台南の石亀」を寄せた（巻之四、一九四〇年四月）。前嶋・新垣の両者とも、『文芸台湾』刊行時、あるいは刊行まもなく、会員もしくは同人となった。[5]

西川満は「赤嵌記」発表後すぐの一九四〇年十二月、一年振りに台南を再訪した。直後に発表の随筆「赤嵌の街を歩いて」（『台湾日日新報』一九四〇年十二月十日）によれば、「赤嵌記」を書く前に再訪の機会を持てなかったが、未見の陳氏家廟を描写する必要があり、新垣に調査を依頼したという（よって、新垣『華麗島歳月』にはこの点も記憶違いがある。西川の陳氏家廟訪問は、「赤嵌記」発表後の、再訪の折のこと）。また再訪の折に、古版木を購入した。その交渉で通訳をしてくれたのが、「歴史館の石氏」だった。前嶋・新垣とも親しく交流した、台南の郷土史家、石暘睢（一八九八—一九六四年）である。当時石は台南市歴史館に勤めていた。西川は戦後に、石をモデルとする人物が登場する小説「恋と悪霊」（『神々の祭典』人間の星社、一九八四年）を書いている（語り手「わたし」は金関丈夫がモデルと推察される）。

西川満は翌一九四一年にも、台湾を訪れた春山行夫（一九〇二—一九四年）を案内して、五月十日に台南・安平を訪れ、台南神社やゼーランジャ城などを見物した。[6] 自伝年譜『わが越えし幾山河』には、「春山氏との旅は、台南の街の燃えるような鳳凰木の花と共に、生涯のよい思い出となった」と記されている。[7] このとき見学のプランを作ったのは、國分直一（一九〇八―二〇〇五年）だったらしい（國分「みかへりの塔」『台湾日報』一九四一年五月十八日）。このとき國分が春山に会っていることから（國分「風景と歴史　台南の街について」『台湾日日新報』一九四一年七月三十一日）、國分は西川とも、前年の座談会の折か、遅くともこのとき顔を合わせたと推測される。

本章では、日本統治期の台南を描いた小説として、「女誡扇綺譚」に次ぐ代表作と呼ぶべき、「赤嵌記」が書かれた経緯を論じる。台南・安平に荒廃の美と植民地の現実を見た「綺譚」に対して、「赤嵌記」は台南を舞台に、複雑な構成を用いて、歴史のロマンを描いた。本章では西川が「赤嵌記」を書く際に参照したと思われる、国姓爺物語との関連、及び「赤嵌記」の構成に大きな影響を与えたと思われる谷崎文学との関連について検討する。

二　一九三〇年前後の東京留学――プロレタリア文学・モダニズム文学・日本主義

西川満の文学活動は、一九二〇年、台北第一中学校（現在の台北市立建国高級中学）に入学して以降の、個人回覧雑誌の発行から始まる。中学時代に好んだ作家は、芥川龍之介・佐藤春夫だという（「台湾代表的作家の文芸を語る座談会」『台湾芸術』第三巻第十一号、一九四二年十一月）。芥川に対する敬意は、愛惜の念に満ちた「愛書遍路　澄江堂遺珠　思ふはとほき人の上」（『台湾日日新報』一九三四年六月七日）にもうかがえる。

西川満が一九二八年、早稲田大学第二高等学院に入学して以降の初期の文学には、三〇年前後の中央文壇で流行していた、プロレタリアとモダニズム文学の痕跡がくっきりと刻まれている。公刊された創作としては、『学友会雑誌』（第二早稲田高等学院学友会）第十八号（一九二九年六月）に発表した「湯女《ゆな》」が最初の作品と思われる。筆者は未見だが、当時の批評によれば、「可なり露骨なエロテイシズムに包んで山間の温泉宿を描いた」作品だったらしい（逸見広「創作選後短評」『学友会雑誌』第十九号、一九二九年十一月）。

つづいて同誌第十九号（一九二九年十一月）に発表した「鉄山丸は動いてゐる」は、プロレタリア文学全盛期という時代を反映した短編である。スコールの襲来を受けながら、台湾航路を基隆までたどりついた、鉄山丸の船員、ことに水夫たちを描く。機関室の火夫たちの労働を、「大洋のうねりにもまれながら、黒煙を吐いて彷徨してゐる此の老ひぼれた鉄山丸の、破れた心臓に向つて、彼等は盛に注射をしてゐる」と描写するあたり、素材・テーマはもちろん、文体のレベルでもプロ文に追随していたことがわかる。

西川の学生時代の活躍の場だった『学友会雑誌』第二十号（一九三〇年二月）には、「第二十号発行記念　学友会雑誌に就いての座談会」が掲載されていて、当時の文学青年の創作の傾向がうかがえる。西川が投稿する以前の編集委員の、投稿作に関する発言によれば、かつてはマルキシズム的なものが散見されつつも「昔文芸」が多かったが、徐々に評論などに「マルクス主義的なもの」が多くなり、「創作方面にもプロ文芸的な色彩を持ったものが多い」傾向へと変化した。西川が「鉄山丸」を書く直前は、「国粋的なものは余り無く、マルクス的なものが多く集ま」る状態だった。

一方、西川にはモダニズムの痕跡も明確である。のちの回想によれば、学生時代の、石版もしくは謄写版の詩集のうち、『硝子《ガラス》の花嫁』（一九三一年）は、現存しないものの「シュル・レアリスムの詩集」だという（「わが生涯の紙碑　西川満全詩集開板」[8]）。また百田宗治《ももたそうじ》編『詩抄』第二冊（椎の木社、一九三三年八月）には、西川の「夫人」「豹」「鷗」「海賊」「頽唐以後」が、台湾出身のシュルレアリスム詩人で、西川と同じく早稲田で学んだ饒《じょう》正太郎（一九一二―四一年）の詩と並べて収録されている。たとえば「夫人」は次のような詩である。


大昆布はゆらゆらと揺れてゐた。

夫人は潮流によろめき、カタゴニアの高原の上をあてもなく漂つてゐた。

夫人の唇は蒼ざめ、夫人の乳房は海盤車《ひとで》に侵蝕されて行つた。

瘠せた白い胴体は海鰓《うみえら》のやうに叢毛をくねらせ、昼も夜もないこの空莫たる暗澹《あんたん》の中で、夫人の褪《ママ》はもうすつかり煤《すす》けてしまつた。


朝。海上をすぎる一艘の商船があつた。

甲板で若い士官はレンズを合はせてゐた。

遙かなる海溝《グラーベン》の起伏の間に、彼は美しい経産婦《けいさんぷ》の骸《むくろ》を発見して、半旗の掲揚を命じた。

西川は一九三二年から百田宗治（一八九三―一九五五年）の詩誌『椎の木』に加わり、台南出身のシュルレアリスム詩人、楊熾昌《ようししょう》（一九〇八―九四年）も好んだ詩人の阪本越郎《えつろう》（一九〇六―六九年）らと交流した。翌三三年には、岩佐東一郎（一九〇五―七四年）・城《じょう》左門（一九〇四―七六年）の『文芸汎論』から声がかかり、毎号のように詩や短文を発表した。[9]西川は『文芸汎論』について、「大変売れるさうである。なかく評判もよろしい。（中略）詩人が原稿を集めてゐるだけのことはあつて、皆粒がそろつて詩の香気が高い」と褒めるように（「文芸時評　秋の雑誌から」下『台湾日日新報』一九三三年十一月二十五日）、積極的に関わっていた。三四年一月から台湾日日新報社の社員となり、文芸欄を設けて、最初に書いた記事も、「ダダイズムよりシュルレアリズムへの流れ」上下（一九三四年一月二十二／二十三日）だった。

西川が上京したのは一九二八年、時あたかも関東大震災後前後から勃興した新しい文学、プロレタリア文学とモダニズム文学が、絶頂期を迎えていた。三〇年前後の時代の流行は、雑誌『戦旗』に代表されるプロレタリアの小説と、『詩と詩論』に代表されるモダニズムの詩である。西川と生年が近く、同じく東京で学んだ台南出身の文学者では、呉新榮（一九〇七―六七年）はプロ文に、楊熾昌はモダニズムに傾倒した。台南一中出身、慶應義塾大学で学んだ庄司総一（一九〇六―六一年）はモダニズムに、台南一中・台北高校出身、京都帝大で学んだ國分直一はプロ文に親近感を抱いた。三〇年代前半に台北高校・同帝大で学んだ新垣宏一となると、すでにモダニズムは退潮期を迎え、プロ文は弾圧を受けて表舞台から遠ざかり、また植民地の教育環境や師事した教員の影響もあって、震災以前の大正文学に親しんだ。プロ文とモダニズムのいずれにも興味を示した西川は、流行に敏感な文学青年だったわけである。

また学生時代の遍歴には、国家主義への傾斜も含まれる。西川は早稲田第二高等学院に入学してから、「都の西北文芸観」（『台湾日日新報』一九二八年九月十日）なる記事を書いている。「近来文壇に於て著《いちじる》しく喧《かまびす》しくなつたのは何といつてもマルキシズム」だとし、これに一定の理解を見せて旧文学を否定しながらも、「赤化陰謀に進むのが新文学だとは少くとも我々には信じられない」と述べ、勃興しつつあった「日本主義」に注目した。東京滞在中、「当時、学生の間では、社会科学が全盛」だったが、西川は文学的にはともかく、思想的には第二高等学院在学中の一九二八年から、田中智学《ちがく》（一八六一―一九三九年）の創始した、日蓮宗系の国家主義団体「国柱会《こくちゅうかい》」に接近した（「わが生命わが青春こころのふるさと国柱会」[10]）。二九年には、田中智学の三男、里見岸雄（一八九七―一九七四年）の国体科学聯盟に関わり、科学的国家主義を提唱するようになる。[11]

西川は「国体意識の更新　暴風下の赤旗と国旗」上下（『台湾日日新報』、一九三〇年七月二十九／三十日）で、科学で理論武装した「赤化思想」が青年のあいだに普及し、猛威をふるうのに対抗して、「国体科学の円融弁証法的史観の上に成立」すると称する、「科学的国体主義」を提唱する。「我々は天皇中心の栄養体系を再現実化し、全民族歓喜充満の中に天業恢弘《かいこう》、八紘一宇《はつこうう》なる国民生治《ママ》の人格的目的に向つて共存共栄」するというもので、どのあたりが「自然科学的方法」なのか判然としないが、血気盛んなことはよく伝わる。

西川は自伝的な小説「孤雁」1―3（『台湾日日新報』一九四〇年四月六／七／九日）でこの前後の生活を回想し、学生時代は「芸術のための芸術」を軽蔑していたが、「卒業一年前、家事の都合上、ある事件から身を退くことになつたのを転機として、文学的に無為、苦悶の半年をすごし」、ランボー『地獄の季節』を読むことで「昇華」を得た、と記している。「芸術派」に転身後は、「うそのやうに昨日までの社会的な文芸作品に興味が持てなくなり、いつしらず芸術の小鬼と化した」。一九三〇年夏の台湾帰省を経て、国体科学聯盟とは縁を切ったが[12]、その思想に影響を残さなかったとは考えづらく、これが底流して四〇年代前半の言動につながると思われる。

以上から、西川満が時代の流行に相当敏感だったこと、後年の一読それとわかる西川節からは想像しがたいが、創作の方法においても紆余曲折のあったことがわかる。ただしかなり早い段階で、好奇の目を引く素材として台湾をあつかっていたことは確認しておきたい。随筆「媽祖廟の下で（台湾人の迷信考）」（『学友会雑誌』第二十号、一九三〇年二月）は、日本人の目から見た、台湾の漢族や原住民の奇習を描き、のちの台湾趣味豊かな創作の方向を予感させる。また『文芸汎論』には、寄稿を依頼される前と思われる一九三二年七月（第二巻第七号）、「驕」という詩を掲載している。

驕《キヨウ》にゆられて小南門を台湾少女がすぎて行つた。

夾竹桃の花は赤く、戎克《ジャンク》は春を積んでゐた。
僕は売られてゆく女の悲哀を反芻しながら水牛の様に太古を夢みた。

当時流行していたモダニズムの短詩を連想させる一方で、台湾の貧家の女性を苦しめた旧習「査媒嫺」を題材としたと思しきこの詩は、素材としての台湾を視野に捉えているが、まだ『媽祖祭』に代表される絢爛《けんらん》たる詩風には遠い。

西川の詩が台湾を素材に、独特の新奇な調子を帯びるのは、一九三三年の帰台後のことである。末尾に「台湾淡水港にて」と記された詩「胡人の書」（『文芸汎論』第三巻第五号、一九三三年五月）では、「紅毛城で。いまやわたしは一介の食亞片人。掌上に紅雪を降らして五夜を待つ。銀紙の剣光も色褪せた」といった具合に、独特の語彙を集中的に用い始めている。これが三四年一月の「媽祖祭」（『文芸汎論』第四巻第一号）では、「ありがたや、春、われらが御母、天上聖母。媽祖さまの祭典」といった調子で、西川独自の台湾語を散りばめた詩風に到達している。同年の六月には短編「城隍爺祭」（『台湾婦人界』第一巻第二号、一九三四年六月）を発表し、小説でも独自の境地を切り拓いていく。

ただし「赤嵌記」までの西川満の小説は、独自の風格を持つとはいえ、文学作品としてさほど優れているとは思えない。「城隍爺祭」は台北の大稲埕を舞台に、芸妓の哀しみを、絢爛たる城隍爺祭との対比のなかに描いて、相当な筆の冴えを見せているが、これ以降の小説は、朱一貴の乱に取材した寓話風の「鴨母皇帝」（『台湾時報』一九三四年七／八月）にしても、志怪小説風の「梨花夫人」（『媽祖』第二巻第六冊、一九三七年一月）、海洋を舞台とする怪奇小説の「瘟王爺《をんおんいぁ》」（『華麗島』創刊号、一九三九年十二月）にしても、西川節の味わいはあっても文学作品としての読みごたえや深みからは遠い。「歌ごゑ」（『媽祖』第三巻第一冊、一九三七年三月）や「稲江冶春詞《たうかうやしゆんし》」（『文芸台湾』第一巻第一号、一九四〇年五月）は短いスケッチにすぎない。素材や文体の新奇さはともかく、登場人物やテーマは凡庸で、構成も平板である。三〇年代後半の西川の真面目は、詩や、散文詩「台湾顕風録」（『台湾時報』一九三五年十一月―三六年十二月）にあると思われ、「顕風録」は極彩色の台湾模様で印象強いが、小説として見ると構成や内容はなきに等しい。「劉夫人の秘密」（『媽祖』第三巻第三冊、一九三七年十二月）はやや凝った構成だが、末尾にアンリ・ド・レニエの翻案との断り書きがあり、またゴシック小説仕立ての「楚々公主」（『媽祖』第二巻第一冊、一九三五年十一月）にいたっては、語り手が「廃港」淡水に「荒涼たる美しさ」の廃屋を訪ねると、毎日バルコニーから海を眺めては、「訪れてくる人」を「待ちあぐんでゐる」、高貴な混血の狂女と邂逅《かいこう》する、という筋書で、佐藤春夫「女誡扇綺譚」に対するオマージュ、悪くいえば野放図《のほうず》な模倣である。また筆者は未見だが、二九年に国体科学聯盟の『社会新聞』に長編小説『プロレタリア日本』を連載、これを改題して三〇年代半ば、『台湾婦人界』に『轟々と流れるもの』（一九三六年三月―三七年五月）を連載した。[13] この長編を論じた和泉司は、伏字や削除が多く、またプロレタリア文学と「国体」寄りの発言」が混在する、「エンターテイメント」性の強いテクストだと論じている。[14]

一九三三年に始まる、小説家としての西川満のキャリアは、四〇年末の「赤嵌記」までは、台湾色濃厚で独特だが、やや悪趣味な、試作の段階を脱け出せていない作家、というところではなかろうか。それが、古都台南の鮮やかな描写、入れ籠《こ》型の緊密な構成をもって、鄭氏の壮図《そうと》や内紛の悲劇を描いた「赤嵌記」において、筆力が一気に高みに達するのである。

「赤嵌記」は、西川満の台南を舞台とした小説の代表作であるのみならず、日本統治期の文学活動の代表作でもある。自身はるか後に、「今でも、わたしはこの作品をわたしの小説の代表作だと思っている」と記し、「台南の有名な古城・赤嵌楼にちなむ史的幻想小説で、鄭成功の末裔《まつえい》の悲劇を描いたもの」だと要約した（「わたしの造った限定本11　赤嵌記」[15]）。

本人の評価のみではない。「赤嵌記」を発表したのは『文芸台湾』第一巻第六号で、その次の第二巻第一号（一九四一年三月）には、「諸家芳信」と題し、主に内地の作家たち、六十九名から寄せられたアンケートが掲載されている。『文芸台湾』所載の目に留まった作品を記してほしいとの問いに対し、半数近い三十三名が、西川の名前を挙げ、その作品を称讃した。雑誌の主催者が西川で、これら内地の作家に献本されていたことを考えれば当然ともいえるが、「赤嵌記」をわざわざ挙げた者だけでも、二十二名いる。「「赤嵌記」の南国的浪漫の香」（岡本潤）、「この作品にただよふ妖しい美しさ」（劉寒吉《かんきち》）、「明日に期待すべき吾が民族文学（中略）の、その逞《たくま》しい見本を現実に見せられた感じ」（岡野他家夫《たけお》）などなど、他にも佐藤惣之助・山中散生《ちるう》・城左門・十返一《とがえりはじめ》（＝肇）・高祖保《こうそ》・梅林新市・村上菊一郎・打木村治《うちきむらじ》・富澤有為男《ういお》・谷中安規《たになかやすのり》・西村晋一・網野菊らが作品名を記して称讃の声を送った。

台南を訪れた経験のある田中克己（一九一一―九二年）は、「小生の如き赤嵌楼に遊び、文昌星の像を見、関帝廟を実見したもの丶みに興味のふかいばかりでなく、多くの人に喜んで読まるべきもの」と記す。また、槐竹書院主（＝鄭津梁、梅里淳。台湾中部斗六《とろく》在住の蔵書家。西川が一九四一年一月南部を訪れた際に訪問）は、「「赤嵌記」は「女誡扇綺譚」に比肩し得る力作であり、また台湾の史実を取扱つた最初の優れた作品」だと褒めた。またこのアンケートとは別だが、台南在住の國分直一は「文芸台湾第六号を読む」（2）（『台湾日報』一九四〇年十二月十五日）で次のように評した。

台南の秘められた遺蹟を訪ね、鄭克壓《こくぞう》の死をめぐる陳姓にからまる悲劇を氏一流の哀怨ひやうびやうたる幻想にみちた筆致でゑがき来りゑがき去つてゐる。さうしたテエマをつかんで叙情する所佐藤春夫氏の女誡扇綺譚に通じるものをもつてゐる。

秘められた史蹟を踏査し、史料の綿密な調査の上に立つて構成されたものではあるが、この作品の生命は「梨花夫人」などを特色づけるあの哀怨なる幻想の世界に読者を拉《らつ》し去る所にあらう。

佐藤春夫の「女誡扇綺譚」が、台南のみならず台湾を描いた日本語文学として「王座」（島田謹二）に就くものと評された以上、これを継ぐ傑作と評されるのは大変な名誉である。つい前の号の掲載とはいえ、作品自体の評価がなければ名指しで称讃されるはずはなく、西川の得意思うべしである。一九四二年に小説集『赤嵌記』（書物展望社）を出版した際には、翌年「台湾文化賞」を受賞した。

西川は引揚げ後も、「赤嵌記」の舞台である台南に対し、深い愛情を抱きつづけた。『とりこになつた男たち』（あまとりあ社、一九五五年）の「跋《ばつ》」には、「赤嵌楼や大天后宮が、月下にけむる、この古い街を、私は今も愛してやまない」と記し（一七八頁）、『神々の祭典』（人間の星社、一九八四年）の「跋」でも、「台北の艋舺《まんか》や大稲埕《だいとうてい》に誰よりもこころ寄せたわたしではあるが、これに劣らず沈淪したのは、台湾で最も古い台南の街」だと記した（三九四頁）。他にも数々の回想で、台南を懐かしみ、一九八六年、台南市から栄誉の表彰をするため、市会議員が楯《たて》を持って西川の住む阿佐ヶ谷を訪れた日を、「わが晩年の煌《きら》めく一日」と呼んだ。[16] 西川はいくどかの台南訪問で手に入れた古い木版画を、しばしば本の装画として利用した。『華麗島頌歌《しょうか》』・『赤嵌記』（いずれも日孝山房、一九四〇年）・『採蓮花歌』（同前、一九四一年）などいずれもそうである。美装本の刊行こそ、西川の最大の喜びであったが、同時にその文学活動において、最大の達成だと評すべきかもしれない。[17]

西川満の著作のなかから、中島利郎編「西川満著作目録」（同他編『日本統治期台湾文学研究文献目録』緑蔭書房、二〇〇〇年）を利用して、台南と関係すると思われる詩・小説・随筆を拾い出してみる。[18]

1　詩「安平旅愁」『台湾日日新報』一九三九年三月十二日、『新潮』同年八月。

2　座談会「古都台南を語る」（前嶋信次・新垣宏一と）『文芸台湾』第一巻第三号、一九四〇年三月一日。

3　小説「赤嵌記」『文芸台湾』第一巻第六号、一九四〇年十二月。

4　随筆「赤嵌の街を歩いて」上中下『台湾日日新報』一九四〇年十二月十／十二／十四日。

『文芸台湾』（第二巻第五号、一九四一年八月）に「保佑平安」として再掲。

5　随筆「保佑平安」『文芸台湾』第二巻第三号、一九四一年六月。

6　詩「古き街への讃歌」『文芸台湾』第二巻第四号、一九四一年七月。

7　詩「赤嵌攻略の歌」『文芸台湾』第二巻第六号、一九四一年九月。

8　詩「赤嵌落日の歌」『文芸台湾』第三巻第三号、一九四一年十二月。

9　詩「延平郡王の歌」中山省三郎編『国民詩』第一輯、一九四二年六月。

10　詩「厦門占領の歌」『文芸台湾』第五巻第一号、一九四二年十月。

11　詩集『延平郡王の歌』日孝山房、一九四三年九月。「国姓爺の母を讃える歌」「厦門占領の歌」「鉄人の歌」「赤嵌攻略の歌」「安平開城の歌」「延平郡王の歌」「赤嵌落日の歌」を収録。

12　小説「青鯤廟《せいこん》の艶姿」『台湾脱出』新小説社、一九四七年一月。

13　小説「恋の彩筒」『とりこになつた男たち』あまとりあ社、一九五五年八月。

14　小説「閻魔蟋蟀《こおろぎ》」『神々の祭典』人間の星社、一九八四年十月。

15　小説「嶽帝廟の女」同。

16　小説「恋と悪霊」同。

17　小説「銃楼の女」『暁の戎克』日孝山房、一九八七年十月。

18　小説「情炎」『艶囮』日孝山房、一九八七年十月。

残念ながら以上のうち、「赤嵌記」を超えた傑作と思えるものはない。どころか、「赤嵌記」にいたるまでの小説、及び戦後の台南を舞台とした小説を読む限り、これほどの傑作がいかにして生まれたのか不思議なほどである。以下、「赤嵌記」が着想された経緯を考えるため、依拠した史料、及び影響を受けた先行作品を見ていく。國分直一の評言を借りれば、「史料の綿密な調査」とはいかなる史料で、また「哀怨ひやうびやうたる幻想にみちた筆致」はいかに修得されたのかを検証する。

写真 4-3　赤嵌楼（プロビンシャ城）

「赤嵌記」のあらすじを紹介しておこう。「赤嵌記」は入れ籠型の小説である。起承転結の四章のうち、「起」は、語り手「私」が、盛夏の台南を訪れた際に、赤嵌楼で本島人の陳という青年と邂逅する場面から始まる。「私」は、小説の末尾で、位牌に記された「始祖諱《いみな》満」という文字を見て、「私と同じ名をかかるところに見出さうとは」と語ることから、作者自身を投影していると思われる。一方陳は、台南の歴史の愛好家で、前夜に市の公会堂で「私」も参加して催された座談会の聴衆の一人だった。陳は「私」に向かい、「赤嵌楼を主題にした物語」を執筆するよう慫慂《しようよう》する。

「承」では、大天后宮で待ち合わせた二人は、陳の案内で、「一寸した友だち」だという女の迎える屋敷に入る。陳は「私」に向かって、鄭成功の孫、克壓の不運を悲憤慷慨し、熱弁をふるい、史実において信用できるのは唯一、江日昇《こうじつしょう》の歴史書『台湾外記』のみと主張、一読を勧める。

「転」の章は分量最も多く、小説の中心部をなす。台北に帰った「私」は、陳から送られてきた陳迂《う》谷《こく》の詩集『偸閑《とうかん》集』を読み、さらに『台湾外記』にもとづいて鄭克壓の事績を語る。鄭氏第二代の鄭経は、父鄭成功の遺志を継いで明朝復興のため厦門《アモイ》にあり、息子の鄭克壓は台南にあって、重臣で岳父の陳永華の補佐を受けつつ、治績に功をあげていた。ところが、遠征空しく帰台した鄭経は静養、ともに帰国した奸臣馮錫范《ふうしゃくはん》は、陳永華の名声を妬み、姦策をめぐらす。鄭経の死後、馮は鄭克壓に対し、「螟蛉子《めいれいし》」、つまり鄭経の実子ではなく取り換え子だとの濡《ぬ》れ衣《ぎぬ》を着せ、克壓をほうむり去る。[19]

写真4-4　大天后宮（媽祖廟）

「結の章」では、陳青年と連れの女が何者なのか確かめようと、翌朝台南へ向かった「私」は、陳青年の住所をたどって陳氏の家廟にたどり着くが、二人の姿はない。陳青年と連れの女は、「克墪と文正女陳氏の幽霊ではなかったか」と感想を漏らすところで、小説は終わる。ジャンルとしては鄭氏一族に取材した歴史小説だが、入れ籠型の構造が夢幻的なふくらみを持たせている。

三　「赤嵌記」と国姓爺物語――『偸閑集』『台湾外記』

「赤嵌記」は台南の多彩な歴史のなかでも、もっとも劇的な鄭氏一族の盛衰を描く。大きく見れば数多くの「国姓爺《こくせんや》物語」の一つである。

鄭成功（一六二四―六二年）はそのイメージが、時代や立場によって大きく異なる。[20] 清朝から、あるいは江戸時代の日本から、近代に入ると中華民国から、あるいは台湾を統治していた宗主国日本から、逆に統治されていた植民地台湾の人々から見るのとで、像は大きく異なる。戦後においても中国大陸からと、台湾から見た鄭成功とでは、相貌を大きく変えるし、同じ台湾内でも託するイメージが本省人と外省人によって違う。鄭成功をどう語るかは、語り手の置かれた立場を反映する。

日本で鄭成功が物語の題材となるのは、周知のように一七一五年、大阪で近松門左衛門作の人形浄瑠璃「国性爺合戦」が上演されてからである。[21] 鄭成功研究者の石原道博は、日本で大きく人気を博した時期が三回あったとする。一回目は、近松の「国性爺合戦」上演後、一連の「国姓爺文学」が出たとされる、一八世紀の半ばである。二回目は一八九四年に始まる日清戦争後、依田《よだ》学海『国姓爺討清記』（六号館書店、一八九四年）や丸山正彦『台湾開創鄭成功』（嵩山房、一八九五年）などが出た時期である。そして三回目が、日中戦争から太平洋戦争にかけての時期で、代表作として長谷川伸《しん》（一八八四—一九六三年）の『国姓爺』（『都新聞』一九四二年一月六日—九月三十日、未完）などを挙げ、鄭成功論を含む幣原坦《しではらたいら》『南方文化の建設へ』（冨山房、一九三八年）や石原自身の『鄭成功』（三省堂、一九四二年）もそうした時流のなかで書かれた、と論じている。[22]

日清戦争後の、二回目の流行を検討した内藤千珠子は、「台湾支配の正統性を証し立てる根拠として、「国姓爺」「鄭成功」の名は反復的に文字化」されたと論じる。特に物語の中核として、鄭成功の日本人としての血統には「日本魂」が見出され、また母田川氏には「国民の母たる理想化された女性像」が担わされたという。[23] この鄭成功像は、日中戦争から太平洋戦争期にかけても反復された。「赤嵌記」も例外ではなく、祖父の事業を継承する主人公鄭克壓の胸中は次のように描かれる。

監国克壓は、承天府の望楼に立つて、脚下に寄せくる怒濤を眺めてゐた。この波のつづくところに安南があり緬甸がある。祖父の偉業を偲ぶ時、多感な十八歳の青年の心は湧き立つてくるのである。（中略）この海を乗り出さう。寝ても覚めても思はれるのは、幼い日寝物語に祖母からいつも聞かされた祖父成功の義烈であり勇武である。祖父の母は日本人で、それが祖父一代の唯一の自慢であつたと云ふ。してみれば、この俺の五尺の体内にも脈々として日本の血が流れてゐるに違ひない。この血をいとほしめ、この血の命ずるまま南方に進むのだ。（中略）安南をとれば、そこが国防の第一線になる。西班牙と結んで和蘭や清の艦隊を撃滅した後には、更にここを基地として、前後相はさんで西班牙領呂宋をわが版図に入れるのだ。その時こそ、きつと地下の祖父は莞爾《かんじ》として笑つてくれるであらう。

日本人の血統を強調する点に書き手の立場が如実に反映されていることは、これと対比して、現代中国の作家、郭沫若（一八九二―一九七八年）が一九六二年に発表した脚本「鄭成功」（『電影創作』一九六二年第二／三期）を見ればよくわかる。松岡純子の指摘によれば、鄭成功によるオランダ支配下の台湾への侵攻は、中華人民共和国政府による台湾回収と重ねられるなど、当時の中国大陸の政治状況を反映する。また日本人の母に関する記述は皆無で、「鄭成功は出自に悩むことなく」、英雄として戦争や開拓事業に邁進する。[24]

西川が「赤嵌記」を発表した一九四〇年十二月、すでに日中戦争が始まって三年以上が経過していた。日米の開戦を一年後にひかえ、日本軍は四〇年九月、援蔣ルート封鎖のため北部仏印へ進駐し、さらに総力戦体制を構築するための資源確保を目的に、南方への進出を強めていた。藤井省三「台湾エキゾチシズム文学における敗戦の予感　西川満「赤嵌記」」は、「単なる「歴史物語」ではなく、四〇年代の台湾総督府を中心とする在台日本人の南方共栄圏イデオロギーを語る作品」だと明晰に指摘している。[25]

鄭克壓の人物造型に当時の国家の状況が反映されていることは議論を待たないが、そもそも当時の西川の書くものは多かれ少なかれ時局を反映していた。台南三訪の折の随筆で、「後足で砂をかけたり、とやかく中傷をしたり、さうした台湾的な性格を発揮する人」に対して、従来「あたたかな眼で見守つて来た」が、今後態度を改め、「法華経の所謂折伏《しやくぶく》は、慈悲に出発するものであるが、共栄圏を確立するためには先づ戦はねばならぬ」と宣言する(「保佑平安」『文芸台湾』第二巻第三号、一九四一年六月)。敵ができなければおかしいほどの挑発的態度である。やがて書かれる『台湾縦貫鉄道』(『文芸台湾』第六巻第三号―『台湾文芸』第一巻第七号、一九四三年七月―四四年十二月)も、日本人による台湾統治の正統性を、日清戦後の上陸軍による鎮圧を中心に、皇室への尊崇とからめて描き出した長編で、台湾人の登場人物はご都合主義な添え物にすぎず、日本主義者の面目が躍如している。

しかしもし「赤嵌記」が、「共栄圏」の呼号をなぞり、南進論のお先棒を担ぐだけなら、現在読み返すに値するだけの魅力を持つことはないだろう。そもそも鄭克壓は、壮図に乗り出すどころか、位を継承する前にあっさり殺されてしまう。藤井氏は西川が鄭氏政権の崩壊を描いた点に「敗戦の予感」を読みとるが、なぜ西川は鄭成功その人ではなく、孫の悲劇を描いたのか。また、「赤嵌記」には「空想」でつづられた描写もあるが(「赤嵌の街を歩いて」上)、國分直一が「秘められた史蹟を踏査し、史料の綿密な調査の上に立つて構成された」と評したように、鄭克壓の悲劇を複数の文献にもとづき描く。では先行する史料にはどのようなものがあるのか。「赤嵌記」が成立する過程には、材料と構成の両面で影響を与えた史料や作品を考えることが可能で、それを充分に消化し踏み台としたことが、西川の力量を大きく羽ばたかせたのではないかと考えられる。

鄭克壓の故事に関して、「赤嵌記」では二種の著作に言及する。一つは陳迂谷『偸閑集』、もう一つは江日昇『台湾外記』である。いずれも著名な書籍で、西川が第二号から編集を担当していた雑誌『愛書』に掲載された、重要文献の解題集、市村栄「台湾関係誌料小解」(『愛書』第十輯、一九三八年四月)に記述がある。まず陳維英(＝陳迂谷、一八一一―六九年)の『偸閑集』については、「本書は著者の詩篇を蒐めたものであるが未だ板行されず、専ら写本を以て世に行はれてゐる」とある。[26]

陳青年や連れの女は、「私」がかねてから関心を抱いていた、陳迂谷『偸閑集』の写本を所持していた。「私」が『偸閑集』に関心を抱いたきっかけは、連雅堂(＝連横)の詩に、「憐れむ可し、迂谷詩を知らず」の一句があったからだという。『淡水庁志』などに、いまだ刊行されず、との記述があったため、いっそうゆかしく思っていた。台北に戻ってから、陳青年より送られてきた詩集を読んだ感想は、「この詩人の折にふれての日常即事の詩が多く、時に傷心、時に詼諧《かいかい》、成程学者としての人柄のよさはよくわかるし、あの女の云つた通り確に平易である」というものだった。読み進めていささか「落胆」はしたものの、鄭克壂の妻を詠んだ詩の前書の、簡潔な書きぶりに感心し、「思ふにこの詩人のよさはかういふ真摯さと云ふか、誠実さと云ふか、一見投げやりのやうに見えてゐてその実、案外糞真面目なところにある」と感想を漏らす。

「赤嵌記」のこれら陳迂谷『偸閑集』に対する感想は、実は楊雲萍《うんぴょう》(一九〇六―二〇〇〇年)の「陳迂谷の詩と詩集」(『愛書』第九輯、一九三七年五月)に、ほぼそのまま見出すことができる。楊は、日本統治以前の北部台湾を代表する学者・詩人として陳迂谷を挙げるのは、「一つの定論であり、世評であるやうである。否、氏はすでに、一つの伝説的存在ですらある」と前置きして、『偸閑集』を論じる。楊の紹介でも冒頭、『淡水庁志』の記述が引かれ、楊所蔵の写本について詳しい紹介や考証があり、詩の分析では、「平易」、「人のよさ、誠実さ、真摯さ」、「骨肉の傷心事」、「ユーモア」、「詼諧的風趣」などの評語が使われている。それらは「赤嵌記」とほぼ重なり、なかでも「人のよさ、誠実さ、真摯さ」にいたっては、三度もくり返される。末尾では、連雅堂による「詩を知らず」との迂谷評も引かれる。

楊雲萍の『偸閑集』紹介を含む文学活動について、西川は充分に承知していた。楊の「陳迂谷の詩と詩集」が掲載された『愛書』は、西川編集の雑誌だったのみならず、そもそも楊の執筆自体、西川の依頼によるものだった。楊は西川にとって、無類の本好き、官僚嫌いという点で、「台湾の友の中では、一番、気があった」という。[27]楊は当時、士林近くの山峡に住んでいた。一九三四年に来台した菊池寛を案内して、楊の自宅を訪問したこともある（「『鬼哭』について」[28]）。西川は「台湾文芸界の展望」（『台湾時報』一九三九年一月）で、楊について、「士林外双渓、樹間を縫うて吹き来る山風を浴びて、連雅堂を思ひ、陳迂谷を偲び、独り台湾文学史の筆を執りつつ、多年、書物に埋れてゐる楊雲萍氏は、民間屈指の篤学の人、研究発表の暁には多大の反響があらう」と敬意を払っている。

次に『台湾外記』について見てみよう。『台湾外記』は十七世紀に福建の人、江日昇が章回小説の形式で記した歴史書である。成功の父鄭芝龍の事績に始まり、孫克塽が清に降伏するまで、一六二一年から八三年の鄭氏一族の栄枯盛衰を語る。[29]一族の事績を語る上で欠かせない資料とされ、台湾で一般に流布していた。市村栄「台湾関係誌料小解」（前掲）は、「記事潤色に過ぎ反つて真を失つた処もあれど、鄭氏の伝記書としては最も首尾一貫したもの」と評している。

『台湾外記』は「赤嵌記」発表後の一九四三年四月から、楊雲萍による訳が『台湾公論』に連載された。楊は三月掲載の「「台湾外記」について　訳者の言葉」で次のように記す。

「台湾外記」は知られる如く、鄭成功一家の四代に渡る事績を記したものとして、最も首尾一貫、且つ詳細なもので、鄭氏関係文献中、最もよく読まれ、種本《たねほん》となり、影響をあたへたものである。

只、形式の稗史《はいし》小説に似たるを以つて、その史料的価値を疑ふものあるも、又その形式に拘《こだ》はらず、著者が閩《びん》の人であり、且つ鄭氏時代に近く生存した人であり、（中略）更に内容より考へて、むしろ信拠すべきところ少からずとなすの方が妥当ではあるまいか。然しながら、如斯《かか》る議論が発生するそれ自体、或る意味に於いて本書の長所の一つとも考へられ、又興味ある所以でもあるのである。即ち稗史小説に似たと謂はれるところに、単なる考証の文字の如き無味乾燥がなく、又架空的創作でないところに、荒唐無稽のうらみが少いわけである。史実に即した歴史小説ともいへるし、或ひは小説の如き形式を以つて記した鄭氏一門の史伝ともいへるのである。

楊雲萍がどういうきっかけで『台湾外記』を訳したのかは不明だが、本そのものは珍しくなく、かつ楽しめる読物だったことがわかる。漢文とはいえ言葉遣いも易しく、台南を舞台に歴史をテーマとした小説を構想する際に、格好の参照文献だった。楊はつづけて、「此の翻訳は歴史小説、或ひは歴史読物として読まれる事を期して居る」とするが、訳文を工夫すればそのまま総合雑誌に提供できた。

　戦後のことだが、前嶋信次は「鄭芝龍招安の事情について」（『中国学誌』第一本、泰山文物社、一九六四年）で、『台湾外記』を中心的資料として、鄭芝龍が明朝に帰順した経緯を考証した。また、西川満の弟子ともいうべき葉石濤《ようせきとう》（一九二五―二〇〇八年）は『台湾文学史綱』で、「明の鄭氏の伝記ということでは、首尾一貫していて極めて価値がある。事実『台湾外紀』は、歴史小説と報告文学のスタイルを兼ねたもので、その文学精神と作風は台湾文学のための規範を樹立した」と述べた。[30]比較的新しい鄭氏政権研究である、林田芳雄『鄭氏台湾史』でも、『外記』は重要な資料とされており、ことに鄭氏政権の末期を論じた第五章「鄭氏政権の終焉と清国の台湾領有」は、『外記』の記述にもとづく個所が多く、記述は当然ながら「赤嵌記」第三章と重なる。[31]

「赤嵌記」が『台湾外記』に多くを負っているとして、疑問として残るのは、なぜ鄭成功の台湾進攻などの華々しい場面ではなく、あえて孫の鄭克𡒉に光を当てたのかである。

　当時の台湾の歴史に関する書物を通覧すると、当然ながら必ず鄭成功に言及する。出版地は東京だが台湾でも広く読まれた、伊能嘉矩《いのうかのり》『台湾志』は、巻一（東京：文学社、一九〇二年）の「沿革志」、第二章「割譲以前の台湾（其の一）」の七「台湾に於ける鄭氏」で、鄭成功の台湾進攻について詳述する。[32]台湾で出版された代表的な台湾百科全書、武内貞義『台湾』（台北：台湾日日新報社、一九一四―一五年）は、第二編「台湾の歴史」の第三章「鄭氏時代」、及び第六章「台湾特殊史実」の第六節「鄭成功」で事績を記す。山﨑繁樹・野上矯介『台湾史』（東京：宝文館、一九二七年）では、第三篇「鄭氏時代」に記述がある。また台湾在住の藤崎済之助が編集執筆した『台湾全誌』（東京：中文館書店、一九二八年）では、第一編「台湾史」の第二章「帝国領有前の台湾」に、第四節「鄭氏占拠時代」がある。以上いずれも、鄭成功の台湾進攻及び経営について語るが、さほど詳しくはない。なかでも孫の鄭克𡒉に触れているのは、紙幅の比較的多い山﨑・野上『台湾史』のみで、しかも記述はごく簡略である。鄭克𡒉は鄭経の「螟蛉子」で、陳永華の女婿《むすめむこ》だったため一時政柄《せいへい》を握ったが、経の死後その弟らに害されて正妻の次子克塽が立った、とのみ記す。[33]

このように孫の鄭克𡒉はさほど光の当たる存在でない。とすれば、西川はどこから鄭克𡒉を主役とする着想を得たのだろうか。国姓爺物語の系譜における「赤嵌記」の位置を検討した、張文薫「歴史小説與在地化認同　「国姓爺」故事系譜中的西川満〈赤嵌記〉」は、一九一四年に愛国婦人会台湾支部から発行された、鹿島櫻巷《かしまおうこう》『国姓爺後日物語』の影響を指摘する。[34]この本は脚本「国姓爺後日物語」と、鄭家に関わる女性たちの事績を検討した「台湾紅涙史《こうるいし》」を収める。「国姓爺後日物語」は、伝統演劇として上演可能な脚本で、上で鄭成功の生前、下で死後の、鄭克𡒉が馮錫范らの奸計で暗殺される経緯を描く。ストーリー自体は西川の「赤嵌記」と全く異なるが、国姓爺の死後にも鄭家にまつわる哀史があったと知るきっかけにはなるだろう。

一方「台湾紅涙史」（以下適宜「紅涙史」と略）は、張氏が指摘するごとく、「赤嵌記」と重なる場面が多い。ただし「紅涙史」も、冒頭近い七頁に、「江日昇の台湾外記に拠りますれば」と記してあるように、『台湾外記』に多くを負っている。よって両者に重なる場面が多いのは当然ともいえる。たとえば張氏は、『台湾外記』の二句において、「台湾紅涙史」と「赤嵌記」の訓読が重なる、とする。しかしそのうちの一句、『台湾外記』中の陳夫人の台詞、「成立之父尚不能保其七尺躯何況此呱々耶」の訓読を見てみると、「紅涙史」は「成立の父、尚ほ七尺の身を保つ能はず。何んそ況んや此の呱々をや」、「赤嵌記」は「成立の父、尚七尺の躯を保つ能はず。何ぞ況や此の呱々をや」と読み下しており、完全な一致ではない。そもそもこの程度の平易な漢文訓読は、西川世代の高等教育を受けた文学者が読み下すのに困難を感じるとは思われず、また訓読自体誰が読み下してもほぼ同じになる。

また張氏は、『台湾外記』になくて「紅涙史」と「赤嵌記」に存在する部分を指して、『台湾外記』と「赤嵌記」のあいだには「紅涙史」が介在する、と指摘する。だが「紅涙史」も、たとえば十頁に、「芝龍の日本を出た事情に就きましては台湾外記に書いてある事実を全く信用することは出来ません」との記述があるように、『外記』以外の文献を利用しており、これは「赤嵌記」も同様である。両者が『外記』の記述を補うため、他の文献を利用した可能性を否定できない。「台湾紅涙史」が、張氏の指摘するごとく、西川の参照した国姓爺物語の一つだった可能性はあるが、これを「赤嵌記」の重要な先行文献と断定するのは躊躇される。

先行文献として注目しておきたいのは、戦前の台湾において鄭氏政権の史実を、『台湾外記』を含む複数の資料を用いてもっとも詳しく論じた、稲垣孫兵衛（其《き》外《がい》）『鄭成功』（台湾経世新報社、一九二九年）である。稲垣は台湾経世新報社に勤め、鈴村譲編『台湾全誌』全八巻（台湾経世新報社、一九二二年）

の編集に関わり、その際の資料にもとづいて一九二六年三月から二七年六月まで『台湾経世新報』に『鄭成功と日本』を連載、まとめたのが『鄭成功』である。和漢の文献を渉猟《しょうりょう》して書かれた全六百頁超のうち、成功死後についても二百頁超と、多くの紙幅を割く。陳永華の台湾経営上の功績、馮錫范や劉国軒の人物、また監国としての鄭克壓の英明や、その後の「螟蛉子」騒動で鄭克壓が殺害された経緯を詳しく記す。

稲垣孫兵衛『鄭成功』でも、『台湾外記』はしばしば引用される文献で、ことに鄭成功の台湾攻略の前後から頻繁に引かれる。その結果稲垣は、鄭克壓「螟蛉子」説を採らず、わざわざ「螟蛉子か否」という節を設けて、『閩海《びんかい》記要』や『台湾府誌』中の『偽《ぎ》鄭逸事《ていいつじ》』などを引用しつつ、次のように記す。

> 之れ等の諸書に拠るときは陰謀派の云ふ如く実に螟蛉子なるが如くであつて此陰謀派の言を誣告《ぶこく》なりとするものは唯だ台湾外記あるのみである又現在の開山神社の後殿には監国克壓が奉祀されありて王孫諱克壓神位なる木主がある之れは克壓を正しく鄭成功の孫と認めたものであつて其奉祀は何時頃よりのものか不明であるが当時鄭家文武の大部分及び民人は克壓を正統なるものと認めて居つたに相違なく其結果が後年延平郡王祠に祀らるゝことゝ成つたもので有《あろ》ふ読で此処に至り鄭家の将来を思ひ将《は》た克壓の薄命に同情を寄与するものは悉《ことごと》く鄭経の骨肉として弁護の地に立んことを希望するのであるが鄭家の一族は元より権臣《けんしん》馮錫范までが螟蛉子となすに至つて事実の審問は無用と

された遮二無二屠家の児と認定されて了つたは哀むべしである局外より観察すれば仮令《たとい》鄭経の骨肉に非ずとするも十八年間其長子として撫養されて監国にまで登り且つ賢明剛毅鄭成功の再来とされて兵民の信望を繋《つな》ひで居る者なれば之れを第三世延平王とすることは鄭氏百年の幸福であるが其処には克塽を煙たがる諸公子と鄭家の権を一身に収めんとする奸臣のあるあつて董国太の聡明を蔽ふに至つて最早斯ふなるの外はない而して一歩々々鄭氏の運命をして其断末魔へと導く其終末期の大悲劇の主人公は克塽其人であつて亦克塽ありしが故に鄭氏の末路に一道の光彩を添ふるに至つた[35]

写真 4-5　開山神社（延平郡王祀）

「赤嵌記」でも、陳青年は「私」に向かって、「先生！　開山神社の後殿に行つて御覧なさい。（王孫諱克塽神位）（監国婦人陳氏之神位）と記された木牌があります。これこそ民衆が克塽を正しい延平郡王三世と認めて祀つた唯一の証拠」だと語り、また『台湾府志』や『偽鄭逸事』を排撃して、「先生、信用出来るのは『台湾外記』だけですよ」と訴える。

西川満が「赤嵌記」を執筆する際に依拠した文献は、『台湾外記』、及びこれを参照した鄭氏一族に関する各種の書籍だと思われるが、それでもやはり、なぜ描いたのは鄭成功ではなく孫克塽の物語だったのかは明らかでない。「赤嵌記」は、材料の面では陳迂谷についても『台湾外記』についても、先行文献に依拠する部分が多く、さほどの独自性はないが、作品として完成度高く、西川の他の短編や同時代の台湾作家の短編と比べても断然読ませる傑作である。これら先行する国姓爺物語を検討するだけでは、「赤嵌記」の鮮やかさにはたどりつけない。

写真 4-6　赤嵌楼（プロビンシャ城）

四　「赤嵌記」と谷崎文学――「蘆刈」「吉野葛」

西川満の小説には、佐藤春夫「女誡扇綺譚」の影響が端々に見られる。「赤嵌記」の台南描写も「綺譚」の影響が色濃い。

冒頭の、赤嵌楼の描写を見てみよう。建物の入り口に立った「私」は、旧跡の案内板を見て、「理髪屋かマッサージ店の小招《しょうかん》牌《ぱん》」のように感じる。赤煉瓦の門柱、汚らしい角灯のかもす「安つぽい雰囲気」に「幻滅」し、いったんは、「この調子ではどうせ物売どもの巣喰ふ俗悪な名所になつてゐるのであらう、中に入つて見るまでもあるまい」と考える。しかし中に入って目にした光景に魅了される。

忽然として右手に文昌閣が真夏の天日を背景にくつきりと泛《う》かび上がつてきた。私は呼吸をとめた。それはちやうど正に倒れんとする巨人が最後の力をこめて立ちつくす、あの悲壮な美しさにも似てゐた。しかもざわざわと騒ぐ梅檀《せんだん》や樹齢を重ねた榕樹の梢の動きにつれて、たしかに楼全体が息づいてゐるのだ。（中略）息切れする階段を踏んで私は文昌閣に上がつて行つた。あの入口の悪印象とは異つて、周囲からまるで取り残され荒れるにまかせたと云ふ感じが、この時程私を喜ばせたことはない。健康さうな学童、大人が通れる位にまで故意に破られた煉瓦塀、いやあの床屋風の小招牌のことすら、何もかもうち忘れて、私は屋根に泛かぶ真赤な日輪を見上げた。

楼上の内部はほの暗く、がらんとしてゐたが、毀《こわ》れかけた一脚の机が置かれて、その上に斗を指し、片足を挙げたかなり時代味を帯びた鬼の像が祀つてあつた。正しく文章の紙、魁星爺である。（中略）今や地に落ちて顧みられようともせぬ文章の姿を、私は眼のあたりに見るやうな気がした。私はそつと鬼の前を離れて歩廊へ出る扉を押した。軋《きし》りながら二つの扉が開くにつれて、眼のくらむばかりに跳びこんで来る真夏の灼《や》けるやうなおびただしい光、そしてその光を反射して連る民家の甍《いらか》の波、処々に屹立《きつりつ》する寺廟の反《そ》りかへつた屋根屋根。ああ、蜃気楼のやうに忽然と顕《あらわ》れたこの城市の風光を、詳しく描写する自由をもたないのを私はただ悲しむばかりである。欄干《らんかん》に凭《もた》れると遠くに海が見える。そして北風が吹いてゐるらしい。安平の工場のけむりが億載金城の方に流れてゐる。

廃墟における「荒廃の美」を描く点で、「赤嵌記」は「綺譚」を踏襲する。俗悪と見えた赤嵌楼は、「周囲からまるで取り残され荒れるにまかせた」楼閣であり、その「悲壮な美しさ」が「私を喜ばせ」た。表に出ると、そこには「蜃気楼のように忽然と顕れ」る台南の街が広がる。「綺譚」の「私」が、赤嵌城址（ゼーランジャ城、安平古堡）から、「白く灼けた真昼の下」、光を吸い込んだ安平の海を眺める一方で、「赤嵌記」の「私」は、赤嵌楼（プロビンシャ城）から、「真夏の灼けるやうなおびただしい光」のなか、はるか遠く安平の海を望む。道具立ては極めて近い。

しかし、「台南の秘められた遺蹟を訪ね、鄭克壓の死をめぐる陳姓にからまる悲劇」を、「哀怨ひやうびやうたる幻想にみちた筆致」（國分直一）で描いた「赤嵌記」を読むとき、「綺譚」以上に連想を誘う作品がある。

先に挙げた、『文芸台湾』第二巻第一号の「諸家芳信」と題する、内地作家へのアンケートで、安《やす》成《なり》二郎（一八八六―一九七四年）は、「史実がよくこなされてゐて、幻怪味も不自然でなく調和し、いい小説と思ひます。一篇の構成もなか〳〵老手です」と感想を述べた。また佐藤春夫門下の衣巻省三《きぬまきせいぞう》（一九〇〇―七八年）は、「「赤嵌記」の終りの所など素晴しいと思ひます。自己の趣味に溺れるか、台湾の谷崎潤一郎となるか、大いなる問題がある」と記した。衣巻が知っていたのかどうかはわからないが、谷崎潤一郎（一八八六―一九六五年）は西川の敬愛する作家だった。「史実」と「幻怪味」が老練な手腕で「構成」された小説（安成）として「赤嵌記」を読み、西川の谷崎に対する傾倒を念頭に置くと、すぐに思い浮かぶ谷崎の名作がある。一九三〇年代の谷崎文学を代表する、「蘆刈《あしかり》」及び「吉野葛《くず》」である。

西川満が大正の作家で愛好したのは、芥川龍之介・佐藤春夫・北原白秋・内田百閒《ひやっけん》、そして谷崎だった。芥川と佐藤は中学時代から愛好、白秋は早稲田時代に愛読したことが、「愛書遍路　わすれなぐさ　北原白秋抒情詩集」（『台湾日日新報』一九三四年六月二十八日）からわかる。当時西川は、仏文科の同志とともに、『フレップ・トリップ』（アルス、一九二八年）所収の「海豹」の「ラヂオ・ドラマ式演出」を試みたという。百閒に対しては、「愛書遍路　〝旅順入城式〟　内田百閒氏の近業」（『台湾日日新報』一九三四年五月四日）などで、最上級の讃辞を連ねた。

　大正作家のなかでも谷崎は、西川のもっとも愛する作家だった。『西川満自伝』では、「中学生時代に、谷崎潤一郎の小説にめぐりあったときは狂喜した。（中略）敗戦で、台湾から引揚げるとき、リュックのなかに、潤一郎の『アヴェ・マリア』を一冊入れた」と記す。[36]また、一九二八年、早稲田第二高等学院の口頭試問で、面接官から好きな日本の作家を問われた西川は、「谷崎です」と答えた。すると追って、どちらの、と問われ、「もちろん潤一郎です」と即答したところ、面接官が「なんともいえない表情」をしたという。その相手がのちに、潤一郎の弟、精二（一八九〇—一九七一年）だったとわかる、という落ちで（「月光をあびたるごとく」[37]）、よほどお気に入りの話柄《わへい》だったのか、自伝を含め、何度もこの逸話を披露した。

　西川は谷崎の一九三〇年代の主要作品を読んでいた。「東西古今読書放浪十—十七　良書八種」（『台湾日日新報』一九三五年二月八日）では、創元社から刊行の普及版『春琴抄　附・蘆刈、吉野葛、盲目物語』（一九三四年）について、「これらの作品はいづれも大谷崎の芸術的香気高きもの、その名作たるは此処に喋々《ちょうちょう》するまでもない」と記した。また、「芸術とは何ぞや」（『台湾警察時報』第二百七十五号、一九三八年十月）の、芸術と道徳の峻別《しゅんべつ》を論じた一節では、「谷崎潤一郎氏のある種の作品に、その題材から見て、これは官能追求の不道徳な作品であると非難するものがあるが、しかしこれは芸術と道徳とは全く別なものであることを知らない愚論」だと擁護している。

「赤嵌記」は、冒頭、「私」が赤嵌楼を訪ねたところ、陳という青年から、「お一人でいらつしやつたんですね」と声を掛けられて始まる。陳青年に教えられて、「私」は鄭克𡒉の悲劇に関心を持つ。そして末尾では、台南を再訪し陳の住所を訪ねたものの、姿はなく、青年と連れの女は、実は克𡒉とその妻の陳氏の「幽霊ではなかつたか」と閉じられる。

忽然と姿を現し、忽然と消えていく、幽霊のごとき人物から語られた、過ぎし日の物語を再現する小説といえば、すぐ思い浮かぶのは、「蘆刈」（『改造』一九三二年十一月／十二月）である。西川が「殊にわたしの好きな（蘆刈）」と語った、谷崎の逸品である（『東西古今読書放浪十―十七　良書八種』前掲）。

「蘆刈」の語り手「わたし」は、「われもひともちよつと考へつかないやうなわすれられた場所」を求めて、後鳥羽院の離宮があった旧跡、水無瀬《みなせ》の宮を訪ねる。水辺の遺跡で四方を見わたし、土地にまつわる歴史を想起しつつ、院の行跡《ぎょうせき》をしのび、淀川の中州に渡って、漢詩を吟じたり追懐にふけっていると、突然中年の男が「よい月でござりますな」と挨拶してくる。やがて男は「過ぎ去つた世のまぼろし」を語り始めるが、男の父「慎之助」とその恋い慕う「お遊様」の話が終わったとき、

「たゞそよくと風が草の葉をわたるばかりで汀《みぎわ》にいちめんに生えてゐたあしも見えずそのをとこの影もいつのまにか月のひかりに溶《と》け入るやうにきえてしまつた」[38]。

「蘆刈」はこれまで様々に論じられてきたが、なかでも焦点となったのは、「わたし」に語りかけてくるこの「男」である。忽然と現れて、「わたし」に向かい、お互い恋い慕うものの添い遂げることはなかった、父とお遊様の物語を延々と語り、語り終えるや忽然と消え去る男とは、いったい何者なのか。男自身は、父慎之助と、お遊様の妹である妻とのあいだにできた息子だと名乗るが、実は慎之助と添い遂げなかったはずのお遊様とのあいだにできた息子だと、刺激的な解釈が提示されたり[39]、「男」は父慎之助の亡霊だとされたり[40]、語り手の〈わたし〉から遊離した魂の可能性もあるとされたり[41]、夢幻能のシテのごときものと論じられたりした[42]。解釈が大きく割れ、それが「蘆刈」に余韻《よいん》をもたせているわけだが、同じことは「赤嵌記」にも当てはまる。突然話しかけてきた陳青年は、「陳家ゆかりの若人」など実在の人物だったのか、克壓の「幽霊」だったのか、克壓の悲劇を導入するための「眼に見えぬ精霊」だったのか。不明だからこそ、「漂渺《ひょうびょう》として物語に余情を生ずる」(「赤嵌記」)のである。

だが「蘆刈」以上に、「赤嵌記」が連想を誘う谷崎の作品といえば、「吉野葛」(『中央公論』一九三一年一／二月)である。構想は早くからあったが執筆は一九三〇年秋のことで、八月に妻の千代と離婚、千代が佐藤春夫と結婚した、「妻君譲渡事件」の直後である。「赤嵌記」が、鄭成功亡き後の、鄭氏一族の終焉を描いた後日譚であるのと同じく、「吉野葛」は、南朝の後裔を描こうとした、これまた後日譚をよそおう。構成も同様の入れ籠型で、「赤嵌記」がすでに見たように、語り手の「私」が先行する文献に依拠しつつ、鄭克壓の物語を語るのと同じく、「吉野葛」も語り手の「私」が史書に拠りつつ、自天王《じてんのう》なる悲劇の英雄を語ろうとする。伊藤整のよく知られた指摘を引けば、「吉野葛」のみならず「蘆刈」「春琴抄」にも共通する構成上の特徴として、「物語が層をなして」おり、「その層は、常に作者又は語り手その人の実在、即ち現在から始まつて、次第に過去にさかのぼり、現在の実在感を過去の物語へとつなぐ役目をする。絵巻物の初めが今であり、開くに従つて過去へ遡《さかのぼ》るやうな手法」である。[43] それは「赤嵌記」にも当てはまる。

「吉野葛」が、「私」が吉野に遊ぶところから始まるように、「赤嵌記」も、「私」の台南訪問から始まる。ただし「吉野葛」における吉野行は、二十年も前のことで、それを「私」が回想する形式である。「私」は吉野の奥の、「今も土民に依つて「南朝様」或は「自天王様」と呼ばれてゐる南帝の後裔に関する伝説」に惹かれ、これを歴史小説にしようと、取材のため吉野へ向かったことがある。自天王は十五世紀半ばに南朝の再建を図った歴史上の人物で、三種の神器のうち神璽《しんじ》を奉じて南朝の回復を図るも、一四五七年、赤松家の遺臣に欺かれて討《う》たれたという。当初は南朝方の有力武将だった赤松氏は、途中から足利尊氏方に走るも、やがて反逆の罪で没落した。しかし残党が自天王をだまし討ちにし、南朝から神璽を奪還した功績により、家は再興された。このあたりの奸臣によるだまし討ちの経緯も、鄭家の忠臣のはずの馮錫范により、鄭克壓が弑されるのと重なる。

「赤嵌記」は『台湾外記』に多くを依拠するが、「吉野葛」も同様、『南山巡狩録《なんざんじゅんしゅろく》』など依拠する書物がある。民間伝承を重視するのも共通した特徴で、「吉野葛」に、「南朝びいきの伝統を受け継いで来た吉野の住民が、南朝と云へば此の自天王までを数へ、「五十有余年ではありません、百年以上もつゞいたのです」と、今でも固く主張する」とあるのは、「赤嵌記」でいえば、「克壓を信望する兵や民は、延平郡王と崇め、哀惜の余りその画像を描き、歌まで作つて偲んでゐる」との記述に相当する。「吉野葛」の冒頭では、自天王の悲劇を執筆する計画が具体的に語られる。

私の知り得たかう云ふいろ〳〵の資料は、かねてから考へてゐた歴史小説の計画に熱度を加へずにはゐなかつた。南朝、――花の吉野、――山奥の神秘境、――十八歳になり給ふうら若き自天王、――楠二郎正秀、――岩窟の奥に隠されたる神璽、――雪中より血を噴《ふ》き上げる王の御首、――と、かう並べてみたゞけでも、これほど絶好な題材はない。何しろロケーションが素敵である。舞台には渓流あり、断崖あり、宮殿あり、茅屋《ぼうおく》あり、春の桜、秋の紅葉、それらを取り〴〵に生かして使へる、而も拠り所のない空想ではなく、正史は勿論、記録や古文書が申し分なく備はつてゐるのであるから、作者はたゞ与へられた史実を都合よく配列するだけでも、面白い読み物を作り得るであらう。が、もしその上に少しばかり潤色を施し、適当に口碑や伝説を取り交ぜ、あの地方に特有な点景、鬼の子孫、大峰の修験者《しゆげんじや》、熊野参りの巡礼などを使ひ、王に配するに美しい女主人公――大塔宮《だいとうのみや》の御子孫の女王子《おんなみこ》などにしてもいゝが、――を創造したら、一層面白くなるであらう。私はこれだけの材料が、何故今日まで稗史小説家の注意を惹かなかつたかを不思議に思つた。（中略）そんなことから、私は誰も手を染めないうちに、自分が是非共その材料をこなしてみたいと思つてゐた。

この「吉野葛」の絢爛たる執筆計画を承知した上で、『台湾外記』などの歴史書籍を読み、自らの住む土地にも、鄭成功のそれのように人口に膾炙《かいしゃ》した場面ではなく、いまだ知られざる歴史の一齣《ひとこま》、鄭氏の子孫を見舞った悲劇があることを知り、また一九四〇年、その歴史が演じられた舞台を訪れて現場を目撃したとすれば、当時歴史小説を志していた西川が技癢《ぎよう》を覚えるのも無理ない。――没落する鄭氏一族、台湾の古都台南、赤煉瓦が夕陽を浴びて真紅に染まる承天府、若くして鄭家を背負い明朝の復興に燃える鄭克壓、承天府の石畳ににじむ流血の跡。こちらも素敵なロケーションである。舞台には、波濤《はとう》打ち寄せる海岸あり、オランダが拠点とし鄭成功が奪った赤嵌楼や安平の紅毛砦《ゼーランジャ》、陳氏の由緒ありげな廟あり、元宵節《げんしょう》の花灯などの季節も使うことができる。書物には『台湾外記』や陳迂谷『偸閑集』などがそなわり、少しばかり潤色を施しつつ、適当に口碑や伝説も混ぜて、これらを生かし、配列すれば、面白い読み物を作りうる。また台南に特有な点景として、ひなびた米街の金銀紙屋や大天后宮前の露店、オランダの艦隊、「烏鬼《うき》」と呼ばれる「蕃人」などを用い、成功の孫に配するに貞淑なる陳永華の娘をもってすれば、いっそう興趣を増す。――しかも鄭成功の事績と異なり、「これだけの材料が、何故今日まで稗史小説家の注意を惹かなかつたかを不思議に思」われるほどの、今まで誰もあつかったことのない逸品の素材である。

「吉野葛」の愛読者が、「赤嵌記」を一読、さてどこかで似たような構想を目にしたがと、既視感を覚えるのも無理ないだろう。

「吉野葛」の作中では、「私も嘗《かつ》て少年時代に太平記を愛読した機縁から南朝の秘史に興味を感じ、此の自天王の御事績を中心に歴史小説を組み立て、みたい」という執筆計画が語られている。一方「赤嵌記」の語り手「私」は当初、「寺廟を調べて、好きな紙籤《くじ》や土俗的な版画でも集めて廻る方が私の性分にかなつてゐる」と、腰が引け気味だったが、『外記』を通して鄭克壓の悲劇のくだりを知った後では、「私は今や克壓を中心とする陳永華父娘の物語を筆にしていいたいとさへ思ふに到」る。西川は「赤嵌記」を書く前から、歴史に強い関心を示していた。「歴史のある台湾」(『台湾時報』一九三八年二月)で、「ああ台湾!汝こそは無限の歴史の宝庫、花開く宗教のギヤラリー、未だ磨かれざる史界のデイヤマン!(中略)わたしは台湾に住む光栄をよろこび、開拓すべき歴史への興味に湧き立つてゐる」と希望を語った。

「赤嵌記」に「蘆刈」「吉野葛」の影響がうかがえるのは、西川が谷崎文学を愛読していたからだけではない。一九三〇年前後に東京で学んだ西川が、プロレタリア文学やモダニズム文学、さらに日本主義に触れていたことは見た。実はもう一つ、東京滞在中にその勃興を目睹し、刺激を受けたのではないかと思われる文学潮流がある。歴史小説を中心とした「大衆文学」の流行である。

大衆文学の勃興は、一九二三年の関東大震災後とされる。二四年ごろから「大衆文芸」の呼称が現れ、二七年に平凡社から刊行が開始された円本の一種「現代大衆文学全集」で「大衆文学」の呼称が定着した。大衆文学躍進の背景には、『キング』（一九二五年）をはじめとする娯楽月刊誌、『サンデー毎日』（一九二二年）をはじめとする週刊誌、新聞の文芸欄、そして円本の爆発的売れ行きがある。出版の大量消費時代が、大衆文学を生み出した。二六年一月には長谷川伸や直木三十五らにより『大衆文芸』が創刊され、また七月には「サンデー毎日大衆文芸賞」が設けられた。自然主義の流れを汲む作家たちやモダニズム文学などの純文学は、プロレタリア文学と大衆文学に挟撃された。[44]

この大衆文学勃興に対し、大正作家のなかでもっとも敏感に反応したのが、震災直後から関西に移住した谷崎だった。谷崎の大衆文学に対する親近感の表明は、「饒舌録《じょうぜつ》」（『改造』一九二七年二月―十二月）に始まる。連載の一回目で「此の頃はまた大衆文芸と云ふやうな物が流行り出した」と記し、中里介山《かいざん》『大菩薩峠』を礼讃した。よりはっきりと親近感を表明したのは、「大衆文学の流行について」（『文藝春秋』一九三〇年七月）である。

もし告白小説や心境小説を以て高級と云ふならば、（中略）さう云ふものは決して小説の本流ではないと私は考へる。小説と云ふものは、矢張《やは》り徳川時代のやうに大衆を相手にし、結構あり、布局ある物語であるべきが本来だと思ふ。（中略）

私は、過去何年間かの自然主義時代、心境小説時代と云ふものを文学史的に見て、結局それは今日の大衆文学時代を生み出す準備期であつたと解釈する。さうして今や徳川時代に劣らざる真の軟文学旺盛時代が再現されんとしつつあるのだと考へる。

これが本当なのである。かうならなければいけないのである。多少時代に媚《こ》びるやうな気がしてイヤだが、私自身はとうの昔から此の意気で、人にも話したことであり、作品に徴して貫つても明かである。

谷崎はその後も、「直木君の歴史小説について」(『文藝春秋』一九三三年十一月—三四年一月)で、少年時代に「小説本と云ふ面白い読み物」として「歴史を題材とした物語、所謂歴史小説」に目を開かれて以来の、自らの文学観を披歴し、「歴史物を「大衆文学」と称して邪道扱ひにする風がある」のを嘆き、歴史小説の方が現代小説よりも、作家的手腕や準備を要すると語った。

谷崎は実作にも手を染め、『乱菊物語』(『大阪朝日新聞』一九三〇年三月十八日—九月五日、『東京朝日新聞』同—九月六日)や『武州公秘話』(『新青年』一九三一年十月—三二年十一月)を書いた。これらと同時期に、歴史や伝説と関わる名作、「吉野葛」・「盲目物語」(『中央公論』一九三一年九月)・「蘆刈」・「春琴抄」(『中央公論』一九三三年六月)・「聞書抄」(『大阪毎日新聞』『東京日日新聞』一九三五年一月五日—六月十五日)が発表された。一九三〇年代、谷崎の驚異的な豊作の時代である。

西川がいつごろから大衆文学に親しんだのかは不明だが、一九三三年の「文芸時評　秋の雑誌から」上(『台湾日日新報』一九三三年十一月二十四日)には、文藝春秋社の新刊雑誌『文芸通信』(一九三三年十月創刊)について、「大衆文芸にも目を注いでゐるところは、なか〳〵編輯者抜け目がない」との記述がある。西川が台湾の歴史に対する強い関心を表明するのは、「歴史のある台湾」(『台湾時報』

一九三八年二月）においてである。少年時代、台湾は「歴史をもたぬ」と誤解し、台湾に対して「索莫たるもの」を感じてきた。しかし今は違う。

爾来幾星霜《じらいいくせいそう》かすぎ、学を終へて、再び台湾の土地を踏んだわたしは、むさぼるやうにして、その後の数年を台湾の歴史探索に過した。もとより牛乳屋と同様、年中無休の身にとつては、金と暇のある学者のやうに、志すままの旅に出ることは許されず、僅かに机上の探査にすぎないが、然しわたしは、この果敢《はか》ない空想の旅に於て、いかばかり多くの歴史を楽しんだことだらう。

さうして、今こそ、少年時、台湾に歴史なしと思ひこんだことが謬見《びゆうけん》であつたのを知り、当時の無知に自ら腹立しさを感ずるのである。（中略）わたしたちは少年時代、領台以前の台湾について、一体何を教へられたらう。僅かに濱田弥兵衛と鄭成功と呉鳳《ごほう》位なものではないか。さうして後は、殆どみな内地の歴史であつた。わたしが内地に行つて、感激の涙をこぼしたのは、つまりその地の歴史を教へられてゐたからであり、現実に住む台湾に興味を持ち得なかつたのは、この地の歴史を習はなかつたからである。

西川は東京で学んだフランス文学から、「己の住む土地の歴史、己の住む土地の文学を、何よりも重んずべきこと」を学んだ、と記す。台湾の歴史に開眼してからの西川は、「鴨母皇帝」（前掲）を先駆として、「赤嵌記」以降、歴史小説を続々発表していく。西川は東京で、プロレタリア文学、モダニズム文学、さらに日本主義にも接触したが、自らの本領をもっとも発揮できる分野として選んだのが、歴史小説を中心とする大衆文学だったのではないだろうか。

「蘆刈」「吉野葛」は周知のように、谷崎が一九二三年から関西に移住、吉野を含む関西の風土を発見したのをきっかけに書かれた。関西の数々の旧跡を舞台とする古典文学や伝説が、谷崎によって見出されていくわけだが、同じことは、四〇年に初めて台南を訪れた西川にも当てはまる。「赤嵌記」を執筆する直前に台南を訪れたことは、作中にも書き込まれている。赤嵌楼で出会った青年陳は「私」に向かって、「昨夜、先生は仰言《おつしや》つたでせう、台南の人は余りに自分の住んでゐる土地と歴史とを愛してゐない。古きを温《たず》ねてこそ、新しい時代の文化の発展があると」と語る。この言葉は、台南で開かれた座談会で自ら語ったものと重なり、「赤嵌の街を歩いて」上（『台湾日日新報』一九四〇年十二月十日）にも、「崩壊といへば、台南位、歴史の残つてゐる街は余りないが、またこの街位歴史の崩壊に無関心な街も珍らしい」と記した。西川の場合短期間の旅行にすぎないが、台湾の歴史を描こうとする西川の意図が、歴史を忘却した古都で強く刺激された。戦前の台湾で濱田隼雄と並び、圧倒的な筆力を誇った西川と、台湾の歴史を語る上で欠かせない古都台南が、歴史小説の構想のうえで結びついて生まれたのが、「赤嵌記」である。

ただし、「赤嵌記」と「吉野葛」には決定的な違いがある。「赤嵌記」が十七世紀の鄭克壓の事績を余すところなく語るのに対し、「吉野葛」は十五世紀の南朝を継承する自天王について、冒頭と末尾で触れるのみで、自天王は登場せず、吉野への紀行文となり、やがて友人津村の母恋いや妻問いの物語へと移行する。つまり、「吉野葛」は歴史小説としては失敗した、あるいは歴史小説から逸脱した小説となった。「吉野葛」研究ではこの点が議論の的とされ、花田清輝《きよてる》以来考察が重ねられてきたが[45]、近年ことに小森陽一や五味渕典嗣の「吉野葛」論のように、反体制の意図を読みとることがなされている[46]。谷崎自身は、細江光が詳細に論じたように、天皇に対し厚い尊崇の念を抱き、国家の伸張を肯定し、反戦の意図など微塵も持たなかった[47]。しかし福田博則の、皇室に対する遠慮から危険な素材となる自天王の物語を避けた、という解釈が成り立つなら[48]、構想した時点で「吉野葛」は不穏な空気をかもすことになったわけである。

一方「赤嵌記」が、物語として読ませるものの、台湾で台湾を舞台に書かれた文学作品として、あきたらなさを感じさせるとすれば、それは「赤嵌記」が、「吉野葛」の語り手が当初企図したような、あまりにも典型的な日本の歴史小説にとどまるからである。美を追求する物語作家としての西川の名に恥じない好個《こうこ》の読み物となってはいるが、そこに台湾で台湾を舞台に書かれた必然性を見出すことは難しい。台湾の旧慣である「螟蛉子」の一件を除けば、藤原泰衡《やすひら》を主人公、奥州平泉を舞台に、もしくは懐良《かねよし》親王を主人公、大宰府を舞台に、あるいは山中鹿介《しかのすけ》を主人公、出雲月山富田《がっさんとだ》城を舞台にしても、同工異曲の読み物ができあがるだろう。西川は「外地文学の奨励」（『新潮』一九四二年七月）で、「台湾や朝鮮は、単に地方と云ふだけにとどまらず、風土を異にし、しかも異民族を包含してゐる。つまり「外地」であり、そこに生まれるものは、いはゆる「外地文学」」だと語り、独自の発展を期待した。しかし「歴史のある街」台南を舞台とした「赤嵌記」は、存分に力量を発揮しつつも、日本の大衆文学の期待の地平から逸脱する、あるいはそれに違和を唱える小説とはなっていない。

五　「郷土文芸」と國分直一の批判

西川満は一九三三年の帰台以来、台湾独自の文学の誕生を熱望した。翌年の「郷土民謡の勃興　麗島小唄その他」（『台湾日日新報』一九三四年二月二十六日）で、絵画や民謡に台湾独自の作品が生まれつつある一方、文学は遅れをとっていると、次のように呼びかけた。

われわれ台湾に住むものにとつて、長い間さびしく思はれてゐたのは、われわれが郷土文芸を持たないと云ふ一事である。元来、遠く内地から離れて、此台湾を郷土とするわれわれは、澄きつた美しい大空の下から、灼熱した力強い大地の中から、われわれ自身の生命の躍動たる文学を生み出すべきであつた。（中略）

絵画に先行せられた郷土文芸はどうなつてゐるのか。残されたる問題は？　その後に来るものは？　と、心ある人々は、詩に小説に劇運動にと、あがきはじめた。そしてそれは何よりも当然のことであつた。（中略）

われわれはこれを機会に、台湾独自の文芸が続々生まれ出ることを切望するものである。

西川は五年後の「台湾文芸界の展望」（『台湾時報』一九三九年一月）でも、「台湾の文芸は、今後あくまで台湾独自の発達をとげねばならない」、「断じて中央文芸の亜流や、従属的な作品であってはならない」と唱え、また「文芸時評　気魄の貧困」（署名は鬼谷子、『台湾時報』一九三九年五月）でも、「内地にない風物、そしてその環境と人、さうしたものに関心を向けるにしても、旅行者のやうな眼で見てはならぬ。われわれはあくまで台湾の作家であることを牢記すべきだ。（中略）台湾の内から盛り上がつてくるものに真剣に取組めば、そこから「台湾」独自の文芸が生まれて来よう」と檄を飛ばした。西川の代表作である詩集『媽祖祭』や『亞片』（媽祖書房、一九三五／三七年）、雑誌『台湾風土記』の刊行（一九三九年創刊）、池田敏雄との共著『華麗島民話集』（日孝山房、一九四二年）などは、「郷土文芸」を生み出す実践だった。

西川が一九三〇年代半ばから台湾の文学界で、記者・編集者・詩人・小説家として影響力を持つとともに、その才気や人脈に惹きつけられるように、多くの台湾の文学者たちが集まった。矢野峰人（一八九三―一九八八年）や島田謹二らの理解はもちろん、濱田隼雄（一九〇九―七三年）のごとく文学的傾向の異なる作家も含まれる。彼らを結集させたのは、「郷土文芸」を育てようとの、西川の確固たる意志だったのではないかと思われる。

西川は台南の文学者とも交流があった。前嶋や新垣についてはすでに記したが、西川刊行の詩誌『媽祖』（一九三四年十月十日）には、新垣の外に、楊熾昌・林修二（一九一一―四四年）が詩を寄せ、また

『台湾日日新報』の「台湾詩人作品集」（一九三六年二—三月）にも、楊・李張瑞（一九一一—五一年）・林の詩が掲載されている。楊や李も、帰台して文学活動を始めた西川に好意を抱いていた。[49]

西川は台南出身の若い台湾人文学青年とも交流があった。邱永漢（一九二四—二〇一二年）は台北高校尋常科（旧制中学に相当）時代に西川に接近、西川編集の『華麗島』（一九三九年九月創刊）や『文芸台湾』（一九四〇年一月創刊）に詩を寄せた。葉石濤（一九二五—二〇〇八年）は台南二中在学中の一九四〇年に「媽祖祭」を『台湾文学』へ投稿、四一年には「征台譚」を『文芸台湾』へ投稿し、西川に注目された。四三年「林からの手紙」が『文芸台湾』に掲載されて後、台北に移り編集を手伝った。西川は自伝年譜『わが越えし幾山河』で、「内弟子といってもいいのは、台南の葉石濤と桃園の林火興の二人」と記した。[50]

台湾独自の文芸を熱望し自らも実践した西川を、台湾をきらびやかに飾り立てたエキゾチシズム文学の総帥としてのみ論じるのは一面的だろう。張良澤《りょうたく》「戦前台湾に於ける日本文学　西川満を例として」は、戦後長く忘れられてきた西川の貢献を再評価する先鞭となった論文で、皇民化運動への協力や大東亜文学者大会との関わりなどを指摘しつつも、「台湾文学の独自性を主張し、台湾人を覚醒させた」点を評価した。[51]これ以降の主要な西川研究である、陳藻香の博士論文も、西川は「台湾の歴史や風土を素材にした、中央文壇と趣きを異にする文学を台湾に誕生させ」たと論じた。[52]西川復権に大きな貢献を果たした中島利郎は、「台湾に根を持った台湾特有の「日本文学」を育てようとしたのである。これが、西川満の「地方主義文学」だった」と論じた。[53]

台南にいた文学好きの民族考古学者、國分直一も、西川の台湾に対する深い愛情に共感を抱いていた。その詩集をかねて読みたいと願いながら入手できずにいたが、著者から『華麗島頌歌』（日孝山房、一九四〇年）を贈られ、熟読玩味した。「華麗島頌歌　西川満氏の近業」上下（『台湾日報』一九四一年四月六／八日）では感想を記し、「私はなにが故に西川氏にひかれその詩にまいってしまふのであるか」を次のように説明した。

そこにイメージされる情感の世界は現代人の切実に郷愁するものとは近いものではないかもしれない。しかもなぜ西川氏の詩は我々の生活の土壌の上に単なる陶酔でない更に重要なる印象をおとすのであるか、それは西川氏の詩の基調の深い所にある、この島への驚くべき程深い愛情である。

私は「文芸台湾」の運動のおこるまでは、あまりこの島を愛する心の上にいはれた言葉を聞かなかつた。内地から新に渡台してきた人たちの言葉に、或はこの島に古くから育つた人たちの言葉になんと自嘲の響きの、或は軽蔑の響きのふくまれてゐたことか。

しかし「文芸台湾」の運動は否定を否定してよりよき高きものへみちびきつゝある。その中にあつて西川氏は伊良子《いらこ》清白《せいはく》の伝統を生かしつゝ、この土地の風物、習俗芸術への〔一文字不明〕を発掘しつゝある。（中略）

西川氏の詩に私が強く心ひかれる所以《ゆえん》の一つは単にその特異なる調律の美しさ、不思議なまでの音感や絵画的美の見事さのみではなく、西川氏の詩の基調にあるかくの如き愛情と理解の深さにあるのである。

だが國分は一方で、西川の活動や影響力に、警戒を示してもいた。「赤嵌記」が出た直後、「重要な収穫」と高く評価しつつも、次のように記す（「文芸台湾第六号を読む」（２）『台湾日報』一九四〇年十二月十五日）。

私はこの悲しく傷ましい物語の史実そのものよりもそこに出てくる悲劇的人物を彷彿させようとして匠《たく》まれ、それを今にのこる秘められた遺蹟とからみ合はせつつ媒介結合し、そこに叙情する作者その人に興味をもつものである。／作者はそれらの物語を深い洞察と叡智とをもつて時代と当時の社会的なつながりにまで広げて、そこに構成するのでなくして、生命の濫費《らんぴ》と頽廃と悲しい運命的なものそのものに美を見出しそこに陶酔するかの如く思はれる。

龍瑛宗氏は西川氏のロマンチシズムをもつて濱田氏〔＝濱田隼雄〕のリヤリズムと丶もに台湾文学を傾向する二流派であり、夫々《それぞれ》異つた道が台湾を文学してゆくことであらうと、その文学評論の中でいつてゐる。／私もさうだと思ふ。西川氏の影響力の大きなことについても驚ろいてゐる。事実、氏について文学する若い人は少からずあるやうに思はれる。詩人では第五号に「米街」をのせた邱〔炳南＝永漢〕君、詩も書き創作もする人では南部の俊鋭新垣〔宏一〕氏がゐる。

然し私は台湾の若い人がきう然として西川的世界に心をよせることについては警告したい。

西川氏であるからこそあの高踏的、唯美的立場に立つて絶妙の文学を生んで行けるのであるが、その亞流に至つては遂に唯美主義の中にその若さと健康さとを翳《かげ》らせてしまふことなきやを恐れる。

『文芸台湾』の創刊以来、全島規模の文学活動が盛り上がりつつあることを國分は歓迎し、批評や書評を書いて熱心に応援した。しかし同時に、西川を典型とするロマンチシズム溢れる文学に対しては、その台湾に対する愛着を評価しつつも、強い警戒を表明しつづけた。

上記「赤嵌記」評の一年ほど前に書かれた、「H兄に寄す　「文芸台湾」二月号を読みて」上下（『台湾日報』一九四〇年二月二十四／二十五日）では、『文芸台湾』に先行する『華麗島』創刊号を読んだときには「がつかりしました」と語り、『文芸台湾』第二号については、矢野峰人の詩「詩法」に対し、「閑寂と静な風景と追想と低徊《ていかい》の詩人それが悪いとするのではありません。然し華麗島は詩人をゆすぶるやうなせつぱつまつた問題や苦悩や希望や悲しみも現実に確に色々ともつてゐるでせう」とした上で、次のように記す。

台湾の作家や文学者がわれこそは文芸家協会員であるとして、それでゐて安易なローマン主義と貧困な文学的直観の中に安住してゐては駄目だといふことをいひたい。

ローマン的傾向が単に悲しきローマン主義に沈没してしまつたり或は例へ知性の文学といつたことを殊更に考へないにしても現実にぢかにぶつ《ママ》ゝかつて懐疑しそこに道を見つけ出さうとする真剣

さもなくして深くして高き文学の建設はむづかしいと思はれることです。

文学観の異なる両者のあいだには、やがて大きな溝ができる。西川満は『華麗島民話集』（日孝山房、一九四二年）を刊行した際に、随筆「紙人豆馬　華麗島民話集のこと」（『文芸台湾』第四巻第四号、一九四二年七月）で、自らの採集・執筆の態度について説明した。民俗学者ではない以上、「民俗風習のありのままを記録しようとか、研究しようとか、そんな気もちは寸毫《すんごう》も持つてゐない」と断った上で、「「華麗島民話集」を綴るにあたつて、民間伝承をそのまま文章に現はすと云つた写真的な行き方を棄て、これを単なる素材として、画家が己の生命をカンバスにたたきこんで、芸術をつくりあげるやうに、私は私流の表現を試みた」と述べた。

これに國分直一は反発した。「書評　西川満・池田敏雄共著『華麗島民話集』」（『民俗台湾』第二巻第十号、一九四二年十月）で、民話採集に対する西川の態度は「他人を誤解に導く怖れ」があると指摘し、「民話や民謡の記録は表現と云ふこと、は無関係」だと主張した。抑え気味にではあるが、西川が民話の記録に関連して、写真師と芸術家の態度を比較するのは「滑稽」で、その民俗記録の態度は「誤つた考へ」であり「無邪気」なものだと指弾した。相当に辛辣な書評である。実際これ以降、國分の回想によれば「会って話をすることができなくなった」という。「西川満さんの耽溺的ロマンチシズムには、時には反感的な気もちさえもつことがありました」というのが本音だった[54]。

西川は「書物放浪三十六　本島人の宗教」（『台湾日日新報』一九三五年十一月十六日）で『亞片』の詩に

ついて次のように説明した。

近来、本島人の若い知識階級の中には、己の民族の有する文化を何か低級のもののやうに思惟し、殊に台湾在来の宗教の如きは、唾棄すべきものとしてかへりみない人が居る。わたしは誤れることこれより甚だしきはないと確認するが故に、自らの心を台湾民族の内なるものに置き換、台湾の宗教空想の世界を文字の上に写し出さうと試みたのである。

植民地の被支配者である台湾人にとって、自民族の文化を高く評価することは、複数の意味において容易ではない。それが民族運動と結びつくようであれば総督府の忌避に触れるし、あるいは過去へのノスタルジックで安逸な退行であれば、台湾の文化を本来の意味で高めることにはつながらない。いくら台湾の伝統文化に深い愛着を抱いていようと、それが台湾の置かれた社会的状況を理解せず、一方的に「自らの心を台湾民族の内なるものに置き換」えるような態度であれば、しかもそれが支配者の日本人である場合、いくら台湾の伝統宗教を讃美されても受け入れがたいだろう。西川の活動力や台湾への愛着に敬意を払いつつも、批判的だった台湾人や日本人文学者は、國分と同様の感触を抱いていたのではないだろうか。

第五章

國分直一の壺神巡礼

――ハイブリッドな台湾の発見

一　民族考古学者の台湾時代——國分直一と台南

國分直一（一九〇八―二〇〇五年）は、戦後の日本を代表する考古・民族学者の一人である。[1]一九〇八年東京に生まれたが、同年台湾の打狗（高雄）にある郵便局へ父が赴任し、のち母に連れられ渡台した。打狗で小学校へ入るが、一九一八年父の転任にともない、台南州嘉義郡の小学校へ転校する。二二年南部の名門校、台南第一中学校へ入学した。二七年台北高等学校に入学、三〇年には京都帝国大学史学科へ入学し、国史を専攻、三三年卒業した。

大学卒業後の國分は、内地に留まるか台湾へ戻るかの選択肢に揺れたが、一九三三年に京都帝大を舞台に起きた、法学部教授滝川幸辰《ゆきとき》に対する思想弾圧事件、いわゆる滝川事件の際に、学生運動と関わり、特別高等警察に睨《にら》まれたこともあって、同年九月、台南一中の恩師松平治郎吉の紹介を受けて、台南第一高等女学校に赴任した。これより約十年間の台南滞在が始まる。四三年五月、台北師範学校の教授として赴任。敗戦後の四六年同校の教官として留用され、四七年には台湾大学文学院史学科系副教授として招聘された。帰国は四九年で、五〇年飯田《いいだ》高等学校教諭を最初に、指宿《いぶすき》高等学校教諭、農林省水産講習所助教授・教授、東京教育大学文学部教授、熊本大学法文学部教授、梅光《ばいこう》女学院大学教授を歴任しつつ、考古学や民族学の研究を進めた。[2]

國分の考古・民族学研究は、台湾や日本の南方とのつながりを中心としつつも、驚くべき広がりを持っている。[3] 國分の研究の出発点である、考古・民族学を駆使した台湾研究の著書としては、『壺を祀る村　南方台湾民俗考』（東都書籍、一九四四年。のち『壺を祀る村　台湾民俗誌』と改題して、法政大学出版局、一九八一年。本書では前者を「旧版」、後者を「新版」と称し、注記のない限り旧版を用いる）を最初に、『台湾の民俗』（岩崎美術社、一九六八年。本稿では第五刷、一九八二年四月を使用）、『台湾考古誌』（金関丈夫

写真 5-1　日本統治期の台南市（大宮町通り、現在の永福路）

との共著、法政大学出版局、一九七九年）、『台湾考古民族誌』（慶友社、一九八一年）がある。日本文化の源流を探った民族学的研究には、『日本民族文化の研究』（慶文社、一九七〇年）、『原始日本語と民族文化』（村山七郎との対談集、三一書房、一九七九年）、『日本文化の古層　列島の地理的位相と民族文化』（第一書房、一九九二年）、『北の道南の道　日本文化と海上の道』（第一書房、一九九二年）などがある。さらに、鹿児島・沖縄から南洋諸島・東南アジアにわたる、南方島嶼《とうしょ》文化の民族学的研究には、『南島先史時代の研究』（慶友社、一九七二年）、『環シナ海民族文化考』（慶友社、一九七六年）、『東シナ海の道　倭と倭種の世界』（法政大学出版局、一九八〇年）、『海上の道　倭と倭的世界の模索』（福武書店、一九八六年）、『東アジア地中海の道』（慶友社、一九九五

年）などがある。編著は多数に上り、また民族学雑誌『えとのす』（新日本教育図書、一九七四―八七年）などの編集にも携わった。近年には台湾でも『日本民俗文化誌　古層とその周辺を探る』（安溪遊地編、台北：国立台湾大学出版中心、二〇一一年）が刊行された。[4]

國分は学生時代から文学を愛読した。自伝では、台北高校時代には文芸部の雑誌『翔風《しょうふう》』に関わったといい（「同人回覧雑誌」回想記[5]）、京都帝大時代には、京都を舞台とする夏目漱石『虞美人草』や吉川英治『宮本武蔵』、当時よく読まれた漫画家の麻生豊などを読み、また一九三〇年前後に全盛を迎えたプロレタリア文学から強い影響を受けたという（「郷愁記」「離愁」『遠い空』）。大学を卒業する時点では、歴史研究とマルクス主義と文学研究の接点を模索していた。「私は明治文学をみてみたいと考えた。社会的構成において、その作品の占める地位をつかむこと、作品に反映している社会意識を分析してみせること」を考えたり、夏季学校では、「『若菜集』から『破戒』の書かれた頃までの若い日本の成長史の上に、急速な日本の資本主義の進展による社会的矛盾の文学の上に見られる反映、古いイデオロギーに対する闘争」について講演したりした（「離愁」『遠い空』[6]）。

台湾に戻り考古・民族学に沈潜するようになってからも、嗜好は変わらず、「私のような凡そ文芸に縁のないやうな学問をしてゐるもの」と謙遜しつつも（「H兄に寄す　「文芸台湾」二月号を読みて」後掲著作目録参照）、一九三〇年代末から四〇年代前半にかけて、台湾に日本語文学の黄金時代が訪れた際には、熱心に文芸雑誌や書籍を読み、批評や書評を書き、声援を送った（台南で書いた文芸批評には、しばしば「南湖太郎」の筆名を用いた）。台北高校の同級生で『翔風』の仲間だった、作家の中村地平《ちへい》

（一九〇八—六三年）からは、同じく台南に住む前嶋信次とともに、「文学好きの篤実な史学者たち」と呼ばれた（「台湾の文化」『セルパン』一九三九年六月）と、はにかみながら満更でもなさそうに記している。

國分は一九四〇年の時点で、自らの文学観として、「私は文学を美学で読めない。青野季吉《すえきち》氏のいふやうに文学を生活で読むことを長くつゞけたし、これからもまたさうであらう。自らの美学をもついとまなき程激しき時代に青年となつた私にはすべてを生活のモラルとの関連に於いて考へるあの一種の傾向がある」と記した（「文芸台湾　第五号の収穫」上『台湾日報』一九四〇年十月二日）。台湾に戻ってからも大学時代に受けたマルクス主義の影響の残っていることがわかるが、柔軟な性格はその文学観を教条的なものにはしていない。

國分は以上のように、日本の南島を中心とする考古・民族学研究の世界に、大きな貢献をなした学者である。そんな國分にとって、台南での日々は、いかなるものだったろうか。國分と同じく戦前の台南で八年間を過ごし、戦後日本のイスラム文化史研究で中心的な役割を果たした前嶋信次は、当時を不遇の時として振り返った。しかし、國分にそのような気配はない。何ごとにも夢中になりやすい性分《しょうぶん》だった國分は、台南で自ら編み出しつつあった民族考古学の実践に打ち込み、充実した日々を過ごしていたかに見える。

ただし、前嶋にしても國分にしても、この台南時代が、戦後の八面六臂《ろっぴ》の活躍の素地を作る、貴重な時代だったことは同様である。台湾は、北東アジアと東南アジア、大陸と島嶼、西洋と東洋をつなぐ、民族や文化の交通や交流の要衝である。多様な文化が重層的にそなわった台湾の、特に歴史が層のように積み重なった台南で、研究者としての生涯を始めたことによって、両者の研究には、時間・空間の面でより広い視野が獲得された。台南で萌芽した研究は、戦後大きな花となって開いていく。

本章では、國分直一が台南滞在時代に書いた一連の文章に、光を当ててみたい。國分は台南で考古学や民族学に打ち込み、山歩きの記録に始まって、遺跡発掘の報告や、漢族の民俗研究や台南の歴史研究、さらに平埔《へいほ》族の調査報告など、縦横無尽に数多の文章を残した。台南に在住した日本人として、恐らくもっとも豊かな筆量だったと思われる。一見関心の赴くまま多分野に手を出したように見えるが、その展開を順に追うと、一筋の論理的必然性があり、戦後の國分の研究を予告するものとなっていることがわかるだろう。

写真 5-2　大正公園（児玉公園）

二　台南周辺の散策から発掘へ――民族学と考古学

國分直一は、一九三三年三月京都帝国大学史学科（国史学専攻）を卒業し、九月より台南第一高等女学校に赴任した。満二十五歳のことである。のちに國分は台南一高女を次のように描いた。

約一個師団の軍隊を入れることが出来るという駅前の広場、その一隅にあって、すべての街の歴史を知っているかのように巨然として立っている森のような榕樹、西の方には真直ぐに台車道が下っていて、この街が西方に傾斜していることを示していた。榕樹の下から、美しい鳳凰樹の並木道が南の方についていた。並木道は間もなく黒々としたビルマネムのかげの、白い児玉さん〔＝児玉源太郎、一八五二―一九〇六年、第四代台湾総督〕の像のあるロータリーに出る。そこから古めかしい州庁舎の洋館と広東風の美しい両広会館の前を通って僅かに行くと、官舎街に出る。その南の角の大きな柳のある家を左に折れると、つきあたりが鄭成功を祀る開山神社の赤い壁になっており、赤い壁に行くまでの南側の丘の上に落ちついた感じの学校がある。／門をはいるとすぐ玄関の前に、この学校を象徴するかのようにのびのびと枝を天空にのばした、樹皮の白い綿の木があった。

「綿の木のある学校」『遠い空』[7]

写真 5-3　台南州庁（現在の台湾文学館）

現在でも台南市街の基本的な都市構造は変わっていない。台南の顔とも呼ぶべき台南駅の前には、広いロータリーがある。かつてはその中心に、巨大なガジュマルの樹が威容を誇っていた。

ロータリーから西南へと延びる大正町通り（現在の中山路）がメインストリートである。現在では失われたが、道路の両側にはかつて鬱蒼とした鳳凰木の並木が植えてあり、初夏には鮮やかに燃えるような花をつけた。台南に長期間居住した日本人の文筆家で、この鳳凰木について記さない者はないほどで、國分も例外ではない。

私はこの台南で、綿の花によつて春を見出し、鳳凰木の開花によつて夏を意識することにもう幾年かならされてきた。／この頃、街に鳳凰木の花が真赤に咲き出したので、しきりに夏が来たことを思ふ。この木は珍しく季節の情感を知つてゐるやうである。（中略）

秋から冬にかけてこまごまに落葉し、春から初夏にかけて美しい青葉を吹き出す。そして五月にもなれば繊細な偶数羽状《うじよう》複葉の集団の中に赤い花をつける。

この花は赤とか紅とかいふのみではいひ切れない。やゝ黄色もまじつてゐて、真紅《しんく》から淡紅《うすべに》の暖かい色まで幾種類かある。この地方はかんかん照りに照りつけるほど、空が青く澄む。その青く美しい空の下で、この燃えるやうな花の集団は実にまた美しい。然し夕陽を浴びたこの花は更に更に華麗である。

「鳳凰木の夏」（『台湾日報』一九四〇年五月二十八日）

大正町通りを行くと、街中心部のロータリーに出る。かつてここに児玉源太郎の像があった。放射状に伸びた通りのうち、南へと下る幸町通り（現在の南門路）を、右手に台南州庁（現在は国立台湾文学館）、左手に台南警察署（現役）を見つつ南下すれば、やがて右手に孔子廟が見えてくる。これを通り過ぎ、緑町通り（現在の府前路）を渡り、少し先を東へと入る道を進めば、開山神社（現在の延平郡王祠）の手前、南側に、かつての台南第一高等女学校、現在の台南女子高級中学が見えてくる。國分にとって一高女のシンボルは、綿の木（木綿花）だった。

写真 5-4　消防署

私は台湾の南部では二月から四月にかけての時候が好きである。この時季には流石に南国にも春がある事を思ふのである。（中略）九月頃から吹きはじめた季節風が次第に遠のいて、からつと晴れた青い空が覗《のぞ》き、ぽかぽかと暖かい陽が万象に注がれるのを目や皮膚に感覚するのは心よいものである。（中略）／この時季のさうした自然の景物の中で、私はなによりも、中頃に蕾をもち、三月の中頃にぽつくりと柿色の花をつける綿の木を愛する。（中略）

冬の間、はだかになつてゐた此木も二月になると、松の枝のやうに真つすぐに左右均整に延ばした樹枝にふつくらした蕾をつけはじめる。その蕾ははじめは深い紫の萼《がく》に固くつゝまれてゐる

が、暖かさの加はるとゝもにその蕾はふくらんでゆく。さうして三月に入ると、ぽつぽつ開花するのである。（中略）

花は内地の木蓮に似てゐるが、やゝあつぼつたく色は柿色をしてゐて、いかにも暖かい感情を胸にひめてゐる様な趣のある花である。

この綿の木は台南の市内ではあまり見かけないが、不思議な事に一高女の附近にはちよいちよい見るのである。学校の中にも玄関に見事なのが一本、校舎の裏の旧台湾府城壁の残塁の崩れあとからのび出してゐる二本と三本の綿の木がある。城壁の方の綿の木は大きな蓮霧《れんぶ》のしげみのかげになつてゐるので、普段はことに人目につかないかと思ふが、玄関脇の綿の木はちよつと類がない程見事で、赤い校舎をバックに亮々《りようりよう》と青空につつ立つてゐる。教師も生徒たちもどんな日でも少なくとも一日に二回はこの綿の木を意識せざるをえない。

「綿の春」（『台湾日報』一九三八年三月二十五日）

台南第一高等女学校は一九一七年に、総督府台南高等女学校分校として、日本人女子の教育のために設立された。二二年には、台湾人女子を主に教育する台南第二高等女学校の設立とともに、台南州立台南第一高等女子学校と改称された。[8] 戦後は二高女と合併し、現在は国立台南女子高級中学となっている。國分の学者としての人生は、ここで教職に就いたことから始まる。

國分は考古学・民族学的調査の結果を論文に、台南の歴史や漢族・平埔族の民俗に関する研究を

写真 5-5　台南第一高等女学校（現在の台南女子高級中学）

考証や随筆にまとめ、学会誌や『台湾時報』『台湾日報』『民俗台湾』などに発表していった。それらのなかには、のちに単行本『壺を祀る村』『台湾の民俗』『台湾考古誌』『台湾考古民族誌』（以下、それぞれ『壺』『民俗』『考古誌』『民族誌』と略称する）などに収録されたものもあるが、未収録のものも数多くある。これまでに國分の著作の書誌として、甲元眞之編「国分直一博士著作目録」（『日本民族文化とその周辺』）、甲元眞之・木下尚子編「國分直一先生著作目録ならびに研究活動年譜」（『ヒト・モノ・コトバの人類学』）、平川敬治編「國分直一略年譜」（『遠い空』）などがあるが、初期の著作については残念ながら誤記や遺漏が極めて多い。また、『壺』新版の巻末に付された「初出発表覚え書」、『民族誌』巻末に付された初出一覧なども誤記が多い。

以下、國分直一の戦前の著作の書誌を記す。國分の研究の展開に従って、まず、原住民研究を含む郊外散策・登山の記録、次に、台南周辺の先史時代をあつかった考古学の論文や報告、そして、漢族の民俗研究や台南の歴史に関する考証や随筆など、広く台南研究と呼べるもの、最後に平埔族についての研究を列挙する。作成に際し、『台湾時報』については、中島利郎編『『台湾時報』総目録』（緑蔭書房、一九九七年）、『台南新報』については、松尾直太の労作「『台湾日報』の「学芸欄」について[9]」、『民俗台湾』については、南天書局による復刻（一九九八年）第八冊の索引を参照した。ただし残念ながら、まだ遺漏が多く予想されることをお断りしておく。

【台南郊外や付近の山丘・中央山脈などの散策・登山の記録、及び原住民研究】


1「歴史を訪ねて　台南から高雄へ　浜街道を歩るく」『台湾時報』第一八九号、一九三五年六月。

2「蕃界南路の海と山」『台湾時報』第百九十一号、一九三五年十月。

3「台南地方の山丘」『台湾時報』第百九十五号、一九三六年二月。

4「関山越の山路」『台湾時報』第百九十六号、一九三六年三月。

5「近世山岳観の成立に就いて」『台湾教育』第四百九号、一九三六年八月。

6「大南社の青年集会所」『台湾教育』第四百十号、一九三六年九月。　＊『民族誌』所収
7「マレッパ路より次高山《つぎたかやま》へ」『台湾時報』第二百三号、一九三六年十月。

8「大武紀行　イカブルガンからチヤガラウスへ」（一）―（四）『台湾日報』一九三七年四月二十一―二十四日。

9「山と高砂族　高砂族の自然観」『台湾時報』第二百十三号、一九三七年八月。

10「台南近郊の山と丘」『科学の台湾』第六巻第一・二号、一九三八年四月。　＊『壺』旧版所収
11「中央尖山登攀《とうはん》」（一）―（四）『台湾日報』一九三八年八月二十八／三十／三十一日／九月二日。

12「木魚君」（上）（下）『台湾日報』一九四〇年三月二十三／二十四日。　＊未見

13「新高山《にいたかやま》考」『台湾日報』一九四〇年六月十二日。

14「シャーマン・カリヤル君」（上）（中）（下）『台湾日報』一九四〇年六月二十五―二十七日。

15「八通関登攀」（一）『台湾日報』一九四〇年九月二十八日。

16「阿里山原住民についての覚書」『台湾公論』第八巻第四号、一九四三年四月。＊『民族誌』所収

【台南周辺の考古学】


1「土俗学者の食指動く　謎を秘めた大湖貝塚　発掘の日が楽しみ」（國分直一氏談）『台湾日報』一九三八年十一月十五日。

2「大湖貝塚の発見」『台湾日日新報』一九三八年十一月十六日。

3「台南地方に於ける石器時代遺跡」（翁長林正・萩原直哉との共著）『科学の台湾』第六巻第六号、一九三八年十二月。

4「「大湖貝塚」発掘記」（一）―（三）『台湾日報』一九三九年二月十一／十二／十四日。

5「洞窟遺跡」（一）（二）『台湾日報』一九三九年三月四／五日。

6「三本木高地」『台湾日報』一九三九年五月六日。

7「小崗山発見の先史時代遺物」（翁長林正との共著）『民族学研究』第五巻第四号、一九三九年十一月。＊『民族誌』所収

8「覆鼎金桃子園の考古学的研究」（上）（下）『台湾日報』一九四〇年三月六／七日。＊未見

9「東埔段丘上の石器に就いて」『科学の台湾』第八巻第四号、一九四〇年八月。＊『民族誌』所収

10「台南台地に於ける先史文化遺跡に就いて　第一報・台南西南周縁部の遺跡及遺物」（金子寿衛男《すえお》との共著）『考古学』第十一巻第十号、一九四〇年十月。

11「南部台湾に於ける橄欖《かんらん》石玄武岩を用ひたる石器の分布に就いて」『台湾地学記事』第十一巻第三号、一九四一年二月。＊『民族誌』所収

12「南部に於ける先史文化の二三の問題」『台湾教育』第四百六十四号、一九四一年三月。

13「台南州大埔庄山中に於ける甌穴《おうけつ》」『台湾地学記事』第十二巻第二号、一九四一年十月。＊未見

14「台湾南部に於ける先史遺跡とその遺物」『南方土俗』第六巻第三号、一九四一年十一月。

15「南支那東南沿海地方に於ける先史学的調査について」『南方』第四巻第十号、南支調査会、一九四二年十月。＊「華南東南沿岸地方における先史学的調査」と改題して『民族誌』所収

16「台湾南部新石器時代遺跡発見の貝輪と台湾南部漁村に於いて漁具として使用されてゐる貝輪について」『民族学研究』第八巻第二号、一九四三年一月。＊『民族誌』所収

17「澎湖島良文港に於ける先史遺跡に就いて」『南方土俗』第六巻第四号、一九四三年一月。

18「有肩石斧と有段石斧及黒陶文化」『南方』第五巻第六号、南支調査会、一九四三年六月。＊「有

肩石斧、有段石斧及び黒陶文化」と改題して『台湾文化論叢』第一輯（清水書店、一九四三年十二月）所収

19「二層行渓南岸に発見された土偶について」『民俗台湾』第四巻第一号、一九四四年一月。

【台南周辺の漢族の民俗、及び台南の歴史研究】

1「義愛公と童乩《タンキー》と地方民」『台湾教育』第四百十五号、一九三七年二月。＊「義愛公と地方民」と題して『壺』旧版所収

2『童乩』台南州衛生課、一九三七年三月。

3「童乩と民衆「童乩」を読みて」（一）（二）『台湾日報』一九三七年六月十五／十六日。

4「台南地方の自然と伝統」『台湾教育』第四百三十四号、一九三八年九月。

5「「油車」以前」（上）（下）『台湾日報』一九四〇年九月五／六日。

6「青鯤鯓《せいこんしん》及び其の地方　塩分地帯漁村の一例として」『台湾時報』第二百五十二、一九四〇年十二月。＊「青鯤鯓の漁村」と改題して『壺』旧版所収

7「童乩の研究」上中下『民俗台湾』第一巻第一―三号、一九四一年七―九月。＊『壺』旧版所収

8「風景と歴史　台南の街について」1／2『台湾日日新報』一九四一年七月三十／三十一日。

9「争麻油」『台湾日報』一九四一年九月一日。＊『壺』旧版所収

10「台南の歴史概観」『文芸台湾』第三巻第二号、一九四一年十一月。
11「南都風物図絵」（1）―（14）『台湾日報』一九四一年十一月七―九／十一／十三―十六／十八―二十三／二十五日。＊（1）のみタイトルが「台南風俗図絵」
12「巻頭語」「南都小史」「台南の風物」『民俗台湾』第二巻第五号、一九四二年五月。＊「南都小史」のみ「南都小誌」と改題して『壺』旧版所収
13「台南新旧街巷名の比較　媽祖祭遶境《じようきよう》巡路に従つて」（署名は南千尋）『民俗台湾』第二巻第七号、一九四二年七月。
14「洋楼と廟」『台湾日報』一九四二年七月十日。＊『壺』旧版所収、「廟」の部分のみ「台南の廟と神々」と改題して『民俗』所収
15「台南台地縁の歴史」『台湾日報』一九四二年八月三〇日。＊『壺』旧版所収
16「連雅堂氏と先史学」『民俗台湾』第二巻第九号、一九四二年九月。
17「バッド・ランド（Bad Land）」『台湾日報』一九四二年十月一日。＊『台湾地方行政』第八巻第十一号、一九四二年十一月にも掲載、『壺』旧版所収
18「沈鐘」『民俗台湾』第二巻第十二号、一九四二年十二月。
19「台湾の宗教版画」『民俗台湾』第三巻第六号、一九四三年六月。＊『壺』旧版所収
20「トーマス・バアクレイ博士について」『台湾公論』第八巻第一号、一九四三年一月。
＊「Dr. T. Barclay」と題して『壺』旧版所収

21「三山国王廟」『台湾建築会誌』第十五輯第五・六号、一九四三年五月。＊『壺』新版所収

22「オランダ時代の施設と思われる擁壁《ようへき》の発見に就いて」『台湾建築会誌』第十五輯第五・六号、一九四三年五月。＊『壺』新版所収

23「軍功廠《しょう》の遺跡について」『台湾建築会誌』第十五輯第五・六号、一九四三年五月。＊「軍功廠の碑」と改題して『壺』新版所収

24「窓と格子の美学　渡邊毅氏のグラフについて」『台湾建築会誌』第十五輯第五・六号、一九四三年五月。

【台南周辺の平埔族研究】

1「新市庄の平埔族聚落」「平埔族聚落を訪ねて　新市庄新店採訪記」『民俗台湾』第一巻第六号、一九四一年十二月。＊「平埔族聚落を訪ねて」のみ「新市庄新店の平埔族」と改題して『壺』旧版所収、また大きく書き改めたものを「新港庄」と題して『民俗』所収

2「曾文渓」『文芸台湾』第四巻第一号、一九四二年四月。＊『壺』旧版所収

3「阿立祖巡礼記」上下『民俗台湾』第二巻第七／八号、一九四二年七―八月。＊「Soulang社の末流を伝へる地方」と改題して『壺』旧版所収、また短く書き改めたものを「北頭洋」と題して『民俗』所収

4「蕭壠の歴史」『科学の台湾』第十巻第五号、一九四二年九月。＊「蕭壠の聚落」と改題して

『壺』旧版所収、「蔴豆の歴史」と原題に戻して『民俗』所収

5「葫蘆墩街と岸裏」『台湾時報』第二百七十六号、一九四二年十二月。＊『壺』新版・『民俗』所収

6「四社平埔族の尫姨と作向」『民俗台湾』第三巻第三号、一九四三年三月。＊「四社番の作向について」と改題して『壺』旧版所収

7「知母義地方の平埔族について」『民族学研究』新第一巻第四号、一九四三年五月。＊「知母義採訪記」と改題して『壺』旧版所収、大きく書き改めたものを「知母義」と改題して『民俗』所収

8「覚え書（一）一、石を祀る公廨、二、足跡信仰、三、石爺と伯公」『民俗台湾』第四巻第三号、一九四四年三月。

9「覚え書（二）一、ヒンヅーの様式を伝へてゐると思はれる水瓶、二、青銅器を祀る例」『民俗台湾』第四巻第十号、一九四四年十月。

【教育、文学、書評、台湾民俗研究、その他】

1「感生卵生伝説について」『台湾教育』第三百九十六号、一九三五年七月。

2「我が上代の社会と貨幣使用」『台湾教育』第三百九十八号、一九三五年九月。

3「二宮尊徳先生の思想」『台湾教育』第四百一号、一九三五年十二月。

4「近世初頭に於ける精神発展に就いて」(一)(二)『台湾教育』第四百二/四百三号、一九三六年一/二月。

5「武士興隆期に於ける二つの精神傾向について」(一)(二)『台湾教育』第四百六/四百七号、一九三六年五/六月。

6「女子の社会教育と婦人団体」『台湾教育』第四百二十七号、一九三八年二月。

7「綿の春」『台湾日報』一九三八年三月二十五日。

8「「オーケストラの少女」を見る」『台湾日報』一九三八年六月四日。

9「武士道と国民精神」『台湾教育』第四百三十二号、一九三八年七月。

10「夏休みの意味」『台湾日報』一九三八年七月三日。　＊署名は「南湖太郎」

11「事変下の登山」『台湾日報』一九三八年七月七日。

12「「揚子江」を読む」『台湾日報』一九三八年七月二十九日。

13「子供の言葉」(一)―(三)『台湾日報』一九三八年九月十六―十八日。

14「子供の心理」(1)(2)『台湾日報』一九三八年九月二十九/三十日。

15「支那の山」(1)―(3)『台湾日報』一九三九年一月七/八/十日。

16「花と青葉」『台湾日報』一九三九年三月十七日。

17「浮覆地に拓かれた村」(一)―(三)『台湾日報』一九三九年四月九/十一/十二日。

18「河村只雄氏の新著　南方文化の探求」(上)(下)『台湾日報』一九三九年十二月十二/十三日。

19「H兄に寄す「文芸台湾」二月号を読みて」上下『台湾日報』一九四〇年二月二十四／二十五日。＊署名は「南湖太郎」

20「明日への期待　H兄に答へて」（上）（下）『台湾日報』一九四〇年四月十九／二十日。

＊署名は「南湖太郎」

21「目に青葉　大棟から凍子脚へ」（上）（下）『台湾日報』一九四〇年五月五／七日。

22「子供の絵」（上）（下）『台湾日報』一九四〇年五月十四―十五日。

23「鳳凰木の夏」『台湾日報』一九四〇年五月二十八日。

24「格子なき牢獄」『台湾日報』一九四〇年六月六日。

25「台湾文学とわれ等の期待　文芸台湾第四号所感」『台湾日報』一九四〇年七月二日。

＊署名は「南湖太郎」

26「高山登攀が女子青年の身心に及す影響」（江頭富夫との共著）『台湾教育』第四百五十九号、一九四〇年十月。

27「文芸台湾　第五号の収穫」（上）（下）『台湾日報』一九四〇年十月二／三日。

28「美しき争ひ」（一）（二）『台湾日報』一九四〇年十月十六／十七日。

29「台地の秋」『台湾日報』一九四〇年十一月七日。

30「文芸台湾第六号を読む」（1）―（3）『台湾日報』一九四〇年十二月十四／十五／十七日。

＊署名は「南湖太郎」

31「庄司総一氏著「陳夫人」を読む」（上）（下）『台湾日報』一九四〇年十二月二十／二十一日。

32「郷愁記」（一）－（五）『台湾日報』一九四一年一月十八／十九／二十一－二十三日。

33「「木瓜」と「湾童日記」」（一）（二）『台湾日報』一九四一年二月八／九日。

34「墾丁の自然と文化」（一）－（三）『台湾日報』一九四一年二月十三－十五日。

35「楽しき文芸台湾　濱田隼雄氏へ」（一）（二）『台湾日報』一九四一年二月二十一／二十二日。
＊署名は「南湖太郎」
36「「戦争と知性」を読みて」『台湾日報』一九四一年三月十五日。

37「華麗島頌歌　西川満氏の近業」上下『台湾日報』一九四一年四月六／八日。

38「〝春秋〟　異色ある移民文学の登場」『台湾日報』一九四一年四月二十二日。

39「手紙　濱田隼雄氏へ」『文芸台湾』第二巻第二号、一九四一年五月。

40「篠田馬太郎翁のこと」（1）（2）『台湾日報』一九四一年五月十三／十五日。

41「みかへりの塔」『台湾日報』一九四一年五月十八日。

42「故郷を見て」『台湾日報』一九四一年六月八日。

43「民族の問題」『台湾日日新報』一九四一年六月十五日。

44「女子青年と高山登攀　初めて登山する人々へ」（上）（下）『台湾日報』一九四一年六月二十二／二十四日。

45「言葉と環境」（一）－（四）『台湾日報』一九四一年六月二十七／二十八日／七月一／二日。

46「書評　中村地平氏の「長耳国漂流記」」『民俗台湾』第一巻第一号、一九四一年七月。

47「台南通信」『文芸台湾』第二巻第六号、一九四一年九月。

48「澎湖島の民話と俗信」『台湾日日新報』一九四一年九月二十八日。　＊『壺』旧版所収
49「鹿野博士と「山と雲と蕃人と」」『台湾日報』一九四一年十月十日。

50「書評　サー・レオナード・ウーレイ　過去の発掘（英文）」『民俗台湾』第一巻第五号、一九四一年十一月。

51「書評　今和次郎《こんわじろう》著　草屋根」『民俗台湾』第二巻第一号、一九四二年一月。

52「書評　東亜同文書院大学編　東亜調査書（昭和十五年度）」『民俗台湾』第二巻第一号、一九四二年一月。

53「書評　中山太郎著　歴史と民族」『民俗台湾』第二巻第二号、一九四二年二月。

54「書評　デュルケム著　古野清人訳　宗教生活の原初形態」『民俗台湾』第二巻第五号、一九四二年五月。

55「書評　西川満・池田敏雄共著『華麗島民話集』」『民俗台湾』第二巻第十号、一九四二年十月。

56「点心」『民俗台湾』第三巻第三号、一九四三年三月。

57「台湾の宗教版画」『民俗台湾』第三巻第三号、一九四三年三月。　＊『壺』旧版所収
58「女子青年と高山登攀」（木田継男との共著）『台湾公論』一九四三年六月。

59「早坂一郎博士の近著　随筆地質学」『台湾公論』一九四三年十一月。　＊未見

60「淡水河の民船」（細川学・潮地悦三郎との共著）『民俗台湾』第四巻第二号、一九四四年二月。

61「点心」『民俗台湾』第四巻第三号、一九四四年三月。

62「東海岸の掠魚船」『民俗台湾』第四巻第四号、一九四四年四月。

63「村の歴史と生活」上下（黄旭初・張上卿との共著）『民俗台湾』第四巻第五／六号、一九四四年五／六月。

64「土造家屋　土墼厝（土角造）について」（潮地悦三郎との共著）『民俗台湾』第四巻第七号、一九四四年七月。

65「点心　八里庄より」『民俗台湾』第四巻第九号、一九四四年九月。

66「農民と植物」『旬刊台新』第一巻第十二号、一九四四年十一月中旬。

67「海辺民俗雑記（一）　蘇澳郡南方澳」（河井隆俊・潮地悦三郎・大城兵蔵・宮城寛盛との共著）『民俗台湾』第四巻第十二号、一九四四年十二月。

68「書評　須藤利一先生の「南島覚書」を読む」『民俗台湾』第四巻第十二号、一九四四年十二月。

69「海辺民俗雑記（二）　淡水郡八里庄」（吉田忠彦・細川学・潮地悦三郎との共著）『民俗台湾』第五巻第一号、一九四五年一月。


著作目録からは、國分の関心が重なりつつも多岐に別れ、また重点が徐々に変化していくことがわかる。最初は一九三五年以降の、山歩きの記録から始まる。登山は大学時代以来の趣味だった。次に三八年以降の、台南周辺での考古学の発掘の報告がつづく。これに先立つ三七年ごろから、國分は台南周辺の漢族の民俗に関心を抱くようになり、四一年ごろには台南の歴史に関する研究が本格化する。これと同時期には、原住民と漢族の融合した平埔族の研究も盛んに行うようになった。

國分が文章を公にするようになった最初期、一九三五年から三八年にかけて『台湾時報』などに発表した随筆の多くは、徒歩行や登山・探訪の記録である。気軽に書かれた随筆だが、後の研究の進展を予告する雛形となっている。

そのことは順に確認していくとして、國分がいかにして民族学や考古学に関心を抱くようになったのか、先に確認しておこう。研究者としての出発点を振り返って、國分は自らの育った日本統治下の台湾社会の、複雑な民族構成や植民地支配の矛盾に、大きな関心と心の痛みを感じるようになったことを記している。大学を卒業して台湾に戻るころには、「民族の内面の心的世界にはいっていくことにより、せめて共感の世界を見出そうと努めるようにな」り、そこで民族学が拠り所となった、という（「あとがき」『壺を祀る村』新版[10]）。

自らの育った台湾高雄における、幼い日々を回顧した自伝的な文章、「幼年時代」（『遠い空』）には、民族や階級間の差があからさまな植民地の風景が、細密に描き込まれている。官服の袖の金線の数を自慢する日本人下級官吏、金持ちの土木業者、内地人の貧しい漁師たち、港で働く辮髪の苦力《クーリー》、寿山上に住む「毛唐さん」らの姿。世人を驚かせた「高砂族」による内地人襲撃事件、漢族が植民地支配の転覆を目指して蜂起した、高雄にも近い台南郊外で起きた西来庵《せいらいあん》事件（一九一五年）の消息が、少年の耳にも入ってきた。事件の結果、内地人の本島人に対する警戒や非難が強まり、それぞれの少年たちが対立して始めた大喧嘩を、センダンの濃緑の葉の茂みから息を殺して見つめたこともあった。「僕の幼少年時代は、様々な種族文化の世界の中にいたようなもんです」とも語っている（「異文化にふれる　少年時代のことなど」『遠い空』[11]）。

ただし國分にとって、台湾を民族・民俗学の対象と考える直接のきっかけを与えたのは、台北高等学校の一級上の先輩で、のち著名な民族学者となる、鹿野《かの》忠雄（一九〇六—四五年）の存在だった[12]。「鹿野氏は旧制高校時代、あれでよく卒業できたと感心するほど、教室には出ないで、いわゆる蕃界にいりびたりになっていた。山地や海島（紅頭嶼《こうとうしょ》、今日の蘭嶼《らんしょ》）の原住民族の世界は、当時はまだ神秘をたたえているように見えた」（「あとがき」『壺を祀る村』新版[13]）。そんな鹿野から、険阻な山脈が重畳《ちょうじょう》する山地や、東海岸の沖にある絶海の孤島、蘭嶼（当時の呼称は紅頭嶼）に住む原住民への関心を、國分はかき立てられた。

虚弱体質で、肋膜炎を患うなど健康に恵まれずに育った國分が、山歩きを始めたのは、鹿野忠雄の影響によるものらしい。「博士の行績は若き山岳人の情熱をかき立てた／私も亦そのかき立てられたその一人」だと記す（「鹿野博士と「山と雲と蕃人と」」）。またのちに、「鹿野さんが始終山に入るものですから、僕も山に入るようになりました」とも回想している（「鹿野忠雄　ボルネオに消えたエスノグラファー」『遠い空』[14]）。國分は台北高校在学中から、鹿野の直接の影響のもと、山に入り、タイヤル族など山地に住む原住民の世界に触れ、台湾の原住民に深い関心を持つようになった。ただし、「本格的に山にはいるようになったのは、私が京大を出て台湾にまいもどってからのこと」だという（「偉大なエスノグラッファー鹿野忠雄氏をめぐって」『海上の道』[15]）。これらの回想で國分は、自らが採用した「エスノ・アーケオロジー」、つまり民族考古学の手法は、鹿野から学んだものだとくり返し述べている。

國分の初期の文章のうち、「蕃界南路の海と山」は、一九三五年七月に高雄から南回りの汽船で紅頭嶼（蘭嶼）と卑南《ひなん》平野を訪れた際の紀行文で、離島に住む海洋原住民の生活を描いた、やや本格的な原住民研究である。國分は三七年夏にも、鹿野の調査に合流して、台南一高女の同僚で画家の御園生暢哉とともに紅頭嶼を再訪した。よほど思い出深かったらしく、のちに何度も懐かしく語っているが（「鹿野忠雄博士」『壺を祀る村』新版[16]）、なかでも紅頭嶼に住む原住民タオ族（ヤミ族）に、シャーマン・カリヤルという友人のできたことが嬉しかったらしい。四〇年発表の「シャーマン・カリヤル君」には、「私と彼とは昭和一二年の夏以来交際を続けてゐる。そして我々の間に民族を超えた友情が通つてゐることを意識する」と記し、カリヤルのくれた、カタカナの国語で記された「愉快な手紙」を紹介した。紅頭嶼には戦後もいくどか訪れ、カリヤルとの友情は続いた[17]。國分には他にも「木魚君」なる原住民の友人もいたらしい（「木魚君」一九四〇年。未見のため詳細不詳）。三六年の「関山越の山路」は、台湾を東西につなぐ旧道の一つをたどる山歩きの記録で、道中山地原住民についての考察が加えられる。続く「マレッパ路より次高山へ」は、本格的な登山の記録で[18]、途中で接した原住民に対する観察記録はより頻繁になる。そして「山と高砂族」にいたると、本格的な原住民研究である。

このような原住民研究は、鹿野忠雄の影響だけではない。台湾における原住民研究は、一九三〇年代後半、大きな成果をもたらすまでに熟していた。その最たるものが、台北帝国大学土俗人種学研究室の移川子之蔵《うつしかわねのぞう》（一八八四―一九四七年）・宮本延人《のぶひと》（一九〇一―八七年）・馬淵東一《とういち》（一九〇九―八八年）による『台湾高砂族系統所属の研究』（刀江書院、一九三五年）、及び小川尚義《なおよし》（一八六九―一九四七年）・浅井恵倫《えりん》（一八九四―一九六九年）による『原語による台湾高砂族伝説集』（刀江書院、一九三五年）である[19]。移川子之蔵が台北帝大へ赴任したのは一九二八年のことで、國分は台北高校を卒業後、移川のいる土俗人種学研究室へ進むか、内地へと向うか、迷ったという（「『台湾高砂族系統所属の研究』のころ」『遠い空[20]』）。國分の「山と高砂族」も、この研究に基づいて書かれている。

しかし、うがった見方をするなら、台南でほぼ独学をつづける國分が、海洋や山地の原住民を研究しようとしても、条件の整った台北帝大の錚々《そうそう》たる研究者たちに太刀打《たちう》ちできようもない。『台湾高砂族系統所属の研究』は、山地に住む九の原住民グループの系統や歴史を対象とし、平地に住む漢化の進んだ平埔族については、本格的な調査の対象としなかった[21]。國分のその後の関心が、山地の原住民たちが平地に住んでいた時代の遺跡の発掘、さらに手薄だった平埔族の研究へと向うのも、無理ないことといえよう。

こうして一九三五年以来、山地への徒歩行や登山、原住民の観察の記録を随筆に記した國分だが、三八年に入ると、今度は堰《せき》を切ったように、台南周辺における考古学調査の報告を発表しはじめる。國分は当時、台南周辺での、先史時代の遺跡の発掘に没頭していた。

國分が考古学に邁進するきっかけとなったのは、台南近郊における、先史時代の遺跡の発見である。國分の学んだ京都帝大の国史には、考古学の大家濱田耕作（一八八一―一九三八年）がいたものの、國分自身は考古学の実習に参加しなかったという（「國分直一博士略年譜」『遠い空』）。しかし台湾南部へ戻った國分を待ち受けていたのは、当時の台湾における考古学の勃興で、台南周辺地域においても遺跡が発掘されつつあった[22]。考古学に没頭した動機について、「台南に女学校の教師となって行ってる。そして、寂しいもんですから、海岸を歩いて、次々に貝塚が出てくる。それを確かめようなんていう努力をしていた」と語る（「戦時中における国分直一の台湾研究　オーラルヒストリーから」[23]）。國分の孤独には、台南に来た当初の前嶋信次が抱いたそれと共通するものがあった。あるいは、「当時、私自身はオリジナルな文献資料をあつかうには不便な土地にいたために、先史学や民族学に傾きはじめていた」というのが、発掘に専念するようになった最大の動機かもしれない（「金関丈夫先生の人と学問世界」『海上の道』[24]）。

戦後國分は、台湾における考古学の発展を回顧した文章をいくつか残しているが、その一つ「台湾考古学研究簡史」（『台湾考古誌』）で、鳥居龍蔵（一八七〇―一九五三年）・森丑之助《うしのすけ》（一八七七―一九二六年）らが先鞭をつけた第一期、台北帝国大学に土俗人種学研究室が開設され、最南部や東部の海岸などで組織的に収集整理が行なわれた第二期につづいて、一九三九年一月の大湖貝塚発掘以降の、西部の平地において黒陶を含む発掘がなされた時期を、第三期と呼んでいる。この第三期に、國分は大きく関わった[25]。

「台南台地に於ける先史文化遺跡に就いて」（一九四〇年）によれば、明治末年以来台南地方では散発的に遺跡が発掘され、昭和に入ってからも断片的な発掘はつづいていた。一九三〇年以降は、土俗人種学研究室による組織的な発掘があったものの、発掘に際し必ずしも報告は出されなかった。台湾における考古学調査が本格化するのは三八年、國分らによって台南州の牛稠子・十三甲遺跡、高雄州の大湖貝塚が発見され、組織的な調査が開始されてからである。発掘を中心的に担ったのは、台南一高女の國分や、台南二中で生物学を教えていた金子寿衛男《すえお》（一九一四―九五年）らの教員たちで、早くから貝塚の発掘をしていた郷土史家、石暘睢も加わった。これらはいずれも、台南台地の周縁部に、同一の等高線に沿って分布し、しばしば貝塚を伴うという。

さらに國分は一九三九年一月、前年から開始していた高雄州二層行渓の大湖貝塚の、本格的な発掘に従事した。二層行渓は、國分が「台南から高雄へ」でも、その河口にあった廃港について考証するなど、しばしば訪れた土地である。この大湖貝塚の発掘では、國分の連絡を受けて、台北から宮本延人・移川子之蔵・金関丈夫《かなせきたけお》らも加わり、黒陶文化層が発見された。この黒陶文化層と大陸東南沿岸地方の文化とのつながりを明らかにしたのは金関丈夫で、台湾と大陸との技術的な関連を指摘した大きな発見となった（「金関丈夫先生の人と学問世界」『海上の道[26]』）。しかし、発掘資料・図版・発掘ノートの一切は、台北の土俗人種学研究室に送られたものの、報告書は出されず（「台湾先史考古学の一世紀」『先史学・考古学論究Ⅲ[27]』）、わずかに國分らによる前年の調査の報告「台南地方に於ける石器時代遺跡」が「科学の台湾」に、一月の調査の簡単な報告「「大湖貝塚」発掘記」が『台湾日報』に掲載されたのみである。

またこの一九三九年の二月、台南二中の金子寿衛男が、高雄州岡山の小崗山で化石を採集中に、土器や石器類を発見した。五月以降は金子の案内で、國分も調査に参加する。この発掘には金子の教え子だった、葉石濤《ようせきとう》（一九二五―二〇〇八年）・何耀坤《かようこん》らも参加した[28]。数次の調査を経て、年内にその報告である「小崗山発見の先史時代遺物」が、國分とともに台南一高女に勤める翁長林正との共著の形で『民族学研究』に発表された。

これらの発掘調査以降、國分は熱心に考古学調査に従事するようになり、報告や論文を発表していく。のちの回想、「台湾における考古学的・民族学的調査の覚書」（『南方文化[29]』）によれば、「私は当時、台南の女学校の教師をしていまして教職のあらゆる余暇をはじめは考古学的なサーヴェーにそそいでい」たという状態になる。その結果、先史時代における大陸との交流を示唆する遺跡の発掘が相次いだ。國分が台南台地で発掘を始めた当時、台湾の考古学界では、台湾の先史文化と大陸の東南沿岸地方との関連を想定する人はいなかったという。しかし、金関が黒陶の発見にもとづき、台湾先史文化と大陸の江南地方の龍山文化との関連を指摘、さらに台北の金関が台南の國分へと、収集していた呉越地史学会の報告を提供することで、國分はこの発見に大興奮で巻き込まれていく。その結果、「台湾の先史文化の源流の少なくとも基層をなすものが、台湾海峡を隔てて一衣帯水の間にある大陸に発していることを確かめえた」という。

國分の考古学研究は現地でも注目を浴びていた。同じく台南にあって親しく交流していた台南二高女教員の新垣宏一は、「台南通信」（『文芸台湾』第一巻第六号、一九四〇年十二月）で、「先史研究家としての國分直一氏の真摯なアルバイトの数々は、多くの若い人々を刺戟して、この地方にかうした方面の成績は着々と挙《あが》りつ、ある」と記した。

一連の発掘は、國分のそれまでの原住民研究と、密接な関係がある。國分は、「私が台湾に舞いもどった頃から、西海岸南部の先史遺跡が続々発見されていった。この場合、私が眼を見はったのは、先史時代の物質文化の機能や意味が山地原住民族の技術や文化によって、わかってくる場合がいろいろにあることについてであった」としている。[30] 鹿野の刺激によって関心を持った民族学の手法が、考古学の発掘に生きてきたのである。考古学に民族学の視角を加えることで、國分は独自の民族考古学の手法を打ち立てることになる。

三　台南の歴史と漢族の民俗――歴史学と民俗学

一九三八年以降の國分は、考古学の発掘と報告の作成にのみ従事していたわけではない。これと平行して、主に四〇年以降、台南研究の文章も発表していく。新垣宏一は先に引用した「台南通信」で、「かつて前嶋信次氏がこの街の歴史をいろ〳〵と研究された事は有名であるが、今はそのあとを継ぐ人がゐない」と嘆いていた。「この街の建物に文書に金石に残された郷土史的な方面の研究者は何故現れないのであらう」との不満は、しかし、まもなく漢族の民俗や台南の歴史研究に手を染める、國分や新垣自身によって、徐々に満たされることになる。

のちに國分は、「興味深いのは、山地や海島の原住民族の世界ばかりではなかった。山麓や平地地方には漢族文化への同化の進められた原住民族、すなわち平埔族がいる。その他、華南系の漢族文化も、また日本内地の各地からきて、何々県人会などという会をもっていた日系社会のあり方ですら興味がないわけではなかった」と回想している（「あとがき」『壺を祀る村』新版）[31]。ここでは山地・海洋原住民への関心や考古学の発掘につづいて、漢族の民俗、及び台南の歴史に対する國分の研究を見てみよう。

國分への学問的影響という点で、鹿野忠雄の次に見逃せないのは、当時台南にいた歴史学者の前嶋信次（一九〇三―八三年）、郷土史家の石暘睢（一八九八―一九六四年）・荘松林（一九一〇―七四年）の存在である。大学を卒業した國分は、一九三三年九月より、台南第一高等女学校に勤めるが、前年の三二年四月から、のちにイスラム文化史研究の権威となる前嶋信次が、同じく台南の第一中学校で、歴史の教員として教鞭をとっていた。國分が台南で最初に住んだ、「桶盤浅《タンバンセン》」という南郊の台地は、前嶋が不遇の台南で哀傷の心を抱いて彷徨した土地でもあった（「綿の木のある学校」『遠い空』）。前嶋は石暘睢や荘松林らとともに、台湾の歴史や文化について、街歩きを重ねつつ研究を進めていた。

國分はこの輪に加わる。のちに、「台南時代には、郷土史家の石暘睢氏や後にアラビア史の権威になった東洋史家の前島《ママ》信次博士らと研究的会合をもったりしていた」と回想する（「金関丈夫先生と「民俗台湾」の運動」『民俗台湾』復刻版）[32]。また、「前島さんは石先生と組んで、一生懸命郷土史の研究をしていたのです。僕も誘い込まれて、石先生にはずいぶんお世話になりました。そして、清朝中国のエッセンスのようなものを台南で獲得しました」とも回想している（「綿の木のある学校　京都を経て再び台湾へ」『遠い空』[33]）。石暘睢は國分の当時の随筆のあちこちに登場する。また荘松林からも多くを教えられた。「連雅堂氏と先史学」の末尾には、「この文を草するに当り、三六九小報を見せて下さつた上に種々助言を与へて下さつた朱峰《ママ》氏に感謝申し上げねばならない」との記述がある（「朱峰」は荘松林の筆名「朱烽」の誤記と思われる）。また一九四三年の『壺を祀る村』刊行の際には、序で、金関丈夫・立石鐵臣・池田敏雄の推輓に謝意を記すとともに、「台南に於ける親しい同志であつた郷土史家として著名な石揚《ママ》睢氏、陳保宗氏、朱峯《ママ》氏らに御助力や御教示を受けたことは多大」だと感謝した（旧版、二頁）。

　調査を進める過程で親しくなった、原住民や台湾人の、友人・研究仲間との交流について、國分は感謝と意欲を込めて次のように記した（「シャーマン・カリヤル君」）。

> 台湾のやうな複雑な環境の中で一隅の生活の中にかへり見られずに（一文字不明）められた民衆の歴史を考へんとする時、どうしてもその土地、その土地の人との連絡が必要である。さういふ所から私と彼（＝紅頭嶼のカリヤル氏）との交際ははじめられたが、次第に人間的な触れ合ひが意識されるやうになり、私は文明人との間の交際などよりも、時にはずつと純真な友情の喜びを見出すのである。（中略）

私には本島人の若い人の中にも心を打ち明けて話の出来るよい友達がゐる。「土俗を一緒にやりませう。今までの研究調査に漏れてゐる所を深くほり下げてゆきませう」といつてくれる人がゐる。私は涙が出るほど嬉しい。たゞ私は怠けてゐてシヤーマン・カリヤル君にも、また木魚君にも、またその本島人の方にも申し訳なき限りであると思つてゐる。（中略）
「アナタノチカラハゲンキデスカ」と問ひつ問はれつする友人を高砂族の中にも本島人の中にも未だに極く僅かしかもつてゐないことを恥かしく思ふのである。〔傍線引用者、以下同じ〕

鹿野に導かれた民族学研究では、カリヤルのような原住民の友人ができ、また前嶋や石・荘らからは、赴任地である台南が、汲んでも尽きせぬ歴史的興趣の源泉であることを教えられ、研究仲間ができた。

國分の初期の随筆、一九三五年に発表した、「歴史を訪ねて　台南から高雄へ　浜街道を歩るく」は、台南から高雄へと一気に歩いた記録で、「その時の印象と、歴史への懐古と、過去の断片的な想片とを混ぜあはして」成ったものである。五月、すでに台南は盛夏を迎えている。大南門から南下して海岸へ出た國分は、高雄へと歩を進めながら、途中の廃港や漁村・軍営の残骸などを目にした。この一文は、前嶋信次の歴史散歩の記録を彷彿させる。前嶋が「台南行脚」（『台南新報』一九三六年一月一―十日）などの、一連の台南散歩の記録を発表したのは、三四年から三七年にかけてのことである。もともと山歩きや郊外の散歩を愛好した國分が、台南台地の周辺や中央山脈へと徒歩行や登山をくり返し、これを随筆に書き記す時期と、ちょうど重なる。國分は出身地の高雄について、「古い時代からよく歩いた」といい、「その歴史を考へる事も、その将来を按ずる事もともに楽しい町」だとする。國分の紀行文は、いわば前嶋の「台南行脚」を、台南の街中から郊外への散策に応用したものだといえよう。三六年の「台南地方の山丘」も、「台南から高雄へ」と同じく近郊散策の記録で、市中を歩いた前嶋のそれと補い合う関係にある。

こうして徐々に、台南という土地への関心が高まって行く。最初に形となるのが、一九三七年の「義愛公と童乩《タンキー》と地方民」である。当時台南州北部で起きた、童乩と関わる事件から刺激を受けたもので、瘠《や》せた土地に住む貧しい漢族の、迷信に満ちた生活を描く。これをもって國分の台湾漢族の民俗研究の嚆矢と見なせるかと思われるが、國分が正面から漢族の民俗を論じるようになるのは、ややのちの四〇年以降のことで、十二月に発表した、「青鯤鯓《せいこんしん》及び其の地方　塩分地帯漁村の一例として」は、台南北郊の塩分地帯と呼ばれる低地の、地理と民俗を記述し、充実した研究となっている。塩分地帯に対する関心は、童乩事件に端を発するのみならず、もしかすると前嶋が三八年十月に発表した、「台湾の瘟疫神《おんえきしん》、王爺と送瘟の風習に就いて」（『民族学研究』第四巻第四号）の刺激があったのかもしれない。前嶋はこの長編論文で、佳里《かり》を中心とした塩分地帯の、いまだに根強く残る童乩や、南鯤《なんこん》鯓《しん》廟の王爺に対する信仰について論じた。

國分が一九四一年『台湾日日新報』に発表した「風景と歴史　台南の町について」は、國分の台南研究のダイジェストとなっている。

この町はよく三百年の文化史をもつといはれるが、この町の形成される以前、幾百年かの昔から先史住民が台地の周辺に占拠してゐたことについては、あまり知られてゐないやうである。

さうした時代から鳳凰木の美しい近代都市の現代に至る迄随分台南の風景も変つて来てゐることであらう。然《しか》も今ならば尚《なお》歴史的遺跡や名残を通して風景の推移を少しづつでも想像出来るのである。

末尾では自らの研究の意図について次のように記す。

広い街路、美しい鳳凰木の並木を通じて、さんさんと日光のそそぐ喜びは、近代の最も大いなる喜びであるかも知れない。然も一六〇〔一文字不明〕尖頭紅〔一文字不明〕笠をかぶつて若い本島人婦人が歩いてゐても、まことに調和的な風景であることは面白いことである。（中略）

近代の勢ひはこの町の風景を変へてゆくかも知れない。（中略）／歴史的遺跡としてのこしておきたくとも暗く狭い古き町の街路は明るく広大なる近代的街路にとつて代はられることは一つの必然である。（中略）

州庁だとか嘉南大圳《しゅう》だとかの近代的建築の間に壁の赤い孔子廟のあることが、如何にあの都心の一角をほほ笑ましきものにしてゐることか。

将来愈々《いよいよ》南進の重要基地にこの町はなるであらう。さうなればなる程愈々調和の美しい町にしてゆきたいものである。またそれと同時にこの土地と人との交渉がどのやうな風景をつくつてきたかについて資料を集めたり、整理をしたりしておかねばならぬ時に来てゐることを思ふのである。

國分の研究は、先史時代に始まり、オランダ時代、清朝時代と、台南に重層的に積み重なった歴史に関する資料を根気よく集め、解きほぐし、再構成していく作業だった。「風景と歴史　台南の町について」以降、一九四一年『文芸台湾』に「台南の歴史概観」を、『台湾日報』には傑作「南都風物図絵」全十四回を、翌四二年の『民俗台湾』の台南特集では「南都小史」及び「台南新旧街巷名の比較　媽祖祭遶境巡路に従つて」など、充実した台南研究を発表する。いずれも台南の街を描いて鮮やかだが、なかでも「南都風物図絵」は出色《しゅつしょく》のできえである。

写真 5-6　孔子廟

國分が一九四三年、『台湾建築会誌』に発表した三篇は、台南研究の掉尾《とうび》を飾る。「三山国王廟」は、前嶋の「台南の古廟」（『科学の台湾』第六巻第一・二号、一九三八年四月）の影響下に書かれたもので、前嶋の論への言及もある。「オランダ時代の施設と思われる擁壁の発見に就いて」は、この年の三月、石暘睢と安平の街を歩いていて偶然見つけた、オランダ時代の遺跡の報告である。ゼーランジャ城については、すでに台湾文化三百年記念会編『台湾文化史説』（台湾文化三百年記念会、一九三〇年）に村上直次郎「ゼーランヂャ築城史話」があり、同編『台湾文化史説　続』（同、一九三一年）には、栗山俊一「安平城址と赤嵌楼に就て」がある。國分の論は後者、及び岩生成一《いわおせいいち》「ゼーランディヤ城の図について」（『科学の台湾』第六巻第一・二号、一九三八年四月）に導かれて書かれた。「軍功廠《しょう》の碑」も同様に、石暘睢とともに清朝時代の遺跡を訪ねた報告である。台南の碑文といえば、前嶋（「石卓奇談　児玉将軍と曹公圳碑」一―三『台南新報』一九三四年一月一／十六／十七日など）や石暘睢（「台南古碑記」『民俗台湾』第二巻第三号、一九四二年三月）らが熱心に記録に留めようとしたものであった。他にも、「洋楼と廟」といった、台南の古廟を論じた文章には、前嶋の影響が、「台南新旧街巷名の比較」には、石（「古都台南の街名考」『文芸台湾』第三巻第二号、一九四一年十一月）の影響がうかがえる。

台南の歴史研究と同時に、國分は台湾の漢族の民俗についても研究を始めた。一九三七年発表の「義愛公と童乩と地方民」は、明治時代に台南州北部で、村民のために奔走し自殺した、巡査森川清治郎こと「義愛公」を祀る廟、[34]及び当地で行われていたシャーマニズム・民間医療の一種である、「童乩」を論じる。[35]これ以降、四一年七月から九月にかけて『民俗台湾』誌上に連載した「童乩の研究」など、一連の童乩研究を発表した。

國分の漢族文化に対する関心の出発点には、一九三七年に台南州東石庄（現在の嘉義県東石郡）で行われた童乩一斉検挙、及び國分自身が関わったその報告作成がある。台湾の伝統的なシャーマニズムである童乩の研究に関わったきっかけについて、國分は「童乩の研究」の冒頭で、台南地方の警察によって摘発された三百名余の童乩に関する調査報告である『童乩』（台南州衛生課、一九三七年）に触れて、次のように述べる。「童乩研究の上に大なる寄与をなすと考へられるのは、昭和十二年六月台南州東石郡警察課に於いて同郡下の童乩を検挙し、解散を命じ、且つその際精細に実演させ、更に記録をつくつた」、「その記録は当時の警察課長永田三敬氏及び私法主任篠宮秀雄氏によつて整理され、州衛生課長野田兵三氏を経て筆者の再整理する所となつた」。のちに回想でも、「童乩については昭和十二年六月、台南州東石郡警察課において検挙が行なわれた後、記録が作成されている。巫術《ふじゅつ》を再現し、その過程が詳細な記録となっている。当時の台南州衛生課長野田兵三博士の依頼により、筆者が整理したものが、州衛生課から出版されている。その資料にもとづき「民俗台湾」第一巻第一号から三号にわたり、「童乩の研究」を書いた」としている（「台湾のシャマニズム」『壺を祀る村』新版[36]）。また別の回想では、池田敏雄が『民俗台湾』への協力を求めて南下してきたとき、「たまたま台南州東石郡下の巫者童乩についての徹底した調査が東石郡警察の手で行なわれ、その調査の整理を台南州衛生課長野田兵三博士――実は筆者の岳父――から依頼され、解説文にかかっていたので、その資料の上に立って、「童乩の研究」上中下を創刊号から寄稿した」とも記している（「金関丈夫先生と「民俗台湾」の運動」『民俗台湾』復刻版[37]）。

國分の漢族の民俗に対する関心の萌芽は、この警察及び衛生課の調査報告の整理に関与した時点にあると思われ、初期の民俗研究、一九三七年十二月の「青鯤鯓及び其の地方　塩分地帯漁村の一例として」でも、東石郡での童乩一斉検挙に触れている。ここには植民地における民族学の発達と、政治権力の浸透との関係を見ることができよう。

ただし、透き通るような純粋な好奇心を生涯持ちつづけた國分自身には、[38] 自らが植民地統治と関わっているとの自覚はさほどなかったのではないかと思われる。[39] 台湾の伝統的なシャーマニズムである童乩についての記述にしても、順を追って見ていくと、古い弊習であるはずの童乩に対する國分の見方は変化していると、台湾時代の國分の台湾研究を総括した中生勝美は指摘する。中生氏によれば、明治四十一年の台湾違警令により、童乩は取り締まりの対象で、國分の最初の童乩論である「義愛公と童乩と地方民」は、童乩取締りの観点から書かれていた。しかし「童乩の研究」となると、「取り締まりの視点は後退し」、さらに平埔族のシャーマニズムである壺を祀る習慣の研究にいたっては、「コンカイが廃れたことを惜しむように、論文のトーンが変化」した、と指摘する。中生氏は慎重に、その原因が「国分自身の内的な変化」なのか、あるいは『民俗台湾』の編集方針がもたらしたのか判断できない、としているが、國分の書いたものを順に読み、山歩きから考古学の発掘へ、さらに漢族の民俗や台南の歴史研究へ、さらに平埔族研究へと進んでいく足どりをたどると、國分の研究が眼前の人々からその内的な世界の理解へと、徐々に深まっていくことがわかる。

前嶋信次と石暘睢から受けた、台南研究の刺激、童乩に関する報告書作成、及び一九四一年に池田敏雄から『民俗台湾』への協力を求められたことが、漢族の民俗を研究するきっかけとなり、一連の報告が書かれた。國分の民俗研究は、四一年の『民俗台湾』の創刊を待ってより本格化し、書評などを含め数多くの文章を発表した。

台南と周辺の歴史散歩、そして台南とその民俗研究の輪は、考古学の発掘同様、周りの人々へも広まった。写真家の渡邊秀雄は「台南と民俗写真」（『民俗台湾』第二巻第五号、一九四二年五月）で、國分から「民俗への興味」を持たされたといい、一九三七年に國分と北門郡の海辺を歩いて以来、写真撮影を受け持つようになった。「かくて我々は協力しておよそ台南地方の聚落とか民俗とかいつたものはことごとく写真にし、解説をつけてゆきたいと考へるに至つた」。その成果はたとえば、『民俗台湾』（第二巻第五号、一九四二年五月）の「台南の民俗」特集のグラフ写真、写真渡邊秀雄・解説國分直一の「台南の風物」などに見てとることができる。また、一九三七年から四一年まで、台南二高女で教鞭をとりつつ、民俗研究を進めた新垣宏一とも、國分は交流があった。たとえば國分の「鳳凰木の夏」には、新垣の鳳凰木研究への言及があるし、「下鯤身の漁村」（『壺』旧版所収）には、新垣の「台南地方民家の魔除けについて」（『文芸台湾』第二巻第二号、一九四一年五月二十日）が参照されている。

以上のように、國分が一九三〇年代後半から発表し始める随筆や論文を順に並べると、のちの民族考古学へと結実する手法が、模索を経て徐々に形成されたことがわかる。山歩きの好きな歴史の教諭だった國分が、台南で最初に関心を持ったのは、台南郊外での歴史散歩と中央山脈への踏査行だった。その途上で、漢族や、高砂族・平埔族の原住民の社会が見えてくる。國分にとって自然な学問的関心の成長だったろう。

台南内外での歴史散歩に、台南研究の先達であった前嶋信次や石暘睢の影響が大きかったことは間違いない。しかし、國分の描く台南という街のイメージは、前嶋のそれとはかなり異なる。前嶋の描く台南は、原住民・オランダ・鄭成功・漢族といった歴史の重層性はうかがわせながらも、それが落日の、感傷的な色彩を帯びた、古都の統一したイメージに昇華されていく。そこには摩擦や違和感といった、生々しい挟雑物の入り込む余地はなく、すべてが古色蒼然《そうぜん》とし、遠くはかなく手の届かないところに浮かび上がる仕組みとなっている。こういったイメージは、國分にも継承されていないわけではない。たとえば「南都小史」は次のように結ばれている。

大正六年の市区改正後には、鳳凰木の美しい並木道が形成され、次第に明るい近代的な町に遷移しつゝあるが、台南西方傾斜面上に発展した古き街巷には、昔日の面影を多彩に残留せしめてゐて、月の夜、赤嵌楼上に立てば、「長安一片之月」なる詩句を想はせられるほどに、月光を浴びる甍《いらか》は美しい。

嶽帝廟《がくてい》を囲む街、水仙宮を囲む街、県城隍廟《じようこう》を中心とする米街等には古き習俗は今尚ほ生きて居り、古き神々は息づいてゐる如くに思はれるが、若い人たちの表情や歩き方まで一昔前とは大変変つてきたやうに思はれる。然《し》かも婦人などその面貌に尚古き型をのこしてゐるのが台南である。

しかしこのような感傷的な、いささか靄《もや》がかかったような筆致は、國分にはさほど見受けられるものではない。この「南都小史」にしても、数年来没頭していた、貝塚や土器・石器の発掘調査など、先住民に関する考古学的知見にもとづいて、南方の文化や大陸の文化との交流が指摘される。漢族、オランダの来台以降の歴史についても、「かくて台南には、かつて人種博物館の如くに種々なる民族のゐたことが思はれる」と指摘するように、多様な民族の蝟集《いしゅう》と混淆《こんこう》に対する具体的な注意が光っている。

「南都小史」の約半年前に、國分は「台南の歴史概観」で次のように述べている。

台南の歴史は古代に於いては南太平洋の島々の文化と島々を伝ひ動いた民族移動の問題との関連なしには考へられず、近世に於いてはヨーロッパ、支那、日本との広範なる関係の中に把握されねばならず、その意味に於いて実に世界文化史の一節をなすと思はれる

これを逆にいえば、台南を視座に据えると、先史時代においては南方島嶼文化との交流、オランダ来航以降については中国・日本・南蛮文化との交流という、雄大な視野が開けてくる、ということである。実際、台南から出発した國分の学問は、その後東アジアから東南アジアにかけての島嶼文化の、特に交流過程の、具体的な考古学的発掘や民族学的事象に基づく検証へと発展した。台南という古い街への認識は、その後の國分の壮大な学問的展開の端緒となったのである。

四　壺を祀る村――重層的な台湾文化を求めて

國分直一の台南時代の研究で、現在の眼から見ても斬新で、先見の明を讃えたくなるのは、平埔族についての研究である。國分が十年間を暮らした台南は、福建省南部から移住した漢族の中心地であり、また台南の周辺地域は、漢化した原住民である平埔族が数多く住む地域であった。國分は、渡台してきた日本人も含め、漢族や原住民など各民族の文化に強く惹かれていくが、そのなかでも独自なのが、平埔族への接近である。

一九三〇年代は、台北帝大の土俗人種学研究室を中心として原住民の研究が進展するとともに、漢族の民俗についても研究が進んだ時期に当たる。鈴木清一郎『台湾旧慣　冠婚葬祭と年中行事』（台湾日日新報社、一九三四年）をはじめ、数多くの民俗学的な著作が書かれた。そして一九四一年には、台北帝大医学部で解剖学を教えていた金関丈夫（一八九七―一九八三年）、総督府情報部嘱託で台北万華《ばんか》の民俗採集に没頭していた池田敏雄（一九一六―八一年）によって、『民俗台湾』が創刊された[40]。

金関は解剖学にもとづく形質人類学者である。当時台北帝大の土俗人種学研究室の研究対象が、主に原住民社会であったのに対し、金関はその関心を、原住民だけでなく漢族社会にも注いでいた。國分は、「私は鹿野氏の他では、金関丈夫博士から最も多くを学んだ」と感謝している（「あとがき」『壺を祀る村』新版）[41]。國分が初めて金関の風貌に接したのは、京都大学在学中の一九三〇、三一年頃のことだが、のちに師事、傾倒するほどとなる交流は、台南時代に始まる(「金関丈夫先生の人と学問世界」『海上の道』[42])。当初は文献を借りるなど、主に文面を通じてのものだった。しかしそこから國分は考古学や民俗学など多くを吸収する。一九四三年に國分が台北師範学校本科教授として台北へ移って以降は、両者の交流は極めて親密となった。医学部にある金関の研究室に入りびたり、その膨大な文献に触れることを許され、連れ立って遺跡の発掘に出かけた。戦後の台北での留用中は、ことに親しい交流がつづいた。[43]

國分が戦後、『民俗台湾』について回想した文章には、「金関丈夫先生と「民俗台湾」の運動」(『民俗台湾』復刻版、湘南堂、一九八五年。『海上の道』所収)、「民俗台湾とその運動をめぐって」(『台湾文学研究会会報』第十三・十四号、一九八八年十二月)、「中村哲《あきら》先生と『民俗台湾』の運動」(『沖縄文化研究』第十六号、一九九〇年)、「二誌回想「民俗台湾」と「えとのす」の運動」(『蒼海を駆る　國分直一先生の軌跡』熊本大学文学部考古学研究室、一九九六年。『遠い空』所収)などがあり、國分のこの雑誌に対する思いの深さを知ることができる。近年『民俗台湾』については、植民地主義との関連を批判的に論じた研究、さらにこれへの反駁が盛んになされている。[44]晩年この批判に際会した國分は、批判の火蓋を切った川村湊に反論し、『民俗台湾』と金関を擁護する「『民俗台湾』の運動はなんであったか　川村湊氏の所見をめぐって」(『しにか』第八巻第二号、一九九七年二月)を書いた。議論がすでに数多く重ねられているので、本書では議論に立ち入らず、國分が金関を回想した、「行きすぎの皇民化運動と、ひとりよがりになり勝の植民地日本人たちを反省へと導き、台湾出身の人々には自信を与えようとした文化運動ではなかったかと、私などは思っている」（「金関丈夫先生と「民俗台湾」の運動」[45]）という言葉と、金関が『壺を祀る村』書評に記した、國分評を引くのみにしたい。

個人的に著者（＝國分）を識《し》る光栄を有する筆者（＝金関）は、著者の真摯な学究的態度と熱情とに、常に敬服し、鞭うたれてゐる。またその豊富な成果からは常に多大の啓発を受けてゐる。著者は日曜休日あらゆる公務の余暇を挙げ採訪に没頭するのであるが、筆者は時としてその家族に対し同情を禁じ得ぬ感を抱く。またその家族の、著者に対する理解ある態度をあり難く思ふ。著者は好夫人に恵まれたりと云ふべきだと日頃考へてゐる。しかし、台湾もまたこの好学徒に恵まれたことを感謝しなければならない。（中略）

著者は採訪の熱情を満身に有し、それを運ぶところの健脚、それを記録するところの健筆を有してゐる。しかし筆者の最も感嘆するのは、著者が随所に「開かれた心」を示してゐることである。何を指して開かれた心と為すかを説明するのは難しい。しかし開かれた心なくしては獲得し得ざる資料が、随所に本書を貴重ならしめてゐる。これはあらゆる採訪家に望むべくして望み難い好資格である。開かれた心の前には如何なる頑迷な民衆も、また心を開いて資料を吐き出すのである。忘却の淵に自ら尋ね入つて、貴重なる過去を提出しやうと努めるのである。（中略）知られざりし台湾と、達し得ざりし台湾は、いまわれわれの眼の前にある。

「書評　國分直一著　壺を祀る村」（『民俗台湾』第五巻第一号、一九四五年一月）

一九四一年に『民俗台湾』が創刊されてから、國分はそのもっとも熱心な寄稿者の一人として活躍した。國分は、「『民俗台湾』の創刊当時から私の漢族系農漁村や、平埔族の村々の採訪は、とくに多くなっていったように思う。既に軍靴《ぐんか》の音は高まっていたのに、いや高まっていたから、かえって採訪行に努めるようになったのだと思われる」と回想している（「あとがき」『壺を祀る村』新版[46]）。そんな中で國分が特に注目したのは、平埔族の文化だった。國分はのちにこのことを、「『民俗台湾』が金関丈夫先生や池田敏雄氏らの努力によって創刊されると、特に平埔族――清朝漢人によって熟蕃ともよばれていた――の調査にもかかわることになりました」と述べる（「台湾における考古学的・民族学的調査の覚書」『南方文化[47]』）。その理由は、先史時代の遺跡の調査を進め、時代が下るとともに、「原住民族と漢族との折衝史に立ち入らなくてはならないことをよく知っていた」からだった（「金関丈夫先生と「民俗台湾」の運動[48]」）。

「平埔族」とは、台湾原住民のうち、「漢族文化の影響を強く受けた平地原住民の諸民族を指して用いられる」（森口恒一・清水純「平埔族の研究」『台湾原住民研究概覧[49]』）。漢化の度合いによって「熟蕃」、「生蕃」と呼び分けられた原住民のうち、日本統治期に入ってから平地に住む「熟蕃」を「平埔族」、主に山地や離島に住む「生蕃」を「高砂族」と呼ぶようになる。しかしその区分は明確なものではなく、また平埔族は漢族との融合も進んでおり、戸籍の上からもアイデンティティの面からも、漢族との区別は困難である。しかも、漢化の進展により、固有の文化や言語は消失に瀕しており、その民族分類や民族数の確定は難しい。

國分が平埔族の文化に、最初に意識的に触れたのは、一九四〇年八月、台中の豊原に近い岸裏大社を訪れたときのことと思われる。ただし國分がこの平埔族の集落について「葫蘆墩街と岸裏」という一文に記すのは、四二年末のことで、台南近辺の平埔族の文化に触れ、関心をかき立てられてからのことである。

國分が平埔族について最初に記したのは、一九四一年十二月発行の『民俗台湾』第六号においてで、グラフ写真の解説「新市庄の平埔族聚落」、及び探訪報告「平埔族聚落を訪ねて　新市庄新店採訪記」の二篇を掲載した。のちの回想、「台湾南部平埔族の壺神追跡記」（『民博通信』第六号、一九七九年十一月。『台湾考古民族誌』所収）によれば、平埔族のうち、シラヤ族の新港《シンカン》社の末裔が住むとされる、台南台地北方の新市庄新店を訪ねたのは、四一年夏のことだった[50]。

シラヤ族は、オランダが台南地方を統治していた時代、同地に住んでおり、もっとも早くに漢族移民と接触し、またオランダ支配下でキリスト教の影響も受けた。文化や言語の変化が大きく、また数度の移住を余儀なくされた。かつては活発な文化を誇ったものの、新市庄新店ではその文化や習慣は、髪の結い方や装身具、臼や石棒など、古俗を残すと思われるごく一部を除いて失われていた。ことに固有の言語は消滅に瀕し、伝統的な信仰についても、長老会系のキリスト教が行き渡ることで消え失せつつあった。

しかしこのシラヤ族の文化に対し、「新市庄新店採訪記」の末尾に、「本稿を第一報として、シラヤ族の古俗や現存の生活風景について、次々に書いてゆきたく思つてゐる」と記すように、國分は深い関心を抱く。言語がほぼ失われた以上、その分布系統を残存する習俗、なかでも壺を祀る風習を跡づけることで明らかにしようと、以降シラヤ族の末裔を訪ねて各地を探訪するのである。

國分が次に訪れたのは、新港社の原住民たちが最初の移動地新市庄新店から移った、第二次の移動地、台南東方の中央山脈に近い知母義である。探訪は新市につづき一九四一年八月に行われた。この際の記録が「知母義地方の平埔族について」（執筆は四二年八月、発表は四三年五月）で、平埔族の古俗を見出そうと探った結果、壺神である「アリツ」（「蕃仔仏」）を祀る祭場「コンカイ」（「公廨」）は失われていたものの、数軒の家に壺を祀る風習が残されていることを発見した。

知母義では、平埔族の古習こそ多く残っていなかったが、失われつつある言葉を記録にとどめようとする人々との出会いがあった。知母義を訪ねた國分に、十年くらい前まで歌われていたという、平埔族の言語による「蕃歌」を聞かせてくれる人がいた。同じくシラヤ族の住む礁坑仔から駆けつけた老人、傅《ふ》祥露がその人である。傅氏は後日、歌をローマ字で記したノートを手に、わざわざ台南まで國分を訪ねてきた。傅氏はまた採集した平埔族の語彙集も持参した。

傅氏は平埔族の言語が死滅してしまつたことを慨《なげ》くほとんど唯一のこの地方に於ける知識人である。傅氏が十数年にわたつて採集したといはれるローマ字や漢字まじりのボキャブラリーのノートを筆者にもたらされし時、私は胸に熱いものを感じた。この記録の最後に附加するボキャブラリー集はか丶る過程をとつて世に出されるものであることを傅氏のために附記せねばならないと思ふ。

「蕃歌」を聞かせてもらった際には、「耳が悪く、ヒーアリングが不十分でノートをつくることが出来なかつた」というが（『壺を祀る村』旧版、八二頁）、國分は失われつつある、聞きとりにくい、かぼそい声に、熱心に耳を傾ける人だった。

壺を祀る習慣について探索をつづけている折柄、國分は『台湾文学』（第二巻第一号、一九四二年二月）に掲載された、呉新榮（一九〇七―六七年）の「飛蕃墓」を読む（署名は大道兆行）。そして、台南北郊の北門郡佳里街（戦後は佳里鎮、現在は佳里区）に、いまだ壺を祀る古俗が遺されていると知り、狂喜した。勇躍この海に近い塩分地帯に赴いた國分は、一九四二年四月前後の日曜日ごとにこの地方の集落を訪ね歩き、精密な調査を行った。この探訪をきっかけに、國分はのち呉新榮と親しい関係になる。そして蕭壠社の末裔が住むとされる佳里の北方、北頭洋の集落で、壺神「阿立祖」とその祭場「konkai」（公廨）に遭遇する。その記録が、四二年発表の「阿立祖巡礼記」である。一文のなかで國分は、祀られた壺を探し求める調査を、「壺神巡礼」と称した。

この信仰の分布を根拠に、國分はシラヤ族の移住の経路や系統を様々に推理する。この方法は、民族学の方法で山地原住民の系統を明らかにした台北帝国大学土俗人種学研究室の『台湾高砂族系統所属の研究』に対して、「物質文化を通して」「その種族の故地や系譜を考えようとする」ものである（「四社平埔族の尫姨と作向」）。また壺を調べると、ゼーランジャ城の遺跡で発掘されるものと同型の壺、あるいはグラスゴー産のウイスキーの瓶まで発見した。これらの壺の背後には、平埔族の移動や系統だけでなく、「一つの文化史」が横たわっていることに、國分は気づく。

北頭洋での調査を済ませて佳里に戻ってきた國分は、すぐ北方の集落にも壺神が祀られていることを知る。その情景を引用してみよう。

白柚の花が白く咲いて、その甘い鼻をつく匂ひにみちた阿立祖の粗末な konkai の裏から、子供たちがぞろ〳〵と顔を出した。阿立祖の祭壇を、私の訪問に驚いて急にはき清めやうとしてゐた老人は、大きな声で契仔（ケイキヤー）だといつた。みんな両親から阿立祖にある時期までその保護をたのんである所の子供たちなのである。その子供たちがみんな生々としてゐて、しかも可愛らしくもあるので嬉しくなつて私はむやみに阿立祖を讃えた。

佳里には街はずれに尚一箇所阿立祖を祀る所があり、そこでも白柚の花が咲きかほつてゐた。この地方に特有な跳釣瓶のある風景と、もに、白柚咲く樹陰の祭壇の印象はあたまにやきつけられて忘れることは出来ない。

壺を祀る習俗に対し、國分は戦後にいたっても関心を持ち続けた。「新化鎮隙子口地方」（『台湾の民俗』）によれば、一九六三年、台湾再遊の際に、新化鎮の左鎮を訪れた。「そこに台南地方よりはより古俗を伝える阿立祖信仰の遺風を見出した」といい、末尾に「いま筆者は生きていてよかったとしみじみと思うことである」と記す。[51] この調査後も、國分は弟子に当たる劉茂源に採集項目を渡し、再調査を依頼、劉は期待に応えて、國分らが創刊した『えとのす』第一号に、報告書「曽文渓畔の平埔族　シラヤを訪ねて」を書いた（一九七四年十一月）。この『えとのす』第一号には、陳春木（荒井孝訳）「壷を祭る村」、及び國分の「台湾先史文化と原住民族文化」も掲載されている。國分は劉の報告も踏まえて、再び、「双角木柱の神座　左鎮郷隙子口採訪記」（『壺を祀る村』新版）を書いた。

さらに一九七八年の春、國分は再び劉茂源とともに隙子口を訪れ、つづいて玉井郷も訪ねて遺跡の発掘を行ったが、風水師だと誤解され、ちょっとした騒ぎになった。憲兵が駆けつけるに及び、発掘は頓挫した。この時のことを國分は無念のあまり時々夢に見るといい、「壺を祀る村人たちの遠い過去への遡源《そげん》は今一いきというところであるから、あきらめきれないのである」と記した（「台湾南部平埔族の壺神追跡記」）。

この國分の研究手法、そして「壺神巡礼」は、現在でも高く評価されている。平埔族の研究史を整理した清水純「平埔族　シラヤ（西拉雅族）」は、國分の祭祀調査について、当時はまだ平埔族に注目し本格的な調査を行う研究者はいなかったとした上で、『壺を祀る村』所収の採訪記について、「後の台湾におけるシラヤ研究に与えた影響は少なからぬものがある」と指摘、その先駆性を高く評価する。[52] 台湾の人類学者潘《はん》英海は、「國分は、壺を祀る行為の分布と伝播を通して、シラヤ族の分布と移動をたどることができると考えていた。この理解は、のち台湾南部の平埔族研究の基本的な認識となった。以後「壺を祀る」行為とシラヤ族の関係は、のちの研究者の南部における平埔族研究に一貫して影響を与えてきた」と指摘する。[53] 角南《すなみ》聡一郎は『南方土俗』と『民俗台湾』を論じる中で、「日本植民地時代台湾において、国分直一らは、台湾の物質文化を時間と空間を越えて、包括的に理解しようとした」、「もしも、日本植民地時代以降もこのような視点が継続していたならば、現在は個別に検討され語られる物質文化について、総合的な流れを掴むことが可能となったのではないか」と論じた。[54]

このようにして、台南周辺の散策に始まる國分の研究は、やがて平埔族への関心として昇華されていった。平埔族の社会や文化には、オランダ時代の残留、漢族文化の影響、そして基盤に原住民の文化がある。つまり、平埔族を中心に据えることで、台湾独自のハイブリッドな文化が一望できる。台湾が複合的な社会である以上、混淆の結節点というべき平埔族を研究することは、台湾全体の文化史的意義を明らかにすることへとつながる。また、一冊のごく一部を占めるにすぎない平埔族研究から、全体を『壺を祀る村』と命名した國分には、深読みかもしれないが、各民族が混住していた台湾で、一九四〇年代に入ると皇民化運動が進展し、日本の文化が一方的に押しつけられつつあった時代の風潮に対する、ある種の異議が秘められていたのかもしれない。

五　台湾への情熱

國分直一の文学に対する愛着は、民族学や考古学に没頭するようになってからもつづいた。國分に刺激を与えたのは、同世代の作家、濱田隼雄（一九〇九―七三年）である。[55] 濱田は庄司総一の『陳夫人』を、「陳夫人が、本島人の生活、性格、心理に、相当な困難とたたかひつゝ、まともにぶつかつていつた点では、十分に敬意を表すべき」だと論じるような作家だった。一方台湾在住の日本人作家については、「本島人と共に生きながら、その生活から、その心理から、かへつて遠のいてゐる島内の内地人」と厳しく評してもいた（「庄司総一氏の陳夫人について」（『台湾時報』第二百五十七号、一九四一年五月）。このような濱田の台湾理解の姿勢に、國分は共感を抱き、お互いに刺激を与え合った。

台湾での滞在が、所詮は通過する者のそれであった前嶋信次と異なり、國分はそもそも高雄や台南で育ち、京都での大学生活を経て台南へ戻ってきた、いわば台湾を故郷とする日本人である。國分は、大半の台湾在住の内地人と異なり、台湾語こそ操れないものの、本島人とともに台湾で生活しながら、あるいは山地や離島で原住民と、平地で平埔族の人々と交わりながら、台湾とは何かという問いに深く入り込んでいった。

台湾に根を下ろした学問が生まれることを國分が切に願ったことは、文学への愛情が籠もった「手紙　濱田隼雄氏へ」（『文芸台湾』第二巻第二号、一九二一年五月）にもうかがわれる。『文芸台湾』第七号を手にした國分は、「この文学的には砂漠の地に旅行者の文学ではなしに、生活するもの丶文学が育つてゆくことへの喜びを感ずる」といい、作家の濱田に向かって、「へつぽこではあつても文学を愛する、そしてこの土地を愛するものがこの土地に育つ文学をどんな気もちで読んでゐるかを作家であるあなたに聞いてもらひたくも思ふ」と語りかけた。確かにまだ技術的には稚拙な部分があるかもしれないが、「素材把握の点ではジヤアナリスティック・センスだけ働かしてゐるといつたものはないこと、また旅行者の眼で書いたものでなくて実にこの台湾の生活の中で書いてゐること――たとひそれはや丶幼くとも――をほこつてよいのではないでせうか」。

國分の「手紙　濱田隼雄氏へ」に記された、「この台湾の生活の中で書いてゐること」は、國分自身の研究にも当てはまる。國分の台湾研究は、たまたま素材が台湾であったというようなものではない。同じ文章のなかの、龍瑛宗や周金波《きんぱ》の作品を論じた箇所で、國分は、「本島の作家には深い悲しみもあるでせうが、それだけに実にかくあらしめんとする熱情も深くなければならないのです。燃焼するものを愈々強く燃焼せしめることによつて文学にまで昇華させねばならないのですが、一般には燃焼が不足だと思うのです。それは内地人作家に於いてだつてさうですよ」と語る。これは恐らく、自身にも向けられた言葉だろう。國分はつづけて、「私は兄等の文学的精進を思ひつ丶南部に於ける考古学的調査の一応の結論をひき出すことに力《つと》めてゐます」と記す。

國分の最晩年に交流を持った宮岡真央子は、國分が若き日に『台湾時報』に発表した随筆を見つけ、コピーして國分に郵送した。國分からは感激の礼状が来たといい、つづけて次のように記す

（「國分直一先生からの手紙」『台湾原住民研究』第九号、二〇〇五年三月）。

國分先生を初めてお見かけした民族学会（一九九八年五月、西南学院大学にて開催）の会場では、台湾関係の研究発表がいくつかあった。それらをお聞きになったあと、國分先生は、独りこうつぶやいておられた。「ああ、来てよかった」。それは聞くからに、心の底から溢れて漏れたお言葉だった。國分直一先生にとって、台湾は、ほんとうに一生涯「イラフォルモサ」、「麗しの島」であり続け、台湾研究はまさしくライフワークであったのだろう。

國分は、『民俗台湾』の有力な支援者であった、中村哲を回想した「中村哲先生と『民俗台湾』の運動」（『沖縄文化研究』第十六号、一九九〇年）で、中村があるとき手紙を寄越し、台湾時代をともにした研究者が次々と世を去った今、「台湾派の雑学者は、あなたと僕だけになってしまいました」と語りかけてきたという。「台湾派の雑学者」の王は、文句なしに博学多才の人、金関丈夫だが、國分とてこれに劣らぬ、「雑学者」の一方の雄である。國分の壺神巡礼は、多くの対象に関心を持たずにいられず、時にそれが拡散してしまいがちな、しかし同時にそこにこそ魅力がある國分の、研究者としての素質が、平埔族という研究対象を得て、和して奏でた、日本統治期台湾における学問の美しい調べの一つともいえるだろう。

第六章

新垣宏一と本島人の台南

――台湾の二世として台南で文学と向き合う

一　日本統治期台南文学の最終走者――新垣宏一と台南

新垣《にいがき》宏一（一九一三―二〇〇二年）は、徳島県を本籍とし、高雄で生まれ、戦前は台南・台北で、戦後は徳島で教員をしながら、創作や文学研究に従事した文学者である。[1]

高雄第一小学校、高雄中学校に学んだ新垣は、小学時代より作文を得意とし、中学ではガリ版刷りの同人雑誌を作り、地元南部の『台南新報』に詩を投稿するなど（管見の限り、最初の投稿は一九三〇年の「つばくら……」、後述の著作目録参照）、早くから文学を愛好した。一九三一年台北高等学校文科甲類に入学、黄得時《とくじ》を知る。三四年台北帝国大学文政学部文学科に入学、国文学を専攻するとともに、英文学者の矢野峰人《ほうじん》・工藤好美、比較文学者の島田謹二らの教えを受けた。在学中から『台湾文芸』や『台湾新文学』に詩や評論を発表、また『台大文学』を創刊するなどの活動を行い、同時期に独自の文学活動を開始した西川満から刺激を受けつつ、対抗心を燃やした。

一九三七年大学を卒業、七月に州立台南第二高等女学校の国語科嘱託として赴任した（翌年より教諭。着任時期は検討の余地あり）。新垣は自伝『華麗島歳月』で、四一年四月、台南一高女を離れ台北第一高等女学校へ転任したと回想するが、これは誤記もしくは記憶違いと思われる。というのも、昭和十六年七月一日現在の台湾総督府編『台湾総督府及所属官署職員録』では、新垣の所属はまだ「州立台南第二高等女学校」となっている（凡例には、八月末日までの主なる移動は訂正したとある）。四一年八月三十一日に地元台南の『台湾日報』（『台南新報』の改称）に発表した「鳳凰木記」には、初夏に花をつけるこの樹についての記述があり、間違いなく夏を台南で迎えている。また雑誌『文芸台湾』には、巻末に同人の名簿が掲載されており、新垣の所属は、四一年十二月発行の第三巻第三号までは「台南支社」、四二年一月の第四号から「台北本社」に移っている。よって四一年末の前後に台北へ移動したのではないかと推測される（昭和十七年十一月一日現在の『職員録』では、台北に移動済みであることが確認できる）。新垣の台南滞在は、四年半ほどだった。

写真6-1　日本統治期の台南市（末広町通り、現在の中正路）

文筆家としての新垣がもっとも多産だったのは、一九三七年から四五年にかけて、台南と台北で教員生活を送っていた時代で、主に台南を舞台とした詩や随筆・考証・小説を数多く書いた。作品の多くは、『台湾日報』や、主に内地人が購読した台北の『台湾日日新報』、四〇年代前半の台湾文壇を代表する雑誌の一つ『文芸台湾』などに掲載された。当時の日本人作家のなかでも、創作力の旺盛な一人である。戦後はしばらく台北で留用生活を送るも、四七年五月帰国、徳島県立撫養《むや》高等女学校、徳島県教育研究所所長、徳島県立穴吹《あなぶき》高等学校校長などを歴任し、七六年からは徳島大学や四国女子大学でも教鞭をとった。

日本統治期の台南における日本語文学のうち、台南を舞台に、影響力ある日本語の小説を最初に描いた作家は佐藤春夫で、「女誡扇綺譚」はその後の台南在住の日本人による台南文学・研究の方向を決定づけた。台南に住んで歴史の研究に従事した前嶋信次は、「綺譚」の影響を受けつつ台南を表象し、また民族考古学者國分直一にもその影響の痕跡はうかがえる。台南を訪れて「赤嵌記」を書いた台北在住の作家西川満も、強い影響を受けた一人である。一方、「綺譚」と異なる角度から台南を描いた作家に庄司総一がおり、台南の旧家を舞台とする『陳夫人』は、台湾人も含む広い範囲の台湾の作家たちに衝撃を与えた。日本統治期の台南文学において、最後に登場する新垣宏一は、これら先行者たちから影響を受けつつも、台南居住を契機に独自の道を模索し、一九四〇年代前半に台南を舞台とする小説を書いた。

新垣宏一についての先行研究は少ない。日本での本格的なものとしては、和泉司の論文がある程度である。[2] 本章では、日本統治期の台南を舞台とした、日本人による日本語文学の、最終走者といえる新垣宏一の創作活動について、輪郭を描きたい。

二 「湾生」の文学青年——『台南新報』投稿から台北帝大まで

台湾で生まれ育った新垣宏一は、一九三四年台北帝国大学文政学部に入学した。国文科に属した新垣は、近代文学を専攻しようと考えていたが、結局卒論の対象は西鶴を選び（『華麗島歳月』[3]）、近世文学が専門の瀧田貞治《ていじ》（一九〇一―四六年）に師事した。その成果は、「十六の半弓　西鶴の文学に見えた探偵譚」などにうかがうことができる（後述の著作目録参照）。しかし新垣が愛好したのは、日本近代文学、なかでも夏目漱石や芥川龍之介・佐藤春夫だった。国文では近代の文学をあつかわなかったため、新垣は英文科の教員に親炙した。

当時台北帝大には、英文学者の矢野峰人（一八九三―一九八八年）、工藤好美（一八九八―一九九二年）、比較文学者の島田謹二（一九〇一―九三年）ら、気鋭の学者陣がそろっていた。なかでも、のち『華麗島文学志　日本詩人の台湾体験』（明治書院、一九九五年）に収録される諸篇を書きつぐ島田は、同時代作家の日本文学について、比較文学の見地からしばしば論じた。その研究の集大成『日本における外国文学』上下（朝日新聞社、一九七五／七六年）を見ればわかるように、島田の愛好する作家は、森鷗外・上田敏・永井荷風・北原白秋・芥川・佐藤らであった。新垣は、同じく文科生の黄得時（一九〇九―九九年）や、戦後天理大学教授となった中村忠行（一九一五―九三年）らとともに、島田に親しく接した。

中村の回想によれば、島田は「座談の名人」で、「先生が御書きになる論文を読むより、話で承ることの方が、遙かに面白い。その面白さに釣られて、屢《しばしば》、――時には、週に二度も三度も御宅に御邪魔」したという。[4]島田の娘、齊藤信子の思い出によれば、新垣と中村は講義が終わると家までついて来て、島田家に入り浸った。「母の手作りの夕御飯を食べ、夜更けてもなお、熱っぽい父の話が延々と続き、枕を出して座敷に横たわり、片肘《かたひじ》で頭を支え、父が目を細めながら朗々と何か詩を吟じ、学生であるその方達も「失礼します」と、同じく腹這いになって、じっと耳を傾けていた」。親元を離れていた新垣は、幾晩も泊まりつづけ、濃厚な文学的空気に酔った。[5]

新垣の戦前の文学活動は、居住地により三期に分けられる。一九三一年から三七年までの、台北高校・台北帝大在学時代。三七年から、台南第二高等女学校に国語科の教諭として奉職した、台南時代。そして四一年末前後から、台北第一高等女学校に奉職した、二度目の台北時代である。

新垣宏一が戦前に書いた作品について、詩、随筆・批評・考証、小説の三ジャンルに分けて、著作目録を作成した。[6] 先行する著作目録がないため、多くは一次資料から収集した。恐らくは、すでに失われた、あるいは閲覧の困難な雑誌や新聞の記事が多数ある。不完全で、多くの遺漏が予想される点、断っておきたい。

まず、詩は以下の通り。


1「つばくら……」『台南新報』一九三〇年九月十三日。 ＊ 署名は「新垣光一」

2「葬式のあつたらしい夜」『第一線』第二号（『先発部隊』の改題）、一九三五年一月六日。

3「切支丹詩集」『台湾文芸』第二巻第八・九合併号、一九三五年八月四日。

4「玫瑰珠」『台大文学』第一巻第一号、一九三六年一月。

5「装飾窓のならぶ街にて」『台湾日日新報』一九三六年二月二十一日。

6「青い秋」『台湾日日新報』一九三六年九月十一日。

7「さんた・くるず墓地」『台大文学』第一巻第六号、一九三六年十二月。

8「南蛮絵屏風《びょうぶ》」『媽祖』第十三号、一九三七年三月。

9「レントゲン撮影」『台大文学』第二巻第一号、一九三七年三月。

10「安平夏日」『台湾日日新報』一九三九年八月四日。

11「白衣の人」『台湾日日新報』一九三九年十月六日。

12「廃港」『華麗島』創刊号、一九三九年十二月。

13「新楼午後」『文芸台湾』創刊号、一九四〇年一月一日。

14「聖歌」『文芸台湾』第一巻第五号、一九四〇年十月一日。

15「ひよこ」『文芸台湾』第四巻第五号、一九四二年八月二十日。

16「ハワイ攻撃」『文芸台湾』第五巻第二号、一九四二年十一月二十日。

17「秋の紅葉に照り映えて　大東亜文学者大会出席者諸兄の帰北を迎ふ」『文芸台湾』第五巻第三号、一九四二年十二月二十五日。

18「からすみのうた」『文芸台湾』第五巻第四号、一九四三年二月一日。

19「母から子へ」『台湾新報・青年版』一九四五年二月七日。

随筆・考証は、以下の通り（太字は台南研究）。

1　「或る日曜日の午後」を観る」『台南新報』一九三四年六月二十四日。＊署名は「新垣光一」

2　「独裁大統領」を観る（ＭＧＭ）」『台南新報』一九三四年七月一日。＊署名は「新垣光一」

3　「反省と志向」『台湾新文学』創刊号、一九三五年十二月。

4　「竹内眞氏著「芥川龍之介の研究」」『台大文学』第一巻第一号、一九三六年一月。

5　「余滴」『台大文学』第一巻第一号、一九三六年一月。＊編集後記

6　「「奉教人の死」に就て」『台大文学』第一巻第二号、一九三六年三月。

7　「余滴」『台大文学』第一巻第二号、一九三六年三月。＊編集後記

8　「新文学三月号評」『台湾新文学』第一巻第四号、一九三六年五月。

9　「余滴」『台大文学』第一巻第五号、一九三六年十月。＊編集後記

10　「余滴」『台大文学』第一巻第六号、一九三六年十二月。＊編集後記

11　「ポチとジヨン」『台大文学』第二巻第二号、一九三七年五月。

12　「ポチとジヨン　その語源をたづねて」上下、『台湾日日新報』一九三七年十一月八／九日。

13　「山本有三氏著「戦争と二人の婦人」」上下、『台湾日報』一九三八年八月十七／十八日。

14　「小学読本巻十一　源氏物語排除論について」上下、『台湾日報』一九三八年八月三十一日／九月一日。

15　**「台湾文学艸録《そうろく》」一―八／十七―二十、『台湾日報』一九三八年九月十六／二十一―二十二／二十四／二十五／二十八／二十九日／十一月一／三／五／十六日。**＊九―十六は未見（掲載

紙現存せず）

16「仏頭港記」『台湾日報』一九三九年六月十四―二十二日。＊未見（掲載紙現存せず）

17「随想　河童忌　芥川龍之介十三回忌」上下、『台湾日報』一九三九年七月二十八／二十九日。

18「『文化の母』」『台湾日日新報』一九三九年八月二十日。

19「台南で歿せる三代竹本大隅太夫」『台大文学』第四巻第四号、一九三九年九月。＊未見
20「安平夜話」『台湾時報』第二百三十八号、一九三九年十月。

21「読書日録」一／二、『台湾日報』一九三九年十月二十七／二十八日。

22「十夜の半弓　西鶴の文学に見えた探偵譚」『台湾警察時報』第二百九十号、一九四〇年一月一日。

23「国語自習読本　危険きはまるその害毒」『台湾日日新報』一九四〇年一月十三日。

24「愛書と読書」『台湾日日新報』一九四〇年一月十四日。

25「邯鄲の夢について」『台湾警察時報』第二百九十三号、一九四〇年四月一日。

26「古都台南を語る」（前嶋信次・西川満と）『文芸台湾』第一巻第二号、一九四〇年三月一日。

27「台南の石亀」『台湾風土記』巻之四、一九四〇年四月八日。

28「「女誡扇綺譚」と台南の町」一―六、『台湾日報』一九四〇年四月二十七／二十八日／五月一／三／五／七日。

29「初夏随想　花咲ける鳳凰木」『台湾時報』第二百四十五号、一九四〇年五月。

30「簡単な拓本のとり方」『台湾日報』一九四〇年五月二十八日。

31 「「縁縁堂随筆」」『台湾日報』一九四〇年六月一日。
32 「玫瑰園随想」一—三『台湾日報』一九四〇年六月十二／十四／三十日。
33 「胡適《こてき》のことなど」『台湾芸術』第一巻第五号、一九四〇年七月九日。＊未見
34 「『女誡扇綺譚』断想ひとつふたつ」『文芸台湾』第一巻第四号、一九四〇年七月十日。
35 「雷神記　廟を調査して」一—十『台湾日報』一九四〇年九月十—十五／十七—二十日。
36 「続雷神記」『台湾日報』一九四〇年十一月十二日。
37 「小説を読む女性」『台湾日日新報』一九四〇年十二月一日。
38 「台南通信」『文芸台湾』第一巻第六号、一九四〇年十二月十日。
39 「昭和十五年度の台湾文壇を顧みて」『台湾芸術』第一巻第九号、一九四〇年十二月。
40 「風獅《ふうし》仔《し》覚え書　屋上の魔除け人形」一—三『台湾日日新報』一九四一年四月十六—十八日。
41 「拝竈君《そうくん》公　台南の伝説より」上下、『台湾日日新報』一九四一年四月二十二日／五月二日。
42 「台南地方民家の魔除けについて」『文芸台湾』第二巻第二号、一九四一年五月二十日。
43 「第二世の文学」上下、『台湾日日新報』一九四一年六月十七／十九日。
44 「ことばの責任　民族の理解と指導」上中下『台湾日報』一九四一年六月二十—二十二日。
45 「台南の民話伝説」『台湾地方行政』第七巻第七号、一九四一年七月。
46 「台湾のお茶」『台湾日日新報』一九四一年七月十六日。
47 「鳳凰木記」一—三『台湾日報』一九四一年八月三十一日／九月二／三日。＊内容は「花

咲ける鳳凰木」と一部重なる
48「鳳梨」『文芸台湾』第三巻第一号、一九四一年十月二十日。

49「露地の細道」『文芸台湾』第三巻第二号、一九四一年十一月二十日。

50「いひつたへ」『民俗台湾』第一巻第九号、一九四二年三月。

51「支那訳について」『文芸台湾』第四巻第二号、一九四二年五月二十日。

52「国民詩片語」『文芸台湾』第五巻第二号、一九四二年十一月二十日。

53「台湾の蝶」「洗濯」「歌仔戯《しばゐ》」「鹿」「あやつり人形」「盛り場」「龍骨車」西川満編著『台湾絵本』台湾日日新報社、一九四三年一月。

54「台南地方文学座談会」（河野《かわの》慶彦《のぶひこ》・大河原光広・日野原康史と）『文芸台湾』第五巻第五号、一九四三年三月一日。

55「私の好きな作品について」（アンケート）『文芸台湾』第五巻第五号、一九四三年三月一日。

56「デング熱のこと」『台湾鉄道』六月号、一九四三年六月三十日。

57「文芸台湾賞第二回受賞者発表　感想」『文芸台湾』第六巻第四号、一九四三年八月一日。

58「日本文学の伝承」『文芸台湾』終刊号、一九四三年十二月一日。

59「健兵の母よ斯《か》くあれ　台南州玉井庄に兵の母を訪ふ」『新建設』一九四四年七月一日。

60「森鷗外」『台湾文芸』第一巻第二号、一九四四年六月十四日。

61「派遣作家の感想　鉄量」『台湾文芸』第一巻第四号、一九四四年八月十三日。　＊未見

62「布袋草《ほていそう》」『旬刊台新』第一巻第九号、一九四四年十月中旬。

63「『三四郎』の時代　夏目漱石についてのノート」『台湾文芸』第一巻第六号、一九四四年十二月一日。

64「最も恐るべきもの」『台湾時報』第三百一号、一九四五年二月。

65「方丈の庵」『新建設』三・四月合併号、一九四五年四月十七日。

66「お重箱《じゅうばこ》」『いしずゑ』新年号、一九四五年（発行日不明）。


次に、小説は以下の通り（太字は主要な作品）。


1「でぱあと開店」『台高新聞』、一九三二年。＊未見
2「訣別」上中『台湾文芸』第二巻第六／七号、一九三五年六月十日／七月一日。

3「城門」『文芸台湾』第三巻第四号、一九四二年一月二十日。のち西川満編『台湾文学集』大阪屋号書店、一九四二年八月十五日所収。

4「盛り場にて」『文芸台湾』第四巻第一号、一九四二年四月二十日。

5「訂盟」『文芸台湾』第五巻第三号、一九四二年十二月二十五日。

6「山の火」『文芸台湾』第五巻第六号、一九四三年四月一日。

7「陀仏霊多《だぶれいた》」『台湾鉄道』四月号、一九四三年四月十五日。

8「辻小説　若い水兵」『文芸台湾』第六巻第二号、一九四三年六月一日。
9「山の父親」『台湾鉄道』十一月号、一九四三年十一月三十日。
10「砂塵」『文芸台湾』終刊号、一九四四年一月一日。
11「辻小説　丸木橋」『いしずゑ』二月号、一九四四年二月十九日。
12「朝晴れ」『台湾芸術』第四十七号、一九四四年三月一日。　＊未見
13「辻文学　決戦生活　爆風に弱いガラス」『新建設』一九四四年四月一日。
14「寅太郎」『台湾新報・青年版』一九四四年八月十九日。
15「船渠」『台湾文芸』第一巻第五号、一九四四年十一月十日。
16「辻小説　父への便り」『台湾新報・青年版』一九四四年十一月二十一日。
17「辻小説　醜敵」『台湾文芸』第一巻第六号、一九四四年十二月一日。
18「此の手此の足」『旬刊台新』第一巻第十六号、一九四四年十二月下旬。
19「いとなみ」『台湾文芸』第二巻第一号、一九四五年一月五日。

右記以外にも発表された文章があるのではないかと思われる。たとえば「初夏随想　花咲ける鳳凰木」で、「清朝時代の道光年間のことを書いた」短編小説がある、としているが、詳細は不明である。また、「台湾文芸雑誌興亡史」三（署名は編輯部、『台湾芸術』第一巻第三号、一九四〇年三月）には、一九三八年四月、保坂瀧雄編集の雑誌『色ある風』（第五輯から『ポエジー』と改題）が創刊され、主な執筆者に新

垣の名があるが、これも不明である（第三輯まで掲載なし）。新垣の執筆量は、台南に住んだ日本人としては國分直一に次ぐ。

早くから文学に目覚めた新垣が、投稿ではなく最初に発表した作品は、一九三一年、台北高校に在学中、『台高新聞』の部員だった黄得時の求めに応じて寄稿した、「でぱあと開店」（未見）である。[7]台高には文芸部があり、中村地平《ちへい》（一九〇八―六三年）、濱田隼雄《はやお》（一九〇九―七三年）など、のちに作家として名をなす卒業生がいて、雑誌『翔風』が出ていた。新垣はこれになじめず、「台高短歌会」に加わっていたが、[8]中村ら先輩たちの存在は承知していた。東京帝大に進学した中村は、在学中の一九三二年一月に発表した「熱帯柳の種子」（『作品』）で注目され、活躍を始める。濱田とは、台南赴任後に学校は違うものの、同じく台南の女学校教員として交流を持ち、のち台北一高女では同僚となり、その活動から刺激を受けた。

新垣が本格的に文学活動を開始するのは、一九三四年台北帝大に入学してからである。最初の詩「葬式のあつたらしい夜」が発表された雑誌『第一線』は、三三年台北で成立した「台湾文芸協会」の機関誌で、執筆者の多くは台湾人だった。掲載に際しては、幹事をしていた黄得時の紹介があったのかもしれない。初期の詩「切支丹詩集」「玫瑰珠」「さんた・くるず墓地」「南蛮絵屏風」は、タイトルからも推察されるように、北原白秋（一八八五―一九四二年）の『邪宗門《じゃしゅうもん》』（易風社、一九〇九年）や、芥川龍之介（一八九二―一九二七年）の「奉教人の死」（『三田文学』一九一八年九月）をはじめとする、明治末から大正半ばにかけての切支丹ものの影響が色濃い。芥川文学への愛好は、一九三六年『台大文学』に掲載した「「奉教人の死」に就て」で詳しい論を展開したように、非常に強いものがあった。新垣はアンケート「私の好きな作品について」でも、森鷗外と並べて、芥川・上田敏・永井荷風を挙げている。

一方、白秋の『邪宗門』は、二十年以上前の明治末の詩集である。新垣の白秋愛好には、師事した矢野峰人や島田謹二ら、詩人肌の学究の影響があったと思われる。矢野が、三高生だった一九一五年六月に発表した「ローデンバッハ一面観」は、白秋主催の『アルス』第一巻第三号に掲載された。白秋から届いたハガキの、「御苦心の作ローデンバッハ一面観を『アルス』六月号に御紹介申すべく候」との文面に、矢野は「有頂天」になったという。[9]のち矢野と島田は、三四年、白秋が来台した折に知遇を得る。[10]そして矢野は後年、「台湾に於ける北原白秋氏」を記した。[11]一方島田は、上京の際に白秋と面会するなど交流があり、書斎には『邪宗門』が並んでいた。[12]恐らく新垣は、矢野と島田から、熱のこもった白秋論を聞かされたと想像される。新垣は「読書日録」(二)で、白秋来台の折の興奮について、「私はその頃は大の白秋ファンであつたので、白秋の来台にどんなにか胸ををどらせたことであらう」と回想している。

詩を発表したのと同じ一九三五年、新垣は『台湾文芸』に小説「訣別」を発表した。『台湾文芸』は三四年に台中で結成された「台湾文芸聯盟」の機関誌で、三〇年代半ば、ようやく成立しかけた台湾文壇の中心的な雑誌である。『第一線』と同じく『台湾文芸』も、台湾人作家中心の雑誌で、こちらも黄得時の紹介があったのかもしれない。台北北郊の北投温泉を舞台に、大学生の演劇活動を恋愛と絡《から》めつつ、ブルジョア家庭も交えて、唯美主義的な筆致で描いたこの作品は、未完と終ったが、『台湾文芸』では異彩を放つ作風である。このように、詩にせよ小説にせよ、新垣の初期の文学活動は、台湾人作家を中心とする文芸雑誌に、日本人の文学青年としては比較的早くから関わった。一九三〇年代半ばの台湾では、台湾人作家を中心とする全島規模の文壇が形成の過程にあり、文学運動は空前の盛り上がりを見せていた。それに新垣も関わったのである。のちに黄得時は「晩近《ばんきん》の台湾文学運動史」（『台湾文学』第二巻第四号、一九四二年十月）で、当時もっとも活躍した内地人四人のうち一人として、新垣の名を挙げている。

その一方で新垣は、台北帝大文政学部生による文学団体「台大短歌会」が、一九三六年一月、雑誌『台大文学』を創刊した際に、最高学年生として中心的な役割を果たした。[13] 大学から文学を発信しようとした新垣の高揚感は、第一巻各号の巻末に掲載された編集後記「余滴」にうかがえる。「一体何度かうした雑誌を作りたいと考へたことだらう。過去一箇年のことを想ひだすと私は何となく涙ぐんでくる。（中略）しかし今こそ私は微笑んでゐ、。私は今は声をあげて叫び出したいくらゐだ。――この嬉しさ、この嬉しさはどうだ」。ただし『台大文学』は、学生の編集する雑誌でありながら、彼らの創作を掲載する同人雑誌というよりは、島田謹二ら台北帝大の文学関係の教員が深く関わったことから、学術的エッセイが多くを占める雑誌となった。[14] 新垣はこうして、台北帝大の日本人を中心とするアカデミズムから生まれつつあった文学にも関係していた。

新垣が文学活動の出発期において、台湾人と日本人主催の、いずれの文壇にも関わっていたのはなぜだろうか。中村地平や濱田隼雄らと異なり、新垣は生まれも育ちも台湾の、いわゆる「湾生」の文学青年である。一八九五年の領台以来、日本人の増加、教育制度の充実の結果として、内地を知らない日本人子弟が育ちつつあった。台北高校の設立は一九二二年だが、卒業後は内地の大学へ進学するケースが多く、また二八年に台北帝大が設立されたものの、やはり内地からの進学者が多かった。そんな中で、新垣は数少ない、台湾で生まれ、台湾ですべての教育を受けた文学青年だった。それが、新垣が台湾人の文壇にも関わった理由の一つになっていると思われる。

　ただし、当時の新垣に、台湾の文学活動に対する深い理解があったわけではない。台湾では最高の学歴を持ち、一流の教員たちの薫陶を受けたという気負いや、また二十代半ばという若さもあったろう、新垣は台湾人の出している雑誌のクオリティに対し、かなり辛辣である。『台湾文芸』に対抗して出された『台湾新文学』創刊号（一九三五年十二月）のアンケート「反省と志向」では、二十三名の回答者のうち日本人はわずか二人、そのうち一人が新垣だが、むき出しの批判的な態度を示している。「台湾文学も早く落ちついて貰ひたいものだと思ひます。何かと最近は元気が出たやうですけれど質的にいゝものが出てゐません。何が台湾文学であるか？早くそれが分かるやうになつてくれゝばいいと思つて居ります」と、せっかく複数の団体の設立を経て、全島規模の雑誌が二種も登場したというのに、素《そ》っ気《け》ない。

　つづく「新文学三月号評」（『台湾新文学』一九三六年五月）ではいっそう高飛車《たかびしや》である。まず装幀について、創刊号の表紙は色合いが「ひどかつた」が、三月号は「非常に感じがよくな」ったとしつつも、表紙の題字が木版で「貧弱」、目次欄のカットは「断然不可」、ラジオドラマの縦罫《たてけい》は「田舎臭味のするやり方」、他にも「悪趣味」だの、「劣悪の極地」だの、こんなカットを入れるくらいならやめた方がいいだのと、中央の最新の雑誌をよく承知している自負心からだろう、言いたい放題である。また個々の作品についいては、谷孫吉や李張瑞を褒めつつも、他についいては、「文章は奇怪を極む」「内容についいては言ふことはない」といった、「ウデマヘ」についての辛口の評から、詩になっていない、「詩人としての情緒はない」、「読んで何も感動の湧かない」などの酷評がつづく。

このような態度の背景には、新垣のプロレタリア文学嫌いが影響していると思われる。切支丹文学趣味からもわかるように、新垣の文学における好みは、高踏的なものに偏していた。後の回想では、自然主義の文学を嫌っていたため、プロ文を「単なる自然主義的なリアリズムの一派と見なして、それから離れたロマンチックないわば、センチメンタルな詩集を読み、自分の作品を書き、自己満足に落ち入っていた」とする(『華麗島歳月』[15])。あるいは、「当人としては伝奇派的浪漫趣味の詩人と自覚していた」ともいう(「「岸東人さん」追憶の記[16]」)一九二〇年代の内地の文壇における最大の流行は、プロレタリア文学だった。左翼思想が旧制高校を風靡し、当時の多くの文学青年はプロ文に対し強い共感を抱いた。だが三〇年代に入ると、政府の左翼運動に対する弾圧などもあって、プロ文は冬の時代を迎える。新垣の世代にとって、プロ文はすでに流行のイズムではなくなっていた。

その背景には、世代のずれのみならず、左翼思想が内地以上に警戒された、植民地の環境も作用していると思われる。台高時代、寮の押入れから、『文芸戦線』『戦旗』『文学評論』などが出てきたとき、官憲を恐れた新垣は、「左翼になじめない私一個人の判断」で、中庭で何日もかけ焼却したという（『華麗島歳月』）[17]。「新文学三月号評」でも、「情緒はな」く、「概念のさき走りのみ」だと評を下した詩に対し、「どうも「文学評論」当りの詩のみを詩と思つてゐる」とけなしている。『文学評論』は一九三四年から三六年まで刊行された、渡辺順三編集の、代表的なプロ文の雑誌である。

しかも新垣には、台湾の作家たちがプロレタリア文学に託した願望や理想に対する理解もなかった。台湾の文学者にとって、プロ文は単なる流行現象ではない。一九二〇年代に盛り上がりを見せた台湾人による政治運動において、民族解放の理念を代表する思想の一つが、マルクス主義だった。台湾の文学者にとって、文学以前に、植民地支配への抵抗こそが最大の目的であり、日本の文壇ではプロ文の作家のみが、植民地台湾の作家たちに連帯を呼びかけていた。『文学評論』や貴司《きし》山治《やまじ》編集の『文学案内』（一九三五―三七年）は、その代表的な雑誌である。実際、新垣の批評に対し、民族主義を内に秘める台南の呉新榮（一九〇七―六七年）は強く反発、新垣の文学論（不詳）に対する反論、「象牙塔之鬼　主駁新垣氏」（一九三五年九月十三日作、『台湾新聞』一九三五年に掲載。原文は参照できず、張良澤による中訳を使用）を書いて、新垣の、「文学は大衆のものだというのは荒唐無稽な話で、実際には文学は少数者の占有物だ」、「芸術のための芸術」といった論点に強く反駁した[18]。

同じく台湾で文学を志しても、ことにすれ違いが生じるのは、台湾をいかに描くか、という点においてである。台北で学生生活を送っていたころの新垣は、台湾人作家たちのこだわる「郷土色」の内実に対し、違和感を抱いていた。「反省と志向」では次のように記す。

台湾ではどんな文学が、つくられなければならないかといふことについて少し感じてゐますが、よく、「郷土色を出せ！」と言つてゐる方があるやうですね。わたしは、何が郷土色か?をよく考へてほしいと思ひます。創作の価値はその人のウデマへにあること――が第一ですね、ローカルカラーもウデマへがなければその作品を美しいものにはさせません。たゞ台湾にゐる――といふハンデキヤツプだけを利用して、自分の創作的なウデマへの鍛練をせず、ローカルカラーばかりを売りものにするのは、ちよつとずるいみたいです。逆に云へば、内地の文壇をまねて、台湾らしくない妙な心境小説を作ると云つて冷笑する人がゐますが、内地の文壇と同じ種類の世界を描いてゆくのはつまりウデマへの修業であることを気付かずにゐるのでせう。しかし郷土色をとり上げることはやはり何と言つてもよいことです。しかし、台湾の郷土色は、田舎の廟や、竹林や、豚、水牛、だけにあるものでせうか?台北の街の、三線道路や阿呆塔〔台湾総督府の中央高塔〕や、アスファルトにもあることを忘れてはならないと思ひます。〔傍線引用者、以下同じ〕

同じく台湾に暮らしていても、台湾人作家と日本人作家では、直面する現実が異なる。民族や言語の違いが大きく作用するため、両者の描く角度や対象が異なるのはもちろん、支配と被支配の関係が作用し、何をもって台湾の現実、台湾の問題とするかが、テーマや素材をはじめとする内容面で大きく異なってくる。台湾人作家にとって「郷土」は、自らの存在意義を賭けた描写の対象だった。一方日本人作家にとっては、内地人の目にエキゾチックに映る「郷土色」は、中央の文学と異なる特色を出す上で、素材としやすかった。異なる理由で採用されていた「郷土色」は、しかし新垣には、売り物として台湾という「ローカルカラー」を利用している、あざとい、と見えたようである。

台北の特権的な学生や芸術愛好家の生活を描いた「訣別」は、新垣の意図を実現しようとした作品だったが、中途半端に終わった。ただしその作風は、同じく台湾を舞台としつつも、台湾人作家、あるいは台湾を積極的に描こうとする、内地出身もしくは内地で教育を受けた、日本人作家とも異なり、いかにも台湾らしい要素を消去し、台北の近代的都会としての側面を描こうとした。これは、新垣が台湾で生まれ育った「湾生」だったことと関わると思われる。新垣にとって台湾は、内地から植民地へと機会を求めてやって来た日本人のように、仮寓の地ではない。しかし一方で、台湾人のように、台湾は日本の一地方などではない、先祖代々住んできた人々の土地である、との意識を共有してもいなかったと思われる。

新垣が生まれ育った高雄は、主に日本人が開発した、新開の港町である。高雄市の人口は、新垣が高雄中学で学んでいた一九二六年で、約四万七千人。うち内地人が約一万一千人余に対し、本島人は約三万五千人、つまり内地人が四分の一を占めた[19]。この比率は、三四年でも変わらず、全体で約八万二千人、うち内地人が約二万人に対し、本島人が約六万人[20]。三八年でも、全体で約十一万人、うち内地人が約二万六千人に対し、本島人は八万二千人、つまり内地人が二十三・八パーセントであった[21]。この比率は、台湾全体だと三八年の段階で、内地人がわずかに五・四パーセントしかいなかったのと比べれば、いかに高いかわかるだろう。これ以上高いのは台北市のみで、後述するが台南市では、三八年の内地人の割合は十三・六パーセントにすぎない。

なかでも新垣の育った湊町は「純日本的町」で、「私どもの近くには台湾人が少なく、出遭うのは台湾の荷揚げ人足、町内にやって来る清掃夫、そして人力車（トウチャー）ひきなどの、いわゆる苦力（クリ）と呼ばれた下層者たちで、その子供たち（ギナア）と遊ぶことはまずありません。旗後《きご》や塩埕《えんてい》町に行って、そのギナアたちとカタコトの言葉で交わることがあるくらい」だった。中学では公学校出身の優秀な本島人生徒に出会い、「公学校が決して小学校に劣っていないどころか、むしろ優れた人材を生んでいる」ことを知るものの（『華麗島歳月』[22]）、台北に移ってから学んだ、台北高校や台北帝大は、日本人の割合の高い学校であり、なかでも文科はそうだった。つまり新垣は、台湾にあっても台湾人と接触の少ない生活を送っていた。

台湾人作家の文学活動は、呉新榮に典型的なように、「文学」以前に「台湾」文化の発揚という大前提がある。文学は民族運動と密接な関係にあり、純粋に文学的に高い到達点を目指すものではない。しかし湾生ではあっても新垣には、そういった台湾人の立場は理解できていなかった。新垣が少年時代を過ごした一九二〇年代の台湾では、台湾人の地位向上のための政治運動や社会運動が盛り上がりを見せていたが、「私達内地人少年には何も聞かされていない」なかったのである（『華麗島歳月』[23]）。

しかしその一方で、新垣にとって台湾の生活があくまで日常だったことも事実である。内地から来た、あるいは内地出身の作家が、華麗島台湾を往々にして眩《まばゆ》いばかりのエキゾチシズムで飾り立てることには抵抗があった。台湾には規模としては小さいながらも内地人の生活圏があり、台湾の風物に囲繞《いにょう》されつつ独自の空間を作っていた。「訣別」で描こうとしたのは、細工物のごとくデフォルメされてはいるが、それはそれで確かに存在していた、内地人の世界である。「訣別」は、台湾人作家と日本人作家が、異なる理由からであっても、ことさら台湾らしさを演出しつつ作り上げる空間に対する、違和感から出発している。「反省と志向」における「郷土色」批判は、台湾人作家のみならず、台湾を都合のいい小道具として配置することで地方色を出そうとする日本人作家にも向けられている。

帝大の日本人中心のアカデミックな空気に触れつつも、台湾人作家を中心とする文学運動に関わる。あるいは、東京の中央文壇の文学に惹きつけられつつも、日本の一地方としての台湾に根差した文学をも求める。あるいは、台湾の生活を日常としながら、その視野に植民地の現実という側面は入っていない。「郷土」台湾に強い愛着を抱く台湾人作家とも、日本を本来の「郷土」と考える日本人作家とも、異なる意識を持つ。新垣の初期の文学は、台湾を郷土としつつ育った日本人が、新しい社会集団として登場する、一九三〇年代の台湾の文学環境の、一つの典型となっている。

しかし、そんな新垣に、転機が訪れる。大学を卒業した新垣は、一九三七年から、台南で教職に就く。台南は台湾の古都で、それまで新垣の住んだ新開の高雄や台北と異なり、台湾人が圧倒的多数の街である。しかもその奉職先は、台南第二高等女学校という、台湾人子女が主に学ぶ学校だった。

三　台南二高女への赴任――「女誡扇綺譚」から台南研究、「第二世の文学」へ

高雄出身の新垣にとって、同じく南部の台南は、さほど遠い街ではない。しかし、新開の港湾都市高雄と異なり、古都台南は長く台湾の政治経済文化の中心であった。また台北と異なり、官吏など公用で住む日本人も少なく、住民の圧倒的多数は依然として台湾人だった。台南市の人口は、一九三八年末で約十二万四千人、そのうち内地人が約一万七千人に対し、本島人は約十万四千人であった。[24] 内地人の占める割合は、十四パーセントに満たない。同年の高雄市の人口は約五万四千人、うち内地人が約一万三千人に対し、本島人は約三万九千人、つまり内地人の占める割合は、二十五パーセントあった。[25] また、台南市は台南州に属し、台湾最大の嘉南平原、農業地帯の中心に位置する。内地人も居住する台南城内は、圧倒的に台湾人社会である城外の農村地帯から、囲まれるようにして存在していた。台南市をとりまく諸郡や嘉義市を含む、台南州全体では、人口約百四十六万人、そのうち内地人は約四万八千人に対し、本島人は約百四十万人。[26] 内地人はわずか約三パーセントにすぎない。

台南の富裕な実業家の家に生まれ、中学までを過ごした今林作夫（一九二三年―）は、幼年時代の回想で、日本人は台南で「内地人のコロニーを形成していた」と表現する。

昭和初期の台南市には二つの貌《かお》があったようだ。一つは数少ない内地人の居住地区で、その界隈

にはまるで内地の都市の郊外の住宅地をそのまま移してきたような雰囲気があった。商店街も大体内地人の店は互いに寄り添うように連なっていて、その町筋を歩く限り、そこが台湾だということをしばしば忘れさせるほどだった。

お正月の門松やしめ縄や垂れ幕などの装い。紋付袴の出立《いでたち》で新年の挨拶に出かけて行く大人たち。桃の節句、端午の節句、七夕祭り、お月見、神社のお祭り、運動会など、行事のどれをとっても、内地の風俗文化をそのまま移したものだった。だから台南で生まれて一度も内地の土地を踏んだことのない私が、「幼年倶楽部」や「少年倶楽部」に出てくる内地の子供たちの様子に、少しの違和感も感じなかったのは当然だったのかもしれない。（中略）

一方、本島人の居住区域が市内の大部分を占めているわけだから、そこには全く異質の風俗文化が、揺るぎのないたたずまいで逞しく息づいていた。（中略）／本島人の社会にも、彼らの伝統的な文化を踏襲した行事があり、儀式やお祭りごとがあって、それらは領台以前の様式で堂々と執り行われていた。旧正月のお祭りやそれぞれの廟のお祭り、マソ廟のお祭りの壮大な行列、結婚式、葬式など、私たちにはしばしば地元の文化に直接触れる機会があった。[27]

台南においても、日本人は台湾語を使えずとも、買い物程度の用を足せる単語さえ身につけていれば、問題なく過ごすことできた。台南出身の邱永漢（一九二四—二〇一二年）の母親は、本島人に嫁いだ内地人で、台湾衫を着て日本語なまりの台湾語を喋ったが、「台湾語の流暢に喋れる日本人は皆無に等しかったから、よく目立つ存在だった」という。[28] しかし圧倒的多数を台湾人が占める台南は、やはり高雄・台北とは異なる環境で、いくら日本人居住区域に住んでいても、すぐ隣には領台前と変わらぬ台湾人の生活が脈々と息づいていた。しかも、新垣が一九三七年から勤めた台南第二高等女学校は、主に台湾人子女が通う学校である。同校の三八年末における生徒数は四九九名、そのうち内地人が一三四名に対し、本島人が三六四名であった。今林は前記の引用につづけて、「二つの文化が、それぞれ比重の異なる液体のように容易に混わりそうにないことは、幼かった当時の私でさえ何となく理解できた」と記す。だが新垣の場合、「本島人の社会」に、生徒たち、また台南研究を通して、接し、入りこむこととなった。その結果、新垣の台湾観及び文学観に変化がもたらされる。

写真 6-2　台南第二高等女学校

　日本語と日本文学の世界に生きてきた新垣にとって、台南とは何よりもまず、佐藤春夫「女誡扇綺譚」の舞台だった。恐らく、台北帝大時代に島田謹二から、「綺譚」論を聞かされたのがきっかけではないかと思われる。島田がいつ初めて「綺譚」を読んだのかは明らかではない。しかし、「佐藤春夫氏の『女誡扇綺譚』」で絶讃の辞を連ねていることからしても、[29] そう遅かったとも思われない。島田の「綺譚」熱が、新垣にも伝染したのではないかと思われる。
新垣の最初の台南研究の成果は、台南に来て一年余り後、一九三八年九月から『台湾日報』に連載した、「台湾文学艸録」である。その十九、「佐藤春夫のこと　四、「女誡扇綺譚」」には、次のように記されている。

此の「女誡扇綺譚」は美しい物語である。ロマンチックな夢のやうな美しい物語である。安平や台南を未だ見ぬ人は此の「女誡扇綺譚」を読んで、どんなに此の土地をなつかしむことであらうか。春夫はロマンチストであるが、センチメンタリストではない。そこが私達に喜ばれるものの一つである。事実、私は台南に来る時、先づ頭に描いたのは春夫の「女誡扇綺譚」であつた。私が初めて会つた台南の人々といふのは、生徒達であつたが、私は教場で「女誡扇綺譚」の街に来た喜びを語つた位であつた。
さうして、安平に遊び、台南の港町方面を其て歩いてみて、私の書き度《た》いと思ふことは、すでに春夫が皆書いてしまつたと慨嘆せずにはゐられなかつた。

小説「砂塵」にも、教壇から台湾人の女生徒たちに向かって「女誡扇綺譚」を語る、作者自身をモデルとした教師が登場する。新垣は「綺譚」についてくり返し教室で語ったものと思われる。前嶋信次がそうだったように、台南に住む日本人の文学愛好者にとって、「綺譚」は彼らの住む街に、ロマンチックな魔法をかける傑作だった。「綺譚」に酔わされた眼で台南を見るとき、街も人も、白日夢のごとくあでやかに変身する。

しかし、台湾人にとってもそうだったとは限らない。後述するように、一九三〇年代の台南には、呉新榮を代表とする塩分地帯の詩人たちや、楊熾昌ら風車詩社に集まるシュルレアリスムの詩人たちがいた。楊熾昌は「綺譚」の強い影響を受けたが、呉新榮は「綺譚」を読んでいたものの、著作を見る限り特に関心を示してはいない。[30] ましてや、まだ十代半ばの生徒たちにとって「綺譚」など初耳で、思い入れはなく、日本人が台南をそんなロマンチックに描いたのかといった程度の感想だったのではと思われる。

新垣は、一九四〇年発表の「『女誡扇綺譚』断想ひとつふたつ」でも、「私は幼時から高雄に育つたものであり、又、この数年台南に住んでゐる関係からこの地方を舞台として『女誡扇綺譚』には限りない興味をもち、この作に現れた風物について、いろいろと調査をしたり、無用の詮議《せんぎ》を試みたりした」、「そんな風な日を送りながら春夫の作を読むことは私自身としてはまことに幸福なことであつた」と記している。また「台南地方文学座談会」でも、「台南と云へば、先づ思ひ出すのは佐藤春夫の「女誡扇綺譚」」、「これはたしかに傑作」で、「私も台南に来た頭初は、現実の女誡扇綺譚の街を探して、この小説のもつてゐる雰囲気を味はうとしたり、銃楼の家などについて二三考証的なものを書いたりし」たと語る。のちの回想でも、「台南の町を、何かを求めて徘徊するようになったのは、佐藤春夫の『女誡扇綺譚』に出会ってからです。この作品は台南取材して書かれたフィクションでありますが、台南の古い町並みのどこかに、あの夢綺談があるような気にとらわれたものです。それで、女生徒の幾人かに通訳として助けてもらって、いろいろな街巷や、廃屋を探索して歩き回」ったとする（『華麗島歳月』[31]）。持ち前の考証癖を、「綺譚」がいたく刺激したのみならず、「綺譚」が翼を広げて台南の街をおおい、新垣にとっての古都の姿を創り出していた。

「台湾文学艸録」のうち、春夫の台湾紀行をあつかった「佐藤春夫のこと」の計五章は、佐藤が来台した動機の詮索に始まり、佐藤を台湾へと誘った、新宮中学の同窓で高雄に住む歯科医の東熙市《ひがし》との交流、「綺譚」の登場人物世外民のモデル考証などである。一九四〇年発表の「『女誡扇綺譚』と台南の町」はその続編で、モデルの陳氏を高雄に訪ねた記録であり、また「綺譚」に出てくる建物「銃楼」、作中の沈家没落の伝説などを考証する。「『女誡扇綺譚』断想ひとつふたつ」でも、文学散歩の成果を詳しく報告している。こういった地道な考証は、新垣に最初に「綺譚」を教えたと思われる島田謹二に、逆に多くを教えることとなった[32]。

実は新垣の文学者としての技量は、「女誡扇綺譚」に関するものをはじめ、考証の随筆において遺憾なく発揮されているのではないかと思われる。最初期の「「奉教人の死」に就て」では、作品分析のみならず、当時の文壇における反響や、芥川を含む切支丹文学の系譜などを、要領よくまとめており、水際立った手腕である。同様の腕前は、「『三四郎』の時代　夏目漱石についてのノート」にもうかがえるし、また当時文章にしたかどうかは不明だが、親の故郷である徳島で、ポルトガル人で徳島に定住したモラエスについて、家や墓を訪ねて拓本をとるなど考証したこともあるという（西川満

「モラエスの墓」『台湾日日新報』一九三六年八月二十二日)。

だが何といっても、実地調査を含む「女誡扇綺譚」考証は、秀抜なできばえだった。こういった活動について、同時代の龍瑛宗は、「新垣宏一氏は作家より考証的な方面へ移行してゐるやうにみえ、台湾の埋れたる文学事跡の発掘をやつて、着々効果を収めてゐる」と評した。ただし龍は、「この上、望みたいことは時代的な批判精神を逞しうして照明度を加へたらどうだらうか」との注文もつけている(「『文芸台湾』作家論」『文芸台湾』第一巻第五号、一九四〇年十月)。また『台湾時報』掲載の「文芸時評 「ながれ」のモデル」(署名はK・M、第二百三十九号、一九三九年十一月)では、「これあるがためにどれだけ読者の興味をわきたたせてゐるかしれない」と評された。戦後徳島に引き揚げた新垣は、六十代になってから、漱石研究の論文を続々と発表した。特に、『坊っちゃん』のモデルについて発見した資料にもとづく報告は、「綺譚」の場合同様、四国在住の地の利を生かしており、現在でも参照される貴重な成果となっている。[33] またモラエスについても、地元紙に記事を書くなど、考証をつづけた。

写真6-3　安平港

新垣の一連の「女誡扇綺譚」考証は、そのスタイルにおいても、「綺譚」の影響を受けている。新垣の随筆の特色は、現在では落魄した街の隅々、滅び消えゆく遺跡の数々に、ロマンチックで悲哀を帯びた歴史、「綺譚」のいう「荒廃の美」を見出す点にある。一九三九年の「安平夜話」は、「綺譚」に誘われて港町安平をめぐる、台南散歩の一篇である。「荒廃した安平風景が、何となくなつかしい」と、名物の果物の漬物「塩酸甜《キャムスィテン》」を味わいつつ、あちこちを歩いて、「海馬」なる怪物や「石将軍」なる石像や大亀の伝説を探る。「現実の安平は淋しく、さうして見ばえのしない風景が多い。けれども、その風景の彼方から不思議な怪物が泳いで来るのであり、又海をおほつて渡つて来る国姓爺の海軍の軍船の幻が生れて来る」と、目の前の平凡な風景の隙間から、積み重なった歴史が、奇異な幻の姿を見せることに、台南の魅力を発見する。

写真 6-4　安平の街並み

秋の夜更け、安平の海上の万波も音をひそめ、月光が降るやうな青白い息吹きを吐く頃、支那海の波を蹴り、白銀の鱗をかゞやかした「海馬」が、とびはぜのやうに海上を疾走し、白蠟のやうな大亀はゆつたりとその首を銀波の上に擡《もた》げ、石将軍は月光に剣をかざして声のない行進をはじめる。この世界、この幻影の世界が存する限り安平は美しい。

また、台南散歩の妙味を語る「台南通信」の末尾が、「鶴のやうな老詩人が、今日もしなやかな楊《やなぎ》の枝を打ち弾きながら古い回想の曲を奏でてゐる。時折その指先の長い白蠟のやうな爪が灯火にキラリと輝いては嫋々《じようじよう》の旋律を繰り出してゐた。／明月皓々、茉莉の茶の香の漂ふ夜であつた」と、典型的な中華風の雰囲気作りのもとで結ばれているのも、「綺譚」の影響力の磁場がいかに強固に働いているかをうかがわせる。

しかし「女誡扇綺譚」考証は、当初はモデルや作品に対する関心からなされたかもしれないが、少しずつその趣を変えていく。「「女誡扇綺譚」と台南の町」では、「台湾的エキゾチックな文学の最高の華と咲いたものが「女誡扇綺譚」であり、又その情調をそのまゝたゝえてゐるのが台南の町」だとするように、重点は作品から、現在自らの住む台南の街の考証に移りつつある。「綺譚」考証を通して、新垣は台南がいかに隅々まで歴史の刻まれた街であるかを発見した。一文の意図を次のように語る。

この台南の街の何処かの隅に存在してゐる美しい文学的な風物や、伝奇的な世界に対する親愛の気持を現はしてみたのである。この台南の町の小路を歩いて世に知られない風物に接することの多いこの頃、私はこの町の有識者が今少しこの町を知つて欲しいと思ふことが多い。熱海《あたみ》に行けば単なる通俗小説に過ぎない「金色夜叉」の碑が、まるで古戦場の遺跡とまがふばかりに建てられてゐる。／台南では明末の哀史を語る五妃《ごひ》廟の存在さへ危ぶまれてゐる。

こうして、「女誡扇綺譚」の痕跡を求めての散策は、やがて台南という街自体の研究へと発展していった。一九三九年発表の、台南研究の初期のエッセイ「安平夜話」は、「綺譚」追跡の形をとっているが、四〇年の「初夏随想　花咲ける鳳凰木」となると、台南の代表的な街路樹である鳳凰木がいかなる経緯をたどって台南に移植されたかの考証である。そして「雷神記」となると、台南の雷神を調査した研究となっており、以後、「台南通信」「風獅仔《ふうしし》覚え書」「拝竈君《そうくん》公　台南の伝説より」「台南地方民家の魔除けについて」など、本格的な台南研究がつづく。いずれも実地調査にもとづき、詳細に台南の民俗を論じている。

写真 6-5　五妃廟

　いつしか台南の民俗研究に足を踏み入れたことについて、「台南通信」では以下のように記した。

> 一体私は土俗の研究をするつもりなどはないのだが、いつかこんなことに興味をもつてしまつた。しかしこれも台南のことに関してだけの興味なのである。台南を歴史の街だとよく人々が言つてゐるが、それはゼーランヂヤや赤崁楼ばかりのもつありふれた歴史的な雰囲気だけではないのである。この台南の陋

巷を歩いて行くと、何と無数の歴史に充ち満ちてゐることだらう。汚い貧民窟《くつ》のやうな中に施琅《しろう》將軍の居宅があり、みすぼらしい雑貨屋に入れば林朝英の位牌を守る子孫が住んでゐる。淋しい病院だと思つて入つて見ればその診察場の壁面に大きな義民碑の歌碑がはめ込みになつて残つてゐる。

（中略）

私は常に新しい興味と喜びに打たれながら安平や台南の街を歩き廻つてゐる。かつて前嶋信次氏がこの街の歴史をいろ〳〵と研究された事は有名であるが、今はそのあとを継ぐ人がゐない。先史研究家としての國分直一氏の真摯なアルバイトの数々は、多くの若い人々を刺戟して、この地方にかうした方面の成績は着々と挙りつゝあるが、この街の建物に文書に金石に記された郷土史的な方面の研究者は何故現れないのであらう。魚釣とカメラと囲碁とに暮すのも楽しみであるならば、この街をかういう風に愛して散策を楽しむ心は又類のないものである。

「台南通信」に記されているように、新垣の「台南徘徊」、及び延長線上での台南研究には、先達というべき人々がいた。一九三七年に台南へと赴任した新垣を待ち受けていたのは、三〇年代に入って盛り上がっていた、台南の街や歴史・民俗を見つめなおす、台南再発見の動きだった。

新垣は回想録で、「当時、台南一高女には浜田隼雄、国分直一（二人とも台高の先輩）、台南一中には前島信次（台北帝大副手から転任）と私らが、『台南新報』の文化面の担当記者の岸東人氏の後援を得た教師として、それぞれ台湾風土の研究を発表し、名を知られるようになっていました」と語る（『華麗島歳月』[34]）。新垣にとって濱田と國分は台北高校の先輩であり、前嶋は台北高校でフランス語を習った恩師であった。しかも前嶋は、歴史学の見地から都市台南を、國分は、考古・民族学の立場から台南地方の研究を進めていた。

以上の四人銘々《めいめい》が台南の町を拠点とする書きものを発表する場所が、地元新聞の「台南新報」で、主筆コラムニストとしておられたのが岸東人さんでした。

私の生涯で思い出深い青春の台南時代は、この岸東人さんとの出会いから始まったのです。私は前述の諸先輩の後に続いて、台南地方の風俗や文学遺跡探訪にのめり込みました。台湾育ちの私の第二世文学はこのような地盤の上に成長していったのです。台南近接郊外地安平の廃港の歴史や、「古都台湾」の街巷や、古廟を訪ねて徘徊したことは忘れ得ない体験です。

台湾二高女は、本島人（台湾人）が殆どでしたので、それらの生徒達を通じて台湾人本来の姿を知り、私自身も心情的に台湾人となっていきました。

「「岸東人さん」追憶の記[35]」

台南在住の研究者たちは、いずれも文学を愛好する面々だった。なかでも前嶋信次は、「女誡扇綺譚」を深く愛し、作品の舞台の探索を始めた一人であった。新垣が「「女誡扇綺譚」と台南の町」で考証した「銃楼」は、前嶋がすでに探訪し、写真まで撮っていたもので、新垣はその示唆を受けて考証した。五妃廟について、「「五妃の殉死譚といふ文学的な遺跡として〻も保存されてよい。五妃の哀話は恐らく永久に伝へらえる話であるに違ひないから――」とは篤学《とくがく》のM氏が淋しげな面もちで静かにつぶやかれた言葉である」とあるM氏は、恐らくは前嶋を指す。「綺譚」と前嶋の「台南行脚」から影響を受けた新垣の筆致は、当然それらを彷彿させるものとなっている。新垣の、「私は暇のある日には、必ずこの町の何処かの陋巷を、淋しくまた楽しく散策してゐる。風物の背後にひそむ憂愁の眼差を求めて私の散策の足取りもまた静かである」と、寂寥のなかに滋味を通わせる筆致は、前嶋のそれに酷似する。新垣は前嶋から強い影響を受けつつ、「綺譚」考証を始め、そこから進んで台南研究に至った。

台北高校の先輩國分直一は、文学好きの点で前嶋や新垣に劣らず、同時代の台湾の雑誌にも広く目を通していた。その点で新垣と気が合ったと思われ、また台南研究の面でも刺激を与え合う関係にあった。新垣は「先史研究家としての國分直一氏の真摯なアルバイト」を高く評価しているが（「台南通信」）、國分も新垣の台南研究に対し、「新垣宏一氏のひたすらなる郷土研究には敬意を表したい。かうした郷土研究は地方文学の特徴的な傾向の一つであると思ふが、新垣氏の出発点には何か新しい意識が考へられるやうに思はれる」と期待を寄せた（「台湾文学とわれ等の期待　文芸台湾第四号所感」『台湾日報』一九四〇年七月二日）。

彼ら「台南学派」の研究成果を発信する場となったのが、『台湾時報』であり『台湾日日新報』であり、何といっても地元紙『台南新報』が一九三七年に改称した、『台湾日報』だった。当時学芸欄を編集していたのは、三五年に着任した、岸東人（一八八九―一九四一年）である。[36]「岸さんはよい随筆を書く方であつたし、私に色々な物を書かせた方」だったと、一九四一年に死去した岸の思い出を語る「お重箱」（一九四五年）に新垣は記した。地元の先輩らと肩を並べて、新垣も数々の随筆を発表したのは、岸の熱心な慫慂による。新垣が原稿を新聞社に送ると、岸はすぐさま電話を寄こし、「結構な文でした、大へん面白いです」と読後感を語ったという。「さういふ電話を受けると、又何か書かうといふ気になるので、岸さんはその点名編輯者」だという感謝の思いは、前嶋や國分など常連執筆者は分かち持っただろう。

　台南への愛着の輪は周りにも広がる。『文芸台湾』台南支社で新垣と交流のあった永松顕親は、「台南に住みついてから妙な道楽を覚えてしまつた。民俗学と云ふ程の堅苦しい気持は微塵もなく、只漫然と古いものに心魅《ひ》かれて、手あたり次第に色々なものを蒐《あつ》める」と語る（「古都への愛着」『文芸台湾』第三巻第二号、一九四一年十一月）。台南の中でだけではない、「台南学派」による研究は、外でも知られるようになる。台北で民俗研究をしていた池田敏雄（一九一六―八一年）は、呉新榮についての回想で、「台南は、日本人では前島信次、國分直一、新垣宏一さんの縄張り」で、また台南の郷土研究が抜群だったのは、台湾日報社にいた岸東人の「かげの力に負うところが多いと、当時から聞かされてい」たと語る（「亡友記　呉新榮兄追憶録」[37]）。

　台南での生活に積極的な意味を見出した新垣は、これを台北などに在住の文学者たちとも分かち合おうと試みる。呼びかけに応じて、台北の島田謹二・西川満・立石鐵臣が台南へ来たのは、一九四〇年一月である。公会堂で文芸講演会が開かれ、新垣が名所を案内した。西川・前嶋・新垣の三人が座談会を開いて語り合った内容は、「古都台南を語る」に記録されている。この台南案内はのち、西川満の代表作の一つ「赤嵌記」として結実した。

画家の立石鐵臣（一九〇五―八〇年）は、翌一九四一年の正月も台南に来た。新垣は五日に結婚式を控えていたが、歓迎して五妃廟などを案内した。立石は感謝して、「新垣君の古都台南への愛情は大へん厚く、自分の物のやうに親しんでゐる。だから遠来の客が来れば台南のために、あれやこれやと無理する」と記し、前嶋が去った後の「台南学派としての新垣宏一の任務は重い」と期待を寄せた（「台南通信」『文芸台湾』第二巻第一号、一九四一年三月）[38]。このとき立石の目に留まった、民家の屋根の上に載っている、「サボテンを植えた鉢」や「動物に武将の乗つてゐるやうな素焼きの像」、つまり「風獅仔」について、新垣はのちに「覚え書」や「台南地方民家の魔除けについて」を書いて詳しく解説し、素朴で小さいながら台南の伝統を感じさせる飾りの像に対する、「胸がをどるやうな気がするほどの愛着」を語った。新垣の結婚式で媒酌人を務めたのは島田謹二で、わざわざ台南まで赴いたというが[39]、恐らく島田についても、式などそっちのけで案内をしたのではないかと推察される。

新垣は地元の台湾人研究者とも、多くはないものの交流があった。台南の街の隅々をめぐりはじめた新垣の、台南開眼の産婆役を果たしたのは、前嶋信次・國分直一の場合もそうであったように、台南の郷土史家、石暘睢《せきようしよ》（一八九八―一九六四年）であった。石は『民俗台湾』の創刊号（一九四一年七月）

写真 6-6　法華寺

に「台南に於ける古廟の調度品」を発表した、台南の生き字引と呼ぶべき人である。新垣が石と知り合ったのは、「銃楼」の家探索の過程においてではないかと思われ（「女誡扇綺譚」と台南の町」）、その後も一緒に街を歩いた。「台南通信」は、仲秋の名月の晩、石暘睢と二人、台町の土人形工場を見学に行く道すがら、少年たちの揚げる花火の、「はかなくも美しい光芒を見ながら、石氏に台南の古い観月の催しの話を聞」くところから始まる。石の物静かな語りから、数日前に法華寺を、観月楼の遺跡を求めて訪れたことが思い出される。その昔、法華寺の高楼や船を浮かべた池で催された観月の宴の風流なさま、幾人かの薄命の佳人がこの池に身を投げた哀話がよみがえる。「いろ〱と法華寺の夢蝶園のありし昔を想像しながら聞いてゐると石氏の話は一種の夢幻的なものを感じさせる」。

新垣は郷土史家の荘松林《そうしょうりん》（一九一〇―七四年）とも交流があった。荘は石暘睢とともに、台南の古碑の全面的な調査を行い、「台南古碑記」を『民俗台湾』の第二巻第三号（一九四二年三月）に掲載するなど、台南を代表する郷土史家である。『民俗台湾』第二巻第五号（一九四二年五月）の「台南特輯」では、國分直一・石暘睢・楊雲萍《うんぴょう》らと並んで、「台南年中行事記（上）」を発表した（署名は朱鋒）。荘松林の台南民俗研究では、國分や新垣らの成果が参照されている。[40]

しかし残念ながら、文学の面では、台湾人作家たちとの交流はさほど見られない。当時新垣は、「台湾文学艸録（十九）」で、「台湾も過去の文学の発達の経路を整理しておかねばならない」と記すように、台湾の文学史を総括する必要を感じていた。この時期、島田謹二が台湾における日本文学の痕跡をたどる作業を始めており、新垣はその影響を受けたのではないかと思われる。新垣の企図の実現の一つが、一九三八年の「台湾文学艸録」の連載であり、また「台南地方文学座談会」でも、台南を舞台とする文学に言及している。だがそこに、台湾人作家はほとんど出てこない。新垣の目に映るのは、内地人の文学ばかりで、その点は師の島田と同じことだった。

台南では、新垣が来る直前まで、台湾人作家による活発な文学活動が展開されていた。一九三五年、日本留学経験者で『台南新報』の編集者だった楊熾昌《ししょう》（筆名水蔭萍、一九〇八―九四年）が、李張《ちょう》瑞《ずい》（筆名利野蒼、一九一一―五二年）・林修二《しゅうじ》（本名林永修、一九一一―四四年）・丘英二（本名張良典、一九一五年―）らと、「風車詩社」を結成し、日本語によるモダニズム詩の運動を展開した。一九三四年から三六年にかけて、『台南新報』では、楊熾昌が紙面を提供することで、学芸欄が充実し、本人や風車詩社同人の詩のみならず、数々の文学的な記事が掲載されていた。

当時台北帝大生だった新垣は、この台南の文学活動を承知していたはずである。というのも、高雄出身の新垣にとって『台南新報』は、地元南部最大の新聞で、自身中学生時代に投稿していたし、一九三四年には、経緯は不明ながら映画鑑賞の記録を掲載している。一九三六年の「新文学三月号評」では、風車詩社の主要同人である李張瑞の詩を、「台湾新文学の最優秀」と呼び、「この人の詩は昔から信用して読んでゐる。この人の詩を悪くいふ者がゐたらいつでも一矢をむくいるつもりだ」と絶讃した。また「台湾文学艸録（一）」では、楊熾昌・丘英二に言及している。しかしこれら以外に、この詩人たちの運動に言及した形跡はない。

台南北郊の「塩分地帯」と称された佳里《かり》でも、日本留学経験者で開業医だった呉新榮（一九〇七－六七年）を中心に、郭水潭（一九〇七－九五年）・王登山（一九一三－八二年）・林芳年（一九一四－八九年）らによって、一九三五年に全島規模の文学団体「台湾文芸聯盟」の支部が作られ、文学活動が盛んに行われた。しかし、台南を研究する台湾人とは親しく交わりながら、文学の面では、新垣は残念ながら呉新榮らと交流することはなかったようである。新垣と呉新榮は、一九三〇年代半ばにおいて論争を交わした相手だが、『呉新榮日記全集』を見る限り、新垣は登場してこない。[41]

一方、塩分地帯の詩人たちが新垣ら日本人の活躍に、全く注目していなかったとも思われない。呉新榮の盟友郭水潭は、一九四〇年の段階で、「新聞文芸では珍しく南報〔すでに改称されて『台湾日報』〕夕刊面の活躍、前嶋信次氏去りしあとを引受けて國分直一氏新垣宏一氏小林土志朗の諸家が時々好文章を見せ」ていると〔「昭和十五年度の台湾文壇を顧みて」『台湾芸術』第一巻第九号、一九四〇年十二月〕、親しい國分をはじめとする台南学派の活躍を好意的に評価している。

一九三〇年代半ばの台南における文学活動は、台湾人作家によって担われた。その後、三〇年代末から四〇年代前半に、今度は新垣ら台南在住の日本人作家・学者が活躍した。しかし残念ながら、両者のあいだには連携や継承、あるいは対立といった関係はなかったようである。

ただし新垣は、台南出身の若い文学青年とは交流があった。王育霖（一九一九―四七年）・育徳（一九二四―一九八五年）兄弟は、東大法科生だった兄育霖に、二高女卒業生との縁談が持ちあがった際に、相談のためそろって新垣宅を訪れたことがある。当時弟育徳は台高文科生だった。新垣はこれを短編「訂盟」（一九四二年）に描いた。また同じく台高文科生で、西川満の薫陶を受けていた邱永漢（一九二四―二〇一二年）は、新垣とも交流があり、台南に帰省した際には「文学の談義のため、足しげく私の家に来」たという（『華麗島歳月』[42]）。交流は新垣が台北に移り、敗戦を迎えてからもつづいた。一九四七年の二・二八事件の折に、新垣の家で流れ弾《だま》を警戒しながら語り明かしたことを、邱は回想に記している（『わが青春の台湾　わが青春の香港』[43]）。

台南に滞在してはいても、台湾人文学者たちとの接触は薄かったが、新垣は台南研究に沈潜することで、台南を表象する際に絶対的な先行作品だった「女誡扇綺譚」との、訣別を意識するようになる。一九四〇年の「『女誡扇綺譚』　断想ひとつふたつ」で、モデルや舞台の詮索をすることについて、「私ははじめのうちはその愚を愚と知らずに行つてゐた。しかし、今となつてはその愚かな行ひをもなつかしんでゐる――考へが変つたためかもしれない」と記す。そして四三年の「台南地方文学座談会」では、「長らく台南に住んで、これを何度も読みかへしてゐるうちに、台南の文学はかうしたテーマを取扱ふだけでよいものかどうかと云ふことを痛切に感じ出して来た」と語る。自身の態度を、「「女誡扇綺譚」の世界から、それを乗りこえて現実を取り上げようとした」とする。「土地の愛し方が、前の文学は古きものにあこがれて、作品もさうした匂ひが強かつた。これから現実に深く入つてゆく、それが妥当な方法だと思ひます」。

同じような訣別の表明は、北原白秋の台湾紀行を含む『雲と時計』（偕成社、一九三九年）の感想を記した、一九三九年十月の「読書日録」（二）にも見られる。白秋の描く台湾に対し、新垣は違和感を表明する。

私はこれを読んで、まづ五年前の台湾と現在の事情に何と大きな距離があることかと慨嘆しないでゐられない。今日読むと一寸《ちよつと》不愉快な感じがするまでに白秋の民族観が眼につく。五年前の台湾ならいざ知らず、今ではこんな台湾観は古いといふより迷惑な感じがする。特に五年前の台湾の台北のことなら私もよく覚えてゐるが、それにしても白秋の感想にやはり旅人のうけうり的な感想や何かが見えるのは確かだ。私達のやうな第二世達が多く活躍する時代になつた台湾である。漫然と巡遊した人達のめつたな放言はつゝしむべき時代が来てゐると思ふ。（中略）

白秋は台北で、本島人のお祭城隍祭《じようこう》を見たり、大稲埕《だいとうてい》の料理店を探検して、物珍しく台湾語で品物の名前などを覚えたりしてはゐるものの、白秋は本島人の生活から詩を見出さないばかりか、ホテルのボーイにまでやつ当りをしてゐるのである。白秋が内地に帰つて、台湾は歌にならないと言つたとかで、当時の台湾の歌人達を憤激させたことを思ひ出す。台湾の歌人俳人はその歌にならぬ島にゐて腕を磨いてゐるわけである。

然し台北の西川満氏の「媽祖祭」など読むと、私は心づよいものを感じる。台湾は詩の世界である。要は台湾を愛してゐるかどちらかがこれを解決する。

新垣が白秋の台湾観に対し違和感を表明するのは、白秋の観察がうわべを撫でるだけで、台湾人の生活に対し理解が届いてない点だが、その違和感をもたらしたのは、台湾で生まれた二世として、新垣が台湾という土地とそこに住む人々に対し強い愛着を抱きつつこれを描こうとしている自負心である。

新垣がこのように文学観を大きく変えることになった理由は何だろうか。一つには、佐藤春夫「女誡扇綺譚」が必ずしも、島田謹二の説くように、日本人による台湾文学の輝ける王冠とは言えないという批判の声が、日本人文学者のあいだからも挙がっていたという点が考えられる。中村哲《あきら》（一九一二―二〇〇四年）は「外地文学の課題」（『文芸台湾』第一巻第四号、一九四〇年七月）で、「外地の生活者が主体的に感覚し、意識する表象を離れて、抽象的な現象で都会の文学の法則を模倣し、追随することとは空虚」だという前提のもと、「綺譚」を批判した。中村によれば、外地への旅行者、つまり「エトランヂエの神経に映るものは、外地の特異な、奇妙な、アブノーマルなものであり、そこに起る意識は外地への驚異と懐疑である。だから、その驚異はエキゾチシズム、ロマンテイシズムの文学となり」、その典型例が「綺譚」だとする。中村は、「外地文学をこのやうなエトランヂエに求めなければならないのは外地居住者にとつて寂しい極み」だといい、「外地二世による外地人文学は外地の特殊性をつかむことに努力すべきではなく、外地人の生活の実態を、リアリスティクに描写する」ことに意を注ぐべきだと呼びかけた。

それ以前にも、中村地平の「廃れた港」や西川満の「楚々公主」を論じた文芸時評が、「安平を「女誡扇綺譚」に任せておかず、また蕃社を「霧社」に任せておかず、たとへ同じ部落、たとへ同じ廃港でも、何の遠慮もなく幾度でも扱つて、前人未到の小説を書け」と叱咤《しった》する声を上げていた（黄野人「文芸時評　淡水と三つの小説」『台湾時報』第二百三十六号、一九三九年八月）。

中村哲の「「綺譚」批判と、二世の文学に対する期待は、新垣にとって痛棒であるとともに励ましにもなっただろう。中村の評論について、生まれは内地だが実質的には二世である國分直一は、「近来異色の文章で、台湾に於ける文学の現実や将来性或は限界といつたものが述べられてゐる」と記した（「台湾文学とわれ等の期待　文芸台湾第四号所感」『台湾日報』一九四〇年七月二日）。中村とやや論点は異なるが、両者ともに二世だと語る、萬波おしえ・遠藤太郎の座談「文化放談　故郷と第二世の文学」（『文芸台湾』第二巻第一号、一九四一年三月）では、萬波が、「第二世といふ名のもつ故郷喪失といふ性格は、歴史的にといふか、文化的にといふか、相当に発展的な意味が含められると思ふ」と、「歴史的な」「責任の自覚」を主張し、「今は少くとも台湾の文芸面になまなましい現実が刻みつけられてほしい」と、自らの意欲を語った。萬波は台北帝大生だったと思われ、新垣も関わった『台大文学』に「大稲埕」などの作品を発表している（第三巻第四号、一九三八年九月）。

だがこういった「綺譚」批判以上に、「綺譚」の流れを汲みつつ台南をロマンチックに描くことへの疑問を持たせたのは、毎日教壇で顔を合わせ、「綺譚」について語りかけた相手、台湾人子女たちをはじめとする、台南の台湾人たち、及び彼らの助けを借りつつ進めた台南研究だったのではないかと思われる。台南は、台湾人が圧倒的多数を占める台湾随一の古都で、しかも新垣の勤務先の台南第二高等女学校は、台湾人子女のための学校だった。細面《ほそおもて》で鼻筋の通った好男子の新垣は、「乙女心をさわがせ」ることもあったようである（山崎富貴子「第三十回南枝会総会によせて」[44]）。

新垣はのちの回想で、二高女の台湾人生徒をはじめとする台湾人との交流、そして台湾の歴史の記憶を濃厚にとどめる台南という街が、新垣の台湾に対する見方を変えたと語る（『華麗島歳月』[45]）。

本島人生徒がほとんどの二高女での、つまり台南での生活は、私にとって一生忘れえぬ幸福な人生の時でありました。台湾っ子として生まれながら本当の台湾を知らぬ私が、目ざめたのは、土地の上流をはじめとして、すべての人達との交流から多くの事を得たことです。私の日本人としての二世意識が、無意識の「台湾人」に変わっていたわけです。

まず、台南の歴史研究の実態が深まりました。たとえば、日本人となっている本島人の真実は何であるか、その心情が私の身心にも滲み込んでしまったのです。

古都、台南は高雄に比べると古い支那風の建築に囲まれた町で、その中に内地人が居住している点が、高雄の風景とも異なっています。私は、多くの生徒への愛情とともに、台南市内や安平の町の人たちへ対して、深い愛着を持つようになり、あちこちの街巷を尋ね歩くことを喜びとする日々を送るようになりました。安平の町の赤嵌城趾や、台南市内の赤嵌楼に佇《たたず》んでは、オランダ時代や鄭成功の史実が大きなロマンとなったものです。

生徒を中心とする台湾人との密な交流が、新垣に「湾生」であることの自覚をもたらした。こうした意図を宣言したのが、一九四一年の「第二世の文学」である。領台から四十七年が経過、新垣は「台湾も第二世の天下となつた」と語る。かつては台湾で生まれた子どもは、「滑稽な位内地渡りの者から馬鹿にされ、可笑《おか》しな位同情された」。それを聞かされた湾生も、かつてはそういう言葉を「淋しく聞いた」。しかし今では、「如何に東京がつまらないところか、如何に台湾が住みよいところか知つてゐる」。社会に進出し、「中等教員の中堅どころに第二世が進出して、自分達の弟や妹を教へる親愛の情をもつて生徒を教へてゐる」というのは、自らを指すのであろう。こうした第二世は、「もう台湾の土に根が下りてゐるのである。台湾の土地に深い血のつながりを感じてゐる」。また本島人に対しても、子どものときから一緒に遊び学んでいるから、「最も理解し、最も愛する心が生れてゐる」。その欠点も美点もよく承知していて、「同じ台湾で生れて育つた本島人とはやはり共通の事を感ずる能力が出来てゐるから、凡《すべ》て同感的同情的」である。

第二世は内地へ帰る必要はない。「台湾の事は台湾の子で！」「台湾にものを創り出すべきであり、それを育ててゆくべきだ」。教育の面では、ホームシックの教師が語る感傷的な内地の年中行事ではなく、第二世の教師の、「台湾を郷土として根の下りた話」の方が訴えかける。国語の教師は「先づ台湾語を深く研究して本島人の生活を理解しておくべき」だというのが新垣の意見である。

文学にしてもさうである。いつまでも望郷的なものはつまらない。勿論台湾をエキゾチックな眼で見るのも一向珍しくなければ、それかと言つて、やたらに植民地内地人の生活暴露といふやうな妙に台湾を生の世界のやうに描くのもそろ〳〵鼻について来た。もつと〳〵台湾に根の下りた、台湾の土や草に寝そべつて鼻をくんくんならしてその台湾の土や草の香をなつかしんでゐるやうな文学が出てもよいと思ふ。しかしその文学を一体誰が生み出すべきだらうか。勿論、第二世でなければなるまい。第二世は頭が悪くてそれが書けないのか。ぼんやりしてしまつたのか。だがそこで第二世は又、思ふ、何だだまされてゐたぞ！渡り者めに！　あれらが台湾を見てゐる眼鏡は少し台湾の暑さに参つて曇《くも》つてゐたんぢやないかな。一つおれ達は一つこの台湾で生まれた自分の眼玉で何のケレンもない、さうしてたまらなくなつかしい台湾を眺めてみようと。

台湾に対する自らの郷土としての関心や、「湾生」というアイデンティティの自覚は、新垣に限った話ではない。新垣の台北帝大の後輩、中村忠行（一九一五—九三年）も、台湾生まれの湾生である。中村の生まれた新竹は州庁の所在地で、日本人居住者が多く、日本人街が形成されていた。ただ、父親が役人をやめて事業をしていたため、家は台湾人の居住区にあり、近くに関帝廟があって、よく公学校で遊んだ。しかし小学六年生で台北に移ると、居住地は日本人と台湾人ではっきり区別されていた。台湾人の多く住む万華《ばんか》や大稲埕は無縁の地で、中高と教育が進むにつれ、「中国的な文化との接触」は少なくなる一方だった。それが、中国文学専攻の友人が、台湾人の家を借りて中国風な生活を始めたり、『台大文学』の印刷所が大稲埕にあったことから、大稲埕の裏街を歩くようになった。やがて「歌仔」の収集を始める。「この頃、台湾育ちの我々の間に、新しい台湾研究の声が挙つてゐた」という[46]。

同じことは、池田敏雄（一九一六―八一年）についてもいえる。池田は、新垣が一九四〇年から本格的に開始した民俗研究について、わざわざ、「新垣宏一氏の台南に於ける民間伝承採取報告は、甚だ意義のあること」だと言及した（「昭和十五年度の台湾文壇を顧みて」『台湾芸術』第一巻第九号、一九四〇年十二月）。池田は島根生まれだが、十歳になる前に渡台、台北第一師範学校卒業後、龍山公学校の教員として、台湾人の子どもたちを教えていた。台北の民俗研究を開始し、一九三九年の「台湾挑灯考」（『台湾風土記』巻之二、一九三九年二月）以降、続々と研究を発表する。教え子黄氏鳳姿（一九二八年―）を通して民俗理解を深めた点も、新垣と重なる。両者のあいだには研究上の相互交流があったと思われ、新垣が四〇年九月に発表した「雷神記　廟を調査して」は、池田敏雄の「雷神爺」（『台湾風土記』巻之四、一九四〇年四月）から刺激を受けた可能性がある（新垣は同巻に「台南の石亀」を掲載）。

会津で生まれ、学生時代を東京で過ごした西川満（一九〇八―一九九九年）にしても、早稲田を卒業して帰台後は、「むさぼるやうにして、その後の数年を台湾の歴史探索に過した」（「歴史のある台湾」『台湾時報』一九三八年二月）と語るように、「己の住む土地の歴史、己の住む土地の文学」を、西川なりのスタイルで発見しつつあった。『台湾頴風録』（『台湾時報』第百九十二―二百五号、一九三五年十一月―三六年十二月）、『華麗島民話集』（池田敏雄との共著、日孝山房、一九四二年）は、台湾の歴史や民俗研究の成果という一面も持つ。西川も、台南にあって詩作や台南研究に没頭する新垣が『台湾日報』に連載した「台湾文学艸録」に注目、「当然後に一本にまとめられるべき見事な業績」と高く買った（「台湾文芸界の展望」『台湾時報』一九三九年一月）。

そして、國分直一（一九〇八―二〇〇五年）も、生まれこそ東京で、大学は京都で学んだが、高雄・嘉義・台南・台北で育ち、教育を受け、再び台南で教鞭をとっており、新垣と近い経歴だった。國分によれば、新垣が「第二世の文学」を発表すると、「それを契機として新垣氏がある一部の人々に論難された」という（「台南通信」『文芸台湾』第二巻第六号、一九四一年九月）。「論難」の具体的内容は記していないが、「思想に対し思想で反論されなかったのは残念で、ことに「論の底にある「怒」について、これを正しくくみとることの出来ぬ人のあることは遺憾」だと新垣を擁護、エールを送った。

新垣は一九一三年、中村は一五年、池田は一六年の生まれで、一九四〇年前後、二十代の半ばから後半である。選択肢として将来の内地移住がないわけではないが、少なくとも彼らの故郷は台湾で、いずれは日本に「帰る」という感覚はなかっただろう。日本による領有から四十年以上が経過、日本人と台湾人のあいだには言語や民族や習慣や居住地域のみならず、新たに階層の差も発生し、依然大きく壁があった。とはいえ、若い世代の台湾人が、望むと望まぬとにかかわらず、日本語を人生の一部として受け入れるように、台湾の若い日本人も、台湾という土地を受け入れるようになっていた。

新垣の場合、台南で台湾人子女を相手に教え、台南研究に没頭したことで、それまで見えてはいても意識していなかった台湾人の世界が、目の前に開けてきたのである。

四　台湾人を描く――「本島人の真実」

新垣宏一が台南を舞台とした最初の小説を発表するのは、一九四二年一月のことで、約四年半の台南在住を経て、台北に移動する前後のことである。なぜ新垣は、この時期に至って、台南の人々を描く小説を書くようになったのだろうか。

きっかけの一つと考えられるのは、新垣「台南通信」と同号の『文芸台湾』に掲載された、西川満「赤嵌記」（『文芸台湾』一九四〇年十二月）の強烈な刺激である。早稲田大学仏文を卒業して一九三三年に帰台した西川は、『台湾日日新報』の文芸欄を担当、台湾愛書会の『愛書』の編集にも関わり、さらに媽祖書房を設立して雑誌『媽祖』を発行するなど、独自の文学活動を開始した。西川の最初の公刊された詩集『媽祖祭』（媽祖書房、一九三五年）に、新垣は「全く私の魂が奪われるような衝撃を受け」たという（『華麗島歳月』[47]）。台湾で生まれ育ち、台北帝大で教育を受けた新垣が、文学の中心地である東京の、文運盛んな早稲田で学び、帰台後目覚しい活躍を見せていた西川に、刺激を受けつつも対抗心をつのらせるのは、不思議なことではない。また西川は、台北帝大の矢野峰人や島田謹二を理解者としていたが、大学時代彼らの薫陶を受けた新垣には、台湾アカデミズムの申し子は已れだという自負もあったろう。

台南にいる新垣を尻目に、西川は、一九三〇年代の台湾文壇を主導した台湾人に代わり、四〇年前後、新たに日本人主導の文壇を作りあげつつあった。新垣は『台湾日日新報』にしばしば記事を書き、また『媽祖』にも詩を寄せた。三九年『台湾日日新報』に発表した「白衣の人」及び「安平夏日」(八月四日/十月六日)は、西川の慫慂によると思われる。西川は「台湾文芸界の展望」(『台湾時報』一九三九年一月)で新垣を、「台北帝大の生んだ教養深く、しかも感性に富む詩人で、現在台南の地にあつて、或は詩作に、或は研究に、日夜寸暇を惜しんでゐる」と紹介した。

その西川が「赤嵌記」では、「女誡扇綺譚」の向こうを張って、台南という街から立ち昇る歴史のロマンを描いた。そもそも西川を一九四〇年一月に台南へと招いたのは、新垣であった。台南の街を一瞥しただけで、新垣が随筆や考証の形で表現していた台南の魅力を、鮮やかに小説の形で描いてみせた。同じ号に掲載された自身の区々たる随筆と、西川の堂々たる小説を見て、内心忸怩たるものがなかったとはいえないだろう。

西川の「赤嵌記」が出てすぐ、新垣は「昭和十五年度の台湾文壇を顧みて」で、『文芸台湾』掲載作品の中で主要なものとして、濱田隼雄の「横丁之図」と西川の「赤嵌記」を挙げ、「私の好みから言へば「赤嵌記」の方が好き」と記した。台北の教師となってから、台南で開かれた「台南地方文学座談会」では、台南を舞台とする文学を総括して語る中で、「赤嵌記」を挙げ、「真正面から台南と取組んだものとしては、佐藤春夫以来のものですね。僕は特に好き」だとし、「とにかく「赤嵌記」はもう少し読まれて欲しいと思ひますね。地図を見ながら読んでもいい本だ……」と語った。

だが、新垣は同時に「赤嵌記」に対し、「綺譚」に抱くようになっていた疑問や不満も感じつつあったのではないかと思われる。「赤嵌記」は、國分直一が「文芸台湾　第六号を読む」(2)(『台湾日報』一九四〇年十二月十五日)で指摘したように、「綺譚」の衣鉢《いはつ》を継ぎ、台南をロマン溢れる幻想的な街として描く。新垣の「綺譚」に対する、「かうしたテーマを取扱ふだけでよいものかどうか」という疑問、「土地の愛し方が、前の文学は古きものにあこがれて、作品もさうした匂ひが強かつた」という不満(「台南地方文学座談会」)は、実は「赤嵌記」にも当てはまる。國分は同じ書評で、西川の影響下で創作する若い作家として、わざわざ新垣と邱永漢の名を挙げ、「若い人がきう然として西川的世界に心をよせることについては警告したい」と記した。

國分はつづく「文芸台湾　第六号を読む」(3)(『台湾日報』一九四〇年十二月十七日)では、新垣に対しもっとはっきりと苦言を呈した。

私は台南の町の歴史を愛する青年の多くなることについては新垣氏とゝもに期待したい。然し単なるエキゾチシズムと頽廃の美に溺れることのないやうにあつてほしいと思ふのである。洞察の精神が怪奇な絵画、彫刻や、ごて〱した装飾や、神像や、民俗を通して、社会的諸関連の上に真実をつかみ出す如きそのやうな青年の多くなることを望みたい。

國分は井上豊（未詳）なる作家の短編「木瓜」「湾童日記」（『文化公論』日本文化クラブ、一九四〇年二／三月号、未見）を論じた評論で、当時新垣とこの作品について語り合ったところ、新垣が「あなたは台湾の現実をゑがけといふが、却々台湾にゐてはそれが出来ない、井上氏もあちらにいつたからあれだけのものが書けたのでせう」と語ったと記す（「「木瓜」と「湾童日記」」一『台湾日報』一九四一年二月八日）。両者のあいだではこのような対話がしばしば交わされたことが推察される。身近な國分の忠告は、新垣にはこたえただろう。

新垣が「女誡扇綺譚」と異なる創作の方向を探るようになったきっかけには、もう一つの作品との出会いも考えられる。庄司総一『陳夫人』の出現である。『陳夫人』の第一部「夫婦」は一九四〇年十一月三十日に通文閣から刊行され、第二部「親子」は四二年七月に刊行された。第一部の刊行は「赤嵌記」とほぼ同時である。刊行後、第三回新潮社文芸賞の候補となり、翌年四月文学座で舞台化され、四三年九月には第一回大東亜文学賞を受賞した。

『陳夫人』は、同じく台南を描きながら、「綺譚」や「赤嵌記」とは大きく異なるスタイルの小説である。古都台南の富豪の旧家を舞台に、長男の内地留学経験者・陳清文と、妻の内地人・泰子を主役として、大家族の伝統的な生活や習慣を描いた『陳夫人』は、台湾在住の作家たちに大きな衝撃を与えた。なかでも、台南に住んで台湾人の生活に目を開かれ、地味に民俗の研究に打ち込んでいた新垣にとって、台南どころか台湾文壇の外から、台南の習俗を描いた『陳夫人』が突然現れたことは、大きな驚きだったろう。回想で、「私は佐藤春夫の作品に心酔して、『陳夫人』の舞台に生きました」と語るように、『陳夫人』は「綺譚」につづく影響の源泉だった[48]。

『陳夫人』が与えた衝撃は、「綺譚」や「赤嵌記」とは異なる。描かれたのは、新垣が生徒たちを通して踏み込みつつあった、台湾人の伝統的な生活である。新垣が回想で、「私は庄司の描く台南の土地が、自分の呼吸との密着感が強くなり、私が生徒たちの家庭習俗を理解する大きな手がかりとな」ったと回想する（『華麗島歳月』[49]）のは、『陳夫人』を目の前にいる生徒たちの現実生活と重ね合わせて読んだからである。台湾人の女生徒が先生に向かって、家族や皇民化教育について語る、新垣の小説「城門」でも、「この頃有名な例の内台結婚のことを題材にした小説」があると触れられているように、新垣が一九四二年から小説を書き出した際に、台湾人の生活に多く取材したのは、『陳夫人』の示唆が大きい。

　このように「赤嵌記」と『陳夫人』から異なる刺激を受けて、一九四二年一月発表の「城門」以降、新垣は台湾人を描いた小説を発表する。その作品は、一、台南の女子生徒を含む、台湾人を描いたもの（「城門」「盛り場にて」「訂盟」「砂塵」「船渠」）、二、台湾に居住する内地人を描いたもの（「山の火」）、三、自身の生活に取材したと思われる身辺小説（「陀《だ》仏《ぶ》霊多《れいた》」「いとなみ」）に分けられるが、数が多いのは、台湾人を描いた小説である。

　ではこれらの作品は、新垣が「二世の文学」で目指すと宣言したような、「台湾に根づいた文学」となっているだろうか。先行研究では、新垣の小説は決して高く評価されていない。ごく簡単にいえば、新垣の作品には植民地支配に対する批判的検討が見られず、日本人教師の立場から台湾人を見る独善性があり、支配者である日本人として被支配者の台湾人を語る枠から、決して外れることがない、つまり、新垣の小説に批評性はない、とされてきた。

奥出健は「城門」などを論じて、「在台湾の教員（支配者側の尖兵）」が、「作品の中で支配者の価値観を露呈してしまう」作品だと批判する。また井手勇は、「指導者としての立場から、使命感に燃えて皇民文学を執筆した」新垣は、「皇民化教育の理想と台湾人社会の現実との狭間で苦心」したと思いやりながらも、その作品には「民族的な優越感」があり、「矛盾に満ちた同化政策そのものへの疑問や批判が、全く提出されていない」と論じる[50]。

代表作の一つ「砂塵」を詳細に論じた和泉司は、より厳しい評価を下している。新垣は「知性によって〈台湾〉を理解しようとし」た、しかしその「理解の方法は、結局は〈他者〉に対して向けられるものにしかなら」ず、「自己満足」の「独善性」をもった。「自分自身が、〈在台日本人〉という、日本統治期台湾の時空において、生得的に〈権威・権力・支配〉の表象（あるいは実権）を持ち、それを〈台湾〉に対して行使する立場にある、ということに気づけない時、そのような描写は個人的な意図を越え、政治的民族的な差別構造をはらむ」。太平洋戦争も押しつまってきた一九四四年の作品とはいえ、新垣は少なくとも、植民地の支配―被支配の構造に「「向き合う」姿を描くことが不可能だったとしても、「向き合えない」ことを表現することもまた出来たのではないだろうか」、と和泉氏は論じる[51]。

だが新垣の作品には、本当に、植民地の支配と被支配の構造に触れた箇所はないのだろうか。台南で毎日台湾人生徒に接し、台南の民俗研究に没頭した経験は、その作品には一向生かされず、「支配者側の尖兵」(奥出)、「指導者としての立場」(井手)に終始しているのだろうか。

新垣がもっとも愛好した台南文学「女誡扇綺譚」も、作品の表面には、植民地支配に対する批評はない。だが作品を詳細に分析すると、そこに意図したかどうかはともかく、批評性が浮かび上がる。河野龍也は「綺譚」の語りの特徴を詳細に論じ、「支配者の表象体系が「植民地台湾」の現実に触れて崩壊し、語りそのものが無効化して行くプロセスを示唆するメタ性」があると指摘する。「綺譚」の語り手である日本人記者「私」は、植民地の現実に無関心であることで、従来のアイデンティティを確保しようとしていたが、作中に描かれた、下婢の恋人と下婢自身の自殺事件に関わることで、現実に関わり、「支配者の立場から植民地について語ることの決定的な無力さと限界を探り当て」てしまう。この戦略的な語り、「表象行為が無効化するその臨界点においてこそ、他者のリアリティが把握される」という語りに、河野は「綺譚」の「批評的価値」を求めている。[52]

新垣の作品も、少なくとも作品の表面には、植民地支配に対する疑問などは呈されていない。しかし新垣の作品において、本来他者であるはずの台湾人は、充分わかりやすく描けてしまい、他者とはなっていないのだろうか。新垣の作品に登場する台湾人には、「綺譚」の世外民や下婢のように、描けない部分、彼らを語る側に不気味さをもって迫り、自らの存在を見つめ直す契機となるような、「表象行為が無効化するその臨界点」(河野論文)はないのだろうか。語る側が彼らを充分に理解し語ることができるという「独善」（和泉論文）に、終始しているだろうか。自己のアイデンティティを補完する、間違っても脅《おびや》かすことのない存在に仕立て上げているだろうか。そこに見られるのは支配者側の傲慢さだけだろうか。

龍瑛宗がそれを読んで、「『城門』を書いた新垣宏一氏の作家精神は鮮やかなものである。氏は、やはり、作家として立つた方がよくはないか」と評した（「南方の作家たち」『文芸台湾』第三巻第六号、一九四二年三月）、代表作の一つと呼ぶべき、「城門」を見てみよう。この短編は、女子生徒が教師に出した手紙の形式をとる。語り手の女子生徒「私」は、以前台南の女学校で「先生」に教わり、現在では台北の「高等家政院」という専門学校で学んでいる。一方「先生」も、現在は台北に移っている。夏休みに台南へ帰省した際に、「私」の祖父が死去した。先生は台南の「私」へお悔《くや》みの手紙を出す。この手紙に対して書かれた、台南に滞在中の「私」からの返事の手紙、という設定がこの作品である（以下引用は『台湾文学集』版に拠る）。

「私」は公学校ではなく小学校を出たため、台湾語をうまく話せない。しかし、台湾語しか話せない祖父の語ることは「不思議によくわか」ったと、亡き祖父への思慕を語る。日常台湾服を着ていた祖父は、完全に台湾式の生活を送っていたが、葬式だけは「日本式に火葬」にしてほしいと希望した。「私」の忖度によれば、孫の自分から新しい時代の話を聞くうちに、「これといふ深い感動や感激によつたわけではなく、いつの間にか日本式な葬式によって葬はれたいものだと、思ふやうになつたのでないか」、あるいは「私達に台湾式のあの異様な葬式を見せたくないといふ心やりがあつたので

コトワリ

KOTOWARI
No.75
2025

五〇〇点刊行記念

関西学院大学出版会の総刊行数が五〇〇点となりました。
草創期とこれまでの歩みを歴代理事長が綴ります。

関西学院大学出版会
KWANSEI GAKUIN UNIVERSITY PRESS

自著を語る

未来の教育を語ろう

關谷《せきや》　武司《たけし》
関西学院大学教授

　著者は現在六四歳になります。思えば、自身が大学に入学した頃に、パーソナル・コンピューター（ＰＣ）というものが世に現れ、最初はソフトウェアもほとんどなく、研究室にあるただの箱のような扱いでした。それが、毎年毎年数倍の革新的な能力アップを遂げ、あっという間に、ＰＣなくしては、研究だけでなく、あらゆるオフィス業務が考えられない状況が出現しました。その後のインターネットの充実は、さらに便利な社会をもたらし、近年はクラウドやバーチャルという空間まで生み出しました。そして、数年前から、ついに人工知能（ＡＩ）の実用化が始まり、人間の能力を超える存在にならんとしつつあります。ここまでの激的な変化が、わずか人間一代の時間軸の中で起こってきたわけです。

　もはや、それまでの仕事の進め方は完全に時代遅れとなり、昨年まであった業務ポストがなくなり、人間の役割が問い直されるまでに至りました。この影響は、すでに学びの場、学校や大学にも及んでいます。

　これまで生徒に対してスマホートフォンの使用を制限していた中学や高等学校では、タブレットが導入され、ＡＩを使う生徒の姿に教師が戸惑う光景が見られるようになりました。教室で、ＡＩなどの先進科学技術を利用しながら、子どもたちに、何を、どのように学ばせるべきなのか。これは避けて通れない目の前のことで、教育者はいま、その解を求められています。しかし、学校現場は日々の業務に忙殺されており、立ち止まって現状を見直し、高い視点に立って将来を見据えて考える、そんな時間的余裕などはとてもありません。ただただ、「これでいいわけはない」「今後に向けてどのような教育があるべきか」

など、焦燥感だけが募る毎日。

この書籍は、そのような状況にたまりかねた著者が、仲間うちの教育関係者に訴えかけて円卓会議を開いた、そのときに話された内容を記録したものです。まずは、僭越ながら著者が基調講演をおこない、続いて小学校から高等学校までの現場の先生方、そして教育委員会の指導主事の先生方にグループ討議をしていただきました。それぞれの教育現場における課題や懸念、今後やるべき取り組みやアイデアの提示を自由に話し合い、互いに共有しました。そして、それを受けて、大学の異なるご専門の先生方から、大学としていかなる変革が必要となるか、コメントを頂戴しました。実に有益なご示唆をいただくことができました。

では、私たちはどのような一歩を歩み出すべきなのでしょうか。社会の変化は非常に早い。

そこで、小学校から高等学校までの学校教育に多大な影響を及ぼしている大学教育に着目しました。それはまた、輩出する卒業生を通して社会に対しても大きな影響を及ぼす存在です。

一九七〇年にOECDの教育調査団から、まるでレジャーランドの如くという評価を受けてから半世紀以上が経ちました。もはや、このまま変わらずにはいられない大学教育に関して、大胆かつ具体的に、これからの日本に求められる理想としての大学の姿を提示してみました。遠いぼんやりした次世紀の大学ではなく、シンギュラリティが到来しているかもしれない、二〇五〇年を具体的にイメージしたとき、どういう教育理念で、どのようなカリキュラムを、どのような教授法で実施するのか。いま現在の制約をすべて取り払い、自らが主体的に動ける人材を生み出すために、妥協を廃して考えた具体的なアイデアを提示する。この奇抜な挑戦をやってみました。

このような大学がもし本当に出現したなら、社会にどのようなインパクトを及ぼすでしょうか。消滅しつつある、けれど本来は資源豊かな地方に設立されたら、どれほどの効果を生み出すでしょうか。その影響が共鳴しだせば、日本全体の教育を変えていくことにもつながるのではないでしょうか。

そんな希望を乗せて、この書籍を世に出させていただきました。批判も含め、大いに議論が弾む、その礎となることを願っています。

関西学院大学出版会の誕生と私

荻野《おぎの》　昌弘《まさひろ》
関西学院理事長

一九九五年は、阪神・淡路大震災が起こった年である。関西学院大学も、教職員・学生の犠牲者が出て、授業も一時中断した。この年の秋、大学生協書籍部の谷川恭生さん、岡見精夫さんと神戸三田キャンパスを見学しに行った。新しいキャンパスに総合政策学部が創設されたのは、震災が起こった一九九五年の四月のことである。震災という不幸にもかかわらず、神戸三田キャンパスの新入生は、活き活きとしているように見えた。

その後、三田市ということで、三田屋でステーキを食べた。その時に、私が、そろそろ、単著を出版したいと話して、具体的な出版社名も挙げたところ、谷川さんがそれよりもいい出版社があると切り出した。それは、関西学院大学生活協同組合出版会のことで、たしかに蔵内数太著作集全五巻を出版している。生協の出版会を基に、本格的な大学出版会を作っていけばいいという話だった。

震災は数多くの建築物を倒壊させた。それは、不幸なできごとであったが、そこから新たな再建、復興計画が生まれる。何か新しいものを生み出したいという気運が生まれてくる。私は、谷川さんの新たな出版会創設計画に大きな魅力を感じ、積極的にそれを推進したいという気持ちになった。

そこで、まず、出版会設立に賛同する教員を各学部から集め、設立準備有志の会を作った。岡本仁宏（法）、田和正孝（文）、田村和彦（経＝当時）、広瀬憲三（商）、浅野考平（理＝当時）の各先生が参加し、委員会がまず設立された。また、経済学部の山本栄一先生から、おりに触れ、アドバイスをもらうことになった。

出版会を設立するうえで決めなければならないのは、まずその法人格をどのようにするかだが、これは、財団法人を目指す任意団体にすることにした。そして、何よりの懸案事項は、出版資金をどのように調達するかという点だった。あるときに、たしか当時、学院常任理事だった、私と同じ社会学部の髙坂健次先生から山口恭平常務に会いにいけばいいと言われ、単身、常務の執務室に伺った。山口常務に出版会設立計画をお話し、資金を融通してもらいたい旨お願いした。山口さんは、社会学部の事務長を経験されており、そのときが一番楽しかったという話をされ、その後に、一言「出版会設立の件、承りました」と言われた。事実上、出版会の設立が決まった瞬間だった。

　その後、書籍の取次会社と交渉するため、何度か東京に足を運んだ。そのとき、谷川さんと共に同行していたのが、今日まで、出版会の運営を担ってきた田中直哉さんである。東京出張の折には、よく酒を飲む機会があったが、取次会社の紹介で、高齢の女性が、一人で自宅の応接間で営むカラオケバーで、バラのリキュールを飲んだのが、印象に残っている。

　取次会社との契約を無事済ませ、社会学部教授の宮原浩二郎編集長の下、編集委員会が発足し、震災から三年後の一九九八年に、最初の出版物が刊行された。

　ところで、当初の私の単著を出版したいという目的はどうなったのか。出版会設立準備の傍ら、執筆にも勤しみ、第一回の刊行物の一冊に『資本主義と他者』を含めることがかなった。新たな出版会で刊行したにもかかわらず、書評紙にも取り上げられ、また、読売新聞が、出版記念シンポジウムに関する記事を書いてくれた。当時大学院生で、その後研究者になった方々から私の本を読んだという話を聞くことがあるので、それなりの反響を得ることができたのではないか。書店で『資本主義と他者』を手にとり、読了後すぐに連絡をくれたのが、当時大阪大学大学院の院生だった、山泰幸人間福祉学部長である。また、いち早く、論文に引用してくれたのが、今井信雄社会学部教授（当時、神戸大学の院生）で、今井論文は後に、日本社会学会奨励賞を受賞する。出版会の立ち上げが、新たなつながりを生み出していることは、私にとって大きな喜びであり、出版会が、今後も知的ネットワークを築いていくことを期待したい。

『資本主義と他者』1998年

資本主義を可能にしたものは？　他者の表象をめぐる闘争から生まれる、新たな社会秩序の形成を、近世思想、文学、美術等の資料をもとに分析する

草創期をふり返って

宮原《みやはら》　浩二郎《こうじろう》
関西学院大学名誉教授

関西学院大学出版会の刊行書が累計で五〇〇点に到達した。ホームページで確認すると、設立当初の一〇年間は毎年一〇点前後、その後は毎年二〇点前後のペースで刊行実績を積み重ねてきたことがわかる。あらためて今回の「五〇〇」という大台達成を喜びたい。

草創期の出版企画や運営体制づくりに関わった初代編集長として当時をふり返ると、何よりもまず出版会立ち上げの実務を担った谷川恭生氏の面影が浮かんでくる。当時の谷川さんは関学生協書籍部の「マスター」として、関学内外の多くの大学教員や研究者を知的ネットワークに巻き込みながら、学術書を中心に本の編集、出版、流通、販売の仕組みや課題を深く研究し、全国の書店や出版社、取次会社に多彩な人脈を築いていた。谷川さんに連れられて、東京の大手取次会社を訪問した帰りの新幹線で、ウィスキーのミニボトルをあけながら夢中で語り合い、気がつくともう新大阪に着いていたのをなつかしく思い出す。

数年後に病を得た谷川さんが実際に手にとることができた新刊書は当初の五〇点ほどだったはずである。今や格段に充実した刊行書のラインアップに喜び、深く安堵してくれているにちがいない。それはまた、谷川さんの知識経験や文化遺伝子を引き継いだ、田中直哉氏はじめ事務局・編集スタッフによる献身と創意工夫の賜物でもあるのだから。

草創期の出版会はまず著者を学内の教員・研究者に求め「関学の」学術発信拠点としての定着を図る一方、学外の大学教員・研究者にも広く開かれた形を目指していた。そのためすでに初期の新刊書のなかに関学教員の著作に混じって学外の大学教員・研究者による著作も見受けられる。その後も「学内を中心としながら、学外の著者にも広く開かれている」という当初の方針は今日まで維持され、それが刊行書籍の増加や多様性の確保にも少なからず貢献してきたように思う。

他方、新刊学術書の専門分野別の構成はこの三〇年弱の間に大きく変わってきている。たとえば出版会初期の五年間と最近五年間の新刊書の「ジャンル」を見比べていくと、現在では当初よりも全体的に幅広く多様化していることがわかる。「社会・環境・復興」（災害復興研究を含むユニークな「ジャンル」）や「経済・経営」は現在まで依然として多いが、いずれも新刊書全体に占める比重は低下し、「法律・政治」「福祉」「宗教・キリスト教」「関西学院」「エッセイその他」にくわえて、当初は見られなかった「言語」や「自然科学」のような新たな「ジャンル」が加わっている。何よりも目立つ近年の傾向は、「哲学・思想」や「文学・芸術」のシェアが顕著に低下する一方、「教育・心理」や「国際」、「地理・歴史」のシェアが大きく上昇していることである。

こうした「ジャンル」構成の変化には、この間の関西学院大学の学部増設（人間福祉、国際、教育の新学部、理系の学部増設など）がそのまま反映されている面がある。ただ、その背景には関学だけではなく日本の大学の研究教育をめぐる状況の変化もあるにちがいない。思い返せば、関西学院大学出版会の源流の一つに、かつて谷川さんが関学生協書籍部で編集していた書評誌『みくわんせい』（一九八八―九二年）がある。それは当時の「ポストモダニズム」の雰囲気に感応し、最新の哲学書や思想書の魅力を伝えることを通して、専門の研究者や大学院生だけでなく広く読書好きの一般学生の期待に応えようとする試みでもあった。出版会草創期の新刊書にみる「哲学・思想」や「文学・芸術」のシェアの大きさとその近年の低下には、そうした一般学生・読者ニーズの変化という背景もあるように思う。

関西学院大学出版会も着実に「歴史」を刻んできたことにあらためて気づかされる。これから二、三十年後、刊行書「一〇〇〇点」達成の頃には、どんな「ジャンル」構成になっているだろうか、今から想像するのも楽しみである。

『みくわんせい』
創刊準備号、1986年
この書評誌を介して集った人たちによって関西学院大学出版会が設立された

関西学院大学出版会への私信

田中《たなか》　きく代《よ》
関西学院大学名誉教授

私は出版会設立時の発起人ではありませんでしたが、初代理事長の荻野昌弘さん、初代編集長の宮原浩二郎さんから設立のお話をいただいて、気持ちが高まりワクワクしたことを覚えています。発起人の方々の熱い思いに感銘を受けてのことで、「田中さん、研究発進の出版部局を持たないと大学と言えないよね」という誘いに、もちろん「そうよね‼」と即答しました。皆さんの良い本をつくりたいという理想も高く、何度も会合がもたれました。ことに『理』の責任者であった生協の書籍におられた谷川恭生さんのご尽力は並々ならないものであったと感謝しております。谷川さんを除けば、皆さん本屋さんの出版にはさほど経験がなく、苦労も多かったのですが、苦労よりも新しいものを生み出すことに嬉々としていたように思います。

私は、設立から今日まで、理事として編集委員として関わらせていただき、一時期には理事長の要職に就くことにもなりましたが、荻野さん、宮原さん、山本栄一先生、田村和彦さん、大東和重さん、前川裕さん、田中直哉さん、戸坂美果さんと、指を折りながら思い返し、多くの編集部の方々のおかげで、やってくることができたと実感しています。五〇〇冊記念を機に、まずは感謝を申し上げ、いくつか関西学院大学出版会の「いいとこ」を宣伝しておきたいと思います。

「関学出版会の『いいとこ』は何?」と聞かれると、本がとても「温かい」と答えます。出版会の出版目録を見ていると、それぞれの本が出来上がった時の記憶が蘇ってきますが、どの本も微笑んでいます。教員と編集担当者が率先して一致協力して運営に関わっていることが、妥協しないで良い本をつくろうとすることからくる真剣な取り組みとなっているのです。出版会の本は丁寧につくられ皆さんの心が込められているのです。

　また、本をつくる喜びも付け加えておきます。毎月の編集委員会では、新しい企画にいつもドキドキしています。私事ですが、私は歴史学の研究者の道を歩んできましたが、同時にどこかでいつか本屋さんをやりたいという気持ちがあったことは否定できません。関学出版会では、自らの本をつくる時など特にそうですが、企画から装丁まですべてに自分で直接に関わることができるのですよ。こんな嬉しいことがありますか。

　皆でつくるということでは、夏の拡大編集委員会の合宿も思い出されます。毎夏、有馬温泉の「小宿とうじ」で実施されてきましたが、そこでは編集方針について議論するだけではなく、毎回「私の本棚」「思い出の本」「旅に持っていく本」などなどの議題が提示されました。自分の好きな本を本好きの他者に「押しつけ?」、本好きの他者から「押しつけられる?」楽しみを得る機会が持てたことも私の財産となりました。夕食後には皆で集まって、学生時代のように深夜まで喧々諤々の時間を過ごしてきたことも楽しい思い出です。今後もずっと続けていけたらと思っています。

　記念事業としては、設立二〇周年の一連の企画がありましたが、記念シンポジウム「いま、ことばを立ち上げること」では、田村さんのご尽力で、「ことばの立ち上げ」に関わられた諸氏にお話しいただき、本づくりの大切さを再確認することができました。今でも「投壜通信」という「ことば」がビンビン響いてきます。文字化される「ことば」に内包される心、誰かに届けたい「ことば」のことを、本づくりの人間は忘れてはいけないと実感したものです。

　インターネットが広がり、本を読まない人が増えている現状で、今後の出版界も変革を求められていくでしょうが、大学出版会としては、学生に「ことば」を伝える義務があります。ネット化を余儀なくされ「ことば」を伝えるにも印刷物ではなくなることも増えるでしょう。だが、学生に学びの「知」を長く蓄積し生涯の糧としていただくには、やはり「本棚の本」が大切だと思います。出版会の役割は重いですね。

『いま、ことばを立ち上げること』
K.G. りぶれっと No. 50、2019年

2018年に開催した関西学院大学出版会設立20周年記念シンポジウムの講演録

ふたつの追悼集

田村《たむら》　和彦《かずひこ》
関西学院大学名誉教授

荻野昌弘さんの原稿で、一九九五年の阪神淡路の震災が出版会誕生の一つのきっかけだったことを思い出した。今から三〇年前になる。ぼく自身は一九九〇年に関西学院大学に移籍して間もなくだった。震災との直接のつながりは思いつかないが、新たな出発に向けての思いが大学に満ちていたことは確かである。

ぼく自身と出版会とのかかわりは、当時関学生協書籍部にいた谷川恭生さんに直接声をかけられたことから始まる。谷川さんの関西学院大学出版会発足にかけた情熱については、本誌で他の方々も触れているとおりである。残念ながら、出版会がどうやら軌道に乗り始めた二〇〇四年にわずか四九歳で急逝した谷川さんには、翌年に当出版会が出した追悼文集『時（カイロス）の絆』に学内外の多くの方々が思いを寄せている。出版会についていえば、前身には発足の十年近く前から谷川さんが発行していた書評誌『みくわんせい』があったことも忘れえない。『みくわんせい』のバックナンバーの書影は前記追悼集に収録されている。出版会を立ちあげて以来発行されてきたこの小冊子『理』にしても、最初は彼が構想する大学発の総合雑誌の前身となるべきものだったと記憶している。「理」を「ことわり」と読むことにこだわったのも彼である。谷川さんのアイデアは尽きることなく広がり、何度かの出版会主催のシンポジウムも行われた。そんなか、出版会が発足してからもいつもは外野のにぎわわせ役を決めこんでいたぼくに、谷川さんから研究室に突然電話が入り、「編集長になりませんか」という依頼があった。なんとも闇雲な頼みで、答えあぐねているうちにいつの間にやら引き受けることになってしまった。その後編集長として十数年、その後は出版会理事長として谷川さんが蒔いた種から育った出版会の活動を、不十分ながら引き継いできた。

関学出版会を語るうえでもう一人忘れえないのが山本栄一氏で

ある。山本さんは阪神淡路の震災の折、ちょうど経済学部の学部長で、ぼく自身もそこに所属していた。学部運営にかかわる面倒なやり取りに辟易していたぼくだが、震災の直後に山本さんが学部活性化のために経済学部の教員のための紀要刊行費を削って、代わりに学部生を巻きこんで情報発信と活動報告を行う経済学部広報誌『エコノフォーラム』を公刊するアイデアを出したときには、それに全面的に乗り、編集役まで買って出た。それをきっかけに学部行政以外のつき合いが深まるなかで、なんとも型破りで自由闊達な山本さんの人柄にほれ込むことになった。発足間もない関学出版会についても、学部の枠を越えて、教員ばかりか事務職にまで関学随一の広い人脈を持つ山本さんの「拡散力」と「交渉力」が大いに頼みになった。一九九九年に関学出版会の二代目の理事長に就かれた山本さんは、毎月の編集会議にも、当時千刈のセミナーハウスで行なわれていた夏の合宿にも必ず出席なさった。堅苦しい会議の場は山本さんの一見脈絡のないおしゃべりをきっかけに、どんな話題に対しても、誰に対しても開かれた、くつろいだ自由な議論の場になった。本の編集・出版という作業は、著者だけでなく、編集者・校閲者も巻きこんで、まったくの門外漢や未来の読者までを想定した、実に楽しい仕事になった。山本さんは二〇〇八年の定年後も引き続き出版会理事長を引き受けてくださったが、二〇一一年に七一歳で亡くなられた。没後、関学出版会は上方落語が大好きだった山本さんを偲んで『賑わいの交点』という追悼文集を発刊している。

　出版会発足二八年、刊行点数五〇〇点を記念するにあたって特にお二人の名前を挙げるのは、お二人のたぐいまれな個性とアイデアが今なお引き継がれていると感じるからである。二つの追悼集のタイトルをつけたのは実はぼくだった。いま、それを久しぶりに紐解いていると関西学院大学出版会の草創期の熱気と、それを継続させた人的交流の広さと暖かさとが伝わってくる。

『賑わいの交点』
山本栄一先生追悼文集、
2012年（私家版）

39名の追悼寄稿文と、山本先生の著作目録・年譜・俳句など

『時（カイロス）の絆』
谷川恭生追悼文集、
2005年（私家版）

21名の追悼寄稿文と、谷川氏の講義ノート・『みくわんせい』の軌跡を収録

連載

スワヒリ詩人列伝

第8回 政権の御用詩人、マティアス・ムニャンパラの矛盾

小野田 風子

スワヒリ語詩、それは東アフリカ海岸地方の風土とイスラム的伝統に強く結びついた世界である。そのなかで、内陸部出身のキリスト教徒として初めてシャーバン・ロバート（本連載第2回〔『理』59号〕参照）に次ぐ大詩人として認められたのが、今回の詩人、マティアス・ムニャンパラ（Mathias Mnyampala, 1917-1969）である。

ムニャンパラは一九一七年、タンガニーカ（後のタンザニア）中央部のドドマで、ゴゴ民族の牛飼いの家庭に生まれる。幼いころから家畜の世話をしつつ、カトリック教会で読み書きを身につけた。政府系の学校で法律を学び、一九三六年から亡くなるまで教師や税務署員、判事など様々な職に就きながら文筆活動を行った。これまでに詩集やゴゴの民族誌、民話など十八点の著作が出版されている（Kyamba 2016）。

詩人としてのムニャンパラの最も重要な功績とされているのは、「ンゴンジェラ」（ngonjera）注1という詩形式の発明である。

独立後のタンザニアは、初代大統領ジュリウス・ニェレレの強い指導力の下、社会主義を標榜し、「ウジャマー」（Ujamaa）と呼ばれる独自の社会主義政策を推進した。ニェレレは当時のスワヒリ語詩人たちに政策の普及への協力を要請し、詩人たちはＵＫＵＴＡ（Usanifu wa Kiswahili na Ushairi Tanzania）という文学団体を結成した。ＵＫＵＴＡの代表として政権の御用詩人を引き受けたムニャンパラが、非識字の人々に社会主義の理念を伝えるのに最適な形式として創り出したのが、ンゴンジェラである。これは、詩の中の二人以上の登場人物が政治的なトピックについて議論を交わすという質疑応答形式の詩である。ムニャンパラがまとめた詩集『ＵＫＵＴＡのンゴンジェラ』（*Ngonjera za Ukuta I & II*, 1971, 1972）はタンザニア中の成人教育の場で正式な出版前から活用され、地元紙には類似の詩が多数掲載された。

ムニャンパラの詩はすべて韻と音節数の規則を完璧に守った定型詩である。ンゴンジェラ以外の詩では、言葉の選択に細心の注意が払われ、表現の洗練が追求されている。詩の内容は良い生き方を諭す教訓的なものや、物事の性質や本質を解説するものが目立つ。詩のタイトルも、「世の中」「団結」「嫉妬」「死」など一語が多く、詩の形式で書かれた辞書のようでさえある。美徳や悪徳、無力さといった人間に共通する性質を扱う一方、差別や植民地主義への明確な非難も見られ、人類の平等や普遍性について

書いた詩人と大まかに評価できよう。

一方、ムニャンパラのンゴンジェラは、それ以外の詩と比べて深みや洗練に欠けると言われる。ムニャンパラは「庶民の良心」であることを放棄し、「政権の拡声器」に成り下がったとも批判されている（Ndulute 1985: 154）。知識人が無知な者を啓蒙するというンゴンジェラの基本的な性質上、確かにそこには、人間や物事の単純化や、善悪の決めつけ、庶民の軽視が見られる。人間の共通性や普遍性に焦点を当てるヒューマニズムも失われている。表現の推敲の跡もあまり見られず、政権のスローガンをただ詩の形式に当てはめただけのようである。以下より、ムニャンパラのンゴンジェラが収められている『UKUTAのンゴンジェラI』と、一般的な詩が収められている『ムニャンパラ詩集』（*Diwani ya Mnyampala*, 1965）、そして『詩の教え』（*Waadhi ua Ushairi*, 1965）から、実際にいくつか詩を見てみよう。

『UKUTAのンゴンジェラI』内の「愚かさは我らが敵」では、「愚か者」が以下のように発言する。「みんな私をバカだと言う　学のない奴と／私が通るとみんなであざけり　友達でさえ私を笑う／悪口ばかり浴びせられ　言葉数さえ減ってきた／さあ、確かなことを教えてくれ　私のどこがバカなんだ?」それに対し、「助言者」は、「君は本当にバカだな　そう言われるのももっともだ／だって君は無知だ　教育されていないのだから／君は幼子、背負われた子どもだ／教育を欠いているからこそ　君はバカなのだ」と切り捨てる。その後のやり取りが続けられ、最後には「愚か者」が、「やっと理解した　私の欠陥を／勉強に邁進し　愚かさから抜け出そう／そして味わおう　読書の楽しみを／確かに私は　バカだったのだ」と改心する（Mnyampala 1970: 14-15）。

一方、『詩の教え』内の詩「愚か者こそが教師である」では、「愚か者」についての認識に大きな違いがある。詩人は、「愚か者はこし器のようなもの　知覚を清めることができる／愚か者こそが、賢者を教える教師なのである」（Mnyampala 1965b: 55）と、ンゴンジェラとは異なる思慮深さを見せる。また、上記のンゴンジェラに見られる教育至上主義は、『詩の教え』内の別の詩「高貴さ」とも矛盾する。

たとえば人の服装や金の装身具／あるいは大学教育や宗教の知識に驚かされることはあっても／それが人に高貴さをもたらすわけではない　そういったものに惑わされるな／服は高貴さとは無縁だ　高貴さとは信心なのだ

高貴さとは信心である　読書習慣とは関係ない／スルタンであることや、ローマ人やアラブ人であることでもない／それは心の中にある信心　慈悲深き神を知ること／騒乱は高貴さには似合わない　高貴さとは信心なのだ（Mnyampala 1965b: 24）

同様の矛盾は、社会主義政策の根幹であったウジャマー村についての詩にも見出せる。一九六〇年代末から七〇年代にかけて、平等と農業の効率化を目的として、人工的な村における集団農業の実施が試みられた。『UKUTAのンゴンジェラ』内の詩「ウジャマー村」では、政治家が定職のない都市の若者に、村に移住し農業に精を出すよう諭す。若者は「彼らが言うのだ　私たちは町を出ないといけないと／ウジャマー村というが　何の利益があるんだ?」と疑問を投げかけ、「この私がどんな利益を上げられるだろう?／体には力はなく　何も収穫することなどできない」、「なぜ一緒に暮らさないといけないのか　どういう義務なのか?／せっかくの成果を無駄にして　もっと貧しくなるだろう」と移住政策の有効性を疑問視し、「私はここの馴染みだ　私の人生は町にある／私はここで丸々肥えて　いつも喜びの中にある／もし村に住んだなら　骨と皮だけになってしまう」と懸念する。それに対し政治家は、「町を出ることは重要だ　共に村へ移住しよう／恩恵を共に得て　勝者の人生を歩もう」、「みんなで一緒に住むことは　国にとって大変意義のあること／例えば橋を作って洪水を防ぐことができる／一緒に耕すのも有益だ　経済的成果を上げられる」とお決まりのスローガンを並べるだけである。にもかかわらず若者は最終的に、「鋭い言葉で　説得してくれてありがとう／怠け癖を捨て　鍬の柄を握ろう／そして雑草を抜いて　村に参加しよう／ウジャマー村には　確かに利益がある」と心変わりをするのである（Mnyampala 1970: 38-39）。

この詩は、その書かれた目的とは裏腹に、若者の懸念の妥当性と、政治家の理想主義の非現実性とを強く印象づける。以下の詩を書いたときのムニャンパラ自身も、この印象に賛同してくれるはずである。『ムニャンパラ詩集』内の詩「農民の苦労」では、農業の困難さが写実的かつ切実につづられる。

はるか昔から　農業には困難がつきもの／まずは原野を開墾し　枯草を山ほど燃やす／草にまみれ　一日中働きづめだ／農民の苦労には　忍耐が不可欠
忍耐こそが不可欠　心変わりは許されぬ／毎日夜明け前に目を覚まし／すぐに手に取るのは鍬　あるいは鍬の残骸／農民の苦労には　忍耐が不可欠
森を耕しキビを植え　草原を耕しモロコシを植え／たとえ一段落しても　いびきをかいて眠るなかれ／動物が畑にやってきて　作物を食い荒らす／農民の苦労には　忍耐が不可欠（三連略）
いつ休めるのか　いつこの辛苦が終わるのか／イノシシやサルに　怯えて暮らす苦しみが?／収穫の稼ぎを得る前から　疑念が膨らむばかり／農民の苦労には　忍耐が不可欠
キビがよく実ると　私はひたすら無事を祈る／すべての枝が花をつける時　私の疑いは晴れていく／そして鳥たちが舞い

降りて　私のキビを狙い打ち／農民の苦労には　忍耐が不可欠（一連略）

農民は衰弱し　憐れみを掻き立てる／その顔はやせ衰え　見る影もない／すべての困難は終わり、農民はついに収穫する　みずからの終焉を／農民の苦労には　忍耐が不可欠

（Mnyampala 1965a: 53-54）

ウジャマー村への移住政策は遅々として進まず、一九七〇年代に入ると武力を用いた強制移住が始まる。しかしムニャンパラはタンザニア政治が暴力性を帯びる前、一九六九年に亡くなった。『詩の教え』内の「政治」という詩には、「国民に無理強いするのは、政府のやることではない」という一節がある（Mnyampala 1965b: 5）。ムニャンパラがもう少し長く生き、社会主義政策の失敗を目の当たりにしていたなら、「政権の拡声器」か「庶民の良心」か、どちらの役割を守っただろうか。

ムニャンパラは、時の政権であれ、身近なコミュニティであれ、そこから期待された役割を忠実に演じきった詩人と言えるだろう。そのような詩人を前にしたとき、われわれはつい、詩人自身の思いはどこにあるのかと問いたくなる。しかしスワヒリ語詩において重要なのは個人の思いではなく、詩がその時代や社会において良い影響を与え得るかどうかである。社会情勢が変われば詩の内容も変わる。よって本稿のように、詩人の主張が一貫していないことを指摘するのは野暮なのだろう。

社会主義政策は失敗に終わったが、ンゴンジェラは現在でも教育的娯楽として広く親しまれている。特に教育現場では、子どもたちが保護者等の前で教育的成果を発表するための形式として重宝されている。自由詩の詩人ケジラハビ（本連載第6回〔『理』71号〕参照）は、ムニャンパラの功績を以下のように称えた。「都会の人も田舎の人もあなたの前に腰を下ろす／そしてあなたは彼らを楽しませ、一人一人の聴衆を／ンゴンジェラの詩人へと変えた！」（Kezilahabi 1974: 40）。

（大阪大学　おのだ・ふうこ）

注1　ゴゴ語で「一緒に行くこと」を意味するという（Kyamba 2022: 135）。

参考文献

Kezilahabi, E. (1974) *Kichomi*, Heineman Educational Books.

Kyamba, Anna N. (2022) "Mchango wa Mathias Mnyampala katika Maendeleo ya Ushairi wa Kiswahili", *Kioo cha Lugha* 20(1): 130-149.

Kyamba, Anna Nicholaus (2016) "Muundo wa Mashairi katika *Diwani ya Mnyampala* (1965) na Nafasi Yake katika Kuibua Maudhui" *Kioo cha Lugha* Juz. 14: 94-109.

Mnyampala, Mathias (1965a) *Diwani ya Mnyampala*, Kenya Literature Bureau.

—— (1965b) *Waadhi wa Ushairi*, East African Literature Bureau.

—— (1970) *Ngonjera za UKUTA Kitabu cha Kwanza*, Oxford University Press.

Ndulute, C. L. (1985) "Politics in a Poetic Garb: The Literary Fortunes of Mathias Mnyampala", *Kiswahili* Vol. 52 (1-2): 143-162.

【4～7月の新刊】

『未来の教育を語ろう』
關谷 武司［編著］
A5判 一九四頁 二五三〇円

【近刊】 *タイトルは仮題

『宅建業法に基づく重要事項説明Q&A 100』
弁護士法人 村上・新村法律事務所［監修］

『教会暦によるキリスト教入門』
前川 裕［著］

『ローマ・ギリシア世界・東方』
ファーガス・ミラー古代史論集
ファーガス・ミラー［著］
藤井 崇／増永理考［監訳］

『学生たちは挑戦する』
開発途上国におけるユースボランティアの20年
KGりぶれっと60
村田 俊一［編著］
関西学院大学国際連携機構［編］

【好評既刊】

『ポスト「社会」の時代』
社会の市場化と個人の企業化のゆくえ
田中 耕一［著］
A5判 一八六頁 二七五〇円

『カントと啓蒙の時代』
河村 克俊［著］
A5判 二二六頁 四九五〇円

『学生の自律性を育てる授業』
自己評価を活かした教授法の開発
岩田 貴帆［著］
A5判 二〇〇頁 四四〇〇円

『破壊の社会学』
社会の再生のために
荻野 昌弘／足立 重和／山 泰幸［編著］
A5判 五六八頁 九二四〇円

『基礎演習ハンドブック 第三版』
さぁ、大学での学びをはじめよう！
KGりぶれっと59
関西学院大学総合政策学部［編］
A5判 一四〇頁 一三二〇円

※価格はすべて税込表示です。

好評既刊

絵本で読み解く 保育内容 言葉

齋木 喜美子［編著］

絵本を各章の核として構成したテキスト。児童文化についての知識を深め、将来質の高い保育を立案・実践するための基礎を学ぶ。

B5判 214頁 2420円（税込）

スタッフ通信

弊会の刊行点数が五百点に到達した。九七年の設立から二八年かかったことになる。設立当初はまさかこんな日が来るとは思っていなかった。ちなみに東京大学出版会の五百点目は一九六二年（設立一一年目）、京都大学学術出版会は二〇〇九年（二〇年目）、名古屋大学出版会は二〇〇四年（二三年目）とのこと。特集に執筆いただいた草創期からの教員理事長をはじめ、歴代編集長・編集委員の方々、そしてこれまで支えていただいたすべての皆様に感謝申し上げるとともに、つぎの千点にむけてバトンを渡してゆければと思う。（田）

コトワリ No. 75 2025年7月発行
〈非売品・ご自由にお持ちください〉

知の創造空間から発信する
関西学院大学出版会
K.G. University Press
〒662-0891 兵庫県西宮市上ケ原一番町1-155
電話0798-53-7002 FAX0798-53-5870
http://www.kgup.jp/ mail kwansei-up@kgup.jp

はないか」という。いずれにせよ、国語を話せず、和服を着たこともない人であったが、「やはり祖父はよい日本人であつた」と結論する。

一方、父に対しては、「私」は反感を隠さない。大学まで出た父は、台湾の伝統的な大家族の習慣に則り第二夫人を持つようなことはしない。とはいえ、内地人が妾を囲うように、「母が嫁に来るとき一緒に連れてきた」「無知な女中風情」、つまり「査媒嫺」を別宅で養い、正妻つまり「私」の母よりも愛し、子どもを三人ももうけた。また、独立して生活できるだけの職を身につけさせるため、「私」を東京に留学させたいと考える母に対し、「花嫁学校」のような教育しかしない台北の高等家政院へ行かせた父。だが、「従来の台湾の家庭のこの悲劇」をくり返す父も、実は市会議員として「皇民錬成運動」に熱心で、娘に国語を身につけさせるため小学校に行かせた人物でもある。

このように見てくれば、台湾の習慣から抜け出せなくとも、最終的に日本式の葬式を選択する「よい日本人」である祖父や、同じく台湾の家庭における悲劇をくり返しつつも、「皇民錬成」に邁進する父は、一見、先生をはじめとする日本人や、日本人たらんとする「私」をおびやかす存在ではない。

しかし「城門」には、こうした単純化した人物像を拒むノイズが、随所に配置されている。まず祖父については、そもそも、「よい日本人」でありたいという理由から日本式の葬式を望んだかどうかはわからない。「私」が、「祖父が何故日本式の葬式を望んだかといふ気持は誰も別に聞いた者がないのでわからない」と明言するように、その動機は閉ざされている。衣服も言葉も変える必要を認めなかった祖父は、強いていえば、日本人であることに邁進する「私」が、台湾式の葬儀を毛嫌いすることに気を遣ったのかもしれない、というのが、説明ともいえない説明である。

父が単純に皇民錬成に邁進する人物でないこともはっきりしている。祖父が火葬された理由について、「父が常に皇民錬成にやかましい市会議員だものだから自分の地位と社会的な評判を考へて火葬をするやうにした」と陰口を叩かれたように、父は利にさとく、皇民錬成もためにするところあってのものだと周りから見抜かれている。台北の整備された城門に小便をする人がいると聞いて、大笑いし、台南の城門など懐古的なばかりで保存の必要もないから、取り壊して共同便所にすればいい、と言い出すような、極めて現実的な考え方の持ち主である。その一方で、内地の妾を囲う習慣を借用して第二夫人を囲うなど、日本人であることに反すると見なされない形で、台湾の習慣を巧妙に残している。娘を小学校にやったのも、日本語を使える有利さを見すえてのことではないかと考えられるし、また娘に独立できる職を身につけるため東京へやろうとしないのも、東京で自由恋愛などされたらたまったものではなく、うがっていえば娘の結婚を自らの政略の手段に残しておこうと考えたものとも考えられる。純粋に生きようとする「私」には、「嘘のかたまりに見えてたまらない」父は、一筋縄ではいかない人物で、日本統治下にあって面従腹背しつつ図太く生き抜く、台湾人の逞しさを体現している。

「私」は父の妾を見下し、その子どもたちが弟妹として養われることを不愉快に思い、父に対し嫌悪感を隠さない。にもかかわらず、妾を母より愛する父が、「それでも私や弟を可愛がるのには少しも変りません」と認めざるをえない。「私は父の地位と名声を思ふとき、その生活を私はもつともつと低い階級の教育を受けなかつた青年が志願兵を血書してまで願ひ出るまごころと比べて」いるが、被支配者の立場からすれば、「志願兵」を願い出ることは、支配者の思うつぼである。父のような生き方こそ、支配される側の無言の抵抗を示しており、それがこの小説には書き込まれている。

このような単純化を拒む人物像は、一見純粋に日本人となるよう心掛けているはずの、語り手の「私」についても、同様である。台湾式の葬儀を嫌い、台湾の伝統的な制度を憎むが、一方で日本人を目指すことへの強い葛藤を抱えていることも、何度も記されている。小学校を出たおかげで国語が達者で、台湾人生徒が多数の女学校では優越感を感じ、「私は自分の家の地位といひ生活といひ真に皇民的な生活の楽しみといふものを感じてゐた」。しかしその一方で、「小学校時代は決して楽しい生活ばかりではありませんでした」、「私は自分の成長と共に色々のめにあつて色々と考へることがありました。私は台湾語が話せないのです」と告白する「私」は、意図的に「生活のすべてが内地化した形式を整へ」るよう努めてきた。

ところが、四年生になって内地へ修学旅行に行き、あこがれの東京駅で、出迎えにきた留学生夫婦が、「あたりをはばかる風」もなく台湾語で話すのを聞き、強いショックを受ける。

東京駅頭の第一の驚きをはじめとして、もつともつと数多くのことを見ました私は、台湾にゐた私達の生活について今までにないことを感じたのでした。さうしてその事は一つの疑問となり、それが何かしら心の奥底のつかえとなつて、どうにもならなくなつて、しまひにこの旅行が不愉快になり自分ながら驚くばかりヒステリックに癇癪《かんしやく》を起すやうになつて、帰りの船中ではまるで不逞《ふてい》な自分の心に苦しむやうになりました。それがとうとう先生の前で破裂してしまひました。（中略）東京で先づ留学生の台湾語を聞き、街で半島の人々が朝鮮服を着て平気で歩いてゐる様子などを私ははじめの内は奇異の眼で見てゐました。私達は今まで絶対に国語で話し合ふやうに学校でもしつけられ、服装にしても台湾服を着用しないやうに、出来れば和服を着るやうにと言はれてゐましたのに東京に来てみますと、この現状です。私はその内にその先輩の方達にもあつて東京の話を聞きました。ところが皆東京は自由でのびのびしてゐて、他人の生活などにうるさく干渉などしないよいところだつて、さも何だか私達お上《のぼ》りさん組をあはれむと言つた顔付なのです。（中略）かうしたことが私にわけのわからない怒となつて胸に鬱々としたものになつて行つたのでした。

必死になって日本語を身につけ、日本人として身だしなみを整え、首都に出ても恥ずかしくない立派な日本人でありたいと志していた、台湾での辛い日々は、何だったのか。ここには「日本人になること」が、台湾でのみ極端に強制されていることが明かされている。また、東京に出た台湾人留学生たちのしたたかさも、彼らとわずかに接触しただけで目覚めてしまう、「私」の「不逞」な心も。この苦悩は、王昶雄《しょうゆう》（一九一六―二〇〇〇年）が「奔流」で、日本人になろうと苦闘する伊東に託して描いた苦しみに通じる。[53] このように見てくれば、「城門」には台湾人の現実も、日本が去れば、台湾人にとって都合のいい部分をのぞき、きれいに拭い去られるだろう、押しつけられた皇民化の現実も、はっきりと書き込まれている。

しかもそのことに、「私」が語りかける相手である「先生」も、気づいている。東京駅で卒業生たちが台湾語を話している傍で、「私」は「先生の顔色をぬすみ見」る。先生は「只一人静かにこの台湾語を聞きながらお歩きなつてゐる」、「その台湾語のお喋りを何かかういたいたしい気持ちで聞いていらつしやるやうに見えました」。この「いたいたしい気持ち」は、台湾語で会話する、出迎えの卒業生と角帽を被った夫君にだけ、向けられているとは思われない。彼らは「大きな声で別にあたりをはばかる風も見えない」、つまりまったくの自然体なのだから、教師から同情されるいわれはない。教師が「いたいたしい気持ち」でいるとすれば、それは自身が熱意をもって当たった国語教育が、教え子の卒業後の私生活に何ほどの爪痕も残していない事実に対して、ではないだろうか。

それだけではない、ショックを受けた「私」が、「自棄的」な言葉を先生に投げかけたとき、「先生は涙を浮べて熱心に私の不心得をお悟し下さいました。先生は私一人の危機を救はうとしたのではなく、私を通して何人かの立派な皇民を生み出さうと戦はれた」。生徒の不心得を説教するためだけに、教師は涙を浮かべて、一時間も熱心に生徒に語りつづけるものだろうか。「台湾をもつともつと引き上げやうとするなら台湾の中に生きて台湾と共に成長すべきだ」と語る先生は、台湾のためにいくら皇民化教育を推進しても、必ずしも生徒の心の奥底まで根づくわけではなく、また真面目に皇民化を受け入れる生徒ほど、狭間にあって苦しむことに、思いいたっている。また、教師の説教の半分は、必ずしも成功してはいない皇民化教育、それが結果として生徒を苦しめていることに気づいている、矛盾した自身に対しても、向けられているのではないのか。

「先生」は「本島人の旧慣と因習」、「台湾の歴史や民族」を「研究」している。「台湾の本島人の間では先生の御研究に好意をもつてゐる方も大変多い」と、元教え子から褒められるほどである。そんな先生は、知れば知るほど、皇民化の矛盾に気づかずにいられない。明確に批評的な意図があるわけではない、限られた数ではあっても生身の台湾人に触れ、台湾の現実に立ち入ろうとしたとき、その作品には「本島人の真実」が入り込んでくる。「城門」には、台湾人子弟との交流や台南研究の結果、意図の有無は関係なしに、台湾における支配と被支配の構造が書き込まれる。それは、たとえ意図しての批評意識が低くとも、台湾を知ることがもたらした結果なのである。

同じことは「城門」以外の作品についてもいえる。同じく女生徒を描いた「砂塵」は、野沢という高等女学校の教師が、父親の借金のため学業をつづけるのが困難になったと訴える女生徒のために、家庭訪問し対策を考える、という話である。教育を通して、生徒のみならず家庭にまで皇民錬成を及ぼそうと尽力する教師、という観点から捉えると、皇民文学の一つであり、和泉氏の分析の通り、野沢が微温的な解決を図る、「自己満足」の要素の強い人物である点も間違いない。野沢の視点には植民地支配への疑問などは一切含まれない。

しかし「砂塵」には、単なる支配者側の独りよがりだけが描かれているわけではない。そもそも「砂塵」は、「女誡扇綺譚」の自殺する下婢を、二十年後の現在に置き直し、自殺ではなく主体的な生き方を模索したらどうなるか、という想定の作品である。佐藤春夫が「綺譚」で提示した「查媒嫺」

の問題は、「城門」では父の第二夫人の問題として描かれたが、「砂塵」では女生徒自身の問題として正面からあつかわれる。

「砂塵」の冒頭、野沢は授業中「綺譚」について、なかでもその終結の、「幼くして孤児となり隣人である穀商の黄家に拾はれて養育され」た、「哀れな下婢が自殺」するくだりを、女生徒たちに語る。多くの場合小さいときに金で買われて下女とされ、自由のない人生を送る、一種の人身売買と呼ぶべき査媒嫺の「陋習」について、野沢が語った生徒のなかに、宝玉はいた。豊かな家庭の出身者が多い中で、宝玉は伝統的な傘職人の家に生まれた貧しい娘で、成績はクラスでも最優秀だが、性格は「陰気」で友だちもいない。その宝玉が次の章で、野沢の家まで、父親の借金で売り飛ばされるかもしれない、と切羽つまって相談に来る。もともと陰気とはいえ、授業中、「いつものやうに一向にうかぬ顔」だったのは、教師の話を聞きながら、「綺譚」の下婢と同じ境遇に陥るやもしれぬわが身の末を案じていたとすれば、無理もない。

では宝玉は、「綺譚」の下婢のごとく、主人から内地人に嫁することを命ぜられたゆえに、絶望し首をくくった恋人の後を追って、自らも自殺するような、受け身な存在であろうか。ただただ皇民化を施されるばかりであろうか。窮地に陥った宝玉が野沢に相談に来たのは、担任というだけでなく、野沢の話を聞いて、野沢には理解があると見込んだからだと思われる。さもなければ、内地人の男性教師、しかもろくに口をきいたこともなく、自らに好意的とも思えない教師の家を、わざわざ訪ねたりしないだろう。野沢なら何らかの対応をすると予期して、意図的に選んでいるのである。

実際野沢は、宝玉の家庭を訪れ、母親に説教し、借金のある叔母宅にも出向く決意をし、宝玉が卒業まで学校をつづけられるよう善処する。また、将来についても、宝玉の能力にふさわしい、国民学校の教師という仕事を世話しようと決意する。たとえそれが野沢の自己満足であろうと、宝玉にとっては、父の借金ゆえに、学業ではるかに劣るが豊かな級友たちのごとき令嬢の召使いとなり、持って生まれた能力を生かすこともなく、奉公先の命じるままに結婚先を決められたり、主人の妾にされたり、場合によっては娼家に売られるやもしれず、「綺譚」の下婢のように自ら命を絶つほかなくなるかもしれぬ運命を切り抜けるには、藁をもつかむような、しかし実はかなり見込みのある方法である。

そもそも宝玉は、野沢なら生徒のために奔走するだろうと事前に承知している。野沢は教室で、「風俗習慣の異つた生活に帰つて行くか、新しい皇民生活に突進すべきか」という観点から、査媒嫺という旧習について語った。自らが陥った危機について、この教師に相談すれば、たとえ「皇民錬成」を説く建前からであろうと、「自己満足」であろうと、何らかの対応を講じるだろうことは、十代半ばではあっても世間の冷たさを知る頭脳すぐれた少女であれば、充分予想できる。成績はクラスでトップを競うも、家庭が貧しく裕福な級友たちとなじめず、しかも父の借金で追いつめられた女生徒にとって、「宝玉が下女になるか芸姐《ゲートアン》にでもされるか、これは学校にとつても悲劇」と考える教師の援助は、偽善であっても一縷《いちる》の希望である。日本人になれと強制する皇民化運動は、台湾人にとっては耐え難いものであった。しかし表立って反抗することも困難だった。そういうとき、「城門」の少女の父や、「砂塵」の宝玉は、皇民化の建前を利用するしたたかさを習得している。

新垣がいったんは「綺譚」に陶酔したものの、台南体験を通して「綺譚」に不満を抱き、自らの文学世界を模索するようになったことはすでに見た。「綺譚」の少女は、内地人の私に姿を見せることはない。「綺譚」の末尾は、「私がその声だけは二度も聞きながら、姿は終に一瞥することも出来なかったあの少女は、事実に於ては、自分の幻想の人物と大変違つたもののように私は今は感ずる」と結ばれた。一方、「綺譚」を念頭に置いて書かれた「砂塵」では、「陰気」で「無口」な、教師の家を訪ねても「何か言はうとするらしく唇をひくひくと痙攣させたが、声を出し得ないでやはりうつ向いたまま」の少女が、勇を鼓して、自らの苦境を訴え、そこから脱出を図る。視点人物である野沢の語りが、一方的に作品を支配してはいるが、作品の随所には、少女が自らの生き方を選択しようとする意志が描き込まれている。ただしそれは、新垣が貧しい台湾人少女のたくましい生き方を描こうとした、ということではない。台湾人の生き方に触れた新垣が、彼らを題材にしたとき、彼らのしたたかさがその作品に必然的に流れ込んだ、ということである。

台湾人を描いた作品をもう一つ見てみよう。「船渠」は、タイトルに「情報課委嘱作品」とされているように、新垣が依頼を受け、基隆のドックで取材して書かれた。いわば官製の文学のはずである。しかし実際には、戦意高揚の意図を読みとりにくい作品となっている。

ドックで働く台湾人の工員が、隣の造船会社の高賃金に惹かれて、集団でそちらに移動する。しかし、一人前に育ててもらった恩義を思い起こし、元のドックに戻り忠義を尽くす、というのが筋で、これだけ見ると、日本人にとってありがたい話である。しかし台湾人労働者が、自らを育ててくれた日本人上司のいる会社を集団でサボタージュし、他に走る、という部分を取り出すと、穏やかではない話となる。決戦の年を迎え、ドックはあたかも戦場である。しかも場所は台湾、「我が台湾が大輸送陣の大動脈であることは地図を見れば赤ん坊でもわかること」で、「台湾は日本の喉」であり、「この喉を一握にしたいのが敵の考へるところ」、「敵が必ずこの喉元に匕首《あいくち》をかざして迫つて来るのは火を見るよりも明らか」である。

ところが、会社の日本人上司に、台湾人工員を操《あやつ》る手段として残されているのは、心細いことに、大声を出して威嚇するだけである。上司の矢矧《やはぎ》は、「剣道で腕をきたへてはゐるが、しかし決して手荒いことをしないのが矢矧の特徴である。たゞこの声が猛烈なのだ。つべこべ理くつはいはぬが、この雷が落ちたら少年たちは慄へ上がつてしまふ」。実際どやしつけられた台湾人の少年機械工は、べそをかいて詫びる。

しかし、米軍の上陸を機に、台湾の人々が、日本による統治に抗して立ち上がったとして、武士道で鍛えた日本人が大声を出せば、たちまち縮み上がって、服従してくれるものだろうか。「矢矧さんが俺達の養成所時代からどんなに熱心に教へて下さったか」を思い出し、「賃金なんか問題ぢやない」と、恩義を忘れず苦難をともにしてくれるだろうか。そもそもこの段階でも、「もう皆本気になつてゐるんだよその人達は。国のため、いや天皇陛下の御為に働くのだ。皆さう考へてゐるんだ。皆がさうでなくてはならんのにさ。未だ未だ分らぬ者がゐるの全くいやな事だよ」と嘆くほどである。未開だった台湾を植民地とし、台湾人を一人前に育ててあげたのだから、いざ戦争の際にも日本人に尽くせ、というあまりに見え透いた筋書きは、それがいかに脆《もろ》い期待かを、逆に明らかにしている。

新垣の回想では、この作品を書いた際に、当時高雄の海軍にいた「中曽根康弘という海軍の将校」から、「随分読後の注意を受け」たという。左翼文学嫌いの新垣がわざわざ「左翼ではないと言う事を強く弁解」せねばならないほどだったが、[54] 労働者のサボタージュを描いたこの作品には、作者が意図せず書き込んだ不穏な空気が出ている。

五　しのび込む声――台南を通して台湾・台湾人を知る

新垣は後年、自身の作品について、次のように語った（『華麗島歳月』[55]）。

西川の趣味は強く、その台北地域の発見はますます異国情緒を華麗に主張しました。彼の世界は池田敏雄の民俗研究への展開をも促し、『民俗台湾』の発刊にも繋がります。「文芸台湾」から分かれた彼等の風潮は私にも刺激を与え、私の詩風にも変化をもたらしたことは事実です。しかし、西川の浪漫手法や、池田の民俗世界の反応とは、私のそれとも似ていながら全く同じではなく、私の世界はその根底の実態が違っています。西川が後に皇民化運動に加勢猛進して、多くの友人作家を引き込んだ情勢の時代分析は、もっと考え直すべきだと思います。皇民化は台湾人を日本人に変えようとする政治教化体制であったと想像します。そして、それはある程度成功したと思いますが、台湾で生まれ育った内地人、ことに私のような本島人教育に生きた存在には、本島人側では内地人化するつもりであったのが、内地人少年が無意識のうちに台湾人化していったのではないかと、今日になって思うのです。私の作品『城門』『盛り場にて』『砂塵』などの台湾風景は、単に「皇民化」を主題としているものではないと思います。成長した台湾二世の心情的台湾化の生んだものです。

新垣が本格的に小説を発表するのは、一九四二年からである。前年十二月に太平洋戦争が始まり、文学の表現は強い制約を受けていた。

このような状況にあって、小説を書きつづけたいと考える、しかも可能な限りで良心に恥じない表現をしたいと考える作家に残された選択肢は、さほど多くない。当局からにらまれないためには、時局に沿った作品を記し、その活動が国策にかなうものだと証明する必要がある。時局から離れすぎることはできず、しかし無用なものを書くこと自体が害悪視される恐れがある。平野謙は『昭和文学史』で、「戦時中の芸術的抵抗」の作品は三種に大別できるとし、私小説・歴史小説・風俗小説を挙げた。なかでも風俗小説として、一九三八年に書かれた宇野浩二「器用貧乏」（『文藝春秋』六月）、四〇年の広津和郎「巷の歴史」（『改造』一月）、織田作之助「夫婦善哉」（『海風』四月）、野口冨士男「風の系譜」（『文学者』四一六月）を挙げた。四一年の舟橋聖一「悉皆屋康吉」（『公論』四月―）も加えられるだろう。平野はこれらの作品に、「是非善悪をおもてにあらわさぬ観照のリアリズムに沈潜したことのうちに、時代に対する腰を落とした抵抗」を見出している。これらの庶民の哀歓を描く風俗小説は、時に作品のなかに時局に媚《こ》びたポーズを入れつつも、客観的な作風で時代を描いている。

新垣も太平洋戦争中、台南の人々、なかでも台湾人の女子生徒、浮浪児、若い知識人青年、ドックで働く職工、そして山で採籐業をしている内地からの移民、そこで雇われている原住民を描いた。彼らの生活、なかでも台湾人の風俗を客観的に描くという点で、まさに風俗小説である。また自身の狭い生活に取材した私小説も書いた。これらの作品が、同じく異民族を描いた太宰治『惜別』（朝日新聞社、一九四五年九月）と同じような、微温的な「自己満足」を感じさせることは間違いない。そもそも新垣の台南研究自体、極めて「自己満足」的なものだった。宝泉坊隆一は文芸時評で「山の火」を論じて、「氏のかつての末梢的な神経の交錯してゐた文章が此処まで来るには来たが、それと同時に蔽ふべくもなく、氏の生活力の稀薄さが、表面に頭を擡げて来た」と評する。「氏はどれだけ書斎から街頭に出られるか、この小説はまだ〳〵書斎の頭の中で造られた現実である。この作家は技巧だけ進んでしまつて内容が後から追ひかけるのに、苦心してゐるといつた印象を、私はいつも受けてゐる」（「文芸時評　文芸台湾四月号を中心に」『台湾芸術』第四巻第六号、一九四三年六月）。新垣の小説に、文人肌の作家につきものの脆弱さがあるのは否めない。もし新垣の文学活動が、一九四〇年代前半という、極めて不自由な時代でなかったとしても、その筆はより直接に台湾の置かれた現実に向かっただろうか。

新垣は一九四〇年十二月の時点で、龍瑛宗の「黄家」について、「台湾らしく見せんがための道具立がゴテ〳〵してゐるのに反し、何処といつてそれが強く光らないのが物足らない」と記し、文章が「稚拙」と評し、また呂赫若の「台湾の女性」についても修辞上の未熟さを指摘、「本島人作家の方々も、朝鮮作家に劣らぬやうな豊麗な和文体を書きこなして貰ひたい」と注文をつけた（「昭和十五年度の台湾文壇を顧みて」）。新垣は一貫して、台湾の作家が台湾らしさを出すことに批判的で、また台湾文学を日本文学の一部として捉える視点は変わらない。たとえ「二世」の意識が濃厚でも、台湾の自治や独立に共感するような立場へと至っただろうか。そう思わせるには、新垣の作品から聞きとれるノイズは、あまりに微弱にしか響かない。

だが新垣の創作が、困難な時代のなかにあって、一つだけの声に収斂《しゅうれん》されるような台湾しか描いていないわけではなく、そこにはより多くの声がしのび込んで、かすかながらも複雑な響きを立てており、またそこに至る必然性が新垣の経験にある点も、本章で論じてきた通りである。台南で台湾人のあいだに暮らした新垣が、意図してではなくとも、日本人に対し台湾人という二分法でのみ創作することを拒否するに至ったことは、充分に考えられる。台南における日本語を用いた散文文学の蓄積は、「女誡扇綺譚」からすでに二十年を数える。日本語による台南文学の、日本人作家による最終走者というべき新垣の文学に、台南という街がもたらしたものがあるとすれば、日本人であることと台湾人であること、植民地の支配者であることと被支配者であることが対立しつつも、その二分法だけで描くことができない世界が目の前に広がっていることを、作品において表現せしめたことではないだろうか。

終章

鳳凰木の花散る街で

――植民地の地方都市における文学の孤独

一　台南を去る日

一九四〇年五月末、前嶋信次（一九〇三—八三年）が、八年の歳月を過ごした台南を去る。ときあたかも初夏、鳳凰木は今年もまた燃えるような花をつけた。前嶋が高雄で記した、台南への別れの辞には、人生の次の段階へと歩み出す晴れがましさのあいだに、惜別の念がにじむ。

南国の入海に沿つた美しい街……私は台南のことをいつもこんな風に説明して来た。五彩の色が熱帯の強い日光にあせて、焔の様な鳳凰木の花の下に静にその三百年の歴史を秘めてゐるところ、この街の生活八年にして今日私はこの八年の間にむすばれた種々のきづなを心強く断つて、富士岳麓《がくろく》父母の墓の土も早や冷やかな故郷に帰り行くのである。

午前八時十分下り列車で立つ時見送りに来てくれた生徒達が南一中の校歌を歌つて送つてくれた。八年前、私が丁度この街に来たその日、十幾年かこの学校に勤めてゐたある先生が矢張りこの駅から去られたが、その時も生徒達はプラットフオームでこの校歌を歌つた。それが私が初めてこの歌を聞く機会であつたのであるが、爾来《じらい》少年達の血潮をたぎらせつゝ歌ふ校歌を聞くこと幾度ぞ。（中略）

私が来た日、生徒達の校歌に送られて行く人の姿を見送り、やがてはいつか自分もこゝを去らねばなるまいが、そのときは矢張りこんなにして校歌に送られて見度《た》いものだと……その時に早くも思つたのである。それから何人も何人もの人がこの駅を去つて行つたが、生徒たちはこの歌を歌ふ時もあり、歌はぬ時もあつた。私はかつて、一日のどよめきが去つて三分子〔台南一中の所在地〕の野辺に静かに秋の斜陽のながれる運動会の終りにこの歌を聴いた。又烈日の夏の一日、武装行軍に流汗淋漓《りんり》たる時、椰子の樹蔭の下でこの歌を聴いたことがある。

そして今日台南を去らんとして見送りに来てくれた方々に別れをつげた時、生徒達はふと、この歌を歌ひ出でて、私にとつて何よりも有難いはなむけとしてくれた。それを聴きつゝ私の眼底には涙が浮んだ。そして八年余りのこの地の生活の終止は誠に美しい節奏をもつて閉されたことを幸福に思つたのである。

「離愁　台南を去る日」（『台湾日報』一九四〇年五月三十一日）

写真 7-1　日本統治期の台南市（末広町通り、現在の中正路）

雌伏のときを経て、前途に胸を高鳴らせながら台南を去る前嶋を待っていたのは、東京での学究としての栄誉ある人生だった。敗戦直後は求職に苦しんだが、のちには慶應義塾大学教授となり、オリエント学会を組織し、日本を代表するイスラム文化史研究者として、才能と学識を存分に活かす後半生を送った。しかし日本に戻って何年も経ってから、前嶋は台南での生活が、かけがえのないものだったと痛感する。

第二章の末尾で見たように、台南にいたころ、ある深夜、前嶋は街中で、媽祖祭の踊りの列と遭遇した。美しさに見とれながら、わずか半時間ほどできびすを返したことを、はるかのち、遠く離れた東京で、後悔して記す。「あのころわたくしはやつと三十歳位であつた。今の数え方だとまだ二十代であつた。であるから、なに、この位の不思議さ、美しさ、なつかしさはまだこれから何度も体験出来るだろうとたかをくくつていた」。研究一途《いっと》に生きた前嶋にとって、台南での時間は孤独で刺激の少ないものだった。しかし台南で見たのと同じ、息をのむような光景に出会うことは、その後二度となかった。「わたくしは今老齢に入らうとして、平凡だつた一生をふりかえり、あの夜ほどのあやしさ、夢みる如き美しさはただ一回切りしかなかつた事をさとつている」（「媽祖祭」『三田文学』第四十二巻第四号、一九五二年六月）。一回きりだったのは、八年間の滞在自体でもある。前嶋の人生で、これほどさみしく、苦く、焦りとあきらめのあいだでもがきながらも、不思議で、懐かしく、夢みるごとき美しさを見せてくれた時間はなかっただろう。

ここまで、台南と濃淡はあれ縁を結び、台南をさまざまに描いた六人の日本人作家たちの活動と文学を見てきた。六人のうち、台南に住んで、教師をしつつ文学や学問の活動を展開したのは、「台南学派」と呼ばれた、前嶋信次・國分直一・新垣宏一の三人である。前嶋の台南滞在は、一九三二年から四〇年までの約八年間、國分は三三年から四三年までの約十年間、新垣は三七年から四一年までの約四年半。三人の台南滞在が重なるのは、約三年間である。

もっとも遅くに台南に来た新垣が、一九三七年七月、台南二高女に着任した当時、台南一中には台北帝大で仏語を教わった前嶋がおり、台南一高女には台北高校の先輩、濱田隼雄と國分がおり、また台湾日報社には記者の岸東人がいた。新垣にとって彼らは、台南における文学・学問愛好の生活の、精神的な孤独を癒してくれる、他に代えがたい存在だった。なかでも前嶋は台南研究の道へと導いてくれたし、年上の國分は台南研究の同志であるのみならず、時には忠告も含む創作上の刺激を与えてくれた。しかし、まず濱田が三七年十一月、新垣と入れ替わるように台北へ去り、前嶋は四〇年五月、東京へ去った。

前嶋が台南を去るとき、溢れ出る気持ちを抑えられなかったのは、去る人だけではない。教え子の一人、陳邦雄は、送別の校歌を歌った一人だった。

帽子を取れ！　今から校歌を歌おう！

いいか？　〝北新高の峰秀で、西南溟の潮高く〟

台南駅のプラットホームに整然と並んでいた我々に、五年の上級生の誰かが真先に帽子を取り、音頭を取って歌い始めると、全校生は皆それに倣って帽子を取って大きく斜めに振り、ホームも割れんばかりに大声で歌い出した。

それは忘れもしない今から丁度五十年前（昭和十五年）、晩春の風そよ吹く五月の或る朝のことでした。それは台南一中の教諭を八年間お勤めになった後、ご辞任されて東京にお帰りになられる恩師前嶋信次先生を、台南駅頭にお見送りした時の感激的なシーンでした。

我々の合唱する校歌がどっと沸き上がった瞬間、今まで上り列車のデッキに立って（前嶋は高雄に向かったので、下り列車と思われる）惜別しておられた先生は、突然、姿勢を正され、謹厳なお顔に深い感動の色を浮べられて、じっと耳を傾けてお聴きになられた。

あの一瞬、見送る我々も、見送られる恩師も、ともに人生の無常の「別離」という厳粛な事実を前にして、込み上がって来る感動を如何することも出来なかった。その感動は、あれから既に半世紀の星霜を経た今になっても、私は忘れることは出来ない。

やがて、先生は東京にお帰りになった後、直ぐ「離愁――台南を去る日――」という一文をお書きになって、当地の台南新報社に投稿され、それが五月二十六日の新聞に掲載された（「離愁　台南を去る日」『台湾日報』一九四〇年五月三十一日、執筆は高雄）。（中略）私はこの文章を見た当時、高潔な学者肌の先生が、如何に台南の郷土を熱愛され、台南一中の我々、教え子等を深く愛されたかを、今更の如く痛切に感じた。

「恩師・前嶋先生の思い出」[1]

写真 7-2　台南駅のホーム

教え子だけではない。去る人をホームで見送り、自らは残る、新垣宏一も、涙をこらえきれなかった。「前嶋信次先生」と題する一文で、前嶋を記念する。

台北高等学校の二年在学の時であるから、あれは昭和七年のことゝ思ふが、私達文科生は当時台北大学にゐられた前嶋氏に来ていたゞいて毎週フランス語の手ほどきを受けた。（中略）然し恥しいことに前嶋先生の手ほどきでは未だ私はフランス語の真の味は分らずに過してしまつた。こんなわけで、ほんのわづかの間ではあつたけれど、氏は私のフランス語入門の先生であつたのであるから、前嶋先生と書くべき方なのである。

台南に来てからはいろ〳〵歴史やフランス文学に関しては常によき御指導をたまはつたのであつたが、今後ます〳〵教へていたゞけることゝ思つてゐたのに急にお別れしなければならないことになつた時、私は全く一つの光明を失つたやうにさへ思つたのだつた。時々お訪ねした際に伺つたいろ〳〵のことが思ひ出されるとやはり私にはこの台南に於ても師と仰いだ人であつたのである。

御出発も間近い一夜、國分直一氏をはじめ数名の方々が集まつたお茶の会の席上に於ける前嶋氏のお話や、ご出発の朝台南駅のプラットホームに立たれた氏の姿などがまだ〳〵新しい記憶に残つてゐる。一中の生徒諸君がお別れの校歌を歌ひ始めると、氏はいかにも感に堪へないといつたやうに、あの謙譲な姿勢を幾度か動かされた。私は人知れずハンカチーフを取り出した。私は悲しい気持に打たれたのである。まるで女学生のやうに感情もろくなつた自分に気がついた。でも仕方がなかつた。この先生がゐなくなつたら、どうなるのだ！と叫び出したいやうに胸が熱くなつてゐたのを思ひ出す。

「玫瑰園随想二　前嶋信次先生」（『台湾日報』一九四〇年六月十四日）

去る人を惜しんだのは陳と新垣だけでもない。新垣と同じく前嶋を送って台南に残る國分直一も、前嶋のピエール・ロチ翻訳を読みながら、「前島氏を東京にもつて行かれたことの淋しさが先づ胸にくる。前島氏はアランなどがあんなに有名になる前に早くアランを私に紹介してくれたりしたが、思へば大切な人であつた」と記した（「台湾文学とわれ等の期待　文芸台湾第四号所感」『台湾日報』一九四〇年七月二日）。

そもそも文学を愛好する人など、この世にたくさんはいない。しかもここは植民地の地方都市である。台南の生んだモダニズムの詩人、李張瑞（一九一一―五一年）は、愛するこの街を、「芸術を忘却した街」と遺憾の意を込めて呼んだ（「感想として…」『風車』第三号、一九三四年三月）。いくらこの街に愛着を感じていようと、近代的な文化・芸術・学問の中心から遠く離れた場所での、知的・精神的刺激に対する渇きは抑えがたく、それは日本人の文学者たちにとっても同じだったろう。飄々と生き、研究に人生を捧げていたかに見える國分ですら、「寂しいもんですから」、海岸を歩き、貝塚の発掘に没頭した（「戦時中における国分直一の台湾研究　オーラルヒストリーから」[2]）。彼らはときに寄り添うようにして、お互いの文学や学問に対する情熱を語り合い、たとえ環境や資料に制約があり、規模は小さく、注目されること少なくても、己の世界を作り上げようと、励まし合ってきた。

しかしそのわずかな人の輪も、いつまでもつづかない。去る人がいれば、残る人がいる。前嶋の去った翌一九四一年一月、台南学派の面々に、惜しみなく活躍の場を提供した台湾日報社の岸東人が、台南一中に通う息子萬里を残して、食道癌で逝去した。看病の甲斐なく父を亡くした萬里に対し、新垣は川端康成の少年時代の小説を引いて、励ましの言葉をかけることしかできなかった。[3] 恐らくはこの年末、今度は新垣が台北に去り、國分が残った。しかしその國分も、四三年五月、鳳凰木の花咲くころ、台北へと移る。こうして台南学派の日本人は台南を去り、戦争が終わると日本人のほとんどが台南を去った。

写真 7-3　大正町通り（現在の中山路）

台南第一中学校の卒業生の一人は、終戦から二十八年後、かつて毎日通った、「毎年見事に開花した並木路、ほうおうぼくのトンネル」を深く愛惜し、次のように記した。

あの並木は、すでに台南市からは姿を消したも同然だそうで、風と共に去った日本人と命運を共にした観のある名物の木をいとおしむものは、なにも私一人だけではないでしょう。桜のようにパッと咲いたところなど、多分に日本人的な花だったのでしょうか。そして日本人と一緒にパッと消えた。（中略）

母校創立60周年記念のついでに、誰かあの並木の供養をしてくれる人はいませんかね。サンコタイとか悪童連の呼んだ、おどけた顔の木登りトカゲも、どこでどうしているのでしょう。夜ともなれば、サヤサヤとしたあの葉ずれの快い音だけは、彼らの耳もとへ幻聴となって響いているのでしょうか。（中略）

……台風、といっても、嘉南平野をわがもの顔で暴れまわる烈風と豪雨に晒《さら》された日にゃ、寒地の海から這い上がってきた女のからだのように、やつらの五体は底冷えして疲れきっていた。小葉の吹っとんだ葉幹は、まるで紙を剥《は》いだウチワの骨さ。無残にへし折られた枝が、あちこちに力なく垂れ下がっていたもんな。

それがさ、からりと青い空が浮き出て、再び強い南の日差しを浴びるようになると、とてもわしらにゃ信じられんような素速さで蘇生してしまうのだ。

尾羽《おは》うち拡げた若孔雀とでも形容しようか、鮮緑色の水を天空高く噴《ふ》き上げたとでもいおうか、颯爽として生きのいい樹勢で、二列の隊伍を整然と組みなおすのぢゃ。

年に一度、赤いカンザシを一面につけ、そのあで姿をうち揃える頃は、まさにこゝは花の都の貫録充分さ。延々と続く並木の上にガソリンをぶっかけて、一斉に火をつけたような華かさ。壮観というか絶景というか、猫も杓子も眼を見張らずにはおれぬ島内一の風物ぢゃった。……

オキモトカズオ「幻想　ほうおうぼくのトンネル」[4]

ただしこの、五月には鳳凰木の花が咲きほこる、歴史の積み重なった美しい街を去って、長い時間が経ち、その時間が台南にいた時間の何倍となっても、台湾、なかでも台南における時間が、前嶋・國分・新垣にとってかけがえのないものだったことは間違いない。

遠く去ってから、台南を懐かしく振り返りつつ、誰しも、こんなものは感傷だと承知していただろう。若かったから。孤独のなかで小さくも鮮やかな、情熱の青白い光をともしたから。台湾の人々に囲まれ、大切にし、大切にされ、台湾の人々と心を通じ合わせたと、少なくとも本人は思い込んで過ごしたから。もう二度と戻ることのない時間だから。だから、そのように思えるだけだ。台南にあったのも日常だったし、近代的な文化や学問の中心から遠く離れて、倦怠をおぼえ焦燥に追われ、自分はここで何をしているのだろうと我に返る。ここから出て、もっと心身を消耗するような、激しく骨身を削るような、歯をぎりぎりと食いしばって耐えるような思いをしてでも、自らの可能性を試したいという気持ちは拭い去りがたかったろう。だから結局は台南を去ったのだし、去った人が去った街に執着するのは、感傷にすぎない。

だが台南が彼らにとって、特別な場所、特別な時間だったことも事実である。特別な記憶に感謝しつつ、つねに追憶にとらわれながら、残りの人生を過ごした。台南は彼らに多くのものを与えたが、彼らが台南にお返ししたことは、決して多くない。せいぜい生徒たちの思い出となったこと、この街について文章を残したことくらいだ。しかしその文章を読むとき、台南の街がよみがえる。戦前に書いた文章には、台南の街の細部と、台南に住む人々の息遣いがあり、戦後の文章には、台南で過ごした時間への感謝と、戻らない時間への愛惜がある。台南の街と人々が、書き手の思いとともに、閉じ込められている。それを紐解くとき、初夏になると真っ赤な花を咲かせる鳳凰木とともに、台南の街と人が、鮮やかに浮かび上がるのだ。

二　台南の文学者たち

台南に住んで文学活動をした人は、本書の登場人物だけではない。漢詩はもちろん、短歌・俳句・詩などを視野に入れると、人口からしてかなり多くの書き手がいたと思われる。

日本統治期の台南文学については、数こそ多くないものの、充実した先行研究がある。岸東人が学芸欄の編集をしていた時期の『台湾日報』については、松尾直太「『台湾日報』の「学芸欄」について」があり、労作の著作目録「『台湾日報』夕刊第四面主要執筆者別掲載目録」が掲載されている。[5]また、台湾人作家を中心に日本人作家にも言及する、荘永清「台南市日治時代新文学社団与新文学作家初探」には、数多くの作家たちを紹介した「台南市日治時代新文学作家簡介」が掲載されている。[6]筆者の知る範囲は限られたものだが、本書の最後に、これら先行研究を参照しつつ、本書の登場人物以外の日本人文学者にも触れておきたい。

日本統治期台湾の日本語文学を代表する作家の一人、濱田隼雄（一九〇九―七三年）は、台南に滞在経験がある。仙台生まれの濱田は、一九二六年台北高校に入学し、卒業後は東北帝国大学に進んだものの、三三年再び渡台、台北の私立静修女学校の教師となった。三五年十一月、台南第一高等女学校に赴任し、三七年十一月、台北第一高等女学校に転任するまで、台南に二年間滞在した。[7]台南に関する文章は多くはないが、台南時代、岸東人から依頼を受けて『台湾日報』に記事を書いた。台湾における濱田の文学については、松尾直太『濱田隼雄研究　文学創作於台湾（1940—1945）』に詳しい。[8]

濱田の台南一高女時代の教え子に、丸井妙子（一九一九年—）がいる。濱田の紹介で、『台南新報』や『台湾婦人界』に随筆などを書いたという。一九四三年台北に転居し、台湾公論社に入った。[9]『台湾公論』にルポルタージュを書き、『たゝかいの蔭に』を刊行した（台湾公論出版部、一九四四年）。濱田は、台北に移る前の丸井が書いたエッセイについて、「肩の細い女の姿を思はせる字でかいた随筆」が台南から届いた、「なか〱しつとりと温雅な、彼女もそろ〱随筆のこつがわかつてきたなと思はせるいゝもの」と褒めている（「娘たち」『文芸台湾』第二巻第四号、一九四一年七月）。

『文芸台湾』に掲載の「桑の実」「玉追ひ龍」という短いスケッチのうち（第二巻第四号、一九四一年七月）、祭りの盛んな古都の雰囲気がよく出ている後者は、ごく短いので引用してみる。

夕方部屋で仕事をしてゐると右手の方のひろいみちで、本島人特有の音楽を奏でてゐるらしく銅鑼や太鼓のねが流れてきた。ドンチヤンガンチヤンとかはりあつてなるが、風のぐあひなのか近づいたり遠のいたりしてきこえる。動いてゐる事は分るのだけれども右から左へすすんでゐるのかその反対なのかはつきりしないのである。がしかし音はだんだんと大きくなつて腰をあげてみるとそ

写真 7-4　台南の祭り

れは玉追ひ龍の一むれなのであつた。みどりとあかの採色《ママ》のあるうね〳〵とした紙の龍は長さ一間もあらうか、かしらから尾迄の間は五人程本島人のわかい男が木の細い棒でもつて支へてゐて、その男達はひろい道をまるでよひどれの千鳥あしのやうにうね〳〵と歩いて龍はさながら生きてゐるやうに道をおよぎまはる。その後からはやしのひと群が耳もわれる計りにつづいてゆく。その又うしろから媽祖さまらしい小さな神様がみこしのやうなものに鎮座ましましてつづく。龍はうねり乍《なが》ら一番先頭のまるい真紅の神の玉（火の玉ででもあらうか）をとらうとしておひかけてゐるのである。それには何かいはれがあらうけれど、残念乍ら知らない。そのうち友人にでもきいて見ようかと思つてゐるが。この玉追ひ龍を私は十五年ぶりでみたのである。私はうれしさのあまり家のものをよんだ。子供達ははじめてみる龍のうごきにこわがるものもゐればよろこぶのもゐたのでおもしろくおもつたが、私自身が子供のやうになつてゐるのが、一番おかしいなとあとからひとりで苦笑した。又いつの日かそれをみるまではきえさるであらう昔の思ひ出のやうに、楽のねもだん〳〵遠のいていつた。

台南に住んだ有力な作家としては、新垣宏一らと「台南地方文学座談会」（新垣・大河原光広・日野原康史、『文芸台湾』第五巻第五号、一九四三年三月一日）を開いた、河野《かわの》慶彦《のぶひこ》（一九〇六―八四年）は見逃せない。河野については、中島利郎の労作「河野慶彦覚え書き　その経歴と作品」に詳しい[10]。それによれば、宮崎県に生まれた河野は、宮崎中学を卒業後、大阪で左翼運動に触れ、宮崎に戻ってからもプロレタリア文学に関心を持ちつづけた。一九二四年大分師範学校に入学、横光利一や川端康成らの『文芸時代』に投稿した経験があるという。卒業後は別府温泉で小学校に勤めたが、二七年に上京し、文学青年らと交流した。三〇年には帰郷し再び小学校に勤めるが、三七年四月、台南州斗六《とろく》で公学校の教員となり、三九年から斗六家政女学校で教えた。斗六は現在雲林県の中心都市だが、戦前は台南州に属する町だった。

斗六では周りに文学愛好者もなく孤独だったが、『文芸台湾』の存在を知って同人となった。河野は「台南地方文学座談会」で、斗六にいたころはわざわざ嘉義まで毎月『文芸台湾』を買いに行った、と語っているから、『文芸台湾』を知ったのは創刊から比較的近い時期だと思われる。一九四二年四月、台南市の宝国民学校の教師となった。文芸台湾社台南支社の責任者として、毎月二回開催した文学研究会（「台南支社」『文芸台湾』第五巻第五号、一九四三年三月）には、若き日の葉石濤も参加したという。四三年十一月に台北で開催された「台湾決戦文学会議」に、呉新榮とともに台南を代表して参加した。四四年三月に宝国民学校を退職、台北に移り、濱田隼雄の友人の紹介で、台湾総督府情報課嘱託となった。台南州には約七年間、うち台南市には約二年間滞在したことになる。その作品には斗六時代の経験が描かれている。

もう一人、比較的多くの作品を残した作家に、吉村敏がいる。「悲運の鄭氏」(『台湾地方行政』第七巻第七号、一九四一年七月)は、西川満「赤嵌記」の直後に書かれた。鄭成功の晩年から清軍の来週までを、簡単にスケッチした短編で[11]、あつかう時期やテーマは、「螟蛉子」の件を除けば「赤嵌記」と重なる。吉村の経歴の詳細は不明だが[12]、「悲運の鄭氏」末尾に、「筆者は永く台南に在り、鄭成功の研究家として知られてゐた。最近JFAK文芸部に入社」との紹介がある。その作品からすると、公学校の教師だったと推測される。吉村には他に、「山路」(一)(二)(『台湾警察時報』第三巻第二/三号、一九四一年十一/十二月)、「小春日和」(『台湾警察時報』第三巻第四号、一九四二年二月)、「南海秘話　コン島物語」(『台湾地方行政』第八巻第一号、一九四二年一月)、「敵愾心」(『台湾文学』第三巻第二号、一九四三年四月)などの短編や、また脚本『護郷兵』(盛興書店出版部、一九四三年十一月)、『一つの矢弾』(台湾芸術社、一九四四年)がある。

濱田隼雄はもちろん、河野慶彦と吉村敏は比較的活躍範囲の広い作家で、研究もあるが、以下の人々については情報に乏しい。時代順に見て行こう。

台南において日本人による近代的な日本語文学は、一九二〇年代に生まれたと思われる。しかし本書では充分に調査できなかった。たとえば、「台湾文芸雑誌興亡史」二/三(署名は編輯部、『台湾芸術』第一巻第二/三号、一九四〇年三月)によれば、台南では一九年に「岡垣義人氏の編輯で「荊棘の座」が出たが、何号迄続いたか詳細は不明」だという。二八年には「吉田美山氏の手で短歌雑誌「樹蘭花」

が創刊され」たが、「第十冊目で廃刊」したとある。また三〇年には「「ランタナ」が生れ、之は瀧澤鉄也氏編輯の「どん底」を第三輯から改題」ともあるが、いずれの雑誌も見ることがかなわなかった。「樹蘭花」は「台南短歌会」という団体から出ていたようで、『台湾日日新報』一九三一年一月一日の記事「歌ふひとびと　古都台南の短歌壇」によれば、経営難と戦いつつ再興された時期もあったという。この記事は、台南歌壇の「闘士」や「閨秀歌人」として、谷口豊彦・野下末到・中村耶栄子・神不乱・波多野亮・中山池亭・田上紫影といった歌人たちが紹介されている。

台南の日本語文学は、一九三〇年代半ば、四〇年前後、日本の敗戦直後と、計三度の盛期を迎えた。そのうち敗戦直後は本書の叙述の範囲から外れるとして、三十年代半ばには主に台湾人作家が、四〇年前後は主に本書で見てきた日本人作家が活躍した。

台南における文学活動が本格的となるのは、一九三〇年代半ば、全島規模の文学運動と連携する文学愛好者のグループが、台南とその近郊に登場してからである。三〇年代の台南には、日本語を用いて文学活動を展開するグループが、大きく二つあった。一つは台南北郊の塩分地帯で活動を展開していた、呉新榮（一九〇七—六七年）や郭水潭（一九〇七—九五年）ら、プロレタリア文学の詩人たちである。呉新榮らの文学活動については別に論じたので詳述しないが、[13]内地人の少ない台南北郊の佳里で活動した彼らのグループに、日本人のメンバーはいなかった。ただし塩分地帯の民俗、ことに平埔《へいほ》族の壺を祀る習慣を熱心に研究した國分直一と、呉や郭水潭のあいだには、親密な交流があった。呉の戦前の代表作「亡妻記　逝きし春の日記」（『台湾文学』第二巻第三号、一九四二年七月）に、「台南のK

先生」として出てくるのは、國分である。急逝した呉の妻の告別式に、「台南のK先生は自からわざ〱花束を捧げて来られたことも只光栄と云ふ外はない。私はその好意を謝する為めに先生の研究なされた「安平壺」に活けて故人の霊前を飾つた」。

三〇年代に活躍したもう一つのグループは、楊熾昌（一九〇八―九四年）と李張瑞（一九一一―五一年）を中心とする風車詩社の面々である。彼らは楊が一九三三年から編集を担当した『台南新報』学芸欄、及び同人雑誌『風車』に拠って活動したが、こちらには日本人のメンバーもいた。三四年から三六年にかけて、『台南新報』学芸欄に集まった人々について簡単に見てみよう。李張瑞は「感想として…」（『風車』第三号、一九三四年三月）で以下のように記した。

> 南報（＝台南新報）は一時大変な不振であったが最近になって再び活気を呈するに至った。こゝの投稿者は定連のやうなものが出来てゐるが、或る意味から言ふと大に喜ばしい現象であると思ふ。こゝでは先づ水蔭萍（楊熾昌）の名が挙げられる。親友である事が僕に彼の事を書く妨げともなる。唯彼の努力の成果を僕は気永に待てばいゝのだらう。佐藤氏は動き出したやうだ。エッセイスト柊木健で新たなるスタートをするか。外田ふさ氏の真摯な精進〔二文字判読不能〕注目に価するものだ。北川原幸友氏のポエジイは印象に残つてゐる。時岡鈴江氏も仲々新鮮なエスプリを覗《のぞ》かしてゐる。〔傍線引用者、以下同じ〕

「佐藤氏」とは佐藤博を指すと思われ、『台南新報』に文芸批評などの記事が多く見られるが、詳細は不明である。李張瑞は佐藤＝「柊木健」としているが、両者は別人で、のちに柊木本人から抗議が出ている。この柊木健についても不明である。

「外田ふさ」とは、のちの戸田房子（一九一四年―）かと思われる。戸田は東京に生まれ、五歳のころ台湾に渡った。少女時代のほとんどを台南で過ごし、台南第一高等女学校を卒業した。『台南新報』の学芸欄に詩を発表、風車詩社に加わる。一九三八年台湾を離れ上京したが、その後も『華麗島』創刊号（一九三九年十二月）に詩「遠い国」を、『文芸台湾』に詩「弟をおくる歌」（第五巻第二号、一九四二年十一月）、「名人縁起」（第六巻第四号、一九四三年八月）を発表した。四一年『文藝首都』の同人に加わり、「遠い娘」（『文藝首都』第十巻第七号、一九四二年七月）を発表した（この作は、『新進小説選集　昭和17年後期版』赤坂書房、一九四三年にも収録）。戦後も、「波のなか」（『文藝首都』第十七巻第一号、一九四九年一月）、「火のない季節」（第十九巻第四号、一九五一年四月）、「モンテローザの夢」（第二十四巻第十号、一九五五年十二月）、「重い物体」（第二十六巻第七号、一九五七年七月）などを発表した。五八年からは平林たい子の筆記者を務めた。著作に『燃えて生きよ　平林たい子の生涯』（新潮社、一九八二年）、『詩人の妻　生田花世』（新潮社、一九八六年）がある。戸田は『詩人の妻』のあとがきに、台南時代について、「私が文化に縁遠い南方の島で暮らしていた少女の頃」と記している（二〇六頁）。恐らく文学少女だった戸田にとって、身近に文学の感じられない台南での生活は、索漠たるものだったのかもしれない。だが『台南新報』学芸欄は彼女に自己表現の場所を提供した。一九三三年十二月九日に掲載の「十一月のスケッチ」以下計四篇の詩は、台湾の季節や行事や食べ物や日常生活を題材に、素朴なタッチの詩である。

北川原幸友は、幸朋とも書き、「台湾文芸雑誌興亡史」（三）（編輯部、『台湾芸術』第一巻第三号、一九四〇年三月）によれば、一九二七年四月に台北で『朱雀』という雑誌を発刊、翌年の七月までつづいたという。また二九年九月には藤原泉三郎編の雑誌『無軌道時代』の同人に加わったという。西川満の『媽祖』に詩を発表（第五／十二号、一九三五年七月／三七年一月）、『文芸台湾』に詩「花の宿」（第五巻第五号、一九四三年三月）、「旅情」「廃港の花」（第六巻第一号、一九四三年五月）などを発表した。また詩集『氷河』（東京：成史書院、一九四二年）があるようだが未見である。ただし西川満の「北川原氏の『氷河』」（『文芸台湾』第五巻第五号、一九四三年三月）によれば、台北に十歳から三十歳まで二十年間住んでいたとあり、台南とは直接関係がない。時岡鈴江は不明だが、『台南新報』（一九三四年二月十三日）に詩「灰色のデッサン」が掲載されている。

また当時の『台南新報』学芸欄にしばしばその名が登場する書き手には、他に、島元鉄平・三木武子（「三木べ二」は同一人物か）・新垣宏一（署名は「新垣光一」）・北小路晃・林修二・吉村敏らがいる。以上の人々のうち、楊熾昌と李張瑞が中心となって文学愛好者たちを結集したのが風車詩社だが、現存する『風車』が第三号しかないため、メンバーが誰だったのかややはっきりしない。第三号執筆者は、楊熾昌（「柳原喬」は楊の筆名）・李張瑞、慶應義塾大学に学んでいた林修二（林永修）の三人であるが、これ以外に張良典（丘英二）や戸田房子・岸麗子・島元鉄平（岸・島元いずれも詳細不明）もメンバーだったとされる。

風車詩社に遅れて一九三六年には、荘松林（一九一〇―七四年）らの奔走で「台湾新文学社台南支社」が結成されたらしい（「消息通」『台湾新文学』第一巻第六号、一九三六年七月）が、日本人の関与は不明である。『台湾新文学』は三五年十二月に台中で楊逵が中心となり、『台湾文芸』に対抗して刊行された雑誌である。

日中戦争勃発前後から、全島規模での文学活動はやや停滞するものの、台南では岸東人（一八八八―一九四一年）が、一九三七年に『台南新報』から改称した地元紙『台湾日報』学芸欄の編集を担当し、三〇年代半ばの楊熾昌編集の時代につづき、第二の黄金時代を演出した。岸東人は東京に生まれ、郁文館中学を経て、一三年早稲田大学部政治学科を卒業した。早稲田大学出版部に勤めた後、上海に滞在、一六年から翌年にかけて『上海毎日新聞』の主筆となり、東亜同文書院で英語講師をしたという。二一年前後に帰国し、『中央公論』や『改造』などに原稿を書いていたが、三五年に渡台、台南新報社の記者となった。岸東人が『台湾日報』学芸欄の編集を担当するのは、三七年四月からである。自身も同紙上に手練のエッセイを発表した[14]。

『台湾日報』の常連の寄稿者には、前嶋信次・國分直一・新垣宏一がいたが、他にも主に短歌を作っていた、小林土志朗（敏朗）・中島源治（源次）もしばしば原稿を寄せた。小林土志朗は高雄中学の校長で、一九四一年八月からは台南一高女校長となった。中島源治は台南一中の教師だった。『台湾日報』学芸欄については、松尾直太「『台湾日報』の「学芸欄」について」に詳しい。

一九四〇年代の、台湾における日本語文学の最盛期を代表する雑誌は、台北で刊行された『文芸台湾』で、台南にも支社が設けられた。『文芸台湾』第二巻第二号（一九四一年五月）の「あとがき」には、東京・天津・台南に支社を設置、「すでに陣容を整へて活躍を開始した」とある。第二巻第四号（一九四一年七月）の巻末の同人名簿には、台北本社・東京支社と並んで台南支社の分類があり、支社同人として、織田不乱・喜多邦夫・永松顕親・西原資郎・新垣宏一・水蔭萍（＝楊熾昌）の名が列記されている。翌月の第二巻第五号（一九四一年八月）から「台南通信」が掲載され、第一回は永松顕親、第二回は國分直一（第二巻第六号、一九四一年九月）が執筆、その後も喜多や永松ら、現在では不詳の文学愛好家たちの作品が『文芸台湾』を飾った。

台南では他にも、一九四〇年に「台南短歌会」が中島源治・松本瀧朗らによって結成されたり、同年「南方文芸研究会」が中尾皎一・安井貞文らによって結成され、翌四一年二月に雑誌『南嶺』が発行されたらしいが、詳細は不明である。[15]

台南には写真家もいた。人物の詳細は不明だが、渡邊秀雄は國分直一と組んで、『民俗台湾』（第二巻第五号、一九四二年五月）の「台南の民俗」特集に、國分の解説を付したグラフ写真「台南の風物」を発表した。「台南と民俗写真」（『民俗台湾』同前）では、「こゝ二、三年の間一心に民俗写真ととつくんでみたいと思つてゐる」と抱負を語っている。同姓の渡邊毅は、台南師範学校に勤めながら、これまた國分直一とのコンビで台南の建築を数多く撮影した。國分は「窓と格子の美学　渡邊毅氏のグラフについて」（『台湾建築会誌』第十五輯第五・六号、一九四〇年五月）で、「古都に長く住み、その風物を写真にして幾多の傑作をのこしてゐる」と称讃した。國分の文章には「その多忙な報道写真作成の合間に」との記述があることから、もしかすると新聞にも写真を提供していたのかもしれない。

画家には、台南一高女で教える御園生暢哉がいて、國分直一のすばらしい台南随筆「南都風物図絵」全十四回（『台湾日報』一九四一年十一月七―九／十一／十三―十六／十八―二十三／二十五日）に絵を添えた。また「孔子廟と画家」（『台湾建築会誌』第十五輯第五・六号、一九四〇年五月）のような流麗な文章を残してもいる。

写真 7-5　末広町通り（現在の中正路、今林作夫の家「今林商行」の看板が見える）

台南で少年時代を過ごし、戦後活躍する中で古都での日々を懐かしく思い出す人もいた。序章で紹介した今林作夫（一九二三年―）がそうだし、美術史家の上原和（一九二四年―）もそうである。上原は台中生まれだが、転勤の多い父に従い台湾の各都市を転々とし、台南第一中学校で学んだ。「台湾は、夢寐《むび》にも忘れることのない生まれ故郷」だといい、特に少年時代を過ごした台南を懐かしみ、自らの研究の出発点を台南での経験に求める。

少年の日のわたしは、自宅が南大門の近くの、かつての城外にあったこともあって、学校から帰ると、近所の友達と連れだって、家からかなり遠くにある競馬場のさらに先にある小高い丘の上まで、探検と称してはよく出かけていった。かつては海岸線が近くまできていたとみえて、砂丘が隆起してできた砂山がどこまでも起伏していた。そしてそこからは、魚温と呼ばれる養魚池や塩田がきらきらと光って一面にひろがり、はるかかなたに、渺々《びょうびょう》として台湾海峡の青い水脈《みお》がのぞまれた。海の見えるこの丘には、土《ど》饅頭《まんじゅう》のかたちをした新旧の墓が、草茫々の砂山にところせましと並び、ときおりは柩《ひつぎ》をかつぐ野辺の送りの人々に出会うこともあった。葬送のチャルメラの音が、心なしか海の方へ哀しくながれていくように思われた。海の向こうは、亡き人々の遠い祖先の故郷であった。彼らの魂は、いまもなお、海峡のかなたの父祖の地を恋うるのであろうか。わたしは子ども心にも切なく思われてくるのであった。

夕ぐれになると、丘の上からは、熱帯の海と空とを染めて、真っ赤な太陽が揺らぐようにして沈むのが見られた。

なぜかこのごろ、わたしはしきりに、少年の日にこの丘の上から見た海峡の落日の光景が思われてならないのである。(中略)わたしが、日本の古代美術を対象にしながらも、いつもそれらのルーツを、海のかなたの朝鮮半島や中国大陸に、いやさらには流沙のかなたの絹の道の終着地である地中海のほとりにまで求め

写真 7-6　大南門

て、はるかな旅に出るようになったのは、もとといえば、わたしの少年の日の原体験ともいうべき海のかなたへの憧憬に深く根ざしているのではないか、そんなふうに思われてならないのである。[16]

少年の日の上原が熱帯の落日を見て、海の彼方へと憧れを馳せた、「土饅頭のかたちをした新旧の墓海」が並ぶ、「海の見えるこの丘」とは、台南南郊の「桶盤浅《タンバンセン》」である。前嶋信次もかつてこの、「ゆけどもゆけども一面の奥津城《おくつき》」を、傷心を抱きもの思いにふけりながらさまよった（「蕃薯頌」[17]）。また庄司総一『陳夫人』第一部（通文閣、一九四〇年）にも、この墓地の丘から見下ろした台南の街の、印象的な描写がある。

太平洋戦争の敗色が濃くなる中、戦後に推理小説家として活躍する、日影丈吉（一九〇八―一九一年）が、台南に滞在した。一九四三年に応召した日影は、台湾各地に駐留し、戦後に各地を舞台とする長短編を書いた。代表作の一つ『応家の人々』（東都書房、一九六一年）は、台南州の田舎町新化（作品中で「大耳降」とあるのは、新化の旧名「大目降」を指す）や台南市・屏東市《へいとう》・恒春など、美しい風物に彩られた南部を舞台とする。

台南を訪れた著名な作家は、佐藤春夫以外にもいる。視察や講演会開催のため台湾を一周するような場合はもちろん、個人旅行でも古都台南を訪れ、旅行記などに描いた。春山行夫『台湾風物誌』（生活社、一九四二年）は序章で触れたが、他に台湾を訪れた順で、徳富蘇峰（一八六三―一九五七年。来台は一九年）の『台湾遊記』（民友社、一九二九年）、北原白秋（一八八五―一九四二年。来台は三四年）の『雲

と時計　旅の随筆』（偕成社、一九三九年。「台南旅情」（初出は『日本詩』第一巻第二号、一九三四年十月）を収録）、中西伊之助（一八八七―一九五八年。来台は三七年）の『台湾見聞記』（実践社、一九三七年）、中村地平（一九〇八―六三年。宮崎で生まれ台北高校卒業。三九年再訪）の「台湾の文化」（『セルパン』一九三九年六月）、真杉静枝（一九〇一―一九五五年。福井で生まれ台中で育つ。三九年と四〇年に再訪）の『南方紀行』（昭和書房、一九四一年）、広津和郎（一八九一―一九六八年。来台は四〇年）の「台湾とところどころ」（『台湾公論』第九巻第二号、一九四四年二月）、豊島与志雄（一八九〇―一九五五年。来台は四二年）の「台湾の姿態」（『文芸』一九四二年六月）、佐多稲子（一九〇四―九八年。来台は四二年）の「台湾の旅」第三回（『台湾公論』第八巻第十一号、一九四三年十一月）、丹羽文雄（一九〇四―二〇〇五年。来台は四三年）の「台湾の息吹」第五回（『台湾公論』第九巻第六号、一九四四年六月）などに、台南に関する記述がある。著名作家以外にも、「森永製菓」の創始者森永太一郎（一八六五―一九三七年）の『台湾を一週して』（森永製菓、一九二七年）、濱田恒之助・大山長資『我が殖民地』（冨山房、一九二八年）、橋本白水『我観台湾』（東台湾研究会、一九三一年）、篠田治策『台湾を視る』（楽浪書院、一九三五年）、藤山雷太『台湾遊記』（千倉書房、一九三六年）などにも台南を描いた一節がある。

大衆文学の代表的作家の一人、長谷川伸（一八八四―一九六三年）も、取材で台南を訪れた。年譜によれば、一九三八年十一月、南支派遣ペン部隊の一員として中国大陸へ向かい、広東の戦跡を視察、その後台湾に寄ってから、十二月帰国した。つづいて四一年七月にも来台、村上元三（一九一〇―二〇〇六年）らとともに台湾を再訪、各地で講演を行い、資料を集めるなど一カ月滞在した[18]。この滞在は、長谷川伸の「万世報国と日本の道」（『台湾公論』一九四三年四月）によれば、ある海軍中佐の斡旋だといい、また同行した村上によれば、台湾総督府の招聘で、台北のみならず台南にも足を伸ばし、ゼーランジャ城も調査したという。[19] 目的は台湾の歴史に取材した映画を作るための取材旅行だったらしいが、[20] この映画とは、台湾総督府企画・後援、日活製作の「南方発展史　海の豪族」を指す。[21] 年譜によれば、戯曲はもともと「濱田弥兵衛と同志」と題して台湾取材前の四月に書かれ、未上演だったとなっているが、詳細は不明である。[22] 長谷川は一九四二年に、『濱田弥兵衛』（天佑書房）なる短編集も出している（未見）。台湾での取材をもとに、複数の台湾ものを書いたのではないかと推測される。

台湾での取材を経て、長谷川は翌一九四二年一月から『国姓爺』を連載した（『都新聞』一九四二年一月六日―九月三十日、未完）。ただし『国姓爺』は鄭成功の活躍まで進まず、父鄭芝龍の物語で終わった。長谷川がいつごろ鄭成功を描こうと構想したのかは不明だが、西川満「赤嵌記」は一つのきっかけになったかもしれない。長谷川は四〇年十二月発表の「赤嵌記」を読んでおり、「諸家芳信」（『文芸台湾』第二巻第一号、一九四一年三月）で、「「赤嵌記」（西川満）が好きだ。台湾の文化の流れの小波《さざなみ》を紙の上から感じ、彩《いろ》と光とを感じる」と感想を述べた。長谷川はまた、「台湾史を「文芸台湾」のだれかが編まなくては可《い》けないと思ふ」とも述べており、当時歴史小説を志していた西川にとって励ましになったと思われる。四一年七月の長谷川再訪の際に両者は顔を合わせた。

西川満が戦後、東京に引き揚げて作家生活を再開したきっかけには、この長谷川伸との交流があった。長谷川は一九三九年三月に雑誌『大衆文芸』の第三次を刊行、また四〇年には新人の育成を目標とする「新鷹会」を結成するなど、大衆文学の質の向上と後進の育成に熱心だった。『大衆文芸』は戦争末期にいったん途切れたが戦後に復活、引揚げ後の西川はここを日本文壇での再出発の舞台とした。[23]

しかし、台南で文学を愛好し、文学活動を展開したのは、日本人だけではない。そもそも台南は台湾人の街で、文学者を数多く輩出したことを、もう一度強調しておきたい。台南で台湾人の日本語による近代的な文学活動が活発になるのは、一九三〇年代半ば、台湾人作家を中心に全国的な文学団体が結成され、台南とその近郊でも、これに呼応した活動が行われてからである。

すでに見たように、台南北郊の佳里を中心とした塩分地帯では、呉新栄を中心に、郭水潭・林芳年（一九一四―八九年）らが集まって、台湾文芸聯盟佳里支部を結成し、台中の『台湾新聞』などと連携しつつ、郷土文学の運動を展開した。同時期に台南市内では、『台南新報』学芸欄を編集していた楊熾昌が、詩人仲間の李張瑞・林修二（一九一一―四四年）らと語らって、日本人詩人も加わった風車詩社を結成、同人雑誌『風車』や『台南新報』学芸欄を主な舞台に、モダニズム詩の運動を展開した。

風車詩社の詩の運動は、楊・李・林のいずれも東京留学経験者で、同時代の現代詩の運動から直接の影響を受けている。台南を描いた彼らの詩は、台南の旧文学や中国語文学との縦の関係は薄く、東京の詩壇との横のつながりが濃い。ただし楊熾昌の詩について、松浦恆雄が、「彼が日本や西欧のモダニズムの潮流を自己流に咀嚼しながらも、植民地下の台湾の現実と厳しく拮抗する詩句を幾つも書きつけている」と分析するように[24]、彼らの詩は決して場所や時間を超越したものではない。

一方塩分地帯の文学者たちは、一九二〇年代の台湾新文化運動を縦に継承し、かつ横には東京の左翼文壇とのつながりがあった。左翼思想の受容は、あくまで台湾を植民地支配の軛《くびき》から解き放つためであり、彼らの思いはつねに台南・台湾という郷土にあった。呉新榮らにしても楊熾昌らにしても、異なる形でではあるが、純粋に文学のみが目指されていたのではなく、つねに台湾の現実と関わる形で創作活動がなされた。台南・台湾という場所を不可欠の要素としていた点で、彼らの文学はまさに「台湾文学」「台南文学」と呼ぶべきで、日本近代文学の単なる縦の継承ではない。[25]

また若い世代では、王育霖（一九一九—四七年）・王育徳（一九二四—一九八五年）兄弟・邱永漢（一九二四—二〇一二年）・葉石濤（一九二五—二〇〇八年）らが育ちつつあった。西川満と邱永漢・葉石濤には子弟に近い関係があり、また新垣宏一と王兄弟・邱永漢には交流があった。王育徳はのちに東京で台湾独立運動家として活動し、葉石濤は高雄に居を移し郷土に根差した文学者として活躍、戦後台湾文壇の耆宿《きしゆく》となった。彼らにとっても台南は、単なる故郷という以上の意味を持った。

そして日本語文学の一方には、当然中国語の文学があった。荘松林（一九一〇—七四年）・趙啓明（一九一三—三八年）らが一九三〇年に創刊した『赤道報』に始まり、三六年には「台南芸術倶楽部」が結成され、荘・趙以外に張慶堂（生没年不詳）が加わる。彼らは『台湾文芸』や『台湾新文学』に中国語の小説を発表した。また台南には、一九三〇年創刊の中国語娯楽新聞『三六九小報』があり、許丙丁《へいてい》（一九〇〇—七七年）はここに台湾語も用いた小説『小封神《ほうしん》』を連載した。台南の出身ということでいえば、中国現代文学を代表するモダニストの一人、劉吶鷗《とつおう》（一九〇五—一九四〇年）は、東京留学を経て、上海で中国の新感覚派の文学運動を推進したし、台南一中出身の黄霊芝《れいし》（一九二八年―）は、戦後も台北で長く日本語の創作活動をつづけた。

本書は、日本統治期の台南における日本語文学のうち、日本人作家の活動のみをあつかったにすぎない。台南には、台湾人作家による日本語の文学・中国語の文学・台湾語の文学があったし、それ以前に伝統文学があり、また戦後には中国語と台湾語による文学活動が展開された。日本語に限定した「台南文学」として、わずかに半面を描いたのみである。「台南文学」は、台湾人の日本語・中国語・台湾語による文学活動を描いてはじめて、その真面目をあらわす。

三　熱帯の孤独の花

日本統治期の台南を舞台に開いた文学の花は、一九四五年の敗戦を期に、いったんは散った。しかし台南で日本語を用いた創作は、日本の統治が終わってからも、龍瑛宗が日本語欄を編集した『中華日報』（『台湾日報』の改称）で、国民党政府が政権を掌握する一九四六年末に日本語欄が消滅するまでつづけられた。日本語の媒体がなくなっても、楊熾昌のように日本語で書くことをつづけた台湾人もいるし、また台南を去った日本人が、文学をやめたわけではない。もともと日本在住の佐藤春夫や庄司総一はもちろんとして、引き揚げ後の西川満は作家として再出発し、やがて宗教の道へ進みつつも文筆から離れることはなかった。前嶋信次と國分直一は、学問の道を歩みつつ、縦横にエッセイなどを書いた。教育の仕事についた新垣宏一も、小説こそ書かなかったが終生筆を執りつづけ、漱石や林芙美子・モラエスについての考証を残した。

もう一度記そう。南国台南の美を象徴する花といえば、鳳凰木。台南に住み、台南を描く人々は、この鳳凰木をいとしく思う。ことに日本統治期は、台南駅から大正公園へと南西の方角に延びる、台南のメイン・ストリートである大正町通り、及び大正公園から台南公園へと北上する、花園町通りに、見事な並木があり、五月から七月にかけて、真っ赤な花をつけた。緑豊かだった日本統治期の台南において、忘れがたく記憶に刻まれる情景は、この満開の鳳凰木の並木だった。台南に住んだ作家たちは、鳳凰木に自らの思いを託した。

台南に住んだ人々が、時間の長短はあれ台南での日々を思い出すとき、そこには鳳凰木がある。台南に生まれ育った今林作夫は、回想記を『鳳凰木の花散りぬ　なつかしき故郷、台湾・古都台南』（海鳥社、二〇一一年）と名づけた。[26]岸東人の遺稿集は、台南一中で学んだ息子の萬里によって、『鳳凰木の並木　岸東人遺稿集』（岸萬里編、岸洋人・美智子発行、二〇〇七年）と命名された。妻野々実による庄司総一の回想的伝記は、『鳳凰木　作家庄司総一の生涯』（中央書院、一九七六年）と名づけられた。前嶋信次の妻敦子は、亡き夫との台南での日々を回想した一文の末尾に、「古都によせて」との題で短歌を載せた。[27]

蒼き空鳳凰木の燃ゆる花　媽祖のまつりもみななつかしき

青空に燃えるような真紅の花を咲かせる鳳凰木は、孤独を強く感じさせる花でもあった。

河野慶彦「年闌《た》けて」（西川満編『生死の海』台湾出版文化株式会社、一九四四年三月）は、自伝的な要素の濃い短編である。日中戦争の始まる少し前、ジイドの『背徳者』や『コンゴ紀行』を読んで、「南方熱帯の熾烈な自然に回生を夢み」、「人間臭から脱したい念願」で、台湾に行こうと決意した主人公鹿島は、かつて青春を謳歌した大阪で親しく交流した友二人と、思いがけず台湾で再会する。大阪での時間は、鹿島たちにとって、「人生の最も華やかな時期」で、「疼《うず》くやうな青春」で、「彼等には、夢があり、若さがあつた。青春のもたらす果汁は、苦く、渋く、又甘く、彼等は満たされていた」。しかしこの仲間、鹿島・石井・大津・津々見・三谷・阿木・向井の七人を、病気と不況が容赦なく襲った。二人は病死し、二人は出征し、残りも散り散りとなった。中年に近づいた、残る三人、鹿島・大津・阿木が、十一年を経て、偶然台湾で顔を合わせたのである。

彼らは、同じく縁あって台湾に住むこととなった、重見夏子を、台南に訪ねようと思い立つ。重見は「四国の瀬戸内海に臨むある町の女学校を卒《お》へると、大阪に出て」事務員をしていた女性で、両親はおらず、会社が潰れてから、叔母を頼って台湾に来ていた。「楚々とした、垣根に咲いた純白の朝顔のやうな、十八九の少女」だった。重見夏子が想っていた津々見は病死した。重見を想っていた向井は出征し、もう一人、重見を想っていた阿木は台湾へ来た。数度しか会ったことのない鹿島にも、可憐な重見の姿は忘れがたい。その重見は嫁ぐこともなく、台南で暮らしている。そこを三人が訪れる。台南州に住みながら、孤独を求めた鹿島が台南の街を訪れるのは、これが初めてだった。

よく晴れた五月の朝であった。熱帯の陽は、アスファルトの上に白く照り返してゐた。三人は、××駅〔台南駅を指す〕で降りて、広場に出ると、目が痛くなるほどの空の青さであった。放射状の道を左にとつて行くと、両側は、鳳凰木の並木であった。

「やあ、これは素晴らしいなあ。」

と、阿木は道のまん中に立止つた。亭々《ていてい》と立並ぶ巨樹の頂は、目映《まばゆ》いばかりの朱の波であつた。絢爛と、梢の枝先に、朱の綿を被《かぶ》せたやうに、びつしりと、隙間もなく咲いた花は、赤い雲のやうに、どの幹の花とも見分け難いまでに打続いてゐた。それは、まつたく、熱帯の色であつた。咲き呆《ほう》けた花は幾らか黄味を帯び、咲きたての花は、燃えるやうな朱色であつた。羽状複葉の葉は、翼を拡げて、重たげな花を載せ、陽は照り輝いてゐた。豪華な眺めであつた。三人は、心を奪はれて立尽くした。

鳳凰木の並木道を行き、大正公園のロータリーを経て、州庁の古びた赤煉瓦の建物を左手に見ながら、「台南銀座」と呼ばれた末広町通り〔現在の中正路〕を歩む。やがて煉瓦塀の家の前に、姐《あね》さん被りをして家事をする、重見の姿が見えてくる。

重見夏子、あゝ、あれが重見なのか。（中略）鹿島は、向ふ向きになつた女の、すんなりとした背姿と、板の上を巧に這《は》ひ廻《まわ》る白い手を、じつと見た。（中略）大津は、したり顔で、すた〳〵と歩き出しながら、振返つて、口の前に指を一本立て、見せた。さあらぬ態《てい》で彼女の傍まで行き、さて、二間ほど手前で声もなく立止つたところで、足音を聞いて重見は、くるりと振り向いた。と、一瞬、訝《いぶか》る顔の彼女の眼が、きらりと光つたと思ふ途端に、顔中の筋肉が大きく揺れて、「あつ」と叫んで、棒立ちになつた。じいんと、足先まで、電流の通じるやうな衝撃が鹿島の背筋を走つたと思ふ瞬間、

「まあ、。」

と、二三歩駆け寄るやうにして、

「大津さん、阿木さん。」

と叫んだ。

「まあ、。びつくりしたわ。」

「重見さん。」

と言つた大津の声は少し慄《ふる》へを帯びてゐた。重見の眼には、涙が一ぱいたまつた。

台湾南部の、しかも都市部から離れた田舎町に、「人間臭」から脱しようと思って住んでも、人恋

しさ、懐かしさ、日本で過ごした若き日々の記憶は打ち消しがたい。戦争も末期に近づいたこの作品から立ち昇るのは、散りばめられた時局と関わる呼号ではなく、台湾人のあいだで暮らす日本人同士の通わせる孤独である。それは植民地に住む日本人の、ひとりよがりな感情かもしれないが、少なくとも彼らにとっては切実な孤独だった。

さまざまな孤独がある。吉村敏「鳳凰木の花」（『台湾教育』第四百三十二号、一九三八年七月）は、恐らくは公学校の教員をしていた著者が、放課後の少年たちのやりとりをスケッチした、植民地における言葉の問題をあつかった掌編である。

若葉から青葉への急テンポな移りゆきは台湾ではとりわけ烈《はげ》しい。窓外はすでに青葉の洪水である。この洪水と前後して蟬声の雨が降り続くと南部台湾のシンボルと言つた鳳凰木の花が青空を染める。緋《ひ》の花、火焔の花は熱帯の陽に映えて南国情緒を織りなすのである。

作者が放課後の仕事を片づけ、小説を読んでいると、二人の少年の話し声が聞こえてきた。鳳凰木の花を見上げた少年が、「まあきれいだこと」と、讃嘆の声をあげたのである。実はこの台詞、「まあきれいだこと」は、その日作者が教室で、読本で教えたばかりの言葉だった。動物園での姉と弟の会話における、「現代娘の孔雀の美に対する感嘆の声」である。少年は、鳳凰木を見上げて、その台詞を真似たのである。作品は、表面的に読めば、風土も用法も異なる日本の言葉を、実感も湧かないはずの台湾人の子どもに、教師が自己満足しつつ教える、時代を感じさせる作品である。会話の内容も、「万古不変の日本精神」といった、時局を組み込んだものとなっている。

しかしそれでも、教師と少年たちとのあいだで交わされる言葉には、台湾人の彼らと向き合おうとする日本人教師の姿勢と同時に、どうしても埋めることの難しい、台湾と日本、台湾人と日本人の、微妙な距離が浮かび上がる。他愛《たあい》なく話している限り、彼らのあいだに垣根はない。しかし、「まあきれいだこと」は、本来使われるべき状況で使われてはいない。そのことは教師も承知している。

「まあきれいだこと」

私は三度、美しく咲き誇つて鳳凰木の花を眺めて叫んだ。

三人は碧空《あおぞら》の夏に咲く鳳凰木の花の様に明るく笑ひこけたのだつた。

それから二人は別れの言葉を残して校門から消えた。取残された私は時代からも取残されたやうに心の暗くなるのをどうすることも出来なかつた。鳳凰木の花は明るい。暗み勝《がち》な私の心をひき立たせやうと、再びその花を見上げた空に白い鳩が一羽紺青《こんじよう》の中に吸ひ込まれて行くのだつた。

熱帯の鳳凰木に対して、「まあきれいだこと」は、いくら実感を込めて使おうとしても、場違いな言葉である。長い年月をかけて日本語が積み重ねてきた用法、あるいは日本語に浸み込んできた語感と、熱帯の燃えるように真っ赤に咲き乱れる花は、つり合わない。逆に、使えば使うだけ、孤独が深まる。

台南における日本語の文学には、この些細な、しかし拭い去ることの困難な違和感がつきまとう。

しかしその一方で、この違和感こそ、台湾、なかでも本島人の街であるこの台南で、日本語を用いて文学を書くことの意味を支えていたともいえる。植民地の地方都市で、日本語を用いてその街を描くこと。いくら追い払ってもしのび寄る、違和感と孤独を無視するなら、この土地で日本語で書かれる意味はない。日本文学の中心や流れから遠く離れたところで、孤独と違和感を引き受けつつ書かれることに、台南文学の意味はある。明るい花をつける鳳凰木を見上げて、一瞬心は晴れても、やはり取り残され、心は再び暗くなり、その孤独な心を見つめつつ、違和感の意味を考えながら、筆を執るのである。

台南の街における孤独を描くとき、台南で文学を書いた日本人作家の筆は、ふるえるような熱を帯びる。前嶋は、「眩めく如き白日の下に燃ゆる鳳凰木の落花を踏んで、この古い南海の入海の町のかたほとりに、深刻な心の飢をひもじがる」ときを過ごした（「枯葉二三を拾ひて」『愛書』第十輯、一九三八年四月）[28]。前嶋しかり、河野慶彦しかり、吉村敏しかりである。鳳凰木に託されるのは、自らの孤独である。

新垣宏一もそうである。台南を愛しつつも、植民地の地方都市にあって、文学を語る同志も少なく、孤独に憔悴して街をさまようとき、目を挙げた先には、街路樹として植えられた鳳凰木があり、初夏には別名火焔樹の名にふさわしく、燃えるような花をつけ、幻のような風景を作り上げた。鳳凰木は、台南古来の樹木ではない。アフリカのマダガスカル島原産のこの樹が台湾にもたらされるのは、日本統治が始まり、総督府が街路樹として移植してからである。台南州庁が大正六年に、州庁前から台南公園までの花園町通り（現在の公園路）に植樹、台湾でも有数の美しい並木道となった。ただし新垣の考証によれば、日本統治以前に、安平の旧税関にわずかに一本、鳳凰木が植えられていたという。

夏が来て、台南の街の遠近《おちこち》にこの花が咲き渡り、この花かげに身も焦げよと啼きしきる蟬の声を聞くとき、私はこの情熱に息苦しさを感ずる。この花が散つて散りしきつて、厚ぼつたい緋《ひ》毛氈《もうせん》を一面に敷き拡げると、私はその上を徘徊して、エドガーポーの「赤き死の仮面」の中に現れた、深紅色の部屋の絨毯の上を歩いてゐるやうな不安と混乱とを覚えるのである。

安平に一もとのポインシアナレギアを植ゑたのは、いづれ安平に仮住した外人であつたことであらうが、その一もとの情熱的な花の色に郷愁の心は一入《ひとしお》怪しく燃えたつたことであらう、もはやこの花の前にはしみ〴〵としたノスタルヂアは起り得ない。遠く故郷を離れた少数の外人の中にはこの耐え難い炎熱を避けんがために植ゑたポインシアナに狂ほしい火の花が咲くとき、あのせまい安平の部落を熱病患者のやうな眼をして徘徊する若き西欧の人がゐたかゐなかつたか。（中略）

めら〳〵と燃える眩惑の炎のかげに狂ほしく啼きしきる蟬よ、お前はお前の身が焦げ切つて、力なく枝から転がり落ちるまでは啼きつゞけるのか、熱帯の強烈な光と色彩に憑かれたのは小さなお前ばかりではない。

「初夏随想　花咲ける鳳凰木」（『台湾時報』第二百四十五号、一九四〇年五月）

彼ら日本人作家にとって、台南は、やはり故郷ではない。旅行者だった佐藤春夫・西川満にとってはもちろん、台南に父の病院があった庄司総一、台湾南部で生まれ育った「湾生」の新垣宏一にとってさえも、台南は永住の地ではなかった。八年間滞在した前嶋信次にとって台南時代は不遇の時代だったし、六人のなかでもっとも長く、台南に十年間住んだ國分直一にしても、自らの意志で台南を離れた。

台南が彼らにとって仮寓の地であったことを考えると、彼らの文学を「台南文学」と呼ぶことが正しいのかどうか、疑わしくなる。それは大日本帝国の文学地図における「地方文学」の一つであり、「植民地文学」の一つであった。台南が植民地の地方都市にすぎないことを強調すれば、日本人による「台南文学」は、所詮「植民地の地方文学」と呼ぶのが正確だろう。

しかし彼らの文学において、「台南」で書くということが、決定的な意味を持っていたことは、本書で見てきたとおりである。

鳳凰木が台南の街に移植され、街を飾ったように、日本統治下の台南には、日本語がもたらされ、文学の花が街に咲いた。熱帯の強烈な光に焼かれつつ、炎のような花の蔭で蟬が狂おしく啼きつづけるように、文学の中心から遠く離れたやるせなさに身を焦がし、孤独をかみしめつつ、彼らは文学の声をあげた。本書は、彼らの声を、もう一度、文学の声として響かせ、聴くための一冊である。文学は東京に、台北にのみあるだけではない。声を響かせ、届け、耳を傾けることが文学であるなら、台南には台南の文学があり、台南に住んだそれぞれの人々に、それぞれの文学があった。そしてそれを「台南文学」と呼ぶことができるなら、文学はどこか制度のなかに、大きな声としてだけあるのではなく、私たちのすぐそばに、かすかに響く小さな声、交じり合った複雑な声、あげずにいられない切実な声として存在することになる。本書はその小さな声に耳を澄ませる試みの一つで、文学がそのようなものとしてあってほしいと願う試みの一つである。

付録

台南に住んで

私がはじめて台湾を訪れたのは、一九九九年九月八日のことでした。台湾人の友人の誘いで、台南県永康市（現在台南市永康区）にある南台科技大学へ、日本語の講師として赴任しました。恥ずかしながらそれまで、台湾のことを何一つ知りませんでした。専門は日中比較文学ですが、『恋恋風塵』（一九八七年）など侯孝賢監督の映画こそ見たことがあったものの、台湾文学を読んだこともなかったのです。高雄の小港機場から表へ出たときの、むせ返るような熱気を帯びた空気、出迎えてくれた同僚となる川路祥代さんの車の窓から見たスコール、自転車屋のおじいさんの話す日本語など、当日の記憶は鮮明に刻まれています。ただそのときは、やがて自分が台湾と切り離せない縁を結ぶことになるとは予想していませんでした。単に、留学に代わる赴任先程度の気持ちだったのです。

最低限用意していった台湾に関する書籍、伊藤潔『台湾　四百年の歴史と展望』（中公新書、一九九三年）、司馬遼太郎『街道をゆく40　台湾紀行』（朝日文芸文庫、一九九七年）、若林正丈『台湾の台湾語人・中国語人・日本語人』（朝日選書、一九九七年）、河原功『台湾新文学運動の展開』（研文選書、一九九八年）、藤井省三『台湾文学この百年』（東方選書、一九九八年）などから教えられたことはたくさんあります。ですが、台湾がどういう場所なのか教えてくれたのは、何といっても、毎日顔を合わせる生身の学生たちでした。

私は当時博士課程の二年目で、休学しての赴任でした。まだ二十六歳と若かったこともあり、学生たちの熱心な誘いに応じて、週末ごとに台南や安平で遊び、ときには高雄へと出掛けました。たまたま高専部五年生のクラス担任を務めたので、全島一周の卒業旅行にも出ました。学生のなかには、高専を出てから、社会人や兵役を経て、二技部（大学の三・四年に相当）に進学していたケースも多く、年齢は実はさほど変わりません。彼らから、返しきれない厚意を受けつつ、二年間を過ごしました。もともと台湾を研究していたわけではないので、研究の中心から遠く離れ、刺激の少ないことへの不安を抱いたこともあります。近いとはいえ異国にあって、複雑な体験、感情を経験しました。そのことも含め、二度と戻ってくることのない、人生でもっとも貴重な時間を過ごしました。

任期を終え、茫然とした気持ちで帰国してから、たまたま『前嶋信次著作選3〈華麗島〉台湾からの眺望』（杉田英明編、平凡社東洋文庫、二〇〇〇年）を読み、驚きました。私が台南へ赴任する七十年ほど前、同じく台南で、旧制中学の教員として過ごした著者の、若い研究者としての孤独、焦燥の一方で、古都台南に対する深い愛情、二度と戻ることのない時間への思いがつづられていたからです。のちイスラム文化史研究の大家となる前嶋氏と自らを重ねる不遜をお許しいただくと、文字の一つ一つが、まるで自身が書いたように思えました。

それ以来、日本統治期の台南における文学活動に、関心を抱くようになりました。佐藤春夫（一八九二―一九六四年）が安平や台南を舞台とする「女誡扇綺譚」（以下「綺譚」）を書いたのが一九二五年。その後の日本統治期台湾における、日本人作家による日本語文学に、甚大な影響を与えました。台南を描く文学作品は、「綺譚」との対話から生まれたといっていいほどです。「綺譚」受容については、台南滞在経験のある和泉司さんに優れたご研究があります。

一九三〇年代に台南研究に没頭した前嶋信次（一九〇三―八三年）の一連の台南歴史散歩や、西川満（一九〇八―九八年）が一九四〇年に発表した「赤嵌記」、新垣宏一（一九一三―二〇〇二年）による「綺譚」考証や、「綺譚」との訣別を模索した台南の人々を描く一連の短編などは、一九三〇年代半ばから四〇年代前半の台南で、文学の花が開いたことを示しています。また、民族考古学者國分直一（一九〇八―二〇〇五年）の平埔族研究も、台南を視座に台湾や東アジア・東南アジアの文化を語って、文学の香り高いものです。濱田隼雄（一九〇九―七三年）も含め、彼らは台南一中や一高女・二高女などで教員をしつつ、歴史や文学の研究を進めたのでした。また、台南で生まれ育った庄司総一（一九〇六―六一年）は東京で、台南の旧家を舞台に日台結婚をあつかった『陳夫人』を刊行、大東亜文学賞を受賞し、台湾の作家たちに衝撃を与えました。

前嶋・國分・新垣らの「台南学派」は、折から勃興した台湾の日本語文学の最盛期に際会し、『文芸台湾』や『民俗台湾』で活躍しますが、何といっても地元に『台南新報』という、台北の『台湾日日新報』や台中の『台湾新聞』に匹敵する、南部最大の新聞が存在したことも大きいと思われます。当時の台南は、人口は台北に次ぐ第二の都会でした。記者岸東人（一八八九―一九四一年）の支援のもと、彼らの文章が紙面を飾った『台湾日報』（一九三七年『台南新報』から改称）の学芸欄については、松尾直太氏に、市立図書館での詳細な調査にもとづく労作の論文があります。『台南新報』『台湾日報』については、近年台南の国立歴史博物館・市立図書館から復刻が出て、容易に手にとれるようになりました。

日本人作家の活動は、日本統治期の台南文学の片面でしかありません。当然ながら、台湾人作家の文学活動がありました。一九三〇年代半ば、『台南新報』で記者をしていた楊熾昌（一九〇八―一九四年）は、文学仲間の李張瑞（一九一一―五二年）・林修二（一九一一―四四年）・張良典（一九一五年―）や日本人詩人らと、「風車詩社」を結成、同人雑誌や学芸欄を舞台に活動しました。台南の街がモダニズム詩の形で表現されたのです。また同じころ、郊外の「塩分地帯」と呼ばれた佳里では、開業医の呉新榮（一九〇七―六七年）を中心に、郭水潭（一九〇七―九五年）や王登山（一九一三―八二年）・林芳年（一九一四―八九年）らが集まって、全島規模の文学団体「台湾文芸聯盟」の佳里支部を作り、台中の『台湾新聞』や『台湾文芸』で詩の特集を組むなどして、活発な活動を展開しました。近年台南の国立台湾文学館から刊行された『呉新榮日記全集』（二〇〇七年）のおかげで、台南の文学関係者のつながりが見えてきました。

台湾人作家と日本人作家のあいだには、文学活動という点では、残念ながら濃厚な交流は見られませんでしたが、台南研究という点で交友がありました。前嶋や國分・新垣の台南研究を読むと、同好の士として、石暘睢《ようしょ》（一八九八―一九六四年）、荘松林（一九一〇―七四年）らの名前が出てきます。彼らは一緒に、街を歩き、古碑に足を止め、史跡を調査し、「女誡扇綺譚」の跡をたどり、台南の歴史や文化を語り合ったのでした（荘松林については『文史薈刊』復刊第7輯、台南市文史協会、二〇〇五年六月が「荘松林先生台南専輯」となっています）。呉新榮が妻を亡くしたとき、台南から弔《とむら》いの花束を手にかけつけたのは、國分直一でした。

また、教育熱心で豊かな家庭の多かった台南からは、高等教育を受けて、数多くの作家が生まれました。邱永漢（一九二四―二〇一二年）、王育徳（一九二四―八五年）、葉石濤（一九二五―二〇〇八年）、黄霊芝（一九二八年―）らは、いずれも台南生まれです。前嶋の台南一中での教え子、王育徳の自伝『「昭和」を生きた台湾青年』（草思社、二〇一一年）は、日本統治期の台南の街や人々の生活が手にとるようにわかる得難い一冊です（文学とは無関係ですが、同じく台南の富裕な一家の生活がよくわかる、辛永清（一九三三―二〇〇二年）の『安閑園の食卓　私の台南物語』は文庫化されました、集英社、二〇一〇年）。楊熾昌や呉新榮文学の翻訳など、台湾文学の日本語訳や研究で大きな貢献をした、葉笛（一九三一―二〇〇六年）氏も、台南で教育を受けたゆかりのある文学者です。ご息女の葉蓁蓁さんが同僚だったご縁で、二〇〇〇年の年越しの際に、葉さんとお目にかかったことがあります、当時は愉快なお父さんだと思うばかり、著名な文学者とはつゆ存じ上げなかったのですが。

以上の、日本統治期の台南における文学活動のうち、筆者がこれまで描いたのは、ほんの一部にすぎません。台南の人々への、研究者としてのささやかな恩返しとして、少しずつ書き進め、一九三〇年代から四〇年代前半の台南文学の輪郭を描きたいと思っています。

もちろん、台南の文学活動は戦後もつづいています。郷土愛の強い土地柄、市や県から叢書の形で、戦前戦後を問わず数多くの作家の、作品集・評論集・研究書・伝記が出ています。古くは「南瀛《なんえい》文学選」全七巻（台南県立文化中心、一九九一年）があり、市からは、現在もつづく「南台湾文学　台南市作家作品集叢書」（第一～六輯は台南市立文化中心、第七輯から台南市立図書館、一九九五年―）が出ています。県からは、文学関係の著作を多数含む、百五十巻を超える膨大な叢書「南瀛文化叢書」（台南県文化局、のち台南県政府、一九九四―二〇一〇年）や、全百巻の「南瀛文化研究叢書」（名称は「南瀛文化研究系列」など一定せず、同前）が出されました。塩分地帯では、赤松美和子さんの『台湾文学と文学キャンプ』（東方書店、二〇一二年）でも紹介されている通り、文学キャンプが開かれるのみならず、雑誌『塩分地帯』が刊行されています。

幸いなことに、これまで台湾で開催の国際学会などに三度参加させていただきましたが、なかでも台南県で二〇〇八年開催の第二回「南瀛国際学術研討会」では、台湾の研究者はもちろん、同じく台南をフィールドとする植野弘子さん、藤野陽平さん、山田明広さんとお目にかかる機会を持つことができました。日本台湾学会の全国大会でも、成功大学の院で学ばれる鳳氣至《ふげし》純平さんとお会いするなど、台南と関わる方たちと知り合いつつあります。将来、台南を研究する方々と、台湾学会で台南研究の分科会を開くなどしてみたい、台南の文学や歴史・文化の魅力をより多くの方と分かち合いたい、と考えたりしています。

注

〔序　章〕

1　小林英治『熱帯植物散策』（東京書籍、一九九三年）によれば、一八二四年、フランスの植物学者がアフリカのマダガスカル島で、「鳳凰木」（仏語で「フラムボワイヤン」、「火炎樹」とも称する）を発見したという（一四頁）。

2　春山行夫『台湾風物誌』（生活社、一九四二年）。ただし引用は水谷真紀編『コレクション・モダン都市文化84　台湾のモダニズム』（ゆまに書房、二〇一二年、八一三頁）に拠る。

3　今林作夫『鳳凰木の花散りぬ　なつかしき故郷、台湾・古都台南』（海鳥社、二〇一一年、一一四頁）。

4　新垣宏一『華麗島歳月』（台北：前衛出版社、二〇〇二年、四三頁）。

5　前嶋信次「国姓爺の使者」。引用は杉田英明編『書物と旅　東西往還』（前嶋信次著作選第四巻、平凡社東洋文庫、二〇〇一年、二〇六－七頁）に拠る。

6　日本統治期の台湾では、日本人は「内地人」、台湾人のうち漢民族は「本島人」、平地に居住した先住民族は「平埔族」、山地については「高砂族」などと呼ばれた。本書では主に「日本人」「台湾人」を用い、漢民族と先住民族を区別する必要のある際は「漢民族」（もしくは「漢族」）「原住民」を用いる（「原住民」は現在台湾で一般的に用いられる呼称である）。ただし文脈に従い、「内地人」「本島人」「平埔族」「高砂族」も使用することがある。

7　陳培豊『「同化」の同床異夢　日本統治下台湾の国語教育史再考』（三元社、二〇〇一年）の第六章「〝文明の中へ〟そして〝（日本）民族の外へ〟「同化」教育に対する台湾人知識人の抵抗」を参照した。

8　拙稿「植民地の地方都市で、読書し、文学を語り、郷土を描く　日本統治下台南の塩分地帯における呉新榮の文学」（『日本文学』第六十一巻第十一号、二〇一二年一一月）、同「古都で芸術の風車を廻す日本統治下の台南における楊熾昌と李張瑞の文学活動」（『中国学志』第二十八号、二〇一三年十二月）。

9　日本統治期の教育については、吉野秀公『台湾教育史』（台湾日日新報社、一九二七年）、台南の中学校については、王耀徳「日本統治期台湾人入学制限のメカニズム」（『天理台湾学報』第十八号、二〇〇九年七月）、台南一中については、蕭博仁総編纂『百年南二中　世紀新視野』（国立台南第二高級中学校友会、二〇一四年）、女子教育については、洪郁如『近代台湾女性史　日本の植民統治と「新女性」の誕生』（勁草書房、二〇〇一年）の第二章「植民地女子教育の展開」、高等女学校については、山本禮子『植民地台湾の高等女学校研究』（多賀出版、一九九九年）、台南の高女については、植野弘子「台南文化上所受之日本統治的影響　研究高等女学校教育対台湾生活文化之意義」（呉得智訳、林玉茹・艾茉莉主編『南瀛的歴史、社会与文化』新営：台湾県政府、二〇〇八年）、台南師範学校については、鄭政誠『南台湾的師培揺籃　殖民地時期的台南師範学校研究（1919-1945）』（台北：博揚文化、二〇一〇年）を参照した。

10　新垣『華麗島歳月』（前掲、四四頁）。

11　『台南新報』『台湾日報』については、呉青霞「「台南新報」解題」（同総編輯『台南新報』復刻本総目録、国立台湾歴史博物館・台南市立図書館、二〇〇九年）、李承機「従《台南新報》到《台湾日報》法西斯風潮下殖民地「地方報」的「空間心性」」（呉青霞総編輯『台湾日報』復刻本総目録、国立台湾歴史博物館・台南市立図書館、二〇一一年）を参照した。

12　拙稿「古都で芸術の風車を廻す」（『中国学志』前掲）を参照。

13　台南州役所編『台南州要覧』（台南州、一九四〇年）を参照。

14　台南の都市の歴史については、周菊香『府城今昔』（台南市政府、一九九二年）、詹伯望他『三五風華造府城　紀念台南建城２８０週年特展図録』（台南市文化資産保護協会、二〇〇五年）、翁佳音他『古都・新都・神仙府　台南府城歴史特展』（国立台湾歴史博物館、二〇一一年）などを参照した。

明清期の都市建設については、斯波義信『中国都市史』（東京大学出版会、二〇〇二年）、詹伯望『半月沈江話府城　一個関於台湾府城的故事』（台湾建築与文化資産出版社、二〇〇六年）があり、日本統治期の台南については、周菊香『府城今昔』（前掲）、黄秉珩訳『昨日府城・明星台南　発現日治下的老台南』（台南市文化資産保護協会、二〇〇七年。加藤光貴編『台南市読本』台湾教育研究会、

一九三九年の中訳注釈）、何培齊主編『日治時期的台南』（国家図書館、二〇〇七年）が、いずれも豊富な写真を収めて楽しい。地名については、詹翹他『台境之南　府城地名的故事』（台南市文化資産保護協会、二〇一〇年）がある。都市と建築のあらましを知るには、王惠君・二村悟『図説台湾都市物語』（ふくろうの本、河出書房新社、二〇一〇年）が便利である。

台南の外港安平については、鄭道聴『安平文化資源巡礼』（台南市立文化中心、一九九五年）、陳永源総編輯『大員印象・安平図像』（台南市立文化基金会、一九九五年）、范勝雄『認識安平　大員采風録』（台南市文化資産保護協会、二〇〇三年）などがある。

15　台湾各地の人口については、以下の書籍を参照した。台湾の一九三八年の人口：台湾総督府編『台湾事情　昭和十四年版』（台湾総督府、一九三九年）、台北州・市の一九三七年の人口：台北州役所編『昭和十二年台北州管内概況及事務概要』（台北州、一九三八年）、台南州・市の一九三八年の人口：台南州役所編『台南州要覧』（台南州、一九三九年）、高雄州・市の一九三八年の人口：高雄州役所編『高雄州要覧』（高雄州、一九三九年）。すべて「中国方志叢書」（成文出版社、一九八五年）の影印本を用いた。

16　台南市の各年の人口、及び各校の生徒数については、以下の書籍を参照した。一九一五年：台南庁庶務課編『台南庁管内概況』（台南庁庶務課、一九一八年）、一九二〇・二一年：台南州役所編『台南州概況』（台南州、一九二三年）、一九二六年：同編『台南州要覧』（台南州、一九二七年）、一九三二年：同編『台南州要覧』（台南州、一九三四年）、一九三五年（学校は一九三六年）：同編『台南州要覧』（台南州、一九三七年）、一九三八年：同編『台南州要覧』（台南州、一九三九年）、一九四〇年：同編『台南州管内概況及事務概要』（台南州、一九四一年）。すべて「中国方志叢書」（前掲）の影印本を用いた。

17　台南のガイドブックは数多く出ている。代表的なものには、上旗文化編輯部編『台南 in hand　尋訪府城老舗、古屋、逛食堂、呷点心』（修訂版、上旗文化、二〇一一年）、『台南府城　吃逛遊楽 go』（戸外生活図書、二〇一一年）などがある。

台南の街歩き案内には、王浩一『台南旧城魅力之旅』全三冊（台南市政府、二〇〇二年）、遠流台湾館編『台南歴史深度旅遊』上下（遠流出版、二〇〇三年）、詹伯望・黄建龍『台南歴史散歩　特展図録』（台南市文化資産保護協会、二〇〇四年）、王浩一『台南市文化観光旅遊導覧手冊』（台南市政府文化局、二〇〇五年）、編輯部編『穿梭府城今昔　賞玩古都・辺走辺吃』（台南市政府・台湾英文新聞、二〇〇九年）、王浩一『漫遊府城　旧城老街裡的新霊魂』（心霊工坊文化事業、二〇一二年）などがある。

旧跡の詳しい解説には、何培夫『台南市古蹟導覧』（晏錦文写真、台南市政府、一九九五年）、楊飛・許明珠『府城歴史古蹟与建築　一級古蹟』（文津出版社、二〇〇八年）、廟の詳しい解説には、王浩一『在廟口説書』（心霊工坊文化事業、二〇〇八年）があり、日本統治期の建築については、王浩一『黒瓦与老樹　台南日治建築与緑色古蹟的対話』（心霊工坊文化事業、二〇一〇年）が詳しい。

近年は私的な名所案内が数多く出ている。黄小黛『散歩阮台南　茶行、古屋、私美食、軽旅行』（上旗文化、二〇一一年）、蔡宗明『玩進大台南』（許正雄写真、旗林文化、二〇一一年）、陳貴芳・李慧玲『訪古・台南・行　府城手絵書』（玉山社、二〇一二年）、米果『如果那是一種郷愁叫台南』（啓動文化、二〇一二年）、王美霞『台南的様子』『台南過生活』（方姿文写真、有鹿文化、二〇一三／四年）、林士棻『台南風格私旅　老城市時光行脚』『同Ⅱ　閲読一座城』（日月文化、二〇一三／四年）、陳婷芳『台南自由散策』（墨刻出版、二〇一四年）、魚夫『楽居台南　魚夫手絵鉄馬私地図』（天下雑誌、二〇一四年）、凌予『台南美好小旅行』（四塊玉文創、二〇一四年）などがある。近年流行の、リフォームした古建築に焦点を当てたガイドには、TRAVELER Luxe 旅人誌編輯室編『台南老房子　新感動旅行』『台南日和　老房子小旅行』（墨刻出版、二〇一一／三年）がある。

台南は美食の街でもある。その案内には、王浩一『漫食府城　台南小吃的古早味全記録』（心霊工坊文化、二〇〇七年）、DarkBringer『24 hrs・吃在台南　台南人的隠蔵版美食地図』（胡世明写真、晴天出版、二〇一一年）、蔡宗明『吃進大台南』（旗林

文化、二〇一一年)、魚夫『移民台南　魚夫手絵幸福小食日誌』(天下雑誌、二〇一三年)、曹婷婷『老店、老滋味　80家台南老店舗的伝家故事』(台南市文化局、二〇一三年)、徐天麟『徐天麟帯你吃遍道地台南美食』(布克文化、二〇一四年)などがある。

18 地方文学全集は他に、「山形県文学全集」第一／二期全十二巻(近江正人他編、郷土出版社、二〇〇四年)、「福島県文学全集」第一／二期全十二巻(澤正宏他編、同、二〇〇一—二年)、「栃木県近代文学全集」全六巻(栃木県文化協会編、下野新聞社、一九九〇年)、「群馬文学全集」全二十巻(伊藤信吉監修、土屋文明記念文学館、一九九九—〇三年)、「長野県文学全集」第一—四期全三十七巻附録三巻(荒井武美他編、郷土出版社、一九八八—九六年)、「新潟県文学全集」第一／二期全十四巻(伊狩弘他編、同、一九九五—六年)、「石川近代文学全集」全十九巻別巻一(石川近代文学館編、石川近代文学館、一九八七—九八年)、「京都府文学全集」第一期全六巻(河野仁昭編、郷土出版社、二〇〇五年)などが編まれている。

19 浦西和彦他編『奈良近代文学事典』(和泉書院、一九八九年)、浦西・半田美永編『紀伊半島近代文学事典　和歌山・三重』(同、二〇〇二年)、日本近代文学会関西支部編『大阪近代文学事典』(同、二〇〇五年)、同編『滋賀近代文学事典』(同、二〇〇八年)、同編『兵庫近代文学事典』(同、二〇一一年)、同編『京都近代文学事典』(同、二〇一三年)、浦西編『大阪近代文学作品事典』(同、二〇〇六年)。

20 日本を中心とした台湾文学研究史については、松永正義「日本における台湾文学の研究について」(『言語文化』第三十号、一九九三年十二月。のち『台湾を考えるむずかしさ』研文出版、二〇〇八年所収)、塚本照和「日本時代の「台湾文学」について　中・台・日刊「台湾文学史」を題材として」(台湾文学論集刊行委員会編『台湾文学研究の現在』緑蔭書房、一九九九年)、河原功「台湾文学理解のための参考文献」(藤井省三・垂水千恵・河原功・山口守『講座台湾文学』国書刊行会、二〇〇三年)、同『台湾文学研究への道』(藤澤太郎編輯、村里社、二〇一一年)、下村作次郎「台湾文学研究の手引き」(山田敬三編『境外の文化　環太平洋圏の華人文学』汲古書院、二〇〇四年）、同「台湾研究、この10年、これからの10年　関西地域における台湾研究」（『日本台湾学会設立10周年記念　第10回学術大会報告者論文集』日本台湾学会、二〇〇八年五月三十一日／六月一日）、山口守「私の台湾文学研究クロニクル」（『東京大学中国語中国文学研究室紀要』第十一号、二〇〇八年九月）、同「台湾文学研究の現在　歴史・言語・共同性をめぐって（現状と課題）」（『中国　社会と文化』第二十四号、二〇〇九年七月）、星名宏修「現代中国文学研究における台湾文学研究」（『立命館言語文化研究』第十三巻第三号、二〇〇一年十二月）、同「日本統治期台湾文学研究の現状　一九九〇年代をふりかえって」（『朱夏』第十七号、せらび書房、二〇〇二年九月）、同「台湾文学研究、この10年、これからの10年」（『日本台湾学会設立10周年記念　第10回学術大会報告者論文集』日本台湾学会、二〇〇八年五月三十一日／六月一日）、和泉司「研究動向　台湾」（『昭和文学研究』第六十六集、二〇一三年三月）を参照。

21　論文集である、『台湾文学研究の現在　塚本照和先生古稀記念』（台湾文学論集刊行委員会編、緑蔭書房、一九九九年）、『台湾の「大東亜戦争」　文学・メディア・文化』（藤井・黄・垂水編、東京大学出版会、二〇〇二年）、『講座台湾文学』（山口守編、国書刊行会、二〇〇三年）、『記憶する台湾　帝国との相剋』（呉密察・黄・垂水編、東京大学出版会、二〇〇五年）、『越境するテクスト　東アジア文化・文学の新しい試み』（松浦恆雄・垂水・廖炳惠・黄編、研文出版、二〇〇八年）、『帝国主義と文学』（王徳威・廖・松浦・安部悟・黄編、研文出版、二〇一〇年）所収の論考にも多くを教えられた。

22　荘永清の論文には他に、「以文学介入社会　「台南芸術倶楽部」作家群初探」（『文史薈刊』復刊第十輯、台南：台南市文史協会、二〇〇九年）、「日治時代台南新文学史料歴史考察」（『文学台南　台南文学特展図誌』林佩蓉主編、台南：国立台湾文学館、二〇一二年）がある。

〔第一章〕

1　佐藤春夫の自伝としては、『青春期の自画像』（共立書房、一九四八年）、『詩文半世紀』（読売新聞社、一九六三年）を参照した。また伝記としては、井村君江編著『新潮日本文学アルバム59　佐藤春夫』（新潮社、一九九七年）を参照した。

2　佐藤文学の全体像を論じた論考としては、中村光夫『佐藤春夫論』（文藝春秋新社、一九六二年）を参照した。

3　佐藤の文芸批評家としての位置については、谷沢永一「佐藤春夫」（『大正期の文藝評論』塙書房、一九六二年。のち中公文庫、一九九〇年）、吉田精一「佐藤春夫」Ⅰ／Ⅱ（『近代文芸評論史　大正篇』至文堂、一九八〇年）を参照した。

4　「女誡扇綺譚」の引用は、単行本『女誡扇綺譚』（第一書房、一九二六年）に拠る。それ以外の佐藤の著作については、『定本佐藤春夫全集』全三十六巻別巻二冊（臨川書店、一九九八―二〇〇一年）に拠る。

5　藤井省三「大正文学と植民地台湾　佐藤春夫「女誡扇綺譚」」（『台湾文学この百年』東方書店、一九九八年）の指摘にもとづく（八〇頁）。

6　邱若山『佐藤春夫台湾旅行関係作品研究』（台北：致良出版社、二〇〇二年）の「佐藤春夫台湾旅行行程考」を参照した。

7　蜂矢宣朗「佐藤春夫の台湾・福建の旅」（『南方憧憬　佐藤春夫と中村地平』台北：鴻儒堂出版、一九九一年））の目録、及び『定本佐藤春夫全集』全三十六巻別巻二冊（前掲）各巻の「解題」を参照した。

8　河原功「日本人作家の見た台湾原住民　中村古峡と佐藤春夫」（山口守編『講座台湾文学』国書刊行会、二〇〇三年、七七／八〇頁）、同「佐藤春夫「殖民地の旅」の真相」（『台湾新文学運動の展開　日本文学との接点』研文出版、一九九七年、二一一頁）、石崎等「〈ILHA FORMOSA〉の誘惑　佐藤春夫と植民地台湾」Ⅰ／Ⅱ（『立教大学日本文学』第八十九／九十号、二〇〇二年十二月／〇三年七月）。佐藤の台湾関連作品については他に、森崎光子「佐藤春夫と台湾・福建省の旅『南方紀行』『霧社』の旅」（芦谷信和・上田博・木村一信編『作家のアジア体験　近代日本文学の陰画』世界思想社、一九九二年）、姚巧梅「佐藤春夫文学における台湾の位置　植民地小説をめぐって」（『解釈』第四十七巻第一・二号、二〇〇一年）が、植民地政策に対する批判を看取・評価し、一方、秋吉收「植民地台湾を描く視点　佐藤春夫『霧社』と頼和「南国哀歌」」

（『佐賀大学文化教育学部研究論文集』第八巻第二号、二〇〇四年三月）は、その「傲慢」や「趣味的な雰囲気」を指摘する。

9 引用は『定本佐藤春夫全集』第四巻（臨川書店、一九九八年、三七六頁）に拠る。

10 石崎等「〈ILHA FORMOSA〉の誘惑」Ⅰ（『立教大学日本文学』前掲）。

11 黒川創『国境　完全版』（河出書房新社、二〇一三年、二七七―八頁。初版はメタローグ、一九九八年）。同様の論点は、黒川論をふまえた、朱衛紅「佐藤春夫における文明批評の方法「魔鳥」論」（『日本語と日本文学』第三十六号、二〇〇三年二月）にも見られる。

12 河原功「佐藤春夫「殖民地の旅」の真相」（『台湾新文学運動の展開』前掲、二二頁）。他に、邱若山「「殖民地の旅」をめぐって「支那論」を越えるもの」（菅原克也編『ポスト・コロニアリズム　日本と台湾』東京大学比較文学比較文化研究室、二〇〇三年）にも同様の論点が見られる。

13 蜂矢宣朗「「旅びと」覚書」（『南方憧憬　佐藤春夫と中村地平』前掲、四一―三頁）。また、陳萱「佐藤春夫の台湾像「日月潭に遊ぶ記」と「旅びと」」（菅原克也編『ポスト・コロニアリズム　日本と台湾』前掲）は、同じ旅行を描きながら三年を隔てた「日月潭に遊ぶ記」と「旅びと」では、「語り手の台湾に対する距離感の深化」が見られる、と指摘している。

14 石崎等「〈ILHA FORMOSA〉の誘惑」Ⅰ（『立教大学日本文学』前掲）。

15 「小田原事件」及び「妻君譲渡事件」については、松本清張「潤一郎と春夫」（『昭和史発掘2』文藝春秋、一九六五年。ただし参照したのは文春文庫、二〇〇五年）、瀬戸内寂聴『つれなかりせばなかなかに　文豪谷崎の「妻譲渡事件」の真相』（中公文庫、一九九九年）、千葉俊二編「編年体・評伝谷崎潤一郎」（同編『谷崎潤一郎必携』學燈社、二〇〇二年）、小谷野敦『谷崎潤一郎伝　堂々たる人生』（中央公論新社、二〇〇六年）を参照した。

16 『定本佐藤春夫全集』第四巻（前掲、七四頁）。

17 台南での佐藤の足跡については、河野龍也「消えない足あとを求めて　台南酔仙閣の佐藤春夫」（『實踐國文學』第八十号、二〇一一年十月）に考証がある。

18　岸萬里「まえがきに代えて」（同編『鳳凰木の並木　岸東人遺稿集』岸洋人・美智子発行、二〇〇七年、二九頁）。

19　呂興昌「楊熾昌生平著作年表初稿」（楊熾昌『水蔭萍作品集』台南市作家作品集、台南市立文化中心、一九九五年、三七八頁）。

20　川本三郎『大正幻影』（新潮社、一九九〇年）。ただし引用はちくま文庫（一九九七年、二三三頁）に拠る。

21　永井荷風「第五版すみだ川之序」（『すみだ川』籾山書店、一九一三年）。ただし引用は『荷風全集』第十一巻（岩波書店、一九九三年、一九三頁）に拠る。

22　永井荷風「冷笑」（『東京朝日新聞』一九〇九年十二月十三日―一〇年二月二十八日）。ただし引用は『荷風全集』第七巻（岩波書店、一九九二年、一二一／一二三／一二四／一二七頁）に拠る。

23　荷風のローデンバック受容については、三好文明「荷風とローデンバッハ」（『作家論集』協和印刷、一九七九年）を参照。

24　三好文明「荷風とローデンバッハ」（『作家論集』前掲、三五頁）。

25　吉田精一は『死都ブリュージュ』の「暗示があるかと思われる」と指摘している、『永井荷風』（初版、八雲書房、一九四七年。増補訂正版、新潮社、一九七一年）の第六章「郷土文学」。ただし引用は『吉田精一著作集第五巻　永井荷風』（桜楓社、一九七九年、六七頁）に拠る。また両作の詳しい比較検討は、村松定史「ベルギー小説の日本受容　ローデンバック『死都ブリュージュ』」（『名城大学人文紀要』第四十二巻第三号、二〇〇七年三月）を参照。

26　村松定史『日本におけるジョルジュ・ローデンバック』（芸林書房、一九九八年）。

27　佐藤『小説永井荷風伝』（新潮社、一九六〇年）。ただし引用は『定本佐藤春夫全集』第十一巻（臨川書店、一九九九年、二八六―二八八頁）に拠る。

28　北原白秋『思ひ出』（東雲堂、一九一一年六月）の序文「わが生ひたち」。ただし引用は『白秋全集』第二巻（詩集二、岩波書店、一九八五年、九―十頁）に拠る。

29　北原白秋「増訂新版について」（『思ひ出』増訂新版、アルス、一九二五年）。ただし引用は『白秋全集』第二巻（前掲、二九八―九頁）に拠る。
30 佐藤「日本文学の系譜」（佐藤・宇野浩二編『近代日本文学研究　明治文学作家論』上、小学館、一九四三年）。ただし引用は『定本佐藤春夫全集』第二十二巻（臨川書店、一九九九年、二四一頁）に拠る。
31 佐藤『青春期の自画像』（共立書房、一九四八年）。ただし引用は『定本佐藤春夫全集』第十一巻（臨川書店、一九九九年、一七〇頁）に拠る。
32 佐藤『詩文半世紀』（読売新聞社、一九六三年）。ただし引用は『定本佐藤春夫全集』第十八巻（臨川書店、二〇〇〇年、六五頁）に拠る。
33 佐藤「三十年来の高誼未だ酬いず」（『多摩』第十六巻第六号、一九四三年六月）。ただし引用は『定本佐藤春夫全集』第二十二巻（臨川書店、一九九九年、二五四―二五五頁）に拠る。
34 佐藤「白秋詩碑を訪ひて」。ただし引用は『定本佐藤春夫全集』第二巻（臨川書店、二〇〇〇年、二七六頁）に拠る。
35 引用は『白秋全集』第六巻（歌集1、岩波書店、一九八五年、一〇六頁）に拠る。
36 拙著『郁達夫と大正文学　〈自己表現〉から〈自己実現〉の時代へ』（東京大学出版会、二〇一二年）の第六章「オスカー・ワイルドの受容　唯美主義から個人主義へ」を参照。
37 川本三郎『白秋望景』（新書館、二〇一二年、一二一三／五八頁）。
38 引用はジョルジュ・ローデンバック「死都ブリュージュ」（『死都ブリュージュ／霧の紡車』、田辺保訳、国書刊行会、一九八四年、十一頁）に拠る。
39 永井荷風「第五版すみだ川之序」（『すみだ川』籾山書店、一九一三年）。ただし引用は『荷風全集』第十一巻（前掲、一九三頁）に拠る。
40 矢野峰人『去年の雪　文学的自叙伝』（大雅書店、一九五五年、九〇頁）。
41 西川満「矢野峰人博士卆寿記念出版『墳墓』」（『アンドロメダ』第百六十二号、一九八三年二月）。
42 河原温『ブリュージュ　フランドルの輝ける宝石』（中公新書、二〇〇六年、二一二頁）。
43 台湾を代表する企業を生んだ台南幇については、謝國興『台南幇　ある台湾土着企業グループの興隆』（交流協会、二〇〇五年）を参照。

44　河原温『ブリュージュ』（前掲、二一二―三頁）。
45　藤井省三「大正文学と植民地台湾　佐藤春夫「女誡扇綺譚」」（『台湾文学この百年』前掲、八七―九三頁）。
46　石崎等「〈ILHA FORMOSA〉の誘惑」Ⅱ（『立教大学日本文学』前掲）。
47　引用は『定本佐藤春夫全集』第五巻（臨川書店、一九九八年、二一八頁）に拠る。
48　片岡巌『台湾風俗誌』（台湾日日新報社、一九二一年）。ただし引用は南天書局の復刻版（一九九四年、二三二頁）に拠る。
49　山根勇蔵『台湾民族性百談』（杉田書店、一九三〇年）。ただし引用は南天書局の復刻版（一九九五年、一六四―一六五頁）に拠る。
50　曾秋美「媳婦仔」（林香奈訳、台湾女性史入門編纂委員会編『台湾女性史入門』人文書院、二〇〇八年、二五頁）。
51　池田敏雄『台湾の家庭生活』（東都書籍株式会社台北支店、一九四四年）。ただし引用は南天書局の復刻版（一九九四年、一九九頁）に拠る。
52　洪郁如『近代台湾女性史』（勁草書房、二〇〇一年）の第四章「婚姻様式の変容」（二一〇―四頁）。
53　洪郁如「植民地の法と習慣」（浅野豊美・松田利彦編『植民地帝国日本の法的構造』信山社出版、二〇〇四年、二七〇頁）。
54　筧久美子「中国の女訓と日本の女訓」（女性史総合研究会編『日本女性史』第三巻、東京大学出版会、一九八二年）を参照した。
55　引用は『定本佐藤春夫全集』第四巻（前掲、七五頁）に拠る。
56　「女誡扇綺譚」が戦前どう読まれていたのかについては、和泉司「日本統治期台湾文壇における「女誡扇綺譚」受容の行方」（『藝文研究』第八十三号、二〇〇二年十二月）を参照。
57　中村地平「南方への船」（『仕事机』筑摩書房、一九四一年）。ただし引用は『中村地平全集』第三巻（皆美社、一九七一年、一八五頁）に拠る。
58　河原功「中村地平の台湾体験」（『台湾新文学運動の展開　日本文学との接点』前掲、三七頁）。
59　島田謹二・前嶋信次「佐藤春夫における東洋と西洋」（『三田評論』第六百九十六号、一九七〇年八月）。
60　新垣宏一『華麗島歳月』（台北：前衛出版社、

二〇〇二年、四八―四九頁)。

61 池田敏雄「亡友記　呉新榮兄追憶録」(『震瀛追思録』台南県:琑琅山房、一九七七年、一二〇頁)。

62 楊熾昌「残燭の焔」(『紙の魚』台南:河童書房、一九八五年、六一―六一四頁)。

63 庄司総一『陳夫人　全』(通文閣、一九四四年十月改訂第三版)。ただし引用は鴻儒堂出版社版(一九九二年、四三頁)に拠る。

64 國分直一「綿の木のある学校」(安渓遊地・平川敬治編『遠い空　國分直一、人と学問』海鳥社、二〇〇六年、一一二―三頁)。

65 西川満「跋」(『神々の祭典』人間の星社、一九八四年、三九二―三頁)。

66 黄霊芝「母のこと」(『アンドロメダ』第二百七十五号、一九九二年七月)。

〔第二章〕

1 前嶋信次の自伝としては、「迂遠の途を辿り来て」(『東西文化交流の諸相』同刊行会、一九七一年)、『アラビア学への途　わが人生のシルクロード』(日本放送出版協会、NHKブックス、一九八二年)を参照した。また伝記としては、窪寺紘一『イスラム学事始　前嶋信次の生涯』(世界聖典刊行協会、ぼんブックス、一九八九年)、杉田英明「前嶋信次氏の人と業績」(『〈華麗島〉台湾からの眺望』前嶋信次著作選第三巻、平凡社東洋文庫、二〇〇〇年)を参照した。

2 前嶋の学問的業績の紹介としては、杉田英明による書評「前嶋信次『東西文化交流の諸相』(全四巻)誠光堂新光社・一九八二年　『アラビア学への途――わが人生のシルクロード』日本放送出版協会・一九八二年」(『比較文学研究』第四十八号、一九八五年十月)、坂本勉「イスラム研究の系譜と慶応義塾(一)」・三木亘「イスラム研究の系譜と慶応義塾(二)」(『史学』第六十巻第二・三号、一九九一年六月)、矢島文夫「前嶋信次」(江上波夫編『東洋学の系譜』第2集、大修館書店、一九九四年)を参照した。

3 前嶋歿後に蔵書の整理をした坂本勉によれば、文学関係には、仏文学や冒険小説の外に、伝奇・怪奇ジャンルのものが多く、国枝史郎・夢野久作・久生十蘭やファン・フーリックなどがあったという、三木亘「イスラム研究の系譜と慶応義塾（二）」（『史学』前掲）。

4 前嶋の著作目録としては他に、黄天横編「前嶋信次先生之略譜及中国台湾関係著作目録」（『台南文化』新二十期、一九八五年十二月）がある。

5 藤田豊八については、江上波夫「藤田豊八」（江上波夫編『東洋学の系譜』第2集、前掲）を参照。

6 前嶋「迂遠の途を辿り来て」（『東西文化交流の諸相』前掲、一一八三頁）。

7 前嶋はこの旅行の思い出を、「清朝の遺臣の家　福州に陳宝琛を訪ふの記」上下（『台湾日日新報』一九三二年三月十七／十八日）、「十年前の福州」（『台湾日報』一九三九年七月十三―十六日）に記している、いずれも杉田英明編『書物と旅　東西往還』（前嶋信次著作選第四巻、平凡社東洋文庫、二〇〇一年）所収。

8 前嶋「迂遠の途を辿り来て」（『東西文化交流の諸相』前掲、一一八四頁）。

9 前嶋「死に急ぐなかれ」（『クリティーク』第一巻第六号、一九六七年六月）。ただし引用は『書物と旅　東西往還』（前掲、二二九頁）に拠る。

10 前嶋「迂遠の途を辿り来て」（『東西文化交流の諸相』前掲、一二〇〇頁）。

11 前嶋「迂遠の途を辿り来て」（『東西文化交流の諸相』前掲、一一八四頁）。

12 前嶋「忘れ得ぬ町々　鹿港と鳳山旧城」（『三田評論』第七百六十四号、一九七六年十一月）。

13 島田謹二との対談「佐藤春夫における東洋と西洋」（『三田評論』第六百九十六号、一九七〇年八月）。

14 台湾総督府編『台湾総督府及所属官署職員録　昭和七年八月一日現在』（台湾時報発行所発行、一九三二年）を確認したところ、「◎公立諸学校／○州立台南第一中学校　台南市三分子二五一（四二三）」の「教諭」名を記した中に、「前嶋信次　山梨」の名が見える（四七七頁）。同『昭和十二年七月一日現在』においても、「前嶋信次　山梨」とあるのが確認できる（六〇〇頁）。

15 青木紀元「天人菊の花」（『創立八十周年記念誌八十年の歩み』（南中会（台南州立台南第一中学校同窓会）、一九九三年、七九頁）。

16 前嶋敦子「夫・前嶋信次の足跡」（『碧榕』南中二一会、一九九〇年、八五―七頁）。

17 前嶋「迂遠の途を辿り来て」(『東西文化交流の諸相』前掲、一一八五頁)。
18 前嶋「迂遠の途を辿り来て」(『東西文化交流の諸相』前掲、一一八六頁)。
19 台湾の歴史については、伊藤潔『台湾 四百年の歴史と展望』(中央公論社、一九九三年)、周婉窈『台湾歴史図説 史前至一九四五年』(第二版、中央研究院台湾史研究所籌備処特刊、聯経出版事業公司、一九九八年)を参照した。台南の歴史については、周菊香『府城今昔』(台南市政府、一九九二年)、詹伯望『半月沈江話府城 一個関於台湾府城的故事』(台湾建築与文化資産出版社、二〇〇六年)、堀込憲二「台南」(天児慧他編『岩波現代中国事典』岩波書店、一九九九年、六九一頁)などを参照した。
20 周菊香『府城今昔』(前掲、一四頁)。
21 台南の古跡については、何培文『台南市古蹟導覧』(晏錦文写真、台南市政府、一九九五年)、黄静宜・王明雪主編・劉鎮豪副主編『台南歴史散歩』上下(第二版、台湾深度旅遊手冊10、遠流出版事業股份有限公司、一九九八年)、台南州教育課編『台南州名所案内』(台南州教育課、一九二七年)、山口修『台湾の歴史散歩』(アジア歴史散歩シリーズ、山川出版社、一九九一年)などを参照した。
22 台湾の都市の構造や、都市と密着した信仰については、廟や亭仔脚、厝など、福建省南部と台湾に固有の「街づくり」の要素に着目して、都市とその機能を論じた、郭中端・堀込憲二『中国人の街づくり』(相模書房、一九八〇年)を参照した。
23 前嶋「迂遠の途を辿り来て」(『東西文化交流の諸相』前掲、一一八七頁)。
24 前嶋「迂遠の途を辿り来て」(『東西文化交流の諸相』前掲、一一八八頁)。
25 東京へ戻った頃の前嶋には、台湾史を書く計画があったかもしれない。『民俗台湾』第一号(一九四一年七月)の「消息」には、南方叢書の一冊として、「前嶋信次氏の「台湾史」」が、「刊行の予定」とされており、また第二号(一九四一年八月)の「消息」でも、「在台中の研究になる領台当時史を執筆中」とある。
26 王育徳・宗像隆幸『新しい台湾 独立への歴史と未来図』(弘文堂、一九九〇年、三一五頁)。
27 前嶋の妻敦子の回想にも、前嶋がバークレーと知己となった経緯が描かれている、「古都の追想　孤高の人」（『創立八十周年記念誌　八十年の歩み』（南中会（台南州立台南第一中学校同窓会）、一九九三年、二〇九頁）。

28 村上玉吉については、『台南市志』巻七人物志（蘇南成・呂秉城監修、台南市政府、一九七九年）に記載があるが（四〇五―六頁）、生没年不詳。

29 前嶋「文献蒐集の思ひ出」（前掲）。引用は『書物と旅　東西往還』（前掲、二〇四頁）に拠る。

30 日本統治期の台湾における、民俗・民族学的調査については、春山明哲「台湾旧慣調査と立法構想岡松参太郎による調査と立案を中心に」（『台湾近現代史研究』第六号、一九八八年十月）、末成道男編『文化人類学文献解題』（東京大学出版会、一九九五年）、中生勝美「ドイツ比較法学派と台湾旧慣調査」（宮良高弘・森謙二編『歴史と民族における結婚と家族』第一書房、二〇〇〇年）、ツー・ユンフイ「植民地統治論としての台湾宗教研究」（山路勝彦・田中雅一編『植民地主義と人類学』関西学院大学出版会、二〇〇二年）、柳本通彦『明治の冒険科学者たち　新天地・台湾にかけた夢』（新潮新書、二〇〇五年）、山路勝彦『近代日本の海外学術調査』（山川出版社、二〇〇六年）などを参照した。本文で触れた著作の多くは、台湾の南天書局から復刻されている。

31 日本統治期の台湾における、漢族の民俗学的調査については、前記の他に、川村湊「「民俗台湾」の人々」（『「大東亜民俗学」の虚実』講談社、一九九六年）、陳艶紅『『民俗臺灣』と日本人』（致良出版社、二〇〇六年）を参照した。

32 日本統治期の台湾における、原住民の民族学調査については、前記の他に、日本順益台湾原住民研究会編『台湾原住民研究への招待』（風響社、一九九八年）、同編『台湾原住民研究総覧　日本からの視点』（風響社、二〇〇五年）、山路勝彦『台湾の植民地統治〈無主の野蛮人〉という言説の展開』（日本図書センター、二〇〇四年）の第3部「植民地での人類学」を参照した。

33 前嶋「台北大学所蔵となりし故藤田博士、竝にユアル博士の旧蔵書に就いて」（『南方土俗』第一巻第一号、一九三一年二月）。「南支那蛮族の文化」（同誌第一巻第二号、同年四―六月）。「呉徳功氏と彰化県

続志の著者」（同誌第一巻第四号、一九三二年四月）。
34 前嶋「日月潭の珠仔嶼」（前掲）。「台湾の瘟疫神、王爺と送瘟の風習に就いて」（前掲）。
35 前嶋「少女ジヤサ」（前掲）。引用は『書物と旅　東西往還』（前掲、二一八頁）に拠る。
36 國分直一「二誌回想　「民俗台湾」と「えとのす」の運動」（安渓遊地・平川啓治編『遠い空　國分直一　人と学問』海鳥社、二〇〇六年、一八九頁）。
37 新垣宏一「「岸東人さん」追憶の記」（岸萬里編『鳳凰木の並木　岸東人遺稿集』岸洋人・美智子発行、二〇〇七年、三二一―三頁）。
38 前嶋「文献蒐集の思ひ出」（前掲）。引用は『書物と旅　東西往還』（前掲、二〇四頁）に拠る。
39 池田敏雄「亡友記　呉新榮兄追憶録」（『震瀛追思録』琑琅山房、一九七七年、一二〇―一頁）。
40 前嶋「迂遠の途を辿り来て」（『東西文化交流の諸相』前掲、一一八七頁）。
41 前嶋「文献蒐集の思ひ出」（前掲）。引用は『書物と旅　東西往還』（前掲、二〇三―四頁）に拠る。
42 石暘睢については、同じく郷土史家の連景初の回想「暘睢先生的風義」（『台南文化』第八巻第三期「海嶠偶録上」、一九六八年九月）、謝碧連「石暘睢」（『文史薈刊』復刊第六輯、二〇〇三年十二月）を参照した。
43 中生勝美のインタビュー「戦時中における国分直一の台湾研究　オーラルヒストリーから」（『神奈川大学国際常民文化研究機構年報』第三号、二〇一二年九月）。
44 荘松林の著作集には、「荘松林先生台南専輯」（『文史薈刊』復刊第七輯、台南市文史協会、二〇〇五年六月）がある。人と業績については、「悼念民俗学家荘松林先生特輯」（『台湾風物』第二十五巻第二期、一九七五年六月）、朱子文「荘松林先生生平事績」（『文史薈刊』復刊第六輯、二〇〇三年十二月）、王美恵「荘松林的文学歴程及其精神（1930-1937）」（『文史薈刊』復刊第八輯、二〇〇六年十二月）、荘永清「以文学介入社会　「台南芸術倶楽部」作家群初探」（『文史薈刊』復刊第十輯、二〇〇九年十二月）を参照。
45 前嶋「哀悼朱鋒荘松林先生」（『台湾風物』第二十五巻第二期、一九七五年六月）の拙訳に拠る。
46 前嶋「迂遠の途を辿り来て」（『東西文化交流の諸

相』前掲、一二〇〇—一頁)。

47 上原和「ゼーランジャ城回想」(『探訪大航海時代の日本8 回想と発見』小学館、一九七九年、九九—一〇〇頁)。のち「回想のゼーランジャ城」と改題して『トロイア幻想 わが古代散歩』(PHP研究所、一九八一年)に収録。

48 前嶋「迂遠の途を辿り来て」(『東西文化交流の諸相』前掲、一一八九頁)。

49 陳邦雄「恩師・前嶋先生の思い出」(『創立八十周年記念誌 八十年の歩み』(南中会(台南州立台南第一中学校同窓会)、一九九三年、一五六—一五七頁)。陳の前嶋に関する文章には他に、「前嶋信次博士和台湾郷土歴史」(『文史薈刊』復刊第一輯、一九九六年五月)、「あの一枚の会見の歴史画」(『南溟』第三十六号、台南第一中学校同窓会(南中会)会報、一九九六年十一月)、「振り返る私の来し方 感謝の念を込めて」(『南溟』第三十七号、一九九七年五月)、「熱愛台湾郷土的傑出学者 巴克禮博士和前嶋信次博士」(『文史薈刊』復刊第二輯、一九九七年八月)がある。

50 陳邦雄「振り返る私の来し方」(『南溟』前掲)。

51 劉炳南「古希までの想い出」(『碧榕』南中二一会、一九九〇年、二〇六頁)。

52 前嶋『アラビア学への途』(前掲、一五八頁)、「迂遠の途を辿り来て」(『東西文化交流の諸相』前掲、一二〇〇頁)。

53 前嶋「国姓爺の使者」(前掲)。引用は『書物と旅 東西往還』(前掲、二〇六頁)に拠る。

54 坂本勉「師への詫び状」(『〈華麗島〉台湾からの眺望』前掲、四九五頁)。

55 島田謹二「佐藤春夫氏の「女誡扇綺譚」」(初出は『台湾時報』第二三七号、一九三九年九月、署名は松風子。のち『華麗島文学志』前掲に収録)。

56 前嶋「日月潭の珠仔嶼」(前掲)。引用は『〈華麗島〉台湾からの眺望』(前掲、二三八頁)に拠る。

57 前嶋『アラビア学への途上』(前掲、一四八—九頁)。

58 前嶋『アラビア学への途上』(前掲、一六七—七五頁)。他に「永井荷風とカラマズー」(『三田評論』第六百十七号、一九六三年七・八月)にも同様の記述がある。

59 吉田精一『永井荷風』(吉田精一著作集第五巻、桜楓社、一九七九年、九六頁)。永井荷風の伝記と

しては、他に秋庭太郎『永井荷風伝』（春陽堂、一九七六年）を参照した。また、『日和下駄』については、石阪幹将『都市の迷路　地図のなかの荷風』（白地社、一九九四年）、塩崎文雄「『日和下駄』隠居もどきの裏がわで」（『国文学解釈と鑑賞』二〇〇二年十二月）を参照した。

60　荷風『日和下駄』（前掲）。引用は坂上博一他注釈『日本近代文学大系第29巻　永井荷風集』（角川書店、一九七〇年、一九六一七頁）に拠る。以下『日和下駄』の引用は同書に拠る。

61　前嶋「国姓爺の使者」（前掲）。引用は『書物と旅　東西往還』（前掲、二〇九頁）に拠る。

62　前嶋「文献蒐集の思ひ出」（前掲）。引用は『書物と旅　東西往還』（前掲、二〇一頁）に拠る。

63　これら祀られている神々については、窪徳忠『道教の神々』（講談社学術文庫、一九九六年）、二階堂善弘『中国の神さま　神仙人気者列伝』（平凡社新書、二〇〇二年）を参照した。

64　前嶋「台南の古廟」（前掲）。引用は『〈華麗島〉台湾からの眺望』（前掲、三四二頁）に拠る。

65　前嶋「台湾の瘟疫神、王爺と送瘟の風習に就いて」（前掲）。引用は『〈華麗島〉台湾からの眺望』（前掲、三三一－二頁）に拠る。

66　前嶋「国姓爺の使者」（前掲）。引用は『書物と旅　東西往還』（前掲、二一六頁）に拠る。

67　前嶋「蕃薯頌」（前掲）。引用は『〈華麗島〉台湾からの眺望』（前掲、二三頁）に拠る。

68　前嶋「蕃薯頌」（前掲）。引用は『〈華麗島〉台湾からの眺望』（前掲、三〇頁）に拠る。

69　前嶋「赤崁採訪冊」（前掲）。引用は『〈華麗島〉台湾からの眺望』（前掲、三六〇頁）に拠る。

70　前嶋「迂遠の途を辿り来て」（『東西文化交流の諸相』前掲、一一八六頁）。

71　前嶋「蕃薯頌」（前掲）。引用は『〈華麗島〉台湾からの眺望』（前掲、一三一四頁）に拠る。

72　前嶋「枯葉二三を拾ひて」（前掲）。引用は『〈華麗島〉台湾からの眺望』（前掲、三七七頁）に拠る。

73　前嶋「枯葉二三を拾ひて」（前掲）。引用は『〈華麗島〉台湾からの眺望』（前掲、三八五頁）に拠る。

74　前嶋『アラビア学への途』（前掲、二〇九頁）。

75　前嶋「文献蒐集の思ひ出」（前掲）。引用は『書物と旅　東西往還』（前掲、二〇一頁）に拠る。

76 前嶋「蕃薯頌」（前掲）。引用は『〈華麗島〉台湾からの眺望』（前掲、一三頁）に拠る。

77 杉田英明「前嶋信次氏の人と業績」（『〈華麗島〉台湾からの眺望』前掲、四四五頁）。

78 坂本勉「三田史学の百年を語る　イスラム研究の系譜と慶応義塾（一）」（『史学』前掲）。

〔第三章〕

1 『陳夫人』は、第一・二部を併せた『陳夫人　全』（通文閣、一九四四年十月改訂第三版）を復刻した、鴻儒堂出版社版（一九九二年）を参照したが、星名宏修「植民地の「混血児」「内台結婚」の政治学」（藤井省三・黄英哲・垂水千恵編『台湾の「大東亜戦争」　文学・メディア・文化』東京大学出版会、二〇〇二年）によれば、大東亜文学賞受賞後の改訂版にはかなり手が加えられている。初版は未見。中国語版は黄玉燕訳『陳夫人』（文英堂出版社、一九九九年）、同『嫁台湾郎的日本女子』（九歌出版社、二〇〇二年）。

2 庄司総一の年譜としては、妻庄司貞子作成の年譜をもとに、村上文昭が編成した、「庄司総一年譜」（『ばら枯れてのち』中央企画社、一九七一年）を参照した。伝記的資料としては、庄司野々実（＝妻貞子）の回想的伝記『鳳凰木　作家・庄司総一の生涯』（中央書院、一九七六年）、また中島利郎編著『日本統治期台湾文学小事典』（緑蔭書房、二〇〇五年）を参照した。

3 中村鉄丸「かけがえのない在学時代の想いで」（『南中会会報』第十五号、一九七三年五月）。

4 庄司野々実『鳳凰木』（前掲、二二頁）。

5 野口冨士男編『座談会昭和文壇史』（講談社、一九七六年）の座談会「プロレタリア文学と芸術派」における舟橋聖一の発言（九頁）。

6 高見順『昭和文学盛衰史』（文藝春秋新社、一九五八年）。引用は文春文庫版（一九八七年、一七頁）に拠る。

7 引用は池内輝雄編『文藝時評大系』昭和篇一第八巻（昭和九年上、ゆまに書房、二〇〇七年、一七三頁）に拠る。以下、『読売新聞』を除く新聞掲載の文芸時評については、同大系を利用した。

8 庄司野々実『鳳凰木』（前掲、二七〇―八一頁）。

9 西脇順三郎ら『三田文学』関係者の「座談会『三田

文学」今昔」（『三田文学』一九七〇年六月）における和木清三郎の発言（二一一頁）。『三田文学』については、他に慶應義塾大学文学部開設百年記念「三田の文人展」実行委員会編『三田の文人』（丸善、一九九〇年）を参照した。庄司の名前も巻末の「三田の主要文人リスト」に見える。

10 庄司野々実『鳳凰木』（前掲、一〇八頁）。

11 庄司野々実『鳳凰木』（前掲、一二四頁）。

12 引用は『文藝時評大系』昭和篇一第十四巻（昭和十二年、前掲、五七〇頁）に拠る。

13 庄司野々実『鳳凰木』（前掲、一二四頁）。

14 庄司野々実『鳳凰木』（前掲、一二一頁）。

15 引用は『定本佐藤春夫全集』第三十五巻（臨川書店、二〇〇一年、一一五頁）に拠る。

16 庄司野々実『鳳凰木』（前掲、一四〇／三〇〇頁）。

17 庄司野々実『鳳凰木』（前掲、一四六頁）。

18 庄司野々実『鳳凰木』（前掲、一四九頁）。

19 河原功「《陳夫人》：認識台湾的鉅著」（黄玉燕訳『陳夫人』文英堂出版社、一九九九年、一一頁）を参照。

20 庄司野々実『鳳凰木』（前掲、一一九頁）。

21 『陳夫人』の同時代評については、星名宏修「大東亜文学賞受賞作『陳夫人』を読む」（『季刊中国』第五十二号、一九九八年三月）を参照。

22 新垣宏一『華麗島歳月』（前衛出版社、二〇〇二年、五〇―一頁）。

23 呂赫若「『陳夫人』の公演」の引用は、塚本照和「再録呂赫若『陳夫人』の公演」（『中国文化研究』第十六号、一九九九年二月）に拠る。

24 引用は張良澤編『呉新榮日記 1941』（国立台湾文学館、二〇〇八年、五〇／九四―五頁）に拠る。

25 王育徳『「昭和」を生きた台湾青年　日本に亡命した台湾独立運動者の回想 1924-1949』（草思社、二〇一一年、二三二―四頁）。ただし王は黄家の人々について変名を用いており、安子のモデルの本名は「本目貞」、娘は「劉慶理」である。

26 池田敏雄「植民地下台湾の民俗雑誌」（『台湾近現代史研究』第四号、一九八二年十月）を参照。

27 引用は庄司野々実『鳳凰木』（前掲、一四三頁）に拠る。

28 尾崎秀樹『旧植民地文学の研究』（勁草書房、一九七一年、一八三頁）。

29 垂水千恵『呂赫若研究　１９４３年までの分析を

中心として』(風間書房、二〇〇二年)の第五章「『台湾文学』時代の文学活動(1942-1943)」を参照(二〇八―二一一頁)。
30 内台結婚や血の問題をあつかった、『陳夫人』を含む作品の分析には、星名宏修「「血液」の政治学台湾「皇民化期文学」を読む」(『日本東洋文化論集』第七号、二〇〇一年三月)、同「植民地の「混血児」「内台結婚」の政治学」(前掲)、王暁芸「庄司総一『陳夫人』に見るハイブリッド文化の葛藤」(『アジア社会文化研究』第八号、二〇〇七年三月)がある。
31 中生勝美「陳紹馨の人と学問 台湾知識人の戦前と戦後」(『桜美林大学紀要 日中言語文化』第七号、二〇〇九年三月)を参照。
32 庄司野々実『鳳凰木』(前掲、八九―九〇頁)。
33 引用は庄司野々実『鳳凰木』(前掲、一四二―三頁)に拠る。
34 引用は庄司野々実『鳳凰木』(前掲、一三六頁)に拠る。
35 尾崎秀樹『旧植民地文学の研究』(勁草書房、一九七一年、一八二頁)。
36 和木清三郎「編集後記」(『三田文学』一九四〇年九月)の表現。
37 庄野誠一「三田文学」(日本近代文学館編『日本近代文学大事典』第五巻、講談社、一九七七年)を参照。
38 「座談会『三田文学』今昔」(前掲)における和木清三郎の発言(二一頁)。
39 『麦死なず』が妻の人物造型を含め創作当時の自身の生活をそのまま描いている点については、石坂洋次郎『わが半生の記』(新潮社、一九七五年)を参照。ただし筆者の参照したのは日本図書センター「人間の記録154」版(二〇〇四年)。
40 引用は池内輝雄編『文藝時評大系』昭和篇一第十六巻(昭和十四年、ゆまに書房、二〇〇七年、二二九頁)に拠る。
41 川村湊『異郷の昭和文学 「満州」と近代日本』(岩波新書、一九九〇年、二二〇―一頁)。
42 和泉司「懸賞当選作としての「パパイヤのある街」(『日本台湾学会報』第十号、二〇〇八年五月)。のち『日本統治期台湾と帝国の〈文壇〉〈文学懸賞〉がつくる〈日本語文学〉』(ひつじ書房、二〇一二年)所収。

43　池田浩士『［海外進出文学論］・序説』（インパクト出版会、一九九七年）。他に神谷忠孝・木村一信編『〈外地〉日本語文学論』（世界思想社、二〇〇七年）を参照。

44　村上文昭「庄司総一　その人とその時代」（『リバイバル〈外地〉文学選集20　庄司総一著『陳夫人』』（大空社、二〇〇〇年）。

45　野口冨士男『感触的昭和文壇史』（文藝春秋、一九八一年、一五四―五／一八九頁）。

46　楠井清文「大東亜文学者大会の理念と実相　第一回大東亜文学賞受賞作・庄司総一『陳夫人』を視座として」（『日本近代文学』第七十六集、二〇〇七年五月）。

47　庄司野々実『鳳凰木』（前掲、二六六―七頁）。

48　庄司野々実『鳳凰木』（前掲、二六五頁）。

49　庄司野々実『鳳凰木』（前掲、二六七頁）。

50　野口冨士男『感触的昭和文壇史』（前掲、二九一頁）。

51　高見順『昭和文学盛衰史』（前掲）。引用は文春文庫版（一九八七年、九四―五頁）に拠る。

52　上田周二『深夜亭交友録』（沖積舎、一九八九年）の「庄司総一と庄司夫人のこと」（一八一頁）。

〔第四章〕

1　西川満の著作目録としては、中島利郎編「西川満著作目録」（中島利郎・河原功・下村作次郎・黄英哲編『日本統治期台湾文学研究文献目録』緑蔭書房、二〇〇〇年）を参照した。自伝としては、『西川満自伝』（人間の星社、一九八一年）、『わが越えし幾山河』（人間の星社、一九八三年）、「青春篇・自伝」24―38（『アンドロメダ』第百七十六―百九十三号、一九八四年四月―八五年九月）を参照した。伝記としては、陳藻香の博士論文『日本領台時代の日本人作家　西川満を中心として』（東呉大学、一九九五年）を参照した。

2　『文芸台湾』（第一巻第二号、一九四〇年三月）掲載の記事「展観と講演　台北と台南で開催」に講演会の紹介がある。

3　新垣宏一『華麗島歳月』（台北：前衛出版社、二〇〇二年、四九―五十頁）。

4　新垣『華麗島歳月』（前掲、四二頁）。

5　新垣は『文芸台湾』第一巻第三号（一九四〇年五月号）の「会員名簿　台湾の部」に、前嶋は同第一巻第六号（一九四〇年十二月号）の「同人」にそれぞれ名前が記載されている。

6 春山行夫はこの台南行を旅行記『台湾風物誌』(生活社、一九四二年)に記した。

7 西川『わが越えし幾山河』(前掲、三三頁)。

8 西川「わが生涯の紙碑 西川満全詩集開板」(『アンドロメダ』第百四十九号、一九八二年一月)。

9 西川「須磨の白砂 青春篇・自伝33」(『アンドロメダ』第百八十五号、一九八五年一月)。

10 西川「わが生命わが青春 こころのふるさと国柱会」(『アンドロメダ』第百五十三号、一九八二年五月)。

11 西川『わが越えし幾山河』(前掲)の「年譜2 思想と文学と」(一四頁)。

12 西川『わが越えし幾山河』(前掲)の「年譜2 思想と文学と」(一五頁)。

13 中島利郎編「西川満著作目録」(『日本統治期台湾文学研究文献目録』前掲、一〇〇頁)

14 和泉司「西川満「轟々と流れるもの」試論 「台湾新文学運動」期ではない一九三〇年代を考える端緒として」(『二〇〇三年度財団法人交流協会日台交流センター歴史研究者交流事業報告書』財団法人交流協会、二〇〇五年三月)。

15 西川「わたしの造った限定本11 赤嵌記」(『アンドロメダ』第六十六号、一九七五年二月)。

16 西川「わが晩年の煌めく一日 附、華麗島の燈座について」(『アンドロメダ』第二〇三号、一九八六年七月)。

17 西川の美しい美装本の数々は、展覧会のカタログ『「西川満大展」展覧手冊』(台北:国立中央図書館台湾分館、二〇一一年)、張良澤・高坂嘉玲編『図録西川満先生年譜 以及手稿・蔵書票・文物・書簡拾遺集・紀念文集』(良澤文庫第3種、台南:秀山閣私家蔵版、二〇一一年)を参照。

18 「西川満の台湾」(『アンドロメダ』第二百七十六号、一九九二年八月)を参照。

19 林田芳雄によれば、「螟蛉子」とは、「養子のことを譬喩的に表わした言葉で、華南の福建でよく使われる。子孫の永続を重視する漢人社会では、実子のない人が、後嗣ぎのために、他人の子を貰って自分の姓を冠して養子とする。処遇は実子と異なる所はないが、実子のある人は螟蛉子を必要としないのが一般の慣習」だという、『鄭氏台湾史 鄭成功三代の

興亡実紀』（汲古書院、二〇〇三年）の第五章第三節「螟蛉子説の虚妄」（二六一頁）。

20 二階堂善弘は高致華『鄭成功信仰』（黄山書社、二〇〇六年）の書評で、「鄭成功という人はきわめて扱いが難しい人物」で、「鄭成功をどう評価するかは、現在でもかなり政治的に微妙な問題」だと指摘している、「書評・新刊紹介　高致華著『鄭成功信仰』」（『東方宗教』第百十一号、二〇〇八年五月）。

21 日本における鄭成功については、石原道博『国姓爺』（人物叢書、吉川弘文館、一九五九年）の第六章「国姓爺論」、川勝守「日本における鄭成功研究をめぐって」（長崎鄭成功と同時代史研究会編『鄭成功と同時代史研究　鄭成功生誕370年記念目録・解説・展望』鄭成功と同時代史研究会、一九九四年）を参照した。

22 石原道博『国姓爺』（前掲）の第六章「国姓爺論」。

23 小森陽一・内藤千珠子「「国姓爺合戦」と伝説の記憶」（池田信雄・西中村浩編『間文化の言語態』東京大学出版会、二〇〇二年）。

24 松岡純子「郭沫若「鄭成功」について」（山田敬三先生古稀記念論集刊行会編『南腔北調論集　中国文化の伝統と現代』同刊行会・東方書店、二〇〇七年）。

25 藤井省三「台湾エキゾチシズム文学における敗戦の予感　西川満「赤嵌記」」（『台湾文学この百年』東方書店、一九九八年、一二三頁）。

26 陳維英（迂谷）については、徐慧鈺「陳維英」（許雪姫総策画『台湾歴史辞典』第四版、遠流出版公司、二〇〇六年、八五五頁）を参照。

27 西川「解題に代えて」（『愛書』復刻版、龍溪書舎、一九八〇年）。

28 西川「「鬼哭」について」（『アンドロメダ』第百九十七号、一九八六年一月）。

29 『台湾外記』については、黄美娥「台湾外記」（許雪姫総策画『台湾歴史辞典』第四版、前掲、一〇八五頁）を参照。林世景は『台湾外記』について、「鄭氏一族、即ち、明の太祖の時の鄭成功の祖先から、下っては、鄭克塽が清に投降するまでについて書いてある。従って、若き時の鄭芝龍から、鄭成功が台湾に退いてからの全ての政策、建設について、非常に詳しく記述されている」としている、「鄭成功に関する評価の再考」（『国学院大学紀要』第二十七巻、一九八九年三月）。

30 葉石濤『台湾文学史綱』(文学界雑誌社、一九八七年。のち『台湾文学史綱(日訳註解版)』春暉出版社、二〇一〇年)の第一章「伝統旧文学的移植」。ただし引用は中島利郎・澤井律之訳注『台湾文学史』(研文出版、二〇〇〇年、七頁)に拠る。

31 林田芳雄『鄭氏台湾史』(前掲)。

32 『中国方志叢書』(成文出版社、一九八五年)の影印本を用いた。

33 山崎繁樹・野上矯介『台湾史』(東京:宝文館、一九二七年、一四一—二頁)。ただし『中国方志叢書』(前掲)の影印本を用いた。

34 張文薫「歴史小説與在地化認同 「国姓爺」故事系譜中的西川満〈赤嵌記〉」(『台湾文学研究学報』第十四期、国立台湾文学館、二〇一二年四月)。

35 稲垣孫兵衛(其外)『鄭成功』(台湾経世新報社、一九二九年、五六一—三頁)。

36 西川『西川満自伝』(前掲、六/七頁)。

37 西川「月光をあびたるごとく」(『アンドロメダ』第五十四号、一九七四年二月)。

38 谷崎潤一郎「蘆刈」の引用は、『谷崎潤一郎全集』第十三巻(中央公論社、一九六七年、四四三/四五八/四九一頁)に拠る。

39 秦恒平「お遊さま わが谷崎の「蘆刈」考」(『海』第八巻第七号、一九七六年七月。のち『谷崎潤一郎〈源氏物語〉体験』筑摩書房、一九七六年所収)など。

40 永栄啓伸「『蘆刈』論 その構造と内実」(『日本近代文学』第四十一集、一九八九年十月。のち『谷崎潤一郎 伏流する物語』双文社出版、一九九二年所収)など。

41 野口武彦『谷崎潤一郎論』(中央公論社、一九七三年、二〇六頁)。

42 三瓶達司「谷崎の「芦刈」における能楽的構成」(『解釈』一九七三年七月。のち『近代文学の典拠』笠間書院、一九七四年所収)など。

43 伊藤整「解説」『谷崎潤一郎全集』第十九巻(中央公論社、一九五八年)。

44 関東大震災後における大衆文学の勃興については、尾崎秀樹『大衆文学』(紀伊国屋書店、一九六四年)、同『大衆文学五十年』(講談社、一九六九年)、同『大衆文学の歴史』上(戦前篇、講談社、一九八九年)を参照した。

45　花田清輝「『吉野葛』注」（『室町小説集』講談社、一九七三年）。
46　小森陽一『縁の物語　『吉野葛』のレトリック』（新典社、一九九二年）、五味渕典嗣「小説としての闘争／小説からの逃走　『吉野葛』、谷崎潤一郎・一九三一」（『言葉を食べる　谷崎潤一郎、1920〜1931年』世織書房、二〇〇九年）など。
47　細江光「谷崎潤一郎と戦争　芸術的抵抗の神話」（『谷崎潤一郎　深層のレトリック』和泉書院、二〇〇四年）。
48　福田博則「谷崎潤一郎―書ききらなかった歴史素材「吉野葛」を中心に」（『花園大学国文学論究』第三十号、二〇〇二年十二月）。
49　楊熾昌の西川に対する好意については、拙稿「古都で芸術の風車を廻す　日本統治下の台南における楊熾昌と李張瑞の文学活動」（『中国学志』第二十八号、二〇一四年三月）を参照。
50　西川『わが越えし幾山河』（前掲、四一頁）。
51　張良澤「戦前台湾に於ける日本文学　西川満を例として」（『国際日本文学研究集会会議録』第三回、国文学研究資料館、一九七九年、三二頁）。
52　陳藻香の博士論文『日本領台時代の日本人作家　西川満を中心として』（前掲、七九一頁）。
53　中島利郎『日本人作家の系譜　日本統治期台湾文学研究』（研文出版　二〇一三年）の第四章「「台湾文芸家協会」の成立と『文芸台湾』」（一〇八頁）。
54　井東襄『大戦中に於ける台湾の文学』（近代文芸社、一九九三年）の第二章「文芸台湾の性格」に引用された、國分直一の私信（九三頁）。

〔第五章〕

1　「國分」の表記は「国分」と併用されているが、本稿では「國分」に統一する。ただし、引用については原表記を尊重してそのままとする。
2　國分の自伝としては、安渓遊地・平川敬治編『遠い空　國分直一、人と学問』（海鳥社、二〇〇六年）、中生勝美のインタビュー「戦時中における国分直一の台湾研究　オーラルヒストリーから」（『神奈川大学国際常民文化研究機構年報』第三号、二〇一二年九月）を参照。年譜・著作目録としては、甲元眞之編「国分直一博士著作目録」・「国分直一博士略年譜」（国分直一博士古希記念論集編纂委員会『日本民族文化とその周辺　国分直一博士古稀記念論集』歴史・民族篇、新日本教育図書、一九八〇年）、甲元眞之・木下尚子編「國分直一先生著作目録ならびに研究活動年譜」（劉茂源編『ヒト・モノ・コトバの人類学　國分直一博士米寿記念論文集』慶友社、一九九六年）、平川敬治編「國分直一略年譜」（『遠い空』前掲）を参照したが、初期の著作についての目録は誤記や遺漏が多い。初期の著作については、宮岡真央子「國分直一先生からの手紙」（『台湾原住民研究』第九号、二〇〇五年三月）にも目録がある。

3　國分の学問的業績の紹介としては、馬場功「ひと　国分直一氏」（『季刊人類学』第九巻第三号、一九七八年九月）、占部良彦「国分直一に学ぶこと　その足跡をたどって」・近藤淳子「国分先生と台湾」（『地域文化研究』第十一号、梅光女学院大学、一九九六年三月）、金子えりか「国分直一先生を偲ぶ」・宮岡真央子「國分直一先生からの手紙」・山路勝彦「国分直一先生をふりかえって」・角南聡一郎「国分学の継承と発展に向けて」（『台湾原住民研究』第九号、二〇〇五年三月）、何耀坤「國分直一博士与台湾考古及民俗学」（『台南文化』第五十九期、二〇〇五年十一月）、陳艶紅「『民俗台湾』と國分直一」（『民俗台湾』と日本人』致良出版社、二〇〇六年）、木下尚子「國分直一がのこしたもの」（『古代文化』第五十八巻第一号、二〇〇六年六月）、『全方位的民族考古学者　國分直一国際学術研討会議事手冊』（二〇一一年九月二十二日に国立台湾大学図書館で開催された国際シンポジウムの原稿集）を参照した。

4　中国語訳は、李作婷・邱鴻霖訳『日本民俗文化誌　文化基層与周辺之探索』（台北：国立台湾大学出版中心、二〇一一年）。國分の著作の中国語訳は台湾で他にも数多く出ている、林懷卿『台湾民俗学』（台南：荘家、一九八〇年）、譚継山訳『台湾考古誌　光復前後時期先史遺跡研究』（台北：武陵、一九九〇年）、邱夢蕾訳『台湾的歴史与民俗　溯先人足跡、探文化之源流』（台北：武陵、一九九一年）など。

5　國分「「同人回覧雑誌」回想記」（『遠い空』前掲、二一七頁）。ただし『翔風』復刻版（台北：南天書局・国立台湾師範大学出版中心、二〇一二年）を見る限りその名はなく、筆名を用いたのかもしれない。

6　國分「離愁」（『遠い空』前掲、七二／七七頁）。

7　國分「綿の木のある学校」（『遠い空』前掲、八七頁）。

8 戦前台湾の高等女学校については、山本禮子『植民地台湾の高等女学校研究』（多賀出版、一九九九年）を参照。

9 松尾直太「『台湾日報』の「学芸欄」について含『台湾日報』夕刊第四面主要執筆者別掲載目録」（『天理台湾学報』第十五号、二〇〇六年七月）。

10 國分「あとがき」（『壺を祀る村』新版、前掲、四三六頁）。

11 國分「異文化にふれる　少年時代のことなど」（『遠い空』前掲、二三六頁）。

12 鹿野忠雄の伝記については、山崎柄根『鹿野忠雄　台湾に魅せられたナチュラリスト』（平凡社、一九九二年）を参照。この伝記でも随所に國分が登場する。

13 國分「あとがき」（『壺を祀る村』新版、前掲、四三七頁）。

14 國分「鹿野忠雄　ボルネオに消えたエスノグラファー」（『遠い空』前掲、二三八頁）。

15 國分「偉大なエスノグラッファー鹿野忠雄氏をめぐって」（『海上の道　倭と倭的世界の模索』福武書店、一九八六年、三四二頁）。

16 他にも、國分「偉大なエスノグラッファー鹿野忠雄氏をめぐって」（『海上の道』前掲）、「鹿野忠雄　ボルネオに消えたエスノグラファー」（『遠い空』前掲）など。

17 台湾大学で留用されていた一九四六年の調査については、「終戦後の紅頭嶼（蘭島《ママ》）調査」（『民族学研究』第十七巻第二号、一九五三年三月。『台湾考古民族誌』所収）。一九六三年の調査については、「紅頭嶼（蘭嶼）の思い出」（『遠い空』前掲）など。

18 山歩きには妻を伴うこともあったらしく、妻一子の記した夫妻の登山記録に、「阿里山と新高山」（『台湾時報』第、一九三五年十一月）がある。

19 戦前における台湾原住民の研究については、山路勝彦『台湾の植民地統治　〈無主の野蛮人〉という言説の展開』（日本図書センター、二〇〇四年）、坂野徹『帝国日本と人類学者　一八八四―一九五二年』（勁草書房、二〇〇五年）、日本順益台湾原住民研究会編『台湾原住民研究概覧　日本からの視点』（縮刷版、風響社、二〇〇五年）を参照。

20 國分が移川について記した文章には、「移川子之蔵　南方民族文化研究のパイオニア」（『文化人類学群像3　日本編』アカデミア出版会、一九八八年十二月）がある。

21　宮本延人は『台湾の原住民族　回想・私の民族学調査』（六興出版、一九八五年）で、平埔族の研究に必要は感じながらも、手を伸ばす余裕がなかった、としている（六二頁）。

22　日本統治期の台湾における考古学については、角南聡一郎「日本植民地時代台湾における物質文化研究の軌跡　雑誌『南方土俗』と『民俗台湾』の検討を中心に」（『台湾原住民研究』第九号、二〇〇五年三月）を参照。

23　中生勝美のインタビュー「戦時中における国分直一の台湾研究　オーラルヒストリーから」（『神奈川大学国際常民文化研究機構年報』第三号、二〇一二年九月）。

24　國分「金関丈夫先生の人と学問世界　先生の足跡を忍んで」（『海上の道』前掲、三一四頁）。

25　台湾における考古学については、他に、「台湾における考古学研究の進展」（『考古学研究』第二十四巻第三・四号、一九七七年十二月。『東シナ海の道』前掲所収）。

26　國分「金関丈夫先生の人と学問世界」（『海上の道』前掲、三一六頁）。

27　國分「台湾先史考古学の一世紀」（龍田考古会編『先史学・考古学論究Ⅲ　白木原和美先生古希記念献呈論文集』龍田考古会、一九九九年三月）。

28　何耀坤「國分直一博士与台湾考古及民俗学」（『台南文化』前掲）。また何は、葉石濤の記述を引きつつ、感謝を込めて、「金子寿衛男対台南自然文化史的貢献」（『台南文化』新第五十四期、二〇〇三年三月）を記している。

29　國分「台湾における考古学的・民族学的調査の覚書」（『南方文化』第十四輯、一九八七年十一月）。

30　國分「あとがき」（『壺を祀る村』新版、前掲、四三六頁）。

31　國分「あとがき」（『壺を祀る村』新版、前掲、四三七頁）。

32　國分「金関丈夫先生と「民俗台湾」の運動」（『民俗台湾』復刻版、湘南堂、一九八五年、五〇頁。のち『海上の道』所収）。

33　國分「綿の木のある学校」（『遠い空』前掲、一三四頁）。

34　義愛公については、片倉佳史『台湾に生きている

「日本」』（祥伝社新書、二〇〇九年）の「義愛公」を参照。

35 童乩については、加藤敬写真・文『童乩　台湾のシャーマニズム』（平河出版社、一九九〇年）を参照。

36 國分「台湾のシャマニズム　とくに童乩の落嶽探宮をめぐって」（『壺を祀る村』新版、前掲、三一〇頁）。

37 國分「金関丈夫先生と「民俗台湾」の運動」（『民俗台湾』復刻版、前掲、五〇頁）。

38 金子えりかは、國分の人柄を回想して、「国分先生は生涯、物事に対して少年のような好奇心、関心と熱意を持たれて、心の大変綺麗な方であった」と述べている、「国分直一先生を偲ぶ」（『台湾原住民研究』第九号、二〇〇五年三月）。

39 山地勝彦は國分の関与について、「彼ほど一途で、素直、かつ純粋に研究に没頭した人物はいないと言ってよいくらいである。しかし国分が漢族の童乩（タンキー）、つまりシャーマンの調査に取り組んでいた時は、おぞましさを感じさせる」、「その資料とは警察という植民地支配の中枢機関で、むき出しの植民地権力のもとで得られたものであった」と指摘している、「「梁山泊」の人類学、それとも？　台北帝国大学土俗人種学研究室」（『関西学院大学社会学部紀要』第八十三号、一九九九年十一月）。

40 『民俗台湾』については、池田敏雄「植民地下台湾の民俗雑誌」（『台湾近現代史研究』第四号、一九八二年）、池田麻奈「「植民地下台湾の民俗雑誌」解題」（同前）を参照。

41 國分「あとがき」（『壺を祀る村』新版、前掲、四三七頁）。

42 國分「金関丈夫先生の人と学問世界」（『海上の道』前掲、三一四頁）。國分が金関について書いた文章としては、他に、「金関丈夫　自然・人文にわたる博大なる学問的体系」（綾部恒雄編『文化人類学群像3　日本編』アカデミア出版会、一九八八年）、「金関丈夫の研究」（日本順益台湾原住民研究会編『台湾原住民研究概覧　日本からの視点』前掲）。また池田敏雄については、「池田敏雄氏回想」（『台湾近現代史研究』第四号、一九八二年十月）がある。

43 帰国後もその心酔はつづいた。金子えりかの回想によれば、一九五〇年代末の沖縄調査の際に、國分が毎晩まめに手紙を書いているので、てっきり家族宛かと思ったら、金関に向けて書いていたという、「国

44 分直一先生を偲ぶ」(『台湾原住民研究』第九号、二〇〇五年三月)。

『民俗台湾』については数多くの議論が重ねられている、主な論考に、池田敏雄「植民地下台湾の民俗雑誌」(『台湾近現代史研究』第四号、一九八二年十月)、ねずまさし「皇民化政策と『民俗台湾』」(『日本民族文化とその周辺』歴史・民族篇、前掲)、川村湊「「民俗台湾」の人々」(『「大東亜民族学」の虚実』講談社選書メチエ、一九九六年)、小熊英二「金関丈夫と『民俗台湾』 民俗調査と優生政策」(『近代日本の他者像と自画像』柏書房、二〇〇一年)、呉密察著・倉野充宏訳「『民俗台湾』発刊の時代背景とその性質」(藤井省三・黄英哲・垂水千恵編『台湾の「大東亜戦争」 文学・メディア・文化』東京大学出版会、二〇〇二年)、坂野徹「漢化・日本化・文明化 植民地統治下台湾における人類学研究」(『思想』第九百四十九号、二〇〇三年五月。『帝国日本と人類学者』前掲所収)、植野弘子「植民地台湾における民俗文化の記述」(『人文学科論集』第四十一号、茨城大学人文学部、二〇〇四年三月)、三尾裕子「『民俗台湾』と大東亜共栄圏」(貴志俊彦・荒野泰典・小風秀雅編『「東アジア」の時代性』渓水社、二〇〇五年)、同「植民地下の「グレーゾーン」における「異質化の語り」の可能性 『民俗台湾』を例に」(『アジア・アフリカ言語文化研究』第七十一号、二〇〇六年三月)、陳艶紅『『民俗台湾』と日本人』(前掲)、同「台湾文学史上における『民俗台湾』」(西川潤・蕭新煌編『東アジア新時代の日本と台湾』明石書店、二〇一〇年)など。

45 國分「金関丈夫先生と「民俗台湾」の運動」(『民俗台湾』復刻版、前掲、四九頁)。

46 國分「あとがき」(『壺を祀る村』新版、前掲、四三七頁)。

47 國分「台湾における考古学的・民族学的調査の覚書」(『南方文化』前掲)。

48 國分「金関丈夫先生と「民俗台湾」の運動」(『民俗台湾』復刻版、前掲、五〇頁)。

49 森口恒一・清水純「平埔族の研究」(日本順益台湾原住民研究会編『台湾原住民研究概覧 日本からの視点』前掲、五九頁)。平埔族については他に、潘英編著『台湾平埔族史』(南天書局、一九九六年)、潘朝成・劉益昌・施正鋒合編『台湾平埔族』(前衛

出版社、二〇〇三年）、陳玉苹他『看見平埔　台湾平埔族群歴史与文化特展専刊』（国立台湾歴史博物館、二〇一三年）を参照した。

50　台南周辺に住む平埔族であるシラヤ族については、清水純「平埔族　シラヤ（西拉雅族）」（日本順益台湾原住民研究会編『台湾原住民研究概覧』前掲）。シラヤ族については他に、劉還月『南瀛平埔誌』（台南県文化局、一九九四年）、凃順従『南瀛公廨誌』（台南県文化局、二〇〇二年）、楊森富『台南県平埔地名誌』（台南県文化局、二〇〇三年）、謝仕淵・陳静寛主編『行脚西拉雅』（国立台湾歴史博物館、二〇一一年）、段洪坤『阿立祖信仰研究』（台南市文化局、二〇一三年）を参照。

51　國分「新化鎮隙子口地方」（『台湾の民俗』前掲、一六一／三頁）。

52　清水純「平埔族　シラヤ（西拉雅族）」（日本順益台湾原住民研究会編『台湾原住民研究概覧』前掲、二一一頁）。山路勝彦「国分直一先生をふりかえって」（『台湾原住民研究』第九号、二〇〇五年三月）も、國分のシラヤ族研究が台湾の研究者に現在でも継承され、感化を及ぼしているとする。

53　潘英海「「文化系」、「文化叢」与「文化圏」　有関「壺的信仰叢結」分布与西拉雅族群遷徙的思考」（劉益昌・潘英海編『平埔族群的区域研究論文集』台湾省文献委員会、一九九八年）。引用は拙訳に拠る。

54　角南聡一郎「日本植民地時代台湾における物質文化研究の軌跡　雑誌『南方土俗』と『民俗台湾』の検討を中心に」（前掲）。

55　濱田隼雄と國分直一の文学的な交流や、両者のあいだで交わされた公開書簡については、松尾直太『濱田隼雄研究　文学創作於台湾（1940-1945）』（台南市立図書館、二〇〇七年）の第二章「台湾小説家時代初期」に詳しい。

〔第六章〕

1　新垣宏一の自伝としては、『華麗島歳月』（台北：前衛出版社、二〇〇二年）を、年譜・著作目録としては、戴嘉玲編「新垣宏一先生年譜初稿」（『華麗島歳月』前掲）を参照した。伝記的資料としては、中島利郎編著『日本統治期台湾文学小事典』（緑蔭書房、二〇〇五年）を参照した。

2　和泉司「新垣宏一「砂塵」論　「異文化を見る」と

いう視点」(『三田国文』第三十八号、二〇〇三年十二月。同『日本統治期台湾と帝国の〈文壇〉〈文学懸賞〉がつくる〈日本語文学〉』ひつじ書房、二〇一二年所収)、林慧君「新垣宏一小説中的台湾人形象」(『台湾文学学報』第十六期、二〇一〇年六月)。他に、部分的に新垣に論及した研究に、奥出健「『文芸台湾』の成立と三人の日本人作家」(『湘南短期大学紀要』第八号、一九九七年)、井手勇「戦時下の在台日本人作家と「皇民文学」」(台湾文学論集刊行委員会編『台湾文学研究の現在』緑蔭書房、一九九九年)などがある。

3 新垣『華麗島歳月』(前掲、三四頁)。

4 中村忠行「書かでもの記」(『山辺道』第二〇号、一九七六年三月)。

5 齊藤信子『筏かづらの家　父・島田謹二の思ひ出』(近代出版社、二〇〇五年、六三―六四頁)。新垣『華麗島歳月』(前掲、三七頁)も参照。

6 『台湾日報』掲載分については、松尾直太氏の労作「『台湾日報』の「学芸欄」について　含『台湾日報』夕刊第四面主要執筆者別掲載目録」(『天理台湾学報』第十五号、二〇〇六年七月)に目録があり、参照させていただいた。

7 新垣『華麗島歳月』(前掲、二八頁)。

8 新垣『華麗島歳月』(前掲、二六―七頁)。

9 矢野峰人『去年の雪』(大雅書店、一九五五年、九〇―一頁)。

10 白秋の来台については、陳萱「北原白秋の見た植民地台湾　華麗島への憧憬と異郷への反撥」(『比較文学・文化論集』第二十八号、二〇一一年)を参照。

11 矢野峰人「台湾に於ける北原白秋氏」(『華麗島風物誌』弥生書房、一九六〇年。のち『矢野峰人選集1』国書刊行会、二〇〇七年に収録)。

12 齊藤信子『筏かづらの家』(前掲、八二頁)。

13 中村忠行の回想「書かでもの記」(『山辺道』前掲)によれば、当初は中村と岩壺卓夫・服部正義の三人で回覧雑誌を作るつもりが、他に参加希望者があったり、国語学者の安藤正次(一八七八―一九五二年)に相談した結果、活字印刷の、文学部の機関誌としての性格を帯びた雑誌になったという。

14 『台大文学』については、張文薫「帝国アカデミーの「知」と1940年代台湾文学の成立　『台大文学』と「東洋学」を中心に」(『日本台湾学会報』第十四号、二〇一二年六月）を参照。
15 新垣『華麗島歳月』（前掲、一七頁）。
16 新垣「「岸東人さん」追憶の記」（岸萬里編『鳳凰木の並木　岸東人遺稿集』岸洋人・美智子発行、二〇〇七年、三三頁）。
17 新垣『華麗島歳月』（前掲、二六頁）。
18 『呉新榮選集1』（黄勁連総編輯、新営：台南県文化局、一九九七年）。
19 高雄市役所編『高雄市勢要覧』（高雄市役所、一九二九年、七頁）に拠る。ただし「中国方志叢書」（成文出版社、一九八五年）の影印本を用いた。
20 高雄州役所編『高雄州要覧』（高雄州、一九三五年、四頁）に拠る。ただし「中国方志叢書」（前掲）の影印本を用いた。
21 高雄州役所編『高雄州要覧』（高雄州、一九三九年、一二頁）に拠る。ただし「中国方志叢書」（前掲）の影印本を用いた。
22 新垣『華麗島歳月』（前掲、三―六／一四頁）。
23 新垣『華麗島歳月』（前掲、一五頁）。
24 台南州役所編『台南州要覧』（台南州、一九三九年）。ただし「中国方志叢書」（前掲）の影印本を用いた。
25 高雄市役所編『高雄市勢要覧』（前掲、七頁）に拠る。ただし「中国方志叢書」（前掲）の影印本を用いた。
26 『台南州要覧』（前掲、一九三九年）。
27 今林作夫『鳳凰木の花散りぬ　なつかしき故郷、台湾・古都台南』（海鳥社、二〇一一年、八六―七／九九頁）。
28 邱永漢『わが青春の台湾　わが青春の香港』（中央公論社、一九九四年、一五頁）。
29 島田謹二「佐藤春夫氏の『女誡扇綺譚』」「華麗島文学志」（署名は松風子、『台湾時報』第二百三十七号、一九三九年九月。のち『華麗島文学志　日本詩人の台湾体験』明治書院、一九九五年に収録）。
30 池田敏雄「亡友記　呉新榮兄追憶録」（『震瀛追思録』琑琅山房、一九七七年）。
31 新垣『華麗島歳月』（前掲、四八―九頁）。
32 島田は「佐藤春夫氏の『女誡扇綺譚』」（『台湾時報』前掲）で、新垣の「台湾文学艸録」等に言及、また「台湾の文学的過去に就て「華麗島文学志」緒論」（『台湾時報』第二百四十一号、一九四〇年一月）でも、新垣の教示に対し感謝の言葉を述べている。

33 新垣「住田昇の松山日記について　漱石時代の松山資料として」(『四国女子大学研究紀要』第二十八集、一九八一年三月)、「横地・弘中書き入れ本『坊っちゃん』について」(『四国女子大学研究紀要』第二巻第一号、一九八二年十二月)など。

34 新垣『華麗島歳月』(前掲、五五頁)。

35 新垣「「岸東人さん」追憶の記」(岸萬里編『鳳凰木の並木』前掲、三三頁)。

36 『台湾日報』の学芸欄については、松尾直太「『台湾日報』の「学芸欄」について」(前掲)に詳しい。

37 池田敏雄「亡友記　呉新榮兄追憶録」(『震瀛追思録』前掲、二二〇―一頁)。

38 立石鐵臣については、森美根子『台湾を描いた画家たち　日本統治時代　画人列伝』(産経新聞出版、二〇一〇年)の「立石鐵臣」を参照。

39 齊藤信子『筏かづらの家』(前掲、六五頁)。

40 「荘松林先生台南専輯」(『文史薈刊』復刊第七輯、台南市文史協会、二〇〇五年六月)所収の「風獅爺」など。荘松林については、王美恵「荘松林的文学歴程」(『文史薈刊』復刊第八輯、二〇〇六年十二月)、荘永清「以文学介入社会　「台南芸術倶楽部」作家群初探」(『文史薈刊』復刊第十輯、二〇〇九年十二月)が詳しい。

41 『呉新榮日記全集』全七巻(張良澤総編撰、台南：国立台湾文学館、二〇〇七年)。

42 新垣『華麗島歳月』(前掲、五二頁)。

43 邱永漢『わが青春の台湾　わが青春の香港』(中央公論社、一九九六年、九六頁)。

44 山崎富貴子「第三十回南枝会総会によせて」(『台南第二高等女学校校友会誌』第二十七号、一九八八年十一月)。

45 新垣『華麗島歳月』(前掲、四五―六頁)。

46 中村忠行「書かでもの記」(『山辺道』前掲)。

47 新垣『華麗島歳月』(前掲、三七―八頁)。

48 新垣『華麗島歳月』(前掲、五五頁)。

49 新垣『華麗島歳月』(前掲、五一頁)。

50 奥出健「『文芸台湾』の成立と三人の日本人作家」(前掲)、井手勇「戦時下の在台日本人作家と「皇民文学」」(前掲)。

51 和泉司「新垣宏一「砂塵」論」(『日本統治期台湾と帝国の〈文壇〉』前掲、二九三―四頁)。

52 河野龍也「佐藤春夫「女誡扇綺譚」論　或る〈下

婢〉の死まで」（『日本近代文学』第七十五号、二〇〇六年十一月）。

53 拙稿「王昶雄」（『文学で考える〈仕事〉の百年』双文社出版、二〇一〇年、一一四―五頁）。

54 新垣『華麗島歳月』（前掲、六四頁）。

55 新垣『華麗島歳月』（前掲、五六―七頁）。

〔終　章〕

1 陳邦雄「恩師・前嶋先生の思い出」（『創立八十周年記念誌　八十年の歩み』（南中会＝台南州立台南第一中学校同窓会、一九九三年、一五五―一五六頁）。

2 中生勝美のインタビュー「戦時中における国分直一の台湾研究　オーラルヒストリーから」（『神奈川大学国際常民文化研究機構年報』第三号、二〇一二年九月）。

3 新垣「「岸東人さん」追憶の記」（岸萬里編『鳳凰木の並木　岸東人遺稿集』岸洋人・美智子発行、二〇〇七年、三四頁）。

4 オキモトカズオ「幻想　ほうおうぼくのトンネル」（『南中会会報』第十五号、一九七三年五月）。

5 松尾直太「『台湾日報』の「学芸欄」について」（『天理台湾学報』第十五号、二〇〇六年七月）。

6 荘永清「台南市日治時代新文学社団与新文学作家初探」（『文史薈刊』復刊第八輯、台南市：台南市文史協会、二〇〇六年十二月）。

7 濱田隼雄の年譜としては、濱田淑子編・河原功補筆「濱田隼雄略歴」、著作目録としては濱田淑子・河原功編「濱田隼雄著作年譜」（いずれも、中島利郎・河原功編『日本統治期台湾文学　日本人作家作品集』第四巻、緑蔭書房、一九九八年）、松尾直太編「濱田隼雄著作年表　増訂」（『天理台湾学会年報』第十一号、二〇〇二年六月）を参照した。

8 松尾直太『濱田隼雄研究　文学創作於台湾（1940-1945）』（台南：台南市立図書館、二〇〇七年）。

9 丸井妙子の経歴については、中島利郎「二冊の随筆集　女性が描いた「決戦台湾随筆集」　丸井妙子著『た、かいの蔭に』について」（『日本統治期台湾文学研究　日本人作家の系譜』研文出版、二〇一三年）を参照。

10 中島利郎「河野慶彦覚え書き　その経歴と作品」（『日本人作家の系譜』前掲）。

11 本書では中島利郎・河原功・下村作次郎監修『日本

統治期台湾文学集成8　台湾通俗文学集二』（緑蔭書房、二〇〇二年）を参照した。

12　中島利郎「吉村敏の脚本集『護郷兵』と『一つの矢弾』」（『日本統治期台湾文学研究　日本人作家の系譜』前掲）を参照。

13　拙稿「植民地の地方都市で、読書し、文学を語り、郷土を描く　日本統治下台南の塩分地帯における呉新榮の文学」（『日本文学』第六十一巻第十一号、日本文学協会、二〇一二年一一月）を参照。

14　岸萬里編『鳳凰木の並木　岸東人遺稿集』岸洋人・美智子発行、二〇〇七年）を参照。

15　荘永清「台南市日治時代新文学社団与新文学作家初探」（『文史薈刊』前掲）。

16　上原和「ゼーランジャ城回想」（『探訪大航海時代の日本8　回想と発見』小学館、一九七九年、九六―九七頁）。のち「回想のゼーランジャ城」と改題して『トロイア幻想　わが古代散歩』（PHP研究所、一九八一年）に収録。

17　前嶋「蕃薯頌」（島田謹二教授還暦記念会編『島田謹二教授還暦記念論文集　比較文学比較文化』弘文堂、一九六一年）。引用は杉田英明編『〈華麗島〉台湾からの眺望』（前嶋信次著作選第三巻、平凡社東洋文庫、二〇〇〇年、一三頁）に拠る。

18　伊東昌輝編「長谷川伸年譜」（『長谷川伸全集』第十六巻、朝日新聞社、一九七二年、五五二―四頁）。

19　村上元三「解説」（『長谷川伸全集』第六巻、朝日新聞社、一九七二年、四二八頁）。

20　尾崎秀樹「三枚の名刺から」（『長谷川伸全集』第六巻付録月報、朝日新聞社、一九七二年）。尾崎（一九二八―九九年）によれば、一九四一年夏の来台の際には、台湾の歴史に詳しい尾崎の父秀真を新聞社に訪ねてきたことを記憶しているという。

21　長谷川伸原作・片桐勝男脚色の映画シナリオ「南方発展史　海の豪族」は、『台湾時報』第二百六十二号（一九四一年十月）に掲載された。本書では中島利郎・河原功・下村作次郎監修『日本統治期台湾文学集成14　台湾戯曲脚本集五』（緑蔭書房、二〇〇三年）を参照した。翌一九四二年には中山侑が台湾演劇協会の依頼を受けて脚色、台北の栄座で高砂劇団によって上演され、また台北放送局で放送劇として放送されたという、中島利郎「解説」（『日本統治期台湾文学集成14　台湾戯曲脚本集五』前掲、五三七頁）を参照。

22 伊東昌輝「長谷川伸年譜」（『長谷川伸全集』第十六巻、朝日新聞社、一九七二年、五五四頁）。

23 和泉司「〈引揚〉後の植民地文学　一九四〇年代後半の西川満を中心に」（『藝文研究』第九十四号、二〇〇八年六月）を参照。

24 松浦恆雄「台湾の蝶」（松浦恆雄他編『越境するテクスト　東アジア文化・文学の新しい試み』研文出版、二〇〇八年、四二六頁）。

25 拙稿「植民地の地方都市で、読書し、文学を語り、郷土を描く　日本統治下台南の塩分地帯における呉新榮の文学」（『日本文学』第六十一巻第十一号、二〇一二年一一月）、同「古都で芸術の風車を廻す日本統治下の台南における楊熾昌と李張瑞の文学活動」（『中国学志』第二十八号、二〇一三年十二月）を参照。

26 今林作夫『鳳凰木の花散りぬ』（前掲）。

27 前嶋敦子「夫・前嶋信次の足跡」（『碧榕』南中二一会、一九九〇年、八八頁）。

28 前嶋「枯葉二三を拾ひて」。引用は『〈華麗島〉台湾からの眺望』（前掲、三八五頁）に拠る。

あとがき

日本統治期の台南文学を描いたこの本は、鳳凰木の花が咲くとともに始まり、鳳凰木の花が散るとともに終わる。一冊のあとがきにも、この花木の話をしたい。

新垣宏一は「鳳凰木記」―（『台湾日報』一九四一年八月三十一日）で、その花や木を見たことのない人にどんな植物か説明するのは難しい、と記す。

台湾でも北部の人は鳳凰木の花がどんなものか知らない人がずゐぶんゐる。ちやうど今頃台南に来られるといゝ時であるがちよつと筆につくせない圧倒的な花である。植物は何でもさうであるが、一度も見たことのない木や花については、どんなに詳細に記述されたものを読んでも想像がつかないものである。書物を読んでゐて、未知の植物名に出合つたりした時にたとへば何か辞書などによつて見ると、多くの場合、その説明が如何に精密なものであつても、実に無味乾燥な面白くないものになる。

ところが、もしもそれが自分のよく知つてゐる植物などであれば、挿絵がなくても、その説明記事を読んだだけでなるほどその通りだなどと感心したりする。又、一度見た木や花の名は、その名を聞いただけで、すぐその木や花の形が眼前に浮び出てなつかしさをいだかされるものである。

台南の街、安平の海。安平古堡、赤嵌楼、媽祖廟、関帝廟、孔子廟、五妃廟、開元寺。昔の名、今の名、略称、日本風の呼び方、いろいろだ。台南二中、台南公園、図書館、台南駅、民生緑園（児玉公園の戦後のこの呼称も、はや昔の名に！）、州庁舎、台南銀座、林デパート、大南門、迎春門。盛り場、たくさんの食べもの、担仔麺《タンツーメン》、肉燥飯《ロウザオファン》、米糕《ミーカオ》、碗粿《ワンクィ》、豆花《トウファ》、龍眼《りゅうがん》、芒果《マンゴー》、蓮霧《れんぶ》、楊桃湯《スターフルーツジュース》、木瓜牛乳《パパイヤミルク》。熱帯の生き物、白頭翁、守宮《やもり》、含羞草、木綿花、榕樹、そして、鳳凰木。

名前を見るだけ、記すだけで、何かを思い出し、何かが眼前に浮かび出て、懐かしさに胸が痛くなる。台南に旅し、住み、そこを離れても「台南」と聞いただけで、古都の風物の名称が目に入るだけで、感情が動くのをこらえきれない人たち。彼らの文学の物語を書いてみたのが、本書である。

はたして本書が、台南を知らない人、関心のない人にとっても、意味あるものとなりえているのかどうか、分からない。うまく言葉で書きあらわせなかったことがたくさんある。一度も見たことのない植物を思い描くのが難しいように、本書も読者の皆さんにとって、茫洋とした、無味乾燥な一冊に終わっているかもしれないと不安に思う。

だが少なくとも著者にとって、この本を書くのは、二十代の後半を台南で過ごした以上、不可欠なことだった。街のすみずみ、一草一木まで承知している、というほど長い滞在だったわけでも、またこの街に関するありとあらゆる書籍や論文を読了したわけでもない。知らないことがまだまだある。

しかしやはり台南は、短くはあるが人生の一部を過ごした土地で、しかもその二年間は私にとって、大切な、かけがえのない、戻ることのない時間だった。だから、台南に関する記事を読んだときにそうだその通りだと思うのはもちろん、「台南」という文字を見るだけで、名を聞いただけで、すぐさまその街と人が眼前に浮かび出て、昨日のことのようで、懐かしくて、胸が痛くて、たまらない気持ちになる。

台南を離れたときから、いずれ必ずこの街のことを書く、と心に決めていた。絶対に必要なことは、人生でそんなに多くない。機会を与えられ、書き終えて、胸がいっぱいで、湧き上がってくる気持ちを、どうしても抑えられない。

新垣は、鳳凰木の辞書的な説明につづけて、次のように書いた。

私達素人にはこの文によつてはなか〳〵正しい観念がつかめないやうに思ふ。一体かうした植物の説明には、高さが何糎《ミリ》だとか色彩が赤いとか、葉の形はどうであるとか、くはしく記述されてゐるが結局はそれらは一枚の着色写真版にも若《し》かない。又植物そのものに対する親しみといふものは、植物学辞典によるよりも、よき詩よき小説によつて記されることが多いやうである。だから鳳凰木を知らない人には何か立派な鳳凰木を主題にした文学的作品を示す事によつて感動を伝へることが出来ればよいと思ふのであるが、なか〳〵さういふ作品は少いやうである。

本書によって、鳳凰木のあでやかな花咲く南国の古都、そこに開いた文学の小さな花がどんなものだったか、伝わったかどうか、心もとない。そもそも台南の街やそこで生まれた文学に対する私の理解が正しい保証はなく、短い期間の滞在者が見た街と、比較文学者なりの手法で描いた文学の物語が書かれているにすぎず、それもずいぶん舌足らずな説明にとどまる。

ただ自分なりに力を尽くした。台南を主題にした文学作品、よき詩よき小説を、できるだけたくさん引用し、読者の皆さんの脳裏に、この街の姿が、こんなに光溢れて青くなるものかと思うほどの青空を背景に赤い花と濃い緑の葉の鳳凰木が、少しでも浮かびあがるようにと努めた。本書で描いたのは日本統治期の台南だが、街の基本的な構造は、戦前と戦後で大きく変わってはいない。その姿を変わることなく見せてくれる廟や建物も多い。もし本書を読んで、台南の街と人、そこで書かれた文学に関心を持たれたら、ぜひそれらの文学を手に、台湾南部の古く美しい街を訪れ、街の人々に話しかけてみていただきたい。私の経験する限り、人々は笑顔で、台南がどんな街か、その人なりの台南を語ってくれることと思う。

本書は私の三冊目の本である。

人生で何冊書けるか分からないが、日本近代文学史を、私なりの手法で順に書いていきたいと思っている。一冊目の『文学の誕生　藤村から漱石へ』（講談社選書メチエ、二〇〇六年）は、日露戦後の文学を、二冊目の『郁達夫と大正文学　〈自己表現〉から〈自己実現〉の時代へ』（東京大学出版会、二〇一二年）は、第一次大戦後の文学を描いた。これらは中央文壇の文学、日本近代文学史の、いわば本伝である。本伝があるなら、外伝もあった方がいい。できれば外伝の方が、本伝よりも面白いものであってほしいと願っているが、その判断は著者にはつかない。

本書の、序章、第一、四章、終章は書き下ろしである。第二、三、五、六章については以下の論文がもとになっている。

第二章　「前嶋信次の台南行脚　一九三〇年代の台南における歴史散歩」
（『近畿大学語学教育部紀要』第七巻第二号、近畿大学語学教育部、二〇〇七年十二月）

第三章　「庄司総一『陳夫人』に至る道　『三田文学』発表の諸作から日中戦争下の文学へ」
（『日本文学における台湾』中央研究院人文社会科学研究中心亜太区域研究専題中心、二〇一一年十月。のち張季琳編『日本文学における台湾』台北：中央研究院人文社会科学研究中心、二〇一四年十月）

第五章　「旅居台南時期的國分直一　発現具有多元文化的台湾」
（戴文鋒主編『南瀛歴史、社会与文化Ⅱ』台南県：台南県政府、二〇一〇年四月）

第六章　「新垣宏一と本島人の台南　台湾の二世として台南で文学と向き合う」
（『外国語外国文化研究』第十六号、関西学院大学法学部外国語研究室、二〇一四年三月）

付録　「日本統治期の台南文学　なぜこの研究テーマを選んだのか」
（『日本台湾学会ニューズレター』第二十四号、日本台湾学会、二〇一三年三月）

これらの既発表の論文を本書に収めるに際し、大幅な修正を加えた。それぞれ一・五倍から二倍以上の分量となっている。

執筆の過程で、一次資料を収集するに際し、緑蔭書房刊行の「日本統治期台湾文学集成」をはじめとする、序章に記した復刻資料の数々に助けられた。復刻を使用した場合には、原典と同様のあつかいと見なし、注記していないが、これら数多くの復刻資料の編者にはいくら感謝の言葉を尽くしても足りないほど、恩恵をこうむったことを記しておきたい。なお一次資料の引用にあたって、旧漢字は新漢字に改め、振り仮名や傍点・傍線は適宜省略するとともに、原文に振り仮名のない難読字については、現代仮名遣いで振り仮名をつけた。中国語原文からの引用は、すべて拙訳による。また各章の写真は、何培齊主編『日治時期的台南』（台北：国家図書館、二〇〇七年）・周菊香『府城今昔』（台南：台南市政府、一九九二年）所収の戦前の絵はがき、及び名所や博物館などで売られている絵はがきの複製を利用した。

論文及び本書をまとめる過程で、いくつもの発表の機会をいただいた。中でも台湾における以下の発表はどれも忘れがたい。

「台南における前嶋信次」

（日台教育研究会第三十一回大会、台湾全国教育会・日台交流教育会共催、台北市・圓山大飯店、二〇〇六年十二月）

「旅居台南時期的國分直一　発現具有多元文化的台湾」
（第二回南瀛研究国際学術研討会、台南県政府、台南県、二〇〇八年十月）
「庄司総一『陳夫人』に至る道　『三田文学』発表の諸作から日中戦争下の文学へ」
（国際シンポジウム「日本文学における台湾」、中央研究院人文社会科学研究中心亜太区域研究専題中心、台北市・中央研究院、二〇一一年十月）
「居於台南、面対文学　「湾生」新垣宏一与本島人的台南」
（第四回南瀛研究国際学術研討会、台南市政府、台南市・国立歴史博物館、二〇一四年十月）

まずい中国語で、しどろもどろに発表したが、どの場でも辛抱づよく聞いていただいた。中でも二〇〇八年、台南で発表した際には、研究とは無関係の、台南在住の学校関係者が多く、学会とは異なる雰囲気だった。発表中、こちらが片言の台湾語につまると、フロアからかけ声や拍手があり、終了後には、わざわざ声をかけ、握手を求め、資料をくれる人がいた。ある小学校の先生の、「明日学校で、台南に住んでいた日本人が、台南についてこんな話をしていたと、子どもたちに伝えますね」という言葉には、励まされるとともに身の引き締まる思いだった。

日本統治期の台南文学について、日本人作家のみを論じた本書は、何度か記したように、コインの片面にすぎない。本書と雁行して、亀の歩みではあるが台湾人による台南文学の研究を進めつつある。

「植民地の地方都市で、読書し、文学を語り、郷土を描く　日本統治下台南の塩分地帯における呉新榮の文学」
（『日本文学』第六十一巻第十一号、日本文学協会、二〇一二年十一月）
「古都で芸術の風車を廻す　日本統治下の台南における楊熾昌と李張瑞の文学活動」
（『中国学志』第二十八号、大阪市立大学中国学会、二〇一三年十二月）

今後も他の台湾人作家について研究を進め、機会に恵まれれば、日本人作家をあつかった本書と対になる、「台南文学　日本統治期台湾・台南の台湾人作家群像」をまとめたいと考えている。

本書に収めた研究を進める過程で、以下の研究助成金をいただくことができた。

「台南表象の研究　日本の文人たちが見た大正・昭和の台湾・台南」
（近畿大学・学内研究助成金・奨励研究助成金、二〇〇七年四月―〇八年三月）
「台南文学の研究　日本統治下の日本語文学を中心に」
（日本学術振興会・科学研究費補助金・若手研究（B）、二〇一一年四月―一四年三月）
「日本統治期の台南文学　日本人作家篇」
（関西学院大学・個人特別研究費A・科研費研究成果公開助成、二〇一四年四月―一五年三月）

これら助成金のおかげで、資料を収集し、台南市立図書館や国立台湾文学館・国立台湾図書館などで調査を行い、また本書を出版することができた。いずれも台南文学の研究を進める上で欠かせない援助だった、記して感謝したい。

最後に、お世話になった方々に、深い感謝を捧げたい。

一冊目の本を出したときと同じで、この本が出るまでに、数え切れないほど多くの方々のお世話になっている。一九九九年に赴任した南台科技大学で、同僚となった先生方、学生たち。顔見知りになれば声をかけてくれた、数知れぬ街の人々。たとえ行きずりでも、台湾の人々はこちらが困惑するほどの好意で接してくれる。生身の台湾人ばかりでなく、作家たちも文学を通して語りかけてくれる。それにこの島には、台湾人だけが住んでいるわけではない。

また台湾関係の研究者から受けた刺激も大きい。帰国後、台湾文学の勉強を始め、台湾関係の研究会や学会・シンポジウムなどで、多くの研究者と知り合う機会を持つようになり、台湾研究の世界に少しずつ入っていった。本文や注で記した、学問の世界から受けた恩恵なしには、本書は書けなかった。

お世話になった人々へ、私の仕事のかたちである、論文や書籍を通して感謝を示したい。それが本書である。だから個別にお名前を挙げることは、本書ではなしにしたいと思う。

だが三人の方のお名前だけは記して、お礼の気持ちを伝えたい。

南台科技大学に着任した際に、研究者のひよこだった私を、一人前として遇して下さった、川路祥代さん。人はその仕事にふさわしい人間として遇されることで、ふさわしくならねばと努めることがある。ご本人はそんなつもりはないだろうが、私は一人前の研究者として遇されることで、当時、もう一度東京へ戻り研究者だけの世界で激しく自らの力を試すのだと心に言い聞かせた。

次に、南台の教え子でもあり、卒業後は友人でもあり、また大東家にとって三男坊のような存在でもある、彭書楷。台湾がどんな場所か教えてくれた一人であり、また客家の文化へと眼を開かせてくれた。彼からの厚意をいつも返しきれない思いで受けとり、彼を通して台湾人を見て、彼と向きあうことで、その背後に存在する台湾の人々に対し、私なりの声を届けたいと思ってきた。

本書が生まれる直接のきっかけをつくって下さったのは、関西学院大学出版会の、田中直哉さんと戸坂美果さんである。関西学院大学に着任して四年、勤務先と関わる出版社のあることが嬉しくて、イベントのたびに押しかけ、こうして三冊目の本を出していただく運びとなった。本書の美しい組版は、戸坂さんの時間をかけた、細心丁寧なお仕事の賜物である。お二人に深く感謝申し上げたい。

人と場所がつぎつぎと思い浮かぶ。本書に出てきた場所も懐かしいし、出てこなかった場所も、思い出すだけで、つい昨日のことのような、あるいは夢のような、不思議で切実な気持ちになる。

何度も何度も遊びに行った台南の外港、安平。最後に訪れたときは、台風一過で、この世の終末のような荒れた海と、透き通ったパステルカラーの不思議な色の空の組み合わせだった。東郊の水利施設であり景勝地でもある、虎頭埤。兵庫県でいえば東条湖みたいなものなのだが、さざ波で揺れる貯水池の水面が、いつまでも忘れられない。南部の海辺、通称「黄金海岸」では、強い西日が海面にきらきらとまばゆくて、目をあけていられないほどだった。

一九三〇年代前後の台南と、私の過ごした二〇〇〇年前後の台南とでは、やはり異なる。日本統治期に台南の若き芸術家たちがコーヒーをすすった「森永」はない。しかし場所は変わり時間が経っても、南国の古都で感じる空気の感触が変わることはないだろう。孔子廟に臨んだ二階にあるカフェ「窄門」。七月の夜、熱帯らしく濃く湿った暗闇から、開け放たれた窓を通して入ってくる風。台湾海峡へと通り抜けるその風は、植物の匂いが濃厚に混じった、そして深い孤独を感じさせる空気だった。水の色も、空気の手ざわりも、どれもこれも、そこにいながら、二度と戻ることのない時間だと思っていた。

大東和重

二〇一五年一月

日本統治期の台南市街図

＊ 作成に際し、周菊香『府城今昔』（台南市政府、一九九二年）所収の各種地図、「大日本職業別明細図　台南市」（東京交通社、一九二九／三六年）の複製（政大書城／南天書局）、王育徳『「昭和」を生きた台湾青年』（草思社、二〇一一年）所収の地図などを参照した。

＊ 街の見取り図であり、縮尺等厳密を期していない。街歩きを楽しむ方には、台湾の出版社「戸外生活」のガイドブックをお薦めしたい（『台南府城　吃逛遊楽go』二〇一一年など）。

＊ 作成に際し関西学院大学法学部生・西村幸一朗君の協力を得た。

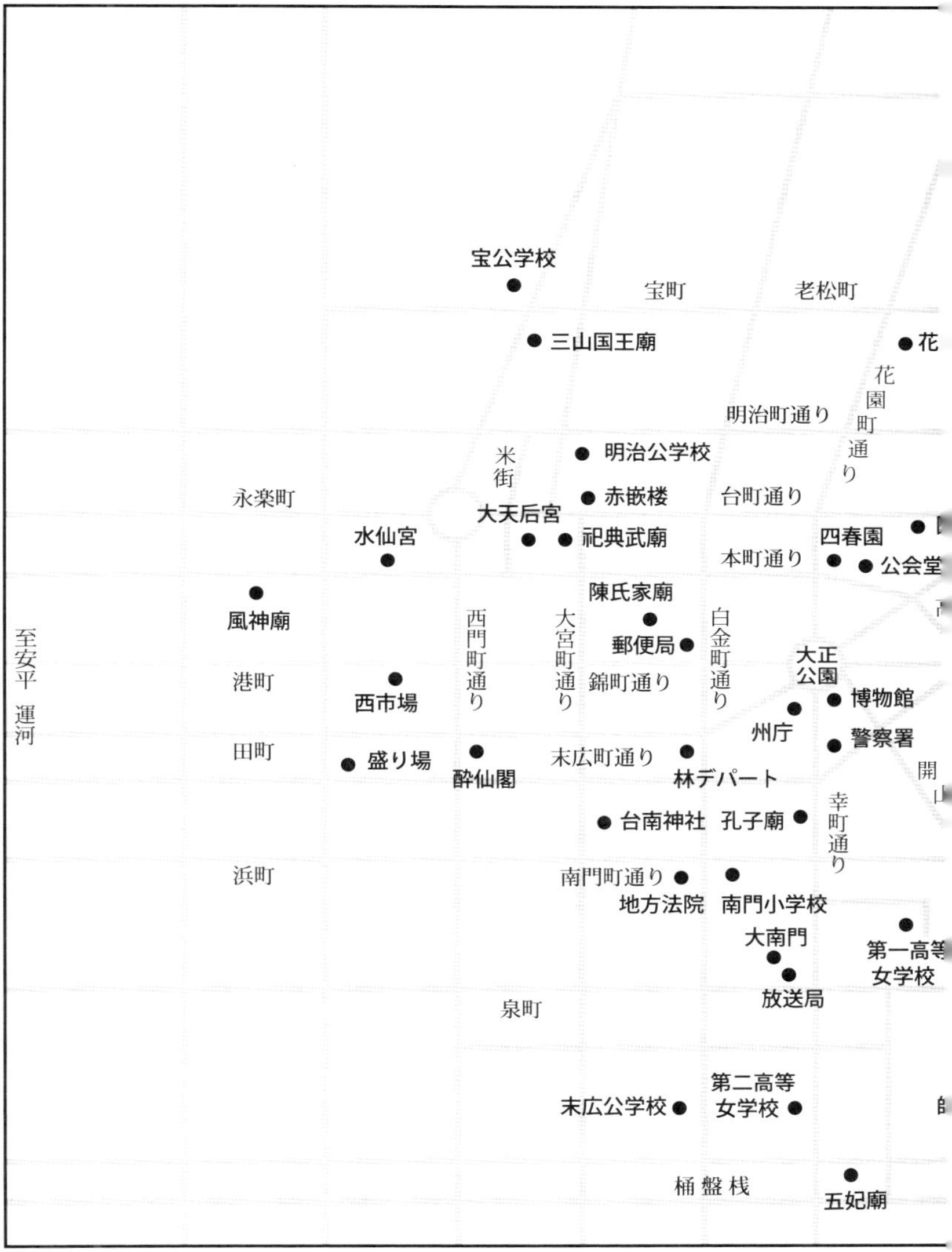

 日本統治期の台南市街図

ん

ら

り

れ

ろ

わ

へ

ほ

ま

ね

の

は

ひ

ふ

と

な

に

ち

つ

て

す

せ

そ

た

さ

し

き

く

け

こ

え

お

か

人名索引

〈著者略歴〉

大東和重（おおひがし・かずしげ）

1973 年　兵庫県生まれ
1996 年　早稲田大学第一文学部中国文学専修卒業
2005 年　東京大学大学院総合文化研究科比較文学比較文化コース博士課程修了・
　　　　博士（学術）
　台湾南台科技大学応用日語系専任講師・近畿大学語学教育部准教授・同文芸学部
　准教授を経て
現　在　関西学院大学法学部・言語コミュニケーション文化研究科教授
専　門　日中比較文学・台湾文学

〈主要著訳書〉

『文学の誕生　藤村から漱石へ』（講談社選書メチエ、2006 年）
『郁達夫と大正文学　〈自己表現〉から〈自己実現〉の時代へ』
　（東京大学出版会、2012 年、日本比較文学会賞）
『ドラゴン解剖学・登竜門の巻　中国現代文化 14 講』
　（共著、中国モダニズム研究会編、関西学院大学出版会、2014 年）
『台湾熱帯文学 3　夢と豚と黎明　黄錦樹作品集』（共訳、人文書院、2011 年）

台南文学
日本統治期台湾・台南の日本人作家群像

2015 年 3 月 31 日 初版第一刷発行

著　者　大東和重

発行者　田中きく代
発行所　関西学院大学出版会
所在地　〒 662-0891
　　　　兵庫県西宮市上ケ原一番町 1-155
電　話　0798-53-7002

印　刷　大和出版印刷株式会社

Printed in Japan by Kwansei Gakuin University Press
ISBN 978-4-86283-191-0

関西学院大学個人特別研究費による。